最后时光

[美国] 约瑟夫·海勒 著

王约西 袁凤珠 译

译林出版社

图书在版编目（CIP）数据

最后时光 /（美）约瑟夫·海勒（Joseph Heller）
著；王约西，袁凤珠译 .—南京：译林出版社，
2023.4
（约瑟夫·海勒作品）
书名原文：Closing Time
ISBN 978-7-5447-9560-9

Ⅰ.①最… Ⅱ.①约… ②王… ③袁… Ⅲ.①长篇小
说－美国－现代 Ⅳ.①I712.45

中国国家版本馆 CIP 数据核字（2023）第 018986 号

最后时光 ［美国］约瑟夫 · 海勒／著 王约西 袁凤珠／译

责任编辑 蒋梦恬
特约编辑 竺文治
装帧设计 吴 悠
校 对 王 敏
责任印制 颜 亮

原文出版 Simon & Schuster
出版发行 译林出版社
地 址 南京市湖南路 1 号 A 楼
邮 箱 yilin@yilin.com
网 址 www.yilin.com
市场热线 025-86633278
排 版 南京展望文化发展有限公司
印 刷 徐州绪权印刷有限公司
开 本 850 毫米 ×1168 毫米 1/32
印 张 14.25
插 页 4
版 次 2023 年 4 月第 1 版
印 次 2023 年 4 月第 1 次印刷
书 号 ISBN 978-7-5447-9560-9
定 价 78.00 元

目 录

第一部

第一章 萨 米

与几乎席卷了整个世界的第二次世界大战相比，越南战争对我们这一代人来说根本不值得一提。大约50年前，在我们参战之前，战火已经燃烧了两年多。据说到我们从诺曼底登陆时，已经有2 000万俄国人在战火中丧生。在我们登上欧洲大陆之前，斯大林格勒战役已使战局发生了转变，同时英国也已在大不列颠战役中取得了胜利。然而，战争尚未结束，美国人却已伤亡100万——其中30万官兵在战役中阵亡。单是半个世纪前那个声名狼藉的一天便有约2 300人死于珍珠港，外加2 500多人受伤——这个数字超过在历时最长、最残酷的太平洋战争中伤亡人数的总和，也超过在法国北部的登陆日那天伤亡人数的总和。

所以，我们最终卷入这场世界战争便不足为奇了。

我们真为扔了那颗原子弹而感谢上帝。差不多半个世纪以前，当我读了一流报纸的通栏标题并且知道原子弹爆炸了的时候，我和西方文明世界的人们一同欢呼雀跃。那时我已回到美国并安然无恙地退役了。作为退伍军人，我的状况比以前好多了。我可以上大学，并且真的上了大学，还在宾夕法尼亚州的大学教了两年书。后来回到纽约，在《时代》杂志公关宣传部当广告撰稿人。

从现在起的20年内，当然不会比这更长，每当显示爱国主义精神的节日来临，全国各地的报纸都会登载当地参加这种稀稀拉拉游行的二战退役军人的照片，主要是年纪最大的人的。这种游行已经少多了。我就从来没参加过，我想我父亲也不曾参加过。很早以前我还是个孩子的时候，街对面那所公寓里有个疯老汉叫哈里·马可威茨，是个看门人，和我父亲年纪相仿。每到第一次世界大战停战纪念日和阵亡将士纪念日，他便翻出早已成古董的旧军服，甚至还有已经烂成布条条的绑腿，把它们全部佩挂在身，然后整天在人行道上走来走去，从铁路街上的诺顿角电车轨道开始，一直走到靠近海边的冲浪街街角的糖果店和冰冻苏打饮料店铺门前。老哈里·马可威茨当年可能四十出头，跟我父亲当时的年龄差不多。为了显示自己，他总冲那些疲惫不堪的妇女大声发号施令，直到口干舌燥，嗓子沙哑，而她们谁也不搭理他，只顾拖着两条粗腿艰辛地朝面积不大的公寓走去，手里拎着棕色的大纸袋子，里面装着从杂货店或肉店买来的东西。他的两个女儿感到十分尴尬，也不理睬他。她们中年龄较小的跟我同岁，另一个大我一岁多。有人说他得了战斗疲劳症，可我看未必。恐怕我们压根儿就不知道“战斗疲劳症”是什么。

我们住的这种砖结构公寓都有三四层高，又没有电梯，上年纪的人回家得一磴一磴往上爬，简直是活受罪。地下室里堆的是煤，卸煤时煤靠重力顺着金属槽轰隆隆地滚泻下去，撒得满地都是。地下室里有一个火炉和一个锅炉，还有一个看门人。他可能住在这所公寓里，也可能不住这里。每当我们谈到看门人时，总是恭恭敬敬地称呼他的姓，并冠以“先生”的头衔。与其说是为了表示尊敬不如说是害怕，因为他是替房东看管房子的，而那个时候的人几乎都有点害怕房东，就是现在有些人依然如此。差不多一英里远处便是著名的康尼岛游乐区，成千上万的彩灯点缀着游乐园，这里有各种游戏及电动娱乐乘坐设施，还有食品亭。当时的月光公园是个又大又好玩的地方；赛马公园（人们都知道那是“好玩的地方”）也同样吸引游客。该公园从前属于一个叫乔治·西·迪尔尤的先生，他很早就死了，现在知道他的人已经不多。在赛马公园每一条路的显著位置上都摆着让人印象深刻的商标广告，图画色彩艳丽夺目，画的是一个怪里怪气的卡通人。他那张扁平的粉色脸诡秘地龇牙笑着，简直就像魔鬼撒旦欣喜若狂那样毫不掩饰，那张大嘴能盛下整个街区，嘴里还长着无数大得出奇的牙齿。整个画面没有任何艺术性可言。公园里的服务人员身穿红色短上衣，头戴绿色轻便鸭舌帽，多数人身上散发出阵阵酒气。迪尔尤过去就住在冲浪街上的私宅里，那是一幢结实的木结构房屋，屋前边的石阶接着一条小径，石阶已经下沉。我长大以后自己去图书馆和地铁站，以及星期六看午场电影，总要经过这里，看见最下一级石阶一侧水泥面上的家族姓氏已经跟地面不平行，甚至有一半埋在了土里。那时邻里们开始安装燃油炉，便道被挖开，以便安装管道和储油罐。这无疑是邻里的重大事件，是进步的象征。

今后的二十多年里，报纸和电视新闻里我们的照片一定非常难看：秃顶、干瘪、衰老、表情痴呆、牙齿脱落，笑起来两腮深陷、满脸皱纹，俨然是来自另一个世界的老古董。我认识的人要么正向坟墓走去，要么早已离开人世。我们再也没有了从前的潇洒。鼻子上架起了眼镜，听力越来越差，有时候唠叨个没完，反复讲我们自己的事，身上还老长东西，就连最轻的磕磕碰碰也难以愈合，即使好了也会留下永久的疤痕。

20年后我们这些人就全不在了。

留给人们的只剩下文字记载和一些纪念品，还有它们偶然唤起的一些印象。某一天我的某一个孩子——我合法地收养了他们，当然是在他们同意的基础上收养的——或者某个长大成人的孙子，会偶然发现我的空军炮手肩章或者空军勋章，和镶有军士军阶横杠的臂章，或者我那张一脸稚气的照片。那便是小萨米·辛格，康尼岛上单词拼写最好的人，上学的时候差不多是班上算术、初等代数和平面几何的尖子。照片里我身穿羊毛飞行夹克衫，缚着降落伞吊带。那是将近50年前在意大利西海岸附近皮亚诺萨岛上拍的：清晨，我们坐在飞机旁边的一堆卸了雷管的千磅炸弹上对着照相机微笑。大家正等待另一次飞行任务的起飞信号。我记得那天的投弹手是个中尉，他正从后面瞅着我们。他是亚美尼亚人，极其任性，容易冲动，胆子还小。我们这伙人在南卡罗来纳州的哥伦比亚基地临时集训，接受实战飞行训练并将飞往国外参加战斗。训练中一遇到突然要求加速飞行的情况，他就会手忙脚乱。驾驶员是得克萨斯人，名叫阿普尔比。他沉着冷静，办事有条不紊，并且总是办得很出色（愿上帝保佑他），可是他们两人很快就闹翻了。从感情上说我是站在约塞连一边的，他幽默、敏捷，有一点粗野，和我一样是大城市里长大的小伙儿，他说他宁死也不愿意被打死。战争快结束时有一次他半开玩笑地说他决心永远活下去，死也要试试。我的看法和他的一样。我还从他那里学会了说不。当他们决定再给我加一横杠提拔我，并且要在我的空军勋章上再加一枚小勋章作为再增加十次飞行任务的条件时，我说了不，于是他们就把我送回了国。我始终不参与他和阿普尔比的矛盾，因为我挺腼腆，个头不大，是普通士兵，又是犹太人。我的性格决定了我在与生人打交道之前会先弄清楚自己的立场，即使不是出于我的自信——我一直渴望有这种自信——至少从原则上讲，我觉得我和别人是平等的，也和当官的一样平等，甚至也和那个直率的大个子亚美尼亚投弹手平等。他总瞎开玩笑，说自己是亚述人，还说亚述人实际上已经消失了。我已看出来我比他们读书都多，也比他们拼单词准确，当然啦，机灵劲儿也够，所以我从不炫耀这些。

我们在南卡罗来纳州和佐治亚州上空进行作战训练飞行时，每一次夜间飞行约塞连都无一例外地迷失方向。这已成为众所周知的笑话。在营房和食堂里，从一些机组士兵口中得知，所有由投弹手改行的飞行领航员都在夜间飞行时迷失方向，这又是一大笑话。我们机组的三副是一位腼腆的副驾驶员，名叫克拉夫特，是在出国后提升为驾驶员的。他在意大利北部弗拉拉执行任务第二次驾驶飞机飞过大桥上空时被高射炮击落而阵亡。飞机第一次飞过大桥时，主投弹手约塞连没有把炸弹投下去，当他看到别的飞机也没投准，大桥依然完好时，要求再飞一次，并因此而获得一枚勋章。在南卡罗来纳州上空训练飞行时，阿普尔比总能依靠无线电罗盘使大家安全返航。有一次在一个漆黑的夜里，我们差不多一个小时找不着方向，因为受到附近暴风雨云区的雷电干扰，收不到无线电信号。我清楚地记得从对讲机里传来约塞连的声音：

“我看见下边的河岸啦。向左转，飞过河去我就能找到路标了。”

约塞连所谓的河岸实际上是大西洋海岸，因而我们的飞机正向非洲方向飞去。阿普尔比再一次失去耐心，接下来的半小时他自己导航，终于按拼凑起来的无线电信号把飞机开回地面，此时飞机上的燃料刚够把飞机从跑道开到停机坪，没等关发动机它自己就熄火了。

我们差一点全部完蛋。

十多年后这次事故我仍未能淡忘，即使到中年以后，每次提起这段逸事时，依然心有余悸。

照片上我身边的伙计比尔·奈特，是那天的头舱炮塔炮手，他大我两岁，已经结婚，孩子出世以后他只跟孩子待过一个星期；那个瘦子跟我同岁，他叫霍华德·斯诺登，是中舱炮手和无线电接收员，来自阿拉巴马的什么地方。一个月以后，在执行阿维尼翁飞行任务时被击中，后来慢慢地死去，死前他痛苦地呻吟，不停地用微弱的声音说他冷，很冷。我们都刚刚二十岁，看上去像一群只有二十岁的大孩子。豪伊[1]·斯诺登是第一个我眼看着死掉的人，也是唯一一个我在停尸房外瞅见的死人。我妻子死于半夜，当我赶到医院办手续并为葬礼做准备的时候，她已经被移出了病房。她死的过程与肿瘤医生说的完全一样，连日子都没错。她虽然病得很厉害，但是没有多大痛苦，我们认为她没有痛苦是因为她是好人，至少对我和孩子们来说是如此。总的来说她很开朗、快活。如果偶尔生气的话，也只是为她的前夫发火，尤其是他说没有钱养活孩子却有钱玩女人，而且有钱再结两次婚。

1　霍华德的昵称。

战争刚结束时我儿时的朋友刘说，与在战争中丢掉性命的人相比我真算幸运。他当步兵时当过战俘，在回国之前他在欧洲见过成千上万的死人，有美国人，也有德国人。不列颠大轰炸以后他被派回欧洲清扫战场，在德累斯顿又看见了几十个德国公民的尸体。我从他口中第一次听说那场大轰炸，除了战俘和警卫人员外，其余的人几乎全都被炸死了。我当时不了解此事，也就不能立即相信他。

"差不多10万人？你在说胡话吧，刘。这不比广岛原子弹炸死的人还多吗。"我后来查了资料才承认他是对的。但那毕竟是近50年前的事了。我们的子女对第二次世界大战已经不怎么感兴趣。那个时期出生的孩子本来就不多，即便诞生了，现在也都五十上下了。

不过将来有一天，我没法说出再过多久，我的某个孩子或孙子偶然翻看哪个小匣子或者抽屉时，会看见里面的东西，我的空军炮手飞行肩章、空军勋章、镶有军士军阶横杠的臂章和战时照片，并可能会因此而强烈地感受到家族中曾经发生过的事，或者应该发生而没有发生的事，就像我看见我爸爸在第一次世界大战时用过的那个防毒面具一样。

我不知道那个面具后来怎么样了。小的时候我老爱拿它当玩具。每当父亲去工厂按照样板剪裁儿童服装时我便偷偷把它拿出来玩。我还有一张他的军人照片。上小学的时候我读过一本传记，是关于第一次世界大战德国空军王牌飞行员曼夫雷德·冯·里希特霍芬的。一时间我就盼着赶快长大，好当一名空军飞行员，每天都在法国战场上空与他决斗，而且每次都把他打下来。他是我心目中的英雄，也是我梦中击落的目标。战后不久，也就是我的那场战争以后不久，父亲去世了，他们管那叫癌。他喜欢抽雪茄，总是在家附近冲浪街拐角的小店里买。一个叫莱温森的先生满脸堆笑心满意足地坐在桌子旁，一手拿刀一手拿烟叶，裁好后用手把烟叶卷起来。莱温森太太是个安详的小个子女人，黑头发，一脸雀斑，她卖些游泳帽、防水耳塞、游泳圈之类的东西，还有小桶小铲等，供孩子们在距这里一个街区的沙滩上玩。他们没有孩子。

每个人都工作。我小的时候就在大街上和海滨的木板小道旁的酒吧间里卖过报纸。夏天我的姐姐们在木板小道边的摊上卖奶油冰淇淋和根汁汽水。戴维·戈德史密斯卖热狗。海滩上，无照商贩们像斯巴达克勇士们参加战斗那样，用被太阳晒得黝黑的手臂托着沉甸甸的箱子，箱子上冒着冷气，他们都力争在警察追赶他们之前将五分钱一个的冰棍和冰淇淋卖光。警察追来时，他们在松软的沙滩上从身着泳装的人们中间成功地逃走。那些人对他们富有同情心，都站着不动。在我所知道的人中间就有很多这种长着飞毛腿、拼命干活的大男孩儿。

从我们住的公寓能经常听见海上浪涛声和钟浮标的响声（我们管它叫"青年侍者"[1]，而且我现在仍然习惯这样叫它）。在静得出奇的清晨或下午，甚至可以听到离我们最近的旋转木马那微弱的怪异音乐和带有异国情调的汽笛风琴声。设在海滨木板路上的巨大木马场有一个大转盘，上面有许多金色坐骑，它们身上被反光的黑色及耀眼的蓝色和糖果纸上常见的粉色打扮得花里胡哨的。这些漂亮的转马是从哪来的？是不是什么地方有家大公司专门生产旋转木马？他们能赚大钱吗？木马离我们住的地方差不多半英里远，而这儿没有富人。

第二章　小普里克

新总统将在他的前任总统卸职之际合法地入主办公室，刚刚辞职的前总统因需要不停地就为什么选择这样一个人作为竞选伙伴做出解释而疲惫不堪，进而极度烦恼。

"你为什么选择了他？"他最亲密的朋友、国务卿感到有必要坚持问他这个问题，"至少要告诉我。我绝不会泄密的。"

"根本没有秘密！"总统替自己辩解说，"没有偷偷摸摸见不得人的事

1　英语中"钟浮标"与"青年侍者"发音相近。

情。我只是在运用我最好的判断力，没有任何不轨的企图。”

“正因为这样才可怕呢。”

第三章　约塞连先生

住院的第二个星期，约塞连梦见了自己的母亲。他又一次明白他快死了。当他把这话告诉医生时，他们很不安。

“我们什么毛病也没查出来。”医生们对他说。

“接着观察。”他指示说。

“你的健康状况很好。”

“那你们就等着瞧吧。”他告诉他们说。

约塞连这一次回医院接受观察，原因还是由神经系统障碍引起的综合征。自打他这一生第二次独居以来，他越来越容易得这种神经官能综合征了，可是当他叙述病情或者接受检查时，这些症状又像蒸气一样一个一个地消失了。就在几个月以前，他得了难以治愈的坐骨神经痛。可他仅仅给医生打了个电话，讲了讲他坐骨神经痛的病情，便治愈了这一难治之症。他学不会独自生活，他不会铺床叠被子，他宁肯饿着也不愿意做饭。

这一次嘛，这么说吧，可非同往常。他带着一种与以前的病态幻觉症不同的病态幻觉症窜回医院来，因为他刚听说他不喜欢的总统将要辞职，而他更不喜欢的副总统将接任总统职务，这已成定局；他刚刚还无意中发现，那位25年来老缠着他使他躲也躲不开的米洛·明德宾德眼下正大发横财。他早已不鼓捣陈年旧货如过期巧克力、旧埃及棉花了，已经改行搞起军火生意，他现在的计划是向政府兜售他自己的战斗机，当然，只要买得起，哪个政府都行。

欧洲就有国家买得起，亚洲和中东也有不少国家买得起。

他所经历过的病态幻觉所产生的幻觉，是一种突如其来的发作，使他回忆起种种往事。他想起了那个不倒翁老古斯塔夫·阿斯琴巴赫。古斯塔夫曾独自一人待在那神奇的地中海海滩，在威尼斯他一次次大难不死，五十岁时在一座城市那场人们不愿再提起的瘟疫中被夺去了生命。他还想起很久以前在那不勒斯的事。他参加飞行战斗70次最终活下来后，坐运兵船回国。排队等候上船时，他发现前面的那个人是名叫帅克的老兵。另一个老兵生在克劳西默，后来改叫约瑟夫·凯，为的是和他居住国的文化融合得更好。那时候他的名字就像帅克的一样，对他来说已经没有什么意义了。

如果让他选择，约塞连当然愿意活下去。他从不吃鸡蛋。他虽然不头疼，但每隔一天还是要吃一片小剂量阿司匹林。

他无疑有许多事情要挂在心上。他的双亲已经死去，他的叔叔阿姨们也都不在人世了。

白宫里的小普里克？这可不是第一次。又有一个储油罐爆炸了。核辐射。垃圾。农药。有毒废料。自由企业制。反堕胎者恨不得把不反对堕胎、不爱惜生命的人们统统处以极刑。庸才和利己主义者充斥政府部门。以色列麻烦不断。这些可不是幻觉，都不是他杜撰出来的。很快就会用无性繁殖搞出人的胚胎来，并供出售、娱乐以及器官移植。人类赚大钱，可是除了改变所有制以外，什么结果也没有。冷战结束了，但是世界上仍旧没有和平。什么都没有意义，无一例外。人们做事情时不知道为什么要做，做过之后才设法弄明白。

约塞连在病房里感到寂寞时便玩弄这些高深奥妙的思想，就像做白日梦的年轻人玩弄自己的生殖器一样。

每个工作日早晨，他们至少一次闯入他的病房将他团团围住，有他的医生利昂·舒马赫和他那些活泼敏捷、人数猛增的年轻大夫，领他们进来的是一位魅力无穷的可爱的楼层值班护士。她的脸蛋很漂亮，屁股很大，不顾约塞连的高龄，公开对他表示好感，而他则不顾她的妙龄，狡猾地诱使她爱上他。她是个高个子女子，臀部给人印象很深刻。她记得珍珠·贝利[1]，但

1　即珀尔·贝利（1918—1990）：美国女演员、歌手和作家。

是不记得珍珠港，这么说她的年龄应该在三十五岁到六十岁之间。约塞连深信，作为女人，如果她的身体仍很强健的话，这确实是最佳年龄段。她究竟是怎样一个人，约塞连虽心中知道但不很明确；然而他已决心在世界大国重建世界新秩序以求永久稳定的局面时，继续在医院里住几个星期，彻底休息并且好好整理他的思想。与此同时，他还可以毫无顾忌地利用每一次机会与她一起愉快地打发时光。

他带来了一个收音机，经常从一个调频台调到另一个调频台，听听巴赫乐曲、室内音乐或者合唱什么的。听歌剧则总是被打断，很难集中精神，尤其是在听瓦格纳[1]的歌剧的时候。这一回住的病房很不错，他还总结出这么几点：邻病房没有太讨厌的病人，他们的病都不太令人反感，还有，那诱人的楼层值班护士对他的引诱做出了回应。她有时羞怯地笑，有时拂袖而去，有时则傲慢地涨红了脸；她挑衅地吹嘘说她的屁股美妙绝伦。

约塞连找不出不同意她的理由。

在第一周中间的几天里约塞连使尽浑身解数与她调情，然而利昂·舒马赫大夫对这种轻浮的举止可并不总那么宽容。

“我准许你待在这里真是糟糕透了。我看咱们俩都应该感到羞愧。你嘛，没有病却赖在这病房里……”

“谁说我没病？”

“……而那么多人不得不待在大街上。”

“如果我同意出院，你是不是会让别人住进来？”

“你付钱？”

约塞连当然不肯那么做。

一个做血管造影的大个子大夫明确告诉他说，他不需要什么造影；神经科专家也令人扫兴地对他说他的脑子根本没事儿。利昂·舒马赫则拿他做示范，给实习生介绍说，一位六十八岁年纪的老人居然什么病都没有，甚

1　理查德·瓦格纳（1813—1883）：德国作曲家。

至连疑病症都没有，像这样的病人他们在医院实习期间是不经常碰到的。

到后半晌或者黄昏时分，利昂就会进来跟他聊一会儿，不紧不慢地抱怨工作时间太长，条件太恶劣，工资太低不合理。他说这些自私自利的话也不讲究策略，而听他讲话的人是一个他们都知道的快死的人。

他一点都不替别人着想。

那个护士名叫梅丽莎·麦金托什。对于一个偏爱风流韵事的世故男人来说，她就像其他好女人一样，好得让人难以置信。

到了他住院第二周的头一天，她就或站或坐地待在他床头或椅子边，跟他调情，用话撩拨他使他更加张狂。她还允许他用指尖摸她衬裙的花边。她一方面不安地脸红起来，另一方面又会因此番胡闹而感到快活，对于他玩弄她那薄如蝉翼的衬裙既不表示同意，也不表示反对，可实际上她很紧张。她害怕他们之间这种为医院制度所不允许的亲密会被突然进来的人发现。他可是巴不得有人进来。他没告诉麦金托什小姐他那玩意儿正蠢蠢欲动要硬起来，免得使她以为他要来真格的。他对她说她能有他这么个病人是件幸事，她很同意这一点。他比同一层楼其他单人病房或双人病房的男男女女们的麻烦事少得多，还比其他病人——比她在医院外面正照顾的那几个男人和她长年单独护理的病人——更具魅力和吸引力。他是这么认为的，她可能不这么看。她从来没有结过婚，连一两次都没有。约塞连的麻烦少得不能再少了。麦金托什和别的护士只是在换班时进来看一看，证实一下他还没死，也同时证实一下不需要做什么来维持他的生命，除此以外简直无事可干。

“一切都好吗？”人人见他都这么问。

“除了健康什么都好。”他叹口气回答说。

“你的健康状况良好。”

麻烦就在这里，他不得不麻烦地一次次做出解释。这就意味着他的病情不得不恶化。

“这可不是开玩笑。”他见她们笑起来就开玩笑地说。

一天应他的要求她倒了班，来的时候穿了一件格外能引起人对美的追求的黑色衬裙。他经常是一感到需要她便恨不得她马上出现，而他按呼叫铃时又偏偏是别的护士应答。

“让我的梅丽莎来。”他命令道。

其他护士都很配合。他从来没有缺过护士。医生天天重复地说他的健康状况良好，可这一次他推断自己上了当，医生都显出诊断正确的样子，这使他极其失望。

他的胃口很好。他的听觉器官和脊柱都做了轴向CT扫描。静脉窦清晰可辨，全身没有一处有关节炎、滑囊炎、咽峡炎或者神经炎的迹象。甚至连后鼻流涕的毛病都没有。血压正常得连给他看病的大夫都羡慕不已。医生化验了他的尿样。他的胆固醇很低，血红蛋白很高，血沉降率指数简直可以说是达到了最标准值，血氮也非常理想。他们得出的结论是他是一个完美无缺的人。可他想他的第一个妻子和已经分居一年的第二个妻子一定会对这一结论提出异议。

一位最棒的心脏病专家找不出他心脏的毛病，一位病理学专家也查不出他病痛的原因，而那位有胆识的肠胃病专家第二次来看约塞连为的是再和他谈谈他在亚利桑那州搞房地产的有效投资策略，他的心理医生成了约塞连吐露心声的最后希望。

“那怎么解释一阵阵的焦虑不安、四肢无力、对什么都不感兴趣和情绪压抑呢？”约塞连小声脱口而出，“我发现人家认真说话的时候我却听不进去。凡是我用不着的信息我都不想知道。我希望日报的内容少一点，而且每周只出一次。我对世界上发生的事一概不感兴趣。滑稽演员不能让我发笑，长篇小说使我发疯。是我自身的原因呢，还是因为年纪大了？还是由于这个地球变得和我越来越不相干了？电视新闻内容堕落，无论哪儿的人都那么油嘴滑舌。我的热情在减退。我能真的觉得这一切都算是健康的吗？还是我琢磨着是这样？我的头发为什么还这么密？大夫，我必须知道真实情况。我这种抑郁症是精神原因不是？”

“你不是抑郁症，你也没有衰退。”

按照程序，心理医生请示了主任心理医生，主任医生又与所有的医生共同研究，最后得出了一致结论，认为他目前的健康体魄不存在任何由心理因素引起的疾病，就连他的头发都还是地道的真货呢。

“尽管如此，”主任心理医生清了清嗓子说，“道义上我应该劝告你，别让注定要发生的晚年抑郁症在你身上发生。”

“晚年抑郁症？”约塞连反复琢磨着这个词，“什么时候算是晚年？”

“差不多就是你现在这个岁数。你最喜欢干的事是什么？”

“怕是没有多少。我追女人，但是不玩命追。我赚了很多钱，却又花不完。”

“你喜欢这样？”

“不喜欢。我这个人没有雄心壮志，现在没有多少我想干的事了。”

“就连打高尔夫，玩桥牌，打网球也不想？收藏艺术品和古董怎么样？”

“统统不考虑。”

“这不是好兆头。”

“我早就知道。”

“我们认为从你目前的情况看，约塞连先生……”这位主任医生正要对整个诊断做出结论，这时利昂·舒马赫秃了四分之三的光头从他的肩头伸过来：“你会长命百岁。”

看来，他没有什么可担心的，除了担心通货膨胀和通货紧缩、高利率和低利率、预算赤字、战争的威胁与和平的危险、贸易逆差和顺差、新总统和老牧师、美元坚挺和疲软，加上各种摩擦与不和，宇宙中能量与物质的退降、核辐射，以及地心引力等。

他也替新的女友梅丽莎·麦金托什担心，因为她没有积蓄。她的父母也没有。假如她能活得长久，将来只能靠社会保险金和微薄的医院退休金过日子，还得有个条件，她必须一直在医院工作下去，20年或者300年，看来这是根本不可能的。除非到那时候她能遇上一位有钱的绅士并且嫁给他，那个人能像他现在这样吸引她。不过他觉得这也根本不可能。因为没有哪个男人能像他一样用脏话使她陶醉。每当他想到她时，心中总产生阵阵痛楚：她头脑太简单了，无法应付残酷的金融状况。她太可爱，从不多疑，并且毫无私心。

有一天她问他，她和她的同屋女友应不应该开个人退休账户。他说个人退休账户只能给银行拉来客户，他看不出它对一个人的一生有他妈的任何实际好处。“你必须做的事，”他说，“是嫁给一个像我这样的人，有钱，懂得保险制度，还知道如何立遗嘱，并且以前只结过一次婚。”

“对我来说你是不是太老了点?”她有点胆怯地问。

“对我来说你还太年轻了呢。要出嫁就快点。今天就办。找个大夫也行。要不还没等你明白过来，你就和我一样老了，到那时候你就一无所有了。”

他还担心，对需要关怀的人莽撞地表示自作多情的关怀会带来什么后果。

美国人可不干这种事。

他需要的最后一件事是再帮助一个人，或者两个。梅丽莎不无骄傲地向他推荐安吉拉·穆尔。安吉拉与她同住在那所拥挤的公寓里。她是个惹人注意、喜欢玩儿的姑娘。她比梅丽莎高，也比她开放，是个白皮肤、金发碧眼的澳大利亚姑娘。她头发颜色更浅，胸更大，爱穿细高跟皮鞋，涂银白色唇膏，眼影也是银白色的。她是专门生产稀罕小玩意儿的厂家的经销代理，还给他们的新产品出些下流点子，弄得那两个上了年纪又有家眷的犹太合伙人目瞪口呆，满脸通红，不知所措。她对自己在城中心高级酒家里的影响力深感满意。工作之余她到这个地方会见爱交际的公司老板们，饭后一起跳舞，玩够了就在她公寓的楼梯口毫不怜悯地把他们甩掉。她还从没遇上一个她愿意与之多待一会儿的人，原因是她从来不把自己灌醉。她留给人家的私人电话号码是城市报社资料室的。听着梅丽莎以快活的口吻对安吉拉那充满自信与朝气的举止大加赞扬，约塞连知道只要他看她一眼，就必定会爱上她，除非第一次见面时他不去看她，但他也肯定会一直想着她，直到再和她见面。然而这个年近四十、喜欢银白色化妆品和带蛇状条纹黑袜子的金发女郎，同样是既没有有钱的父母，又没有个人存款。约塞连自问道：

这个倒霉的世界到底怎么了？

他认为凡是他不怨恨的人都应该有足够的储蓄，不至于为将来生活无着而害怕。这本是合情合理的。他低下头，高尚地梦想着如何显示他的怜悯。他想把那个与众不同、胸脯高耸、无家可归的金发女郎抱在怀里，为她擦干眼泪，替她排忧解难，还要拉开拉链抚摸她的后背。

这样的事对那些私人侦探来说肯定值得大书特书，不是吗？第一个私人眼睛——他认为眼睛嘛，当然是私人的啦[1]——在探视时间里到医院来跟踪他，后来得了严重的葡萄球菌传染病，因血液中毒不得不住进医院另一侧的病房里。他和另外三个来探视其他病人的人住在一起。那三个人也得了严重的葡萄球菌传染病。约塞连只知道他们也可能是私人侦探。约塞连完全可以告诉他们四人，医院是个危险的地方，那里总死人。一天一个比利时人来看病，结果喉咙被割开了。一个接替第一个私人侦探的侦探因为在医院里吃了一个鸡蛋沙拉三明治，引起了沙门氏菌食物中毒，直到现在还卧床不起，恢复得非常慢。约塞连本想给他们送些鲜花去，后来改送问候卡了。他在给每一个人的卡上签的名都是阿·泰·塔普曼，这是过去他所在的轰炸机团随军牧师的名字，他还把牧师的职业写在了卡上。他想知道他们收到问候卡时会怎么想。他好奇随军牧师后来被送到哪儿去了，是否受到了威胁、虐待、凌辱，是否挨饿？第二天他又给那两个侦探送上第二份慰问卡，这一次签的名是华盛顿·欧文。转天他再次送去两张慰问卡，签名是欧文·华盛顿。

继第二个侦探之后又来了两个侦探，他们俩装作互不相识，其中一个神秘兮兮的，对所有的人都像对约塞连那样充满好奇。

---

1 “私人侦探”(private detective) 在英语中也作“private eye”，直译为“私人眼睛”。

他猜不出他们究竟想从他这里查出些什么。他是不会对他们直话直说的。如果他们想通奸的话，他倒可以满足他们。他越来越替梅丽莎·麦金托什的好心肠和她未来靠不住的经济状况担忧，同时也为自己的未来担忧。他决定叫肿瘤医生来问问那头号杀手的先兆是什么，也许还能听听他讲在人类活动中生物学的霸权地位，以及基因在调节社会和历史过程中所起的作用。

“你疯啦。”利昂说。

“那就把我的心理医生也叫来。”

“你没长癌，叫他来干什么？”

“给他办件好事，蠢货。你不相信办好事吗？那穷小子是我见到的最沮丧的王八蛋了。他一个星期能给几个病人带来好消息？他把灾难带给了我身边的那几个人，我本来是可以避开他们的。”

“他们的灾难可不是我带给他们的。”没精打采的肿瘤大夫说。一种不祥之兆似乎落在了他那瘦小的身躯上，来得那么自然，如同黑夜降临和冬季天空变得灰蒙蒙一样。“你知道有多少人相信那都是我的错吗，说出来你准感到吃惊。连我的同事都不喜欢我。没多少人愿意跟我说话。也许就为这我才保持沉默的。我的实践经验不够。”

“我喜欢这种精神。”约塞连说。他看不出他有多少经验。“要是我告诉你，你早晚会在我的生活中起重要作用，你会不会振作起来呢？”

“只会好一点。”他说。他的名字叫丹尼斯·蒂默。“你想让我从哪儿开始？”

“从哪儿开始都行，只是别让我痛苦和不舒服。”约塞连高兴地说。

“您什么部位都没有病状，不需要做进一步检查。”

“干吗要等到有了病状才检查？”约塞连厉声问他的癌症专家，“难道不能设想一下，从上次检查以来，什么东西突然长了出来，甚至就在咱们俩扬扬得意消磨时光的时候，那个东西仍在增大？”

丹尼斯·蒂默激动得满面生辉。他继续说道：“我看跟你打交道比跟我大多数其他病人打交道都有意思，对不？”

“我对利昂说过。”

“也许因为您不是我的病人，”蒂默大夫说，“当然啰，您的猜测是有道理的，约塞连先生。不过这种事发生在您身上的机会并不比别人更多些。”

“那又怎么样？”约塞连反驳道，“别以为对我说人人都容易得病我就得到了安慰。利昂就以为一旦我知道我的健康情况一点不比他差，我的病就会好了呢。咱们开始吧。”

“是不是先再拍一次X光胸片？”

“上帝啊，不行！”约塞连假装吓唬人地喊道，“那很可能真让人开始得病了！你知道我对X射线和石棉有多反感吗？”

“还有烟草。我给你看一个统计数字好吗？你会感兴趣的。你知不知道，每一年因吸烟致死的美国人比第二次世界大战那些年总共死亡人数还要多？”

“不错。”

“那么咱就从这里开始。让我敲敲您的膝盖看看您的反应如何，怎么样？”

“干吗？”

“不收您的钱。”

“能不能至少做一次活组织检查？”

“哪个部位？”

“哪个部位都行，只要容易触摸到又简单省事就成。”

“如果您认为这样做可以消除疑虑的话。”

“那我就可以睡个安稳觉了。”

“可以从另一颗痣上或者另一个雀斑上刮点东西下来。要不就再检查一下前列腺？前列腺太普通了。”

“我只有这一个前列腺，”约塞连说，“再没有第二个了。咱们还是从痣上来吧。舒马赫的前列腺和我的前列腺年头差不多。等你查出来他的毛病后告诉我一声。”

“我现在就可以告诉您，”约塞连喜欢的肿瘤医生说，“我很高兴通知您，检查结果为阴性。”

“我现在可以告诉您，”约塞连说，“听到这个消息我很高兴。”

约塞连极想跟这位精神压抑的大夫深入探讨一下在他那令人压抑的工作范围内病理学的压抑的本质；探讨一下这个宇宙的压抑的本质，到目前为止他俩都已在这个宇宙中活了下来，而这个宇宙正一天天变得靠不住了：臭氧层有了空洞，处理垃圾的地方越来越少，把垃圾烧掉又会污染空气，连空气都快耗尽了。可是他怕这位大夫会感到这样的对话太压抑了。

当然，这一切都需要大量的钱。

“当然。”约塞连说。

“可钱从哪儿出？”利昂·舒马赫惊异地大声说，显然因嫉妒才大声吼起来。

“我的年龄已经够享受医疗保险啦。”

“医疗保险只包括这些费用的很小一部分。”

“剩下的从我安排妥当的计划里出。”

“真希望我也有这么个计划。”利昂不悦地说。

约塞连解释说，这个计划出自他为之效劳的公司，在公司花名册上他仍以半退休半顾问的身份留在半经理的职位上，并且保留终生，除非他一点都不想干了。

“我要是有这么一份工作多好。这到底是什么意思？”利昂嗤笑着讽刺他说，“约塞连，名：约翰。职业：半退休半顾问。我们的流行病学专家到底会怎么解释呢？”

“这是我的另一份工作。我花一部分时间就得到全额工资，尽管我说的话他们连一半都不听。我管这叫半退休的半顾问，不可以吗？公司负担一切费用。我们公司跟哈罗德·奇爱公司一样大，而且也同样可爱。我们是M&M联合企业，我是合伙人之一。那些人很有创业精神，我管联合，他们管办企业。”

“他们具体干些什么？”

“什么能赚钱就干什么，只要不犯罪，不丢人就可以，我想。”约塞连答道。

“你的话有半句是真的吗？”

“我怎么知道。就跟对别人撒谎一样，他们也对我撒谎。我可没胡编，你们可以检查。把我绑在心脏监测仪上，哪怕我的心脏间歇一下，就算我撒谎。”

“这机器会测出来吗？”利昂惊奇地问。

“为什么不会？”

“你在公司里干什么？”

“我反对。”

“别太神经过敏。”

“我是在回答你的问题，”约塞连高兴地告诉他说，“我反对那些不合乎我的道德标准的事情。我在提反对意见方面挺卖力气。他们要么继续干他们的，要么不。我代表公司的良心，是公司道德的体现。这是从二十多年前我偶然加盟公司以来所做的另一件事。加入公司为的是能得到不合法的帮助，为的是帮我的孩子躲避去越南打仗，你是怎么帮你的孩子躲过去的？”

“医学院。当然，战争一结束他们俩就都转到企业管理行业去了。顺便问一句，小道消息说你和我们楼层一个大家都喜欢的护士搞得挺热乎的。”

“比跟你和你的同伙们热乎得多。”

“她可是个非常好的姑娘，也是个好护士。”

“我想我已经注意到了。”

“也很有魅力。”

“这一点我也看到了。”

“我们这儿有几个非常好的专家，他们坦白地告诉我，他们都想钻她的裤裆。”

“这话也太粗鲁啦，利昂，实在太粗鲁。你应该感到害臊，”约塞连厌恶地责备他说，“这和说你们都想操她没什么两样。”

利昂羞得无地自容。约塞连控制住了自己的失态，在门外挂上“请勿打扰”的牌子，为的是不让别人再来打搅他。

敲门声格外不同，所以有那么一会儿约塞连竟希望是随军牧师，作为自由人从他非法地被合法拘留的什么地方回来了。约塞连不知道应该怎么帮助他，就像当年在前线时一样无能为力。

其实是他的小儿子迈克尔，在过去还算是个家的家中他是四个已成年孩子里最差的一个。除迈克尔外他还有个女儿吉利安，一个初级法院的法官；老大朱利安，又一个佼佼者；还有艾德利安，成绩一般，自己挺满足，可是因为成绩平平而受到别人的冷遇。迈克尔没结婚，没有家，没有工作，从不惹人讨厌。他中途进来看看他父亲再一次住院都干些什么，并且交代说他想从法学院退学，因为他发现那里不如医学院，也不如商学院、艺术学院和建筑学院的研究生院以及几个五花八门的学院的研究生院那样刺激。他已经在这些学校里试读过，不过时间都不长就退学了。

“唉，真扯淡，”约塞连哀叹道，“我费了挺大劲把你往学校里送，你却一次次地退学。”

“没有办法，”迈克尔沮丧地说，“我对案例了解得越多，就越发现它们并不违法。我感到很吃惊。”

“我也是因为这个原因放弃法律学的。你多大了？”

“快四十了。”

“还有时间。”

“我不知道你是开玩笑还是当真？”

“我也不知道，”约塞连对他说，“不过要是你还这么拖着，拿不定主意一辈子干点什么的话，就会老得该退休了，到那个时候你就什么都不用学了。”

“我还是不知道你是不是在开玩笑。”

"连我自己也不知道，"约塞连回答说，"有时候，我说的话是我的意思又不是我的意思。告诉我，宝贝儿，你以为我这沟沟坎坎的一生里干的活儿都是我愿意干的吗？"

"也包括写电影剧本？"

"是的，我并不喜欢，也没干多久。都是假的，而且长久不了。况且一旦写完我就不再喜欢它了。你以为我愿意投身广告业，打进华尔街，搞地产开发或者股票吗？在公共关系方面有谁单凭做成功之梦就能成功的呢？"

"你真的为努德尔斯·库克工作过？"

"是努德尔斯·库克找我工作。大学刚毕业。你以为我们，我和努德尔斯，真的愿意写那些政治发言稿？我们想写剧本，还想在《纽约客》上发表呢。可这能由你来选择吗？我们选择的是能得到的最好机会，但不是我们最喜欢的东西，迈克尔。就连威尔士亲王都做不到。"

"这才是最倒霉的生活方式哩，是不是，爸？"

"生活就是这样。"

有那么一会儿迈克尔没开口。"我看见门上挂的'请勿打扰'的牌子心里挺害怕，"他用温和的口气委屈地说，"谁他妈的挂上那个牌子的？我还以为你真的病了呢。"

"我的主意，开个玩笑。"约塞连咕哝道。他刚才在牌子上用笔加上了"闯入者格杀勿论"的字样。"这就把人挡在门外了。他们从早到晚总是突然闯进来，事先连个电话都不打。他们好像不知道整天躺在医院里是件相当吃力的活儿。"

"反正你从来不接电话。我敢打赌你是医院里唯一有接话机的病人。你还要在这里待多长时间？"

"市长是不是还是市长？主教是不是还是主教？那个普里克是不是还在政府里？"

"哪个普里克？"

"甭管是哪一个。我想把所有的普里克从政府里统统踢出去。"

“你不能老在这里待着呀！”迈克尔喊起来，“你究竟在这里都干些什么？两个月前你才做了年度检查。大家都认为你病啦。”

“我反对。谁这么认为的？”

“我。”

“你疯了。”

“咱们都疯了。”

“我再次反对。是你们都疯了。”

“朱利安说你要是稍微有点雄心，稍微有点脑子的话，早就把公司控制在你手里了。”

“他也疯了。迈克尔，这一次我有点怕。我有一种幻觉。”

“什么幻觉？”

“不是控制M&M联合企业的事。有一种预感，或者是我自己想出来的。恐怕我得了一种什么病或者长了肿瘤。不敢肯定是我想象出来的还是真的。我一心烦就坐卧不安，像是得了结膜炎和脚癣之类的病。睡觉也不好。你不会相信的，迈克尔。我一失恋就感到厌烦。我现在就失恋了。”

“看得出来，”迈克尔说，“你没节食。”

“你是凭这猜出来的？”

“一个方面吧。”

“我想到了癫痫，你知道吗。一次性缺血性发作。你根本不懂那是怎么回事。后来又担心中风，每个人都害怕中风。我说话太多了吧？我有一种感觉，就是说什么事我都看见过两次。”

“你是说把东西看成双的？”

“不，还不到那个程度呢。是一种曾经经历过的感觉。每天的新闻对我来说都不新。每天都在进行着政治运动，或者正在开始。要么就是又一届选举。这些消息没有了就是另一次网球赛，要么就又是倒霉的奥林匹克运动会。我觉得住进来检查身体算得上是个好主意。无论如何我的脑子很好使，思维清晰，问心无愧。”

“一切都挺好。”

“别那么肯定。有些犯大罪的人，他们是有良知的。别忘了我父亲就死于中风。”

“九十二岁？”

“那他就应该高兴得跳起来？迈克尔，你自己到底打算怎么办？最叫我放心不下的就是你到底适合做什么。”

“你现在说话太多了。”

“在家里我就只能跟你谈谈话，可是你又不肯听，这是家里人都清楚的，包括你妈在内。她就知道要赡养费。钱是重要，比任何其他东西都重要。想听听好主意吗？赶紧找份工作，找一家退休金高、医疗条件好的公司，别管它是什么公司，干什么工作，也不用管你多讨厌它，在里面一直干下去，直到老得干不动。这是唯一的生存方式，为死做准备。”

“唉，胡说，爸。你真的相信那一套？”

“不，我不信，尽管我想这可能是对的。人总不能靠社会保险活着，何况你连这都没有。可怜的梅丽莎都会比你的结局强。”

“谁是可怜的梅丽莎？”

“外边那位可爱的护士，是又有魅力、又比较年轻的那个。”

“她既没有魅力又比我大。”

“是吗？”

“你看不出来？”

约塞连住院的第二个周末，他们策划了一个赶他出院的阴谋。

为了把他赶出医院，他们把一位从比利时来的病人安排在他的隔壁房间里。这位比利时人是欧洲共同体的金融专家，还是个病入膏肓的比利时金融专家。他不会讲英语，这倒无关宏旨，反正他的喉部已被切除了一半，根本不能讲话。他也不大懂英语，对医生和护士来说，他们无法将意思传达给他是一个很大的麻烦。整个白天和大半夜，他那苍白娇小的比利时妻子都守在他床边。她穿着没有烫过的时装，一支接一支地抽烟，还时而歇斯底里地冲着护士叽里咕噜一番。她也不懂英语。甭管他是醒还是睡，是呻吟还是呛着，她都会突然发出惊恐的尖叫。他来这个国家为的是治好病，医生也已经把他的喉头切下来了大部分，否则他早就死了。现在也不敢保证他能活下去。约塞连心想，上帝啊，他怎么能受得了这个？

约塞连心想，上帝啊，我怎么能受得了这个？

这个人无法表达他的感情，只能以点头或摇头来回答他妻子那连珠炮似的问题。他妻子却找不出适当的办法转达他的意思。他的危险与痛苦太多，约塞连扳着指头都数不过来。约塞连第一次数数时指头不够用了，他便不敢再去数。反正他长不出新手指头来了。周围刺耳的喧闹声接连不断，他简直没有时间考虑自己的事了。他不替这个比利时人担心也不行。明知道紧张对健康不利，紧张能致癌，可他对自己紧张的担忧使自己的思想压力越来越大，于是便也开始为自己担忧了。

这个人所受的痛苦是约塞连所无法想象的。他没有吃止痛药，疼得再也难以忍受下去，几乎闯不过这一关。他打了麻醉针，戴着氧气罩。他得到了治疗，还被消了毒。他使每个人都忙得团团转，麦金托什护士都没空让约塞连摸她臀部的衬裙边了。生意就是生意。这个比利时人就是一笔大买卖。梅丽莎披头散发，奔进奔出，魂不守舍，气喘吁吁。他想隔壁有那么紧要的事要做，现在去勾引她分散她的精力是不合适的。然而没有她在身边，他感到空空荡荡，别的人又替代不了她。

这个几乎不能动的比利时人使他们忙得不可开交。他们通过他脖子上插着的管子输入营养液，使他不至于饿死。他们通过静脉给他注射水，使他不至于脱水，还从他肺部向外导液，使他不至于窒息而死。

这个人需要全天护理。他的胸部和腹部都插着管子，并且需要不间断的照看。约塞连没有时间想塔普曼牧师和他的麻烦事，也顾不上米洛和温特格林以及他们的隐形轰炸机的飞行中队，更顾不得去想那个使用银白色化妆品、穿细高跟鞋的高个子澳大利亚同屋或其他什么人了。约塞连每天都要到走廊去窥视隔壁房间正在忙什么。每次看完之后都会跌跌撞撞地回到自己的屋里，虚弱地瘫在床上，并用一只胳膊压住双眼。

等他觉得视线清楚过来再抬头看时，那个更加神秘的私人侦探正在门口探头探脑。这个特工人员衣冠楚楚，一身剪裁合体的西装，一条色调柔和的苏格兰花呢领带，异国人的皮肤，黑眼睛，高颧骨，看上去隐约有些像东方人的脸，使他联想起坚果，去了壳的杏仁。

“你他妈的到底是谁？”约塞连不止一次想喊出来。

“喂，你是谁？”他终于客气地问了一次，脸上带着强装的笑容。

“是跟我说话吗？”那人高傲地答道。他声音柔和，吐音清晰。

“我能帮你做点什么吗？”

“谢谢啦。几天前有一个粗壮的黄头发秃头先生老在楼道里转来转去，我只是觉得他有点奇怪。”

“另一个私人侦探？”

“我一点都不明白你说的是谁！”那人说完便匆匆离开了。

“你他妈的是谁？”约塞连终于冲他喊了出来。此时那熟悉的尖叫声又大起来，胶底鞋的啪啪声又开始了。

“谁会说法语？谁会说法语？”这一凄惨的呼号声一天十数次响起。这声音来自麦金托什护士，来自克拉默护士，来自其他护士中的一个，或者来自数不清的主治医生、技术人员，或是黑人、拉美裔人、太平洋沿岸地区来的移民与形形色色的经济难民。为了那个比利时人的金钱，他们都为他服务，这在医院来说也可算是一件极为平常的事，可这又是多么不合常理啊。既然每个楼层的糖果饮料自动售货机旁边都配有自动提款机，那么持有信用卡和重病医疗保险的病人就不必再到外面去了。

那个讲话无懈可击、穿衣无可挑剔的特工人员一次都不肯主动说他会讲法语，尽管约塞连敢打赌他不但会讲法语，还会破译密码。

约塞连能说一点马马虎虎的法语，可是他决定只扫自家门前雪。他唯恐出现医疗事故，这谁能说得准？不难想象，翻译的任何小错误都可能导致他被指控为无照行医。约塞连太了解自己了，假如在他这个岁数，他也必须像这个人一样没了喉咙还活着，四天，十四天，或者天知道再活多久，那他一定反对。他宁肯不要活下去。最后他得出了一个最根本的结论：他无法承受比利时人所受的痛苦。

他不得不离开她了。

约塞连是个容易受传染的人，他自己也了解这一点。才一天时间他的嗓子便已开始沙哑。

“你怎么了？”麦金托什护士急忙关心地问道。她一大早交代完工作，化好妆，抻了抻根本没有发皱的丝袜，就赶来看她的美男子，瞧瞧他是否一切平安。“你的声音不对劲。怎么不吃东西？”

“我知道。嗓子哑了。现在不饿。我也不知道嗓子为什么会哑。”

他既不发烧，身体也没有不适的感觉；耳鼻喉科大夫说查不出他的耳鼻喉的哪个部位有炎症。

第二天他的嗓子开始疼起来。他觉得那儿像长了个东西，咽食物很困难，尽管还没有感染或肿大的迹象。他就像对待其他事情一样肯定地认为，如果不赶快离开，再在医院待下去的话，他的咽喉不久也会因长恶性肿瘤而被切除。

护士梅丽莎·麦金托什的心都快碎了。他向她保证不是个人原因，并豪爽地答应很快就会来接她去高级餐馆吃饭，接她去巴黎、佛罗伦萨，或许还去慕尼黑，还可以浏览橱窗里展示的带花边的女内衣，只要她觉得他们合得来，并且不怕有密探尾随。她认为他说的私人侦探的事不过是开玩笑而已。她说她会想他。他十分肯定地说他不会给她时间让她想念他，而就在他诚恳地看着她那诚实的碧眼，热烈地握着她的手说再见时，心中却在狐疑自己会不会记着来看她。

第二部

第四章 刘

我天生强壮，胆大包天。时至今日我也不知道什么是害怕。我有发达的肌肉、骨骼和胸部，但这并不是小时候在我父亲开的废品收购店里捆扎报纸和扛重货练出来的。我要是没有健康的体魄，父亲就不会让我干那样的活了，他就会让我像其他姐妹和哥哥艾拉一样，记记账和跑跑腿什么的。我家一共有四个男孩两个女孩，在男孩中我排倒数第二。我母亲对别人说我是她见过的最结实的男孩子，也是老也喂不饱的一个。她总是需要用双手才能把她的乳头从我嘴里拉出来。

“就像睡小床的海格立斯[1]。”有一次萨米·辛格说。

“谁？”

“海格立斯。婴儿时期的海格立斯。”

“怎么说？”

“他刚出生的时候有人把两条大蟒蛇放到他的床上要害他，结果他一只手掐死了一条。”

1　古希腊神话中主神宙斯之子，又译为“赫拉克勒斯”。

“跟那是两码事，机灵鬼。”

我和萨米·辛格还在上公立学校三四年级的时候，也许是六七年级的时候，他就知道那一类的故事。别人都忙着写《汤姆·索亚历险记》和《鲁宾孙漂流记》的读书报告，唯独他写《伊利亚特》的读书报告。萨米聪明，而我是精明。他能把问题查出来，我能把问题想出来。他的棋下得好，我的皮纳克尔牌打得好。我后来不下棋了，而他一玩牌准输钱给我。我们俩谁更精明？我们参军后他想当空军，于是选择了空军。我参加了陆军，因为我想与德国兵直接作战。我想驾着坦克朝成百上千的德国兵轧过去。结果他成了机尾炮手，我则被编进步兵团。有一次他被击落掉进水里，然后带着一枚勋章回了家，而我却成了战俘直到战争结束。也许还是他更精明些。战后他用政府给他的钱读了大学，而我在域外买了个木材场。我还买了一块房基地，和几个顾客合伙盖了所房子碰碰运气。他们比我懂建筑，我比他们懂做买卖。我又利用这所房子的利润盖了第二所房子。我后来发现了贷款这一方式。在康尼岛的时候我们根本不知道银行还愿意往外借钱。他去剧院听歌剧，我跟当地的管道工和扬基银行家们外出猎鸭子和加拿大鹅。在德国当战俘时每一次更换地方，我都担心新管理人员会从我的士兵身份识别证上认出我是犹太人来。我担心，但从不记得我害怕过。每一次他们用船把我运到一个地方，我就越深入这个国家的腹地，直朝德累斯顿方向而去。每到一个新的地方，我都想方设法在他们发现我是犹太人之前就告诉他们。我不想让他们以为有人在隐瞒什么。若不是萨米后来问我，我连想都没想过他们会朝我脸上吐唾沫，或者会用枪托打我的头；要么会用枪逼我和别人分开，把我带到丛林里用刺刀刺死我，或用短刀戳死我、开枪打死我。都是差不多的年轻人，我想他们顶多是威吓或者嘲弄我一会儿，那样的话，我只需要朝他们下巴狠揍几拳他们就会停下来的。我从不怀疑我会那么做，因为我是刘易斯·拉宾诺维茨，是从纽约布鲁克林康尼岛默美德大道上来的刘易斯·拉宾诺维茨。我不可能挨打，也不可能失败，对此我从不怀疑。

我还是小孩子的时候就是那么想的。从一出生我就长得高大粗壮，嗓门也大，事实上我的自我感觉比我的实际个头还要大。在公立学校时虽然亲眼看见那些年龄比我大的学生个头比我高得多，也许还强壮得多，但是我从来不觉得他们比我高比我壮。我邻居有几家意大利人，我从来没有怕过他们家的男孩。所有巴托里尼和帕卢姆伯家的男孩子让别的孩子们怕得连他们的名字都不敢提，除非是回到自己家里。他们带着刀子呢，那些意大利人，这话只敢小声议论。我从来没有见过他们的刀子。我不理睬他们，他们也不找我的麻烦。据我所知，他们也没有找过其他什么人的麻烦，只有一次例外。那天午饭后我坐在校园外的便道上，等着开门上下午的课。这时一个瘦瘦的八年级的学生懒洋洋地走了过来，并故意在我脚上踩了一下。他穿着球鞋，而按规定只有在上体育课时才许穿球鞋。可是所有巴托里尼和帕卢姆伯家的男孩子从来是想什么时候穿就什么时候穿。当时我自言自语道："嘿，好——嘛。"我看见他拐了个弯冲我走了过来，脸上并无明显的恶意。我自己都不知道我是什么时候伸出手把他的脚腕抓住的。我死死地抓住不放，而他却试图把脚抽出来继续走路，连眼珠都不转一下。似乎那是他的权利，似乎我根本就不存在。他一看我不松手，吃了一惊，停住了，态度也随之强硬起来。我们都不足十三岁。

"喂，你要干吗？"他大声喊道。

我的态度更强硬。"你丢东西了。"我冷笑着说。

"是吗？什么东西？"

"脚印。"

"有意思。放开我的腿。"

"有一个脚印落到我脚上了。"我用另一只手拍了拍他踩过的地方。

"是吗？"

"没错。"

他越使劲拔他的脚，我就抓得越紧。

"即便真的踩了你，那也不是有意的。"

“我认为你是有意的，”我对他说，“你要是对天发誓，再说一遍你不是有意的，我兴许就相信你。”

“你觉得你挺横的，是不是？”

“就是。”

男孩子们过来围观了，女孩子们也过来看了。我感到很自豪。

“好吧，我不是有意的。”他说着，不再往外拔腿了。

“我想这回我就相信你了。”

从那以后有一段时间我们成了好朋友。

有一天萨米打算教我打架，同时也向我显示他的拳击技术多么出色。

“你不能单靠劲头大和人家打架，刘。”

他带来一本他读过的拳击指南和他借的拳击手套。我们二人互相系带子的时候我不得不对他满脸堆笑。他示范了站立时的姿势和先击拳，还教我什么是刺拳，什么是勾拳和“上击拳”。

“行啦，老虎，你都演示过了。现在咱们干什么？”

“咱们先练三分钟，休息一分钟，我给你指出毛病，然后再打一个回合。记住，要不停地动。抱住胳膊的时候就不能出拳了，也不能摔跤。这是不允许的。把左手举起来，再举高点，多举会儿，再待会儿。不然我就会直着冲过来击中你。好。开始。”

他摆好姿势，蹦来跳去。我径直朝他走过去，毫不费力地用左手把他两只手按下去，又用张开的右手抓住他的脸恶作剧地来回转他的头。

“抱住胳膊啦！”他喊道，“不许抓住脸不放。你要么出击，要么什么也不干。现在暂停。重新开始。记住，你得试着来打我。”

这一回他蹦得更快，先用刺拳猛击我的头侧，又很快地退回去。我又朝他冲过去，轻松地用一只笨手压住他的两只手，用另一只笨手轻轻拍他的脸。看着他那副模样我禁不住大笑起来。我笑得合不拢嘴，他则直喘大气。

“咱们玩点别的吧，”他可怜巴巴地说，“这项运动不成，不是吗？”

有时我很可怜萨米。他没多大本事，可又总挑逗别人。其实他挺精明，因为后来我发现他只挑逗那些他知道不会真跟他生气的人，比如说我。

“嘿，刘，你那个大胸脯女朋友还好吧？”这是战争时期他常对我说的话。那时我开始跟克莱尔约会，并带着她到处转。

“你这家伙真聪明。”我常这样回答他，同时从牙缝里挤出些笑来。我的下巴后部和颈部一侧的筋有毛病，只要一激动就抽搐。尤其是玩皮纳克尔牌赌注下大了，需要绞尽脑汁时，它抽得更厉害。

“嘿，刘，替我向你的大胸脯妻子问好。”克莱尔跟我结婚后他总爱这么说。温克勒也开始拿这话逗我。如果我不能跟萨米翻脸，就不能跟他翻脸，而我实在不能跟萨米翻脸。他本来要当伴郎的，可是我家里人愿意让我的兄弟作伴郎，而我们家无论谁都得按照家里人的意愿办事。

他们给我起名叫刘易斯，可是又都叫我刘易。要不是萨米指出两者的不同，我根本看不出来它们的区别。就连他指出来后，我仍然觉得没什么两样。

萨米爱读报纸。他喜欢有色人，并且说应该允许他们在南方参加投票，还应该允许他们愿住哪儿就住哪儿。他们住哪儿我从来不关心，只要不住在我的附近就成。对那些我本人不了解的人，我从来都不喜欢。罗斯福当上总统后，有一阵子我很喜欢他，只是因为他不是赫伯特·胡佛，不是共和党的一员，不是南方或中西部反犹太人的乡巴佬，也不是底特律的科利恩神父。可是我们并不信赖他，不信他的话。我们信不过银行和银行的账目，所以我们尽量用现金作交易。甚至在有鲁道夫·希特勒之前我们就不喜欢德国人。在这些德国人中，我们家最不喜欢的就是德国犹太人，甚至在希特勒死后仍然如此。我就是听着这些长大的。

“我从不想伤害任何人。”我母亲经常这样说。我总听她一遍一遍地重复这句话，可她行的却是另一码事。每一件事都遭到她的诅咒，也包括我们自己家里的人。“要是有哪个民族该受到惩罚的话，那就是他们。我们刚刚从波兰到汉堡时，他们就不肯看我们一眼。在他们眼里我们肮脏。我们的行李，我们的衣服都让他们觉得丢脸。另外，我们不会讲德语。他们都嫌我们丢人，还存心让我们明白这一点。他们有的人一有机会就偷我们的钱。要是火车上或者街上的长条凳有空座位，他们就用帽子把位子占住，让人觉得那个位置是为什么人留的，这么一来我们就不可能坐在他们身边了。我们就得在旁边站上几个小时，连小孩子也得站着。他们有钱的人都这么干。他们甚至还让人相信他们不会讲意第绪语[1]。”

不久以前萨米和我一起来我家，他谈到德国犹太人可能的确不会讲意第绪语。我母亲听见这话就假装耳朵不好使，假装听不清他说什么。

欧洲战争开始以后，我们还年轻，离参军年龄还差两岁。上高中后，我把学西班牙语改成学德语，开始为打仗做准备。萨米他们一听见我说“注意，你好吗，喂，不是，是[2]”，他们就嚷嚷说让我别说了，我就回他们一两句谢谢。我一直坚持学习德语，甚至到了部队也没放弃。到入伍时我的德语好得都可以欺侮我在迪斯堡、西尔堡、利瑞堡和柏宁堡碰到的德国战俘们了。我成了战俘后被关押在德累斯顿城外。我有时跟警卫说上几句，还替别的美国人当翻译。因为我会说德语，所以被送到德累斯顿负责一个工事特遣队，尽管我是个军士，并不是非去不可。

当我还是个小孩子的时候，我家的废品生意就兴隆起来了。萨米的母亲积攒旧报纸，还拿来铝壶铝锅什么的，由我父亲去卖。正如他这位老人所发现的那样，靠卖废品也能过好日子，卖废铜烂铁的人甚至还能发点小财呢。一听说哪儿要拆房子，我们就飞也似的往那儿跑。我们还紧跟救火车。康尼岛的火灾便是我们的淘金场，我们抢救出来的管子就是铜矿和铅矿。战后不久月光公园被烧毁时，它可成了废品的富矿矿脉。他们出钱叫我们把废品搬走，等我们把废品卖给收购商时又能得到一笔钱。我们先把所有烫手的东西用石棉裹住，然后连石棉一起打包。从那以后我们的日子就富裕起来了，老人也就拿得出1万块钱借给我买木材场。利息很高，因为他一贯就是这样。还有就是他对我的打算根本不感兴趣。他不想让我放弃

1　德系犹太人使用的一种语言，在9世纪起源于中欧。

2　此处原文为德语。

废品生意，就连我们谁要搬到离他只有三小时路程的地方去住他都不愿意。老学校的房子和医院都非常好。我们买了一辆二手卡车，从附近雇了一个彪形大汉，他不仅能搬搬扛扛，还能把其他做废品生意的人吓走。我们甚至还雇了一个叫索尼的黑人小伙子，他十分健壮，不太爱讲话。一天他来找工作，我们就雇了他。我们用锤子和钩子扒开塑料墙和绝热石棉，然后用打包钩、橇棍和钢锯把铜管和铅管弄出来。我老爹把斯莫基·罗宾解雇了。

我把话传了过去。斯莫基回话说他会到处找我的，我最好别让他找着。第二天晚上我就到默美德大道的哈比小吃店坐下来等他，萨米和温克勒进来见我的时候一副胆怯的模样，我想他们准会瘫在那儿。

“你来这儿干什么？”温克勒说，“快走，快走。”

“你知道吗，斯莫基正到处找你呢！”萨米说，“他还带着一帮同伙哩。”

“我就是让他快点找到我。你们要是想在这儿等，我就去给你们买点苏打水和三明治。要不就想坐哪儿坐哪儿去。”

“你要想动真格的，至少得把你的兄弟们叫来，”萨米说，“要不要我快跑去给你家报个信？”

“还是要一杯麦乳精吧。”

我们等的时间并不长。斯莫基一进门就发现了我——我的位置正朝着门——并径直朝我的座位走来，身后跟着一个叫瑞德·本尼的小伙子，和一个外号叫“吉普车威利”的非常粗野的家伙。

“我正找你呢。我有话对你说。”

“我听着呢。”我们都目不转睛地盯着对方的眼睛。

“那就到外面去。我想和你单独谈谈。”

我分析了一下情况。他们都三十开外，可我们都还不到十八岁。斯莫基入过黑帮，蹲过大狱，还在一次殴斗中受过至少一次严重刀伤。

“好啊，斯莫基，如果这就是你来的目的的话，”我毫不犹豫地说，“你不是想和我单独谈谈吗，那就叫你的那伙人先在一边坐会儿。”

“你说过我好多坏话，对不？放狗屁！还有你爹。”

“什么坏话?”

“说你们解雇了我。还说我偷东西。你爹没有解雇我。咱把话说明白,是我不干了。我再也不替你们家干活儿了。”

“斯莫基,”我感到腮部和颈部的筋开始突突跳了,“老爷子让我明确地告诉你,你再敢踏进店门一步他就拧断你的脖子。”

斯莫基一下子噎住了。他太了解我那位老爹了。他知道我爹是个说到做到的人。他个头不高,是我见过的肩膀最厚实的人。他那宽大的脸庞配上一双碧蓝的小眼睛能使人联想起地雷或炮弹。脸上布满雀斑和老人斑,皱纹纵横交错,猛一看像个五英尺高的铁墩子或铁砧子。他当过铁匠。我们家的人个个长得肥头宽下巴。我们看上去像波兰人,事实上我们是犹太人。在波兰的时候一个哥萨克人冲我母亲喊叫,他一拳打在那人的脑门上,那个人当场死去。在汉堡又干了那么一手,也是因为一个人犯了同样的错误,对我妈妈粗暴无理。那家伙若不是躲闪得快,必死无疑。任何想欺辱我们家成员的人都没有好下场,只有萨米·辛格是个例外,尽管他常拿我大胸脯的妻子开玩笑。

“你爸爸还好吧,马尔文?”瑞德·本尼问温克勒。哈比小吃店里的人们都在瞧着我们。斯莫基又多了一层担心。

温克勒用手敲着桌子没说话。

温克勒的父亲是出版商,比三邻四舍的人挣的钱都多。有一个时期他们家还有过一架钢琴。瑞德·本尼是长跑运动员、收藏家、放高利贷者、负债人和小偷。一年夏天他和一个团伙把一家休假旅馆洗劫一空,唯独留下温克勒家租的房间没有动。这使得住在北半州的人们感到莫名其妙:温克勒的父亲到底是干什么的,怎么没人敢动他一根毫毛?

这时斯莫基已经软下来了些。“你和你父亲,你们对人讲我从你们手里偷了一所楼房,对不?我没偷那房子。是我找的看房人,我自己做成的这笔买卖。”

“你是在替我们干活期间找到他的,”我对他说,“你要么替我们干,要么开自己的公司，不能同时两样都干。”

“现在那些商人都不从我这里买东西了。是你爹不让他们买的。”

“他们想买谁的就买谁的。不过他们要是从你那儿买的话，就别想再从他那里买。我爹就是这么说的。”

“我可不喜欢这么办。我要跟他谈谈。现在就谈。我要跟他讲个明白。”

“斯莫基，”我忽然感到自己信心十足，便不紧不慢地说道，“你胆敢冲我父亲大声嚷嚷哪怕是一声，我就叫你死。你敢对我伸一个指头，他就叫你死。”

他像是被镇住了。

“好吧，”他让步了，头也低了下来，“我还回他那里干活。但是你告诉他，从现在起我要每周60块钱。”

“你连这都不懂，就是50块钱他也未必让你回去。我得替你跟他谈一谈。”

“他要是给我500块钱，就能得到我找的那所房子。”

“他可能按过去那样给你200块。”

“我什么时候开始？”

“让我明天先跟他谈谈。”我还真的跟我老爹谈了谈。我提醒他斯莫基干活肯卖力气，另外，他和我们的黑人伙计在一块，正好能赶走别的收购废品的人。

“先借给我50块钱行吗，刘易？”斯莫基求我帮忙，“从哈莱姆那边过来了些上等烟货，我想在里边投点资。”

“我只能借给你20块。”我完全可以多借给他一些。“真怪，”他们走出门以后我弯了弯手指说，“我的手有毛病了。刚才我给他钱的时候手指头都弯不过来了。”

“你一直攥着那只糖罐子呢。”温克勒说。他的牙直打颤。

“什么糖罐子？”

“你没注意吗？”萨米几乎是怒气冲冲地朝我喊道，“你使劲攥着糖罐就像是要用它杀了他。我以为你会把它捏碎呢。"

我笑着靠在了后边,然后我给每个人要了一份蛋糕和冰淇淋。说真的,我确实不知道谈话的时候我始终抓着那个厚厚的圆柱形糖罐子。我盯着他的眼睛时头脑冷静,思想集中,可我的胳膊却在不知不觉中做好了动手的准备,摆开了架势。萨米脸色煞白。他长吐了一口气,把一直握着餐刀的手从腿上举起来,把刀放回了原处。

"老虎,你干吗把它藏起来?"我笑着问道,"那能帮我什么忙?"

"我不想让他看出来我的手抖得有多厉害。"萨米小声说。

"你会用吗?"

萨米摇摇头。"我也不想知道怎么用它。刘,咱现在就把话说清楚。咱们再在一块儿的时候,你要是想打架,别指望我会站在你一边。"

"我也一样,"温克勒说,"瑞德·本尼不会对我怎么样,别的人我就不敢说了。"

"伙计们,"我说,"这一次我根本就没指望你们。"

"你真要用那个糖罐打他?"

"萨米,万不得已我会拿整个小吃店打他。我还会拿你打他。"

我已经过了六十五岁,从我逮住那个高个子、二十出头、动作敏捷的抢劫犯那天算起已经过了两年。因为生日快到了,很容易又想起那件事。作为送给我的生日礼物,我必须带克莱尔去看她喜欢而我不喜欢的歌舞演出。剧场离港务局公共汽车终点站不远。我们到早了,就跟别的观众在遮篷下等。我一看见那个汽车站就想笑,它总使我想起萨米在那个地方被小偷摸了钱包的事。那天他去了我家,回来的时候被偷了。因为他嫌警察不肯帮忙,朝他们喊了两声,就差一点被投进监狱。那时候我已经不再记恨德国人了,所以开上了梅塞德斯车。克莱尔也有一辆,是一辆时髦漂亮的折篷车。突然一位妇女喊了一声"贼[1]"。我看见两个年轻人正从我身后逃走。我连

---

1 此处原文为意第绪语。

想都没想，伸手抓住了其中一个。我拽住他转了个圈，把他提了起来，照他胸口猛地一推，他倒在一辆汽车的前盖上。这时我才发现他人高马大，还很年轻。他的皮肤是棕色的。

“你敢动一动的话，我就打断你的脊梁骨。”我在他耳边说。他一动也不敢动。

看到警察搜他身时那副小心翼翼的样子，我的头不停地晃起来，其实是后怕。他们用手指梳他的头发，看有没有藏着小刀或者什么尖东西。他们还检查他的衣领和口袋，衬衫和裤子所有的衣缝，从上到下翻了个遍，看他带没带枪、刀子，或者别的尖的、锋利的物品，直到摸完他的运动鞋帮他们才松了口气。这时我也才意识到我完全有可能被他弄死。

“你真走运，先生。”那个为首的年轻警察说。他在他们中间年龄算是最大的。

人们一直朝我微笑，我也还以微笑，并带有一种英雄的感觉。

“好啦，刘，你的戏演完了。”克莱尔干巴巴地对我说。其实我已经猜出来她会这么说的。“咱们该进去看真正的戏啦。”

“等一下，克莱尔，”我装模作样地大声对她说，“那边有位漂亮的金发女郎，她可能对我更感兴趣。”

“刘，看在上帝的分上，快进去吧，”她说，“要不我就自己去了。”

我们笑着走进了剧场。恰在两周之后，我的病又犯了，为接受化疗我又住进了医院。

第五章　约　翰

医院外面一切如故。人们发狂便可获得勋章。室内装饰师成了文化英雄，而服装设计师们更被顾客捧上了社会的顶峰。

“他们干吗不可以？”弗朗西丝·比奇对约塞连的观察做出了回答。她的发音近乎完美，别人会想，除她之外还有谁能一点磕巴都不打地讲出这么无可挑剔的英语呢。“你忘了人不穿衣服是啥样子啦?”

“如果男人说这话,约翰,”她丈夫帕特里克·比奇再一次对她的表现感到很得意,“非给活剥了皮不可。”

“男人就是这么说的,亲爱的,”弗朗西丝·比奇说,“在春秋两季时装展销会上,他们把我们打扮起来就能赚到几十亿。”

大量的穷人仍然存在。

约塞连出了医院朝着来接他的汽车走去时,侧回头看了看医院外面便道上躺着的那些懒散的人们。那是一辆黑玻璃窗汽车,是来送他去城市的另一头他那套豪华型高层公寓的。那是他的新家。他事先租了一辆车,他们却又派来了这辆高级轿车,但是不额外收费。他住的高层公寓是因为收费高才叫豪华公寓的。房间狭小,房顶低矮,两个浴室均无窗户,厨房则小得连一张桌子或一把椅子都摆不下。

离他家不到十个街区便是纽约港务局公共汽车终点站,它是一座到处都是上下车道的七层楼建筑。在一层有警察所,里面有三间不停地在使用的收容室,每天都有新犯人被收容,经常人满为患。一年前迈克尔·约塞连刚出地铁便发现车还没到市中心,离他绘图的建筑公司还很远,于是想退回去再上地铁,结果被拘留了。

“就是那一天,”他始终耿耿于怀,“你救了我的命却伤了我的心。”

“你愿意跟那些人关在一起?”

“如果真是那样,我宁愿死。不过眼看着你对那些警察大发雷霆,使尽欺骗手段,而他们并没把你怎么样,也不是件舒服事。我知道我可永远做不到。”

“我们也是不得已而为之,迈克尔。我是别无选择呀。”

“我感到很压抑。”

“谁让你有个常欺负你的哥哥呢,也许是这个缘故吧。”

“你为什么不制止他?”

“我们也不知道该怎么办。我们不想欺侮他。”

迈克尔回敬他一声冷笑。“你可真出尽了风头，不是吗？”他妒忌地责怪道，“让一圈子的人围着，还有人拍巴掌呢。”

后来两人都不说话了。

现在汽车站里住上了人，居住者包括男人和女人及任性的男孩和女孩。他们大多数夜里睡在楼里较暗的角落，白天则像每天上下班的人一样按时起“床”到外面干他们该干的事情。

建筑物每一层的厕所里都有冷、热水。这些人中有许多妓女和同性恋者，他们可以满足不同人的需要。近处还有大量的商店，出售最基本的生活用品如口香糖、香烟、报纸和果冻面包圈等。厕所里的卫生纸免费供应。处在生育期的母亲们经常从理想化家庭逃出来，带着年幼的孩子到这里寻找庇护所。汽车终点站是流浪者、乞丐和少年出走者的归宿地。成千上万乘公共汽车的打工族和成百上千的旅游者，每天早晨上班和晚上下班时从他们身边走过，都尽量不去理睬他们，因为大家都不富裕。有钱的人是不乘公共汽车上下班的。

约塞连从他高层公寓的花玻璃窗望出去，另一座更高的豪华公寓近在咫尺。楼房下面是宽阔的大道，街上挤满了越来越肆意喧闹、打架斗殴的人群，十分令人厌恶。他们中间还有叫花子、妓女和男妓、瘾君子、贩毒者、拉皮条者、性变态者、盗贼，还有找不到家的精神病患者。这些人在那些衣衫褴褛、因失去社会地位而无家可归的人们中间，百般施展自己的犯罪本领。他们实际上就住在露天的环境里。现在白人也加入到无家可归者的行列中来了。他们也同样冲着墙小便，在楼房夹道里大便。而这样的夹道恰是他们圈子里的人夜间栖息的地方。

他知道，甚至在附近环境较好的公园大街上，也常见一些女人蹲在街中心交通岛上有人护理的花丛里撒尿。

要说不讨厌他们实在太难了。

可是这里是纽约，是“大苹果城”和“帝国州的帝国城”，是国家的金融心脏、大脑和肌腱，是世界上可能除伦敦以外文化活动开展得最好的城市。

约塞连经常不自主地想，在他一生中，除去战争时期的罗马、皮亚诺萨、遭受严重破坏的那不勒斯和西西里，他何曾见过如此不堪入目、道德败坏的现象。在他周围，这块腐败的领地的范围正在不断扩展。他从很早就时常对他早年间的女朋友弗朗西丝·比奇表达过他的这种冷嘲热讽。作为M&M联合企业公司仅有的上得了台面的上层管理人员，他参加过公司召开的男士筹款午餐会和男士夜间聚会，尽管他有时不愿意参加可是不得不去。在这样的场合，你会听见一位合格的男士和一位能较流利地谈论生意之外的事情的人士与那些熟知行情的人们的谈话，他们高傲地认为他们的讨论可以影响世界。可是连这些人都还没有堕落腐败到如此地步。

当然，这不是哪一个人的错误。

"天哪，那是什么地方？"弗朗西丝喊道。他们俩刚参加完又一个为纽约公共图书馆理事会成员及其朋友们举行的并不热闹的茶酒联欢会。其他人还没离开，他们已经坐上了由她雇来的司机驾驶的租来的轿车回去了，可是经过无休止的争论之后一致认为，他们的确喜欢到这里来。

"汽车终点站。"约塞连说。

"那地方真是糟透啦。究竟为什么要建这么个东西？"

"为公共汽车呗。你说究竟为什么？你是知道的，弗朗西丝，"约塞连友善地讽刺说，"你兴许会把下一场时装展示会或者你那珠光宝气的慈善舞会搬到这儿来举办呢。我认识麦克布莱德。"

"你说的是谁？谁是麦克布莱德？"

"一个从前的警察，他现在在汽车终点站工作。干吗不举行一场婚礼呢，"他接着说，"一个真正的盛大婚礼？那肯定会轰动新闻界。你曾经办过——"

"我没有。"

"——在博物馆或是歌剧院里。在汽车站一定更壮观。"

"上流社会的婚礼？"她假笑一声反驳道，"你一定是疯了。我知道你爱开玩笑。让我想一想，奥丽维亚和克里斯托弗·马克森也许正在找新地方呢。快看那些人！”她突然坐直了说，“他们是男人还是女人？还有那些人，他们为什么非在大街上干那种事不可？就不能等到回家再干？”

“很多人没有家啊，亲爱的弗朗西丝，”约塞连说着宽厚地笑了笑，“用汽车站的厕所要排长队。高峰的时候还要预定呢。没预定者不得使用。餐馆和旅店的厕所都挂着牌子只供顾客使用。你注意了没有，弗朗西丝，男人在街上撒尿都撒得很多。”

“没有，没有注意过，”她冷冷冰冰地说，“你最近说话真尖刻。从前你的话要有趣得多。”

许多年以前，他们两人都还没结婚的时候曾尽情地享受过一番，就像人们现在说的有过一段风流韵事。虽然他们那时候热情似火，不停地做那种事，可是谁也不曾想过要给他们干的事加上个好名字，也不曾有过信物或者认真考虑过将来永远在一起的事。不久他就离开了他刚开始的很有希望的套汇和银行投资工作，再次尝试当老师的滋味。后来又到了广告代理公司，然后又做公关工作，还当自由撰稿人。总之什么都干，只是不包括具体生产看得见、摸得着、用得上并且需要占据一定空间的产品的工作。而她呢，出于好奇与冲动，加上天生的智慧，发现了自己对戏剧制作人的魅力和对将来有助于她上舞台、电影和电视的先生们的吸引力。

“还有，”他提醒她说，“你过去很富有同情心。你把过去忘了。”

“你也一样。”

“还好走极端。”

“你也一样。你现在对什么都持否定态度，”她冷冷地说，“还总是讽刺挖苦，是不是？怪不得人家都觉得跟你在一块儿挺不自在。你对一切都不在乎，所以别人根本没法相信你和他们的看法是一致的。还有，你总爱跟人调情。”

“不对！”

“对，你就是。”弗朗西丝坚持说。她甚至不屑回过头来说出她的证据。“你对谁都调情，除了对我。你知道谁轻浮谁不轻浮。帕特里克和克里斯托弗就不像你。你一贯如此。”

“我那不过是开玩笑而已。”

“有些女人想你一定有情妇。”

“情妇?”约塞连说着大笑起来,“有一个就够受了。”

弗朗西丝·比奇也笑了。刚才的紧张气氛也随之消散。他们毕竟都过了六十五岁。从她还叫弗朗尼的时候他就认识了她。她也记得那时人们叫他约约。从那以后他们再也不相互调情,各自结婚后更没有过。他们谁也没有出于考验对方的动机而侵入对方家庭并占有过对方。

“这样的人越来越多,而且到处都是。”她声音柔和地小声抱怨道。她虽然表示了明显的失望,但仍能把握住分寸。“什么事都能在大街上公开地干。帕特里克就在我们房前被抢了。我们街道拐角那里日夜都有妓女,长得不漂亮,穿的也不吸引人,就像那幢大楼里的一样。”

“就让我在那幢大楼那儿下车吧,”约塞连说,“我现在就住在那幢楼里。”

“住那儿?”见他点了点头,她说,“搬走!”

“我刚搬的家。怎么啦?在我这座魔山上有两个健身俱乐部,其中一个是爱情的圣殿。底层有九家电影院,两个属X级,一个是同性恋的;那里还有证券经纪人、律师事务所,中间还有广告公司。有看各种病的医生。有一家带换钞机的银行,还有一个大超市。我还建议开一所老人关怀院呢。有了老人关怀院我就可以一辈子住在这儿,连门都不用出啦。”

“看在上帝的分上,约翰,别总开玩笑好不好?找个环境好的地方住吧。”

“到哪儿去找?蒙大拿?”他又笑起来,“弗朗西丝,这里就是好环境。你以为我会挑坏环境住?”

弗朗西丝一下子变得没精打采,显得很疲倦。“约翰,你过去什么都知道,”她放弃了假装有文化素养的样子强调说,“该怎么办呢?”

“没有办法。”他的回答解了她的围。

他提醒她说一切都好：按照官方的标准衡量，情况从来没有像现在这么好过。只是穷人更穷了，建造新监狱比为无家可归的人建造房子更迫切。现有的问题令人绝望：一方面急需食品的人太多，另一方面又因为可供需要的食品太多而无法盈利。真正需要的是加剧物资短缺，他淡淡地笑了一下补充说道。他不想承认中产阶级不愿意自己多纳税来改善不纳税人的悲惨状况。而他现在就属于殷实的中产阶级的新成员。他主张增加监狱。

约塞连六十八岁，可是看上去不像那么大岁数，因此他有点自负。他比大多数六十七岁的人还显得年轻，也比差不多同代的妇女看着年轻。他的第二个妻子仍在和他闹离婚。他想不会再有第三个妻子了。

他的孩子都是第一个妻子所生。

他的女儿、当法官的吉利安，也正和丈夫闹离婚。她丈夫除了收入高些以外，不像她那么业绩卓著。他不过是个可信的丈夫、父亲、家庭主夫以及家庭扶养人，除去这些他不会有太大的出息。

他的儿子朱利安是老大，好吹牛皮，在华尔街已经是个二等的主要人物了，却仍挣不够搬进曼哈顿体面住宅里的钱。他和妻子在他们郊区的老房子里各占据四分之一的空间。他们各自的律师正准备为他们离婚提出起诉和反起诉，并打算达成事实上不可能的、能使双方都满意的有关财产和孩子的协议。他妻子是个时髦女人，长得漂亮，脾气很坏，来自一个花钱如流水的家庭，和朱利安一样爱炫耀自己，并且自信、专断。他们的一对儿女也蛮不讲理，不好对付。

对于另一个儿子艾德利安婚姻潜伏的危机，约塞连也已意识到了。艾德利安是个没有拿到硕士学位的化学家，现在在新泽西州一家化妆品工厂上班，他把正是干工作的年华用来研究染灰发的配方；他妻子已经报名参加成人教育学校。

最使他发愁的是迈克尔。这孩子根本不打算使自己有一技之长，对于没有生活目标的危险也毫无认识。有一次他跟约塞连开玩笑说，他打算在攒结婚的钱之前，先攒好离婚的钱。约塞连巧妙地反驳他说，他的笑话并非笑话。迈克尔对自己未下工夫把自己磨炼成艺术家一点也不后悔，因为艺术家对他来说没有什么吸引力。

女人，尤其是结过婚的女人，喜欢迈克尔，因为他是那样和蔼，善解人意，并且从不发号施令。可是她们不久就厌烦了，因为他是那样和蔼，善解人意，并且从不发号施令。他绝对不与人争吵，发生摩擦时干脆保持沉默，并且为发生争执暗自伤心。对迈克尔在与女人交往和工作中表现出的沉默寡言，约塞连表示尊重，同时也怀疑迈克尔是不是知道自己在干什么。他对钱可不是这种态度。

为了钱，作为自由职业者的迈克尔替广告公司和杂志社搞美工，或者按照与美术创作室签订的合同作画，或者问心无愧地找约塞连要他所需要的东西。他不相信会有一天他再也找不到为自由职业者提供工作的机会，也不相信约塞连会有朝一日不愿再帮助他避免必然出现的经济惨状。

总而言之，约塞连认定，他的家是一个典型的现代家庭，一个不协调的新时期家庭，在这个家里，只有母亲真正地爱家里所有的人，并且知道为什么爱他们。他怀疑，别的人个个都像他一样不懂得去爱其他人，同时又不时地感到伤心与懊悔，至少背地里是这样。

他有完美的家庭，但却和托马斯·曼笔下的古斯塔夫·阿斯琴巴赫一样一无所有，他为此而哀叹。

他仍然受着监视，但他不知道有多少人在监视他。周末，一位正统派犹太教人士在他楼外的马路上转来转去，他的接话机收到梅丽莎·麦金托什的电话。他已经把她彻底忘了。她留言说换成夜班已有一段时间了，为的是万一他请她出去吃饭——去巴黎和佛罗伦萨欣赏带花边的女式内衣，她提醒他这件事时嘲讽地笑了一声——还有一个令人难以置信的消息，那个比利时人仍然活着，不过十分痛苦，另外，他的体温已经降到了正常值。

约塞连早就拿命打过赌，说那个比利时人早已死了。

在那些尾随的人中间，他只能猜出其中几个——有的是他那个分居妻子的律师雇用的,有的则受雇于一位分居的丈夫,因为不久以前他在半醉状态下与那人的妻子睡过觉——她是一位几个十几岁孩子的母亲。他半心半意地想,如果他仍有与女人睡觉的激情的话,他还要再和几个女人睡觉。那个丈夫雇了暗探跟踪她认识的每一个男人,发疯似的要掌握她通奸的证据,用以抵消她已经掌握的他与别人通奸的证据。

一想到别人的事约塞连就痛苦不堪。经过了阵阵的痛苦之后,他拿起了牛形电话机的犄角,拨通了办公室的电话。

"有什么新消息吗?"他问米洛的儿子。

"到目前为止还没有。"

"你说的是实话?"

"我已尽了最大努力。"

"一点也没瞒着?"

"知道的全说了。"

"要是瞒了什么你会对我说吗?"

"如果能说的话我一定说。"

"你父亲给你打电话的时候,小米洛,"他对米洛·明德宾德二世说,"对他说我需要一个好的私人侦探的名字。为我个人的事。"

"他已经来过电话了,"小米洛说,"他推荐盖夫内事务所的一个人,名字是杰里·盖夫内。可千万别提是我父亲推荐的。"

"他已经告诉你啦?"约塞连万分感动地说,"他怎么知道我会打听律师呢?"

"这我可答不出来。"

"你感觉怎么样,小米洛?"

"很难说。"

"我是指一般的感觉。你又回汽车终点站盯着电视屏幕去了?"

"我需要给他们定定时,想再去一趟。"

"我能安排。"

"迈克尔跟我一起去吗?"

"要是你按天付费的话。事情还顺利吗?"

"如果顺利的话,我会不告诉你吗?"

"那你愿不愿意告诉我呢?"

"那要看情况。"

"什么情况?"

"看我能不能告诉你实情。"

"你愿不愿意告诉我实情?"

"我知道实情吗?"

"你能撒个谎吗?"

"前提是我得知道实情。"

"你对我还真够诚实的。"

"我父亲让我这样。"

约塞连再次打电话的时候对方说:"明德宾德先生说你会打电话来。"这个说话声音乐观、柔和的人叫杰里·盖夫内。

"有意思,"约塞连说,"哪一个?"

"老明德宾德先生。"

"那就更有意思啦,"约塞连语气强硬起来,"因为老明德宾德一再嘱咐我打电话的时候别对你提他的名字。"

"这是考验你能不能保守秘密。"

"你都不给我机会让我及格。"

"我信任我的客户。我要让他们知道他们可以永远信任杰里·盖夫内。没有了信任,还能干什么?我做每一件事情都开诚布公。现在我就证明给你看。我要告诉你这条电话线被窃听了。"

约塞连倒吸一口冷气。"你究竟是怎么发现的?"

"这是我的电话线,我要窃听,"盖夫内理由充分地解释说,"明白了吧?你可以信赖我。是我自己在录音。"

“我的电话线也被窃听了吗?”约塞连认为有必要问一下,“我有很多业务电话要打。”

“我查一查。不错,你的公司在窃听。你的公寓可能也被窃听了。”

“盖夫内先生,你怎么知道这些的?”

“就叫我杰里吧,约塞连。”

“你怎么知道这些的,盖夫内先生?”

“因为就是我窃听的。我还可能是在你那儿安装窃听器的人之一,约塞连先生。让我给你提个建议吧。隔墙有耳。你要是想谈私事,就把水龙头打开。要想做爱就到浴室里或者厨房里去,要么就把空调机开到……这就是秘诀。”约塞连拎着手提电话到厨房里把水龙头开到最大限度,以便进行秘密交谈。盖夫内笑了起来:“我们什么也谈不了啦,我根本听不见你的声音。”

“我什么都没说。”

“要学会看口形。”

“盖夫内先生——”

“叫我杰里。”

“盖夫内先生,你窃听我的电话还窃听我的公寓?”

“我可能窃听了。我会叫我的调查人员查一下。我从不隐瞒。约塞连先生,你在客厅里装了和公司人员通话的对讲机吧。你肯定对讲机没开着吗?你肯定没有录像机镜头对着你吗?”

“谁会那么干?”

“我就可能是一个,如果有人给我钱的话。你既然知道我尽说大实话,那咱们就可以成为好朋友了。只有这样才能合作。我想你已经知道了你的电话被窃听,公寓里也会有窃听器,邮件、信件、信用卡、银行账户和你的旅行都可能受到监视。”

“真他妈——的,我不知道我知道什么。”约塞连长长地叹了一口气,忍下了这让人厌恶的信息。

“要看到光明的一面，约塞连先生。要经常看到光明。我相信你很快就又要参与一桩婚姻之类的事了。其实如果委托人给你钱的话，你完全可以把干那种事看成是理所当然的。”

“你也干那种事？”

“我也没少干。不过我干的是公司的业务。你要是从来没有说过任何不想让M&M军事工程联合企业知道的话，你又怕什么？你相信这一点，不是吗？”

“不相信。”

“不相信？记住，约塞连，我把这一切都录下来了，尽管我很愿意按你的要求把它抹掉。为什么在你和公司的发展有密切关系的时候对它有所保留呢？不是有很多人都从中得到了好处吗？”

“我从来没有这方面的记录，盖夫内先生，我现在也不打算这么做。咱们什么时候能见面开始调查？”

“我已经开始了，约塞连先生。盖夫内先生从来就是说干就干。我已经按照信息自由法案向政府调取你的档案了。同时我正从那家最好的顾客信用评估所索要你的有关记录。我还有你的社会保险号。到目前为止还满意吧？”

“我不是雇你来调查我的！”

“在我搞清楚跟踪你的是些什么人之前，先得搞清楚他们都知道你的哪些情况。你说过他们有多少人？”

“我没有说过。但是我估计至少有六个，不过有两个或者四个是一块儿干的。我注意到他们开的是便宜车。”

“经济车，”盖夫内小心地订正道，“为的是不引人注意。正因为如此可能才引起了你的注意。”在约塞连听起来他的话千真万确。“六个，对吗？六是个吉祥数字。”

“怎么讲？”

“当然是从公事的角度讲。这是个安全数字，约塞连先生。比如说，如果他们中间有一两个想暗杀你，那就有证人啦。没错，六是个非常吉祥的数字，”盖夫内兴高采烈地继续说，“要是达到八或十就更好啦。忘掉跟我见面的事。我不想让他们中的任何人知道我正在为你工作，除非证明他们是在替我办事，我喜欢在发现问题之前先下结论。如果你现在没做爱的话，就请把水龙头关掉。喊得我嗓子都哑了。另外，我也听不清你的声音。跟我讲话用不着来这个。你的朋友有的叫你约约？也有的叫你约翰？”

“只有我的好朋友，盖夫内先生。”

“我的好朋友叫我杰里。”

“必须告诉你，盖夫内先生，我发现跟你谈话真叫人恼火。”

“希望这种情况会有所改变。要是听一听你的护士是怎么说的，你就会振作起来，原谅我这么说。”

“什么护士？”约塞连大声喊道，“我没有护士。”

“她叫梅丽莎·麦金托什小姐，先生。”盖夫内纠正说，同时咳嗽了一声以示责备。

“你还窃听了我的接话机？”

“是你的公司干的，我只不过是个打工的。没人给我钱我是不会干的。那个病人活下来了。没有感染的迹象。”

“我认为这太不寻常了。”

“你能感到愉快我们很高兴。”

* * *

牧师仍然没有露面：他通过信息自由法案追至医院找到约塞连，之后又带着他未能解决的问题仓促走掉，此后就被关在了什么地方受检查和审讯。

上一次牧师找到约塞连时他正脸朝上躺在病榻上。他听到轻轻的叩门声后没有回答。门开了一道缝，他蛮横地等待着来人进屋。这时他看见一张毫无表情的大马脸，脑门上疙里疙瘩的，稀疏的头发像一绺一绺的干草，用毫无光泽的灰色褪过色的干草。那人羞答答地溜着墙进来，眯眼看着他。来人的眼皮红红的，当他看清约塞连时，两眼突然明亮起来。

“我知道！”长着大马脸的人高兴得叫了起来，“无论如何我也得见见你。我知道准能找着你！我知道还会认出你来。你看上去气色真好！知道咱俩都还活着我好高兴呀！真想欢呼啊！”

“喂，”约塞连严厉地问他，“你到底是谁？”

来人即刻答道：“牧师，塔普曼，塔普曼牧师，阿·泰·塔普曼，牧师？”阿尔伯特·塔普曼牧师喋喋不休地说，“皮亚诺萨？空军？第二次世界大战？”

约塞连终于认出他来了，脸上露出一丝笑容。“啊，我真该死！”当他终于意识到他和随军牧师阿尔伯特·泰勒·塔普曼在分别45年后又得重逢时热情地对他说。“快请进。你看上去也挺好嘛，”他慷慨地请这个瘦骨嶙峋、营养不良、备受困扰的老人进屋里来，“看在上帝的分上，请坐。”

牧师唯唯诺诺地坐了下来。“可是，约塞连，我很遗憾是在医院里找到你。你的病重吗？”

“我一点病都没有。”

“那太好啦，真的没病？”

“真的，是挺好的。你怎么样？”

牧师立刻激动起来。“不好，我是刚刚开始意识到的，不，可能不算太好。”

“那就太糟糕啦。”约塞连说。他很高兴能够马上就谈到中心话题。“啊，那么，对我说，是什么风把你吹到这儿来的？如果是为了又一次老空军军人聚会什么的，你可找错人了。”

“不是聚会。”牧师看上去可怜巴巴的。

“那是为什么？”

“麻烦，”他简洁地说，“我认为挺严重。我真搞不懂。”

他当然先去咨询了精神病医生，医生对他说他是典型的老年性精神抑郁症先兆病人，已没有希望恢复正常。

“这病我也有。”

这就说明，这一切都是牧师想象出来的。约塞连想象着牧师肯定在想象这一切全都不是他想象出来的。

不过有一点倒是千真万确的。

在克诺莎执行公务的生面孔一拨一拨地冒出来，就他的问题对他进行讯问，但是他们中没有一个人能使他明白他们究竟指的是什么问题。于是他想起了约塞连，也想起了信息自由法案。

牧师解释说，信息自由法案是一种联邦政府的制度，它要求所有有关机构必须向申请得到信息的任何人提供他们储存的所有信息，只有那些他们不想提供的信息除外。

约塞连马上就推断出，就凭信息自由法案中的这一条款，在技术上他们不一定非提供信息不可。于是，每个星期定期向申请人公布的成千上万页的资料里，除了标点符号、介词、连词外，其他内容已全被粗黑线抹掉。这个条款简直是个绝妙的圈套，约塞连内行地想，因为政府对于他们已经选定不要公布于众的信息不是非公布不可，而且谁又能知道那些人是不是能够遵守号称信息自由法案的这一自由联邦法呢。

牧师回到威斯康星不到两天，便有一伙身强力壮的特务前来造访并要拘捕他。他们说，他们到这里来是为一桩牵涉到国家利益的重大事件，由于事件十分敏感，他们不能说出他们是谁，更不能透露他们是为哪一个特务机构工作的。他们没有逮捕令。法律规定他们不需要那东西。什么法律？就是那条他们根本无须引证的法律。

“太奇怪了，不是吗？”约塞连若有所思地说道。

“是吗？”牧师的妻子在电话里惊讶地说道，“为什么？”

“请继续说下去。”

他们宣读了他的权利，然而又说他没有这些权利。他想惹麻烦？不，他不想惹麻烦。于是他就得闭上嘴跟他们走。他们没有搜查证，可是还是把屋子搜了个遍。他们和像他们一样的人又来过几次，还带着技术人员。他们佩带勋章，身穿实验室工作服，戴着手套，拿着盖革计数器，还戴着外科医生口罩。他们收取土样、漆样、木样、水样和几乎每一样东西，把它们装进烧杯、试管和别的特殊容器内。他们甚至挖地三尺。邻居们感到莫名其妙。

牧师的麻烦在于重水。

他尿的是重水。

"恐怕这是真的，"利昂·舒马赫读了尿样分析报告全文后透露给约塞连，"你从哪里得到的尿样？"

"从我那个朋友那里，他上星期来的时候你还进来了一下呢。我在部队时候的牧师。"

"他从哪儿弄来的？"

"我猜是从他的膀胱呗，怎么？"

"你敢肯定？"

"我怎么敢肯定？"约塞连说，"我又没看着他。你说会是从哪儿弄来的？"

"法国的格勒诺布尔、佐治亚、田纳西，或者南卡罗来纳，我想。大部分是那些地方产的。"

"大部分什么？"

"重水呀。"

"这到底是怎么回事，利昂？"约塞连急于想知道真相，"他们绝对有把握？没有搞错？"

"从我读的这份东西看没错。他们差不多马上就能告诉你那尿的确很重，一眼药水瓶的重水就需要两个人才拿得起来。他们当然有把握。每个水分子里都多出一个中子。你知不知道仅仅几盎司里就有多少个分子？你的那个朋友一定比他看上去要重50磅。"

"听着，利昂，"约塞连极谨慎地放低声音说，"你能保守秘密，是不是？"

"我们当然会。这是医院嘛。我们不会告诉别人，只告诉联邦政府。"

“政府？就是政府在找他的麻烦！他怕的就是他们！”

“他们必须这么做，约翰，”利昂·舒马赫以病人床前惯用的语气说道，“实验室把它送到辐射研究中心，以确定是否安全。辐射研究中心再通知核武器管理委员会和能源部。约翰，世界上没有哪一个国家允许无照生产重水，而这家伙却一天几次成夸脱地生产。重水就是炸药啊，约翰。”

“很危险吗？”

“医学方面？谁知道呢？说实话，我从来没有听说过这种事情。不过他应该查明白。弄不好他会成为一座核电站或是一颗原子弹呢。你应当马上警告他一下。”

等到约塞连给退役美国空军阿·泰·塔普曼牧师打电话提醒他时，家中只剩下塔普曼太太在歇斯底里地哭哭啼啼。就在几小时前塔普曼失踪了。

从那以后，凯琳·塔普曼太太就再也没有听到他的消息，只是每周定时有人来看望她，向她保证说他挺好，而且还送来现金，数目够慷慨的，接近他假若仍然自由便能带回家的钱数。一听见她痛哭流涕地诉说一直没有塔普曼的消息，特工人员便个个高兴得满脸通红，因为这恰恰证实了他的确没有与外界联系上。

“我会继续找他，塔普曼太太，”约塞连每次打电话时都对她保证说，“虽然我还不知道下一步该到哪儿去找。”

她的咨询律师不相信她的话。克诺莎的警察也表示怀疑。他们的观点是，牧师也和失踪者记录上的其他人一样，跟别的女人一起逃跑了。她的孩子虽然不会把警察的想法当真，但是对塔普曼夫人的说法也不敢肯定。

约翰·约塞连所能了解到的情况是，不管牧师遭拘捕的意义有多大，也只与金钱、军事、科学、工业、外交和国际关系有关。

他是从米洛口中得知的。

他先找在华盛顿有影响的好朋友们——一位律师、一位基金筹募者、一位报纸专栏作家，还有一位形象设计师——他们都说不想靠近这个案子，因而也就不再回他的电话或者不再与他作朋友。一位政府说客和一位公共关系顾问索要了一大笔钱，并且说他们不保证他们能为挣这笔钱而保证做任何事情。他认识的参议员帮不上忙，州长也无能为力。面对牧师失踪一案，美国公民自由协会也一个劲儿地往后缩：他们同意克诺莎警察的观点，牧师可能跟别的女人一起逃跑了。最后他失望至极，又来找米洛·明德宾德。米洛先咬住上嘴唇后咬住下嘴唇说："重水？重水能卖多少钱？"

"价格是浮动的，米洛。很值钱。它产生的一种气体更值钱。我猜现在差不多3万美元1克。可这并不是问题所在。"

"1克是多少？"

"大约1/30盎司。但这并不是问题所在。"

"大约3万美元1/30盎司？听着跟毒品一样值钱哩。"

米洛说着，两只分得很开的眼睛死死盯着远处，陷入了沉思，两枚褐色的虹膜分别对着两个地方，似乎通过这种方式的配合，便可以将人类所能看见的一切全部收入眼帘。两撇儿小胡子分别以不同的节奏跳动着，每根灰红色头发也都轻快地震颤着，如同传感器在记录电流一样。"重水的需求量大吗？"他问道。

"每个国家都需要。不过这不是问题所在。"

"用它来做什么？"

"主要是核能源。还能制造核弹头。"

"看来比毒品强多了，"米洛越说越着迷，"你是说重水也像非法生产毒品一样属于蓬勃发展的工业？"

"我没有把重水叫作蓬勃发展的工业，"约塞连一脸苦相地说道，"不过这不是我要谈的问题。我想知道他在哪儿。"

"谁在哪儿？"

"塔普曼，就是我正在给你说的那个人。他是咱们在部队时跟咱们在一块儿待过的随军牧师。"

"在部队时我跟好多人在一块儿待过。"

“你那一次轰炸了咱们自己的空军基地差一点遇到麻烦的时候，他还给你做了品德信誉见证呢。”

“我有许多品德见证人。重水？对吗？是这么叫吗？什么是重水？”

“就是重的水。”

“对，我明白了。那气是什么气来着？”

“氚。不过这不是问题所在。”

“是谁生产重水？”

“比如说塔普曼牧师吧。米洛，我想找到他，并且在出事之前把他找回来。”

“我愿意帮忙，”米洛应允说，“要赶在哈罗德·奇爱和通用电气公司或是我的任何一个竞争对手之前。你把这件事告诉我令我感激不尽，约塞连。你的话太有价值啦，跟金子一样值钱，告诉我，哪一样更值钱，金子还是氚？”

“氚。”

“那么你的话就像氚一样值钱。我今天很忙，但是我一定要找到牧师，还要派一个人跟那些为确定所有权而审讯他的科学家一起混进去。”

“你怎么才能办得到？”

“我只要说是为了国家的利益。”

“怎么证明呢？”

“说两遍呗。”米洛答道。随即他便飞往华盛顿，第二次去对他头脑中那种既听不见又看不见的新型隐形轰炸机做第二次介绍。

第六章　米　洛

“你听不见它也看不见它。它飞得比声音快，也比声音慢。”

“这就是你管这飞机叫亚超音速的原因？”

“不错，鲍依斯少校。”

“什么时候你让它飞得比声音慢呢？”

“着陆的时候，也许还有起飞的时候。”

“肯定吗，温特格林先生？”

“绝对肯定，霍克上尉。”

“谢谢，明德宾德先生。”

他们开会的地点是新落成的军事特别秘密工程办公大楼内低于地面一层的地下室，环形房间的海蓝色有机玻璃墙上画着弓形经度线和变了形的各大洲图形，在一块不规则的壁板上雕刻着鱼和猛禽搏斗的场面。提问的人们围坐成环形，他们那些经过精心梳理的脑袋后边是一只伸展着巨翅和利爪的秃鹫。与会者均为男士。会议内容不准见诸文字。他们都才华横溢，单靠他们集体的记忆就足够了。有两个人已经发困，正在使劲克制自己以免打出哈欠来。大家都清楚这个房间在被窃听，不过这是理所当然的事。像这么秘密的会议是很难保守秘密的。

会议主持人坐的椅子位于中央，比其他人的都高。其他专家们呈半圆形围坐两侧。

“它能飞得比光还快吗？”其中一位上校问道。

“和光差不多一样快。”

“可以给它加速使它比光还快。”

“那就要多消耗些燃料。”

“等等，请稍等一下，明德宾德先生。我来提个问题，”一位颇感困惑的文职专家以行家的口气慢条斯理地插话说，“你的轰炸机为什么是无声的？我们现在有超音速飞机，它们在超音速飞行时必然要发出轰鸣，不是吗？”

“对机组人员来说是无声的。”

“这对敌人来说又有什么重要呢？”

“对机组人员来说是至关重要的，”米洛强调说，“没有谁比我们更关心那些年轻人了。他们中的一些人也许会一连几个月在天上飞。”

“也许几年，如果用上我们推荐的那种空中加油机的话。”

“它还是看不见的？”

“如果不想让它看见的话。”

“没有声音？”

“机组人员听不见。”

“除非他们减速，让声音赶上速度。”

“我懂了，温特格林先生。设计得真高明。”

“谢谢，皮克林上校。”

“机组有多少人？”

“只有两个人。训练两个人比训练四个人便宜得多哩。”

“肯定吗，明德宾德先生？”

“绝对肯定，诺斯上校。”

坐在中央的军官是位将军。他清了清嗓子准备发表意向性声明。屋里安静下来。他非常珍惜这片刻的肃静。

“光运动不运动？”他终于开口问道。

令人窒息的沉默。

“光运动，宾厄姆将军。”米洛·明德宾德终于冒出来这么一句。他为自己还能够回答感到欣慰。

“比任何东西都快，”前一等兵温特格林帮忙解释说，“光的运动最快。”

“而且最亮。”

宾厄姆不信任地转向左边的人们，他们中的好几个人都点了点头。他皱起了眉头。

“你们肯定吗？”说着，他严肃地转向右边的专家们。

有几个人诚惶诚恐地点点头。有的人则目光旁移。

“真有意思，”宾厄姆慢慢地说道，“我瞧见墙角桌子上的灯光怎么一动也不动呢？”

“那是因为，”米洛主动说道，“它的运动太快了。”

“比光还快。”温特格林说。

“光能比光还快？”

“当然能。”

“光在运动的时候您是看不见的，长官。”

“肯定吗，皮克林上校？”

“绝对肯定，宾厄姆将军。”

“只有在没有光的时候你才能看见它。”米洛说。

“我演示给你看看。”温特格林说着急不可耐地跨步走过去。他吧嗒一声关掉了灯。“看见了吗？”他又把灯打开，“发现什么不同没有？”

“我懂你的意思了，金，”宾厄姆说，“不错，我开始看见光了，唔？”宾厄姆笑着，身体靠在扶手椅上。

“简单地说一说，米洛，你的飞机是什么样子的？”

“在雷达上？它是不会被敌人发现的。就连装备了全部核武器时也照样看不见。”

“让我们看一看。照片或者画的图。”

“这是秘密，长官。只有在你提供了资金后才能让你看。”

“这飞机是看不见的。”温特格林边说边挤眼睛。

“懂啦，尤金。看不见？听起来很像老式隐形轰炸机。”

“唔，是有点像老式隐形轰炸机。”

“B–2隐形轰炸机？”宾厄姆惊恐地喊道。

“只有一点点像！”

“但是比老式隐形轰炸机强。”米洛连忙插嘴说。

“也好看得多。”

“不对，不像那种老式隐形轰炸机。”

“一点也不像那种老式隐形轰炸机。”

“那就好。”宾厄姆重新放松下来靠回到扶手椅里，“米洛，我可以充满信心地告诉你，在座的这些人对于我们从你那里听到的情况都很感兴趣。你管你那绝妙的飞机叫什么？我们必须知道。”

“我们把这绝妙的新飞机叫作M&M军事工程联合企业亚超音速隐形无声自卫反击与进攻型轰炸机。”

“这个名字对于自卫反击与进攻型轰炸机来说很体面。”

“这是它本身的性能决定的，长官。”

“慢，明德宾德先生，”一位来自国家安全委员会的文职专家不同意米洛的看法，“你口口声声说敌人，好像有人与我们为敌似的。我们已经不再有敌人了。”

“我们一直有敌人。”一位好斗的地缘政治学家反驳道。他也戴着一副无框眼镜，也认为自己精明过人。“我们必须有敌人。没有敌人也必须造个敌人出来。”

“可是目前没有超级大国和我们抗衡呀，”来自国务院的一位胖子争辩说，“俄国已经垮掉了。”

“那么又该是德国了。”温特格林说。

“对，德国一贯都是敌人。我们的钱够吗？”

“借呀。”米洛说。

“德国人会借的。”温特格林说。“日本人也会。一旦我们拿到了他们的钱，”温特格林得意地补充说，“他们就该弄清楚，我们会赢得针对他们的每一场战争。这是咱们自卫反击与进攻型轰炸机的另一个秘密防卫特征。”

“你把这一点指了出来我很高兴，金，”宾厄姆将军说，“我就用这一点去找钱。我去推荐。”

“向小普里克推荐？”米洛充满希望地喊道。

“不不，”宾厄姆带着几分幽默快活地说，“找他还早点儿。我们还需要和其他部门的战略家们碰碰头，至少再开一次会。还有总统身边像努德尔斯·库克那样该死的文职专家们。有必要向报界透点风。我想马上争取支持。要知道，你可不是头一个搞这玩意儿的。”

“还有谁？”

“奇爱就是一个。”

“奇爱？”米洛说，“他是个饭桶。”

“是个大废物。”温特格林说。

"他一直在推动隐形飞机的工作。"

"现在他在搞什么?"

"他正在搞他的奇爱全能全自动防卫并一、二甚至三次反击永固神奇最新技术B型进攻型轰炸机。"

"那种轰炸机不顶用,"温特格林说,"还是我们的好。"

"他的那个名字好听一些。"

"我们正在想我们的名字。"

"他的奇爱全能全自动防卫并一、二甚至三次反击永固神奇最新技术B型进攻型轰炸机,根本比不过我们的M&M军事工程联合企业亚超音速隐形无声自卫反击与进攻型轰炸机。"米洛简短地说道。

"奇爱做什么事都不会成功的,不是吗?"

"我就爱听这话,"宾厄姆将军说,"因为你们才是我要支持的弟兄们呢。这是他的新工作名片,是我们的一个特工人员从另一支猎取情报部队的特工人员那里偷来的。咱们很快就要跟那支部队公开交战了。你们的轰炸机到时准用得上。"

大家传看着那张名片,上面用奥匈帝国的双鹰纹章装饰,镌印的金字写着:

哈罗德·奇爱公司

协助建立良好关系并提供良策

收购与出售二手权势

按要求提供吹牛服务

注:此工作名片上的信息不得外传

米洛蔫了。这张名片比他的强得多。

"米洛,我们都卷入了世纪之争,以期得到最强有力的武器,这些武器能将世界引向末日，并给首先使用它的胜利者带来不朽的荣誉。谁赞助这个宝贝儿就能提升到参谋长联席会议去。我，伯纳德·宾厄姆，愿意承当这个角色。”

“说得好！说得好！”坐在宾厄姆将军两侧的官员们惊喜地同声嚷道，但那个胖胖的文职人员和那个瘦瘦的文职人员没吭声，只是闷闷不乐地坐在那里。

“那您就快点行动起来，长官，”温特格林不客气地吓唬说，“我们可不愿意守着这么抢手的产品在这里干坐着。你们这伙人不想要的话就——”

“当然要，尤金，当然要。给我们一些畅销情况复印件，这样我们在和别人谈起你们今天对我们说的这个情况的时候，也好知道我们在说什么。不要太详细，不然我们倒有麻烦。只需要几段硬性推销的华丽词语，还可以配上些彩色插图，让我们知道它大概是个什么样子。画得不必很精确，只要能给人留下深刻印象就行，我们就会尽我们所能马上行动起来。快得跟光速一样，怎么样？还有，米洛，再提一个很烦人的问题。”

“我也问一个。”胖子说。

“我也问一个。”瘦子说。

“问题很棘手，所以我事先道歉。你的飞机能成功吗？能像你说的那样承担那么多工作吗？世界的未来可能就指望它啦。”

“我说谎了吗？”米洛·明德宾德说。

“到什么时候世界的未来可能指望它？”前一等兵温特格林说，“我宁可向我的前妻撒个谎。”

“你们已经给了我信心。”

“宾厄姆将军，”温特格林说，他装出一副男子汉在受到伤害而生气时那一本正经的样子，“我知道什么是战争。第二次世界大战我在科罗拉多挖战壕。作为一等兵我到国外服过役。诺曼底登陆的时候我在地中海分检信件。大反攻那一天我正在那里，在小邮政室里。我的意思是，那间屋比今天这间屋大不了多少。我把头伸出去，用偷来的齐波打火机为我们战斗在意大利的弟兄们照明。”

“我是用鸡蛋为兄弟们服务的。”米洛说。

“没有必要提醒我们这一切的危机性。这屋里的人谁也不如我更了解我的责任，谁也不如我为完成这项工作做出的贡献大。”

“对不起，先生。”宾厄姆低三下四地说。

“除非是您，将军，或者是明德宾德先生。或者是坐在桌子周围的您的那些同僚，长官。奶奶的，我知道那两个王八蛋肯定另有所图。”温特格林抱怨说，此时那两个人正离开会议室向外走去。

温特格林和米洛一同拐来拐去穿过布满办公室的地下室。这里到处都是身着便装或军装的男男女女，个个精力十足。他们步履匆匆，忙着各自的公务。这群狗男女，温特格林强压怒气，在心里自言自语道，都像是衣冠楚楚的阔佬，个个目中无人，还他妈的挺自信。穿军装的妇女看上去都很娇小，但那些有特殊任务的例外，她们那副样子看上去可比别人要高出一截。这帮混账东西都不是正经玩意儿，温特格林目光下垂，问心有愧却面无表情地喃喃道。

朝电梯方向走去时他们见到一个路标，指向司法部。进入另一个通道时又见到一个箭头，是黑色的，指向通向新建的国家军人公墓的一条近道。军事特别秘密工程办公大楼内宽敞高大的门廊是公共场所，已成为灯火辉煌的购物中心和首都第二个最具吸引力的旅游胜地；第一个是新的战争纪念碑。楼的这一层拥挤不堪。在开放的夹层楼里，有许多用现代派艺术装饰起来的报刊亭、食品亭、旅游纪念品商店，还有享誉四海的马戏表演、微缩塑像展览和在国际建筑竞赛中独占鳌头的“超仿真”射击馆。如果不想在这儿挤着而想到楼的上层或下层去的话，你就要有军事特别秘密工程办公大楼的绝密证件才能办得到。

地下室右边一个像喷着火的火箭一样红得耀眼的箭头把人们的目光引向路标，上面写道：

副地下室 A—Z

箭头忽然指向斜下方的一个紧闭的金属门，门上标着：

紧急入口
请勿靠近
违者格杀勿论

有两个穿军装的警卫在站岗，好像在把守紧急入口，把走近的人驱散。在旁边光滑的黑底上面有一个黄色的大S，它令人欣慰地提醒人们，一个新的老式炸弹掩蔽所已经建好，随时为旅游者及雇员提供方便和保护。

电梯旁也有警卫。他们从不开口，互相之间也不交谈。电梯内有一台电视监视器。米洛和温特格林既不讲话也不乱动，甚至回到楼上大厅这个真正的人间世界以后，他们俩仍然不敢乱说乱动。旋转门外的停车处，导游正把从旅游车上下来的游客向楼内引来。他们俩直到离开刚开完会的那所威严的特别秘密工程大楼，来到外面的毛毛细雨里，才开口说话。

"温特格林，"米洛终于小声说道，"咱们的飞机真能成吗？"

"我他妈的怎么知道？"

"它们看上去是什么样子？"

"我想咱们还真得弄清楚才行。"

"假如世界的未来就指望它了，"米洛解释说，"我认为趁着世界还在，咱们还真得重视起来呢，要不就永远拿不到钱了。"

"咱们需要一些图画。那个混账奇爱。"

"还需要印些小册子。找谁好呢？"

"约塞连怎么样？"

"他可能会反对。"

"那就去他妈的吧，"温特格林说，"让他反对去吧。咱俩别搭理他算啦。真他妈的！他他妈的反对不反对又有他妈的什么关系？咱们他妈的可以不搭理他妈的那个他妈的，不成吗？真他妈的。"

“我说，”米洛说，“这是国家的首都，你别用那么多脏字儿。”

“除了你没人听见。”

米洛有些犹豫不决了。阳光下细柔的阵雨雾蒙蒙地洒在他周围，在他面前形成一个七彩光环。“约塞连最近又是反对这又是反对那的。我儿子要是告诉他这是轰炸机的话，我非把他杀了不可。”

“别杀你儿子呀。”

“我想找一个在政府里有个好职位的二等职员，他一有了挣钱的机会就不会那么秉公办事了。”

“努德尔斯·库克怎么样?”

“努德尔斯·库克正是我想到的人。”

“为这件事找努德尔斯·库克还有点大材小用呢。咱需要约塞连来作联络人。”

“我对约塞连不放心，”米洛担忧地说，“我有点信不过他，恐怕他还是那么实心眼儿。”

第三部

第七章　促大艺博文活附委会

约塞连乘坐出租车穿过城区到大都会艺术博物馆参加每月一次的促大艺博文活附委会会议，正好听见宣读一份匿名提案。提案建议成立一个解构基金会，用以减少博物馆目前已扩大到超出常规的庞大面积。他听到该动议被裁决为违反议事规则。这时他看见奥丽维亚·马克森正转过脸来用明亮的黑眸严厉地瞅着他，而他正转过身去强抑着笑容盯着弗朗西丝·比奇，此时弗朗西丝则将双眉挑起，将无限赞美和探询的眼光投向帕特里克·比奇，而帕特里克正低着头欣赏自己的指甲，根本不理会坐在他身边的克里斯托弗·马克森。马克森不顾四周形形色色的人群，只顾用手指卷一根假想的雪茄。他把假想的烟头弄湿，然后把假想的雪茄放进真的嘴里，有滋有味地享受着他吸进的假想雪茄的香气，并在吞云吐雾中进入困顿的兴奋状态。

促大艺博文活附委会，这一十分挑剔的促进大都会艺术博物馆文化活动附属委员会是个独一无二的机构。这一天七八十个会员只有三四十个到场，讨论的还是同一个棘手的问题：是否应该以及怎样充分利用那些房屋增加收入。平时它们多用于举行结婚典礼，开结婚送礼会，办桥牌学习班、时装展览以及生日庆典；他们还讨论是否应该停止在此举办这些愚蠢的、不合时宜的庆典活动。

和往常一样，要求如此强烈无非是为了钱。

提出的议案中被搁置到下次会议进行全面讨论的问题有集资艺术、着装艺术、解决问题的艺术、宣传的艺术、时装设计的艺术、高攀上层社会的艺术、美食艺术以及主持会议的艺术，即会议顺利而无意见纷争地连续召开两小时后能按时结束，从而给与会者留下美好的、无意外事故发生的、毫无惊异困惑感的印象，同时又觉得此会可开可不开。

所有不一致的意见都干净利落地解决了。

最后一个匿名提案提出，所有的匿名提案均不再给予起码的考虑。此提案被提交独一无二的委员会考虑。

约塞连和帕特里克及弗朗西丝·比奇后来偷偷溜进了附近的一个酒吧。弗朗西丝要了杜松子酒和汽水。帕特里克·比奇看上去很厌烦。

"我当然烦透啦，"他盛气凌人地对妻子发火道，"现在我讨厌那些油画就跟讨厌那些人的争论一样。唉，弗朗西丝，"他的哀叹就像一个殉难者发出的无望的乞求——"你干吗非坚持给咱们找那么个地方去呢？"

"咱们有什么更好的事情可以做吗？"弗朗西丝甜甜地对丈夫说，"这会使我们做出很多更糟糕的事情，不是吗？这样一来我们的名字就可以上报纸，别人就知道我们是谁了。"

"应该是我们就知道我们是谁了。"

"我想那是天意。"

"我说过她要是再用那个字眼儿我就杀了她。"

"说正题吧。"弗朗西丝一本正经地说。

"他不可能是当真的。"

"不对，他是当真的。是不是，约翰，你当真建议在公共汽车终点站举行婚礼，对吧？"

"当然。"约塞连谎称道。

"你还以为那是可行的？而且是大型的？"

"我毫不怀疑。"他再一次说谎。

"奥丽维亚·马克森，"弗朗西丝做了个鬼脸，"她正打算替养侄女或什么人办婚事。她想了个新点子，要找个罪恶园办喜事。那是她的原话。博物馆不是个好地方，因为这两个犹太人在那里举行招待会，另外两个犹太人被任命为委托人。这也是她的原话。可怜的奥丽维亚，她和我讲这话的时候居然忘了我也是个犹太人呢。"

"你怎么不提醒她一声？"约塞连说。

"我不想让她知道。"

三个人咯咯地笑个不停。

"你那时候肯定想让我知道，"帕特里克亲热地嗔道，"还有我家的每一个人。"

"我那时候很穷，"弗朗西丝说，"只不过是一个在戏剧的矛盾冲突中苦度生涯的愤怒的小演员而已。既然我嫁给了一个有钱的男人，我就要对他所属的阶级忠贞不渝。"

"说句机敏的笑话吧，"帕特里克说，"我出海航行的时候也是弗朗西丝和我在一块儿最幸福的时候。"

"我之所以信不过喜剧，"约塞连沉思地说，"是因为说笑话的人只管说，而听笑话的人根本笑不起来。他们甚至不懂他们也是这喜剧的一部分哩。"

"就像我们这样。"帕特里克说。

"还是回到正题上来吧，"弗朗西丝制止他们说，"看在奥丽维亚的分上，我希望看到婚礼在你那个公共汽车终点站举行，看在我的分上，我希望它成为世纪之灾。"

"在罪恶园办喜事我能帮忙，"约塞连说，"不过我不能保证它成为世纪之灾。"

“奥丽维亚一定特卖力气。她肯定能把最新的总统吸引来。克里斯托弗受到了缓刑处理,可以逃避社区服务,所以他能干很多事情。”

“一个好的开头。”

“市长也会来。”

“那就更好啦。”

“连主教也会坚持出席的。”

“我们手里有所有人的名片,”约塞连说,“如果你真想让我去办的话,我马上就去侦察那个地方。”

“你认识那儿的什么人?”弗朗西丝急于了解。

“麦克马洪和麦克布莱德,一个警察一个副局长。麦克布莱德是那里警察局的侦探——”

“那里还有警察局?”帕特里克惊叫起来。

“一定是新建的,”弗朗西丝说,“那我们就可以受到保护了。”

“也方便,”约塞连说,“大家到齐以后,他们就能把所有人的指纹留下。麦克布莱德知道能不能做得到。从我儿子在那儿被捕的时候起,我们就成了好朋友。”

“为什么被捕?”帕特里克问。

“他走出地铁发现下错了站,就又折回去。他们就把他铐在墙上了。”

“天啊!”帕特里克做出痛苦的表情,“一定十分吓人吧。”

“我们俩差一点都死了,”约塞连说着,勉强发出一声不安的笑声,“跟我一起去吧,帕特里克。我正要去那儿看点新东西呢。你会更多地发现现代生活究竟是什么样子。生活并不都像博物馆。”

“我更愿意去海上兜风。”

帕特里克·比奇比他们两人大四岁。他出生在殷富人家,天生聪慧,但是由于认为自己天生无用,因而养成了好逸恶劳的习惯。他曾对约塞连说,要是在英国、意大利或者在某一仅剩的几个仍保留贵族传统的共和制社会里,他可能会在某一学术领域里有所造诣,成为著名学者。但是在这里,总的来说知识分子被视为下等人。可他生来就是当艺术爱好者或职业外交家的材料，不过在他心目中它们是一码事。经历了与三个肤浅的女人的肤浅婚姻后，他终于和弗朗西丝·罗森伯姆完成了永久性的结合。弗朗西丝的艺名是罗尔菲。她很快便理解了他对僻静与沉思的喜好。"我继承了一笔钱。"他喜欢过分殷勤地对他的新欢一遍遍地强调这一点。他认为在他喜欢的姑娘面前他应该显得有教养。"我根本不需要为了和你在一起而拼命工作。"

很多人都不喜欢他，可是他一点也不在乎。不过他那张高贵的脸会冷若冰霜，薄薄的嘴唇会因失望而轻轻抽动，尽管不很明显，可人们不至于愚钝得觉察不出他傲慢的态度所隐含的羞辱，除非缺乏教养到了对此毫不在乎的地步。

"奥丽维亚·马克森，"弗朗西丝总结性地说道，"我让她做什么她都答应，只要让她认为主动权是在她手上。"

"克里斯托弗·马克森总是很好说话，"帕特里克保证说，"只要你能有使他同意的事。每当我想单独吃午饭，我就叫上他一起去。"

他想和朋友一起吃饭时，常常想到的就是约塞连。约塞连很喜欢跟他一起讨论时事，并几乎对每一件事都进行诋毁；他们还回忆各自在第二次世界大战中的经历。在那次战役中约塞连作为授勋的飞机投弹手在靠近意大利的一个岛上服役，帕特里克则在华盛顿战争情报部服务。帕特里克现在仍然对他很敬佩，并且觉得跟这个他喜欢的家伙聊天使他陶醉。约塞连和他一样知道如何以怀疑的态度读报纸。他还在战争中受过一次伤，身体一侧还被当地的妓女用刀子捅过，他还敢公开顶撞顶头上司，并迫使他们最终把他送回国。

弗朗西丝兴高采烈地继续说下去。"奥丽维亚知道你肯帮忙一定乐坏了。她对你特好奇，约翰，"她狡黠地信口说道，"瞧，你已经分居一年了，至今还没有搭上别的女人。我也觉得不可思议。你不是说挺害怕单独一个人过的嘛。"

“我更怕和别人同住。我只知道这下一位仍然会喜欢电影和电视新闻！另外我对自己还会不会恋爱没有把握，”他说这话时显得很憔悴，“恐怕奇迹再也不会出现了。”

“你知道像我这样的女人是怎么想的？”

“可是假如我对你说我喜欢上了一个叫梅丽莎·麦金托什的女护士，”约塞连开玩笑地说，“你会怎么想？”

弗朗西丝很喜欢这个游戏。“我会提醒你，在咱们这个年龄，爱情不会超过两个星期。”

“我还对一个身姿娇美的澳大利亚金发女郎感兴趣。她和梅丽莎住一个公寓，名字叫安吉拉·穆尔科克[1]。”

“说不定我也会爱上那个姑娘呢，”帕特里克壮着胆子说，“穆尔科克？是她的真名吗？”

“穆尔。”

“我想你说的是穆尔科克。”

“我说的是穆尔，彼得。”

“你就是说的穆尔科克嘛，”弗朗西丝责备地说，“我还要批评你，为了满足自己不断衰退的性欲，竟忍心利用工作女郎的年轻无知。”

“她既不无知，也不年轻。”

“你可以跟我们中间的寡妇或者离婚女人好嘛。她们可以受你操纵，但不会受你利用。她们有律师和财产顾问，她们不会允许任何人滥用她们的一切，除非她们自己。”

帕特里克做了个鬼脸。“约翰，她演戏以前是怎么说话的？”

“跟我现在一样。帕特里克，人们都说你真的交了好运，娶了一个警句不离口的女人做老婆。”

“还把我们调教得跟她一样说话了。”

---

1 “穆尔科克”(Moorecock)与“more cock”谐音，有侮辱女性之意。

“我发现这是天意。”

“哎,扯淡,亲爱的。”帕特里克说。

“你又说脏字,亲爱的。约翰从来不对咱们说那些词儿。”

“他跟我说脏话。”

“他也跟我说,可是从来不当着咱们俩的面说。”

他吃惊地瞅了约塞连一眼。“这是真的?”

“跟你那漂亮的蠢驴打赌去吧。”约塞连哈哈大笑起来。

“你能搞清楚你能做些什么吗?我是指在公共汽车终点站结婚的事。”

“我正在办。”

旅馆外面没有出租汽车。沿街往前有一家弗兰克·坎贝尔殡仪馆,非常有名,它曾为城里许多逝世的知名人士举行过殡葬仪式。门口有两个人,一个身穿朴素的雇员制服,另一个衣装不整,身背帆布包,手拿登山拐杖。他们粗声粗气地争论着什么,全然不理睬举手招呼出租车的约塞连。

第八章 《时代》周刊

这一天晚些时候约塞连要去M&M联合企业办公室。办公室在日本房地产综合建筑群中的一座大厦里,现在叫洛克菲勒中心,规模属于二级。它从前叫“时代–生活大厦”,是《时代》周刊出版公司总部所在地。很久以前,萨米·辛格是这里的促销广告专栏作家,他是在辞掉宾夕法尼亚州的教师工作后不久来这里任职的。他不愿意为年薪3 200美元的政府职员的职位做效忠宣誓。在这个楼里他还有幸结识了一位妇女,她于五年后成了他的妻子。格伦达比萨米大一岁,如果萨米的妈妈在世的话,她绝不合乎其选择儿媳的标准,何况她不是犹太人,更加重了她进入这个家庭的困难。

除此以外,格伦达还是离过婚的人。她有三个未成年的孩子,不幸的是其中一个染上了毒瘾,并且由于意志脆弱而患有轻度精神分裂,时常有自杀的念头。活下来的另外两个孩子则显出了患癌症的极大危险性。萨米对他们多年的婚姻感到最懊悔的是那未预料到的悲剧性结局。他特别反感的不是宣誓，而是那些鼓吹宣誓的人。这种情绪就跟对待朝鲜战争和越南战争一样：他对这两次战争并没有很深的好与恶，但是对于两党蛊惑人心的政客却越来越反感，他们威胁他使他相信他们所相信的事。他在为杜鲁门1948年大选重新获胜欣喜若狂之后便不再喜欢他；对此后的艾森豪威尔和尼克松也不再放在心上。他对肯尼迪的关注一点也不比对艾森豪威尔多，他甚至根本不参加投票了。他不但不再投任何人的票，而且每到竞选日便窃窃自喜。格伦达认识他以前好几年就已经不参加投票了。她发现竞选政府要职的候选人个个都是那么庸俗、没有水平，并且令人生厌。

到《时代》出版公司后，他初期的年薪是9 000美元，是当大学教师时的三倍，而且每年还有四周的暑假。三年之后他惊喜地发现，自己也和其他既得利益者一样享受到了丰厚的公司津贴和利润分成。根据退伍军人权益法案，他由联邦政府出资读了大学，并且实现了多年的夙愿，在一家驰名全国的大公司里谋得一个职位。他在康尼岛上童年时代的朋友无不把他这仅二十五岁的年轻人视为成功的佼佼者。等他搬进曼哈顿自己那所不大的公寓时，更使自己成了高高在上令人顶礼膜拜的显要人物，就连刘·拉宾诺维茨都用一种既赞赏又嫉妒的目光看待他。萨米很喜欢周围的环境，喜欢他的生活。结婚以后他爱他的妻子，爱他的养子女，只要他和格伦达生活在一起，他便从不和别的女人睡觉，尽管刘根本不相信这一点。

他发现自己是和城里的共和党人在一起工作，这可是他生平第一次。无论是他的经历，还是所受过的高等教育，都没有教过他不只是强盗、精神变态者或傻子才愿意当共和党人。因为他的同事们并不傻，他们既不是强盗也不是精神病患者。在那很长的午饭时间他和公司里的男男女女一同喝马提尼酒。有好几年他夜里常和新老朋友一起吸大麻。他为他的布鲁克林老相识们现在都成了海洛因瘾君子而伤心。常和他一起喝酒、吸大麻的非犹太小伙子和姑娘们不相信，纽约布鲁克林的犹太青年竟会吸毒成瘾。他把曼哈顿的朋友们带到布鲁克林与那里的朋友见面，到羊头湾吃蚶子，在康尼岛吃热狗，乘坐降落伞和魔轮，观看别人勇敢地玩令人毛骨悚然的过山车。他带他们去乔治·西·迪尔尤的赛马公园。他和年轻女子不分昼夜地睡觉，用的是子宫托和避孕套，不过他始终干得不太好。他不像其他那些一起长大的朋友们那样活着从战场上回来就结婚。他结婚的时候都快三十岁了。过单身生活他时常感到孤独，可是又从来没有感到过不快活。

萨米的老板以其文雅的举止和清晰的语言习惯而显得与众不同。他瞧不起编辑们，因为他不是他们中的一员，还因为他比他们所有的人都博学多才。在会议上，他常以雄辩的口才辩解道，他这个部门的业务与促销专栏撰稿人不仅比编辑部的撰稿人强得多，而且知识也渊博得多。那个时候每一个撰稿人都在写或者谈论要写长篇小说和短篇小说，要写文章或者剧本。萨米也一样。艺术部门的人则在周末画画或搞雕塑，梦想有朝一日举办些个人艺术展什么的。他们那位让人讨厌却又令他们感到骄傲的上司被迫提前退休了，而且不久便因患癌症与世长辞。他的上司离开公司不久，他这个加入了康尼岛优秀市民控制下的基督教团体的犹太青年，成了公司一个小部门的头头，同时还成为三个孩子的继父及一位女基督教徒的丈夫。她来自中西部地区，在情感方面温和宁静，然而处事却果断利落。一天早晨她擅自做出决定，去医院做了输卵管结扎手术，这样便不会再给那个不稳定的家庭多添孩子，因为她知道丈夫对她不忠，家庭早晚要破裂。她说她可以适应丈夫的不忠行为——萨米根本不信她的话——但是不能容忍他明目张胆的做法。他们离婚后没有多久，他便得了黑素瘤。萨米跟格伦达同居的时候，他还活得挺好，到他们结婚时，他还依然活着。

萨米仍然心满意足地为《时代》周刊工作。为了扩展被他视为高级消费品的杂志广告业务，他不停地撰写促销广告，很少顾及其他事情。他喜欢这份工作，喜欢与他共事的人们，对不断增加薪水也十分满意，因为这样一来他的经济地位就保险了。同时对于自己能够娴熟地运用自己不算很广博的知识加倍欣赏。他由于参与了《时代》与《生活》两份杂志国际版的工作，有机会外出旅行，从而与国外许多人建立了不朽的友谊。就这样，他跟他同时代的人一样，在成长过程中接受了这样一个非常实际的观点，即你所能找到的最好的工作就是你正在做的工作。

他在公司里干到六十三岁时，也像他的前任一样被迫提前退休了。蒸蒸日上的公司为了办得更有活力，便采取裁员的手段，把像他这样老而不中用的人员裁减掉。离开公司时他意外地发现自己的余生可以通过公司丰厚的津贴和利润分成项目得到相当不错的固定收入，外加公司3 000股的股份，每一股价值一百多美元。他还可以享受非常优越的医疗保险，这包括格伦达后来生病治疗的全部费用，他自己一生的医疗费用，以及两个养子女的医疗费用，如果他们现在还不足十九岁或者尚未完成大学学业。

第九章　港务局公共汽车终点站

他没有带任何行李，下车时路边的行李骗子们冷冷地瞪着他。汽车终点站看上去很有秩序。行人朝各自的目标奔去，有的下底层乘车去某些地方，有的上二层、三层或者四层乘车去另一些地方。

“先生，干一次一个五分钢镚儿。”一个十四岁左右的瘦男孩怯怯地对他说。

一个五分钢镚儿实际是五美元，约塞连不忍心对这孩子说他连五块钱都不值。

“我跟你干一次也是一个钢镚儿，先生。”高处一个胸部扁平的女孩子紧接着说。她比男孩大几岁，可是没有成熟女孩的丰满线条。这时另一个粗壮结实的女人正自作多情地从高处往下看。她那长着酒窝的胖脸浓妆艳抹，贴身的超短裙露出包着膝盖的两堆肉。

面对这些不轨的要求他紧张起来。我都六十八啦，他在心里说。他怎么会使这帮人认为他到汽车站来为的是干那种事的呢？倒霉的麦克马洪到底在哪儿？

港务局副巡官托马斯·麦克马洪正在警察局里和副局长劳伦斯·麦克

布莱德一起看迈克尔·约塞连用铅笔在一张大纸的背面画图。他们对他充满了敬意，就像不会画画的人连艺术家的雕虫小技都佩服得五体投地一样。约塞连可以对他们说，迈克尔很可能连草图都画不完就扔下不干了。迈克尔惯于把事情干一半就放下，而且总是十分谨慎地避免同时做几件事。

迈克尔被扣在墙上那天，约塞连闯进了警察局。当时迈克尔的脑海里正在精心画着一张他自己的恐怖图画。他用环形线条把原本是长方形的牢房变成了一口污秽不堪的螺旋状竖井，站在井沿可斜着向下看到底，刚刚勾勒出的自己僵硬的躯体正孤独地陷在井底深处。

“不许你们动他一个指头！”半个小时以前约塞连在电话里对警察大声吼道。他们打电话叫他来一趟，以证明迈克尔的身份，因为迈克尔所在制图公司的接话员不知道他是公司雇用的自由职业者。“你们敢把他关起来！”

“等一下，先生，等一下，先生，”警察气呼呼地尖声大叫着打断了他，“我打电话给你为的是查明他的身份。我们是按手续办事。”

“去你妈的手续！”约塞连以命令的口气说道。“你可听明白点儿，”他感到气愤至极，且不知所措，又孤立无助，真恨不得要杀人，“照着我说的做，不然我就让你吃不了兜着走！”他粗暴地大声嚷着，心想一定说到做到。

“喂，喂，喂，等等，伙计，等一下，伙计！”年轻的警察近乎歇斯底里地喊道，“你他妈的以为你是谁！”

“我是M&M联合企业五角大楼空军工程少校约翰·约塞连，”约塞连语气生硬干脆地说，“你这个无耻之徒，你的上司呢？”

“我是副巡官麦克马洪，”一个上了年纪的人不动声色地说道，“有什么事，先生？”

“我是M&M联合企业五角大楼空军工程少校约翰·约塞连，长官。你们把我儿子关起来了。我不许你们动他一个手指头，不许任何人靠近他，包括你的警察们。咱们是不是都明白了？”

“我明白你的意思了，”麦克马洪冷淡地说，“不过不知道你明白了我的意思没有。你说你是什么人？”

“约翰·约塞连，约翰·约塞连少校。你要是再问个没完没了就是个大蠢驴。我六分钟内就赶到你那里。”

他递给出租车司机一张100元美钞，有礼貌地对他说：“请你安全地开过所有的红绿灯。要是有警察拦你，我就再给你100元，然后我就下车走着去。我儿子出事了。”他能听见自己的心在怦怦地跳。

不是因为儿子已经三十七岁，只是因为他毫无自我保护能力。

然而迈克尔很安全，因为他手上的镣铐用一根链子拴在了墙上，似乎要是没有链子帮着他，他就会倒下去。他的脸色煞白，活像个幽灵。

警察局里乱成一团，人头攒动，喊叫声震耳欲聋。牢房里挤得满满的。朝每个囚禁间望去，只看见一条条胳膊、一张张汗津津的脸、一双双明亮的眼睛和一个个张开的嘴巴。过道里也好不了多少，龌龊的空气里，汗流浃背的警官和警察出出进进，威严地执行着公务，把犯人们连推带搡、连拉带拽地塞进警车，送往其他地方关押。在场的人中只有迈克尔和约塞连觉察得出这里不同寻常的气氛。其余的人，包括被关的犯人，好像对这环境和乱糟糟的场面已经很适应。看得出他们中有些人对此很厌烦，有的人既轻蔑又开心地看待这一切。一些人则发疯般地狂吼着。几个年轻的女犯人又是狂笑又是尖叫，她们用最下流无耻的脏话肆无忌惮地揶揄和辱骂百般无奈的警卫，试图激怒他们，而这些不准进行报复的警卫们不得不用极大的忍耐力面对她们的攻击。

脸色难看的麦克马洪和值班的军士正等着他。

“副巡官——你，他？”约塞连开口道。他严厉的目光直刺麦克马洪那双冷峻的浅蓝色眼睛。“好好听着！你可不能把他关进那些牢房去，我也不打算让他跟那些人坐在同一辆车上。警察巡逻车可以，但我要跟他一起去。你要是同意，我可以租一辆私车，你派几个警察跟我们一起坐车就是了。”

麦克马洪双臂交叉着听他说完。“你说完了吗？”他平静地说。他身材瘦长笔挺，有六英尺多高，小鼻子小眼睛，皮包骨的面庞上颧骨高高地隆起，上面布满粉红色疹斑。看样子他对即将发生的冲突早有准备。“你说你到底是谁?”

“约翰·约塞连少校。在M&M联合企业五角大楼空军工程处工作。”

“所以你以为你的儿子就可以例外啦?”

“他就是个例外。”

“是吗?”

“你瞎眼啦?”约塞连火了,“好好瞅瞅,看在上帝的分上。他是这里唯一一个裤裆不湿鼻涕不流的人。他是这里唯一的白人。”

“不对,副巡官,”军士柔声纠正道,“我们在后边还关着两个白人呢。他们错打了警察。在他们找钱花的时候。”

周围的人都注视着约塞连,好像他是个怪物。他终于醒悟过来,大家这样看着他,是因为他高举双臂前后挥动,那姿势俨然像一个随时准备出击的笨拙拳击手。当他发现了自己的样子时,痛苦得真想狠狠挖苦挖苦自己。他全然忘记了自己的年纪。看见他这副样子,连迈克尔都惊呆了。

就在他刚明白过来但又不知所措的时候,麦克布莱德漫不经心地走了过来。他语气坚定而友好地客气道:“出什么事了,伙计们?”

约塞连见过来的那个人中等身材,很魁梧,脸膛红红的,身穿浅灰色西服,宽宽的胸部向前凸出然后垂直而下,从他的脖子到腰就像一面防护墙。

“你他妈的是谁?”约塞连无奈地叹道。

麦克布莱德是个无所畏惧的人,具有很强的控制局面的能力。他柔声说道:“你好。我是港务局公共汽车终点站警察局副局长劳伦斯·麦克布莱德。你好,汤米。有事吗?”

“他还以为他是个大人物呢,”麦克马洪说,“他说他是少校。他以为他可以吩咐咱们干这干那。”

“约塞连少校,”约塞连自我介绍说,“他把我儿子弄到这儿来,麦克布莱德,用链子锁墙上了。”

“他被捕了,”麦克布莱德口气快活地说,“你想让他们怎么处置他?”

“在做出决定之前,我要让他们别碰他。就这些。他没有犯罪前科。”

他对迈克尔身边的警卫吼道,“把他的手铐打开。请你现在就打开。”

麦克马洪想了一会儿,示意去掉手铐。

约塞连和气地继续说:“告诉我你想把他送哪儿去。我们不会逃跑。我可不想惹麻烦。我是不是应该租辆车? 我话太多了吧?”

迈克尔委屈地说:“他们甚至都没有对我背诵我有保持沉默的权利。”

“可能他们根本就没叫你说话,”麦克布莱德解释说,“他们叫了吗?”

“还有这手铐,真他妈的疼。不是那个。是真正的手铐,倒霉玩意儿。是酷刑。”

“汤米,他被指控的理由是什么?”麦克布莱德问。

麦克马洪垂下头说:“他逃票。”

“哦,笨蛋,汤米。”麦克布莱德说,态度一下子软了下来。

“冈萨雷斯哪儿去了?”麦克马洪问军士。

“就是那小子抓住我的。”迈克尔喊道。

军士的脸腾地红了。“回地铁出口处了。去完成他的指标。”

“我早猜着他们有个混账指标!”迈克尔高声喊道。

“少校,在咱们解决问题的时候,让你的儿子安静会儿行不行?”麦克马洪乞求他说。

“汤米,”麦克布莱德说,“你不能给他张传票,然后按有关条例放了他? 知道他会到案的。”

“你认为我们会怎么做,拉里?”麦克马洪回答说。他看着约塞连,好像他们是同盟者似的。“你听见了吗,少校? 我是副巡官,他过去只是个军士,现在他倒来告诉我如何处理我的公务。先生,你真的是少校?”

“退休了。”约塞连承认道。他从一大叠名片中挑出一张他需要的。“我的名片,队长。也给您一张,麦克布莱德先生——麦克布莱德,对吗? ——万一有需要我的地方。你真是神差遣来的。”

“这是我的,少校。”麦克布莱德说。他又取出一张给了迈克尔。“也给你一张,万一你在这里又遇上麻烦。”

他们和麦克布莱德一起走出警察局时迈克尔显得闷闷不乐。“我仍然在你的保护之下，真是件大好事，不是吗？”他愠怒地责怪说。约塞连耸了耸肩。“我觉得我现在像一个他妈的小可怜。”

麦克布莱德插嘴说：“嘿，伙计，干得好。”他咯咯笑了，转而又大笑起来：“你怎么能使我相信你的手还被铐着就能打断我们的腿和脊梁骨？”

“我是那么说的吗？”约塞连吃惊地说。

麦克布莱德又笑起来。“你的信誉在哪里？约塞连少校，你说呢？”

“叫我约约，看在上帝的分上，”约塞连和气地说，“我一定是忘记自己的年纪了。”

“肯定的。”迈克尔指责说。“我当时吓坏了，妈的。还有你们那伙人使劲儿地笑。你真了不起，爸，”他继续挖苦说，“至于我，连个大气都不敢出。那个警察刚叫住我的时候，我的两只手抖得特厉害，他还以为我犯了心脏病，差一点放我走呢。”

“人们都是这样的，迈克尔，尤其是生气或者害怕的时候。我爱冲动，还变得话也多起来。”

“我甚至连自己的名字都说不对，没法让他相信我。你究竟什么时候当过少校？”

“想要张名片看看吗？”约塞连狡黠地笑了笑，然后转向麦克布莱德。“在最后的一分半钟内，”他解释说，“他们临时吹捧了我一番，因为他们不知道该拿我怎么办。然后他们用船送我回国，恢复了我原来的军阶，让我光荣地离队。我得过勋章，立过功，甚至还得了紫心勋章呢。”

“你受过伤？”麦克布莱德大声说道。

“不错，还发过疯，”迈克尔不无骄傲地说，“有一回他还光着身子走来走去呢。”

“光着身子走来走去？”麦克布莱德叫道。

“他们为这还授给他一枚勋章哩。”迈克尔吹嘘说。他现在完全放松下来了。“勇敢勋章。”

"你还得了一枚勇敢勋章?"麦克布莱德大声问。

"可是戴不到身上。"

"因为光着身子?"

"是光着呢。"

"你觉得尴尬吗?他们没做什么处理吗?"

"他当时疯了。"

"你为什么能得勋章,少校?你怎么得到的紫心勋章?为什么要光着身子走来走去?"

"别再叫我少校了,麦克布莱德先生。"约塞连说,他不想谈过去那段往事。在那次战争中,来自南方的飞机中舱炮手在阿维尼翁上空被打死。来自康尼岛的小个子机尾炮手萨姆·辛格每次苏醒过来看见中舱炮手快死的样子,看见约塞连毫无希望地为挽救中舱炮手的性命把绷带扔得到处都是,他都会再次吓昏过去。那些令人毛骨悚然的细节有时候想起来还觉得很可笑。受重伤的炮手痛苦不堪,全身冰凉,约塞连简直找不到可以把他裹起来保暖的东西。每一次辛格苏醒过来瞅瞅别处,都会看见约塞连又在干些别的事情,那又足以使他再次昏迷过去:约塞连边呕吐边操着剪刀,忙着包扎那个要死的人。地中海上空的一缕阳光照在炮手身上。他躺在那里,已经冻僵。萨姆·辛格一次次地昏厥。约塞连已经把身上的衣服全部脱光,因为他的航空服沾满了呕吐物和血污,使他更想呕吐。他只觉得恶心得不得了,并下决心以后再也不穿军装,无论什么样的军装都不再穿了。待他们着陆时,医生简直不知道应该把他们三人中哪一个首先抬上救护车。"说说你吧。"

约塞连现在知道麦克布莱德的妻子已经和他离婚——她一夜之间就变了,被她内心的愤懑改变成怨恨狂怒的化身,他从未想过世上会有如此的愤懑——自从他的女儿跟男朋友一起去加利福尼亚当理疗医师后他一直独居。破裂的婚姻对麦克布莱德来说无疑是一次令人心碎的残酷打击,他对充斥整个世界的形形色色的野蛮行径百思不得其解。拉里·麦克布莱德这位港务局警察所负责侦探的前任巡佐已经五十岁，即使是在十分严峻的时刻，他孩子气的圆脸也显出一种天使般的内向。虽说是警察，可对他遇到的各类受害者，他始终摆脱不掉同情心——甚至现在住在车站里那位一条腿的女人的情况就在折磨着他——通常在结案之后，不论犯人多么冥顽不化，多么残忍凶暴或者愚钝透顶，也不论案情的性质多么邪恶，他都会因同情犯人而使精神饱受痛苦的折磨。他十分可怜他们，因为他们都有过纯真的童年。当他可以退休并拿到百分之百退休金，还可以转到公共汽车终点站当一名拿薪金的主管时——这个职务其实就和警卫差不多——他欣然抓住了这个机会。

他一向觉得很满意的婚姻结束了，这对他是一个极大的打击，开始时他以为自己永远也不会再恢复常态了。迈克尔聚精会神地听下去，约塞连心中想的却是麦克布莱德让他看的会是什么新东西。

"你说给我听吧。"麦克布莱德诡秘地回答说。

刚才他透露过改建产妇牢房的计划，他想把后面两间不用的牢房中的一间改成专为弃婴的母亲使用的屋子。通常她们会把婴儿遗弃在窄巷里、通道里，或者干脆扔进废箩筐、垃圾箱和垃圾车里。他已经把自己家里用不着的家具搬了几件过来。约塞连边听边点头，两腮用力向里嘬着，又点了点头，他本想对他说，没有人要这些孩子，没有人关心这些母亲，她们以抛弃这些小生命向社会进行报复。

后面的另一间，麦克布莱德继续说，他已经想好要改建成儿童日间关怀中心，收容那几个长年住在公共汽车终点站的小孩子，这样他们的妈妈们白天外出行乞或赚钱买毒品、酒和食品时，就能够把孩子放在一个既干净又安全的地方了。有一些大一点的离家出走的孩子时常出没于这个位于市中心的公共汽车终点站，直到与自己觉得满意的毒贩子或者拉皮条的人接上头。这一间屋子也可以作为他们的庇护所。

约塞连带有歉意地打断他的话。

"麦克布莱德？"

“你以为我是个呆子是不是?”麦克布莱德急忙辩解道,“我知道汤米认为我是个大傻瓜。我们有电动汽车、玩具熊和画册给小一点的孩子玩,大一点的孩子可以让他们玩电视机游戏、看电视,甚至玩电脑。不错,还有文字处理机,他们不是可以学吗?”

“麦克布莱德?”约塞连又说了一遍。

“约塞连?”麦克布莱德不知不觉地学会了不少约塞连说话的习惯。

“要那些吸毒和有性行为的孩子学文字处理机?玩电动玩具?”

“是在他们和那些人取得联系之前在这里到处乱窜的时候。待在这里比其他任何地方都安全,不是吗?这有什么不对?约塞连,有什么不对?”

约塞连不耐烦地叹了口气,感到无可奈何。“你是说警察局为雏妓提供设施?拉里,公众非反了不可。我也一样。”

“你有什么比这更好的主意吗?他们无论如何要来这里,不是吗?”

从那以后,麦克布莱德再也没有谈到具体的人道主义措施,约塞连猜想他们的这一想法一定是被搁置起来了,要么就是被制止了。

今天约塞连还将看到更为惊奇的事情。他和麦克布莱德走出警所,进入庞大的公共汽车终点站大楼内。这里人流不息,一派勃勃生机。凡是进来的人都加快了步伐。许多人幽灵般地紧随人流前进,似乎不知道他们本来有权选择不同的路线而行。不少人边吃边走,还不断地往地上扔碎渣和包装纸——糖、苹果、热狗、比萨饼、三明治、炸土豆片。扒手们已开始工作。他们如八仙过海,各显其能。那些机敏者用其敏锐的目光搜索着目标和机会,另一些则蛮横地冲撞行人,无所不干;还有一些包括男人、女人、白人和黑人,他们伪装成神志恍惚的样子,眼神迷离,走起路来一瘸一拐,看上去更像被捕杀的猎物。

“小偷。”麦克布莱德用下巴朝三个男人和两个女孩子点了一下示意说。他们长得都很好看,带着拉丁美洲人的肤色。“他们训练有素,比我们还强,甚至对法律比我们懂得还多。瞧。”

一伙身穿异性服装的年轻人叽叽喳喳地乘自动扶梯上了楼,一个个脸上浓浓的粉妆泛着油光，从面部和服饰根本无法分辨是男还是女。他们就像一群荷尔蒙分泌过多、正处在青春期的女童子军，又轻浮又活泼。

在麦克布莱德引导下他们穿过一处较空旷的地方，这里有几根廊柱支撑着作为监控室的圆顶夹层楼。监控室内几个雇员一边吸毒一边监视着公共汽车终点站交通管制中心的60块电视屏幕。几百个蠢笨的天蓝色摄像机镜头安装在这幢横跨两个街区，布局零乱的七层综合大楼的每一个角落，甚至廉耻全无地从裂缝处伸进男厕所以及声名狼藉的紧急出口楼梯井里。这是一些人夜间栖息的地方。他们不但在这里睡觉，寻求友谊，还进行毫无感情可言的性交活动。米洛和温特格林已经打算把交通管制中心改建成一个能赚大钱的企业，通过增加电视屏幕，将时间分段出售给看景和玩耍的人，用他们代替那些拿工资，享受医疗、休假和退休待遇的雇员。人们会成批地拥来看电视，扮演警察和“窥视者汤姆”。可以给这起名叫“真情实景”。犯罪率下降的时期，这些人还可以伪装成犯罪者，保证有足够的淫秽和暴力行为以满足最如饥似渴的消费者。

他们可以预约日本旅行团前来参观，早晚他们会把这里的一切卖给一家日本电影公司拍电影。

麦克布莱德走过一个印第安人报摊，摊位上摆着各种报纸和彩色封面的杂志如《时代》周刊、《新闻周刊》。它们均以大字标题报导俄国社会主义垮台、美国资本主义的伟大，还有刚刚发生的银行倒闭，失业人数以及另一座商业大厦出售给了外国人的新闻等。他们来到一个楼梯紧急出口处。约塞连不想再走了。

“只走一层。”麦克布莱德答应说。

“挺吓人的吧？”

“我不会吓唬你的。”

从上面传来二流子们百无聊赖嘁嘁喳喳的声音。楼梯上几乎没有什么人，地上还算干净。但是这个文明处所的气味实在难闻。刺鼻的烟味，从不洗澡的人的体臭，以及他们扔掉的垃圾散发出来的恶臭混合在一起，令人作呕，任何人都无法忍受，只有制造这些气味的常客例外。半夜里，一个个臭气熏天的躯体肆无忌惮地相互挤靠在一起，谁也别想找到一块较宽敞的地方清净一下。人们大呼小叫，有喊的、吵的、动刀子的、点火的、性交的、吸毒的、酗酒的，还有摔瓶子的。到了清晨，这里有的伤，有的亡，一片狼藉。地上除了工业废物外什么垃圾都有，直到天亮才能清走。这些人醒来后急忙跑到公共厕所，为新的一天外出"工作"梳洗整理一番。他们不顾墙上"禁止使用"的布告，自顾自地在洗脸池里洗澡，洗衣服。

这个时候，环卫人员早已戴上面具，用胶皮水管冲刷头天晚上遗留下来的粪便、点过的火柴棍、空毒品瓶、注射针头、饮料罐、用过的避孕套和邦迪创可贴。涩辣辣的消毒剂如同腐烂不堪的东西散发出的刺鼻异味一样，弥漫在空中久久不能消散。

麦克布莱德下楼时从两个人身边走过。他们举止粗俗，目空一切，边吸大麻边喝酒。当他们上下审视着他并意识到他身上潜藏的威严和大无畏精神时，他们马上有所收敛，尽管很不情愿。在楼梯底部，一个男子孤零零地背靠着扶手酣睡。

他们没有惊动他。从他身边走过便来到楼梯拐弯处的水泥地上，他们踮起脚尖小心地绕过那个一条腿的女人。一个男人正在强奸她。不远处，一个棕色皮肤的大个子女人脱去裤子和裙子，用湿手巾擦背和腋下。她身边铺着报纸，上面有两个棕色塑料袋，旁边码着几块干毛巾。她浮肿的眼睛周围长满大块的雀斑，脖子和脊梁上长着乌黑的色痣，使他联想到黑素瘤。好像是出于本能，她分别对他俩友好地点了点头。粉红色胸罩下悬垂着两个非常大的乳房，腋下长满了黑乎乎的毛。约塞连不想瞅她那暴露着的阴部，他不知道她是谁，但有一点他是知道的，那就是他丝毫不想跟她说话。

最后一段楼梯拐弯后便通向外面的一个平台。那里坐着一个瘦骨嶙峋的金发女人。她一只眼青肿，穿一件破破烂烂的套头衫，正迷迷糊糊地缝一件脏兮兮的白衬衫的开缝。楼梯末端正对着通向大街的旁门，有人在角落里屙了泡屎。他们将目光移开，小心地注视着脚下的路，似乎唯恐一脚踩错，掉进万丈深渊。麦克布莱德没有走向出口处，而是转到楼梯后面朝黑咕隆咚的深处走去，一直走到楼梯下面最低矮处的一扇看不出颜色的门前，约塞连根本没有看出来那是一扇门。

他打开一盏昏暗的灯。他们进了小屋，屋里只有一个靠墙的铁柜，柜门已经生锈，门轴也坏了。麦克布莱德用力把柜门打开，抬腿迈进了这堆历史文物里。铁柜原来没有后壁。他找着了门闩，打开了修建在墙上的一道门。

"一个瘾君子发现的，"他急促地嘟囔着，"我使他相信这是他想象出来的。进来吧。"

约塞连惊讶地发现，他们所在的狭窄通道的尽头是一道防火门，门的表面光滑，军绿色，在齐眼高的地方用大写体醒目地写着警告，凡是识字的人都不会漏看的。

紧急入口

请勿靠近

违者格杀勿论

门很结实，好像挺新，完好无损的表面上的字迹也像是新的。

"进来呀，这就是我想让你看的。"

"不准我进去。"

"也不准我进。"

"钥匙在哪儿？"

"锁在哪儿？"麦克布莱德抬起头，成功了似的咧嘴笑了笑，"来吧。"

他转动把手，笨重的大门滑开了，好像是通过杠杆作用和无声轴承转动打开的。

"这门造得很容易打开，是吧？"约塞连轻声说道。

麦克布莱德停住脚步迫使约塞连先进去。约塞连发现自己正站在一个锻铁制的小楼梯平台上时，不由自主地往后一缩。平台离通道顶部很近，而通道看上去却要高得多，因为台阶十分陡峭，从上往下看令人目眩。他本能地抓住了扶手。这里的楼梯段很短，从下面立即折回向相反方向伸去。小平台呈椭圆形，带有格子图案，尽头处就是下一个楼梯段。由于楼梯拐弯太急，直上直下，几步远就看不见前边的梯子了。他看不出在这个深渊般的地下室里楼梯的尽头在哪里。地板好像是用合成橡胶新铺的。平台用金属葡萄藤装饰起来，那藤饰似乎在奚落那笨重的结构。他站在台子上透过葡萄藤图案往下看，使他十分可笑地联想起在老式游乐园玩的一种垂直滑车游戏。人们进入一个漆黑的圆柱形建筑，双臂交叉仰卧在里面，然后螺旋式向下滑落，速度越来越快，直至落到一个圆形平滑的场地上。场地用光滑的木板铺成，上面还有朝各个方向转动的转盘，把落在上面的人转来转去供在旁边看热闹的人们开心。末了，转盘将人甩到场地四周的站台上。他记得最清楚的是康尼岛上那个叫"飞将军"的游乐场，它在老乔治·西·迪尔尤的赛马公园里。场地周围的铁栏杆通着电，当身穿红色工作服头戴绿色轻便帽的工作人员认为时机合适时，就给栏杆通上不会造成伤害的电流，刺激一下那些毫无提防的游客。霎时间手和胳膊像针刺般地难受，那种感觉叫人久久不忘。这瞬间的惊吓及随之而来的尴尬使旁边的人为之捧腹，被击中的人也跟着大笑起来。与此同时喇叭里也传出善意的大笑声。从那里过去几个游乐区有一面哈哈镜，它能把人的头变得小得可怜。

约塞连站的地方大约有两层楼高，面前是一条宽阔无比的地下通衢，神奇之至。他到目前为止尚未弄清这条大道是做什么用的。大道顶部是拱形，外贴桃红色隔音瓷砖，瓷砖表面有立体花纹。顶与墙连接处有一条苹果绿色细边。高大平整的石头墙是绛红色，下方有像地铁站一样的白瓷砖墙裙。通道的宽度可以和城市的大街媲美，只是没有人行道和道牙。这里本来也可以当作火车站，但他看不见铁轨和站台。这时，他又发现在对面墙的下边有一个长长的红色箭头在反光，这使他忽然想起一根勃起的阳具，继而又想起一枚向左飞去的喷火火箭，火箭突然垂直向下对着一行黑字：

副地下室 A—Z

在白瓷砖的顶边，箭头上边向右30英尺处，有一个大大的字母S嵌在一块黑色底版上，琥珀色的字母泛着亮光。他想，这里显然是从前的炸弹掩蔽所。可是他很快就改变了看法，因为他又看见高墙的底部有一个近乎椭圆形的金属门，与他身后的那个一模一样，门上那白色的字令他难以置信，即使戴上三光眼镜仔细看清楚后仍无法相信：

危　险

严禁易爆物品

“有两种可能，是不是？”他说。

麦克布莱德严肃地点点头。“我也是这么想的。”他突然又出乎意料地大笑起来，好像很为自己感到骄傲。“来看看这个金属板。”

“什么金属板？”

“写着黑字的，镶在靠门的墙上，上面写着一个叫基尔罗依[1]的人在此。”

约塞连仔细地凝视了麦克布莱德一会儿。“基尔罗依？上面是这么写的？基尔罗依在这儿？”

“你认识基尔罗依？”

“在部队的时候我和基尔罗依在一起过。”约塞连说。

“也许不是同一个基尔罗依吧。”

“就是那个基尔罗依。”

“在国外？”

“在所有的地方。妈的，我真该认识认识他了。我换防到什么地方他就驻扎到什么地方，总能看见在墙上写着他的名字。我关禁闭的时候他已经

1　“基尔罗依”是神秘人物的名字，由于第二次世界大战期间美国士兵在世界各地墙壁上面留下“基尔罗依到此”之类的字句而传开。

蹲在里头了。战后在大学里，每次去图书馆他定是在里面找书呢。”

“你能替我找一找他吗？”

“后来我再也没见过他。也没遇见碰到过他的人。”

“我能找到他，”麦克布莱德说，“通过信息自由法案。只要能得到他的社会保险号码我就能盯住他。你能和我一道跟他谈谈吗？”

“他还活着？”

“他干吗不活着？”刚满五十岁的麦克布莱德问道，“我想知道关于这里的事情，想知道他在这里做什么。我还想知道这儿到底是干什么用的。”

“到底有多深？”

“不知道。平面图上没有。”

“你干吗要知道这些？”

“恐怕是因为我仍然算是个侦探吧。再往下走一走，”麦克布莱德接着建议道，“再下去一步台阶。”

这时约塞连听到一种声音，他打了个寒战。一个动物——一个活物发出的愤怒的吠声，一个受到骚扰的危险动物发出的恐怖吼声。那声音由低吠到咆哮，接着又传来粗哑的歇斯底里般的狂叫，像是刚刚苏醒过来的野兽在下面他看不到的地方不耐烦地转来转去的声音，又有一只动物加了进来，也许是三只。

“下呀，”麦克布莱德小声说，“再下一磴。”

约塞连摇摇头。麦克布莱德用胳膊肘搡了他一下，他便蹑手蹑脚地又下了一磴。这时又听到了刺耳的嘈杂声，既像是金属刮石头，又像是金属与金属碰撞。这些声音着了魔似的越来越大，让人感到要大难临头了。突然间传来一声巨大的爆炸声，而在此之前没有发现任何预兆，尽管这预兆一直就有。伴随爆炸声而来的是令人头皮发木的野兽吼叫声。刺耳的狂吠和震耳欲聋的吼叫犹如凶残的猛兽正伸出强有力的爪子在捕杀猎物时的嘶叫。这声音转而被一阵猛烈抖动铁链的声音所代替，把他吓了一跳。接着这声音又像是一个庞大的物体急速飞过所产生的强大震荡，使他们觉得眼下所在的昏暗的地下室变得越来越小了。这来自下方激烈的狂吼渐渐猛烈，好像这群畜生正要用它们那超常的力量将攫到的牺牲品撕裂时却被制止了，于是就发出被激怒后的咆哮。它们狂吠，它们嗥叫，它们怒吼，它们哀号。约塞连竖起耳朵，一反常态发疯似的想多听听。他想他可再也走不动了。等他又能抬腿时，他屏住呼吸悄悄地往后倒，直到和麦克布莱德站在一起才敢喘气。他死死拽住麦克布莱德的胳膊不再撒手。他身上冰凉，知道在冒汗。他真怕自己的心脏会痉挛，会停止跳动，怕大脑的动脉血管会破裂。他知道他还有另外八种死法，只要在他死掉之前还来得及把那八种死法一一列出的话。下面那些毫无拘束的暴怒声小了些，那些肆无忌惮的魔鬼们知道它们未能伤害他。他放心地听着那些无法看到的危险渐渐隐去，听着那些从黑暗巢穴里蹿出来的嗜血生物被铁链拖回去，它们的喘息声也随即消逝。一切都安静了下来。最后一声叮当声在消散中犹如清脆的钟鸣，逐渐汇入另一种声音，这声音很像遥远的游乐园里那孤零零的旋转木马转动时所配的世俗音乐。末了，连这声音也慢慢逝去，直至终了。

他想现在他算是知道了什么是被撕碎的感觉。他浑身都在打战。

"你怎么解释？"麦克布莱德低声说。他的嘴唇煞白。"它们总在那儿。每次踩上那一级台阶它们就来了。"

"是录音。"约塞连说。

麦克布莱德好一阵子没说话。"你敢肯定？"

"不。"约塞连说。他对于自己刚才突发的判断力以及霎时间将其准确地表达出来感到惊讶。"不过确实做得很完美，不是吗？"

"你是什么意思？"

约塞连不想现在谈论但丁和刻耳柏洛斯[1]，也不想谈论维吉尔[2]、卡戎[3]或

1 古希腊神话中守卫冥府的三个头的猛犬。

2 维吉尔（公元前70—公元前19）：古罗马著名诗人。

3 古希腊神话中带亡魂渡冥河去冥府的神。

是阿克戎河和斯第克斯河[1]。"可能就是为了把人吓跑吧。"

"它的确把那个吸毒的人吓跑了,我可以告诉你,"麦克布莱德说,"他十分肯定他当时昏了头。我让每个人都相信他当时的确神志不清,汤米除外。"

接着一个新的声音出现了。

"听见了吗?"麦克布莱德说。约塞连听到了车轮转动的声音。他瞅了瞅对面墙的基部。从它上方传来车轮在铁轨上滚动的隆隆声,因为距离和障碍的关系,声音不太大。

"地铁?"

麦克布莱德摇了摇头。"地铁太远。你说,"他猜测说,"会不会是过山车?"

"你疯啦?"

"也许又是录音,不可能吗?"麦克布莱德坚持说,"怎么就疯了呢?"

"因为这不是过山车。"

"你怎么知道?"

"我知道什么是过山车。别再玩侦探游戏了。"

"你最后一次玩那东西是什么时候?"

"100万年以前吧。那东西很稳,不加速。你还想知道些什么?我真想笑。就当它是火车吧。"约塞连说的时候,车辆从他们身后开过来,再朝左方开去。可能是从波士顿开往华盛顿的快速列车,不过麦克布莱德应该知道。他想到过山车时禁不住笑了起来,因为他现在已经比原先预料的活得时间长了。

这时他突然发现了一条狭窄通道,贴着墙有两道三英尺高的栏杆。通道一直通向夹杂着金色光线的白蒙蒙的阴影里,并在那里消失。他不笑了。

"下面那东西一直就有吗?"他吃惊地问,"我刚才看见它的时候也以为

1　阿克戎河和斯第克斯河都是古希腊神话中的冥河。

我神志不清了呢。”

“一直就有。”麦克布莱德说。

“刚才我准是有点神志不清,不然怎么会以为那不是真的呢。快离开这个鬼地方。”

“我想下到那个地方去。”麦克布莱德说。

“我可不跟你去。”约塞连对他说。

他一贯不喜欢出人意料的事情。

“你不觉得好奇吗?”

“我怕那些狗。”

“你不是说那仅仅是录音吗?”麦克布莱德说。

“那就更让我害怕了。让汤姆跟你去吧。那是他的责任。”

“这儿不是汤米的巡逻范围。我也不该在这里,”麦克布莱德承认道,“我的责任是加强对禁区的防卫而不是私自踏进禁区。现在明白了吧?”他们沿台阶向上走时他又补充着说。

在金属门内侧约塞连看见那儿挂着两把锁,一把是弹簧锁,一把是无弹簧锁闩。在锁上方的一块长方形漆板下面,他发现了一块银色镶边的红牌子,上面印着白色告示:

紧急入口

严禁通行

此门在使用期间务必锁好闩牢

约塞连搔了搔头说:“从这一方看像是为了把人拦在门外,对吗?”

“或者门内?”

他们向外走的时候他想,这一定是一个旧平面图上没有标示的旧防空洞。他承认他无法解释那些告示。这时麦克布莱德轻轻地把防火门关上,下意识地关掉电灯,使一切恢复到他们刚来时的状态。那些狗,那些杀人警犬发出的狂吠?“为了把人们吓退,我猜,像那个瘾君子和你我这样的人。你为什么让我看这些?”

“为了让你知道。你无所不知。”

“可我不知道这件事。”

“另外,你是我信得过的人。”

从上面传来的声音让他们知道楼梯上已经非常拥挤了。他们能清楚地听见上面狂浪的笑声、熟人间无精打采的问候声、打情骂俏声;能闻见燃烧过的火柴棒味、毒品味、报纸灰烬味;还能听到摔酒瓶子的声音,以及头顶上一层一个男人或女人哗哗的撒尿声,甚至闻到了尿臊味。在最下面那段台阶上,他们发现那个一条腿的女人正和一男二女一起喝酒。她的一只手放在大腿上,手里抓着身上那条花里胡哨皱皱巴巴的裤衩,正面无表情地说着什么。她的木头拐杖放在身边的台阶上,又旧又脏,还劈裂了。

“她弄到过一辆轮椅,”麦克布莱德不等他问就解释说,“被人偷了。后来她的朋友又从别人那里偷来一辆,结果又被偷了。”

这一次麦克布莱德走向了出口。出了门约塞连发现自己到了两层楼之间的弧形斜面汽车行车道上,这里汽车排放废气的突突声和发动机的摩擦声比别处更大,空中积存着浓重的柴油味和热橡胶味。他们从站台上穿了过去。这里存放的汽车是开往圣保罗和埃尔帕索的,从那些地方继续开,分别向北进入加拿大,向南穿过墨西哥进入中美洲。

麦克布莱德带着主人翁的自豪感如数家珍般地叙述着公共汽车终点站的经营效率:这里大约有500个进站口,6 800辆汽车,每个工作日大约有20 000名乘客从这里进进出出。汽车站的运作日复一日,它一直承担着自己的任务,他急于声称,这才是问题的关键,不是吗?

约塞连不敢苟同。

它们乘自动扶梯回到主楼层。经过交通管制中心时他们不安地注意到妓男妓女们三五成群地涌向他们经常滞留的那块地方。他们中有的老练圆滑,有的悲怆可怜。这些人一团一伙地从不同方向围拢过来,就像以人的形体存在的物质分子不由自主地被吸引到这个群体的中心，使他们既不想也不能脱离这个核心。他们走过注册过的摇奖机和出售六合彩的亭子时，看到柱子旁边站着一个皮包骨的黑女人。她穿一双没有带子的运动鞋，手里拿着一个肮脏的纸杯，口中念念有词："一毛五？给一毛五？有吃的吗？有剩饭吗？"一个花白头发、全身浮肿的女人用破锣般的嗓子欢快地唱着一首跑了调的爱尔兰民歌。她头戴一顶苏格兰帽，身穿绿色套头衫和裙子，两条脏腿长满了烂疮。她身边有一个十几岁的龌龊男孩，正蜷伏在地上睡觉。一个棕色皮肤、瘦骨嶙峋的高个子男人穿着十分干净，正带着加勒比口音给人宣讲基督教灵魂得救的道理。听他讲道的是一个大个子黑人妇女，她一边听一边不住地点头；还有一个瘦瘦的白皮肤南方人，他闭着双眼并不时地发出一声激动的呼喊以示同意。他们快到警察局时约塞连突发奇想，决定问他这位能干的向导一个特殊问题。

"麦克布莱德？"

"约塞连？"

"我曾和几个朋友一起聊天。他们说想在公共汽车终点站举行一次婚礼。"

麦克布莱德兴奋得脸都红了。"当然可以。好啊，是个好主意。没错儿，约约。我也参加，还能帮忙。咱能把它办成一次相当成功的婚礼，我想咱们有这个能力。我那里为年轻人准备的那间屋子还空着呢。可以把它装饰成小教堂的样子。嗨，旁边那间屋里还保留着一张床呢。他们可以在那里度过新婚之夜。咱们可以在任何一家食品店替他们订一套盛大的婚礼早餐，再买几张奖券作为吉祥礼品送给他们。挺逗的对吧？他们为什么不能这么办呢？"

约塞连花了一分钟才止住笑声。"不对，拉里。不是那么回事儿，"他解释说，"我说的是一个大型婚礼，规模很大。上层社会的。光客人就上千。豪华轿车排成长队，还有无数的报界人士不停地咔嚓。要用整个一层楼当舞厅，有大型乐队伴奏；也许需要两层楼，两个乐队伴奏。"

“你疯啦，约约?”现在轮到麦克布莱德暗自发笑了，“上级肯定不答应。”

“这些人认识上面的人。他们是那里的常客。还有市长、大主教，没准儿还有新总统呢。秘密警察局的人和100名警察。”

“你要是能把总统请来，我们就会被允许到下面去警戒。秘密警察局希望那样。”

“你当然也希望啰。这肯定是本年内最轰动的婚礼。你的公共汽车终点站也就出名啦。”

“把人都轰走！所有的汽车都停驶！”

“不！”约塞连摇了摇头，“汽车和人群是活动的一部分。要上报纸。你和麦克马洪的照片也可能上报，要是我事先给你们摆个姿势的话。”

“上千的客人？”麦克布莱德尖声问道，“乐队和整层楼的舞场？还有豪华轿车？”

“也许1 500人！他们可以把车停在你们的车道上和停车场的上层停车处。还有承办宴会的人，花店的送花人，招待员和调酒员。音乐一响他们就顺着自动扶梯上来。我会告诉乐队的。”

“不能这么办！”麦克布莱德声明说，“那全都要乱套了，无异于一场大灾难。”

“好吧，”约塞连说，“不过我还是要这么办的。替我检查一下怎么样？谢谢了。滚开！”

最后这句话是说给他面前的一个拉美人听的。那个人拿着一张偷来的运通卡朝他炫耀，还油腔滑调地兴冲冲唱道：“偷的，刚偷的。没它就别想出家门。你可以取钱，可以取钱。”他的样子轻浮无理，并极尽谄媚讨好之能事。

回到警察局，没有新的死婴的报告。桌旁的警察诙谐地蹦出一句：“也没有活的。”

“我讨厌那家伙，”麦克布莱德喃喃地说，脸色不自然地变红了，“他以为我也精神不正常了。”

麦克马洪接到紧急电话出去了。迈克尔也已经完成了他的画。这时他随便问了一句：

“你去哪儿了？”

“康尼岛，”约塞连顽皮地说，“你猜怎么着，基尔罗依在那儿。”

“基尔罗依？”

“对吧，拉里？”

“基尔罗依是谁？”迈克尔问。

“麦克布莱德？”

“约塞连？”

“有一次在华盛顿我去越南战争纪念碑找一个名字，从所有阵亡者的名字里找，我发现了基尔罗依。只有一个基尔罗依。”

“是同一个人吗？”

“我他妈的怎么知道？”

“我会弄个水落石出的，”麦克布莱德答应说，“咱们还是谈谈婚礼的事吧。我们也许能办成。我相信能办。我也把这调查清楚。”

“婚礼是怎么回事儿？”他们走出警察局穿过汽车站时迈克尔气哼哼地问道。

“不关我的事，”约塞连笑了起来，“我已经太老了，不能再结婚了。”

“你太老了，不能再结婚了。”

“我就是这么说的。你仍然太年轻，对吧？结婚可能不是件好事，可是并非所有的婚姻都是坏事。”

“你说得太多了。”

约塞连经过那些乞丐身边时，执行公务般地从口袋里抽出一美元一张的钞票分别给那些胆小的和令人生畏的花子。这些一美元一张的票子是他事先预备好叠起来放在兜里的。一个眼睛红肿的高个汉子手拿一块破布要给他擦拭眼镜，取酬一美元，如不答应他就要把眼镜打碎。约塞连给他两美元把眼镜夺了回来。在这个三不管的地段，像这类的自由经营方式是不足为奇的。他知道自己的嘴已被堵住，但他还是试着委婉地劝说迈克尔。“迈克尔，我希望你继续留在法学院。”他严肃地说。

迈克尔向一边靠了靠。“哦，扯淡，爹。我不想那么办。再说花销也太大。总有一天，”他沮丧地停顿一下后又说，“我想重新干点值得干的事情。”

“知道干什么吗？我替你付法学院的费用。”

“你不明白我的意思，我是不愿意老觉得自己像个寄生虫。”

“我明白，所以我才放弃了期货交易、现金交易、套汇，甚至银行投资。迈克尔，我还能保证你有七年的好身体。这是我能保证的最高限度了。”

“七年以后怎么样呢？”

“去问阿琳。”

“阿琳是谁？”

“就是跟你同居的那个女人。她不叫这个名字吗？就是戴水晶首饰和玩算命纸牌的女人。”

“她叫玛琳。她已经搬出去了。七年以后我会怎么样？”

“是说我，你这个笨蛋。那时候我就七十五岁了。迈克尔，我今年已经六十八岁。我要保证你在我仍然身体健康的七年内学会在没有我的情况下生活。如果你还学不会，你就完了。七年后我什么都不能保证了。你过日子总不能没有钱吧。只要肯试一试就会习惯的。有的人靠盗窃弄钱。我留给你们每个人最多也就50万左右，去掉税。”

“美元？”迈克尔兴奋得脸上都露出了光彩，“听起来可是笔财富呢。”

“按百分之八计算，”约塞连平淡地对他说，“你每年可以得到40 000。上税至少三分之一，你净拿27 000。”

“哎，那可算不得什么！靠那我可不能过日子！”

“我也知道。所以我才跟你谈那么多。你的未来在哪里？你能看到自己的出路吗？这边走。”

一个正在逃命的小伙子穿着运动鞋没命地跑了过来，他们赶紧让开。这时六七个警察以同样的速度追赶他。他们从不同的方向包抄过来。那个年轻人适才在车站的另一侧用刀捅死了一个人。穿笨重黑鞋的警察是麦克马洪。由于跑得太快而脸色苍白。敏捷的小伙子突然抄近道跑走了，后面飞速追赶的警察紧急转弯时收不住脚，东倒西歪地挤成一团。小伙子便趁机从下面那个约塞连和麦克布莱德刚刚经过的紧急出口溜掉了。约塞连忽然产生了这样的念头——那小伙子从此便销声匿迹，或许重新回到这层楼来，或许正穿着运动鞋悠闲自得地跟在他们后边散步呢。一个男人坐在自己撒的尿里打瞌睡，还有一个十几岁的男孩冷得发抖。一个四十岁上下的女人挡住了他们的去路。她的金发打着绺，嘴唇布满紫红的血泡。

“干一次一个五分钢镚儿，先生。”她上前打招呼说。

“请让开。”约塞连说着从她身旁绕过去。

“跟你们每人一次，每人一个五分钢镚儿。我可以同时干你们两个人，每人一个钢镚儿。大爷，我干你们两个人，只要一个五分钢镚儿。”

迈克尔脸上挤出一丝微笑，从她身边绕了过去。她一把抓住约塞连的袖子不肯松手。

约塞连感到倍受羞辱。他终于挣脱出来，脸在发烧。迈克尔看见父亲气得抖成这个样子，着实吓了一跳。

第十章　乔治·西·迪尔尤

康尼岛大企业家乔治·西·迪尔尤已去世近80年了。他在楼的下层办公室里坐在卷盖式书桌旁数钱时，心里是何等的飘飘然，觉得自己似乎正坐在世界之巅。他的总资产从来没有减少过。在他眼前是赛马公园的过山车的起点站和终点站，他死后这一娱乐设施也就毁掉了。全新的轨道从起点升至最高处，再从那里爬进山洞不见了，这山洞也是他的财产。当他凝视着他那一往无前的旋转木马时，心中充满了骄傲，因为那是他的摇钱树。这套旋转木马原在莱比锡，是为德国国王威廉二世制造的，现在它可能仍然是世界上最好的旋转木马。在三个台子上分别安装着马、平底船、雕刻的鸭子、小猪等，它们以不同的速度旋转着。他经常让他的摇钱树旋转木马不载客时也转着，为的是欣赏从设施中心的反光镜里照出的影像和嘈杂的汽笛风琴声。他把这声音戏称为他耳中的音乐。

他给过山车起了个新名字，叫作“龙峡谷”；有一个地方叫“风洞”，靠近入口处快速转动的是“欢乐之路”。当游客们第一次玩“欢乐之路”时，一踏进转筒即刻被摔倒在地。人们互相挤撞，一片混乱，直到他们从远处那一端爬出来，才能重新站起来，或者在工作人员和有经验的人的帮助下恢复常态。有一些人知道其中的原理就不会被甩倒。他们沿着与转动的反方向稍偏一点的方向走去，不过那就没多大意思了。要么就径直对着反方向朝上迈大步，也倒不了，可是走了半天也还在原地，那也没多大意思。围观的男男女女无不兴致勃勃地观看衣着华丽的妇女在上面失去平衡时的惨状。她们双手使劲按住裙子以免丢丑。那时候妇女还不时兴穿裤子。

“如果巴黎代表法国的话，”他记得他作为游乐园的首席发言人和经理曾宣告说，“那么从6月到9月康尼岛就代表世界。”

他每天坐在那里数来数去的钱不会变质也不会变旧，他的现金不仅不会被毁坏，而且价值永存。背后是个比他还高的铸铁保险箱。他有身穿传统红外衣头戴绿色轻便帽的警卫人员，这些人都很守旧，其中许多人从一开始就是他的朋友并且终生追随他。

由于天生乖戾和固执己见，他把专家、律师及银行家统统得罪了，然后自己成功地把一切事物都不失时机地承担起来。他坚决做自己认为有价值的每一件事情，并且一直坚持了下来。他在遗嘱中为遗孀和子女留下了足够的赡养费。财产所有权契约、钱款文据和大量现金则均遵嘱封存在防潮防腐的盒子里，和他一同葬在布鲁克林的碧林公墓。在他的墓碑上刻着：

这里埋葬着诸多希望

就在遗产继承者和遗嘱执行者争执不休、他们和政府税务官员争执不休时，赛马公园（就是那个“好玩的地方”）却正一部分一部分地从这块土地上消失，唯一剩下的是那个阳具状的跳伞架，它的钢铁构架也已经零落破败。这个跳伞架是在他死后很久才安装起来的极具吸引力的娱乐设施，但他生前断不会同意这个项目。因为它的速度缓慢，一切按部就班，全然不会引起游客或旁观者的恐惧与欢笑。迪尔尤先生喜好令人惊异的东西，它能引起混乱，使人们抛掉尊严；它把男孩和女孩尴尬地推进对方的怀抱，而且幸运的话，还能让人瞥见女人的衬裙和大腿，甚至她们的内裤。围观者目睹了游客们无助而又无奈的滑稽相，也会像他们一样开怀大笑，不能自已。

迪尔尤先生每每想到自己的碑文都会忍俊不禁。

他现在想不起他还缺少什么。他又有了第二架过山车，名叫“龙卷风”。他能听见头顶上方地铁停车和启动的声音。每逢夏天的周日，便有成千上万的人乘坐地铁涌向海滨沙滩。他还能听见汽车和大型交通工具开进开出时排放废气的声音。他曾因听到头顶排水道流水的拍击声而重新修建了“爱情隧道”，并且在隧道内设置了平底游船。他的“神鞭”和“旋涡”把人们弄得滴溜溜地转，然后将他们甩向一边。“飞将军”室内是垂直滑道，地面是个旋转盘，它一会儿左旋，一会儿右旋，人们从滑道滑下落到盘上，当即便被转得四脚朝天。他们尖声喊叫着，又害怕又无奈，不停地祈祷着这一切快快结束。带电的栏杆会击中那些毫无防范的人，让他们吓一跳。哈哈镜把人变成了丑八怪，令人乐弯了腰。游乐园里粉红脸蛋龇牙狞笑的商标人像更是滑稽可爱。他那扁平的圆脸和扁平的脑袋引人注目，头发中分，宽大的嘴巴使劲张着，露出白瓷一样的大白牙。人们猛一见他会不由自主地往后退缩，等再次端详时又会很自然地喜欢上他这副滑稽相。他还能听见从他脚下某一层穿行而过的火车的隆隆声，对这日夜不断的声音他已经习以为常。他唯一感兴趣的事是他能拥有什么；他唯一希望拥有的是他能够看见并且能用最简单的方式，比如用电钮或杠杆，就可以控制的东西。他特别喜爱电的气味，爱听电火花爆炸时清脆的响声。

他拥有的钱比他能够花掉的要多得多。他从不信任财产托管，对创办基金会也不感兴趣。约翰·洛克菲勒定期前来乞讨小钱，还乞求免费乘坐他的娱乐设施。连约·皮·摩根也来找他请求帮助。摩根已将灵魂托付给了上帝并肯定已得到了上帝的恩典。供他们维持生计的条件本来就不多，他们对生活的追求也就不多。他们的孩子们什么都不给他们。迪尔尤先生能够告诉他们，而且也经常告诉他们，没有钱的日子就是活受罪。迪尔尤先生意识到，生意到处都有，随时都有。他能够将这些告诉他们。他已经告诉了他们。

他风流倜傥、干净利落。引以为豪的圆顶宽边丝绒礼帽总是一尘不染地挂在衣帽钩上。他每天都穿带翼领的白衬衫，深色宽领带打得异常漂亮，下端整齐地掖在西服马甲里，稀疏的口髭必定要用蜡打过。

他的第一个重大成功是费里斯转轮。它只有芝加哥那个引起他想象力的转轮的一半大，可他竟然在设施尚未安装完毕就大胆宣称，他的是世界上最大的转轮。他把爱迪生新发明的白炽灯泡一串串地连起来，装饰在转轮上，欢乐的游客们被刺激得神魂颠倒。

"我没有在任何事情上欺骗过任何人，"他时常这样说，"我也不给寄生虫一点好处。"

他喜欢让那些转动设施载着乘客旋转之后又停在起点的位置。对他来说世界上几乎所有的事，无论大小，都按循环轨迹运动，最终转回到初始状态，然后，如果需要的话，再重新运动。他觉得人比猴子有趣得多。他喜欢通过各种机关来操纵游客，使他们在公众面前出丑但又不至受到伤害，还能给所有的人带来欢乐。他们也甘愿掏钱买到这份快活：帽子被突然刮来的一阵风吹跑，裙子被掀上肩膀，活动地板及突然坍塌的楼梯，从黑暗的"爱情隧道"滑出来时脸上印着唇膏的夫妇一下子暴露在光天化日之下，令围观者笑得前仰后合，而这对夫妇依然蒙在鼓里，直到一些爱开玩笑的人用一些不敬的语言大声指点，他们才恍然大悟。

他有自己的家。冲浪街上赛马公园对面有幢庞大的木结构房子，迪尔尤先生一直住在里面。房前有一条窄通道和石头台阶，他入葬后不久这一切好像开始下沉。通向便道的最下一级石阶的一侧，有他雇人凿刻的家族姓氏：迪尔尤。长年住在附近的居民去电影院和地铁站时总要经过这里。他们最先发现那些字母正慢慢地沉入地面。待到整幢房屋消失时，这个曾经显赫一时的破败了的居民区又多出了一块空白场地，此时已不会再有人关注它了。

康尼岛事实上不是一个岛，它是一个长五英里宽半英里伸进海洋的狭长地段。北侧是一湾海水，叫作格雷福森德湾。那里的一个染料厂用掉大量的硫黄。一群十几岁的孩子在楼房旁边发现了一片黄色草丛，便点燃了它。他们惊喜地发现这片草很快地燃烧起来，冒出浅蓝色的火苗，并散发出浓烈的硫黄味。火场旁边是一个制冰厂，是当年那桩持枪抢劫大案的发生地。罪犯得手后顺利地乘快艇从格雷福森德湾逃向大海。就这样，在电冰箱尚未流行的时代，这里就出现了又是冰又是火的壮观场面。

着火是永久性的灾难。康尼岛上时有火灾发生。迪尔尤先生就眼看着他的第一个游乐园被大火吞没。几小时后他贴出出售最新娱乐项目的广告——他的康尼岛大火。他催促收票员赶紧向那些急于进入遭破坏的现场的人收取一毛钱，因为他们很想看最后一眼那冒着烟的游乐园废墟。自己为什么没有早一点想到这个主意呢，魔鬼撒旦想。于是连撒旦也管他叫迪尔尤先生了。

第四部

第十一章 刘

我和萨米同一天参军。我们四个人一同出发，一同被派驻外国。四个人又都回到了祖国，尽管在那期间我曾被俘，萨米一次被击中落水，另一次他和驾驶员饿鬼乔一起来了个摔机着陆。饿鬼乔在飞机下降时竟忘了扳紧急降落制动闸。萨米告诉我说没有人受伤。那位乔还得到了一枚勋章。乔是一个令人难以忘记的名字。米洛·明德宾德那时是食堂管理员，而不是像他现在吹嘘的那样是个大战斗英雄。萨米有一位空军上司叫梅杰少校，无论谁找他他都不在办公室。他的部队里有一位投弹手叫约塞连，萨米以为我准会喜欢他的。萨米还说，一次一位战友在飞机上受伤后流血过多而死去，约塞连便脱掉自己的军装，说什么也不肯再穿。他甚至赤身裸体爬上一棵树观看葬礼。

我们坐地铁去曼哈顿"大中央车站"的征兵中心。那是我们很少去的地方。在那里我们要接受比我们大几岁已经当兵走了的人们说过的那种身体检查。他们让我们转转头，咳嗽一声，用手淫的办法使生殖器软下去。还叫我们弯下腰，用手扒开屁股瞧一瞧。我们一直纳闷他们到底要检查什么。

从叔叔阿姨那里我们听说过痔疮,可是不知道那是怎么回事。一位心理学家单独面试我,问我喜不喜欢姑娘,我说喜欢,还和她们胡来过呢。

他好像很羡慕我。

萨米也很喜欢姑娘,可是不知道怎么表示。

我们已经过了十八岁,罗斯福说,我们一到十九岁就可以应征入伍。我们把这话告诉了父母,然而他们并不高兴让我们走。我们从报纸上读有关战争的消息,也从收音机里听,看的电影也都是好莱坞拍摄的有关辉煌战争的影片。听起来参军比我们目前的情况要好,当时我在父亲的废旧物品收购店里干活,萨米埋在他工作的保险公司的卷宗里,温克勒则在他父亲开的书籍装订厂前面的烟店里打杂。另外,从长远考虑的话,参军就是有好处,无论是对我还是对我们大家。

登记之后我们回到康尼岛,吃完热狗就去玩过山车、“龙卷风”、“旋风”,还有“霹雳”。我们坐上“魔轮”,边吃加糖的爆米花边观赏这一侧的大海和另一侧的格雷福森德湾。我们去角子机游乐中心玩机械游戏,击沉潜艇,击落飞机,又跑到赛马公园玩“欢乐之路”、“旋涡”和“飞将军”,在上面转了个遍,又快快活活地在康尼岛上最大的旋转木马上玩了个够。最后乘上“爱情隧道”的平底船。在船上我们高声说着脏话,好让别人也发笑。

我们知道在德国他们反对犹太人,但我们不知道那是怎么一回事。我们知道他们对犹太人做了些事,但不知道是什么事。

那年头我对曼哈顿很不熟悉。进城的话,我们也只去派拉蒙或者罗克西剧院听大乐队演奏,或者是看新的大银幕电影。通常这些电影要在六个月以后才在康尼岛洛氏影院或迪尔尤影院放映。当时康尼岛上的大型影院很安全舒适,利润高。现在它们都倒闭了。有的时候,稍长我几岁的年轻人在周末开车带我们去曼哈顿五十二街的爵士乐俱乐部,或者去哈莱姆区的黑人舞厅、剧院听音乐,买大麻,要么去吃便宜排骨。如果愿意的话还能花一块钱享受一次口淫和性交。不过我很少跟他们去干那种事。战争一来,很多人便开始挣钱了,我们也一样。战争结束后,同样的事情在康尼岛上也有了。出来干这种事的是吸海洛因的白皮肤犹太姑娘。她们嫁给了当地的吸毒者，他们也一样没有钱。此时的价码已经涨到了每次两块钱。她们主要是赚从外地来干活的油漆工、泥瓦匠这样的劳动者的钱。这些人中间没有人和她们做过同学，因而不在乎。我的同伙中像萨米及了不起的马尔文·温克勒，就是那个书商的小儿子，他们从战前就开始吸大麻。你一旦熟悉了土制大麻的味道，那么在康尼岛影院的吸烟区里就很容易辨认出它的味来。我从来不跟他们学着抽，他们也就从不当着我的面点大麻烟，即使我告诉他们可以随便时，他们也不肯。

"有什么用？"温克勒常常这样低声说。他的眼睛红红的，总是半闭着。"反正你把我比下去了。"

有一个人叫迪尔尤，可能已经死了。当我得知他的情况时，不由得打心眼儿里佩服他。在大家都很贫穷的日子里，他不但拥有一个电影院、一个大型赛马公园，还有一幢私人别墅，就在公园对面。我始终没有把这三件事联系在一个人的名下，直到不久前有一天萨米满怀同情之心来看望我时，他提到了这一点，我才恍然大悟。现在那三个建筑都已不存在了，包括乔治·西·迪尔尤。萨米的妻子死于卵巢癌后他不知道该如何打发周末，便时常来找我。我在医院做完放射治疗出院后，除了尽快使自己恢复体力以便接受下一次放射治疗或化疗外，也无所事事。这期间他来得特别勤。每两次治疗的间歇期我感到精力充沛，身体结实得像头牛。病情不好时就住进曼哈顿的一家医院，找那里的肿瘤专家丹尼斯·蒂默治疗。等感觉好一点，便又跟没病时一样了。

可是现在已经无密可保了，人人都知道我得的是一种有时会夺走人性命的病。我们从来不提它的名字，就像有些东西因为太大了而没有名字一样。就连和医生谈话时，克莱尔和我也避免使用那个字。我不想就此事问萨米，虽然在过去的几年里我愿意对他瞒着我的病情，我也真的隐瞒了我的病情，可是我不知道我是否真的有一丝一毫的可能瞒过了他。再者，我也不知道，即使我让他指出来我在说谎，他会不会像他常指出我的毛病一样指出来我在说谎。我记得，有时候我用我喜欢和他谈话的方式与他谈话，结果是使他更加难堪。

“老虎，我知道，”我笑着对他说，“你以为我还是生手？我在骗你，就好像我喜欢骗你那样。我希望总有一天你会知道我是在骗你。”

萨米很精明，对小事记得特别清楚，例如迪尔尤的名字和我嘴上的疤。后来我蓄了胡子把那块疤盖住了。他还记得我留什么样的长头发，以遮住背上的刀口和脖子后边的紫红色烧伤疤痕。我一生最大的遗憾是没有上大学，不过我从来也没想过上大学。我没有对任何与我关系重大的事情感到过遗憾，除了女大学生。然而我总有姑娘陪伴。她们没有使我产生过恐惧，我知道该如何讨她们的欢心，如何与她们交谈并且和她们取乐，包括年龄比我大的女人。萨米说我阳刚气十足。

“你明白了，老虎，”我回答说，“告诉我那是什么意思。”

“你这个讨厌鬼。”他说。他就喜欢骂我。“没有矛盾。”

“没有矛盾？”

“你没有解决不了的问题。”

“我没有解决不了的问题。”

我办事从不迟疑。第一个女朋友比我年龄大，家住临街，叫布洛瑟姆。第二个年龄也比我大，我们都叫她“干柴”。另一个是萨米后来工作的保险公司同事，她也比我大，并且知道我比她年轻。不过她追我追得更厉害，圣诞节时送给我两件衬衫。回想当时，我认为我追求的每一个姑娘都是我真心喜欢的。我发现追求女孩子也和做别的事情一样，甚至也和参军相同。只要你让她们知道你想干什么，并且表现得信心十足，她们便会让你干。在国外时，当时我不过是个下士，可是我的军士很快就让我在该做决定时替他拿主意。我可从来没有交过女大学生朋友，就是电影里常演的那种类型的女孩。战争爆发之前我的同伙们都没上大学，也没想过上大学的事。战争结束以后，人人都去读大学了。萨米在《时代》周刊工作时，无论在他结婚前还是结婚后，我所遇见过的他出版社的那些女孩们都不怎么看重我，与我所期望的相去甚远。为了不使萨米太尴尬，我减少了交往的女孩人数。连他妻子格伦达开始时对我和克莱尔也很冷淡。不像我们在布鲁克林和橘子谷的朋友们那样喜欢我们。克莱尔认为格伦达是势利眼，因为她不是犹太人，而且不是在布鲁克林长大的。后来才发现事实并非这样。当我们相继生病时，先是我，后是她，我们的关系就变得异常密切。其实，在他们的儿子迈克尔自杀之前，我们的关系就已经变得融洽了。我们是他们结了婚的朋友中最肯帮忙的，何况，克莱尔又是那种最值得信赖的女人。

无论在康尼岛，还是在布赖顿海滩，或是其他什么地方，我总是想交多少女朋友就能交多少，还经常帮助别人介绍，包括萨米。尤其是当兵时部队驻扎在佐治亚、堪萨斯、俄克拉何马，找的女孩也包括丈夫不在家的女人。到后来这种事叫我感到有点腻烦，不过并没有妨碍我享受它的乐趣。“别进去。”有时她们会让我答应她们。可是一旦进去了，便把我们两人都弄得喜不胜收。去欧洲大陆之前驻扎在英国的时候，这种事我干得太多了。大战时期，在英国的所有美国人都有机会和女人上床，艾森豪威尔也不例外。到法国以后我们不断地随着战斗向前推进，就这样，也能偶尔在村子里或者农庄里干那种事。以后我们被迫撤退，我和一拨人在一个战役中被俘，后来才知道是“阿登战役[1]”。在德国是个例外。不过在德累斯顿战俘营干活时我也没少做风流事。战俘们在生产液态维生素的工厂里为挨饿的德国孕妇生产糖浆。那是战争后期，我比任何时候都更痛恨德国人，可是我不能表现出来。即便是在那期间，我也能时常和女警卫、波兰人和其他做苦力的妇女开玩笑，然后靠近她们，和她们嬉耍一番。我能和我看得上的警卫聊大天——他们都是在与俄国人交战时受伤的残兵和老兵——转移他们的视线，我便乘机溜进一间屋或者壁橱里，跟她们鬼混一会儿。她们并不怎么热心，可对我也不介意。就这样一直持续到遭燃烧弹袭击的那天晚上。那次袭击以后，所有的女人都没了。别人见我拼命乱搞，都认为我神经不正常。可是，

1　第二次世界大战期间德国于1944年12月至1945年1月在比利时和卢森堡的阿登地区的一次反击战，也是德美两军之间最大的一次堑壕战。

在战争结束重返家园之前，我们总得给自己找点快活吧。狱中的英国人对我简直不理解。警卫们也都讨厌我了，开始拿我开心取乐。他们知道我是犹太人，因为我到处都说我是犹太人。

“帝国元帅先生。”每一次我不得不跟德国兵打交道，问他们点什么或者让他们解释点什么时，我都对德国兵说这句令他们发笑的话。“混蛋法西斯”是我心里对自己说的话，可不是开玩笑。要么就说“婊子养的法西斯”。

“拉宾诺维茨先生。”他们嘲讽地回敬道。

“我的名字是刘，”我总是很诚恳地和他们开玩笑，“请叫我刘。”

“拉宾诺维茨，你疯啦，”我的助手冯内古特说，“你想找死呀。”他来自印第安那州。

“你不想找点乐子吗？”我想让大家快活起来，“你们怎么能够忍受得了这种寂寞？咱要是能说服他们放点音乐的话，我发誓能在这儿办个舞会。”

“我不干，”一个叫帅克的老兵说，“我是个好兵。”

这两个伙伴讲德语都比我强，不过冯内古特很谦卑害羞，而帅克老说他有痔疮，还有脚疼的毛病，不肯介入这件事。

后来我们知道马戏团要来镇上演出一周。从军营去食品厂的路上，我们看到了演出的招贴广告。食品车间是屠宰厂房的加固地下室，还有牲口可杀的时候屠宰工作便在里面进行。那个时期警卫们比我们更提心吊胆。夜间常听见从英国方面过来的飞机掠过我们的头顶朝轰炸目标飞去。有时还能听到几百米外令人鼓舞的爆炸声。我们知道俄国人从东边推进过来了。

当我看到马戏团巡回演出的广告时突发奇想。“咱们和头头谈一谈，看他们是不是真的不让咱们去。要去得和妇女们一起去。咱们需要休整。我去跟他们说。”这主意使我兴奋异常。“咱们去试试看。”

“我不去，”好兵帅克说，“让我干啥就干啥还净出麻烦呢。”

和我们一起干活的妇女们跟我们一样苍白多病，邋遢不堪，我想我们所有人的性腺恐怕都死了。我体重不足，还经常拉肚子。后来这成了我吓唬克莱尔的材料，也成了现在吹牛皮的资本。我本来可以向她撒谎，可我不喜欢撒谎。

和克莱尔结婚的时候我还没有退役。从欧洲和德国监狱回来不久我便到福特迪克斯医院做了疝气手术。这时我和克莱尔已经订婚，她来新泽西州医院等候我的时候，我看见两个德国战俘不怀好意地乜斜着眼看她，还用德语互相说着什么，把我气得要死。

第一次看见那些人是在俄克拉何马，德国战俘就关在这个州。我对我所看到的情景简直不敢相信。在偌大的军事基地上，他们拿着铁锹在室外待着，看样子比我们还自在，比我们更惬意。这就是战争？我的书上可不是这么写的。我觉得战俘就该老老实实地蹲在监狱里，而不是在监狱外面侃大山，还拿我们寻开心。看守他们的是两三个懒洋洋的大兵，他们显得十分怠惰和百无聊赖，像是快让背着的大枪压塌了似的。那些德国佬本该干点什么，可是他们什么也不干。基地上另有一些因为不请假外出而被关进军人监狱的美国士兵，为了接受惩罚，他们不得不在地上挖坑，挖好以后再用土填起来。他们干得可比那些德国人卖力得多。我越看越生气。于是有一天我也不晓得是怎么搞的，竟然打算练习练习我的德语，于是朝他们走了过去。

"嘿，你不能过去，当兵的。"离那两个德国犯人最近的看守冲我说着，神经质地跳了起来，甚至把枪口也抬了起来。他满口都是我刚听惯了的蹩脚的南方口音。

"伙计，我有家眷在欧洲，"我告诉他，"不会出问题的。你们只管听着好啦。"不等他回答我就说开了德语。刚才只是想试一下，可他根本听不懂。"请问你叫什么名字？谢谢。你多大了？非常感谢。你是从哪儿来的？谢谢。"这时有几个德国人围了过来，连看守也过来了两个。他们边听边笑，好像在观看美国劳军联合组织的表演。对于这一情景我很反感。这究竟是战争还是和平？我继续说下去，他们不懂我就设法换个说法，他们终于明白了，有的点头，有的大笑，我敢说当他们给我的德语打高分时，我肯定咧嘴笑了。当我对他们说“谢谢，谢谢”时，他们对我说“不谢，不谢”，意思是说我“好，好”，但是不等谈话结束我便设法使他们明白，在这个基地上有一个人，他过得并不愉快，这个人就是我。“那么，现在要干什么呢？”我用胳膊指着一个墓地说，“喂，你们觉得这儿怎么样？”他们说他们很喜欢这里，比如我们都讲德语。对此我问他们说：“这儿比你们正在打仗的老家好，不是吗？”我敢说，与其在战争期间回德国送死，他们实际上更愿意待在这里。“当然啰。”我用英语说。这时他们已不再笑了，并开始感到困惑。我使劲盯着第一个和我说话的人。“你说！”我死死瞪着他的双眼直到他无力地点点头回答我。见他软了下来我真想大笑一场，尽管我并不觉得好笑。“你的名字是弗里茨？你的名字是汉斯？你的名字是海因里希？”然后我把自己的情况对他们说了。“我的名字叫拉宾诺维茨。”我又说一遍，尽量像德国人那样。“拉宾诺维茨，我是刘·拉宾诺维茨，住在布鲁克林的康尼岛上，纽约你知道吗？”又用意第绪语说：“我是犹太人。懂了吗？”然后我又用英语说：“我是犹太人。懂了吗？”接着是磕磕巴巴的德语：“我是犹太人。明白吗？”此时他们不知道该往哪儿瞅，不过他们都不愿再看我。我的眼睛碧蓝，蓝得透明。克莱尔总这么说，而且我的皮肤白皙，笑得厉害或者生气的时候就变得通红。我不知道他们信不信我的话。我解开一个工作服扣子，拉出身份识别牌，让他们看牌的下边烙着的J字母及我的血型。“看见啦？我是拉宾诺维茨，刘·拉宾诺维茨，是犹太人。懂了吗？好。谢谢。”我挖苦地说着，同时冷冰冰地盯着他们每一个人，直到他们都低下了头。“多谢，多谢，多谢，还有不谢和不谢。我以我母亲的生命发誓，我要一个一个地跟你们算账。谢谢啦，伙计。”在我转身离开时又对那个下士说：“很高兴你也挺快活。”

“这都是怎么回事啊？”

“练练我的德语罢了。”

和克莱尔在福特迪克斯医院的那一回我可不是练习德语。当我发现他们窃窃私笑，还对她评头论足时，我一下子气疯了，比在战场上进入战斗状态时更不能自已，于是朝他们冲了过去。我的声音低沉平静，可是脖子和下巴上的那根青筋就像定时炸弹即将爆炸似的突突直跳。

“注意。”我用柔和的低音说，并尽量把声音拖长，直到我走到他们跟前。他们正拿着铁锹在草坪上修一条人行土道。

他们两人互相对视一下，掩饰不住脸上的微笑，还以为我并不在意呢。

“注意。”我又说了一遍。这一次把第二个音节发得格外重，好像是客气地跟耳朵较背的人谈话似的。在纽约州北部克莱尔的母亲的社交圈里就有不少那样的人。我把脸凑到他们跟前不足尺把远，咧着大嘴，像是在笑的样子，然而我一点都没笑。我想他们还没有明白我的意思。“注意，注——意。”我故意强调说。

尽管我没有大声喊叫，也足以使他们清醒过来。他们开始明白我不是在开玩笑。他们把懒洋洋地塌着的背直了起来，显得有些莫名其妙，像是不太明白我的意思。后来我才发现我一直紧紧握着拳头，看见了手上的血，才知道是指甲扎到肉里去了。

现在他们不再神气了，轮到我了。在欧洲，战争已经结束，可是他们仍旧是战俘。他们是在这里，不是在那里。此时正值夏季，他们紫铜般的胸脯显示他们十分强健，很像战前我在康尼岛沙滩上的样子。他们那健壮的身体带着阳刚之美，与我在国外看到的成千上万的战俘截然不同。战争一开始他们就被俘了，吃着美国面包，保养得结结实实的，而与此同时我却穿着湿袜湿鞋在国外挖战壕，身上长满了我从来没有见过的虱子和臭虫。我猜想他们准属于战争初期那个臭名昭著的大敢死兵团。他们所有的人不是被俘便是非死即伤。可我还是觉得他们比我的情况好得多。他们是根据日内瓦战俘会议精神被送到这里来的。眼前这两个人岁数都比我大，个头也比我高，但我坚信必要的话我能把他们打得屁滚尿流。别看我刚做完手术体质虚弱，加上在俘虏营里饿得面黄肌瘦，可我仍想着自己是相当强壮的。也许我打不过他们。我在狱中可不像他们吃得这么好。

"你好吗?"我很随便地说着,眼睛瞅了这个瞅那个,让他们知道我说话的声音很随和,但人并不那么好惹。那时我的德语讲得已经很流利了。"你叫什么名字?"

一个叫古斯塔夫,一个叫奥托。我现在还记得他们的名字。

"你从哪儿来?"

一个来自慕尼黑,另一个的地名我从来没听说过。我用威严的口气与他们讲话,看得出来他们很紧张。在职位上他们超不过我。如果他们被迫干重活就不可能是授衔军官,甚至连军士都不是,除非他们撒谎,就像我曾经骗他们那样。那是为了能跳出我最后的战俘营换个地方干活。"你为什么看见那位女士就笑?还有你,"我指着另外一个人说,"刚才你看见这位女士为什么大笑?你跟他说的什么让他笑得更厉害?"

我忘了讲德语,说出来的全是英语。他们大概知道我说什么,虽然不太清楚具体的词。我反正不在乎。把这层意思用另一种语言说出来不大容易。不过只要我把意思表达出来了他们会懂的。

"你为什么看见我的女朋友就笑?"

我们都明白他们懂我的意思,因为他们在回避我的问题。看守不知道出了什么事,也不知该怎么办。他更害怕我。我知道我是不能和德国犯人讲话的。克莱尔想让我打住,可我不想。什么人也阻止不了我。一位佩戴战役勋章的年轻军官朝我走来,一看见我的脸色马上停住了。

"最好离远一点。"我听见克莱尔提醒他说。

我也带着战役勋章,外加一枚铜星勋章,那是在法国和一位叫大卫·克雷格的战友炸掉一辆虎式坦克后获得的。那个军官一定懂了我在想什么,很明智地避开了我。我的样子像长官,讲出的话严肃得很。我的德语已经把他们给镇住了,可我还想把嗓门提高。

"请回答!"我说,"你听懂我说的了吗?"

"我没听懂。"

"我们没笑。"

“没有人笑。”

“奥托，你说谎，”我用德语说，“你全懂。你刚才就是在笑。古斯塔夫，告诉我，古斯塔夫，你说什么了，”——我指了指克莱尔——“是说我的夫人吗？两个人笑，什么地方可笑？”我们还没有结婚，可我不在乎把她说成我的妻子，为的是使我的恐吓更加有效。“她是我的妻子。”我重复说，用英语，为了让那个年轻军官也听见。“你都说她什么坏话了？”

“我什么都没说。没有人笑。”

“告诉我！”我命令道。

“我不知道。我忘了。”

“古斯塔夫，你是个说瞎话的人，你要为说谎下地狱。你们俩终究要为你们的谎言和关于那位女士的脏话受到惩罚，如果我不得不亲自送你们去地狱的话。听着，把铁锹放下！”

我指了指他们，他们驯服地放下铁锹等着，茫然不知所措。我也等着。

“把铁锹举起来！”我毫无笑容地说。

他们凄然地环顾一下四周，捡起铁锹不知该怎么办。

“你的名字是古斯塔夫？”过了一小会儿我说。“你的名字叫奥托，是吗？你是从慕尼黑来的？你是不是从……”其实我并不关心他到底来自什么地方。“我的名字是拉宾诺维茨。刘易斯·拉宾诺维茨。我叫刘易斯·拉宾诺维茨，来自康尼岛，住在西二十五街，铁路街和默美德大道之间，过山车，海滨木板人行道上的旋转木马。”我拿出身份识别牌让他们看上面的J字母时，感到手指的脉搏怦怦地跳，接着又用意第绪语对他们说话，进一步让他们明白我的意思：“我是犹太人。”然后又用德语说：“我是犹太人，我是犹太人，你现在懂了吗？”他们皮肤的紫铜色开始减退，也不显得那么强壮有力了。我感到从未有过的心平气和，作为康尼岛上的刘易斯·拉宾诺维茨，我从来没有这样自信过。没有必要再和他们斗下去了。我脸上挂着克莱尔认为比骷髅和死人还难看、充满仇恨的微笑对他们说：“现在……再来一次。”他们照我说的把铁锹放下又拿起来，好像是经过了我的严格训练。我指着克莱尔说:“他刚才说那个女士的坏话了,你也说了吗?”

“不,我的先生。”

“你刚才跟着笑了吗?”

“没,我的先生。”

“又在撒谎,你们俩。幸亏没说实话。如果你们承认讥笑了她,或者说过她的坏话,我非敲断你们的脊梁骨不可。干活去吧。”我厌恶地离开了他们,“下士,他们还归你管。谢谢你帮忙。”

“刘,这不太好吧。”克莱尔开了口。

接着军官也说了话。“军士,你不可以这么做。你不能用那种方式和他们讲话。”

我恭恭敬敬地行了个军礼。“我知道日内瓦会议精神,长官。战争期间我也是那边的战俘,长官。”

“到底出了什么事?”

“他们不但看我的未婚妻,长官,嘴里还说些不三不四的脏话。我刚回国,头脑还没冷静下来。”

“刘,你的确还在头脑发热。”我们离开后过了一会儿克莱尔说,“假如他们不照你说的做怎么办?”

“冷静点儿,我的好姑娘。他们不是照办了嘛。他们不得不照办。”

“为什么?假如那个看守阻止你呢?还有那个军官?”

“他们不会。”

“你怎么知道?”

“我明白。”

“他们为什么不会?”

“我对你说,你必须相信我。有些事我叫它们怎么样它们就会怎么样。别问我为什么。对我来说问题很简单。他们那么做侮辱了你也侮辱了我,我要让他们知道他们不能那么做。不能允许他们那样做。”当时我们已经订了婚，“你是我的未婚妻，不是吗[1]？我的小姐。一旦发现有人盯着你瞧或者说难听话，我就会发疯，就连我父亲和我兄弟也不能容忍别的家伙斜眼看你或者瞅我的姐妹。闲扯够了，亲爱的。回医院去吧。我们去跟德国人赫尔曼告别。”

“刘，跟赫尔曼纠缠得够啦。你要愿意你去跟他说吧，我在楼下等你，喝杯苏打水。我可不觉得那好玩。”

“你还是不相信，宝贝，我也不觉得好玩。可我不是为了好玩才去见他的。”

克莱尔的问题是乳房特别大，这一点萨米和温克勒都发现并且告诉了我。而我的问题是我对此讳莫如深。谁要是敢提这件事，我就恨不得把他杀了，包括萨米和温克勒在内。

起初我们四个人同一天报名参军，现在四个人都回来了。可是住在隔壁公寓的欧文·凯泽在意大利被炮火击中，从此我再也没有见到他；索尼·鲍尔也在意大利遭到了同样的厄运；弗雷迪·罗森鲍姆失去了一条腿；曼尼·施瓦茨倒是仍能走动，可是他的假臂上安了个钩子，现在已不再拿它开心了；索利·莫斯头部中了弹，现在他既看不清也听不清。正如萨米所说的那样，一个不大的邻里两个街区便有如此大的伤亡，其他地方的死伤人员会有多少，就可想而知了。我同意他的分析。不过当我们四个人一同进城的时候，可没想到危险与伤亡。

我们要去打仗，却不知道打仗是怎么回事。

我们大多数人都年纪轻轻地结了婚，谁也没想过要离婚。离婚是非犹太教的事，是从报纸上读到的富人们的事。他们只要去内华达州的赌城雷诺待上六个星期就可以了，因为在那儿办事容易得很。例如萨米的格伦达和她的前夫就是这样。她的前夫十分放荡，到处寻花问柳，至于别人是否知道，他丝毫不放在心上。现在就连我自己的女儿也有一个离了婚。刚听说

---

1 此处原文为法语。

她们婚姻破裂时，我真想扑向我的前女婿，并且用我的拳头了结财产问题。克莱尔把我关在屋里，还把我带到加勒比地区降降我的火气。萨米是我知道的唯一耐心等待的人，最终娶了他的这位棕色头发、带着三个孩子的“非犹太女人[1]”。不过萨米·辛格总是有点与众不同。他个子矮小，与众不同。他安详，善于思考，有点怪，后来还读了大学。我也挺精明，何况退伍军人权益法案也可以提供我读大学的费用，可是我已经成家，有比上大学更好的事情要做，而且我还急不可耐地想成就一番事业。约翰·肯尼迪经常活跃在水银灯下，像演员一样神气活现，这也是我不喜欢他和他身边一圈人的另一个原因。我会匆匆忙忙对一个人做出判断。肯尼迪被子弹击中的刹那，我眨了眨眼，说了声糟糕，当天又去上班了，并已做好不欢迎林登·约翰逊的准备。此时我打算开始从容处事。我不喜欢撒谎和夸夸其谈的人，而总统们偏偏就是这样的人。我再也不读报了。回忆当初我根本不理解像萨米·辛格这样的人，他们有头脑，干吗要上大学学习英国文学之类的东西，他们完全可以利用空闲时间读嘛。

我十三岁准备升中学，后来却进了布鲁克林技术学校。这所学校不太容易进。我的数学、机械制图和其他几门科学课程都学得不错，对此我从来没有怀疑过。毕业以后，我在父亲的废品收购店里干活，这时只用上了数学，其他科目的内容全忘光了。和我一起在父亲店里工作的还有我的兄弟和一个姐夫，他和我大姐住在这所带走廊的房子的地下室。房子里一共住了四家人。数学用得最多的是玩牌的时候。在海滨游戏厅里我和从俄国、匈牙利、波兰、罗马尼亚移民来的犹太高手玩牌时，无论是叫牌还是出牌都十分有把握。他们不停地说呀说呀，连出牌时嘴也不停。他们谈牌，谈犹太报纸，谈希特勒。对希特勒，我和他们一样从一开始就讨厌。他们也谈斯大林、托洛茨基、墨索里尼和富兰克林·德拉诺·罗斯福，他们喜欢这些人，因而我也喜欢他们。我敢说在康尼岛没有一个犹太人投共和党的票，只有一

---

1 此处原文为意第绪语。

个人除外，就是我姐夫，他总和别人对着干，现在还是这样。

我父亲对我玩牌的天才不以为意。当我问他下班以后我该怎样打发时间，他也说不上来。对自己不知道的事情他索性不说。在部队里没有真正的纸牌游戏，我就靠玩二十一点、扑克，还有掷骰子赢钱。差不多我总能赢，因为我很有把握。只要我感觉到赢不了就不玩了。即使输了，也总输得不多。我能够马上看出来这些人谁的技术跟我一样高而且手气好，那我就等一会儿再玩。现在我用数学核算贴现、成本、税额优惠以及盈利情况，计算时我并不觉得是在绞尽脑汁地思考，如同我的记账员和会计师用电脑一样，而且速度差不多一样快。虽不能说总能计算正确，但是很少出错。对于建筑营造商和房地产开发公司设计家们使用取暖用油计量表的主意，我不敢苟同。甚至发现该计量表确实可用后，我仍然不大放心。新建住宅区有了用油计量表便由提供计量表的公司直接向住户出售油，不再需要每户安装一个储油罐。我感觉要想让大石油公司里的人们认真对待我十分困难，我对待他们很认真，可是他们不。我穿上西服和马甲，完全换了个人。我有一种感觉，他们不喜欢我的样子，他们也不喜欢我平常的样子，所以我一见他们就不自在。我远离了自己的团伙，从刚一踏进他们中间便意识到了这一点。这里有各种限制，从一开始我就预料到这片天空不属于我。

这场战争帮了大忙，甚至也帮了我的忙。战后建筑业蓬勃兴起，建筑材料严重匮乏。建筑物的毁坏和第一座月光公园的大火使我们有了赚钱的机会。那时我刚做完疝气手术，回到我父亲的废品收购店，身体又恢复得健壮如牛。斯莫基·罗宾和那个黑人伙计已经不在店里干了，但是还有别的人一叫就到。店里有两辆卡车，还有一辆按星期租用的车。我发现自己非常喜欢和兄弟、姐夫以及老爹一起干重活累活。可我讨厌肮脏，讨厌油腻和垃圾，还有包在报纸里被出海人扔掉的破烂物发出的腐朽味。这些污七八糟的东西，是拾垃圾的人从海边垃圾箱拣来装在小车上卖的。我害怕这龌龊的环境和污秽的空气。我还怕臭虫。旧报纸里偶尔会夹带着死螃蟹和掺着沙子及海草的烂肉块，还有桔子皮等各种脏东西。我们把这些乱七八糟的物品放到报纸捆中间，再用钳子把报纸捆绑好。现在有了捆报纸的机器。有一天温克勒跑来告诉我机器的事。那天我们正拼命地忙着，他来了以后四处瞎转悠，直到我们把活干完。他以行家的口吻说他能找到各种各样的机器，还能找到二手货。他喜欢吹嘘什么最先进的机器，我可不太明白什么是“最先进的”。

温克勒找到了可以把空军用剩下的胶卷切割成适合民用相机的最先进机器。他计划靠它挣到第一个100万，但是依斯门·柯达找到了新方法，并且有了生产新产品的机械设备，从而满足了全国消费者的需要，重新夺回了市场。战后人们忙着结婚生孩子，都想为自己的宝宝照些相片。

“你的机器就算了吧，我不需要它们。”我老爹带着浓浓的波兰犹太人口音嚼着牙床嘟哝着对温克勒说。克莱尔开始跟我约会并在我姐姐屋里睡觉之前，从来没有听过他这种口音。在我的这个家里，谁都不同意我们两人在一起，因为她是纽约州北部的犹太人，而北方的情况和康尼岛不一样，况且她的父母均出生在这个国家，所以他们和我们有很多不同之处。我们见面是那年夏天，他们家为了欣赏大海和海滩，租住在海门区。这是我们这里最好的海滨之一。当时它还没有被从海滩上那一溜厕所阴沟里排出来的避孕套和其他东西所污染。现在几乎每天都有大量的这类脏东西冲入港湾。我们把避孕套戏称为“康尼岛白鱼”，把垃圾和漂流在海上的污物叫“当心地雷！”。我们还管避孕套叫普里克。现在我们大家就用这个名字称呼华盛顿的一些人，比如说努德尔斯·库克就是个普里克，也包括刚刚入主白宫的那个人。

“我有自己的机器，两台，在这儿。”老爹说这话的时候面部肌肉收缩起来，笑了。他指的是他的肩膀和胳膊。“还有三台在那儿。”他说的是我和我兄弟以及姐夫。“我的机器是活的，还花不了多少钱。拉呀，拉呀！”他喊叫起来，“别在那儿站着。别光听他说。待会儿还得切管子，再过一会儿锅炉又要到了。”

他和他的三台活机器继续工作。他们拿起打捆用的大爪钳和钳子，把粗钢丝绳拉紧，拧住，打成扣。干活的时候两个眼睛和两个睾丸都要躲开，以防钢绳绷断。我们把刚打好的一捆扔到另一捆上，两个捆都颤起来。克莱尔对我说，它们看起来很性感，就如一个像我这样的小伙子压在一个像她那样的姑娘身上一样。

自从克莱尔在约会的日子到废品收购店看我干活，有时为了早点收工还帮个忙什么的，我老爹便喜欢她了。她跟我妈妈聊得也很投机。我妈妈可不是个好说话的人。每逢有人过生日或节假日，克莱尔送来的礼品都是带包装的。包装的礼品？克莱尔是我们知道的第一个把礼品包装起来的人。克莱尔出现以前，这个大家庭里，整个康尼岛上，有谁见过包装礼品？谁知道“高脚酒杯”是何物？我们家的人没人知道什么是高脚杯，可是一旦克莱尔说到了它，我就想拥有它。我还对罗基说过我们的高脚杯。罗基是个较高层次的意大利人，我常从他那里买东西。他很喜欢我，也喜欢克莱尔与他谈话的直率方式。后来虽然我们各自搬了家，分头置地盖房做起了房地产生意，但我们有的时候仍旧互相帮忙。罗基喜欢姑娘，喜欢那些金发或者红发、浓妆艳抹、穿高跟鞋的和大胸脯的姑娘。他对做妻子的人十分尊重。他对待克莱尔和自己的妻子就是这样。

克莱尔的父亲过世了。我父亲打一开始就对我在她家睡觉有看法，即使她母亲在家也不行。

“听着，刘易，”我父亲莫里斯说，“你给我听好了。这姑娘是孤儿，她没有父亲。要么娶她，要么离开她。我可不是说着玩儿。”

我决定娶她。当我想到结婚的时候才发现我想娶的是一位处女。连我自己都奇怪我怎么会是这种人。我不得不承认，每次说服一个姑娘跟我发生性关系后，我就不太想她了，尽管有的时候还想再与她发生关系。六年以后，当萨米和有三个孩子的格伦达结婚时，我仍然不能理解。像他或者我这样的男人怎么可以去和一个已经被另一个男人玩弄过的女人结婚，尤其是那个男人还活着。她甚至不止和一个男人搞过。

我现在依然如此。目前关于我两个女儿的一些事，我和克莱尔已经不打算再争论了。当我告诉她们，她们的母亲结婚的时候仍是个处女，她们根本不相信。克莱尔则让我发誓再不跟任何人提及这件事。

在通常情况下克莱尔发脾气时我就让步，但这绝不意味着胆怯。我从来没有胆怯过，不管是在部队，在战俘营，还是在向法国北部、卢森堡和德国边境推进的时候。在那次12月突袭中，我从雪里抬头望去，眼看着手里拿着干干净净的枪支、身穿崭新漂亮的军装的德国兵过来把我们全部俘获了。即便是在那个时刻，我都没有胆怯。

可是我怕废品收购店里的老鼠。战后我回家以后，尤其怕肮脏。踏脚板上的一只小耗子就足以让我恶心发抖好半天，就像现在吃到当年妈妈的青苹果味儿的东西一样，想起那味儿就恶心。我终于在离布鲁克林开车两个半小时距离的镇上办起了自己的企业。那里唯一能找到的建筑是坐落在火车站附近倒闭了的做老鼠夹的工厂，楼里到处都是老鼠。

日复一日，我对指甲缝里的黑泥感到厌恶，觉得丢人。我们都是这样。下班以后大家用从胶皮管流出的冷水使劲擦洗自己，这是唯一的水源。每次差不多要花上一个钟头。即使是在冬天，大家也要用工业用的硬毛刷和碱肥皂连搓带洗，直到干净为止。我们不想浑身脏兮兮地回家。我讨厌黑指甲缝。部队在亚特兰大时我发现了修指甲，还有虾鸡尾酒、精致的生鱼片和牛排。到了英国又发现了修指甲。以后开拔到法国，又到了其他许多地方，无论走到哪里，只要有机会，我都要修剪指甲。回到康尼岛后不修指甲就过不了日子。从此修指甲的习惯就再没有放弃过。住医院的时候只要觉得脏了就修指甲。我对个人卫生十分介意，修剪指甲自然是一定要做的事情。克莱尔早就了解了我这个习惯。结婚以后这成了我们云雨前爱抚行为的一部分。她喜欢在抓背和按摩脚以后修脚指甲，我则喜欢握她的脚趾头。

我一攒够钱便马上买了一部好车，等我又攒够了钱时，也给克莱尔买了一辆，这样出去赴约会就不用搭公司便车了。自从发现了手工制作的套装，我就再也不穿别的衣服了。肯尼迪当总统以后我发现我们两人穿的西服都出自纽约的同一家商店，不过我承认，一样的衣服我穿着就不如他穿着帅。萨米老说我不懂着装艺术，克莱尔也常这样说。也许他们说得对，因为我从来不在颜色上和式样上动脑筋，这些都交给裁缝决定。然而我却知道，身穿手工缝制、价值300美元，加上销售税差不多500美元一套的衣服，走起路来该有多神气。这样一套西服现在已经卖到1 500美元至2 000美元了，可是我不在乎。我有好几套，根本没有时间把它们穿坏，因为我的体重经常变化。反正我喜欢在出门之前打扮好，然后好好欣赏一下自己穿着西服时整洁笔挺的样子和修剪漂亮的指甲。

我穿棉衬衫，纯棉的。不穿尼龙化纤，也不穿防皱材料和免烫材料的，但是不穿埃及棉的，自从以色列1948年战争之后从来不穿。米洛·明德宾德和他的M&M联合企业自打靠做埃及棉花生意发了之后，我的管道行业就不再购进他们公司的马桶和水池；我的木材厂也不再购进他们的建筑材料。温克勒虽然知道我的想法，可是他照样用明德宾德的可可豆作为他生产复活节巧克力兔子的原材料，所以我们把他当作礼品送来的巧克力兔子全都扔掉了。

我发现了加勒比奶酪和法国奶酪后便喜欢上了这种食品。从吃第一口法国奶酪起我就喜欢上了它。马提尼克和瓜德罗普成了我们冬天最喜欢度假的加勒比岛屿，后来又加上圣·巴尔兹。原因是那里的奶酪。我对欧洲不太热心，只去过一次法国，一次西班牙和意大利，以后再也不想去那些不讲我的语言的国家，何况他们根本弄不清楚我是什么样的人。后来在圣·巴尔兹，有一天我和克莱尔在圣·马田选择了两块很好的地，知道价钱很便宜，我们十分快活。这时我咬了一口平时最爱吃的奶酪和面包。我想是圣·安德烈奶酪。过了一会儿，我永远忘不了的青苹果味儿又来了，火辣辣的酸味儿。很久以前还是小孩子的时候，每当我生病就感觉到这种味道。我心里挺害怕，准是身体内部什么地方出毛病了。我的脖子开始僵硬，好像越来越肿大。萨米说，它只能肿大，因为它不可能肿小。现在我想起来觉得怪可笑的。当时我想这绝不单纯是消化系统的问题。在此之前无论我吃多少喝多少，都没有恶心过，满以为已长大成人一切都会好了哩。当兵的时候我又冷又脏，一心只想多睡一会儿，多吃点好东西，没有感觉过要出毛病，始终觉得自己很健康，很安全，不认为会有什么不好的事情或者意外的事情发生在我身上。那一次我和一名叫哈默的军士站在侦察吉普车旁聊天，两人相距仅一英尺远，突然哈默的脑袋被狙击手击中，就连在那一刻我都没想过自己会出事。他向我报告说，这个小镇很安宁，还断定我们可以进去。中弹的是他，不是我，然而我一点不感到惊讶。我也不认为仅是运气好，只觉得事情本该如此。

“亲爱的，咱们明天回去吧。”令人恶心的青苹果味再次泛上来时我对克莱尔说。我们回到自己屋里亲密一番后我对她胡诌了一通。“在纽伦堡我想干一件事，那件事若是干了的话一定对咱们有好处。”

亲热过后我感觉好多了，回到家以后感觉更好。不过为了放心起见，我去见了医生。检查以后埃米尔说没有发现什么问题。我总觉得他检查得不够仔细，不然的话情况可能会不一样。埃米尔轻易地认为我在岛上得的病跟现在不一样。

我不害怕人，可是害怕青苹果。据妈妈说我第一次得病是因为我吃了碗里她用来烤制什么东西的青苹果。我想不起来是不是真的吃了下去。不过每一次我生病时，像得腮腺炎，出水痘，嗓子化脓，都会出现同样的症状和感觉：恶心、呕吐。我妈总会埋怨是因为我吃了青苹果，逐渐地我便相信了她，尽管我根本就没有吃青苹果，只是因为呕吐的时候总泛起同一种青苹果味儿。我现在仍相信她的话。每当我犯胃肠病或做放射治疗和化疗之前、治疗过程中及治疗之后，总有这股青苹果味儿。做疝气手术的时候，青苹果味儿就一直困扰着我。第一次犯病是某个周末从萨米家开车回来的路上。我们在费尔岛上萨米家和他的《时代》周刊杂志社的几个年轻朋友聚会之后，我的脖子越来越胀得慌，后来竟无法转动脑袋，车也不能开了，接着就昏倒在方向盘上。我不等钻出车子就吐了，嘴里还含糊不清地说胡话，后来克莱尔告诉我说当时我说什么青苹果。后座上的三个孩子也都说听见我是那么说的。别人问我们那天晚上为什么很晚才回到家，我告诉他们只是肚子有点不舒服，因为那时我的确认为是这样。后来我们对他们说是心绞痛，又说是单核白血球增生症，还说是淋巴结核。七年之后我彻底垮下来住进了城里的医院，这时克莱尔才把实情告诉格伦达。其实她和萨米早就猜出了我的病。格伦达的前夫得的是另一种癌症，她早已有经验，而萨米每周都读《时代》周刊，何况他又那么精明。

克莱尔没有遇见过像我们这样的家庭，我的爸爸妈妈讲话带有浓重的布鲁克林和犹太人的口音，与她约会的小伙子又是我这样的人，竟在她和别人初次约会时把她从那人身边带走了，并且无论干什么事没有干不成的。至于前途嘛，则在废品堆里。我不喜欢这最后一点看法，只是结婚以前我一直没有表示出来。

"卖废旧物资没有前途，因为废品太多了，"温克勒的生意第一次失败之前他常这样说，"刘易，过剩是坏事。经济发展需要的是短缺。这就是垄断的好处——他们减少对百姓所需物资的供应量。我买依斯门·柯达剩余的航空胶卷，根本不花什么钱，因为那东西太多了，没人要。我把它改成了人们没有的普通照相机用彩色胶卷以后，就成抢手货了。谁都要结婚生孩子，我也一样，都想要彩色照片，但又买不到。依斯门·柯达对我的做法一点办法也没有。胶卷是他们的，他们自然不能从质量上挑毛病。我用的是柯达的名字，他们在价格上又没法跟我比。我把广告订货单寄出去后得到的第一批订货就是依斯门·柯达的。他订了四卷胶卷，想知道我在干什么。"

他和依斯门·柯达很快发现，空军用的胶卷在1万英尺以外拍摄效果挺好，近距离拍摄就会发现相片上婴儿和新娘的脸上身上都弄得斑痕累累。于是他又回来给我们开车了，白天随叫随到。后来他又到面包房，往小圆面包上抹蜂蜜和巧克力。他连在几家面包房做过以后去了加利福尼亚州，买下了自己的第一个巧克力糖果厂，它与他后来开的数座糖果厂一样，以失败告终。在20年的时间里，我经常瞒着克莱尔给他钱，与此同时克莱尔也背着我在他困难的时候帮助过他们。

我退役前，克莱尔很认真地说希望我延期服役，因为她想有机会旅行。那时她还非常年轻。

“你莫不是在开玩笑吧。”我说。当时我从德累斯顿回来做完手术，正躺在医院的病床上。“我的名字叫刘易，不叫神经病。旅行？去哪儿？佐治亚？堪萨斯？西尔堡？俄克拉何马？不可能。”

每当我大姐艾达需要回家陪伴我母亲时，克莱尔就到废品收购店帮着接电话和做生意记录什么的。艾达去店里时她就在家帮助我妈妈。她比我们会笑。老妈的病越来越奇特了。医生说是脑血管硬化，是随年龄的增长出现的自然现象。现在我们认为那可能是老年性痴呆症，这也是自然现象，就跟丹尼斯·蒂默说的癌一样。

克莱尔直到现在还不会算算术，这一直让我担心。算加减法还成，要是给她个计算器，她甚至还能算点乘法和除法。可是要算分数小数和百分比，那她可就糊涂到家了。她不懂如何计算加价、减价和利率，尽管如此，她记账还是可以的。记账是老头子允许她做的唯一的一件事，因为有一天她来帮忙，为了尽快结束工作，她把黄铜和红铜一起塞进最后一捆报纸里。老头子简直没法相信会有这种事，气得大吼起来，把四壁震得嗡嗡响，恐怕把屋里的老鼠和蟑螂都吓到麦克唐纳大街上去了。

“我是想帮忙的，”她找借口说，“我想你们愿意让报纸捆沉一点。”

我大声笑起来。“可不能靠黄铜。”

“靠红铜？”我兄弟说着也笑起来。

“‘丫头[1]’，你在哪儿上的学？”老头子问她。他一高兴便从牙缝里挤出一种不同的声音。“红铜和黄铜都是14美分一磅。报纸是按堆儿卖，不按磅算。你说哪一样更值钱？这笔账不需要上哈佛就能算出来。过来，丫头，坐下，宝贝儿，算几个数，说说谁该给我们钱和我们该给谁钱。别担心，误不了你去跳舞。刘易，你过来。你是从哪儿领来这么个娃娃的？”他攥着我的胳

1 此处原文为意第绪语。

膊走到屋角单独对我说话。他的脸通红，雀斑也十分明显。“刘易，听好了。假如你不是我儿子，假如她是我女儿，我是不会让她跟你这么个混小子约会的。你可不许伤害她。一点也不许伤害她。”

她并不像他想象的那么容易被愚弄，尽管我有可能使她就范，满足我的一切要求。她听她表哥说过康尼岛的小伙子和他们的社交俱乐部的事。他说他们和你跳舞时会把你带进一间有门有长沙发的后屋，接着以极快的速度扒掉你的衣服使你不敢出去，直到你满足他们的某些要求为止。她第一次对我说不跟我去后屋时，我趁舞兴正浓带着她旋转出舞厅，进了后屋，为的是让她知道那些传言并非事实——至少我不是那种人，也至少不在那个时候。我当然不告诉她，仅一个小时之前我和另一个姑娘在这个屋里待过。

不久我发现，虽然她的算术不灵，但是把生意上的事交给她比交给我兄弟跟合伙人更好。我一向都信任我兄弟和合伙人，凡是我认识的人都没有欺骗过我，我也从来不认为他们有过欺骗我的心思，因为我挑选的都是跟我一样慷慨大方、爱笑贪杯的人。

那时候的克莱尔有修长的双腿和美丽的胸部，现在的她风采依旧。她比我还早地观察到，差不多所有与我们做生意的意大利建筑商们都喜欢选择金发碧眼的女郎和红发女郎作为约会对象，于是每当我带她去比较重要的场合时，她也把头发染得接近金黄色。届时她还把配装的珠宝一一佩戴在身上，还能用那些男男女女自己的语言和他们聊天。“每次跟他在一起我总是这身打扮。”她边说边漫不经心地嘲讽她正在玩弄着的结婚戒指和V字领连衣裙套装。她每每说起这件事我们就会大笑。“我又没有能够证明的执照。”当别人问她我们是否真的结婚了，她便这样回答。我总是把回答的机会留给她，为的是博得大家的欢笑。有的时候聚会气氛和谐，午餐时间又很长，于是就在当地汽车旅店登记个房间，度过下午的晚些时间，天黑以后再回家。“他必须回家。”这是她的解释。“他不可以在这里过夜。”无论是在饭店、夜总会，还是假日旅游地，她总是很善于在女厕所里与人攀谈，为和我们在一起的想找姑娘的小伙子牵线搭桥。有一个建筑商的女朋友是澳大利亚金发女郎，高高的个子，活泼可爱。她用银妆，穿高跟鞋。我刚有一丝想跟她干的念头就被克莱尔觉察出来了。她的胸脯也特别大，她的舞兴极高，连一分钟都停不下来，没有音乐也照跳不误，还不停地拿她为玩具厂老板设想的怪诞玩具开玩笑。

"她有个同屋，"那个年轻人嘴唇不启地说道，"是个护士，美人儿。她俩都勾引男人。咱们可以一块儿约她们出去。"

"我就要这个俊妞儿。"我成心说给她听。

"可以呀。我去找那个护士碰碰运气。"他说。我心里清楚我不会跟他去的。他不明白我不过是想引起她的注意，并非想白白得到她。

克莱尔猜透了这一切。"别，刘，别干那种事，"我们刚进汽车她就这么没完没了地嘱咐我，"永远别，千万别，可别让我碰上。"

我接受了她的意见，她再也没有遇见类似的事情，至少我认为是这样。

在福特迪克斯医院的时候，有一个周末她来看我。她越过那个德国人赫尔曼向我低下头来。这时我的烧已经退了，我想她正是我想要的人。

"谁在这儿照顾你？"她问道，"在你需要帮助的时候怎么办？谁来帮你？"

我清楚地告诉她我自己能办到，并且要表演一下让她看看。接着我哈哈大笑起来。"赫尔曼！"不等我喊第二遍，就听见了勤务员那恐惧的脚步声。这时只见我的这位50多岁的德国人赫尔曼已经规规矩矩地站在了那里。他瘦小，腼腆，神色紧张，口喘粗气，全然不像一个雅利安英雄，不像个"德侨[1]"，一点也不像。

"我的拉宾诺维茨先生？"他立刻像我教他的那样说道，"我怎么为您服务？"

"注意，赫尔曼。"我漫不经心地命令道。他磕一下脚后跟啪地一声立

1　此处原文为意第绪语。

正，我下了他能听懂的命令。

“开始！”他便开始向我讲述他自己的情况。我转向克莱尔。“亲爱的，旅途顺利吗？住什么地方？还住那家旅馆？”

她听见他在那里背诵时，眼里流露出困惑。当她明白过来后，又简直不相信眼前发生的事，而且显得有些不高兴。看见她那副滑稽模样我差点儿笑出来。赫尔曼报告了他的名字、军阶、编号，又报告他的出生地和出生年月、受教育情况、工作经历、家庭背景及状况，以及我每次命令他立正报告时他应该报告的一切。我则继续和克莱尔聊天，就好像完全没有看见他这个人，也就根本不把他放在心上。

“听我跟你讲讲我的想法。我不想延期服役，所以就别再惦记着这事了。老爷子可能需要我回废品收购店干一阵子呢。”

克莱尔不知道该注意我们两人中哪一个。我的脸朝前。屋子里安静下来了。赫尔曼也已经背诵完毕，他满头大汗地站在那里，一个劲地眨眼。

“噢，对，”我头也不转一下便说道，好像我刚想起他来似的，“再来一次。”

于是他又开始了。“我是赫尔曼·沃戈勒。我是德国士兵。我是面包师。生于1892年9月3日，已经53岁了。”

“刘，够了——够了。”克莱尔终于插嘴了。她真的发火了。“行了！别说了！”

我不喜欢她当着赫尔曼或者别的什么人的面用那种口气跟我说话。我脖子后面和下巴的青筋开始突突地跳。“对，所以我得回老爷子那里从头干起，”说这话时我没看她的脸，“这样，在我决定咱们自己该做什么之前能有些收入。”

“刘，叫他走开，”她命令道，“我是认真的！”

“我父亲养牛卖牛奶，”赫尔曼用德语接着背下去，“我去上学。毕业以后我申请上大学，可是没被批准。我不够聪明。”

“不要紧。”我坦率地告诉她。赫尔曼仍像第一遍那样认真地背诵着。

“这就是他学着做的。他们教他烤面包，我教他立正背诵。背完一遍以后我让他再反反复复地背，这样我们两个人就谁也忘不了了。咱先和家人住一段时间，住在顶层，因为咱们最年轻，应该爬楼梯。我不想花费时间读大学，结了婚就更不想去读书了。你想结婚吗？”

“刘，我想让你叫他走！这才是我想的！我警告你。”

“强迫我？”

“我会的。别逼我。”

“怎么样？”

“我会把衣服脱光。”看得出她决心已定，是认真的。“就在这儿。我把衣服脱光了。够了！我把衣服全脱光，然后上床压在你身上。现在就干，如果你不让他停下来的话。我要坐你身上，你就是穿着衣服也和没穿衣服一样，衣服解开不解开也一样。我要让他看见你所看见的一切。我要做给他看。我发誓。让他离开！”

这个滑头，她知道我是怎么想的。比基尼装上市以后，用不着我告诉她别穿那玩意儿。而对我的女儿们我就无能为力了，充其量在她们去海滩时我不去就是了。

她开始解衣扣了，而且越解越多。已经能看见她的低领口衬裙和带子，还能看见衬裙遮掩的臃起的硕大乳房。这可是我不想让任何其他男人看到甚至注意到的部位。于是我让步了。我能想象出她拉开拉链，双腿迈出裙筒，然后从上面脱下衬裙的样子。而这一切都要在他在场的情况下进行。我无法忍受这一想法，不得不叫赫尔曼停下来。我对他而不是对她大发雷霆，好像这一切完全是他的错，不是她的，也不是我的。我不得不打发他走了。

“行了吧，好啦，系上扣子。”我也生气地对她说。“好啦，赫尔曼。够啦。可以结束了。多谢。出去！快点！快点走！滚！”

“多谢，拉宾诺维茨先生。多谢了。”他全身发抖，弓着身子出去了，这倒使我感到难堪。

“这并不好玩，刘，至少我不觉得好玩。”她边系扣子边对我说。

“我不是为了好玩才这么做的。”我悻悻地说。

“那是为什么？”

我说不上来。

待到这个可怜的老伙计真要离开的时候，我的心确实有点软了。他们将被驱赶上船遣送回国。临走前我用非同寻常的方式祝福他好运。

直到此刻我才觉得他很可怜。他很软弱，即便在别的德国人眼里他也是软弱的，到他这个年龄已经不可能刚强了。他的某些表现令我想起萨米的父亲。他是个亲切安详的银发老人。整个夏天一下班，他就去海里长时间地泡着。萨米和他的兄弟或姐姐常受母亲派遣到海边看守他，或是提醒他按时回家吃晚饭。我和萨米都很幸运，因为我们都有姐姐照顾晚年的父母。萨米的父亲能读各种犹太报纸。他们全家都爱听收音机里放的古典音乐。萨米常在康尼岛图书馆替他父亲预借译成犹太文的书籍，以小说为主，多数是俄罗斯人翻译的。他待人友善，不像我父亲。我们家的人差不多都不爱读书。我根本没有时间读。萨米才开始为杂志写短篇小说和幽默小品的时候，总是先让我试读，我从来说不出个道道来。谢天谢地，后来他不再需要我了。

萨米始终保存着他父亲在第一次世界大战时穿军装的照片。照片上他是个十分快活的小伙子，和当时的士兵一样。他的小脑袋上扣着个大钢盔，身上背着毒气面罩，皮带上挂着军用水壶。老雅各布·辛格为了逃避当兵才从他的国家来到美国，到了这里他还是没能躲过去。他目光慈祥，带着笑意注视着你。萨米不爱与人目光相遇。年轻的时候我们玩接吻游戏，大家教他，和姑娘拥抱时要专注地看着她的眼睛，不应向别处张望。萨米六十八岁，已经超过了他父亲的寿命，而我则确信自己绝对不会比我父亲活得岁数大。

我和萨米住在不同的街区。我们的父母从未见过面。我们家的人很少邀请外人到家里吃饭，住在外地的亲戚例外，他们偶尔会在夏天周末来海滨待上一天。

我父亲对自家人以外的人不热情，就连对萨米和温克勒这样的朋友也一样，他们来我家的时候，只要他在家，就觉得不自在。我父亲年迈时意识到，在无法找到其他谋生途径的情况下，他和他的子女们仍需要设法维持生计，于是他选中了我把生意继续经营下去。拉宾诺维茨家族的人亲密和谐。我是我们家最会与外面打交道的人，是谈判者，是马屁精、推销员、话篓子，还是个容易打交道的人。我每日从一幢老楼串到另一幢老楼，极力讨好往地下室锅炉里添煤或向外运垃圾箱的可怜看门人，客气地问他是“管理员”还是“管家”。我想和负责的“先生”谈一谈，用各种方式暗示我们可以互相帮助。我会留给他一张名片，那是温克勒通过一个熟识的印刷商帮我印的，没花几个钱。我设法与他签订一份合同，今后将由我们负责处理房屋的旧管道、旧蓄水池、旧抽水马桶和澡盆，以及旧蒸汽锅炉或热水锅炉，甚至它们还没有损坏就交由我们处理了。我们认识修理工，他们什么都修。万一那些东西不能修了，我们就把它们当废品卖掉。我父亲常常乐观地许诺说，经常都会有废品可卖，经常有人付你钱请你把不能修理的东西运走卖掉。听他这么说，我和克莱尔总是憋着不笑出来。我复员回家谈到钱的时候，他决心正式跟我们两人谈一谈。我已经不是小孩子了，他打算把付给我的工钱提高到每周60美元，是以前工资的两倍。我结婚后还能涨到65美元。当然，在我们有能力搬出去住之前，还可以住在家里的顶层。

“听我说，莫里斯，您听好。”他说完之后我接着说。那时我在银行里已经有差不多4 000美元，包括部队给我的钱和赌来的钱。“我很体谅您。您有时也要体谅我。我给您白干一年。一年以后我再决定要多少工资。到那个时候，我将去哪儿工作，什么时候去，打算干什么，就得由我说了算。”

“白干？”

这个条件他能接受。这才可能使我们在过了一段时间以后离开家，搬到纽约州橘子谷这所废弃了的鼠夹厂来，也才可能按计划在物资匮乏而需求量大的地方买卖旧建筑材料、管道材料以及供热锅炉。

克莱尔开车的技术比我好。她来自纽约州北部，十六岁就拿到了驾驶执照。在我忙的时候她就开着卡车往返于布鲁克林。她能吃苦，也很精明，必要时她还能侃侃而谈。她知道如何利用漂亮的脸蛋与警察周旋。如果汽车出了问题，她还能得到加油站修车处的帮助而不做任何承诺，也不会让自己卷入麻烦。我们第一次在地方报纸上登的广告至今记忆犹新，我们一想起它就想笑。那是萨米帮着写的："我们量体裁管"。

"这是什么意思？"他问。

"就是这个意思。"我对他说。

这一条广告带来的大批生意，除我之外别人均始料未及。

由此我们发展到开木材厂，到后来的管道装置供应公司。钱是从父亲那里贷来的，一共1万美元，利息很低。他说他担心自己的岁数大了。他一直觉得那次轻微中风后脑袋有些摇晃。关于这一点只有他不停地说，别人都避而不谈。

"刘，告诉我，说真话，"他问我，"你说我的头是不是有点晃，还有这只手？"

"没有，爸，比我的还稳呢。"

记得我母亲在神志完全不清之后，仍要人替她梳头、染银发，还忘不了把脸上的汗毛拔去。现在我体会到了人的爱美之心。近30年来，只有在我恢复了健康、气色好看起来时我才肯见人。

"你是个好孩子，刘，"他装作不喜欢我的样子说，"你一贯好撒谎，可是我仍然喜欢你。"

我们在新地方租了一所房子，生了两个孩子，后来买了一所房子，生下第三个孩子，以后我又盖了所房子，把它卖掉，又盖了许多所。盖的时候每次只盖一所。头几所房子是跟合伙人一起建的，为了获取利润就把它们卖了。它们都卖了好价钱。利润是永久性动力。我发现常和我一块儿吃吃喝喝的人追随的是共和党并投他们的票。国庆节的时候他们挥舞国旗，自认为这样做是爱国的表现。每一次白宫宣布战争的时候，他们就以战斗英雄的姿态挂出黄丝带。我跟他们开玩笑说，为什么代表怯懦的黄色是我们的国色？不过他们还成立了志愿消防队，它总能及时赶到现场。还有救护车队。我第二次突犯恶心出现虚脱时就用上了救护车。当时克莱尔吓坏了，她赶忙把我送进了医院。那一次他们把我转送到曼哈顿的医院，丹尼斯·蒂默治好了我的病，然后送我回家。我们刚搬到这里我就参加了全美退伍军人协会，为的是可以结交些朋友，也有地方可去。他们教我狩猎，我很喜欢这项活动，也喜欢跟我做伴的人们。打到猎物时痛快无比。我每打到一只野鹅，他们便为我欢呼。我还猎杀过一头鹿。他们不得不替我给野鹅开膛，因为我看都不能看。“这可是一件高尚的工作。”我的话惹得大家都笑起来。我带第一个孩子去打猎时总是与别人同行，所以总会有人帮我们收拾。我儿子对打猎并不那么热衷，后来我也不去了。

在附近小城里成立了一个俱乐部，我结交了更多的朋友。他们中大多数是从纽约搬到这远郊的。我们现在可以去不同的地方，还跟结了婚的夫妇一起聚餐。

我对银行和银行家越来越了解了。起初他们告诉我他们不太愿意为叫拉宾诺维茨这种名字的人服务，连女出纳员也都这么说。我承认后来情况变了，但是我没有变。随着该地区不断扩大，他们适应了我以及越来越多的我这样的人。我借款时比存款时更受到他们的重视。在我将钱存入银行的时候，我不过是个苦苦经营小本生意的年轻人，等我有资格向银行借款时，我就成了拉宾诺维茨先生，后来职员们叫我刘，而对克林顿先生和哈代先生来说，我是一位客户，一位能带来财富和净值的客户。我呢，则把他们作为贵客介绍到我刚加入不久的高尔夫俱乐部，并尊称他们是我的银行老板爱德·克林顿和哈里·哈代，使他们高兴得连脸都红了。我终于知道了什么是破产。当我第一次挨他们敲诈后，我简直不能相信那些法律。

我从一个叫汉森的建筑商和他的律师那里学会了第十一条，他们也认识了我是个什么人。一个工作日的早晨，我刚迈出汽车，他们也刚走出他的房子来到前廊。

“刘？”汉森惊讶地微笑着说，见我没笑才把笑容收敛起来。他高高的个子，头发剪得齐耳根。我们在部队里就留这种头，我从来就不喜欢。他身边是个陌生人。“你好哇？”

“汉森，你欠我4 200块钱，”我单刀直入地说，“是买木材、顶板、马桶、厨房设备和管子的钱。账单已经寄给你了，还跟你通过电话。现在我当面告诉你，我今天就要拿到钱。今天早晨。现在。我就是来取钱的。”

“刘，这位是我的新律师。这是拉宾诺维茨。”

“哦，是的，”新律师说，脸上带着律师常有的那种微笑，一看就像伪君子，叫你恨不得立刻把他们掐死，“我的委托人符合第十一条，拉宾诺维茨先生。我想你是知道的。”

“告诉你的委托人——先生，你叫什么名字？他好像没说过你的名字。”

“布鲁斯特。伦纳德·布鲁斯特。”

“请告诉你的委托人，布鲁斯特，第十一条适用于他和他的律师，适用于法庭，也许还适用于他的其他债权人，可是不适用于我，不适用于拉宾诺维茨。汉森，咱们之间有协议，你跟我。你拿走我的材料，用了它们。无论对送货服务还是质量，你都没有不满意过。现在你必须付款了。我有我的工作方式。你听好了，我要我的钱。”

“这钱你取不走，拉宾诺维茨先生，”布鲁斯特说，“除非通过法院。听我解释。”

“汉森，这钱我能取走。”

“刘——”汉森开口了。

“解释给你的律师听，这钱我能取走。我可没时间去法院。我能拿到钱，不过是通过你的汗毛孔，如果我不得不这样做的话。你要是逼我，我会一次取一点。想保住你的房子吗？不还我的4 200块钱可别想保住。我会从你的脚下一块砖一块砖地把它移走。听清楚了没有？”

“伦尼，进屋来我有话说。”

他们再出来的时候布鲁斯特眼睛朝下看着。

“你只能拿走现金，”他低声对我说，“我们不能走账。”

“我想这没问题。”

我对银行有了一点信任，但不完全相信它。我把钱放进保险箱里，还因为这样一来我就可以不必非信任我的会计不可。当我对克莱尔说我去过什么地方，她都快吓昏了。

“你并不知道他们会把钱给你。”

“我要是不知道就不去了。我从不干浪费时间的事。别问我是从哪儿知道的。我让他们干什么他们就得干什么。你没注意吗？你过去没注意？另外——今天可是清账日，麦尔曼那个无赖怎么样了？”

“还是那一套话。”

“给他打电话。我也跟他谈谈。”

“该跟他要多少钱？”

“六乘七是多少？”

“别把我弄糊涂了。是不是还给他折扣？”

“你会算吗？”

“他付利息不？我就想知道这些！别又来教我算算术。”

克莱尔也很看不起赖债人和骗子，甚至比我还讨厌他们，不管他们信仰什么宗教，尤其在我们开始那段工作格外辛苦的时期。那时她还不需要为照顾孩子们上学和在他们放学前赶回家而奔忙，我们的木材厂规模尚小，她需要帮我接电话。后来她的空闲时间多了，我的钱也多了，她在这儿建起一所非盈利性的艺术画廊，画廊也的确没有盈过利。后来我在意大利的卢卡为她买下一所艺术学校的一半股份，这样她便可以在她无事可做时心有所系。麦尔曼回电话了。我一把将电话从她手里夺了过来。她太客气了，好像该道歉的是我们似的。

“麦尔曼，你是个大骗子，”我连他在说什么都不知道就开门见山地说，“你听好了，如果你非逼我证明这件事不可，那是你自讨苦吃，因为你已经无处可躲，无谎可撒了。我要让你把脸丢尽。麦尔曼，我知道你信仰很深，所以我就用教会的语言跟你说话。假如星期四中午我还没拿到钱，这个安息日我就叫你爬着进圣殿，人人都会知道拉宾诺维茨把你的腿打断了，因为你是个大骗子，是个说瞎话的人。”

我不知道麦尔曼是不是在撒谎，反正钱是我的，我也终于把钱拿到手了。

后来我自己面临破产的时候，我对第十一条自然就不那么反感了。然而我的债权人不是个人而是大公司。人们拍拍我的肩膀，为我感到自豪。

到那时我的年龄毕竟越来越大了，这场疾病又使我体质下降，精力明显不如从前，也不能跟后来者较劲了。他们更年轻，胃口更大，而且跟我们当年一样愿意拼命干活。我们很想把木材厂和管道公司维持下去，以后留给孩子们。至于将来是继续经营还是卖掉，那是他们的事。可是我们两人都认为这样做代价太大，而且不值得承担这样大的风险。

纸包不住火，我的病已是我们家公开的秘密。孩子们已经知道了，可是不知道该怎么办。他们三个都不小了。有一段时间他们以为我不知道自己的病，克莱尔甚至不敢正面看我，不敢告诉我我的病情，其实我已经知道了，也不想让他们知道。她对我说我得的是霍奇金淋巴瘤，而且较严重。我不知道她如何能接受这一现实。让她天天看着我病病歪歪的，我也不知道自己该如何接受这一现实。

我比人们估计的活得长多了。从那以后我计算着把每七年划为一个阶段。

“你听我说，”住院的第一周我告诉她，“我不想让任何人知道。”

“你以为我会吗？”

“我们需要编个理由。”

等到我们把公司卖掉，只剩下土地和房产时，人人都知道了我的秘密。我们一直在说我得的是心绞痛之类的病，或是复发性单核白血球增生症，有时还用我自己杜撰出来的什么轻微炎症，后来则干脆说是小淋巴结核。至于脖子上、嘴唇上和前胸上的小疤痕和紫色印记，我们就说是治疗时留下的。现在我们已经不能再编了。不管说是什么病，都经常使我卧床不起，恶心呕吐。现在我的肌肉恢复得很快，胃口也好得快，在犯病的间歇，我就使身体尽可能地胖起来，以防下次疾病的袭击，所以我的个头仍然很大。

“行啦，埃米尔，别再玩小孩子游戏了。”在医院做完检查我看见医生的假笑后说。埃米尔总咽唾沫，清嗓子。如果和他握手，我相信一定是软弱无力的一握。“听我说，埃米尔。不是我告诉你的什么青苹果，因为我不吃青苹果，甚至连它的味道都忘了。我的脖子又肿又痛，如果不是过敏，你又不认为是食物中毒，那一定是别的什么病，对不对？”

“霍奇金淋巴瘤。”埃米尔说。这是28年来最后一次听人直截了当称呼我的病名。“就是这么叫的。”埃米尔补充说。

“癌？”对我来说这个字太难出口了，“就是大家都怕的那东西？”

“是癌的一种。”

“怕是白血病吧。”

“不，不是白血病。”

“虽然我不知道白血病的症候是什么，但是我猜想一定是。埃米尔，我不愿听到这一事实，可是我必须知道。我还有多少时间？别骗我，埃米尔，现在别。”

埃米尔看上去轻松了些。“可能很长时间。我不想凭空猜测。这在很大程度上由一个人的生理状况来决定。”

“我不懂那是怎么回事。”我对他说。

“是你的细胞，刘。它们是怎么活动的，我们不是总能说得清。很大程度上决定于你。你的承受力有多大。你的毅力有多强。”

我无意识地用力抓住他的手臂，无恶意地拧他，直到他显出疼痛的样子才松手。我笑了。那时我的身体很健康。“你见过的最棒的人，埃米尔。”

“那样的话，刘，你会在很长的时期内情况良好，而且大部分时间你会感觉不错。”

“我想这正是我想做到的，”我郑重地告诉他，就像是在敲定一笔生意，“噢，不要告诉克莱尔。我不想让她知道我得的什么病。”

“她已经知道了。你们都是大人了。她是不想让你知道。”

“那就不要让她知道你已经告诉我了。我要看看她怎么对我编瞎话。”

“刘，你怎么老长不大？这可不是闹着玩儿的事情。”

“难道我还不明白？”

埃米尔摘下眼镜。“刘，我想让你认识纽约的一个人。他叫蒂默，丹尼斯·蒂默。你去他那里住院吧。他比这里的任何一个大夫都更了解这种病。”

“我可不要救护车。”

我们坐的是汽车，是一辆珍珠灰色大型轿车，窗玻璃是黑色的，我们能看见外面，外面的人看不见我们。我躺在后面的车座里，这儿的空间大得可以容下一口棺材，两口也成。

“有的时候这车就用来运棺材。”司机说。他来自威尼斯，他的兄弟在家乡撑凤尾船。“座位可以放平，后门能打开。”

克莱尔给了他很高的小费。我们平时给的小费也很高，不过这次是为了交好运而给的。

蒂默的办公室在第五大道大都会博物馆对面，接待室内坐着静候看病的人。往出城方向离他的医院仅一个街区便是弗兰克·坎贝尔殡葬之家——“家”，人们这么叫它——我跟自己开玩笑说，家在这儿倒挺方便的。每当听到关于在博物馆之类的地方举行大型社交晚会，我便有一种生活在一个颠倒了的世界上的感觉，自己像是头朝下过日子。城里建了许多我不认得的新大楼。过去只有洛克菲勒和约·皮·摩根，而现在又出现了众多亿万富翁，真不知道他们是从哪里冒出来的，都是干什么的。

第一次克莱尔陪我去蒂默医生的办公室以后，我就再没让她陪我去过。她去对面的博物馆参观，等我完了事去找她。她如果想继续参观画展，我们就一同看，然后找个地方吃饭、回家。在蒂默的接待室里谁都不笑，我也没有心情寻开心。蒂默还是那么瘦小，一副忧郁的神情，他偶尔想逗我高兴，可是他的方式却令我烦躁不安。

“你听了准会感兴趣，拉宾诺维茨先生，”我们见面时他说，“我们已不再认为这是不治之症了。”

我立即感到好多了。“我非掐死埃米尔不可。他可没告诉我。”

“他不一定什么都知道。”

“这么说有特效药啦？呃？”

蒂默摇了摇头，我不由得心往下猛地一沉。“不，我不是那个意思。我们认为不能算特效药。”

我只觉得恨不能给他一拳。“我听懂了，蒂默大夫。目前这是能治的病了，但是你没有能治的药。”

“这不过是文字上的区别。”他继续说。“我们有治疗方法。”他尽最大努力显得耐心些，也许有些过头，“这些方法一般来说是有效的，能治你的病，可是说不好能治疗到什么程度，需要多长时间。这和普通的治疗不一样。我们没有把握能根治它，我们只能控制它，但控制不等于根治，因为病因和病源通常在病人身体里面。”

“能控制多久？”

“只要治疗方法有效，能控制很长时间。可能会出现问题，可是我们能够处理。在缓解期间你会感觉跟正常人一样。病症复发的时候我们再做进一步治疗。”

“你肯定它会复发？”

“多数情况是这样。”

他几乎可以断定我的病不是我干活时接触了石棉引起的。他说，能肯定的是人的基因，基因是只顾自己的，它们的作用也是神不知鬼不觉的。

“基因不受我支配？”我几乎神经质地笑了出来，“它们属于我，难道不心疼我？”

“它们可不认识你，拉宾诺维茨先生。”他轻轻地笑了，“很多东西都能引发病变。烟草和辐射都能。”

“从哪儿来的？”

“镭、电、铀，也许还有氚。”

“氚是什么？”

“从重水中提炼的一种放射性气体。你手表里甚至床头闹钟里说不定就有。”

“辐射致癌又治癌——对不起，是抑制癌，对吗？”我用惯有方式开玩笑说。

“还有化学成分，”他说，“或者——我不愿意说出来，有人不愿意听——可能是由你固有的生理定数所决定的。没有比这更凶的了。”

“固有的？你说那是固有的？”

“在自然界里，拉宾诺维茨先生，所有的疾病都是固有的。”我当时听懂了他的意思，但是非常不喜欢听，“我让你沮丧够了。来，我帮帮你。你一定要住院。有车吗？你妻子是不是打算住下来？”

第一次住院期间我妻子住在一个旅馆里，七年以后我第二次住院时，我们都以为她会永远失去我，所以她跟萨米和格伦达住在一起，因为她需要和人谈话。我最后一次住院时格伦达已经不在了，克莱尔跟我们的大女儿再次住进旅馆，可是跟萨米一起吃饭。萨米每天都来看我。蒂默也曾经是格伦达的医生。

三天后我就好多了，第五天就回家了。但是那一天当我知道自己将幸存下来时心情糟糕透了，因为我知道自己终究要死了。

我早就知道我早晚要死。但是那时我才真的知道我快要死了。夜幕降临了。清晨我醒来的时候两眼已被泪水浸湿。一位夜班护士看到了我的情况，但没说什么。除了克莱尔我没对任何人说过这事。吃罢早餐我们便回家了。

“夜里我哭了。”我承认道。

“你以为我就没哭？”

那是28年前的事了。在第一个七年里我感觉自己和生病前一样好，甚至不能相信会有这么好，同时也开始相信我的病将一去不复返。当我感觉不好的时候就每星期进城去蒂默那里待半天，感觉好时就跟他一起打高尔夫球或者玩牌，几乎每周一次。我就是用这种方式与他保持联系的。因为子宫帽滑脱，克莱尔又怀孕了。我们决定不做人工流产，连说都不说，就这样有了小迈克尔。我的心情多么舒畅啊。孩子的诞生显示了我们的信心。我精力旺盛，好像再有一百个孩子也没问题。我们给他起了我父亲的名字，管他叫米奇。现在闹着玩的时候我们还喊他米奇。他的犹太名是莫依什。我父亲已经过世，所以就避免了在他活着时诅咒他的嫌疑。按照东方犹太人的习俗，父母在世时是不能用他们的名字命名后代的。可是现在我还真替迈克尔操心。除了钱，我不知道在固有的生理定数基因方面，我会留给他什么。这还包括其他的孩子，乃至我们的孙辈们。倒霉的基因。它们属于我却不听从于我？我真无法相信。

我并不很喜欢蒂默这个人，不过我不再怕他和他说的疾病了。萨米给格伦达找专科大夫的时候我没有推荐他们已有的大夫，而是推荐了蒂默，他在格伦达死前那短短的时间里一直是她的医生。我现在怕的是青苹果，那些根据我妈荒唐的理论，会让我生病的青苹果。不过我怕青苹果主要是因为我怕恶心，恶心的感觉比任何事情都让我恐惧。

“你是个大好人，刘。”萨米上一次来看我时恭维我说。

于是我就有了这个笑话。

萨米留的是向后梳的偏分头，头发已经变成银灰色，并渐渐稀疏，跟我记忆里他的父亲差不多。萨米的妻子去世后他闲得无聊，不久又被迫从他工作多年的《时代》周刊退休，因而经常来守着我。我不想让他总往医院里跑，可他依然不时地来探望，有时跟克莱尔一道来。我们神侃起来没完没了，直到他看出我累了才打住。我们回顾昔日康尼岛上的美好时光，回忆月光公园、赛马公园和庞大的老迪尔尤电影院，以及它们的毁坏和消失，“入了土”，如我父母过去常说的，在地下，地底下。他总是坐公共汽车来，如果不想过夜就于当晚坐公共汽车回城，汽车一直开到他称之为城中之城的公共汽车终点站，然后回到他居住的现代化高层公寓。公寓里住的什么人都有，包括令人倾倒的模特和电话应召女郎。其实他觉得实在没有必要一个人住这么大一套空荡荡的房子。萨米影孤形单，不知如何是好。我们也不知该如何帮助他。他好像对请进一位伴侣不大感兴趣，尽管他说过有这一想法。我们的大女儿给他介绍过一些未婚老姑娘，格伦达的大女儿也给他介绍过，却没有结果。他们都认为对方挺“不错”，仅此而已。克莱尔的未婚老朋友们都太老了，我们决定不向他提她们。他还喜欢偶尔和女人睡睡觉，有时我跟他说笑话，他还承认他的确那么做了。现在当他说到漏到裤子里时——我从来没有过——萨米和我就能大笑一番了。起初几次他终于鼓起勇气的时候，却被女孩子们甩开了，因为女孩子们来找他，他却不知道如何打发她们。那天夜里他在公共汽车终点站被偷了，身上没有了钱包，没有零钱，连回家的车费都没有。警察把他抓住关了起来。他只能打电话给我。我替萨米作了保，然后把那个警察训斥了一顿并要求巡佐听电话，又把巡佐斥责了一通。我又要求负责人听电话，接着又把副巡官麦克马洪狠狠骂了个够，还说要让美国军团、国民警卫队和五角大楼惩治他们。我警告他说如果他不放明白点儿给萨米出租车费送他回家的话，就尝尝我，前著名陆军第一师中士刘易斯·拉宾诺维茨的厉害。直到现在萨米也还不明白我在处理这类事情方面怎么这么得心应手。

“在警察局后面的一间囚室里，”萨米肯定地说，“那个副巡官麦克马洪正在一张床上躺着。那间屋子装饰得像卧室，他看上去像是在生病。旁边的一间像教室又像幼儿园的牢房里面有桌子，有玩具，可是警察们正在围着烟灰缸玩牌。屋顶吊着很多儿童的活动造型，在他们头顶上摆动。有一个造型是一头黑白花奶牛在月球上蹦跳。那些造型泛着冷光，像是在黑暗里能反光一样，”萨米解释说，“很像咱们过去戴的老式夜光表，后来知道镭有危险才不戴了。还有一个叫麦克布莱德的，他正在打扫卫生，搬桌子椅子，是他借钱给我回家的。我把钱用支票还给他了，他后来还给我寄来一封感谢信呢。他现在怎么样了？”

萨米的养子迈克尔因为吸毒而精神失常，他在上吊之前跑到纽约州北部整整一年杳无音信，我也为那件事打了电话。本来如果必要的话我会开车去趟奥尔巴尼的，不过当时不需要那么做。我打电话给州长办公室，给国民警卫队以及州警察署总部。这是件私事，这我知道，可是打电话的人是前驻欧洲赫赫有名的陆军第一师第一红色军团的中士拉宾诺维茨，何况这又是人命关天的大事。他们在宾汉顿一家医院里找到了他，又用政府的车把他送到纽约的医院，费用由政府出。萨米始终不明白我在处理这桩事情上为什么也这么容易。

一次萨米谈到我说的一个笑话，是关于感到恶心的事。“还有比这更有意思的，”这一次我告诉他说，“尽管我并没打算把事情搞得那么可笑。”

“那个词是‘恶心’。”他说。

“什么？”我不知道他指的是什么。

“那个词是‘恶心’，不是‘恶心的’，”他解释说，“人们感到‘恶心’不是感到‘恶心的’。”

我还是喜欢用我的说法。

“萨米，别那么蠢，”我对他说，“你可以感到‘恶心’，我可以感到‘恶心的’，只要我愿意。想一想，萨米，前不久我在城里还抓了个偷皮夹子的年轻人呢。我把他掂起来在半空中转圈，然后把他的头往汽车前盖上磕，好让他知道我是刘·拉宾诺维茨。‘你敢动一下我就打断你的脊梁骨。’我警告他说，并使劲按着他，直到警察赶来。看看我现在这个样子，谁能相信呢？我觉得自己连一磅黄油都拿不动了。”

我的体重恢复得不快，蒂默和埃米尔准备试一种新办法。我胃口也不正常，多数情况下吃不下什么东西。我开始猜想这是出了我还不知道的新毛病。萨米也许早就知道了，虽然他什么都没说，可是他看上去忧心忡忡。

他只是笑着对我说：

“既然你这么虚弱，刘，我愿意跟你掰手腕儿。”

“我还能赢你，”我回了他一句，自己也笑了，“你要是想再试一试拳击的话，我同样能打败你。”

他也笑了。我们把剩下的金枪鱼三明治吃了。我知道自己很瘦。这一回我的胃口显然不如前几次恢复得快。我开始意识到——以前那几次我可没往这方面想过——这一次我开始意识到，这一回我真的要死了。

我没告诉克莱尔。

我没对萨米说一个字。

我已经过了六十，我们已进入90年代。这一次的感觉就像我父亲和他的兄弟年迈时的感觉一样，这一次一切该结束了。

第十二章　努德尔斯·库克

代号小普里克的先生入主白宫并非一帆风顺，也并非没有令人鄙夷的种种花边新闻。而这一切本来应由努德尔斯·库克一一记录在案的，可是他没有那么做，因为他已经是这位最终成为新总统的人的顾问之一了。他是这个九人的高级顾问团的第十人，而这一职位又如此来之不易，如果不是他有终生养成的自我保护和一切为了自己的品格，如果不是他那工于心计、虚伪欺诈、唯利是图的习性，那他是无法达到这一高位的。约塞连曾告诉联邦调查局，他的朋友与同事古·努德尔斯·库克既阴险又滑头，管理部门不可能找到比他更好的人选，无论是什么职位他都能胜任。可以相信，努尔德斯·库克没有不撒谎的时候。

他得到了这份工作。

早年在研究生院学术讨论会上约塞连认识了库克，库克毫不掩饰地说他这个人只有在上面委派的贤明导师面前才能充分发挥其聪明才智，这位导师应能注意到，他的任何具有独创性的见解实际上是他身上潜在的东西的再现。约塞连在远方打仗的时候努德尔斯正在一所二等的预备学校读书，他的成绩不错。为了取得博士学位他奋发读书，但是得到学位以后他发现除了教书他找不到更好的工作。

到那个时候，约塞连仅仅取得了硕士学位就离开了研究生院，他的职位使他有权雇佣努德尔斯在他管辖的公共关系部工作。努德尔斯十分精明，他决定在这项工作上来个大突破。他有一个很好的家庭关系网，公共关系部的工作将成为今后更大更有成效工作的奠基石。

同事们不久便觉察到努德尔斯从来不拿任何主意，除非约塞连也在近处听着；在更多情况下，就连约塞连在场的情况下他也迟迟不肯提出任何建议，只有当着顾客的面或者公司更高一层的上司在场时，他才肯把他的意见抖落出来。当他们在一起研究电影剧本和电视剧本时他会提出许多想象力丰富的思路，大家都怀疑他是否在前一天就已掌握了完成他的建议的关键，这样的事经常发生。约塞连常告诫自己，劝说他改变作风就如同劝说驼背人直起腰来一样不可能。面条就是面条[1]。他以他的方式对约塞连表示忠诚，约塞连不喜欢他可也不嫌弃他，他们始终是朋友。

约塞连实在无意追求更高的学位，面对这一无可更改的现实，他离开了研究生院，开始是在几个地方教书，后来转到了广告行业。他干得挺出色，对逐年增长的薪金和一步步的提升感到满意。他喜欢公司里的人甚于喜欢大学的人们，到第三年工资又提高了些，但是他决定找一份工资更高、性质完全不同的工作干一干。他很快在一家公司找到一份待遇更好的工作。在那里处理公司与客户关系的方式与前一个公司一样。他一直干到涨了工资以后，便又去寻找新工作，就这样，每一份新工作都比前一份的工资增长得更快些。

促使他调换工作的决定是够令人泄气的。他不愿意把他的后半生浪费在利用自己的聪明才智与美貌去改进自己不用的产品和出版自己不读的书

1 “努德尔斯”的英文“Noodles”本义是面条。

籍上。另一方面，他又想不出一种产品或一种事业是他愿意干的，而且付的工资足够供他跟妻子和孩子购买他们想拥有的东西。不过这种窘境倒也不至于令人痛苦不堪。

没有必要进行自我辩护了。

他工作是因为他不得不工作。

当然啦，在华尔街，有的是令人难以想象的精美产品，它具有奇特的吸引力，却不具有一般产品的纷繁复杂的种种性质。这种产品叫作货币。人们像变戏法一样成吨自然而然地制造它，无须任何投入，就像树木每年生产成吨的木材那样，只需稀薄的阳光和雨水便可以了。就像懂得一点弗洛伊德的大学生在聚会上或是在家里执拗地指出的那样，金钱是粪土。然而这种粪土可以成大事：它可以是你有钱有势的朋友，是珠宝商和皮货商的盾徽，是康涅狄格、弗吉尼亚、新墨西哥、东汉普顿和科罗拉多的男爵们的房地产，是用以标明不同身份的标号。有了它，便可以将名字缩写成一个字母，还可以大大方方地将读音响亮的名字放在中间名的位置，像古·努德尔斯·库克和华盛顿柯萨洛罗里面那位最年迈的显贵西·波特·洛夫乔伊一样。

努德尔斯·库克的先父曾不厌其烦地说他母亲是享有古德曼·努德尔斯家族声誉的古德曼·努德尔斯的女儿，他父亲是英国库克旅行团[1]的库克斯家族的旁系亲属，他本人也算得上是努德尔斯家族与库克斯家族的后代了。他拥有一些财富，是在经过正常手续继承过来的基础上发展起来的。努德尔斯在大学时叫古狄[2]，在生意场上叫古德曼[3]，而在报界对他所作所为的报导中，他的名字叫努德尔斯，在《名人录》和白宫官员名单上他的名字叫努德尔斯·库克。

努德尔斯刚在政府里工作时，是担任新上任的副总统的九人高级顾问

1 走马观花式旅行团。

2 原文为“Goody”，有“好人”和“伪善的人”的意思。

3 原文为“Goodman”，有“好人”的意思。

团的第十位顾问，在约塞连有限的几次非打电话给他不可时，他从来没有不接的时候。约塞连发现这个渠道始终畅通，甚至努德尔斯当了刚刚入主白宫的新人的最信得过的亲信之一后，依然如此。

“离婚进展得怎么样？”每次谈话时他们中必有一个人提这个问题。

“还好，你的呢？”

“我也是一样。”

“你替他工作的那家伙跟你的关系怎么样？”约塞连总不忘记问上这么一句。

“越来越好——我就知道你会吃惊的。”

“不，我一点也不吃惊。”

“我也不知道怎么解释这一切。你真该来华盛顿跟我们一块干，假如我能让你加入进来的话。在这里工作至少是行善做好事的大好机会。”

“给谁行善？”

对这个问题的回答通常是一笑了之。他们两人之间不需把话讲得太明。

他们在公共关系部工作时的主顾们是些从不关心公共事业的人和那些他们不会为其投票的政治候选人，还有一家主要以《纽约客》杂志为股东的大烟草公司。当然，他们不需要土里刨食亲自种植烟草。替这些人服务，他们并不受良心的谴责。他们赚大钱，会见大富豪，尽享成功的欢乐。他们替别人撰写发言稿甚至替他们憎恶的人写，也只当是一种文学创作。

随着时间流逝，他们的工作变得令人讨厌，正如对一位思想活跃的人来说，无论什么工作，时间一长就变得令人生厌一样。当人们不再怀疑烟草能够致癌时，他们的子女对他们有了敌意。他们在工作中也扮演起了不光彩的角色，于是各自都想换换工作。他们都不曾试图伪装成正人君子，申明他们从事的广告、公共关系及政治等事业绝非平庸无用，绝非微不足道，绝非表里不一。努德尔斯首先坦白道：“我要是平庸、委琐、欺骗成性的话，我兴许也进政府工作了。”接着他带上几封推荐信，包括约塞连的信，去了首都华盛顿,利用家庭关系,雄心勃勃地钻进了柯萨洛罗集团。

约塞连通过一个华尔街的专门在有可靠信息时卖可靠信息的内部人士做了第二次尝试,利用放松银根的机会贷得一大笔款。他继续为享有盛名的《纽约客》杂志撰写短篇小说和笔锋犀利并富有创意的讽刺文章。他的文章一次次地被拒绝采用,他一次次地投稿,几乎每次都受到冷遇,而他对该杂志的尊敬却随之升级。他写的电影剧本有两部获得成功,另一部成功一半,他还写好了一部舞台讽刺剧的提纲,可是未能完成,拟写的一部复杂喜剧小说则始终未能动笔。

他赚钱的手段还有以个人身份为客户提供咨询,例如如何计算费用、百分比及佣金等以从中获取利润。他还加入了几宗小规模的房地产辛迪加冒险投资,尽管他始终对此一窍不通。当国家形势再次出现动荡时,他作为一位陷入痛苦而不能自拔的父亲,出现在二战时期的老熟人明德宾德面前。米洛见到他喜出望外。

"我一直都猜不透你是不是真的喜欢我。"他几乎心存感激地表白说。

"咱们一直是朋友,"约塞连含糊地说,"做朋友为的是什么?"

米洛立即本能地警觉起来,他的警惕性没有一刻放松过。"约塞连,如果你来找我是为了使你儿子逃避越南战争……"

"这是我找你的唯一理由。"

"我什么也帮不了你。"一听这话约塞连就明白他已经把他非法的合法兵役豁免配额用完,"咱们谁都有一份责任要承担。我有我的责任,况且已经完成了。"

"我们有我们要做的事,"温特格林补充说,"就是碰运气。"

约塞连想起在上一次世界大战期间温特格林所做的事:在军人监狱里不停地挖坑再填坑,为了躲避出征参战的危险一次又一次地开小差;贩卖偷来的齐波牌打火机;在军人邮局里当管理员时,他经常把不合乎他要求的上司命令扔到一边,使其不能贯彻下去。

"我只想谈一个孩子的事,妈的,"约塞连乞求说,"我不想让他去。"

“我理解你的苦恼，”米洛说，“我自己的一个儿子也让我操心。可是所有的关系都利用过了。”

约塞连意识到他已无路可走，十分沮丧，如果迈克尔运气不佳被征召服役的话，他只好带上儿子逃往瑞典。他叹了口气。“这么说你一点忙都帮不上了？绝对帮不了？”

“倒是你能帮我个忙。”米洛回答说。有那么一会约塞连还以为自己听错了呢。“你认识的人里有些是我们不认识的。我们想，”他的声音柔和了许多，口气也庄重了起来，“在华盛顿雇佣一家好的律师事务所。”

“你们在那儿没有好律师事务所吗？”

“我们要雇佣一家非常好的，这样谁也别想再跟我们作对了。”

“我们要的是影响，”温特格林解释道，“不是他妈的律师工作。只要我们有了他妈的影响，就不需要他妈的律师工作和他妈的律师了。约塞连，我们要想跟华盛顿最好的律师界建立联系，该从哪下手？”

“你们想没想过波特·洛夫乔伊？”

“西·波特·洛夫乔伊？”听到此连温特格林也叹服得呆住了。

“你能跟西·波特·洛夫乔伊联系上？”

“我当然能跟洛夫乔伊联系上。”约塞连随口说道。其实他根本没见过洛夫乔伊，只是作为一家大财团的客户代表往他的律师事务所打过一次电话，为的是寻求华盛顿有经验者的服务，聘金可观。

米洛说他是奇才，温特格林说他他妈的还成。

“我和尤金同意，”米洛说，“也付你聘金，请你做顾问和代表，当然是业余的，我们需要你的时候才用你。”

“遇到特殊情况的时候。”

“我们给你一间办公室，还给你一张名片。”

“你要给的可比这多得多。”约塞连温和地说，“你有把握雇得起我？要花很多钱哩。”

“我们有的是钱。对待你这样的老朋友我们一定十分慷慨。你开个价，如果我们按一年计算该多少?”

约塞连假装在思索。他脑海中突然出现一个数字。“每月15 000。”他终于说出来了,口气十分坚定。

“每月15。”米洛重复说,口气比他的还坚定,好像就此拍板而定。

“每月15 000。”

“我们想你指的是1 500。”

“尤金,你告诉他。”

“他说的是万,米洛。”温特格林不得不说道。

“我的听力有问题。”米洛使劲拽耳朵,就像跟不听话的孩子发脾气一样,“我也觉得15块太少了点。”

“是15 000,米洛。而且每年是按12个月计算,虽说我实际工作时间可能只有10个月。我需要2个月的暑假。”

他对这个弥天大谎很满意。话又说回来,假如暑假有点空闲当然是好事,他就可以把很久以前的文学创作重新拾起来,一部话剧和一部喜剧小说。

他那部以《圣诞颂歌》为主题的话剧构思是这样的:查尔斯·狄更斯和他人口众多的家庭在举行圣诞宴会,不幸出现了严重的家庭危机。事后不久这位感情丰富而脾气古怪的文学巨匠在室内筑起一座墙,把他的居室与妻子的隔离开来。他的轻喜剧则来自托马斯·曼的小说《浮士德博士》,中心是一件有关艾德利安·莱弗库恩的合唱名篇《启示录》所有权的诉讼案。按照曼的说法,虚构的可怖人物艾德利安·莱弗库恩的合唱只在1926年希特勒上台之前在德国上演过一次,以后怕永远不会再上演了。诉讼的一方是音乐天才莱弗库恩的后代,莱弗库恩创作了这部绝妙的音乐巨作。诉讼的另一方是托马斯·曼财产的受益人,托马斯·曼创造了莱弗库恩,并且按他的意思为这部具有预言性、令人终生难忘和一鸣惊人的表现进步与毁灭的大作配了交响乐,无论是它的象征意义还是其实质,所要表达的均是纳粹德国。吸引约塞连的正是让人印象深刻的诉讼双方的不合理性。

"每月是15，"米洛大声推算，"1年有12个月，一共是……"

"180。"温特格林简练地接道。

米洛毫无表情地点了点头。

"我们同意啦。你为我们工作1年，报酬是180美元。"

"万，米洛。是18万美元外加一切开支。再给他说说清楚，尤金。提前3个月开支票。按季度付钱，我都是这么拿工资的。我已经把西·波特·洛夫乔伊告诉你了。"

米洛痛苦的表情是习惯性的。其实那天约塞连就知道，却不愿意承认，他并不十分急用现金，只有两次除外，一次是他离婚的特殊时期，一次是从那以后的十来年间他接二连三地被查出逃税，然而每次都由技高一筹的专家协助过关。

"顺便说一下，"温特格林最后把他拉到一边，"关于你儿子，在黑人区里给他办一个合法居住权，那里的征兵办公室不愿费劲完成他们的征兵名额。然后就说背的下部疼痛，一份医生证明就能解决问题。我的一个儿子现在名义上就住在哈莱姆区，两个侄子按官方登记是住在纽瓦克。"

约塞连有一种感觉，他和迈克尔准会在不久逃往瑞典。

自从约塞连把西·波特·洛夫乔伊和古·努德尔斯·库克介绍在一起的那天开始，他们两人便成了互相依存的关系，约塞连却始终未感受到洛夫乔伊或库克对他有丝毫报答之意，虽然他们见过几次面。

"我欠你一份人情。"努德尔斯后来说。

"比一份可多。"约塞连提防地提醒他说。

西·波特·洛夫乔伊满头银发，中分，头脑清楚，恰似态度友善的报纸一贯描述的样子，他对待生活十分坦然。他是华府的圈内的人，差不多半个世纪以来一直是柯萨洛罗集团一个成功的成员。现在他已经成了权威人士，便不厌其烦地对人们说他想使自己逐渐退下来。

他公开的工作是在政府委员会里负责证明被告无罪，以及参与写辩护报告。

私下里，他是由阿特沃特、菲茨沃特、迪什沃特、布朗、乔丹、夸克、卡彭等人合办的柯萨洛罗华盛顿律师事务所的主要合伙人及全权法律顾问。凭着他的贵族地位和刚直廉洁的威望，他有充分的自由代表他中意的客户，甚至那些心术不正的主顾。他来自边界州[1]，自称是提供全方位服务的合法的得力纽带，对北方人讲话时，他用的是富有的南方乡绅的柔和口音，而与南方人讲话时，他的语音语调则是纯正的有教养的常青藤人[2]。他的合伙人卡彭长得挺黑，光头，眼睛总往下瞅，而且很粗鲁。

"如果你为了要我的影响力，"波特·洛夫乔伊对每一位抱着希望来寻求帮助的人说，"那你算找错人了。不过，如果你希望得到经验老到的服务，我可以帮助你。那些有经验的人蒙着眼睛都能在这儿的权威圈子里行走自如，他们与你想见的人关系密切，可以告诉你那些人是谁，帮你安排见面时间，陪你去见面，并且帮你谈判，他们还能把你不在场时谈判情况是否对你有利告诉你，假如做出的决议不是你期望的，他们还可以找更高层人物解决。"

正是西·波特·洛夫乔伊在全力支持努德尔斯·库克实现他的伟大抱负，并努力提高他的地位。他精明地调动这位年轻人的积极因素，慷慨而迅捷地将他放在柯萨洛罗这个圈子里，与其他名流平起平坐，他们便可以充分利用库克在政治方面公共运作的天才洞察力和树立形象的能力：他有创造煽动暴乱口号的诀窍、阴险的阿谀奉承的本领、圆滑而精于世故的攻击术、玩弄别人的骗人把戏，以及制造阴险谎言的能力。其手法变幻多端，令人眼花缭乱。一旦有了机会，努德尔斯从来没有使任何人失望过，他们都像西·波特·洛夫乔伊一样，想让他给出最坏的主意。

因双方都抱有成见，约塞连和柯萨洛罗的风云人物努德尔斯·库克的关系出现了不显痕迹的裂痕，他们都认为没有修复关系的必要。然而此时

---

1 指南北战争前与一些北方禁奴州接壤的特拉华、马里兰、肯塔基和密苏里等蓄奴州。

2 美国东北部几所名牌大学的大学生。

约塞连毫不犹豫地给库克打电话，试探有没有可能劝说新上任的总统认真地接受克里斯托弗·马克森的邀请，出席他的继侄女或什么人在港务局公共汽车终点站举行的婚礼，虽说这听起来有点滑稽可笑。

“他为你们党派筹资上百万呢，努德尔斯。”

“干吗不，”努德尔斯高兴地说，“听起来挺好玩儿的。告诉他们，总统会认真考虑前来参加。”

“你需要问问他本人吗？”

“当然不需要啦。”努德尔斯好像挺惊讶，“约翰，足以处理总统伴装明白的一切事物的聪明脑袋瓜还没出世呢。我现在仍然春风得意，因为我为他的上任出了力。”

古·努德尔斯·库克作为那个总统的九人顾问团中的最新成员、第十位顾问，自从新总统就职以来，在这个拥有十一个博士学位的班子里，尚未被别的成员瞧不起，俗话说，“亲不敬，熟生蔑”嘛。

是西·波特·洛夫乔伊注意到了原来的九位高级顾问过于平庸，毫无光彩，于是他提议任命古·努德尔斯·库克为第十位顾问，以便产生高层办事机构重放异彩的幻觉效果。作为大公无私的权威人士，他主张这种选择，即必须对本届副总统有利、对国家有利、对政府有利、对努德尔斯·库克有利，还有，不言而喻，对西·波特·洛夫乔伊和他的合伙人阿特沃特、菲茨沃特、迪什沃特、布朗、乔丹、夸克、卡彭以及他们共同经营着的律师游说事物所有利的选择。卡彭和洛夫乔伊一样，是公司创始人之一，在高级高尔夫俱乐部跟商界领袖和政府官员一块打球，因而是输不起球的。

现任副总统要求由美国最高首席法官主持仪式宣誓就任更高职务，这是合乎常情的，但就职仪式却受到了阻碍。在此要职上这位名声显赫的先生，这位冷峻、盛气凌人、戴眼镜、高额头的法官先生不仅不合作，反而突然宣布辞职，因为他认为这样做比搞违反法律精神的不光彩行动要好，即使它并不违反法律条文。

这一突如其来的行动使这位新上任的国家首脑无所选择，只得召见法院某位与他同属一党的知名人士。

法院里那位女人在被探询14分钟后便自动提出辞职。她解释说她有一个不可抗拒的渴望，即重操她最热爱的工作：家务事。她表示，这一生她最大的渴求是当一位好家庭主妇。

群英荟萃、至尊至上的司法界历来为普通百姓所景仰，而他们中的一位重要人物却跑去钓鱼了。他倍受尊敬，聪敏过人，头发中分，具有演员般刻意装扮的潇洒及令人哭笑不得的自我开心的狡辩能力，常为友善的报人们大加颂赞。

由黑人来主持仪式是断然不可能的。白人的美国不能容忍一位总统的职务经由一位黑人批准后产生法律效力，特别是像他这样的黑人，既不算律师也不算法官，而且批准任命听证会变成了不公正的宣泄怒气和大放厥词的场所。

法院其他正统的成员则因其不够引人瞩目和知名度不高而被排除在考虑范围之外。特别是从法院办公室某些不明渠道和不肯透露姓名的人士那里传出对宪法的怀疑之后，即在这块国土上是否任何法院的任何法官都有权为他这样的人士主持仪式，宣誓就任这个国家最高政府部门的最高职务，这些人被摒弃是板上钉钉了。在少有的一致意见通过之后，他们为首席法官的辞职庆贺，为那位妇女回家抱孩子喝彩，还为那位睿智之人去钓鱼而欢呼。

只剩下那位民主党人了。他是很早以前由被认为十分开明的约翰·肯尼迪任命的，从那以后他一直投保守党的票。

总统可否不宣誓就职就上任？留下的法官已寥寥无几，不能就此做决定。但是努德尔斯·库克出现了。九人高级顾问中只有努德尔斯带给他一个很有魅力的建议，使得这一难题最终得以圆满解决。库克从一开始就酝酿好了这个主意，只是时机未到，他只能把它藏在心里。

“我依然不明白。”当他们二人再次商讨这件事时副总统又说了一遍。此时另外九位获得十一个博士学位的高级顾问已经全无脸面再见他。“请你再解释一下。”

“恐怕我解释不了。”努德尔斯忧心地说。他喜欢他所处的地位，但是对他的工作和新上司了解不多。

“试一试嘛。谁来认命最高法院首席法官？”

“你呀。”努德尔斯忧烦地说。

“不错。”副总统说。由于他的前任已辞职，依照法律他便可升任为总统，“可是在我宣誓前我不能任命首席法官，是不？”

“这也对。”努德尔斯忧虑地说。

“谁替我主持宣誓呢？”

“你想让谁就让谁。”

“我想让首席法官。”

“没有首席法官。”努德尔斯忧郁地说。

“没有我的任命就没有首席法官，而我不能任命首席法官，除非……”

“我想你现在总算弄明白了。”

努德尔斯沉默了一会儿，脸上带着失望的表情，他再一次因正跟第三个妻子卡门闹离婚而没有说话的心情懊恼。他渴望跟信得过的人在一起万无一失地将这次谈话嘲笑一番。他想到约塞连，此时说不定他正在想我努德尔斯不是东西呢。努德尔斯十分聪明，他明白如果他不是自己而是另外一个人，也会看不起自己。他还算是诚实之人，承认自己不诚实，也还有点公正之心，承认自己不公正。

“不错，我想我懂了，”副总统说着眼中闪起希望之光，“我彻底明白了，我想。”

“对此我一点也不觉得奇怪。”努德尔斯的口气不像他想表达的那么坚定。

“是啊，咱干吗不同时进行呢？我主持他宣誓就任首席法官，与此同时他主持我宣誓就任总统，难道不行吗？”

“不行。”努德尔斯说。

“为什么？”

“他必须由参议院批准。必须你先任命他。”

“那怎么办，”副总统说，他把身体坐直，咧着嘴笑着，就像他平时玩游戏机时果断取胜的样子，“能不能就在我主持他宣誓就职和他主持我宣誓就职的同时，由参议院批准他的任命？”

“不能，”努德尔斯肯定地说，“请不要问为什么。这是不可能的事。请记住我的话，先生。”

“不过，我不认为这是什么见不得人的事！对我来说总统有权由最高法院首席法官主持宣誓就职。”

“凡是我认识的人没有不同意的。”

“但是我却不能，是吗？就因为我们没有首席法官！这样的事情以前是怎么办的？”

“不知道，先生。”努德尔斯提醒自己说话的口气千万别带讽刺意味，“这是制宪元勋们的又一次疏漏吧。”

“你瞎说什么呀？”副总统像是被不堪入耳亵渎神明的言词激怒了一般，霍地跳了起来。“根本没有疏漏，怎么会有疏漏？我们的宪法始终完美无缺，不是吗？”

“咱们有二十七条修正案，先生。”

“是吗，我可不知道。”

“这可不是秘密。”

“我为什么要知道？那就是修正案？是修改？”

“对。”

“噢，我为什么要知道？”他的情绪又因失望而阴郁，“那么我们仍然没取得进展，对不？我不能任命一位——”

“是的。”努德尔斯认为最好是打断他，否则又要听他唠叨一遍。

“这就像第二十二条军规，不是吗？”副总统脱口而出，接着他为他突发的灵感而高兴，“我不能任命一位首席法官，除非当上总统，而他不能主持我的就职仪式，除非我任命他为首席法官。这不是第二十二条军规是什么？”

努德尔斯使劲盯着墙，他下定决心马上就放弃在新政府里的显赫地位，那总比跟这样的人打交道好，这个人估计跟那个人没什么两样。

他看见墙上作为艺术品挂在那里的那张简陋的葛底斯堡[1]战役军事部署图。他的思想陷入了对历史的沉思。他想总统与其顾问之间的关系可能历来如此，附庸者干什么都行，就是不能超过他的主子。此刻努德尔斯已感到极其绝望，然而脑海中突然闪出一个解决方案，使他得以从这一天的困境中解脱出来：

用那个民主党人！

什么？

"没错，用那个混蛋民主党人。"他撇开自己对他的成见，替他们做着安排，"他是一位肯尼迪民主党人，这说明什么？说明那家伙跟我们大家一样坏。你受到两党的拥护，新闻报道会对你更有利。等你不再那么受人欢迎时，你可以抱怨是他主持你宣誓就职仪式的缘故。"

波特·洛夫乔伊的看法在此证明是正确的。在向努德尔斯介绍情况时，洛夫乔伊强调了副总统可以在哪些方面很好地利用他这个人。需要是紧迫的，机会是无限的。将有一次面试。"我应该告诉他多少？"努德尔斯很想知道。波特·洛夫乔伊狡黠地笑了笑。"他问你多少你告诉他多少。事实上是你面试他，好知道你喜不喜欢这份差事，虽然他意识不到。"他将怎样做到呢？努德尔斯感到茫然同时又很高兴，波特·洛夫乔伊只是又笑了笑。那个绰号呢？

"现在先别说那个，"波特·洛夫乔伊慎重地说，"由他自己选择。要知道，你不会有麻烦的。"

在会见室副总统轻松愉快地跟努德尔斯打招呼，使他感到困惑。"请进，请进，请进。"副总统和蔼地说。

这位比他年轻、具有高贵头衔的人向他走过来，热情地表示欢迎，使他

1　美国宾夕法尼亚州南部城镇，南北战争战场之一，后来美国总统林肯在此发表了著名的葛底斯堡演讲。

大吃一惊。努德尔斯几乎没有时间注意墙上挂的那些大、中学校的校旗，也无暇顾及正演播不同频道节目的众多电视屏幕。“等老新闻和好词儿呢。”那儿的姑娘咯咯笑着解释说，努德尔斯不知道她们是当真还是说着玩。

“我一直盼望与你见面。”副总统语气肯定地说。房间的门关上后只剩他们俩时他又悄悄地说道：“嘀嘀嘟嘟，呜哇呜哇。这是我那电子游戏机的声音，是《印第安那波利斯高速公路》，我从来就没输过。你知道这个游戏吗？你会知道的。你玩游戏机玩得好吗？我敢打赌我准赢你。好啦，谈谈你自己。我特想多知道一点。”

对努德尔斯来说那不过是小孩子的游戏。“那，先生，你想了解我哪些情况？从哪开始说起呢？”

“关于我的情况，”副总统答道，“是这样的，只要我想到要做某件事，我就不达目的誓不罢休。我从来不吃后悔药，过去了的事情就让它过去。目标一旦树立，我就勇往直前去实现它。”

“我明白。”努德尔斯听了副总统的话惊呆了，他心想发表意见的机会来了，“您指的是副总统这个目标？”

“哦，不错，是的是的。我曾奋力追求这个目标。”

“您是怎么追求的？”

“他们问我肯不肯接受这一职务，我回答肯。你瞧，库克先生——我能称呼你努德尔斯吗？谢谢给我这个特权——对我来说，用来描述副总统职务最恰当的一个字是准备好。是三个字吧？”

“我想是三个字。”

“谢谢。从其他顾问口中我得不出如此明确的回答。这就是我想继续勇往直前地追求的东西。准备好。很显然，你当副总统时间越长，为争当总统的准备就越充分。你同意不？”

努德尔斯精明地回避了这个问题。“这就是您勇往直前追求的下一个目标？”

“当副总统的主要工作就在于此，不是吗？别的顾问都同意这个观点。”

“总统知道吗？”

“只要他不完全同意，我是不会刻意追求的。关于我的情况你还想了解什么，好让我判断你适合不适合干这份工作？波特·洛夫乔伊说你合适。”

“唔，先生，”努德尔斯极其谨慎地说，“现在您正干的工作中有没有哪些您感觉是超出您个人能力的？”

“没有，想不出一件这样的事。”

“那么您为什么觉得还需要一位顾问？”

“好帮我解决像刚才那样的问题。你看，上大学时我犯了一个错误，没有把全部精力投入学习，我很懊悔。”

“无论如何您各门功课都及格了，对不？”

“凡是我认真读了的差不多都及格了。你也上过大学，库克先生？你也受过教育？”

“是的，先生，我有学位。”

“很好，我也读过大学，你知道。咱们有很多共同点，应该合作得好一些——我希望，”说到此他开始用抱怨的语气，“比我和其他人合作得好一些才对。我总觉得他们在背后笑话我。回头看看，我应当多学习一点哲学、历史、经济一类的课程。我现在正努力补上这一课。”

“怎么样——”努德尔斯刚要问马上又变了话题，“先生，我的经验是——”

“我不吃后悔药。过去的就让它过去。”

“我当过学生，”努德尔斯奉承地说，“教过一点书。我的经验是，什么样的人做什么样的事。一个对体育、高尔夫和晚会感兴趣的人会把时间放在运动、高尔夫和晚会上。如果他不喜欢哲学、历史和经济学之类的科目，日后很难对它们感兴趣。”

“是的，活到老学到老嘛。”副总统说。努德尔斯闹不懂他们的看法究竟一致还是不一致。“我最近一直在研究拿破仑战争，为了在一定程度上充实我的教育。”

有一两分钟努德尔斯毫无表情地坐在那里。“哪一场?”这是他能想起来的唯一回答。

“难道不止一场吗?”

“这不是我的专业。”努德尔斯·库克回答,他开始放弃希望。

“我也研究安提坦战役,”他听见这个地位仅次于总统的人说,“然后我还要试一试布尔兰战役[1],那可是一场伟大的战争,那场内战。后来就再没有打过那样的仗了,对不?从布尔兰到这里开车很快就到,我是说在警察护送下,你一定不感到吃惊。”

“您在为打仗做准备?”

“我是在充实自己。我相信时刻准备好。总统的其他工作都是相当艰苦的,对我而言,而且有点儿枯燥。我把所有的战争全录在录像带上,然后做游戏,双方都可以赢。嘀嘀嘟嘟,呜哇呜哇。也包括葛底斯堡战役。你爱玩游戏机吗?最喜欢哪一个?”

“都不喜欢。”努德尔斯眼睛朝下嘟囔道。

“你很快就会喜欢的。来看看这些。”

在一个电视屏下面的柜子里——许多壁凹处都连接着电视的游戏控制器——副总统走过去放《印第安那波利斯高速公路》。努德尔斯还看见有其他游戏,像《一路轰炸过去》和《击溃特遣队》。

还有一个叫《死亡笑声》。

房间主人咯咯笑了。“我有九个受过高等教育并获得过十一个博士学位的办公室人员,他们都没能在玩任何游戏时打败我。难道这不足以显示这个国家当今高等教育的状况吗?”

“是的。”努德尔斯说。

“你从中得到了什么?”

1 布尔兰战役和上文提到的安提坦战役都是美国南北战争中的战役。

“许多。”努德尔斯说。

“我也有同感。又新出了一种，专门为我出的，叫《挑选》。你知道吗？”

“不知道。”

“挑选是一个词，来自法语，万一打起大仗来，必须决定我们中的哪些人到地下防空洞去躲避——”

“我知道这个词的意思，副总统先生！”努德尔斯打断了他的话，他自己没料到语气这么粗鲁，“我只是不知道这个游戏。”他解释时勉强挤出一丝微笑。

“你很快就会知道。我首先要教会你。非常有意思，具有挑战性。你有你的偏爱，我也有我的，咱们俩只有一个赢家，然后决定谁赢谁死。我们会玩得很高兴的。我要你成为我的《挑选》游戏专家，因为不定哪一天我们真要进行比赛呢。我想其他几个人都玩不成。好不好？”

“好的，副总统先生。”

“别这么正规，叫我普里克。”

努德尔斯吓傻了。“我可不能！”他出于自卫的本能强调说。

“试一试。”

“不，我不会。”

“如果说这是你的工作，也不行吗？”

“不行，那也不行，普里克先生——我是说副总统先生。”

“怎么样？你很快就会了。来看看这些东西，波特·洛夫乔伊说的你能处理。关于重水你懂多少？”

“几乎一点都不懂，”努德尔斯说，他现在感觉安全多了，“它跟核辐射有关系，是不是？”

“别问我。这里是这么说的。我也不大懂，看来咱们俩的想法是一致的。”

“出什么问题啦？”

“唔，他们拘留了一个没有执照私自生产重水的人。一位退休牧师，从前在空军里服役，这上面是那么说的，参加过第二次世界大战。”

“为什么不制止他？”

“他停不下来。他生产重水靠一种，你明白我的意思，生理机能。”

“不，我不明白您的意思。”

“唔，这篇提要这么说的，提要在这份编号为‘自来水’的分类夹里。他和正常人一样吃喝，但是他排出来的是重水，我猜是这么回事。他正被一家私人企业M&M军事工程联合企业研究和开发，公司已对他拥有购买权并且已经申请了专利。”

“他们从哪儿发现这个人的？”

“什么地方的地下，以防他释放辐射线。他们把他抓住之前他一直跟什么组织有联系，他妻子定期跟一个男子用代号通电话，还装作什么也不知道。他们之间还没发生过见不得人的事。那个男人还跟一个护士通电话，他们之间可能刚发生了不光彩的事。好像他们从来没听说过艾滋病似的。可能还有一个跟新成立的欧洲经济共同体有联系的密探。‘那个比利时人又能咽东西了。’在最近一次通话时她向他报告说。”

“唔，你打算拿他怎么办？”

“噢，那很容易，派一个我们的反恐怖主义组织把他杀掉就是了，如果事情证实了话。不过我们也许用得着他，因为我们正面临氚短缺的麻烦。关于氚你懂多少，努德尔斯？”

“氚？从来没有听说过。”

“好，那你就是客观的。我想它是我们制造氢弹或别的什么弹所需要的一种放射性气体。可以从重水中提取，而这位牧师能训练人们尿出重水，他的价值则是相当大的。总统没有耐心，所以把这件事交给我处理。我的耐心也有限，所以把他交给你。”

“我？”努德尔斯大吃一惊，“您的意思是我被雇用了？”

“咱们不是一直在谈工作吗？告诉我我该提什么建议。”

他递给努德尔斯一本厚厚的文件夹，封面只有一句话，它概括、摘要、提纲式地将一个七十一岁的退休军人牧师在没有执照的情况下从肚子里非法生产重水的情况做了简要总结。此人目前受到秘密拘捕，等待查验和审讯。努德尔斯不太了解重水，完全不懂得氚，可是当他读到约翰·约塞连和米洛·明德宾德的名字时却十分清楚，他一下子就认出了他们。读到梅丽莎·麦金托什护士时他陷入沉思，他从未听说过这个人，更不知道还有个叫安吉拉·穆尔或是安吉拉·穆尔科克的同屋；另外，对那个住在纽约一家医院的神秘的比利时密探，他同样一无所知；文件说他有喉癌，女护士定期把他的情况用密码通过电话传递出去。还有一个密探温文尔雅，衣冠楚楚，行为诡秘，不是监视别人就是探头探脑，或者充当保镖。作为撰写论说文的行家，努德尔斯十分钦佩作者的水平，他居然把诸多内容概括在一个单句里。

“你想让我来决定？”努德尔斯终于诚惶诚恐地小声说。

“为什么不？这里还有另外一件事。有人想让我们购买他的十全十美的战斗机，另一个人也想让我们购买他的更十全十美的战斗机，我们只能买其中一种。”

“波特·洛夫乔伊怎么说？”

“他正忙着为审判做准备。我想让你来决定。”

“我看我没有这个资格。”

“我相信洪水。”副总统说。

“我没听说过什么洪水。”

“我相信洪水。”

“什么洪水？”努德尔斯越听越糊涂。

“当然是诺亚的洪水喽。《圣经》上说的。我妻子也信。你不知道这个故事？”

努德尔斯眯着眼睛想从这张老实巴交的脸上找出开玩笑的表情。“我拿不准是否明白了您的意思。您相信雨下得很大？”

“我相信是真的。每一个细节。”

“每种动物他都收集起一公一母。”

"是这么说的。"

"先生，"努德尔斯恭敬地说，"现在能够列出的动物与昆虫种类比一个人一生所能收集的还多得多，而且那么大的船根本装不下。诺亚是怎么把它们聚到一块的？他往哪儿放它们？先不说他和家人有没有地方待，光这40个下着滂沱大雨的日日夜夜，食物储存和垃圾处理就是个大麻烦。"

"你全都知道！"

"我听说过。大雨停了以后又经过了150个昼夜。"

"你连这也知道！"副总统赞许地说，"那你一定也认为进化论是骗人的鬼话吧。我讨厌进化论。"

"人们现在所知道的这些动物是从哪里来的呢？光是甲壳虫就有30万到40万种。"

"也许是进化来的吧。"

"仅仅在7 000年内？总共只有7 000年，《圣经》上的时间是这么计算的。"

"你可以查一查，努德尔斯。凡是我们想了解的关于创造世界的事情都用简明英文记载在《圣经》里了。"副总统平和地对他说，"我知道有怀疑论者存在。他们都是赤色分子。他们全错了。"

"马克·吐温是一个例子。"努德尔斯无法使自己不争论下去。

"唔，我知道这个名字！"副总统得意而快活地大声说，"马克·吐温是美国伟大的幽默家，他来自我家乡的临州密苏里州，对不对？"

"密苏里州不跟印第安那州临界，先生。您说的伟大幽默家拿《圣经》开玩笑，蔑视基督教，谴责我们的帝国主义外交政策，对诺亚和他的方舟上的每一件东西都大加嘲弄，尤其是对苍蝇。"

"显然，"副总统不失祥和地回答说，"咱们说的不是同一个马克·吐温。"努德尔斯更生气了。"只有一个马克·吐温，先生，"他轻声地笑着说，"如果您愿意，我可以整理一份他的观点，把他交给您的秘书。"

"我对文字的东西不感兴趣。把它用录像带录下来，说不定可以把它转成游戏。真不明白有些文化人对写得这么清楚的简单道理都掌握不了。请别叫我先生,努德尔斯。你比我大多了。干吗不叫我普里克?”

“不行,先生,不能叫您普里克。”

“别人都那么叫。你有这个权利。我已宣过誓要支持宪法规定的权利。”

“嘿,你这个普里克——”努德尔斯一下子跳了起来,慌张地想找一块黑板、一根粉笔和一个尖的东西,什么都行!“水往低处流。”

“我听说过这句话。”

“珠穆朗玛峰将近五英里多高。大地全被洪水覆盖,就是说,整个地球上的水到处都是五英里多深。”

他的未来上司点了点头,很高兴他终于明白了这个道理。“就是那么多水。”

“后来洪水退下去了。水都退到哪儿去了呢?”

“当然是大海啦。”

“海在哪里,如果整个地球都被水淹了的话?”

“在洪水底下呗,当然啦。”这位和蔼果断的人果断地说完站了起来,“努德尔斯,如果你看看地图就知道大海在哪里。你也会知道密苏里的确跟我的家乡印第安那临界。”

“他相信洪水。”努德尔斯仍然烦躁不安。他在向波特·洛夫乔伊汇报时几乎大声喊了起来。在他们的相互关系中,这是他第一次向他的保人这么说话,而不是用一贯的一个鼻孔出气的方式来交谈。

波特·洛夫乔伊十分平静。“他妻子也信。”

“我要更高的报酬!”

“工作规定里没这一条。”

“那就改变工作!”

“我跟卡彭商量一下。”

他的健康状况良好,没有接受政府福利救济,新内阁里所有有关人员都知道,作为负责健康、教育和福利的秘书,努德尔斯将全力以赴承担起总统的教育责任。

第五部

第十三章　氚

重水又上升了两个点，这是M&M公司的图文传真上写的。坐落在洛克菲勒中心的M&M办公室和萨米为之服务了大半生的《时代》周刊杂志社在同一层楼，两处相距很近。正如迈克尔·约塞连再次看到的，从办公室的窗口俯瞰下面，能看到深处著名的溜冰场。这个银光闪闪、上了冻的冰场是令人敬畏的日本房地产开发公司的中心，是他们不久前花钱从日渐衰败的洛克菲勒金融王朝手中买来的。溜冰场仍在萨米当年溜冰的老地方。他和格伦达第一次去溜冰也是他有生以来第一次上冰场，竟然没有摔跤。他们定期开始约会以后，两人时常利用一个小时的午餐时间跑到这里溜冰。她那时不断地敦促他搬到她的"西侧"公寓与她和三个孩子同住。她的母亲当时也跟她住在一起。她母亲来自威斯康星州，是早期的拓荒者。在同意接受萨米之后她高高兴兴地搬到她妹妹的小农庄去住了——在他认识的纽约朋友中，没有哪个父母，包括他自己的，会如此宽厚、富于牺牲精神——同时，在日内瓦、东京、波恩、伊拉克、伊朗、尼日利亚、中国、巴基斯坦、伦敦和纽约的国际核辐射产品交易中，从重水中提取的氚气又攀升了216点。

氚的价格令人如此欣喜地节节攀升，是由于它这种氢同位素的天然性质所决定的。用它来制造核武器，它会按可以预料的速度蜕变，因此要定期补充。同时，在向各地运送这种东西时——从发货人将其密封到买主将它开封——这种气体的总量也会不断减少。买主们都是些什么人呢？他们要么是生产新奇玩意儿的人，要么是生产外表闪闪发光的特殊装置的人，要么干脆是核弹头的组装者和供应者。

顾客时常报告说收到的氚气比他们付款购买的量少百分之四十，也比包装和装船的量少百分之四十，可他们并没有发现有偷盗、转移或者泄漏的迹象。

到货的时候，氚气也就差不多没有了。

前不久搞了一次装运实验，不过是从一座楼运到另一座楼，以了解丢失原因，实验结果表明没有什么新情况，只是用来做实验的氚气四分之三不翼而飞了。实验不够准确，局促不安的发言人说，氚气散到稀薄的空气中了。负责监视空气的人认为空气并不稀薄，而且空气中并没有发现氚气。

尽管它能用于辐射并且在治疗癌症方面有着极大的潜力，目前仍只作为一种材料用于发光标志牌、电话盘、夜间射击时的瞄准器，以及用于各种徽号如万字饰、十字饰、大卫之盾饰[1]、夜间发光的光环，还用于核武器使之在爆炸时的当量大大增加。

约塞连每次想起梅丽莎·麦金托什的令人销魂的同屋时，总是想她的名字叫安吉拉·穆尔科克，而想不起其实应该是安吉拉·穆尔。安吉拉曾向她那年迈的、绅士派头的上司建议生产一种产品，使它上面的男女在交媾时性器官能像有磷光一样发出冷光，明显地引起人们的注意。她还在玩具展销会上向男女购买者试销过。她设想的是一种床头闹钟，反光钟盘是用氚为材料制成的，盘面是一组图画，时针和分针是割了包皮的男人的阳具，

1 犹太人的标记，由两个等边三角形反向叠成的六角星。

数字则是一系列正在昏睡的性感裸体女人,她们按数字的顺序排列,撩人的姿态一个比一个更甚,到12点位置,达到性感顶峰。鸡尾酒会上约塞连听着她大侃那充满刺激的产品,全身都热起来。一两天之后她第一次口淫了他,然后就送他回家。因为他的年龄比她习惯了的男人都大,她拿不准是想与他进一步发展还是只玩玩就算了。后来由于梅丽莎对他越来越亲密,加上她越来越担心艾滋病,就不再给他口淫,也不想再满足他任何方面的要求;第一次见面时他边听她激动的讲述边留心观察她,他发现自己的下身硬了起来。当他们肩并肩坐在豪华鸡尾酒会大厅的红天鹅绒宴会桌旁时,他拉起她的手去抚摩他裤子的拉链部位,以便让她亲自感觉一下。

核弹头内部氚的作用导致爆炸当量大大提高,使炸弹、火箭、炮弹的个头和重量减小成为可能,从而可以用更小的装备运输更多的东西,包括米洛和奇爱等人设计的炸弹,又不致明显减少核弹的破坏力。

牧师在升值,安全有了保障。

第十四章　迈克尔·约塞连

"我什么时候能见他?"迈克尔·约塞连听见他父亲这样问。他父亲的头发比他的浓密,呈卷曲状,银白色,他哥哥艾德利安正坚持不懈地研究一种染发的配方,将约塞连的头发染成年轻而自然的灰色。可是这种灰色对于约塞连这个年纪的人来说只会显得衰老而不自然。

"等他安全了。"小米洛答道。他穿一件干净的白衬衣,它既不皱也不湿,还不需要熨烫。

"迈克尔,他刚才是不是说牧师已经安全了?"

"我听见他是这么说的。"

迈克尔不由得笑了笑。他把前额压到窗玻璃上,这样就能看到下面的溜冰场和悠闲溜冰的人们万花筒般的斑斓色彩,灰心地意识到他已经失去太多,心想假如能够留住过去岁月中他认为有意义的趣事,他是否能够跑过去加入他们中间呢。近日来，晃眼的椭圆形冰面环绕着一拨一拨的乞丐、流浪者、去吃午餐或喝咖啡的上班族和骑着高头大马巡逻的警察。迈克尔·约塞连不会跳舞，他跟不上节拍。他不打高尔夫球、不滑雪，也不打网球，而且，他知道，这辈子也不会滑冰了。

“我的意思是说对我们来说是安全的。”他听见小米洛明确的辩解，转过身来听他们的谈话。小米洛对他要回答的问题胸有成竹。“他对M&M企业来说是安全的，连梅赛德斯–奔驰公司或是日本–日本公司的日本–日本分公司都不能雇用他。奇爱公司也不得插手。一旦搞清楚牧师是怎样工作的，我们就立刻申请专利，现在正在落实商标。我们在设想一个光环。因为他是牧师，他当然有白昼发光的光圈。或许也能照亮黑夜，整夜照着。”

“为什么不用氚？”

“氚很贵，而且有辐射性。迈克尔，你能画个光环吗？”

“那并不难。”

“我们需要它既严肃又活泼。”

“我尽力使它显得严肃些，”迈克尔笑了笑说，“可要想画得不够活泼可不容易办到。”

“他们从哪儿找到他的？”约塞连极想知道。

“在同一个地方，我猜。我真的不知道。”

“你父亲知道吗？”

“他知道我就知道吗？”

“你要是知道的话，告诉我行吗？”

“如果他说行的话。”

“如果他说不行呢？”

“我就说我不知道。”

“就像你刚刚说的。你至少还算诚实。”

“尽力而为吧。”

“连撒谎也一样。这儿有个怪圈。咱们在兜圈子。”

“我上过神学院。”

“那，”约塞连说，“我怎么跟牧师的妻子说呢？我要很快就见到她。要是能建议她去找什么人申诉，我也好告诉她呀。”

“她能找谁？警察是不会帮忙的。”

“奇爱？”

“噢，不，”小米洛说，他的脸色更白了，“我会查出来的。你现在就可以告诉凯琳·塔普曼——”

“凯琳？”

“我这张提纲上是这么写的。你可以把真实情况告诉凯琳·塔普曼——”

“我想我不会对她撒谎。”

“诚实向来是我的唯一选择。在我的参考书里谎言一栏就是这样写的。你必须告诉凯里恩·塔普曼，”小米洛履行责任式地背诵着说，“他很好，很想念她。他盼着尽快和她团聚，只要他对自己、对集体再不构成危险，他的存在对家庭不构成危险，上床以后对她的健康没有损害，团聚就可以实现。”

“又是他妈的一个新花招，对不？”

“得了吧，”小米洛往后缩了一下，“恰好是真的。”

“即使不是真的你也这么说？”

“完全是真的，”小米洛承认说，“如果他身体里的重水真有氚，他就可能具有放射性，我们都得离他远点儿哩。”

“小米洛，”约塞连生气地说，“我要尽快跟牧师谈一谈。你父亲见他了吗？我知道你想说什么。你得先查一查。”

“首先我得先查一查我能不能查出来。”

“查一查你能不能查出来他能不能安排我们见面。奇爱就能。”

小米洛的脸色更白了。“你要去找奇爱？”

“奇爱要来找我。牧师也不会生产那东西，如果我告诉他别干的话。”

“我必须告诉我父亲。”

“我已经对他说过了,可是他根本不听。”

小米洛吃了一惊。“我想起一件别的事。咱们非当着迈克尔的面谈这些事吗?牧师的事目前还在保密。我不敢肯定有权让旁人听见他的情况。”

“谁的情况?”迈克尔故意用话套他。

“那位牧师的。”小米洛答道。

“哪位牧师?”

“阿尔伯特·泰·塔普曼牧师,”小米洛说,“你父亲在部队时候的朋友。他没有领执照就凭自身生产重水,现在已经被秘密拘留,还要接受身体检查。我们正在申请他的专利和商标注册。你知道他吗?”

迈克尔笑了。“你说的是我父亲在部队时候的朋友,他开始非法凭自身生产重水,现在——”

“就是他!”小米洛喊了出来,嘴巴大张着仿佛见了鬼,“你怎么知道的?”

“你告诉我的。”迈克尔哈哈大笑说。

“我告诉你的,是吗?”小米洛哭丧着脸说。他一屁股瘫在椅子里,拳头重重地击在桌面上,懊悔不迭,痛苦地长吁短叹。人造纤维的白衬衫揉皱了,湿透了,需要好好熨一熨了。他焦虑不安,汗流浃背,胳肢窝处,背心以下已显出被汗湿透的轮廓。他是从来不忘在衬衫里面穿背心的。“我就是保不住秘密,是不是?我把轰炸机的事告诉了你,我爹到现在还生我的气呢。我妈妈也生我的气。还有我的姐姐们。要知道,这都是你的错,我爸爸一再强调让我别像那件事一样把秘密告诉他。”

“哪件事?”迈克尔问。

“轰炸机那件事。”

“什么轰炸机?”

“亚超音速隐形无声自卫反击与进攻型轰炸机。但愿你不知道。”

“我现在知道了。”

“怎么知道的？”

“我自有办法，”迈克尔说着转过脸来朝他父亲蹙了一下眉，“咱们现在也搞军火生意？”

约塞连试探地说：“不论我们喜欢不喜欢，总要有人搞军火，他们是这么对我说的。可能就是他们，也不论我赞成还是不赞成，总得有人与他们合伙搞，可能就是你和我，这才是千真万确的。”

“尽管是谎言？”

“他们说那是一条游轮。”

“他的确做长途巡游。”小米洛向迈克尔解释说。

“只带着两个人？”约塞连反驳说。“还有一个问题，能让你放心，”约塞连对迈克尔说，“它毫无实用性。对不，小米洛？”

“我们保证。”

“另外，”约塞连表面上不满地把真相捅破，“他们不过要求你把飞机画出来而已，并没要求它起飞或者发动进攻。这种飞机是为下个世纪设计的。这类事情花的时间是无尽的。等不到把它弄上天咱们俩早就死了，就算签了合同又怎么样。他们才不在乎能不能搞成呢。他们要的是钱。我说得对不对，小米洛？”

“我们当然会付你钱的。”小米洛说。他稍微恢复了些常态，但仍烦躁不安。他是个瘦高个儿，溜肩膀，锁骨明显突出。

“付多少？”迈克尔尴尬地问道。

“你要多少就给多少。”小米洛答道。

“他说话算数。”约塞连见迈克尔看着他做了个鬼脸乞求解释，便说。

迈克尔心中窃喜。“你看，”他壮着胆子提出了一个奢望，同时观察他父亲的反应，“够我下一年法学院的费用怎么样？”

“假如这就是你所要的全部。”小米洛立刻表示赞成。

“包括我的生活费？”

“当然啦。”

“他说话算数，”约塞连肯定地对心怀疑虑的儿子说，“迈克尔，你不肯相信——我也真不信——但是有的时候世界上的钱有多少是人们无法想象的，钱多得能把地球都压沉了。”

“这么多钱都是哪儿来的？”

“没人知道。”约塞连说。

“这些钱没了的时候又都哪儿去了？”

“又是一个科学之谜。没了就是没了。就像氚分子一样。现在仍然多得是。”

“你不是想腐蚀我吧？”

“我想我是在救你。”

“那好，我相信你。你要让我做什么？”

“画几幅意义含糊的画。”小米洛说。

“你会看机械蓝图吗？”

“试试吧。”

这五张需要艺术家诠释其外型的飞机蓝图已被选定，并且摆在了会议桌上。会议在带里外间的会议室进行，它坐落在地下室二层那个加固了的办公室旁边，上面有厚厚的钢筋水泥防火拱顶，还有警报装置和用氚做的放射性表盘。

迈克尔花了足足一分钟才把蓝底白线的机械图拼凑到一起。这些图乍看上去就像是用无法辨认的字母做符号胡乱装饰的玄奥涂鸦，令人困惑不解。

“我想这是有点难看，”这件不同寻常的事迈克尔干得得心应手，他一下子振作了起来，“开始看着像能飞的飞翼了。”

“有什么不能飞的翼吗？”约塞连开玩笑说。

“衣裳翼领的翼就不能飞，”迈克尔认真分析着图纸头也不抬地说，“还有戏剧舞台的侧翼，政治党派的羽翼。”

“你还真读了些书呢，是吗？”

“有的时候。”

“飞翼什么样子?”小米洛这个人总是湿乎乎的,眼眉和下巴上挂着亮晶晶的水珠。

“就像没有机身的飞机,米洛,我觉得以前看见过。”

“但愿你没见过。我们的飞机可是新的。”

“这是什么?”约塞连指点着说。每张图左下角的图例都在复印前用一小块黑胶布盖住了,上面用白色写着弯度不大的字母S。“我见过这个字母。”

“每张上边都有,”迈克尔轻声回答,“这是标准的图案。你在老防空洞上见过。可是这些究竟是什么意思?”

“我说的就是这些。”在字母S的右边有一行小写的字母,看上去像扁平的花饰。当约塞连戴眼镜的时候,迈克尔透过放大镜看见那些小写的字母h,还带有一个惊叹号。

“看来,”他仍不失幽默地说道,“这是你们给飞机起的名字,是吧?M&M公司嘘——![1]”

“你知道我们怎么称呼它,”小米洛生气了,“它叫M&M军事工程公司亚超音速隐形无声自卫反击与进攻型轰炸机。”

“还是省点时间叫它‘嘘——!’吧。说吧,还想让我干什么。”

小米洛踌躇地说他们需要几张漂亮的飞机飞行中的图片,有从上面看的,有从下面看的,还有从侧面看的,至少要有一张停在陆地上的。“不必画得很精确,但是看起来要跟真的一样,就像电视喜剧片或者科幻片里的一样。别把细节画出来。在拿到合同以前我父亲不想让他们知道详细情况。他不再信任政府了。他们也想要飞机图片,因为万一他们需要建造的话,好知道是什么样子。”

“干吗不让你们的工程师们画?”迈克尔沉着地说。

---

1 原文是“Shhhhh!”,在本书中用来代指M&M军事工程公司的轰炸机。

“我们信不过那些工程师。”

“当年的独裁者伊万，”约塞连联想起来，“在修好克里姆林宫后把所有的建筑师全都杀光了，这样就没人能够建造同样的建筑了。”

“他干吗那么残忍？”小米洛甚是惊讶，“我必须讲给我父亲听。”

“别来打搅我。”迈克尔说着用手抓着下巴，精神集中起来。他脱下灯芯绒外套，嘴里哼着莫扎特乐曲。“要是锁门，可别忘了我还在里边关着呢，记着哪一天把我放出去。”他又自言自语道：“画得挺好的嘛。”

迈克尔玩世不恭地想到了世纪的转折。他敢肯定，新世纪来临之际一定会举行数月毫无意义的庆典活动，与之并行的是各种政治运动。M&M战斗机将会成为万人瞩目的重大事件。毫无疑问，下世纪的第一个新生儿一定会生在东方，不过这是比伊甸园还遥远的东方。

他低下头接着看这个世纪之末的武器设计图，从美学角度讲这是一个不完整的设计，许多预计的形态都没有设计进去，有许多东西被漏掉了。他眼瞅着图纸，心中想到飞机即将飞往的未来。他父亲的陈词滥调将得到应验，在未来他将找不到适合自己的位置。他未来的成功不会比现在更有把握，更令人满意。他仍有进一步提升的潜力，可是看不到任何发展的机会。他想起玛琳和她的占星术与塔罗纸牌，发现自己还是很想念她的，尽管拿不准对她的关心是否超过他对一系列其他女性的关怀，虽说在他的罗曼史中总是一次只有一个女友。他可能不再有未来。现在恐怕已经是他的未来了。好像他父亲一样，他不正是生活在他一生的未来阶段吗？他对父亲的感情一直是很复杂的，这些想法开始使他感到恐惧。必须冒险给玛琳打个电话。

就连他哥哥朱利安也遇到了麻烦。他赚的钱比他骄傲地预料注定能赚到的少得多。他姐姐正谨慎地处理一宗私人诉讼案，隔一段时间跟律师事务所的负责人见一次面，为此她不得不推迟办理自己的离婚手续。

他的父亲迟早会死。约翰爸爸不止一次地声明他不奢望活到21世纪。迈克尔大半生都坚信他父亲会永远活着。他现在仍有这种感觉，虽说他知道这是不现实的。人总是会死的。

还有谁跟他在一起呢？他将没有人可敬重，没有一个能将清白维持15分钟的人可敬重，一些有权的人给别人带来好处，像电影导演啦，如此而已。留给他的那笔寄托着父亲厚望的50万美金也不再像是用之不尽的财富。他终将失去依靠工资收入生存的能力，尽管这个国家十分之一的人口的生活比这还凄惨。到那时他将一无所有，没有人，父亲没有托付一个人，来帮助他。他总觉得父亲有点怪，他经常理性地失去理性，办事情经常不合逻辑地合乎逻辑，考虑问题也不总是十分明智。

“怀疑论者最容易在辩论中取胜，”他说，“因为那么多智商不够的人荒唐地占据了领导地位。”

谈论一些事情时他总是那么狡黠。比如关于尤因[1]的肿瘤、霍奇金淋巴瘤、肌萎缩脊髓侧索硬化，还谈到过一次性缺血性发作和骨肉瘤等。谈到他自己的死时是那么自然那么痛快，就像是叙说一件客观事实，迈克尔简直闹不清他是在开玩笑还是装出来的。迈克尔也分不清他什么时候是认真的，什么时候不是，什么时候对什么时候错，什么时候既是对的又是错的。约塞连声称连他自己也搞不清楚。

“我的麻烦是，”他父亲似在忏悔却不无得意地说，“我总能看透问题的两个方面。”

他总在女人面前献殷勤，一直梦想得到他理想的工作，不断追求他所谓的“坠入情网”。迈克尔从来没有找到自己喜欢的工作——律师工作并不比其他工作更糟，而绘画也并不比其他工作更好。他正在写电影剧本，可暂时不想让他父亲知道。然而最关键的一点是约塞连好像总是对的。

“你这个蠢货，不等你意识到，”他父亲既疼爱又恼怒地厉声责骂他说，“你也会变得跟我现在一样老了，可你将是身无分文的穷光蛋。”

甚至连我的孩子们也是，迈克尔凄凉地接上一句。连用牌算都算不出

1　威廉·M. 尤因（1906—1974）：美国地球物理学家和海洋学家。

来，无论是用玛琳的塔罗牌还是别的牌。迈克尔的眼睛又回到了图纸上。他把拍纸簿拿近些，又掏出一支铅笔。他不嫉妒那些拼命工作挣钱的人，但是不由得又感到奇怪，为什么自己不能像别人一样呢？

第十五章 小米洛

"你喜欢迈克尔，对吗？"

"是的，我喜欢他。"小米洛说。

"只要你有能力，就给他一份工作吧。"

"我会的。我想跟他进一步合作汽车终点站的录像节目。我再替他多付一年法学院的学费。"

"我说不准他是不是愿意。不过试试吧。"

据他所知所有的家长们都至少有一个孩子长大后前途未卜，令大人一辈子操心。有的家长甚至有两个这样的孩子。米洛有这个小子，他有迈克尔。

他读了盖夫内事务所的杰里·盖夫内发来的信息既恼火又惊讶。第一条通知他回家听他的留言电话，他将听到护士传来的好消息和他儿子传来的关于他第一个妻子的坏消息。护士的电话是这样的，当晚她有时间与他一起共进晚餐，然后去看电影；医院冒着风险给比利时人做了声带切除手术，手术很成功，挽救了他的性命，但是并发了肺炎，医生给他使用强效抗菌素，结果把他严重的腹泻治好了。第二条是说他现在已经具备抵押贷款的资格。约塞连不明白这一切是怎么回事。"他怎么知道我在这里？"他脱口而出。

"盖夫内先生什么都知道，我想，"小米洛满有信心地答道，"他也监视我们的传真线。"

"你们雇的他？"

"我想是别人雇的。"

"谁?"

"不知道。"

"你想知道吗?"

"有必要吗?"

"能查出来吗?"

"得先查一查我可不可以查出来。"

"你根本不想知道,这太让我吃惊了。"

"我干吗想知道?"

"小米洛,迈克尔称呼你米洛。你更喜欢哪个名字?"

米洛的独生子有些不自在了。"我更喜欢,"他说着,呼吸声也随着粗重了,"人们叫我米洛,虽然这是我父亲的名字。要知道这也是我的名字。是他给我起的。"

"你怎么不早说?"他看到自己的话使得他不知所措,约塞连懊恼地问。

"我很害羞,你是知道的。我妈妈说我胆小如鼠。我的姐姐们也这么说。她们不断要求我改变性格,必要的时候要强硬一些。"

"更像你父亲?"

"她们不怎么把我父亲放在眼里。"

"那还有谁?温特格林?"

"她们讨厌温特格林。"

"我呢?"

"她们也不喜欢你。"

"那么喜欢谁呢?"

"她们想不出来一个好男人。"

"我问你,"约塞连说,"你们的饮食服务公司还办不办?"

"我想还在办。那也是你的公司呀,你知道。每个人都有一份。"

M&M商业饮食服务公司是美国有史以来经营时间最长的饮食公司。第二次世界大战时期,米洛当空军中队食堂管理员时便有了它的雏形。那时他想出了一条行之有效却令人费解的经济策略，即从马耳他以七分钱一个的价格购得西西里产的新鲜鸡蛋，再以五分钱一个的价格卖给皮亚诺萨军人食堂，便以可观的利润扩充部队的资金储备[1]。部队每个人都有股份，他说，这样大家的生活质量和生活标准均可得到提高。他还替马耳他买西西里产的苏格兰威士忌，从而免去了中间商的盘剥。

“小米洛，有你父亲在场的情况下你喜欢怎么称呼你？”约塞连把这事儿给忘了。他并非想存心伤害他。“两个米洛容易把人搞糊涂了。”

“我得查一查。”

“你真的连这都不知道？”

“我决定不了。”小米洛说着不安地搓着两只手，把手都搓红了，眼眶也红起来，“我决定不了。还记得上次吗？”

很早以前那一回，约塞连求米洛帮忙使迈克尔摆脱越战，在此之前，比现在年轻得多的小米洛试图在这件意义重大的事情上做出自己的决定。他认为他的想法十分伟大，响应祖国的号召，参军去亚洲。

“你不能去干这种事！”他母亲斩钉截铁地说。

“要想为你的政府多服点务，”他父亲说，“最好的办法是查出来征兵办公室不征哪些人，你就能知道哪些人是他们需要的。我会查出来的。”

在神学院的两年给小米洛留下了不可愈合的创伤，凡属精神的事物他唯恐躲避不及。有些男人和女人不吸烟、不喝酒、不骂人、不化妆、不在任何场合袒胸露臂、不拿性开玩笑、不粗野地不分场合张口大笑，也不窃窃私笑，他们共同显示出了一种信念，即他们的德行都是至圣的和清洁卫生的，连同他们的自尊在内，是非他们莫属的。然而这些人以及他们的表现在小米洛看来是邪恶的，是令他作呕的。

---

1 《第二十二条军规》中，米洛在第二次世界大战期间担任美国空军驻意大利部队食堂管理员，从西西里岛以一分钱一个的价格收购鸡蛋，私运到马耳他卖四分钱一个，从而抬高马耳他的鸡蛋价格，再从马耳他以七分钱一个的价收购，以五分钱一个的价卖给部队食堂，从中获利。

他没结过婚，与他来往过的淑女们一律同他的年龄不相上下，穿素雅的百褶裙，端庄古板的衬衫，化一点淡妆，面无血色，羞羞答答，而且待不久便匆匆离去。

约塞连总想，小米洛肯定属于那个孤身阶级。他们是些正当人，而他们又构成了另外两个阶层里不太粗野的主要成分，这两个阶层都是在他们的高层公寓里可以见到的妓女们慷慨的资助者。一个阶层的人可以乘电梯直上顶层，到那家豪华的爱的圣殿里寻求性满足；一个阶层则可以下到整个建筑物的底部，因为在人行道下面有几家电影院，再下一层就有几家不那么尊贵的二流按摩院。约塞连知道这样的猜测贬低了小米洛的身份，但不管他费多大劲，也摆脱不了这一估计。

迈克尔曾经不以为然地对约塞连说，在他眼里，小米洛是一个具有连续剧中楚楚动人的男性典型特征的人：白人。

"我们去汽车终点站的时候，"他讲述说，"他只盯着女人看。我猜他根本分不出那些异性打扮的人。他父亲也和他一样吗？"

"米洛可知道什么人是妓女，不过他最不喜欢我们去找她们。他很有节制。我怀疑他知不知道什么是异性打扮的人，见到她们是不是能分辨得出来。"

"你为什么问我，"小米洛问约塞连，"我们的饮食服务公司是不是还存在？"

"我这里有一笔生意，就是那场婚礼——"

"你提到这件事真好，我差一点忘了。我母亲让我问问你关于我们婚礼的事。"

"不是你的婚礼。"约塞连纠正他说。

"我姐姐的婚礼。我母亲想让她结婚，她想在大都会博物馆举行。她希望由你来安排。她知道你属于促进大都会艺术博物馆文化活动附属委员会。"

约塞连听了又惊讶又高兴。"又一场婚礼？"

"以前举行过吗?"

"真正的婚礼?据我所知还没有。"

"你认识那儿的理事们吗?"

"我属于促进大都会艺术博物馆文化活动附属委员会。不过可能不成。"

"我母亲可不能接受这么个回答。她说——我现在读的是她发来的传真——假如你连这都管不了,不知道你这个人还有点用没有。"

约塞连大度地摇了摇头。他一点也不觉得有什么羞辱。"需要钱和时间。从现在起就需要准备好。让我想想,恐怕要向博物馆捐献1 000万块钱。"

"1块钱?"

"1 000万。"

"我听你说1块钱。"

"我的确说的是1 000万,"约塞连说,"用来扩建新的侧翼。"

"我们有办法。"

"不带附加条件。"

"带附加条件?"

"我说了不带,虽然它是有条件的。你父亲最擅长设圈套。你们实际上属于城外公民,而他们不会随随便便从张三、李四、王二麻子手里接这1 000万的。谁想捐就捐可不行。"

"你能劝他们收下吗?"

"我想可以,不过不能保证。"

"完全可以保证?"

"不能保证,"约塞连再一次纠正他,"你和你父亲都有选择性听力障碍症是不是?"

"什么都听得见的听力障碍症。"

"是的,不过婚礼一定非常铺张。"

“非常够味？”

“没错，非常浪费。要想登报和上摩登杂志就要舍得花钱，办得痛快。”

“我想他们愿意那么干。”

“可是有一件最重要的事他们还不知道呢，”约塞连判断说，“我说的婚礼要在公共汽车终点站举行。”

小米洛惊得一愣，约塞连早已估计到了。“在那儿有什么好处？”他急于知道。

“创新嘛，小米洛，”约塞连答道，“对有的人来说博物馆已经不再合潮流了。公共汽车终点站正适合马克森一家。”

“马克森一家？”

“奥利维亚和克里斯托弗。”

“那个大企业家？”

“他可从来没有进过他的工厂，也没见过他公司生产的产品，只有他生产的古巴雪茄除外。我帮马克森搞后勤，”他故作冷漠地添枝加叶说，“所有的媒界都将做报导，这是必然的。如果我们联系不上博物馆，你们愿意不愿意去公共汽车终点站？”

“这得问我母亲。让我随口说——”

“如果这个场所对马克森家很适合，”约塞连诱惑地说，“连市长、红衣主教，甚至白宫——”

“那就是另一回事了。”

“你们当然不能是第一个婚礼。”

“我们是第一个？”

“你们不能是第一个，除非你姐姐肯嫁给马克森家的姑娘，或者两对新人一起举行婚礼。如果你母亲愿意，我可以跟马克森家谈谈。”

“你打算，”小米洛的眼睛流露出审慎的目光，“怎么对付公共汽车终点站的那些妓女？”

说到妓女一词时，小米洛的灰眼睛立刻闪出光辉，显出一张被欲火烧得扭曲的贪婪的脸。

约塞连给了他一个他认为最恰当的回答。

“利用她们或者撇开她们，取决于你的打算。警察会恪尽职守。机会多得很。对于博物馆的事我是很现实的。你父亲卖的东西，米洛，都不是很光彩的。”

“我母亲就讨厌他这一点。”

“另外，她住在克利夫兰。你姐姐什么时候结婚？”

“你想让她什么时候就什么时候。”

“这么说还有时间。她嫁给谁？”

“该嫁谁就嫁谁。”

“这样机会就多了。”

“我母亲希望你给她列一张客人名单。这里的人我们一个都不认识。我们最亲密的朋友全住在克利夫兰，多数都来不了。”

“干吗不在克利夫兰博物馆举行婚礼？你们最亲密的朋友都可以参加。”

“我们宁愿请你那些陌生人。”小米洛文雅地坐到计算机桌前，“给我妈妈发个传真。”

“打电话不行吗？”

“她不接我的电话。”

“问一问，”约塞连脑子里又闪出一个馊点子，“她愿不愿意跟马克森家结亲。他们兴许刚好还有个孩子呢。”

“他们要明德宾德家的人吗？”

“假如马克森家只有一个女孩，你肯娶她吗？”

“他们肯要我吗？我可是有个喉结。”

“只要你们交出建新侧翼的1 000万美金，即使你长了个喉结问题也不大。”

“他们会给那个侧翼起什么名字？”

“米洛·明德宾德展厅,当然啦。也可以叫米洛圣殿,你们要是愿意的话。”

“我相信他们会选第二个,”他推测说,“这个名字更合适。我父亲过去当过巴格达的哈里发,你知道,在战争时期当过一回。”

“我当然知道,”约塞连说,“还当过大马士革的伊玛目呢。当时我跟他在一起。每到一处人们都向他欢呼致意。”

“博物馆的这一侧翼展出什么呢?”

“你给他们什么就展什么,或者展出储藏室里的东西。他们需要一个大一点的厨房。他们当然会在人血染红的石头展台上放几尊你父亲精美的塑像。可要尽快告诉我呀。”

小米洛敲打键盘的速度更快了,这时约塞连回到自己的办公室,打电话处理自己的业务去了。

第十六章 盖夫内

“她想多要点钱。”朱利安冒冒失失地突然说道。

“她甭想。”约塞连同样不客气地说。

“给她多少?”儿子挑衅地问。

“朱利安,我不想和你打赌。”

“我要劝她起诉。”他当法官的女儿说。

“她准输。她要是把那些私人侦探都解雇了那她就有的是钱了。”

“她发誓一个也没雇。”他的另一个儿子艾德利安说。他是化妆品化学家,没有取得硕士学位。他妻子断言——她在成人大学学过自信心确立训练法——她不像她自己想象的那样幸福。

“可是她的律师可能会,约塞连先生。”约塞连给盖夫内先生打电话把最近情况告诉他时他是这样回答的。

“她的律师说他没雇。”

"律师,约塞连先生,律师没有不说谎的。跟踪你的那八个人里,约约——"

"我叫约塞连,盖夫内先生。约塞连先生。"

"等咱们见过面成了好朋友的时候,先生,情况会变的。"盖夫内态度依然友好地说。"另外,约塞连先生,"他语气中并无含沙射影之意,"有好消息了,从两家信誉检测公司传来的非常好的消息。你除了没按时给第一个妻子赡养费和没按时替第二个妻子交扶养费外,最近以来你的信誉非常好。另外你还超支87块6毛9分,是欠一家已经停业的零售店的,叫泰勒妇女时装店。你属于第十一条的情况。"

"我欠一家叫'泰勒妇女时装店'的商店87块钱?"

"还有6毛9分,"盖夫内具有计算精确的本领,"法院判决时,恐怕会告诉你,你有责任替你妻子玛利安付那笔钱。"

"我妻子不叫玛利安,"约塞连考虑了几分钟,以便确定妻子是否叫玛利安,"我没有叫玛利安的妻子。两个都不叫。"

盖夫内以爱抚的口气说:"恐怕你搞错了,约塞连先生,人们在回忆婚姻状况的时候往往会变得糊涂起来。"

"我没有糊涂,盖夫内先生。"约塞连反驳说。他气得怒发冲冠。"我没有叫玛利安的妻子。你不信可以去调查。从《名人录》上能查到我的名字。"

"我倒认为信息自由法案的资料更好。我当然要查清,哪怕只为了弄明白咱俩谁对谁错呢。不过目前……"他稍停一下说,"我可以叫你约翰吗?"

"不可以,盖夫内先生。"

"其他的都是崭新的消息,你随时都能得到抵押贷款,时间由你自定。"

"什么抵押贷款?盖夫内先生,我不想无理取闹,不过我必须明确告诉你,我不懂你说的狗屁抵押贷款到底是怎么回事!"

"咱们可是生活在靠债务过日子的时代,约塞连先生,有时事情发生在咱们身上是始料不及的。"

“你说话怎么像个开殡仪馆的人。”

“当然指的是抵押贷款，比如在郊区或者海边买房子，要么就在这城里买一套条件更好的公寓。”

“我没想买房子，盖夫内先生，”约塞连说，“也没想买公寓。”

“那么你就应该开始想了，约塞连先生。盖夫内先生最了解情况。房地产的价值只会不断上升，地球上只有这么多土地。我父亲过去总说，他过去那些年的经营很成功。关于你的申请我们只需要一份你的DNA样品。”

“我的DNA？”约塞连说，他真的给闹蒙了，“老实说我越听越糊涂。”

“就是你的脱氧核糖核酸，约塞连先生，它包括了你全部的遗传基因密码。”

“我知道是我的脱氧核糖核酸，你他妈的！我知道那是怎么回事。”

“谁也没法复制。这就可以证明你就是你。”

“我还能是别的什么不成？”

“现在贷款机构都非常谨慎。”

“盖夫内先生，为了一所我一无所知也根本不想买的房子而申请抵押贷款，我去哪儿才能弄到DNA样品呢？”

“对东汉普敦也没兴趣？”

“没兴趣。”

“目前那里的房价看好。我能取到你的DNA样品。”

“怎么取？”

“通过自由信息法案。从你的社会保险号查看你档案里储存的精液。我能得到一份证明复印件——”

“我的精液？”

“你的脱氧核糖核酸的。精液细胞不过是转换的中介物质。起作用的是基因。等你做好申请准备我就能拿到你的DNA复印件。具体交易交给我。其实还有更好的信息哩。跟踪你的那些有教养的人里有一位不是。”

“你可真会说笑话。”

“我不认为可笑。”

“你是说他不是个有教养的人呢，还是说他不是在跟踪我？”

“我还没弄明白呢，他不是跟踪你，倒是在跟踪一两个跟踪你的人。”

“为什么？”

“咱们必须推测一下。这个信息从信息自由法案材料里删掉了。也许是为了让你免遭绑架、毒打或谋杀，也许只是为了了解别人都了解了你的哪些情况。总之有一千条理由。信正统犹太教的犹太人——对不起你是犹太人吗，约塞连先生？”

“我是亚述人，盖夫内先生。”

“不错。那位在你楼前转来转去的正统犹太教的绅士真是正统犹太教的绅士，而且就住在你家附近。他还是联邦调查局的人，办事麻利得像把快刀子，而且谨慎得滴水不漏。”

“他想知道我什么？”

“想知道就去问他。他也许只是随便溜达溜达，假如没有任务的话。那些人怎么样你还不知道吗？可能他盯的不是你。在你的楼里有一个伪装成中央情报局掩护机构的中央情报局掩护机构，还有个社会保险管理处，更甭说妓院、妓女以及其他公司了。可要保护好你的社会保险号码。小心谨慎没有坏处。勇气出自谨慎。这是盖夫内先生对朋友的劝告。不必担心。他会随时向你提供最新信息。‘竭诚服务’是他的中间名字。”

约塞连认为有必要表明自己的立场。“盖夫内先生，”他说，“我最早什么时候能见到你？我一定要见你。”

接着是一连串自鸣得意的咯咯咯、哈哈哈的笑声。“你早就见过我啦，约塞连先生。你没注意罢了，是不是？”

“在什么地方？”

“公共汽车终点站，你和麦克布莱德先生往下走的时候。你还瞧了瞧我呢。我穿一件单排扣鹿皮色带深紫色方格人字呢毛夹克，棕色裤子，浅蓝色埃及棉精纺瑞士钱布雷平纹衬衫，戴一条与之相配的土红色领带，穿一双色调协调的袜子。我的肤色为光润的棕褐色，秃顶，黑发，两鬓剪得很短，黑眼眉和眼珠，鬓角和颧骨都是贵人相。你难道就没认出我来？”

“怎么可能认出来，盖夫内先生？我压根儿没见过你。”

咯咯咯、哈哈哈的笑声再次响起。“不错，你说得对，约塞连先生，还不止一次呢。那一天你跟比奇夫妇从纽约大都会博物馆的促大艺博文活附委会出来以后，又去了旅馆饭店，后来你们站在饭店外面，后来又走到弗兰克·坎贝尔殡仪馆。还记得那个拄拐杖、背绿背包的红头发男人吗？他跟一个穿制服的警卫站在门口。”

“你就是背帆布包的红头发人？”

“我是穿制服的警卫。”

“你化了装？”

“我现在也化着装。”

“不敢肯定我能想起那个人，盖夫内先生。”

“也许这不过是个玩笑，约塞连先生，干我这一行的常说笑话。以后再说的笑话或许好听些。我的确认为你该给你的护士回个电话。她已经下班了，晚上有时间共进晚餐。她会把那个朋友带来。”

“她的同屋？”

“不，不是穆尔科克。”

“她的名字是穆尔。”约塞连冷淡地纠正她说。

“你管她叫穆尔科克小姐。”

“你只能叫她穆尔，如果你想继续替我工作的话。盖夫内先生，别插手我的私生活。”

“现在再也没有私生活可言了。对此我很遗憾。”

“盖夫内先生，咱们什么时候见面？”约塞连命令式地问道，“我要亲眼看看你，好知道我到底在跟一个什么样的人打交道。你这个人让我觉得别扭，盖夫内先生。”

“你的感觉肯定会改变的。”

“这我可不敢说。我觉得我一点也不喜欢你。”

“咱们在芝加哥见面以后你就会改变的。”

“芝加哥？”

“咱们在飞机场见面，你就会发现我是值得信赖的。是个忠诚、热心、有礼貌和善良的人。好不好？”

“不，我不打算去芝加哥。”

“我相信你会去的，约塞连先生。现在就可以预订机票。”

“去芝加哥干什么？”

“换飞机。”

“去哪儿？”

“回来，约塞连先生。你拜访了塔普曼太太之后从威斯康星的克诺莎返回来。说不定你想继续飞往华盛顿去见明德宾德先生和温特格林先生呢，也许还有努德尔斯·库克先生。”

约塞连叹了口气。“你把我的情况摸得一清二楚了。”

“我的工作就是打听情况，约塞连先生。”

“你在打听我的情况的同时还为谁工作？”

“谁给我钱就为谁工作，约塞连先生。我不搞歧视。我们的法律规定反对歧视。我也不充当心腹。我从来不带偏见，也不把人分成三六九等。厚此薄彼的做法让人恶心，叫人反感。”

“盖夫内先生，我还没有付你钱呢。你至今没寄账单来，也没商量好服务费。”

“你的信誉很好，约塞连先生。如果信誉测算公司信得过你，你随时都可以得到抵押贷款。目前很多地方都出售高质量的湖滨房产，像在纽约、康涅狄格、新泽西，还有圣巴巴拉、圣地亚哥和长岛的海边住宅。我可以帮你取抵押贷款申请表。你要是愿意的话还有你的DNA。现在是抵押贷款和买房的最佳时期。”

“我不想抵押贷款也不想买房产。你刚提到的朋友是谁？”

“你护士的朋友？”

“我没有护士，妈的。我现在非常健康，如果你想知道，她现在是我的朋友。梅丽莎。”

“麦金托什护士，”盖夫内一本正经地反驳说，“我是从记录上知道的。记录从不撒谎，约塞连先生。它们可能会出错或者过时，但是从来不撒谎。它们是无生命的，约先生。”

“你怎么敢那么称呼我？”

“它们不可能撒谎，因为它们是官方的而且具有权威性，甚至出了差错或者相互矛盾也依然如此。她在手术后康复室工作，是你想见的护士。她的名字叫威尔玛，但是人们更愿意叫她天使，或者心肝儿，尤其是在病人从手术麻醉中苏醒过来的时候。有两三个大夫心术不正，老想钻她的裤裆。这是他们说的，不是我说的。也许是医学术语吧。穆尔小姐也许光临。”

“穆尔小姐？”约塞连的大脑飞快地思考着，仍觉得跟上他有困难。“到底谁是穆尔小姐？”

“你叫她穆尔科克，”盖夫内提醒道，“原谅我多事，约塞连先生。我们的窃听器在你公寓里已经很长时间没有捕捉到性行为的声音了，你没事吧？”

“我们一直在地板上干，盖夫内先生，”约塞连镇静地答道，“在空调下面。你就是这么劝我的，还把洗澡间的水龙头打开让水哗哗地流着。”

“这我就放心了。我很关心你。你现在真该给麦金托什小姐打个电话了。她的电话现在正闲着。她知道比利时人血液的化学成分出了什么毛病，她急于见你。我敢说，尽管你们年龄相差——”

“盖夫内先生？”

“请原谅。迈克尔就快完成了。他正准备回家，你可能忘了。”

“这你也能看见？”

“我也搞监视，约塞连先生。这也是我的基本工作。他正在穿夹克，不久就带回他画的第一张米洛·明德宾德飞翼。这次你该让盖夫内先生说个小笑话了吧？我想你会发现这个笑话比上一个有趣。”

“很感谢……杰里。”约塞连说。他确信盖夫内是个讨厌鬼。他努力克制着自己不让反感情绪表露出来。

“谢谢……约翰，很高兴咱们现在成了朋友。你现在就给麦金托什小姐打电话吗？”

“不买带花边的女内衣啦？”他打电话时梅丽莎奚落他说，“不去巴黎啦？也不去佛罗伦萨？”

“今天晚上穿你自己的吧，”约塞连取笑地回敬了一句，“出去旅行以前先看看咱们关系处得怎么样。把你的同屋带来，她要是愿意来的话。”

“你可以叫她安吉拉，”梅丽莎嘲讽地说，“我知道你对她干了些什么。她都告诉我了。”

“那可太糟糕了，我想。”约塞连多少有些惊讶地说。他看透了，对付这两个人他必须全力以赴。“关于那件事，”他责备说，“她把你的情况也都告诉我了。一场噩梦。你可以进修道院了。你那天真的恐惧心理实在令人难以置信。”

“我才不在乎呢，”梅丽莎说，语气中隐含着近乎狂热的决心，“我在医院工作，成天看见病人。我可不想沾上你们男人传染的疱疹、艾滋病，或者滴虫阴道炎、脓毒性咽喉炎，或者其他什么病。我可知道那些病是怎么回事。”

“你想做什么就做什么，但是把你另一个朋友带来。在手术后康复室工作的那个。说不定我也跟她交朋友呢。”

“威尔玛？”

“他们叫她天使，是吗？还叫她心肝儿？”

“只是在他们刚苏醒过来的时候。”

“那么我也会的。我喜欢向前看。”

第六部

第十七章　萨　米

减震车轮。

我所认识的人中现在仍然记得“减震车轮”汽车广告的人超不过十几个人，因为我认识的人能活到现在的也不过十几个人了。现在他们一个都不住在康尼岛，也不在布鲁克林，大家全搬走了，只偶尔回海滨来，上海滩木板便道走一走。我们这些人要么住在像我现在住的这种高层建筑里，要么住在离曼哈顿较远的郊区，刘和克莱尔就住在那样的地方，还有的搬进了佛罗里达州西棕榈滩的退休老人康居别墅，像我的哥哥和姐姐，更有钱的则去了亚利桑那州的博卡拉顿或者斯科茨代尔。我们中的大多数过得都比我们曾经期望的要好，我们的父母做梦也想不到我们会过上今天的日子。

卫宝香皂。

专治口臭。

夫雷什曼酵母治粉刺。

艾帕娜牙膏使你笑得更妩媚，撒尔海帕蒂夏牙膏使你笑得更健康。

当肚子忘了工作，就请记住爱克斯-莱克斯[1]。

百事可乐最合口味，
喝上一口气拱肠胃，
同样的钱买多一倍，
百事可乐为你准备。

康尼岛上凡有点头脑的人当时都信不过百事可乐这一新饮料，尽管为了跟我们都爱喝的可口可乐竞争，收音机里天天播放用老歌谣填的广告词"足足十二盎司真多呀"。装可口可乐的碧绿玻璃瓶要小得多，凉冰冰的，滴着水珠，瓶子表面是柳叶宽的突起，无论手大手小，握在手里必有一种沁人心脾的舒适感。当时它独占鳌头。时至今日两种饮料的口味对我来说毫无二致。两大饮料公司规模都发展得很大，超过其他企业，六盎司汽水瓶已成为人们对快乐旧时光的回忆。谁也不愿意再以五分钱的价格出售六盎司如此受欢迎的饮料，而且除我以外，谁也不想买那么一小瓶了。

一小瓶汽水的"押金"是二分，一角钱一瓶的大瓶"押金"是五分，康尼岛西三十一街的住户们谁都不会对这些瓶子的价值视而不见的。那个时候两分钱能买到不少东西哩。我们这些小伙子们时常到海滩之类的地方像寻宝一样搜寻这些空瓶子。我们把瓶子拿到我那条街和冲浪街拐角处的斯坦博格糖果店换零钱，然后玩扑克牌，我们一旦学会了玩二十一点，就玩几分钱一次的；要么就买好吃的东西，买了当时就吃掉。两分钱能买一大块雀巢牌或者赫希牌巧克力，两块麻花饼干，或者两片冷冻柠檬。秋天的时候用两分钱买一大块我们爱得要命的芝麻糖。花五分钱可以买一瓶"银河"或者可口可乐，一块麦拉罗馅饼或者爱斯基摩馅饼。或者在摩麦德街的罗森堡熟食店和距游乐园一英里的内森熟食店买一个热狗，要么骑上一圈转马。

1　一种顺肠气的药。

两分钱可以买一份报纸。罗毕·克雷莱恩的父亲在迪尔尤的赛马公园工作时，我们常常不买门票进去玩掷钢镚游戏，花几分钱便能赢一个椰子。我们知道怎么玩。那时候价格低收入也低。女孩子们玩跳绳、跳房子和抛接小石子，我们玩拳球[1]、街头棒球和棍球，吹口琴和卡祖笛。晚饭——我们叫晚饭——以后天还没黑时，我们在便道上装盲人吓唬人，大人们在旁边看我们玩。其实我们都知道大人心里也明白，我们这些半眯缝眼的孩子是想利用这个机会，抓住女孩子后假装辨别不出她是谁，好在她的前胸使劲摸几下。这是在男孩子开始手淫、女孩子月经来潮之前的事。

这条街的父亲们和已经离开了学校的兄弟姐妹们，每天天还很早便静悄悄地离开家，幽灵般地朝铁路街的诺顿角电车站走去。电车载着人们开上斯第尔维尔街地铁站。这是来自不同路线互不相通的四条地铁线在康尼岛的终点站。地铁把人们送往纽约的不同工作地点，还把像我这样的人，一个十七岁刚拿到中学毕业文凭的年轻人，送到曼哈顿，为找一份工作战战兢兢地进出一个个职业介绍所。也有些人为了锻炼身体或者为了省几个钢镚儿而步行去车站。傍晚下班的时间人们则步履沉重地慢慢往家里走去。冬天下班时天已黑透。从晚春到初秋，我父亲总要穿上松软的浴衣，肩上搭一条浴巾，带着他常带有的微笑向海边走去，在海水里泡一泡，游一会儿泳。有时候天黑了他还不回来，妈妈怕再不派人叫他回来他准得淹死，我也受到感染跟着害怕起来。

"去把他找回来，"她对跟前的孩子说，"叫他回来吃饭。"

恐怕一天当中只有这一个小时他可以享受独处的快乐，思考对未来的希望，恰是对希望的憧憬使他黝黑的脸膛总是带着愉悦的神态和恬静的笑容。那时我们的身体都很健康，这当然是他的希望之一。他有一份工作。他爱读犹太报纸，他和我母亲都爱收听他们喜爱的音乐，尤其是听普契尼歌剧、贝尔电话点播一小时、国家广播公司的空中交响乐和《纽约时报》电

1　一种以拳代棒的类似棒球的游戏。

台。纽约市的电台广播说:“这座城市的700万人居住在祥和与和谐的气氛之中,他们享受着民主带来的好处。”

我欣赏音乐的水平比他们高得多。从巴锡伯爵、埃林顿大公、本尼·古德曼[1],到贝多芬、巴赫、室内音乐、钢琴奏鸣曲,以至现代的瓦格纳和马勒。

后来希特勒和他残暴的军团几乎要把我们斩尽杀绝。

每周工作40小时是社会变革的重大突破,它使人们的生活得到改善,我刚刚赶上体会这一社会变革的意义,而我的儿孙辈却把这视为理所当然的事情。他们是我的养子女,格伦达跟我相识之前已做了结扎手术。忽然间我们的工作单位在星期六都关门了,这样星期五晚上我们便可以睡得晚一些。整个周末全家都可以外出。最低工资制和儿童劳动法是罗斯福及其新政批准的另两项有利于国民的事情,虽说这第二项令人费解。直到上了大学我才了解,原来在西方工业化国家,到处都有二十岁及二十岁以下的儿童在工厂和矿区经常被迫每天工作12小时以上;直到参军之后与来自康尼岛以外的人接触我才发现,康尼岛的“气拱肠胃”是地道的“放屁”的意思。

那时的最低工资是每小时两毛五。街对面的乔伊·海勒长到十六岁取得工作许可证后,在西部联合电话电报公司找到一份工作。他放学后送四个小时电报,每周五拿回一周的工资五美元。他从来不忘拿出点钱为设在冲浪街的社会俱乐部买一张很新的二手唱片。我们是该俱乐部的成员,在那里学会了跳林迪舞[2],吸烟,还学会了诱惑或者哄骗姑娘们随我们到后屋,以便在那里调戏她们。我的朋友刘·拉宾诺维茨和他的朋友里奥·维纳,再加上几个胆大包天的小伙子甚至在后屋的沙发上跟姑娘们性交。乔伊·海勒的父亲死了,他哥哥姐姐到处打零工,主要在伍尔沃斯商场干半日工,夏天则在海滨木板便道上卖冰淇淋和热狗。他母亲年轻时是裁缝,现在她替我母亲干活,改小或改大衣服,把衣边加长或收短,还替洗衣店把磨损的衣领翻翻面。二分钱或三分钱一件,有时五分钱一件。

1 三人均为美国著名爵士乐演奏家及改革派。

2 20世纪30年代流行的一种轻快双人舞。

他们的日子勉强过得去。乔伊还想当作家。我是从乔伊那里第一次听到百事可乐收音机广告歌的。他利用一首当时排在“幸运斯泰克排行榜”前几名的那首曲子填了新词。这个曲子至今仍可从我们那个时代的歌星唱片中听到。他写的前几句是：

每当她拉开你裤子的拉锁，
眼中便闪出幸福的光芒，
这时你就会知道
她爱你没商量。

真希望我还能想起歌词的其他部分。他想为电台、电影和剧院写喜剧剧本。我愿意与他合作写剧本，同时还想写短篇小说，有朝一日写出好作品来，能刊登在《纽约客》或别的杂志上。我们合作为男童子军第一百四十八军团写了幽默小品。长大了些以后又为我们俱乐部的狂欢之夜舞会搞创作。我们通常对前来参加舞会的康尼岛和布莱顿海滨另外十几个俱乐部的成员收费一毛钱或者两毛五分钱。女孩子免费。我记得他们还让我们最长的喜剧小品《新童子军的艰苦历程》每周五在我们的第一百八十八公立小学举行的俱乐部例会上加演一场，因为它太有意思了。乔伊后来参加了空军成为一名军官和投弹手，之后在宾夕法尼亚教书。他不再是“乔伊”，我也不再是“萨米”。他是乔，我是萨姆。尽管我们比我们想象的还年轻，然而不再是孩子了。不过马尔文·温克勒在谈论过去时，仍叫他乔伊，叫我萨米。

“我一坐到钢琴边，他们便笑逐颜开。”

这则广告怕是当时兴起的直接邮寄广告运动中最漂亮的一则，现在仍不失为成功之作。你只需要填一张附在广告上的订货单，便可以收到一袋授课材料，他们说只用十来节课便使你极容易地学会弹钢琴。如果你有钢琴，就像温克勒家一样，这当然会有帮助，不过温克勒从来没有认真学习过。

后来我们有了一辆福特车，厂家告诉我们，我们可以在海湾石油公司或者有红色飞马标志的加油站为带减震车轮的车加含铅汽油。但那种车我们买不起。幸运斯泰克是减震车轮时期的好烟草，人们需要菲立普·莫利斯[1]，为了买一盒骆驼牌或别的牌子的香烟和雪茄，宁愿走上一英里。恰是香烟导致我父亲得了肺癌，后来扩散到肝和大脑，很快就死了。他可以算寿终正寝，而格伦达发现患有卵巢肿瘤并于30天后去世时，正值中年。迈克尔自杀以后她开始对所有的事情感到厌倦，现在我们回忆起来，估计她的痛苦是因为过度紧张引起的。是她首先发现了他。我们在烈火岛上租了度夏的房子，后院有一棵歪歪斜斜的矮树，他费力地把自己吊死在那棵树上。我把绳子割断放下他来，以后才意识到我不该这么做，应该让他吊着，任我们和邻居的女人与孩子们围着他看，直到警察和验尸官两小时后乘汽车抵达这里。

一块钱一小时……一分钟一英里……一星期一百……一小时一百英里，哇！

这些都是可能的。我们知道有的汽车能开这么快，康尼岛上的人都有住在别处的阔亲戚，他们就拥有一分钟能跑一英里还多的汽车。我们的亲戚多数住在新泽西州的帕特森市或纽瓦克市。他们夏天周末开这种车来康尼岛，到海滨木板便道散步、玩转马、去赛马公园，还在海滩做日光浴，蹚水玩。他们留下吃晚饭，我母亲很乐意为他们做饭。为了“让他们吃好”，在我姐姐的帮助下，她做的裹面包渣小牛排及烤得焦黄的土豆美味可口。公务员是人们求之不得的工作，因为工资合理，工作稳定，属于白领阶层，有假期，还有退休金。还因为犹太人也可以得到这种工作。得到了这份工作的人受到大家的尊敬并被视为专业人员。我哥哥把公务员报上的介绍读给

1　美国一烟草公司名称。

我听，说你可以从美国政府印刷所学徒工起步——这时就快要拿到每小时一块钱的工资了，可能还会多些——实习期满以后升为印刷工人，开始时每周工资60美元。可是我更想去华盛顿生活和工作，家里人谁也说不准我是否应该离开家。我到十九岁时战争是否能结束，我是否要应征入伍当陆军或海军，我们只能观望。这时，一份在弗吉尼亚普茨茅斯的诺福克海军基地当铁匠助手的工作十分令人神往。康尼岛有一拨小伙子都前往基地干活。我们听说从普茨茅斯乘轮渡可到对岸的诺福克市，银行街30号是个妓院，但是我既没有勇气也没有时间去那儿。重体力劳动延续了将近两个月，我们持续工作56天，周六和周日工作半天，实在累垮了，不得不放弃这里的工作。回家后我终于找到一份汽车伤亡保险公司的档案保管员工作，工资少一些，地点在曼哈顿百老汇1775号通用汽车公司的旧楼里。碰巧乔伊·海勒也在那个楼里工作。他已经穿上了军装，当上西部联合电话电报公司信息传递员，负责接收和发送电报电文。

你在哪里？

当你听到珍珠港事件消息的时候。当原子弹爆炸的时候。当肯尼迪遇刺的时候。

当我们向阿维尼翁发动第二次进攻，话务员兼炮手斯诺登被击毙的时候，我知道我在哪里。那次事件对我的震动比后来肯尼迪被暗杀对我的震动还要大，现在仍然如此。他死的时候我正在B-25中型轰炸机的机尾处于昏迷状态。我因头部被狠狠地撞了一下昏了过去，苏醒过来时见到副驾驶员正失去控制，飞机正垂直下坠，对讲机里传来歇斯底里的号叫，让机上的人互相关照，但没有人理睬它。我每次苏醒过来都听见斯诺登痛苦地呻吟，看见约塞连拼命地忙活设法救他，却无济于事。我再一次昏迷过去。

执行这次飞行任务之前我曾跟一个叫饿鬼乔的飞行员来过一次摔机着陆。乔在没有战斗任务的时候，睡觉总做噩梦，还大喊大叫。我还跟一个叫奥尔的飞行员遇到一次因事故导致的水上迫降，听说后来奥尔平安地到了瑞典。两次事故我都没有受伤，可是我始终都无法相信这个事实。这简直比电影更像电影。接着便目睹了斯诺登的内脏流出体外，然后是一个瘦瘦的军士在浮台上嬉戏耍闹时被飞机螺旋桨切成两段。我相信，如果我早料到发生这类事情时我会在场，恐怕我就不那么迫切地想参军了。我的父母都知道战争的残酷性是我们邻里的孩子根本想象不出来的。当听说我被批准作为炮手执行飞行任务时，他俩吓呆了。他们没有登过飞机，我也没有，我认识的人里也没有人上过飞机。

他们俩步送我到铁路街靠近第二个糖果店的电车站，我从那里坐车到斯第尔维尔街，再与另外三个小伙子一起乘开往曼哈顿海滩的地铁，在宾夕法尼亚站下车，到集合地点报到。几年之后我才知晓，在我母亲面带微笑、慈祥平静地拥抱了我看着我登上电车走远以后，随即瘫倒在地上，泪如泉涌，悲痛欲绝。我父亲和姐姐花了差不多半个小时才把她搀扶回家。

参军后的第一天我的生活水平就翻了一番。在保险公司当档案员的工资是每月60美元，还要买车票、吃午饭，有时从家带饭。从入伍的第一天起，作为三等兵每月拿到75美元，衣、食、住免费供应，看病治牙也不花钱。转业之前作为军士，飞行费、出国费、战斗费加在一起，我所得到的比政府部门的印刷人员工资还高，相当于每周收入100美元。年纪轻轻的居然有如此高的收入，是我做梦也没有想到的。

这么多的钱从哪儿来？

我母亲用意第绪语说：星期一，全国还有三分之一的人住破房子，穿破衣裳，吃不饱饭呢；星期四，军队里的1 000万人便拿到比他们以前挣到的多得多的钱，200万平民雇员、坦克、飞机、舰船、航空母舰，还有成千上万的吉普车、卡车及其他机动车源源不断地流出工厂，数量增长快得根本来不及计算。忽然间，一切都够了。所有的功劳都该记在希特勒的账上吗？资本主义，我父亲会面带达观的微笑这样说。对他这位好心肠的社会主义者来说，所有由不平等带来的罪孽都可以用那个万恶的名词做出注解。“打仗总有个了结的时候,和平才是弥足珍贵的。”

从宾夕法尼亚站坐上去长岛接待站的火车,我尝到了在军队里个人是无关重要的滋味,尝到了人的个性被全部抹杀的滋味,然而令我吃惊的是我对这一点竟然持欢迎的态度。我是被带领的羊群中的一分子,一切都有人替自己安排停当,只需要照吩咐办事,跟别的人干一样的活即可。我感到十分欣慰。我觉得没了负担,比作平民百姓还自在。情况介绍阶段过去之后,我有了更多属于自己的时间,感到了更大的自由。

我们这四个同时入伍的人都完好无损地回来了,尽管两次到阿维尼翁执行任务时情况都十分艰险恶劣。刘曾被俘,被关押在德国战俘营达半年之久,直到被俄军营救释放。德累斯顿遭轰炸时他终于苟活下来,使他知道了什么是九死一生。可是欧文·凯泽,就是在乔伊·海勒跟我编的幽默小品里扮演“新手托比”的小伙子,在意大利被炮弹炸得粉碎,索尼·鲍尔也死在了意大利。

越战时期我已经完全了解战争是怎么回事,白宫又是多么阴险毒辣,所以我对格伦达发誓,如果迈克尔的体检合格并被征召入伍的话,我要想尽一切办法,合法的、非法的,阻止他参军。我不大相信这会成为事实。在他还不会自己吃药的时候,他就显出了与一般人不同的行为特征。他对事实与数字的掌握较好,但是对看地图和楼层平面图有困难。他对统计方面的记忆力强得惊人,可是学不会代数、几何及一切抽象的东西。格伦达始终认为这是由于她离婚造成的,我任凭她这样想。我设想了一个伟大的计划,如果征兵站征到他头上,我们就搬到加拿大去。假如瑞典更安全,我也会带他去那里。我许下了诺言,但却不需要兑现。

刘想当空降兵或坦克兵,驾着带炮筒的坦克从那些迫害犹太人的德国兵身上碾过去,但是在经过炮弹射击训练后却当上了步兵。中士牺牲后他被提升为中士。其实在此之前部队在荷兰的时候,每当原中士对于指挥战斗没有把握时就让刘替他指挥。我想当战斗机驾驶员并驾驶P–38型飞机,因为它飞起来风驰电掣。但是我对高度的反应能力差,所以只能当一名机上的炮手。看到宣传布告上说炮手奇缺，我便自愿干了这行。人们都说这是最危险的职务。事实果真如此，等我真当了炮手才真正明白了它的危险性。

在英国，“飞行堡垒”轰炸机上的球形座位对我来说太大了些，幸亏无人留意。转移到阳光明媚的地中海地区后，我被分配到更容易控制、更安全的B–25轰炸机当机尾炮手了。

训练中我总喜欢手握0.5英寸口径机关炮时的感觉。我喜欢在高空用真子弹射击空中的拖靶和地上的固定靶，一直盯着前面的曳光弹拖着白烟朝标靶飞去。我很快学会了惯性运动和相对运动原理，知道在飞机以每小时300英里的速度沿发射方向飞行时，从飞机上投下或射出的子弹在投出或发射瞬间是以同样的速度向前飞行的，同时重力也开始起作用。有时首席炮手长官让我到黑板上讲解，以帮助有困难的人理解这些原理。我还学会了神奇的艾萨克·牛顿运动定律：当你或者靶子处在运动状态，假如你瞄准靶心，是永远打不中的。有一件事我始终不理解，那就是，水平方向发射的子弹与从同一高度同一地点垂直降落的子弹同一时间着地，尽管子弹可能落在半英里以外。我不太喜欢模拟战斗，因为用的枪不是真的，虽说它跟在海滨木板便道上的投币射击游戏用的枪一样好玩。你坐在一个设计奇巧的封闭舱内，屏幕上不同型号的战斗机在几分之一秒的时间里从不同方向和不同高度朝你飞来，速度之快使你分辨不出哪是敌机哪是友机。眼睛看不过来也就无法扣动扳机。谁打得都不好，不过也没有人被除名。我认识的两个士兵因为怯场不得不重新分配任务。从教官那里我产生一种猜测：像这种情况唯一能做的就是利用有限的几秒钟，朝着一个大致的方向射击，能射几发就射几发。结果证明这个方法是对的，不论在什么地方玩，游戏中哪一边的火力猛哪一边就能赢。

人们不想知道，古代的塞莫皮莱[1]战役中英雄的斯巴达克人固守阵地，

1 希腊东部一平原。

坚持到最后一个人，并不是希腊的胜利而是毁灭性的失败。所有的英勇果断不过是无谓的牺牲。我把这类道理拐弯抹角地讲给大家听以唤醒他们的意识，使他们有点思想准备。

我的枪法很准，但是对于对面飞来朝我开火的人我总是把枪口错开他再射击。

我喜欢到处打闹，发现我在这里交的朋友比在康尼岛还多，我的性格使我在部队里大大受益。我读书多所以知道的事情也多。我发现，让他们直截了当知道我是犹太人——他们也是这么猜想的——是比较实际的做法，因此我就找机会告诉他们，还补充说我是从纽约的布鲁克林来的。我和我朋友之间的关系很紧密单纯，他们是布鲁斯·萨格斯，来自北卡罗来纳的海彭特；来自密西西比的豪尔·A.穆迪，还有从佐治亚州不同地区来的杰伊·马修斯和布鲁斯·帕默，他们俩都不怎么喜欢对方。还有从费城来的阿特·希鲁德和汤姆·斯龙。那一回我们乘船去科罗拉多的洛厄里兵营，做动力旋转炮架操作训练。从鲍勃·包尔斯和约翰·鲁皮尼身上我感到了敌意与威胁。鲍勃来自布鲁克林的一个更俗陋的挪威人和爱尔兰人居住区，我们都知道那里反犹情绪强烈。约翰·鲁皮尼是纽约州北部什么地方的人。我们都很小心，尽量不发生接触。我知道他们是怎么想的，他们对此也十分清楚。他们对别的人也差不多同样冷漠。要是换了刘，他肯定会把事情亮个明白。乘火车从亚利桑那到科罗拉多的第二天或第三天大家玩扑克时，我像是听见有人议论一个犹太人，不过没太听清楚。这时坐我对面来自南方某个小地方的人嘻嘻笑起来，他说："我们那儿也有，那家伙开了家服装店，你真该看一看他们那德行。"现在我听清楚了，知道是该说话的时候了。

"请等一下，如果你不介意的话。"我有些唐突地打断了他。我的心里直打鼓，但是声音很镇定。"我恰恰是犹太人。我很不喜欢你讲话的方式。你要是不想让我玩牌我马上就走。但是如果你想让我继续玩，你必须打住，不再说伤害我感情叫我恶心的话。我不明白你们干吗要这样对待我。"

牌玩不下去了。我们摇摇晃晃地听着车轮的隆隆声。如果我走开，莱斯科会跟我一起离开，如果打起架来，莱斯科肯定会站在我一边。库珀，我刚才和他说话的那个人，感到了内疚。他小声地道歉说："对不起，辛格，我不知道你也是。"

刘肯定会打断他的脊梁骨的，我猜，并会为此锒铛入狱。而我呢，人家一认错我就和他成了朋友。刘就是刘，我就是我。

我的名字是萨缪尔·辛格，没有中间缩写名——萨米·NMI[1].辛格——天生个儿矮，长大以后仍不如别人高，体质也不健壮，跟我们邻里的好朋友艾克·所罗门不一样。他个子不高，但是有很漂亮的二头肌和宽厚的胸脯。他能举重，还喜欢在单杠上做引体向上。我不喜欢用拳头打架，一生都努力回避它。我挺机智，富有同情心，到处交朋友。我一贯擅长处理人家提出的带挑衅性的问题，还明智地用非一般人所能用的方法使交谈变得生动有趣。

"假如我们在反英革命战争中失败，我们国家是不是会更繁荣些？"我装作真的不明白，试探性地问他们，并做好准备就他们可能给的各式各样的回答进行反驳。

"林肯这么聪明，他为什么不让南方脱离出去？那样做的痛苦和打一场仗有什么区别吗？"

"我们的宪法符合宪法吗？"

"民主能靠民主产生吗？"

"圣母玛利亚难道不是犹太人吗？"

我知道别人不知道的事情。我知道如果走进一座不少于40人的兵营，时常会发现其中两个人的生日是同一天，一半的机会会有另外两个人出生在另外的同一天。我会打赌，甚至跟从内华达州和加利福尼亚州来的人打赌说，内华达的雷诺市比洛杉矶更靠西。甚至在查过地图后还再赌一次，因为他们是那么冥顽不化，墨守成规。假如我有可能坐在红衣主教身边，也有

1 意思是"无中间缩写名"。

那份闲心的话，我还准备跟他打赌。

“耶稣的基因是谁的？”当那可怜的家伙设法找出答案时，我就装出一副天真的表情提醒他，耶稣出生时是个婴儿，后来长成男子汉，第八天行的割礼。

在炮校训练班给我们上课的授勋准尉说，飞机上的炮手在战斗中的平均寿命是三分钟，然后他让大家提问题。我差一点遇到麻烦。他曾在英国被摧毁了的第八空军部队B-17轰炸机上服役。我并不想引他上钩，只是出于好奇。

“怎么知道的，长官？”我问道。就从这次以后，我再也不相信什么调查与估计了。

“你是什么意思？”

“他们是怎么算出来的？长官，那您肯定要至少战斗上一个小时。”

“一个小时可不够。”

“那么为了您这一个小时，必须有十九个人在战斗打响后不足一秒钟内死去，才能得出三分钟的平均数来。还有，为什么炮手就比驾驶员和投弹手更具危险性？长官，敌人是向整个飞机开火的，不是吗？”

“辛格，你是个聪明的笨蛋，不是吗？下课以后你留下来。”

他教训我说不许我在课堂上与他争辩，并且给我讲了一通道理，还向我讲解了后来我跟约塞连说的那个“科恩法则”，它是按照在皮亚诺萨时这位科恩中校的名字叫的，科恩法则规定，只有从来不开口的人才有资格提问题。但是他让我给大家辅导，运用代数和几何原理简单地讲解以下问题：朝与你做相对运动的物体射击时，必须提前开火——为了打它的头部就必须朝其尾部开火。如果飞机距你这么多码远，子弹以每秒这么多码的速度飞行的话，那么子弹击中飞机需要多少秒？如果飞机以每秒这么多英尺的速度飞行，子弹要击中飞机的话，子弹飞行的速度应该是多少？通过射击场几个小时的练习，从运动着的卡车上快速射击的实践，他们明白了这些道理。然而我虽然明白上述道理，也给别人讲解，但是对下面这一原则却仍然感到困惑：若想朝从后面来攻击你的飞机开火，由于你射出的炮弹有空速和敌机在你拉起时要尾追，你就必须瞄准你的机尾和敌机之间的中间位置才行。

我交的朋友都是性情豪爽、为人仗义的人。不知怎的，无论何时朋友中总有一个比我更高更壮的，遇到意外时他总跟在我的左右。比如康尼岛的刘·拉宾诺维茨和意大利裔勇敢的索尼·巴托里尼。莱斯科是我在炮校时的朋友，他原来是宾夕法尼亚的煤矿工人。我跟约塞连相识于卡罗来纳的驾驶训练基地，以后一起参加皮亚诺萨岛战役，那时我们的飞行小组有约塞连、阿普尔比、克拉夫特和我。

挨打的恐惧始终伴随着我，在我的思想里甚至超过被击落的恐惧。一天晚上在南卡罗来纳州我害怕的事情终于发生了。训练飞行归来天色已黑，模拟训练过程中约塞连找不着佐治亚的阿森斯和北卡罗来纳的罗利[1]，从得克萨斯州来的阿普尔比不得不靠无线电罗盘把我们引回基地。军官俱乐部早已关门，约塞连只好跟我和施罗德去士兵食堂吃夜宵。约塞连总感到肚子饿。他摘掉徽章冒充士兵，好进去吃饭。晚上的时间大家都喜欢到处乱转。我们走过一伙人身边时，我突然被一个醉醺醺的大个头蛮横家伙撞了一下，撞得那么狠，毫无疑问是存心找茬。我的身子被他撞得转了个圈，我大吃一惊。还没来得及开口，他已经朝我扑过来，怒气冲冲地向后推了我一把，我一下子栽进了驻足围观的人群中。这一切发生得太快，把我闹蒙了。我踉踉跄跄地还没有从惊惧中清醒过来，他已再次冲了过来，并举起弯着的胳膊准备朝我抡拳头。他既比我高大又比我重，我根本没有办法防他。这情景就跟有一次我教刘学拳击一样。我连跑都跑不掉。不知道他为什么选中了我，我只能瞎猜。就在他拳头还没砸下来时，约塞连出现在他和我中间，把我们隔开了。约塞连伸出张着巴掌的手臂，想叫他停止，使他冷静下来。但是不等约塞连说完第一句话，那个人的拳头已经抡了过来，正好

1　北卡首府。

打在他脑袋的一侧，紧接着抡出另一个拳头狠揍他。约塞连眼冒金星，无力地向后倒去，那个人紧逼上来又向他头部频频出击，他被打得左右趔趄。这时我连想都没想，一下子扑过去抓住那人的粗胳膊不松手。看到这不起作用，我又搂住他的腰，并使劲站稳脚跟，使出浑身力气试图把他推倒。这时施罗德也从另一侧朝他扑去。我听见施罗德冲着那个人的耳朵说："你这个混蛋！他是长官，你这个混蛋！"约塞连长得很健壮。当时他朝那个人正面冲过去抱住他的双臂把他向后推，直到他站不稳脚跟，不得不停手。我发现施罗德的话一下子使那个人泄了劲，我们放开他时，他的样子可怜兮兮的。

"你最好把徽章戴上，少尉。"我喘着气轻轻地提醒约塞连。见他在摸脸，我又补充说："没有血。来人之前你最好把徽章戴上。这顿饭咱们可以不吃。"

从那以后我处处向着约塞连，比如在他和阿普尔比发生争执时，甚至在那次被我俩称为"辉煌的反阿的平暴动"行动中，也支持约塞连，尽管我理智地接受了服用抗疟药的规定，因为我们赴海外时要飞越热带地区，而约塞连则拒绝服药。在波多黎各作第一次停留时我们被告知阿的平对疟疾有缓解作用，但不能根治它。不管这是不是规定，总而言之约塞连认为没有必要还没有染上疟疾就先治病。他们的意见分歧发展成为保面子的争吵。副驾驶员克拉夫特还像平常一样保持中立。他讲话不多，总是面带微笑，好像不明白发生了什么事情似的。过了不久他在弗拉拉行动中被打死。我始终认为他是个不偏不倚的人。

"我是这条船的船长，"在波多黎各阿普尔比当着我们的面对约塞连说的时候把话说错了，"你必须听我的指挥！"这是离开佛罗里达开始14天海外飞行的第一次停留。

"放屁。"约塞连说。"这是飞机，阿普尔比，不是船。"他俩不但个头一样高，军阶也相同，都是少尉，"何况现在是在陆地，不在海上。"

"那我也是船长。"阿普尔比慢吞吞地说，"只要一起飞，我就会叫你把它吃下去。"

“我拒绝。”

“那么我就打报告控告你，”阿普尔比说，“尽管我不情愿这么做，等我们有了指挥官，我还是要向指挥官控告你。”

“随你的便，”约塞连固执地坚持说，“这是我的身体，我的健康，我愿意怎么着就怎么着。”

“甚至不遵守纪律。”

“这种纪律不符合宪法。”

我们拿到了灭蚊喷雾剂，并且被告知如何使用，以及应该一上飞机就用，因为在飞往南美洲穿越加勒比途中就有可能被蚊子传染上疾病。在飞往巴西纳塔尔的每一段行程里，他们提醒我们留心查看一两天前从空中栽到大海和热带丛林中的飞机残骸。这种事情最能使人保持头脑清醒了。同样使人头脑清醒的是从巴西到阿森松岛的海域飞行的那八个钟头。要知道我们的飞机设计续航能力为连续飞行时间不超过四个小时。从那里我们又飞到了非洲的利比里亚，又飞到塞内加尔的达喀尔。在这一路索然无味的飞行中，我们一想起来，就把眼睛瞪得大大的，在海面上寻找飞机残骸和黄色救生筏子。在佛罗里达晚上我们可以自由活动，咖啡屋和酒馆里有舞池。

我开始渴望性生活。比我参军早也比我年龄大的康尼岛的小伙子，例如奇奇·厄伦门和迈尔·曼德巴姆，他们从很远的堪萨斯和阿拉巴马探亲回来时，对我们讲女人都爱跟部队里勇敢的年轻军人睡觉。既然我现在也到了部队，我也希望享受跟她们睡觉的快活。

可是我不知道怎么才能做到。我害羞。开玩笑可以，一到真事就局促不安了。我一看见漂亮的脸蛋或身材就很容易着迷。我过于爱冲动，一有冲动表现就要想法制止自己。我知道我还不成熟，但这总比许多一点欲望也没有的人强些。跟姑娘跳舞时，无论跟哪个姑娘跳，下边都会立刻就硬起来，弄得我十分尴尬，只好逃之夭夭。现在我才知道遇到那样的事我应该和她们贴得更紧，让她们也感觉到它，同时跟她们用开玩笑的方式提出我的要求，那样结果或许会好得多。我和姑娘来到后屋开始亲昵时，或者跟她到她当保姆的公寓时，我总是急急忙忙得到我想得到的，并且感到很满足，直到想起来我还有许多应该得到却没有得到。

我不敢肯定，不过我确实认为直到出了国我才真正和女人发生性关系。这个集体由充满自信、喜欢热闹的小伙子们组成。作为它的一员，在国外干那种事可不费力。在驻地附近的巴斯蒂亚，尤其是在罗马街上遇见的一群一伙的姑娘们，她们不会讲我们的语言，便用微笑示意她们正在做什么，并期待颇具诱惑力的我们这些人带上现钞、香烟、巧克力糖向她们靠近。这时候我们无忧无虑，心中充满快乐，连裤子拉链都提前退下了一半。我们不把她们看作娼妇，只把她们看作街头漫步者。我不敢保证从前真的没干过那事。还在佛罗里达西棕榈滩的时候，我们飞到那里检查即将载我们驻守国外的飞机以及校准各种器械的偏差和毛病，我在舞厅偶然遇到了一个可爱的南方姑娘。

直到现在我也说不清那一次到底算不算。她比我矮一英寸，长得非常活泼可爱，有着黑亮的秀发、淡紫色眼睛、迷人的酒窝。她从来没有见过林迪舞，十分想学。施罗德，要么是克拉夫特少尉，也没见过林迪舞。克拉夫特从汽车库里弄来一辆吉普车，我们就是坐上它来到舞会的。过了一会儿我们去外边呼吸新鲜空气。漫步街头，我一直用胳膊搂着她的腰。接着我们拐进一个昏暗的停车场，从躲在隐蔽处一对一对尴尬的情人身边走过去。后来我扶她坐上一辆跑车的挡泥板。

“噢，萨米，亲爱的，我们不要干那事，不在这儿干，别现在干。”她严肃地对我说着，把手放在我胸口把我推开，然后亲切地吻了一下我的鼻子。

从来没有想过我会变得这么老，一觉醒来关节僵硬，除了志愿做点为癌症病人筹款的工作以外，多数的日子无所事事。晚上读书直到深夜，如同那位诗人说的那样，清晨接着读。冬天跟一位女士朋友去佛罗里达，她在靠海边的那不勒斯有一所房子。有的时候住在亚特兰大我女儿家，也有的时候去得克萨斯的休斯顿找另一个女儿，她跟她丈夫住在一起。我玩桥牌以结交朋友。在东汉普顿靠近海边我有一所小小的消夏别墅，有一间带卫生间的客房。每一次刘回去治病的时候，我总是从汽车终点站上车去看他，一个星期至少一次，一去就是一整天。我从来不认为我会活得比他长久。是的，也许我不会，因为光我知道他得霍奇金淋巴瘤就已经二十多年了，在这漫长的病期内他看上去比我还强壮，现在依然如此。不过这一次去看他他可比以前瘦多了，也显得更高了。他情绪低落，甚至有宿命论。克莱尔跟蒂默谈话时，对他精神状态的担忧胜过对他疾病的牵挂。

“我很讨厌恶心的。”上一次见面我们两人单独在一起时他对我说。他似乎丧失了信心。我不知道他是不是成心开玩笑，所以我也开个玩笑。“应该说恶心。”

“什么？”

“正确说法是‘恶心’，刘，不是‘恶心的’。”

“萨米，可别像个普里克那样，现在可不是时候。”

他的话使我觉得自己愚蠢透顶。

等我老了不可能和孩子们住在一起，所以我把钱存起来以便日后搬进私人疗养院。我正等着得前列腺癌呢。如果我那位家境富裕的寡妇朋友能去掉在钱财方面对我的不信任感，并且对我说我们应该结婚，我可能很快再次结婚。可是我要等多久？再一个七年？我渴求家庭生活。

格伦达坚持说舞会外面那一次不算。“得了吧！”每一次我们回忆当年的经历时，她都不相信地咯咯大笑，“你什么都不懂吗？”

“是的，不懂。”

“现在可别演你那‘帮帮我’的戏了。”

的确不是在演戏。我遇到的女人差不多都比我有经验。世界上有两种类型的男人，我想我属于第二种。

她第一次干那事是在头一次离家读大学的时候。她一毕业就嫁给了他，他后来得了黑素瘤，比她患癌早得多。他们分手后他又结过两次婚，甚至又生了个孩子。我一直等到战争结束才有机会上大学，到那个时候找姑娘上床已不成问题，一来我已经有了经验，二来大多数女孩子都干那事。

阿普尔比驾驶飞机从巴西的纳塔尔到阿森松岛，在飞行途中靠的是无线电罗盘。炸弹舱内有一个副油箱，以备不时之需。他对约塞连的罗盘导航失去了信心，约塞连自己也信心不足，因此只显出轻微的不悦。最生气的是阿普尔比，我已经发现约塞连只懂得那么一点点。仅仅依靠无线电罗盘的危险结果是：我们没有朝阿森松岛直飞，而是在距岛八小时行程的上空兜圈子，消耗了大量汽油。

在摩洛哥的马拉喀什，我们看到了有钱的法国人跟他们的孩子和体态优美的妻子们在豪华宾馆的露天平台饮着开胃酒，悠哉游哉地打发时光，而此时别人正在诺曼底登陆并向法国南部推进，进行着重新夺回这个国家的战斗，为的是使他们重返家园。这使我对战争，对资本主义以及西方社会有了进一步的认识。我们在阿尔及尔的康士坦丁大型美国休整中心待了两个星期，等待往轰炸机机组分配，这期间我第一次听到西格蒙德·弗洛伊德的名字。当时我和一位助理医生住在一个帐篷里，他比我大，也在等待分配，也希望能像威廉·萨罗扬[1]一样写短篇小说，并有信心写成。我们两人谁都不明白这个道理：人们不需要第二个萨罗扬。今天我们也许可以从萨罗扬无足轻重的地位得出这样的结论，即人们连一个萨罗扬都可以不要。我们把写好的东西互相交换着读。

"你梦见过掉牙吗？"一天我们无话可谈了，他便诡谲地问了我一句。我们整天干等着，百无聊赖，愿意的话可以打打垒球或排球。我们小心翼翼，不敢随便逛康士坦丁寻找威士忌或女人，因为听说一个美国大兵被害了，人们还发现他的睾丸叫人给割掉了，阴囊缝在嘴里。我们想这个故事可能不是真的，但是仍被吓得不敢贸然出去。我们吃饭都在军营食堂里。

他的问题正中要害。我大吃一惊，好像我的心被一个具有神奇魔力的人一眼看透了似的。"没错，我真梦见过！"我坦率地说，"昨天夜里就做了一个。"

1　威廉·萨罗扬（1908—1981）：美国小说家、剧作家。

他得意地点点头。“你昨晚忽然手淫了。”他毫不迟疑地称道。

“满嘴放屁！”我激动地顶了他一句，不过心中发虚，纳闷他怎么知道的。

“这又不犯法，”他似乎在安慰我，又像是在为自己辩护，“根本不算什么见不得人的事。女人也常犯这毛病。”

我不信他最后那句话。他说他敢担保我听了一定会吃惊的。

在皮亚诺萨着陆后，大家等车来接我们去营地报到和分配帐篷。环顾四周，青山碧水令人心旷神怡。时值五月，阳光明媚，万物茂盛，美不胜收。一切都处于静止状态。我们庆幸能平安地抵达这里。

“干得好，阿普尔比。”约塞连近乎卑微地称赞说。他说出了我们的心声。“要是光依靠我，咱永远也到不了这里。”

“对于这一点我没放在心上，”阿普尔比用他温和的得州口音宽容地说，“你破坏了军规，我说过要向上级报告。”

在中队办公室我们受到了礼貌的陶塞军士的欢迎，阿普尔比几乎等不及这一套欢迎程序结束。他双唇紧闭，面部被受辱的愤怒所扭曲。他要求甚至命令说要见中队长，向他报告有关飞行小组一名成员不服从指挥的事。这名成员不肯服用阿的平，并且拒绝服从服药的命令。陶塞军士努力抑制着自己的惊讶。

“他在吗？”

“在。不过你需要等一会儿。”

“我希望趁大家都在这里时跟他说，这样他们可以给我做证。”

“我知道。如果愿意你们都可以坐下来等。”

中队长是位少校，他的姓偏偏也是梅杰，少校的意思。这一怪现象把我逗乐了。“对对，我想是该坐下。”阿普尔比说。其他人都不说话。“军士，我要等多长时间？我今天还有很多事情要做，趁天亮把准备工作做完，明天一早可以马上投入战斗，如果需要的话。”

陶塞好像不相信自己的耳朵似的。

“长官？”

“什么，军士？”

“你的问题是什么？”

“我得等多长时间才能见这位少校？”

“等到他去吃午饭，”陶塞军士说，“你就可以进去。”

“那他就不在屋里了。他还会在吗？”

“不在，长官。梅杰少校吃完饭才回他的办公室。”

“我明白了，”阿普尔比不大有把握地得出结论，“看来我最好吃完午饭再来。”

我和施罗德站在那里不说话。长官们讨论问题时我们总是这样。约塞连听着听着好像悟出了点儿什么似的。

阿普尔比第一个走出屋，我紧随其后。他突然停下来，身子向后一缩倒吸一口气。我的目光朝他正望着的方向看去，只见一个身穿金叶少校制服、高大的军官的黑色身影正从中队办公室的窗户往外跳，接着他迅速跑过拐角处不见了。阿普尔比使劲挤了挤眼睛，又摇了摇头，怀疑自己有病看花了眼。

“你刚才——”他刚开口，陶塞军士就拍拍他的肩说他可以进去见梅杰少校了，如果他还想去见的话，因为梅杰少校已经离开了办公室。阿普尔比恢复了他的军人姿态。

“谢谢军士，”他郑重地回答说，“他很快就回来吗？”

“吃完饭就回来。不过那时你就必须出来在办公室外面等他，一直等到吃晚饭的时间。梅杰少校在办公室的时候从来不接见任何人。”

“军士，你刚才说什么？”

“我说梅杰少校在办公室的时候从来不在办公室里接见任何人。”

阿普尔比目不转睛地瞪了陶塞军士一会儿，换了斥责的口气说：“军士，”他停顿了一下好使自己的注意力更集中，“你是不是拿我当傻子耍？就因为我是新来的，你已经在国外待久了？”

“噢，不是，长官，”陶塞说，“这是命令。你见到梅杰少校的时候问问他。”

“我是得问问他，军士。我什么时候能见到他？”

“永远见不到。”

但是阿普尔比可以交书面报告，要是他愿意的话。两三周内我们没事可干，这事也就不了了之，连阿普尔比也不知其结果。

阿普尔比很快成为领班飞行员，还配了一位有经验的投弹手，名叫哈弗迈耶。约塞连开始也挺不错，当上了领班投弹手，跟好脾气的飞行员麦克沃特搭档。后来我愿意到约塞连的飞机上去，因为他扔炸弹扔得快。

我觉得我们拥有了一切。帐篷很舒服，人与人之间没有敌意，大家和平相处，这在任何其他地方都难以见到。刘所在的步兵团也在欧洲，它被死亡、恐惧和谴责所困扰。我们都喜欢嬉笑打闹，对偶然的损失很少显出极度的悲哀。负责两个食堂的长官是米洛·明德宾德，现在他是大实业家，大进出口商。那时他的食堂管理工作干得十分出色，人人都知道他是整个地中海战区最优秀的食堂管理员。我们每天早晨都有新鲜鸡蛋吃。厨房负责人斯奈克下士手下是米洛征来的意大利人，米洛还从军营附近当地住处找到几乎分文不取而愿意给我们洗衣服的人。我们唯一要做的就是按照命令给什么吃什么。每个周末可以吃冰淇淋，而军官们每天都能吃到。直到有一天我跟奥尔一起迫降在法国海面时，我们才发现原来米洛做冰淇淋的碳酸用的是二氧化碳充气筒里的气。这些充气筒本该是为我们的救生衣充气用的。斯诺登快死了的时候我们发现米洛把急救箱里的吗啡针也偷走了。

第一天我正往帐篷里去，听见飞机的轰鸣声便停住了脚步。抬头望去，只见执行任务归来的六架成一组的三组飞机排列整齐地翱翔在无风的碧空。他们一早去轰炸意大利边境附近彼特拉桑塔城外的铁路桥，回来时正赶上吃午饭。没有高射炮火，没有敌机。我在那里的整个时期一架敌机也没遇见过。这样的战争正适合我，又危险又安全，正是我所期望的。我得到了一个自己喜欢的职务，也是受到尊敬的职务。

两天之后我第一次执行任务，去一个叫皮亚姆宾诺的地方炸桥。遗憾的是没有遇上高射炮火。

有一天我终于亲眼见到与我年龄相仿的年轻的斯诺登在机尾距我几码远的地方血流不止，奄奄一息。这时我才恍然大悟，原来他们也想杀死我，的的确确想杀死我。每一次我去执行任务对着地上那些素不相识的人投掷炸弹时，他们总要对我开炮，我再也不觉得好玩了。我从那时起开始想回家，对别的事情也不再有兴趣，因为我必须完成的飞行次数已经从刚来时的50次增加到了55次，然后是60次，65次，甚至还要增加到我可能根本无法完成的数目，因为说不定在哪一次可怕的飞行中我将难免一死。我已经飞了37次，还要再飞23次，再加28次。飞行任务越来越艰巨。我们先编好队形，然后向海上飞去。自从斯诺登死后，每当我登上飞机升到高空脸朝后坐在机尾座椅上，不等装子弹和做测试射击就先祷告。我现在还记得祷告词呢："亲爱的上帝，祈求你保佑我平安回家。我发誓再也不上飞机了。"在以后的日子里为了参加一次销售洽谈会，我连想都没想便上了飞机，从而打破了我的誓言。我从来没有对格伦达讲过祷告的事。

第二个星期我跟平卡德中尉坐着吉普车朝巴斯蒂亚方向开去。我跟平卡德是在一次执行任务时交上朋友的。车是他从车库搞来的，带我去参观巴斯蒂亚。那时只要没有飞行任务，时间便可以自由支配。没有多久平卡德跟克拉夫特飞往弗拉拉执行任务，据推测他和机组人员全部罹难。车子沿海边平原上的道路笔直朝北开，途中碰上两个姑娘，她们笑吟吟地等着搭车。吉普车"嘎"地一声停了下来，他让姑娘们上了车，几分钟后他把车拐下大道驶进一片被树丛遮掩的平地。他猛地一刹车，车子停下了，他指了指车外的下方，急促而且含糊地说着什么。

"来一次？"年龄稍大的姑娘猜着她明白了他的意思，便问道。

"来一次。"平卡德回答说。

她们互相对视了一下同意了。

这件事过去一周左右，德国人退出了罗马，美国人开进来。这一天恰是法国的盟军进攻日。只花了几个小时，中队的主任参谋——我始终不知道什么是主任参谋，不过我们中队的这一位是少校，名叫德·科弗利——便租到两所公寓供我们度假用。军官住的那一所很阔绰，有四间卧室，供四人享用，饰有大理石贴面，穿衣镜和漂亮窗帘，还备有设备锃光瓦亮的浴室。它位于远离大道的宽阔的维亚诺曼塔纳大街。我们的公寓位于市中心维亚威尼托大街岔道的高楼顶部，占了整整两层楼，楼内有升降缓慢的电梯。由于它的地理位置方便，所以里面住着很多度假的军官，他们甚至在里面吃饭，跟常来光顾的姑娘们混时光。我们带上给养成群结伙地来到这里。多亏米洛和德·科弗利少校，这里整天有女人给大家做饭。我们还有勤快的女仆为大家打扫房间，她们也和我们住在一起。她们的朋友们常来，而且来了就不走，既能吃顿饱饭又玩得开心。任何一次出其不意的欲望都会得到满足。有一次我走进斯诺登的房间，撞见约塞连压在一个女仆身上，她的扫帚还在手里举着呢，绿色的内裤在旁边的垫子上扔着。

我从来没有像住在那里时那么快活过，甚至怀疑在那以后我是否经历过那么快活的日子。

第一次度假的第二天我散步回来，正碰上乘坐马拉的出租车从外面回来的飞行员饿鬼乔，与他同来的有两个姑娘，长得都挺活泼可爱。乔有一架照相机。

“喂，辛格，辛格，快来，”他用惯有的细尖嗓子兴奋地朝我喊道，“我们需要两间屋子。我付钱，我请客。她们说想摆摆姿势。”

他让我先跟那位漂亮姑娘干——乌黑的头发、丰满的体态、有酒窝的圆脸和漂亮的乳房——感觉十分美好。海明威会说这叫激动、销魂、满足。我们都很满意。从此再干那事就相当从容了，尤其在我搬进纽约自己的小公寓后，那时我已经愉快地在《时代》周刊杂志社宣传部谋到一份差事。我学会了跟女人调情，在她们身上花钱，引诱她们来勾引我，我就是这样诱使格伦达在与我几次周末约会后便勾引我搬进她的住所并与她结婚的。

度假结束我回到中队，觉得消除了几分恐惧心理，增加了几分冒险精神。我还发现自己是个讨女人喜欢的男子，表现得跟个流氓差不多，在这场电影里我体面地扮演了一个角色。那时我们把这叫演电影。一切都非常顺利，我个人无须操心费力。每天早餐有新鲜鸡蛋吃，每次上飞机都有人提前替我们装好弹药。每一件要做的事情都有人替我们关照好，不需要我干任何后勤工作。我跟金泰尔斯住同一顶帐篷，关系处得很好。

我刚到营地时，这里很多炮手和军官已经完成了规定的飞行次数。他们已经飞满50次，正等待下达准许他们上船回国的命令。有些人甚至超过50次飞行，很多人还被劝说替某些暂时不能飞行的人多飞了一两次。轰炸机组上岛之前驻在大陆，他们就曾多次参加过蒙特卡西努和安齐奥的战斗，那个时候德国仍有大批战斗机出动。前不久他们中大多数又执行了轰炸佩鲁贾、阿雷德、弗拉拉、波洛尼亚和阿维尼翁等目标的任务，这些都是众所周知难以攻破的目标。以后该轮到我去了。当完成飞行任务的次数从50次升到55次时，正准备乘船到那不勒斯再转道回国的人受命留下，完成按照新规定所欠的飞行次数。我目睹了一切，那些比我有经验的退役飞行员们无惧无恨，除对不能及时回国感到气恼外，他们既没显出恐慌也没进行抗议。在我眼里他们是勇敢的人。他们无伤而归，平安到家。其实他们大多数年龄并不比我大。他们能安然度过服役期，我也能。我觉得自己长大了成熟了。我不再手淫了。

第十八章 但 丁

“读什么文的？”

“当然是翻译了的，我知道你不会读意大利文的。”

“有三四次吧。”迈克尔刚制完图。他们等电梯的时候约塞连想起了但丁的《神曲》。“有一次是还是孩子的时候——我过去读的书比你想读的还多。另一次是跟努德尔斯·库克上文艺复兴课的时候读的。后来也许又读过一两次，只读了《地狱篇》。读过这么多遍我就从来没有喜欢过它。这是为什么？”

“这使我想起了它。”迈克尔指的是这座港务局公共汽车终点站大楼。现在他俩正因不同的目的到这座楼里来，迈克尔要跟小米洛一起记录电视监视器里出现的情况，约塞连要去找麦克布莱德和穿防弹衣的警察，为了对付地下室里那群狗，必要时他们还需要带上麻醉枪。“甚至它的名称。港务，局，终点。我知道终点是什么意思。我从没读过，”他刻薄地吹嘘说，“但是每当想起公共汽车终点站时，我就想象这就是但丁的《地狱篇》所表现的主题。”

“这个观点倒挺新鲜。”约塞连挖苦地说。只有他们两个人乘电梯。

“除了，”电梯下降时迈克尔纠正说，“港务局公共汽车终点站是露天的，跟别的东西一样普通。”

“那就更糟糕，不是吗？”

“比地狱还糟？”迈克尔摇了摇头。

“萨特[1]说：‘别的民族都见鬼去。’你应该读一读。”

“我不想读他的东西。他若是当真的话，就是傻子。那话听起来是专为你们这样的人引用而写的。”

“你真聪明。”

“我们习惯了这个世界。”迈克尔说。

“不是更糟吗？你认为地狱里的人对那里不习惯？”约塞连笑着补充说，“在但丁的书里人们回答问题，在受鞭笞过程中停下来讲述他们自己长长的故事。上帝做的一切全错了，不是吗？地狱没有错。甚至进化论也没有错。”

迈克尔是读书人，他在《魔山》[2]里没有发现魔力。他没有读过帅克，然

1 让-保罗·萨特（1905—1980）：法国作家、哲学家。

2 德国作家托马斯·曼（1875—1955）的小说。

而他的观点却记在他心中。他发现卡夫卡[1]和约瑟夫·科[2]的作品有趣味性，但是文体臃肿，不够刺激。福克纳已经过时。《尤利西斯》很新颖，也已经风行过了，可是约塞连偏偏喜欢它。

他年纪轻轻便当上父亲，一连生了四个孩子，绝没想到到了晚年还得为孩子操心。

"我现在又联想到你们的这座办公大楼。"他们走出电梯离开大厅时迈克尔说。

"咱们的。"约塞连纠正他说。

迈克尔的口袋里装着M&M公司的付款支票。他的脚步轻快、跳跃，充满朝气的精神状态跟他沉闷的谈话方式形成强烈的反差。

"还有洛克菲勒中心所有的这些大楼。过去它们都特别高，真正的摩天大楼。现在好像在往地狱里钻。在缩小。"

也许迈克尔对事物的看法的确很透彻，约塞连心想。他们上了楼，外面阳光充足，被机动车塞得水泄不通的街道与行人一起躁动着。事实上那些以更夸张更大胆的设计方案建造的更高的大厦，使洛克菲勒中心原先的银灰色石头建筑——线条刻板，规格划一——相形见绌。老建筑已为新建筑让路，因为它们已失去了意义。它们的房顶确实显得矬多了。约塞连不切实际地想，所有这些高楼是不是会真的慢慢下沉，沉入某个地方，沉入历史沉淀下面神秘的泥层深处呢。

争取经理职位的面试结束后他们朝第六大道走去。一排穿着三件套西装的乞讨者已经占据了车站，一些要饭的人举着麦当劳的纸杯子以引起人们的注意，一些羞于乞食者瞪着无神的眼睛，恨不得把脸缩进肚子里去。街对面是溜冰场，晶莹剔透的冰面光洁耀眼，向世人展示着它的存在。溜冰场周围是高耸的火柴盒式的办公大楼，它们是由带窗户的石板一块一块向上垒起来的，宛如由同一工匠凿成的平整单调的整块碑状巨石。驻足细听，可

1　弗兰兹·卡夫卡（1883—1924）：奥地利作家。

2　约瑟夫·科克兰（1830—1894）：美国作家。

以清楚地听见地下穿行的火车轰隆声，还能感觉到摩擦引起的震颤。每幢大楼主要承租公司的名称镌刻在金黄色或者蓝色圆盾状石头或马赛克上，镶在紧靠地面的墙上。过不了多久，等到《时代-生活》杂志办公大楼的租约需要重议时，该大楼将更名为“M&M大厦”。

这个综合建筑群里最高的那幢大楼，洛克菲勒中心30号，发生了具有显著意义的变化。原来那家承租公司响亮的名字——美国广播公司，全国最早的无线电和电视广播机构，也是满足全世界广大民众要求的通俗娱乐节目的生产地，他们对它充满感激之情——已被不留痕迹地抹去，取而代之被刻上去的是一家更大的经济实体的名字：通用电气公司。它买下了这栋建筑。这是一家首屈一指的企业，生产军用物资、机车、喷气机、发动机、污染河流的物质，还生产电烤面包片箱、毛毯和家用灯泡。

用来书写新名称的人造黄金比真黄金的色泽更持久，虽然价廉但更有实用价值。俯瞰溜冰场的是一尊耸立在空中的金属男子雕像，镀着光泽极好的柠檬黄色。据说他代表神话中的人物普罗米修斯，不过这位带给人类火种的半神半人，居高临下全神贯注地看着一个冰场，却实在有点不够协调。

“走那边。”约塞连说着十分小心地躲开一群脚蹬运动鞋、精神亢进的年轻人。他们急匆匆地拨开黑人白人混杂的行人，无所畏惧地朝他们俩冲来。

在低于街面的椭圆形冰场上，几个笑眯眯的日本人穿着冰鞋在清理冰场。他们身穿红夹克，头戴绿帽子，翻领上别着显眼的徽章。徽章上有一个卡通人，画在闪光的白色背景上，一张粉色的脸傻笑着，露出满嘴大白牙。穿红戴绿的亚裔工人的高颧骨上水珠结了冰，像泪珠般晶莹闪亮。这些穿着带有迪尔尤赛马公园标志的雪白扣子制服的清洁工们，温顺谦恭，互相配合，轻松地推着机器滑过被冰刀划坏的冰面，泼上一层水，水很快冻成一层新的冰面，为下一拨溜冰者享用。来得早的已经排成了长队。他们差不多都在吃着什么，生鱼米饭、撒盐的硬面包圈，或者南方风味的烤猪肉三明治，反正入场之前无事可做。

想起但丁，约塞连感到，他说不出地狱里那个冰湖下面除了万恶的撒旦的领地之外还能有什么别的东西。但他知道溜冰场和周围建筑物的下面有什么：造冰用的冷冻管道、水管、电缆、电话线，以及向办公室供热的蒸汽管道。街道下面是通往不同方向的行人过街通道，里面有已不再时兴的商店，至少有一条地铁来自另一区，并有连接开往其他线路的标志。虽说十分费事，但是如果乘客有时间，他还是可以到他想要去的任何地方的。

“走这边。”约塞连又说。他不愿擦着中产阶级乞丐而过，因为这些呆滞的面孔时常扰乱他的心。他不曾想到美国自由市场经济式的资本主义竟然毁掉了如此众多的忠实追随者的前程。

身后传来咯咯的笑声。他回过头，在目光所及处见到几个褐黄斑纹的大理石花盆。这时他看见一个红头发男人手拄拐杖身背一个松松垮垮的绿帆布袋，正彬彬有礼地给一群举止温顺、头发乌黑的快乐东方人拍照。约塞连觉得他以前见过这个人。这个人嘴唇很薄，眼睫毛橘黄色，鼻子又直又尖，面色如同牛奶一样苍白。在这种发色的人当中这种肤色的人还不少哩。他把照相机还给旅游者后朝约塞连走来，脸上那高傲的表情似乎在说他太了解他要找的人了。他们对视了一下，约塞连马上想起来他以前见过这个人，就是在曼的一个中篇小说开头，慕尼黑北公墓殡仪馆教堂门口那个神秘的红头发男人。他的出现与消失令古斯塔夫·阿斯琴巴赫十分不安，他只看见他一眼他便立即不见了，从故事里消失而去。来人目空一切地炫耀着手中点着的香烟，仿佛在表明既看不起他，也不把癌放在眼里。约塞连以鄙夷的目光愤怒地仔细瞅了他一眼，他竟然厚颜无耻地狞笑了。约塞连的心猛地一颤，恰恰就在此时一辆大型乳白色轿车停到了他们两人中间，其实轿车前面并没有车挡路。这辆车比灵柩车还长，司机是个黑人。轿车开过去以后，约塞连看见地上的轮胎印留下一道道红色的条纹，像是从车轮里流出的血。那个背绿帆布包的红头发男人不见了。还没走的亚洲人都仰着脸往上看，像是使劲地在空白墙上和反光玻璃上读着什么难懂的信息。

向西拐上第八大道便是妓院和拥挤的成人电影院区域，一条宽阔的柏油路把左侧的港务局公共汽车终点站和右侧的豪华公寓大楼连接起来。他就住在这座大厦里，大厦濒临破产，但是功能并不比以前差。

白天更短了。他不想让迈克尔知道他将和梅丽莎第三次约会，他要请她吃饭然后看电影。看电影时他又可以跟她开玩笑，用指尖抚摸她的脖子和耳朵，第一次的时候她全身绷紧，不自然地笑着，从双颊一直红到眼梢。她的眼睛不大，碧蓝碧蓝的。他还可以抚摸她的膝部。整个电影放映过程中她的双膝都紧紧并在一起。在送她回公寓的出租车里她依然如此。她早已明确告诉他她不希望他那天晚上进去，其实他并没想进去，也没有暗示她让他进去。她比他更喜欢看电影。跟踪他的两个男人好像根本不喜欢看这电影，但是也跟着他进了影院。一个女人疯狂地驾着红色丰田车找停车场，以便在那里等着。她由于贪吃糖果和糕饼，身体已经发胖。第二次跟梅丽莎约会时，她的两膝放松了许多，好像习惯了他的爱抚，并能专心地看电影，只是仍把背挺得笔直，双手在大腿处紧紧交叉着，前臂也绷得很紧。他对她的抵制表示赞许。他后来从她和安吉拉那里得知，她年轻时比现在瘦，比现在轻，敏捷，灵活。那时她把性生活看作是表现身体技能的下流乐趣。

"我不得不告诉她，"安吉拉笑了，"大多数男人什么也不懂。你懂吗？"

"常挨抱怨。"他说。

"你真鬼。"安吉拉不信任地瞥他一眼，"是不是？"她强笑了一下补充说。

约塞连耸了耸肩。梅丽莎本人从不肯多讲，他一提起过去的事，或者暗示企盼与她寻欢作乐，她马上变得古板正统。

想到寻欢的方式约塞连不得不认真考虑自身的缺陷。超标的体重，偌大的年纪，僵硬的关节，以及缺乏灵活性和充沛的精力。他唯一有把握的是最终会成功地唤起她固有的对性生活的渴求，并且会心甘情愿地默默接受它。她上半身不够丰满，倒使他的欲望得到一定的节制。他计算了一下风险和费用：也许需要再带她去一两次舞会，还要去摇滚音乐会、舞台音乐喜剧，甚至还得陪她看电视，包括电视新闻。带她去巴黎、佛罗伦萨和慕尼黑买女式内衣的撩拨人心的许诺，再加上几十支红玫瑰，定能战胜她启蒙阶段的恐惧心理。他的鬼心眼数不胜数，只需要用上其中充满浪漫与魅力的一计便可赢得她的芳心：把握住恰到好处的时机，在她耳边绵绵地发誓说："你只要跟了我，梅，我知道我会天天跟你做爱。"

他还知道这又是一个谎言。

除了那些双方能共同嬉笑的轻浮欢快的新式性刺激方式外，他想不出什么更令人满意的取乐方式，但他至少已经有了一个更有诱惑力的目标。

他进一步撒谎，并且保证他的离婚已成定局。

前面拐角处一群人正在一名骑马的警察前边集结。他把一美元放进一个黑人皴裂的手里，又向一个白人枯瘦如柴的手中递了一美元，心想这怎么会是活人的手。

"这座城市，"迈克尔惆怅地说，"一定是世界上他妈的最糟糕的。"

约塞连含含糊糊地表示同意。最后他又说："这可是我们唯一的一座城市，世界上少有的几座真正的城市之一。它跟那些最坏的城市一样坏，不过又比其他的好一点。"

迈克尔的脸色很难看。他们跟随别的同样有高尚追求的人们在人潮中艰难地绕行，擦过正心不在焉地数着外来之财的流浪者、乞丐和妓女们。

不少身穿黑色、粉色和白色塑料雨衣的妇女和姑娘下半身一丝不挂，有几个妖冶女人趁警察不注意，迅速亮出她们的下体和阴毛，以及大腿根部的鳞状皮疹。

"我不喜欢受穷，"迈克尔小声嘟囔着，"我不知道穷日子怎么过。"

"咱们连学着受穷的本事都没有。"约塞连说。他自嘲地感到高兴，因为他知道他将一劳永逸地摆脱这一切了。这也是年龄给他的又一个安慰吧。

"这边走，从这儿走——那个人像是疯了要拿刀捅人。让他捅别人吧。拐角那儿是什么？咱们刚才见了吗？"

他们已经见了。一群毫无怜悯之心的围观者正笑嘻嘻地看着一个体质瘦弱、衣衫褴褛的人。他正举着剃须刀划开路边一个醉汉的裤子后兜，想不经过抢夺就把钱据为己有。两名衣着整洁的警察耐心地等他把赃物拿到手，那时他们便可以拘留他。第三名警察坐在一匹栗色的高头大马上沉思，酷似一位总督或半神在威严地监视着这一切。他带着装在皮套里的手枪，身上的子弹袋亮闪闪的，好像还装备了箭似的。手拿剃须刀的人每隔几秒钟就抬头朝他吐一吐舌头。一切都井然有序，十分平静，每个人都扮演着自己的角色，相互配合，心照不宣，如同一伙同谋在织一块象征合作的挂毯，其配合已经熟练到无须加以指点的地步，跟天堂里一样平和，跟地狱里一样有序。

约塞连和迈克尔离开人群向城外走去。他们绕过马路边面对墙壁大声打鼾的老妇人，其鼾声之大赛过约塞连的。他自开始与第二个妻子交涉离婚便有了睡觉打鼾的毛病。她睡得很香，身上没带钱包。约塞连正仔细观察着忽然被一个人抓住，抓他的人棕色皮肤，头上缠着拉美式包头巾，穿一件黑色大针脚的灰军装紧身背心。他呜呜拉拉含混不清地说着什么，把他们分别引进旋转门里。这是一家印度餐馆，就餐的人不多。约塞连事先预定了两个座位，现在看来没有必要。他们在一个小间就座，约塞连要了两杯啤酒，不过他知道迈克尔那杯最终还得被他喝掉。

“你现在怎么吃得下这么多？”迈克尔问他。

“有好调料就行。”约塞连说着又用勺多舀了些味道辛辣的调味酱放到自己的盘子里。他替迈克尔点的是一份沙拉和唐杜里鸡，替自己点了咖喱羊肉。吃正餐前一人先喝了一小碗辛辣汤。迈克尔假装不爱吃。

“我吃了会恶心的。”

“恶心。”

“别咬文嚼字。”

“我第一次被人纠正时就是那么说的。”

“在学校？”

"在南卡罗来纳的哥伦比亚,"约塞连说,"就是我对你说过的那个小机灵鬼机尾炮手,叫萨姆·辛格,来自康尼岛。是犹太人。"

迈克尔屈尊下顾似的笑了。"你干吗要指出这一点?"

"在那个时候这十分重要。我又说从前的事了。那么我是怎么有'约塞连'这个名字的?跟那些红脖子的南方人和有种族偏见的芝加哥人打交道不那么容易。芝加哥的偏激分子讨厌罗斯福,讨厌犹太人和黑人,除了他们自己谁都讨厌。你以为战争结束了,一切丑陋的东西都变好了。不是那么回事。在部队从早到晚都有人问我的名字。等我告诉他们我是亚述人后他们就满足了。萨姆·辛格知道我是绝了种的民族。他读过一篇萨罗扬的短篇小说,后来哪儿都不再印了,绝版了,像萨罗扬一样,绝了。我也一样。"

"我们不是亚述人,"迈克尔提醒他说,"是亚美尼亚人。我是半个亚美尼亚人。"

"我说亚述人是开玩笑,小傻瓜。他们把这当真了,"约塞连爱抚地瞅了瞅他,"只有萨姆·辛格明白为什么。'我猜我也算亚述人。'有一次他对我说。我知道他的意图。我想是我鼓舞了他。后来终于摊牌了,他跟我是唯一提出来不肯超过70次飞行的人。妈的,战争终于结束了。'高级将领都是他妈的混蛋。'我亲眼看到他们根本不高级,所以我得出了这个结论。过了几年我读加缪的书发现,他说我们所拥有的唯一自由就是不自由。你读过加缪的作品吗?"

"我不想读他的东西。"

"你什么都不想读吗?"

"实在太枯燥的时候才读,好占住点时间。或者感觉太孤独的时候。"

"那可是好时候。在部队的时候从来没有感到过孤独。辛格是个书生气的小精豆,一旦我让着他,他就开始卖弄小聪明。有一次他问我:'假如那场革命战争咱们输了,现在国家的情况会不会更好一些?'当时我还不知道他们正把批评新政党的人投入监狱。迈克尔,哪个地方更靠西,内华达的雷诺还是洛杉矶?"

“当然是洛杉矶。问这个干吗？”

“错了。这是我跟他学的另一点。有一天晚上，一个醉醺醺的家伙无缘无故地打他，把他打得团团转。那可不是比赛。我是军官，可是为了在新兵食堂吃上一顿夜宵，我把军衔徽章摘了。我觉得自己必须保护他，于是就插到他们中间想把他们分开，那家伙立刻冲我来，把我打了个半死。”约塞连开怀大笑。

“噢，天啊。”迈克尔叹道。

看到迈克尔惶惑的样子，约塞连温和地笑了。“有意思的是——的确很有意思：他打我的时候我差一点笑出来，因为我感到很奇怪——没有一拳能伤着我。他用拳头打我的脸，可我一点不觉得疼。过了一会儿我把他的胳膊抱住，人们过来把我们分开了。萨姆·辛格从侧面朝他扑过去，另一个名叫亚瑟·施罗德的炮手跳起来扑到他身上。等人们使他安静下来后告诉他我是军官时，他马上醒了酒，吓得差一点死过去。第二天一大早还没吃早饭，他就在军官们的一片起哄声中撞进我的屋里跪下求我饶恕他。我可没夸张。还从来没有见过谁那么孱包呢。他又乞求我。我说的也是实话。他就是不肯打住。我对他说让他走，还说我已经忘记了这件事，可他仍然不肯走。我也怕自己因为想去士兵食堂吃顿饭就摘肩章而受处分，他可没想到这些。他卑躬屈膝的样子让我恶心，不过我没告诉他。我开始讨厌他，真生气了，命令他滚蛋。此时我在心里对自己说，我绝不想再看见这样的可怜虫。”迈克尔听着故事把饭吃完了。约塞连跟他换过盘子，把他盘子里的鸡和吃剩的米饭面包吃光擦净。“我的肠胃还很好，感谢上帝。”

“你什么不好？”

“性冲动。”

“噢，又是这。还有呢？”

“记性，像姓名和电话号码，还经常想不起来我本来知道的那个字。原先记得好好的东西怎么也想不起来了。我说话太多还总说两遍。说我的膀胱，说白头发。”约塞连补充说。“白了，艾德利安对我说不该让它像这样白着。他还在替我找能把它染成灰色的染发剂。他找到了我也不用。我正想告诉他试一试基因哩。”

“基因里有什么？你经常提到它。”

“我猜根源在于我的基因，要怨得怨蒂默。我的上帝，那次拳斗是40年前的事了，可是就跟发生在昨天一样。凡是我碰到的从那时候过来的人都有背痛的毛病，要么就得前列腺癌。小萨米·辛格，大家都这么叫他，现在不知道变成什么样子了。”

“40年后的今天？”

“快50年了，迈克尔。”

“你刚说40年。”

“太对了，迈克尔。现在你知道10年过得有多快了吧？你是一个星期以前出生的——我还记得，就跟昨天一样——我比你早出生一个星期。你不知道，迈克尔，你无法想象——然而——多么可笑，多么不可理解。进屋拿东西，刚进去就忘了去干什么了；打开冰箱，却不知道自己想要什么。跟别人聊呀聊，到头来他们就跟你一样，压根儿没听说过基尔罗伊。”

“现在我听说过了，”迈克尔强词夺理地说，“可是对于他的事还是丝毫不了解。”

“除非他现在也在这家餐馆里，”约塞连说，“第二次世界大战的时候你到哪儿基尔罗伊也到哪儿——你会发现墙上到处写着他的名字。我们也不了解他，正因为这样我们才喜欢他。你对一个人的了解越多，你对他的尊敬就越少。打了那一架之后萨姆·辛格认定我是世界上最好的人。从那以后我对真正的拳斗不再害怕了。现在也许害怕。”

“还跟别的人打过吗？”

“没有，就有一次差一点打起来，是跟一个叫阿普尔比的飞行员，就是一起飞往国外的那一位。我俩总合不来。我领航不行，不知道他们为什么偏让我领航。有一次训练的时候我迷失了方向，就给他一个罗盘用来导航。那东西差一点送我们穿越大西洋进入非洲。若不是他的驾驶技术比我的领航技术高明,我们当时必死无疑。我真笨,作为领航员真笨。所以他那么恼火。我是不是又说话太多啦?我知道又说多了,是不是?”

“说得不多。”

“有的时候我的确话太多,因为我觉得自己的话比对方的话更有意思些,其实他们也知道。你也说嘛。没有,后来我再也没有动过拳头。那时我看上去挺壮的。”

“我是不会动拳头的。”迈克尔近乎自豪地说。

“我现在也不会了。现在的人往死里打。我想当时你也会动手,看见那种残酷的欺人场面,你连想的时间都没有。就像小个子萨米·辛格,他见那个大汉揍我马上跳起来朝他扑过去。如果我们花点时间想一想,就会打电话拨911,或者想出别的什么办法来。你哥哥朱利安嘲笑我因为我从来不跟抢我停车位的人争吵,还因为我总把路让给想占我路的司机。”

“我也不会为那些事打架。”

“你甚至连车都不开。”

“我害怕。”

“我都敢冒险,你还怕什么?”

“你不会愿意知道的。”

“有一件事我能猜出来,”约塞连不留情面地说,“你怕我。你怕我死。你怕我生病。这是他妈的好事呀,迈克尔。这一切反正都要发生,尽管我装作没事一样。关于我的健康我已经答应你还有七年,现在只剩六年了。等我到了七十五岁,孩子,就剩下你一个人了。我不可能长生不老,你明白,虽然我会竭尽全力争取。”

“你想吗?”

“为什么不?甚至在伤心的时候。除了这以外还有什么?”

“什么时候伤心?”

“当我想起我不会永远活在世上的时候,”约塞连开玩笑说,“早晨我独个醒来的时候。人人都一样,尤其像我这样经受老年危机的人。”

“老年危机？”

“你会知道是怎么回事的，如果你有幸活那么久的话。从《圣经》上你能找到它。还能从弗洛伊德的思想里找到。我对一切都不感兴趣了。希望我能知道我都盼望些什么。我正在追求一个姑娘。”

“我不想听。”

“不过我不敢肯定自己是不是还会有真正的爱情，”约塞连不理会迈克尔继续往下说，尽管知道话又多了，“恐怕再不会有了。近来才有了一个坏毛病。好吧，反正本来就想好了要告诉你。我常常想我很早以前认识的女人，想描绘出她们现在的样子。我感到奇怪，当初怎么会迷上她们的？找了一个我根本管不了的，再找一个，她比前一个更坏。现在每看见一个女人转过身去，我总要瞧瞧她的背影，看她是不是很有魅力。过去我从来不这样，不知道为什么现在总这么干。她们大多数的那个地方都太宽了点。我可不想让我的好朋友弗朗西丝·比奇知道我是这么干的。性欲也快没有了。那种早晨醒来感受到的快乐，你从《圣经》里可以读到——”

“我不喜欢《圣经》。”迈克尔打断他说。

“没有人喜欢。那就读一读《李尔王》。可是你什么书都不爱读。”

“所以我才决定当艺术家的。”

“你从来没有试着读过，是吗？”

“我从来就不想读。从来就不想在哪方面取得成功。这是最容易做到的，不是吗？”

“不对。总得想办成点事才好。我越来越发现这是对的。过去的时候，早晨醒来满脑子装的都是计划，迫不及待地赶紧去办。现在醒来以后脑子空空荡荡，只能想一想怎么找点乐子占住时间。昨天晚上又是这样。又老了一天，就这么会事儿。我已经不年轻了，接近六十九了。”

迈克尔瞪着他，心中充满爱。“染染头发吧。染不成灰色就染黑的。别等艾德利安了。”

“就像阿斯琴巴赫。”

"阿斯琴巴赫?"

"古斯塔夫·阿斯琴巴赫。"

"又是《威尼斯之死》?我从来就不怎么喜欢这个故事,不知道你怎么那么喜欢它。我能给你挑出好几处毛病来。"

"我也能。可是它总让人忘不掉。"

"让你忘不掉。"

"总有一天也会让你忘不掉,恐怕会的。"

阿斯琴巴赫同样对一切都失去了兴趣,尽管他对自己的一些荒唐可笑的设想着迷,并且认为还有很多事可做。他是一位才华横溢的艺术家,后来即使他付出坚持不懈的努力,仍然创作不出好作品,他于是感到厌倦了,知道自己只是装装样子而已。但是他不明白,他真正有创造性的生活已经结束,他的时代已经结束,不管他愿意也好,不愿意也好。他刚过五十岁。在这方面约塞连比他强。他从来没有什么事能使自己享受一下。他的怪脾气让约塞连同情。他的生活好像一个攥紧的拳头。他每天早晨用冷水洗个澡,然后开始工作,没有其他乞求,只希望晚上能继续工作便心满意足。

"他把头发染黑了,"约塞连像老师一样讲述着,"很容易就被理发师说服让他把自己的头发染了,还把他的眼睛化了妆,像在发光,用胭脂把他的脸蛋涂红,把眼眉微微挑起,用面霜抹去年龄的痕迹,用彩色色调和重色调勾出嘴唇。可他总算及时把这副鬼脸洗掉了。他不但什么也没有得到,反而招致曲解,说他跟一个牙齿不整、沙灰鼻子的男孩子发生了恋爱关系。我们的阿斯琴巴赫连戏剧性地死去的可能都没有,连死于瘟疫都不行。他只有弯下腰洗去鬼脸的份儿。"

"我看,"迈克尔说,"你是想把故事说得比小说写得还好。"

"也许是,"约塞连说,他也怀疑可能是这么回事,"可是这是我的看法。曼是这么写的:一种威胁已在欧洲上空盘旋数月之久。"

"第二次世界大战?"迈克尔猜测着说。

"第一次世界大战!"约塞连强调说,"早在那个时期曼就看到了我们称作文明世界的这架难以驾驭的机器正在朝什么方向发展。这正是我这后半生的命运。我不赞成米洛,对他有看法,可我赚他的钱。我发现我总是自哀自怜地把自己与一个毫无幽默感、不讨人喜欢的杜撰的德国人等同起来。过一段时间我要跟麦克布莱德下到港务局公共汽车终点站的地下室,查一查那里到底有什么东西。那里是不是我的威尼斯?有一次在巴黎我遇见一个文化人,是图书出版商,就因为读了那本小说而不肯去威尼斯。还碰见一个人,因为读了《魔山》而在任何山区度假村逗留的时间都不足一个星期。他总做一个同样的噩梦,梦见自己死在那里永远回不了家,于是第二天马上收拾行李走人。"

"明德宾德家的人要娶马克森家的姑娘吗?"

"他们两家都有作新人的人。我已经向小米洛建议了。"

"你什么时候跟麦克布莱德去那儿?"

"只要总统一表示同意来,我们就允许检查那个地方了。你什么时候去见小米洛?"

"只要他还急着要看那些破图我就去。我还得去M&M公司拿钱呢。"

"迈克尔,要想在水下生活就得学会像鱼一样在水里呼吸。"

"你怎么会有这种想法?"

"这是没有办法的事。我并不认为这是好事,可我也不觉得它有什么不好。这是我们命中注定的,蒂默会这么说。从生物学角度讲,人类是一个新种类,还没学会适应大自然。他认为我们是癌。"

"癌?"

"不过他当然喜欢人,不喜欢癌。"

"我看他神经不正常。"迈克尔不同意地说。

"他也这么想。"约塞连说,"他已经转到医院的精神科病房接受治疗了,不过还继续干肿瘤专家的工作。"

"那也不表明他很清醒。"

"可也不能说他错了。我们能看到社会的病态。还有什么让你担忧的,迈克尔?”

“我告诉过你,我非常孤独,”迈克尔说,“现在又加上害怕。担心钱。你一直想方设法让我为钱担心。”

“看来我还有点用处,我很高兴。”

“等我没了钱我不知道该上哪儿去弄。我连拦路抢劫都不会。真不知道该怎么办。”

“真想试一试的话,恐怕到头来是叫人家抢了。”

“我连开车都学不会。”

“我没了钱会怎么办你就怎么办。”

“你会怎么办,爸?”

“自杀,儿子。”

“你真会拿人开心,爸。”

“我会这么做的。这并不比慢慢地死掉更糟糕。”

“我画的画干什么用?”

“他们会把它印成小册子然后带到华盛顿,下一次飞机讨论会上用。可能我也去。你挣了一笔钱,就是那个飞翼。”

“总算完成了点东西,我开始根本不想弄它。”

“如果你想像鱼一样地生存……迈克尔,有些事我们不是为了钱才去干,而有些事是不得不干,否则我们将一无所有。你还有几年的时间学会怎样照顾自己。看在上帝的分上,学学开车吧!不会开车就别想去别处生活。”

“去哪儿?”

“去看你想看望的人。”

“没有我想看望的人。”

“开车离开你讨厌的人。”

“我只知道我会杀人。”

“那也值得一试。”

“你以前也这么说过。公共汽车终点站真的有一次大型婚礼?我想参加。”

“我给你弄一张请柬。”

“两张行吗？”迈克尔不好意思地把目光移开，“玛琳回城里来了。她需要找地方住。她可能也想去。”

“阿琳？”

“玛琳，就是不久前离开的那个。这一回她也许会留下来。她说她不反对我当律师。上帝呀，在那个汽车站举行婚礼。什么样的人为了在报上出名就把婚礼办在那样的地方？”

“他们那样的。”

“什么样的笨蛋出的这个馊主意？”

“我这样的，”约塞连大声吼道，“是你爸爸的主意。”

第十九章　军事特别秘密工程办公大楼

“飞翼是什么样的？”

“和别的飞翼一样。”当米洛被这一突如其来的问题问得哑口无言时，温特格林连忙巧妙地把话接了过去。

“别的飞翼是什么样的？”

“和咱们的飞翼一样。”米洛答道。他已经恢复了镇静。

“看上去和老式隐形飞机一样吗？”一位少校问道。

“不，只是样子像。”

“肯定吗，皮克林上校？”

“绝对肯定，鲍依斯少校。”

开过第一次M&M自卫反击与进攻型轰炸机讨论会后，皮克林上校决定拿着全额养老金提前退休，以便抓住虽不算辉煌却酬金甚丰的M&M公司空中作战部的职务，他的起步年薪是他当联邦政府雇员时的50倍整。应米洛的请求，伯纳德·宾厄姆将军正在拖延一项类似的动议，即每打赢一场战争便可以得到半个晋升的机会，以至最终进入参谋长联席会议，乃至白宫。

幸好皮克林出席了这次讨论会，能帮上忙，因为这次有关明德宾德，轰炸机的讨论会比以前几次会议更棘手。由于出席会议的有一位来自国务院的胖子和来自国家安全委员会的瘦子，原来设想的困难便如期而至了。他们是作为竞争对手奇爱公司的支持者出席会议的，这已不是什么秘密。现在他们分别坐在弧形桌子的两端，为的是给人以各方独立发表各自意见的印象。

这二位是职业外交家，定期代表奇爱联合公司在外工作，拉新关系，以补充被利用过的有权势的熟人和社会关系群体。这些人与社会关系，夸大点说，都是奇爱公司的老存货了。另一件令米洛恐慌的事是他所依赖的盟友西·波特·洛夫乔伊未能到会。他要么是没空来，要么是像米洛担心的那样，作为奇爱公司的盟友来军事特别秘密工程办公大楼参加另一个类似的B型轰炸机讨论会去了。

宾厄姆显然十分兴奋，因为他可以在比自己军阶还高的外单位官员面前展示自己的聪明才智了，何况这些人同时还是原子能专家和有关的深奥莫测的科学领域的行家。当他有可能享受荣誉的时候，他是不会放过的。面前是由32位成员组成的高级人才集团，虽然没有电视转播，但人们还是抢着发表意见。

“米洛，给他们讲讲技术方面的情况。”宾厄姆将军先声夺人，以便能占上风。

“我先讲解一下这些图片，”米洛按事先排练好的步骤说，“好了解我们飞机的样子。”

“画得挺好嘛，”一位戴眼镜、有设计经验的中校说，“谁画的？”

“一位叫约塞连的艺术家。”

“约塞连？”

“迈克尔·约塞连，是专为我们工作的军事艺术专家。”

米洛和温特格林按照告诉他们的路线前来开会。他们从军事特别秘密工程办公大楼地下室穿过一道门来到副地下室A的时候，被三个全副武装的人员拦住。这三个人身穿他们从未见过的制服：红色战斗背心、绿裤子、黑色战斗靴。三个人都戴着名卡，名卡是布料的，呈银灰色，有光泽，上面的字母清一色的樱桃红。他们按名册核对了他们二人，他们二人也正确地回答了当天的暗号：宾厄姆的情人。他们交给二人每人一块纸板做的通行证，号码印在蓝色方框内。通行证上有一根随便穿上的红绳，用以将证件挂在脖子上。按指示他们二人可以直接走到副地下室A宾厄姆的情人会议室去。这是一间圆形房间，迈克尔的画就是在这儿给众人留下了极好的印象。

与会人员被告知，这种飞机设计目的是使它能偷偷越过在第一次打击中未被摧毁的防线进行第二次打击，消灭残存的武器和指挥所。

"那么，你们在图片上所看到的一切绝对正确，"米洛继续说，"那些错误的方面除外。我们不想展示出任何可能被仿制和开发反技术的部件。这么做是明智的，您说呢，宾厄姆将军？"

"绝对正确，米洛。"

"可是，"从国务院来的胖子反对说，"在座的诸位怎么能知道它到底是个啥模样呢？"

"你他妈的为什么非知道不可？"温特格林反驳道。

"飞机是隐形的，"米洛补充说，"你为什么一定要看见呢？"

"我看咱们不一定非知道不可，不是吗？"有位中将让步了。他正看着一位海军上将。

"我们为什么一定要知道？"其他人也感到奇怪。

"新闻界迟早会要求知道的。"奇爱公司的支持者瘦子激动地说。

"去他妈的新闻界，"温特格林说，"就让他们看这些。"

"这些都是真的吗？"

"是他妈的真和假有什么他妈的关系？"温特格林问道，"如果发现我们他妈的撒了谎，正好给他们他妈的报道材料了。"

“嘿,你在用我他妈的语言说话呢,先生。”一个海军陆战队高级指挥官的副官说。

“那我可该表扬你他妈的诚实,”一位上校说,“上将?”

“我同意他的说法。那个他妈的驾驶舱在哪儿?”

“就在他妈的飞翼里呢,所有的东西都在里面。”

“只有两个机组成员,”有人问,“能跟他妈的四个人一样有效地操纵它吗?”

“更有效呢。”米洛说。

“他妈的有效无效有他妈的什么他妈的不一样?”温特格林问。

“我明白你他妈的意思了,先生。”鲍依少校说。

“我没明白。”

“我明白了他他妈的看法。”

“我可没把握是不是明白了他他妈的意思。”

“米洛,你从哪个角度看?”

没有角度。飞翼的设计使飞机装配好后成圆角,用的是可以欺骗雷达的材料。温特格林讲解说,这种他妈的飞机是可以他妈的远距离飞行的,只需要他妈的两个飞行员就可以飞越他妈的敌人的领空,即使不用空中加油,也可以从那儿满载炸弹一口气飞到旧金山。

“是不是说,咱们可以从这儿起飞去轰炸旧金山,再飞回来也不用加油?”

“回来的时候还可以捎带着轰炸纽约呢。”

“伙计们,严肃点儿,”一位少将提醒大家说,“这是战争,不是在搞城市规划。飞到战场要加几次油?”

“去的时候加两到三次,回来的时候嘛,加不加油就没关系了,只要你不在乎的话。”

一架M&M轰炸机能装载的炸弹,相当于19……,19……,1986年4月罗纳德·里根空袭利比亚时的13架战斗轰炸机的炸弹总量。

“听起来就像是昨天的事。”一位年龄较大的空军人员说梦话般地打哈哈说。

“我们可以给你这么一架飞机，”温特格林说，“它能在昨天那么做。”

“嘘——！”米洛说。

“就这个嘘——！？”一位军事术语专家说，“这个名字用于无声轰炸机再合适不过了。”

“那就用嘘——！来命名咱的飞机。它飞得比声音还快。”

“它飞得比光还快。”

“它在你做出决定之前就把别人炸了。今天做出决定，它昨天就完成任务了。”

“我认为，”有一个人说，“咱们不需要能在昨天进行轰炸的飞机。”

“但是你再想想它的潜力吧，”温特格林争辩着说，“他们来轰炸珍珠港，你前一天就把他们击落了。”

“我可以接受这种看法。还有什么——”

“等等，等等，”几个刺头里有一位说，“这怎么可能呢？老兄，能有比光还快的东西吗？”

“当然有啦，老弟。光就比光还快。”

“回去读读他妈的爱因斯坦吧！”温特格林嚷道。

“我们第一架实用飞机可在2000年进入戒备状态，你就等着庆祝吧。”

“要是在这之前就发生核战争怎么办呢？”

“你将得不到我们的产品，只有等着。”

“这么说你们的轰炸机是和平的工具喽？”

“是的。我们还将投入一个人，”米洛透露消息说，“他能从自己身体里生产出重水。”

“我要这个人！要多少钱？”

“肯定吗，特勒[1]博士？”

1　爱德华·特勒（1908—2003）：美国物理学家。

“绝对肯定，里科弗[1]上将。”

“我们的和平工具也可以用来朝城市投重磅炸弹。”

“我们可不喜欢炸平民百姓。”

“不，我们喜欢，它可以造成巨大的经济损失。还可以用我们的嘘——！装载常规炸弹，奇袭的时候使用。一旦炸弹爆炸，却又不是核爆炸，人们一定会惊奇的。这个办法可以用来对付友好国家，因为不会有长时间核辐射后果。奇爱能做到这一点吗？”

“波特·洛夫乔伊的意见是什么？”

“无罪。”

“我指的是他起诉前。”

“两种飞机都买。”

“都买，钱够吗？”

“没关系。”

“这一点我不想告诉总统。”

“我们有个人，他会跟总统说这件事，”米洛主动地说，“他叫约塞连。”

“约塞连？我听说过。”

“他是个有名的艺术家呢，伯尼。”

“没错。我见过他的作品。”宾厄姆将军说。

“这是另外一个约塞连。”

“又该休息会儿了吧？”

“我需要约塞连，”米洛用手挡住嘴轻轻地说，“让他跟努德尔斯·库克谈谈。那个他妈的牧师在哪儿呢？”

“他们经常给他换地方，先生，”皮克林上校悄声说，“我们不知道他妈的他在哪儿。”

十分钟的休息时间实际上只有五分钟，因为这时有六个军事特别秘密

1　海门·G.里科弗（1900—1986）：美国海军上将，核计划负责人。

工程办公大楼的卫兵送来一盒桑葚蛋糕为伯纳德·宾厄姆祝寿，还带来一份文件，上面说他将从准将晋升为少将。宾厄姆一次就把全部蜡烛吹灭了，并兴高采烈地问：

“还有什么事吗？”

“有！当然有啦！”来自国务院的胖子大声叫道。

“我也说有！”来自国家安全委员会的那个瘦子以同样大的声音叫道。

这一胖一瘦竞相举例说明在许多方面M&M的嘘——！与老式隐形机分毫不差。

“先生，你们他妈的弹射座椅是原来为他妈的老式隐形机用的。我们的报告显示这些他妈的座椅是测试用的模型，假玩意儿。”

“我们可以向你提供你们需要替换的全部模型。”

胖子一屁股坐在椅子上，面部神经不停地抽搐。

“我想他所关心的是座椅上的人，”战争学院人权与社会工作系主任解释说，“不是他妈的模型。”

“你们需要多少人我们就给你多少人。”

瘦子一筹莫展。胖子目瞪口呆。

“我们要问清楚他们的安全情况，先生。你们的飞机，你说它可以在空中长期飞行，甚至一连几年。可我们的飞机连同机上的人必须能回来才行。”

“为什么？”

“为什么？”

“是呀，为什么？”

“他妈的，他们为什么要回来？”

“你们这些白痴都他妈的怎么了？”温特格林故意摇摇头问道。“我们的飞机是二次反击武器。皮克林上校，你给这些他妈的白痴解释一下好吗？”

“当然可以，温特格林先生。先生们，他妈的飞机回来不回来有他妈的什么区别?”

“没区别,皮克林上校。”

“谢谢你,鲍依斯少校,你他妈的。”

“别客气,你个王八蛋。”

“先生们,”瘦子说,“我想查一下记录,好证实我从来没有被人家叫过白痴,从小到现在从来没有。”

“我们不保存记录。”

“白痴。”

“饭桶。”

“普里克,他们能往哪儿逃呢?”温特格林问,“到那时这里也几乎什么都没有了。”

“我再问个问题,”瘦子按捺不住满腹怨气吼道,“你们的他妈的轰炸机,你说,带的核炸弹能在穿过他妈的地球以后才爆炸?”

“你们的他妈的导弹做不到这一点。”

“请告诉我,我们他妈的为什么一定要做到这一点。”

“啊,你们的人在他妈的你们的调查评估里总是强调说敌人为他们他妈的政治领袖和军事领袖修了地下掩体。”

“我们他妈的强调这一点了吗?”

“总统玩不玩《挑选》游戏?”

“你们应该读读你们写的东西嘛。”

“我们不想读。”

“我们讨厌读。”

“我们读不了我们写的东西。”

“我们的炸弹能钻到地下100英里再爆炸。你们目前的计划是在地下42英里的地方生存。我们可以把引信定在超过42英里,那么爆炸的时候就不会伤害咱们的人或者他们的人。你可以发动一场核战争,可又不会给生命财产造成破坏。这就叫作人道主义,不是吗?”

“我说这是混蛋人道主义。”

“让我来把他妈的一件事说清楚。瘦子，请允许我说句话。他妈的这些部队是不是咱们进行第二次反击的部队？”

“他们用来攻击敌人在第一次打击里生存下来的战斗部队，因为第一次打击时他们没让这些战斗部队出战。”

“他们为什么不让他们在第一次的时候出战？”

“我他妈的怎么知道？”

“你敢保证你们的飞机到时候能用吗？”

“它们已经使用两年了。在这么长的时间里我们的模型飞机一直在飞来飞去。你必须告诉我们，你们打不打算进行下去。要不然我们就把我们他妈的嘘——！卖给别人了。”

“你不能那么干，”胖子说，“瘦子，对不起请让我说完。”

“该轮到我了，胖子。那么做是违法的。”

米洛笑了笑，笑得那么温和慈祥。“你怎么能知道呢？这种飞机是看不见的，没有声音的。”

“哎呀，扯淡。我简直不能相信你们会问这种问题，”温特格林说，“能用不能用有他妈的什么区别？主要的价值在于它的威慑力。一旦投入战斗，它就已经没用啦。”

“我还有一个问题，让我把话说完，胖子。”

“该我说了，你这个皮包骨的普里克。”

“不是。你这个肥头大耳的蠢货。”

“别听那个白痴的，”胖子不肯让步，“如果它既隐形又无声，那么什么能够阻止你把它卖给敌人呢？”

“我们的爱国主义。”

这句话以后，宾厄姆宣布了最后一次休息。

“温特格林，”会议结束前休息时米洛小声说，“咱们真有那种钻到地底下100英里才炸的炸弹吗？”

“那得等着瞧。那种老式隐形飞机情况怎么样？你想它们能赶上咱们的？”

“这两种飞机不一样。那种老式隐形机从来就没有生产出来过，所以咱们的嘘——！比它新。”

“我也是这么想的。”

会上有人主张多给些时间，还有的人如胖子和瘦子则坚持要求与奇爱B型飞机做详细的对比检查。这时三位高级军官低声讨论了起来，米洛则垂头丧气地嘟囔说他们需要约塞连。温特格林的愠怒神色一目了然。米洛劝他别生气，因为没有人搭理他。末了，最后面那位海军上将把头抬了起来。

“先生们，”他不慌不忙地说，“我们要买的武器是为新世纪用的，别的任何武器与它比较都将成为次要的和无关宏旨的。”

“没有必要看那么远嘛。”米洛满怀希望地建议说。

“我本人嘛，”上将好像什么也没听见似的接着说，“愿意加盟宾厄姆将军。伯尼，这是你的又一大功。我打算推荐你们的嘘——！，可是，在我的名字进入史册前，还有一个根本性的问题。”他将身子向他们倾过去，双肘戳着桌子，下巴放在十指交叉的手上。“你们的飞机，明德宾德先生，你必须对我说实话，如果调动足够数量的飞机，能毁灭全世界吗？”

米洛与温特格林慌忙交换了个眼神。他们决定说实话。温特格林朝下看着，米洛局促不安地回答了这个问题。

“我想不会的，先生，”米洛红着脸承认说，“我们可以使世界成为不能再住人的地方，但是不能毁灭它。”

“我能接受这种看法！”

“绝定，杜威上将？”

“肯对[1]，格兰特将军。”

1　作者玩了个文字游戏，将“Absolutely”（绝对）与“Positively”（肯定）从中间互换了一下，成了“Absotively”和“Posilutely”。

“对不起，我刚才说你是皮包骨的普里克。”来自国务院的外交家谦卑地认错说。

“没什么，你这个肥头大耳的蠢货。”

第七部

第二十章　随军牧师

随军牧师阿尔伯特·泰勒·塔普曼每一次被转移到新地点时，他都觉得自己原地未动，而且有充足的理由这样认为。用来监禁他的地方是铅皮包边的火车车厢，无论每次转移之前还是之后，他们都不准许他离开车厢。对他来说他的环境永远不变。

实验室、设备车、医疗检查室也都装在车轮子上，就连厨房后头那几间专为执行官安排的办公室和住所也是一样。他们目前负责的工作，用官方的话说，叫作威斯康星计划。牧师的车厢门上了锁，并由身穿军装手端短筒大弹夹自动冲锋枪的警卫把守。牧师太知道他在车上该怎么办了。他无处可去，只能在车上来回走动一下。

他是不准下车的，只是偶尔允许他做做受到严格限制的休闲运动，但他把这些运动毫无例外地都推掉了。在这方面他有权力说不。他对运动从来就没有特别的爱好，现在依然如此。他坐在皮面安乐椅上接受无痛点电刺激，因而肌肉的弹力增强了。他从充满活力的增氧健身法活动中受益，不需要那些增强脉搏跳动、增加呼吸和促进血液循环的特殊健身器。他的身体比以前强健得多，早晨刮脸时注意到气色也越来越好。

有的时候从一个地方到另一个地方的旅行要花上好几天。他很快就体验出来他乘的车的车轮走起来特别平稳、顺畅、悄无声息，发动机没有噪声，铁路和路基也非常科学，这一切几乎达到世界所能设计与完成的最完美的水平。他要什么有什么。他的普尔门式卧铺车厢里有一间两端均可进出的卧室，一间通屋铺着灰色地毯的起居室，还有一间书房兼健身房的两用室，室内的松木地板用聚氨酯褪成亮亮的乳白色，上面铺的墨西哥小地毯上有盛开的粉红玫瑰和白黄相间的小野花图案。末端是一个普尔门式厨房，地方刚够放一张餐桌和两把椅子。他在这里吃一日三餐和其他营养品。在他细嚼慢咽的同时，至少有一位穿实验室白大褂的人在旁边细细观察着，还做着记录。许多事情是不告诉他的。他吃的喝的每一样东西都被测量、抽样、分析过，并检查其中的辐射量及矿物质成分。人们告诉他说，在附近，也许是另一节车厢里，总之为了方便起见，在最靠近他的地方，至少有一组人在严格的控制下每天在同一时间跟他吃同样的伙食，从早到晚饮食起居与他完全相同，然而却得不到跟他同样的反常特征。为了保护他，各个房间墙壁上都嵌有盖革计数器，每天都要检测两次。那些天天接近他的人，包括化学家、物理学家、医生、技工、军官、持枪荷弹的警卫、服侍他吃饭和清扫房间的妇女，他们都戴着珍珠贝名卡和证章，出入之后立即登记辐射痕迹。他仍然很安全。他要什么他们都能满足他，只是不给他回家的自由。

"尽管？"

尽管像他承认的那样，他的家庭生活再也不像从前那么快活，他和妻子看电视剧、电视新闻、肥皂剧，看得都倒了胃口，常常冥思苦想有什么办法能给他们平淡、宁静的漫长婚姻生活带来些意外的惊喜，怎么才能找到可供他们自由选择的活动。随旅行团去国外旅游已变得索然无味。由于精力不足，积极性不高，交的朋友也少了。能使他们高兴和解闷的只剩下从早到晚看电视及跟儿孙们联系。他们——他俩每天都为此感谢上帝——仍旧住在离他们住地克诺莎不远的地方。

善解人意的精神病医生说，牧师的精神混乱状态在他那一代美国人里属常见病。他是被派来帮助牧师减轻因被囚禁而产生的紧张情绪的，每隔一天来一次。他承认他的目的是想方设法弄到有关牧师在这里的情况，尽管这里条件这么好，可他并不情愿住在这里。

“你已经七十二岁了，牧师，恐怕也该是我们口中要面临老年危机的人了，”这位资深的医生这样说，“想听我解释吗？”

“我以前听说过了。”牧师说。

“我的年龄不过是你的一半，我早晚也要有这么一天。你听了也许能得到些安慰。”

他想念妻子，他说出了心里话，而且知道她也想念他。她很好，这是他每星期三次得到的消息。可是不允许他们交谈，连写信都不行。他的小儿子快五十岁了，他在国外时这孩子才是个蹒跚学步的娃儿。孩子们都好，孙辈们也都好。无论如何，牧师因对家里的一切牵肠挂肚（“病态的？”精神病医生谨慎地猜测，“不过，这也属于正常现象。”）而感到撕心裂肺般地痛苦，以致发展为对即将临头却又说不出名堂的大祸的恐惧。

那仍属于正常现象。

他无法控制自己，思想习惯性地滑到过去的岁月，不断产生与那时相同的对灾难的幻觉。在军队就职时驻扎在国外，与妻儿分离的孤独与失落带给他的凄凉感苦苦地折磨着他。

折磨他的还有意外事故和疾病，例如尤因肿瘤、白血病、霍奇金淋巴瘤以及其他名堂的癌症。他又看见了皮亚诺萨岛上年轻时候的自己，看见了他最小的儿子，他还是个婴儿，每个星期死两三次，因为他妻子没有学会如何止住动脉出血；他没有告诉过妻子人体会导电，现在眼睁睁地看着亲人一个接一个因摸到护墙板上的电源插座而触电身亡，他泪如泉涌，全身瘫痪。几乎每个晚上锅炉都爆炸一次，把两层木结构的小楼引着，妻儿四口被大火吞没；在一幕经过反复思考设想出的令人毛骨悚然、残酷无比的情景中，他看见可怜的年轻妻子那苗条纤弱的身体已被碾得粉碎，黏黏糊糊地贴在市场大楼墙壁上。她是被一个喝醉酒丧失了理智的汽车司机撞死的。女儿现在又成了小时候的样子，五岁、六岁、七岁、十岁或者十一岁。一位满头白发、和蔼慈祥的中年男子把她从这可怕的现场拐走，用车把她带到一片荒芜的洼地，立即一次又一次地奸污她，杀死她。留在家中的两个小点的孩子正慢慢地饿死，因为一直在照顾他们、多年前因年迈而自然祥和地死去的岳母从电话里听到他爱妻死亡的消息后，突然心脏病发作而猝死。

对以上幻觉的回忆实在残酷。他既想家又悲观绝望。他欲罢不能地翻来覆去，带着失望的怀旧心情沉醉在半个世纪之前作为年轻父亲的岁月里。那个时期他绝不是没有痛苦，也绝不是不抱有希望。

"这是老年危机的另一个共同特征。"精神病医生劝他说。他对他深表理解。"等你年纪再大些，回忆的则是更年轻时候的往事。我也开始了。"

他不知道记忆的长河流到哪里才结束。他不想说出那一十分奇特的景象，可以说是个奇迹。在皮亚诺萨岛的军人墓地旁，一个赤身露体的男人待在旁边的大树上，当时基地的人们正在为年轻的斯诺登举行悲哀的葬礼。死者在去法国的阿维尼翁执行炸桥任务时在飞机上中弹身亡。红土地敞着大口。他站在墓穴边上，丹比少校站在他左边，梅杰少校站在他右边，墓穴对面是矮个子士兵萨缪尔·辛格。他执行轰炸任务时跟阵亡的斯诺登在同一架飞机上。牧师仍清楚地记得当他抬头朝天空望去时，目光落在远处树上的一个人影上。他打了个寒战，把悼词说得结结巴巴，一句话没说完就停了下来，像是遭到了意外打击，倒噎一口气就说不上来了。他始终没有想过那棵树上也许真有一个没穿衣服的人。他把对这件事的印象深深埋在心里。他不想让这位跟他关系不错的敏感的心理医生认为他真的疯了。

虽然他向上帝不断地乞求，然而从那次以后一直存在于万物之中的上帝再没有在他面前显现。他悄悄地不好意思地祈祷上帝，不是因祈祷害羞，而是唯恐被人发现并就此向他发起挑战。他企求约塞连能像超人一样再出现一个奇迹，突然降临在他面前——没有其他人可以企盼——救他脱离深深困扰着他的这痛苦的深渊，使他得以回家。一生中他唯一的祈求就是回家。

他尿的是重水，这不是他的错。

有几次他被准许走下台阶，围绕车厢散步20分钟，30分钟，后来到40分钟，带着武器的看守跟他保持一定距离监视着他。经常有人在一旁陪伴他，医务人员、科学家、侦探或者将军本人——他们隔一段时间就在他胳膊上带一个医疗器用来记录他的血压和脉搏，还用防毒面具罩住他的鼻子和嘴，以收集他呼出的气。通过几次这样的活动和劳顿，他发觉至少有很多时间他是待在地底下的。

在居室内的任何一间屋里他可以靠近任何一面墙上的任何一个窗口，并且可以看到巴黎，如果愿意选择的话，他可以从著名的凯旋门顶上看见蒙马特[1]，或是从蒙马特俯瞰卢浮宫、凯旋门和埃菲尔铁塔，还有那弯弯曲曲的塞纳河。就连由近至远的屋顶的景象也是难以忘怀的。愿意的话他还可以通过窗口从一个选定的角度观看西班牙的中部城市托莱多、大学城萨拉曼卡、阿尔汉布拉宫[2]，或者去看大本钟、国会、牛津大学的圣卡瑟琳学院。安在窗口的仪表盘的操纵很容易掌握。每个窗口都是一个电视屏幕，各地风光应有尽有任凭选择。

看纽约时，完整无缺的景象是从一所高层建筑的顶层橱窗里看到的。他可以快速地在全城转悠，就像在全世界转悠一样。在他被拘捕后不久的一天，他在港务局公共汽车终点站对面马路上看见一个人从出租车里出来，他敢肯定那个人是约塞连。他差一点喊出他的名字来。在首都华盛顿，他得到准许在军事特别秘密工程办公大楼内自由走动，参观大厅里的商店橱窗，以及夹层楼里零售商店琳琅满目的商品。所有这些地方的灯光及色彩均按照他的时间安排不停地变换着。他最喜欢的夜景是拉斯维加斯的赌场和洛杉矶市的“夕阳商业区”。他可以从他的窗口随便看，想看哪儿就看哪儿，只是不能看真实的景象。在威斯康星的克诺莎，从房前有顶棚的游廊可

1　巴黎的一个区。

2　阿尔汉布拉宫是西班牙的著名故宫。

以看到这座城市的风光，从房后小花园旁边的庭院也能看到同样真实的景象。他和妻子惯于在傍晚时分坐在庭院的秋千上沐浴着柔和的月光，欣赏身边的萤火虫，忧伤地哀叹如梭的时光，感慨须臾的人生。他高超的园艺技术失而不再复得。他仍喜欢摆弄花草，但是干不长就累，而且常常因大夫称之为腰腿痛的病而中途停止。有一回他从火车窗口向外看，就像从家里的窗口向外看一样，忽然看见一位老邻居正待在街对面，他肯定那个人已经死了好几年，一时真把他闹蒙了。他震惊地想到，在他曾度过大半生、最熟悉不过的城市底下，可能有一条暗藏的地下铁路，他现在就是这地铁里一位不情愿的乘客。

此时此刻，牧师在克诺莎的家的周围很大范围里，每一件事和每一个人，尽管他们大多数并不知晓，正受到最具识别与鉴定能力、最先进的技术装置的严密监视、侦察、检测和调查：食品、来自深井和水库的饮用水、人们呼吸的空气、排出的污水以及丢弃的垃圾。为了进行分析，抽水马桶每一次排水都被做了记录，每一件垃圾也被家庭垃圾收集站记录在案。但是仍然找不出跟远方唯一拥有放射性污染的人有关联的放射性污染。在克诺莎的任何地方都找不到一个氧化氘分子，通俗说就是重水的分子。

“事情是由撒尿引起的。”阿尔伯特·泰勒·塔普曼牧师又一次这样说。

“我也尿过，”精神病医生坦白地说，并发出一声叹息，“不过当然跟你的不一样。要是一样的话，就跟你一块隔离在这儿了。你真的不知道怎么会出这样的事？不知道是怎么开始的？”

牧师歉疚地结结巴巴又说了一遍。他坐在那里，半握的拳头搁在大腿上。医生相信他说的是真话。在家的时候他的医生发现他的尿有问题，所以取了第二次尿样。

“我不明白，阿尔伯特，总觉得挺有趣的，有点重。”

“什么意思，赫克托？”

“我不敢肯定，不过我认为没有政府的执照你是不能生产这种东西的。

看看实验室的化验怎么说吧。他们可能会向上级报告。”

正说着,政府机构代表朝他的房间走来。他们一窝蜂地拥进了屋,接着又来了化学家、物理学家、核辐射学家、泌尿科专家、内分泌专家,以及肠胃病专家。凡能想到的各类医学专家和环境专家,二话不说上来就对他做定项的全面检查,为的是找出存在于他的尿分子中多余的氢中子究竟源于哪里。它们不存在于他排的汗里。汗液跟他体内其他液体一样干净。

接着开始对他进行审问。最初他们还注意态度,到后来便对他进行羞辱,话语中透着粗鲁。他喝过液态氢没有?他不懂。噢,他要是喝过就懂得了。那他也早就玩完了。

“那你干吗问我?”

这可是个绕人的问题,他们嗷嗷地欢叫起来。他们都吸烟,手指头全黄了。液态氧?他连该上哪儿去弄这东西都不知道。

要想喝他就应该知道。

他甚至不知道那是什么东西。

那他怎么能肯定没有喝过?

他们把这个问题也记录下来。这是又一个绕人的问题。

“你受骗了,牧师。很好,埃斯。是不,布奇?”

“正像你所说的,斯拉格。”

他们三人一定要弄清楚在从前铁幕后的国家里,有没有他的朋友、妻子或孩子,他们中现在有没有在中央情报局的。

“中央情报局里也没有任何我的亲朋好友,”心理学家说,“假如有的话,真不知道我该怎么保护我自己。”

说着,他们立刻没收了他的护照,窃听了他的电话。他的邮件被拦截,银行账户被冻结,安全信托柜被挂锁。最糟的是,他的社会保险号也被他们拿走了。

“不拿支票吗?”精神病医生战战兢兢地说。

支票可以继续使用,但是社会保险号被取消了,没了它就无法验明身份。

精神病医生脸色苍白，浑身哆嗦。“我能猜出来你是什么感觉，”他无限怜悯地说，“没有了这一切我可没法生活。你果真不能告诉他们这是怎么回事吗？”

化学物理学家和物理化学家把昆虫叮咬一项勾掉了。昆虫学家表示同意。

刚开始时，这些人本想对他客客气气，本着谅解精神处理他的问题。医务人员友好地靠近他，一来出于好心，二来不想错过良机。然而除了精神病医生和将军，别人的友善表示很快淡薄下来。失望情绪越来越强，忍耐性越来越弱，脾气也越来越暴躁。调查被敌对情绪破坏。调查局的代表更是如此。他们既不属于联邦调查局，也不属于中央情报局，而是属于某一个藏在深处十分隐蔽的机构。他对启发的愚钝反应招来羞辱，他因顽固地拒绝就他所不具有的东西做出解释而受到责难。

“你太固执了。”个头最大最蛮横的调查人员说。

“报告上是一致的。”那个长着鹰鼻鹞眼一脸奸相又黑又瘦的人说。他的满口小而不规则的牙齿被尼古丁熏得焦黄，嘴唇薄得几乎看不出来。

“牧师。”那个长得胖乎乎的人说。他脸上挂着无缘无故的笑容，两眼不停地眨，总带着一股啤酒的酸味。“关于核辐射。你有没有，在我们把你带到这里之前——我们要听你讲实话，好孩子，如果我们听不到实话，干脆什么也别听，明白了？——你有没有非法地吸收核辐射？”

“我怎么知道呢，先生？什么是非法的核辐射？”

“就是你不知道而我们却知道的核辐射。”

“换句话说？”

“就是你不知道而我们却知道的核辐射。”

“我搞糊涂了，听不出来有什么区别呀。”

“含蓄的说法。隐含在我们的话里。”

“你没听出来。把这一点也记下来。”

“你真让他生气了，胆子不小，我说。”

“够啦，埃斯。明天再来。”

“好吧，将军。”

埃斯跟将军讲话的口气里明显地带着傲慢无理的情绪。牧师觉得很尴尬。

全盘负责威斯康星计划的官员是莱斯利·R.格罗夫斯[1]将军，他曾是实现1945年第一颗原子弹爆炸的曼哈顿计划负责人。是他提出来要给予牧师真正的关心、热诚和爱护的。到目前为止，牧师觉得跟将军在一起比较自在。他从将军那里懂得了对他进行近乎专横的监禁和日夜监视是有道理的，他还知道了氢裂变与聚合的三种状态，到头来不知是他把这三种状态搞糊涂了，还是这三种状态把他搞糊涂了，反正脑袋里装了一锅粥。在发现了氢一之后，又发现了原子里多一个中子的氘，氘与氧结合形成重水。后来又发现了多两个中子的放射性气体氚。氚可以作为涂料用在能自动发光的仪表和时钟的表面，包括那些设计怪异的色情床头钟，它引起了全国性的淫荡念头。氘大大增强了热核装置的爆炸力，比如氢弹，它就是一种锂氘化合物。最早的氢弹爆炸于1952年，它的杀伤力比在日本扔的原子弹大1 000倍呀，格罗夫斯将军强调说。那么氘从哪里来呢？重水。

可是他却把他的白白地冲走了。

“你们拿我那东西做什么？”

“送出去把它转化成氚。”格罗夫斯将军说。

“瞧瞧你尿掉的是什么呀？”

“别再说了，埃斯。”

有一次牧师在格罗夫斯将军陪伴下从车厢下来，踩上一个正方形白水泥面的小操场，它位于一座朴素的鹅卵石建筑物的背面，建筑物顶部有一个

1　莱斯利·R.格罗夫斯（1896—1970）：美国陆军中将，1942年至1947年负责“曼哈顿计划”。

十字架，很像一座古典的意大利教堂。场上有一个像是刚涂了深色油漆的木柱，上面钉着一块带篮圈的篮板，地上有用绿色画的打圆盘游戏的区域。地面上还有一个黑白相间的足球，看上去像个随时要爆炸的巨大的分子。它静静地躺在场地中央，时刻等待飞来的一脚将它踢走。在一个角落里有一位被太阳晒黑的小贩守着他的礼品摊，主要出售风景明信片、报纸、海军蓝带白边的水手帽，帽子上的白字是“威尼斯[1]”。牧师惊讶地喊出声来，问是不是到了威尼斯。将军说不是，不过能这样想一想也不错。虽说有美好的天空和新鲜的空气造成的错觉，他们仍然在室内，在地底下。

牧师不想打篮球，不想玩圆盘游戏，也不想踢足球。他也不要礼品。将军走路的速度相当快，他们两人围绕车厢走了40分钟。

还有一次，他们在一个窄小的地下通道附近下车，通道与他们的路成直角向远处延伸。这时他听见了炸药爆炸声。声音很小，像小爆竹一样，从远处的一个空洞里传出来。这是一个射击场。牧师根本不想在这里碰运气赢个玩具熊什么的，也不想投币赢椰子。他还听见从里面传来旋转木马的音乐声，接着是过山车钢轮高一声低一声刺耳的嘎嘎声和车厢猛力扭动的吱扭声。不对，牧师从来没有去过康尼岛，也没听说过乔治·迪尔尤游乐园，现在也没有去那里玩的愿望。他更不想去见迪尔尤先生本人或者参观他那华丽的旋转木马。

格罗夫斯将军耸一耸肩。“你有点心灰意懒，”他显示出一些同情心，“好像什么也引不起你的兴趣。电视小品、新闻、体育消息，全打动不了你。”

“我知道。”

“我也一样。”精神病医生说。

他第三次返回家乡克诺莎时收到米洛·明德宾德第一次送给他的食品袋。从那以后每一个星期的同一天都有一个食品袋送来给他，礼品卡千篇一律：

---

1 此处原文为意大利语。

内容也千篇一律。在一块泡沫垫上整齐地放着一个齐波香烟打火机，一包用埃及棉做的消毒药签，一个漂亮新颖的糖盒，里面装着一磅M&M特级巧克力埃及棉花糖，一打从马耳他运来的鸡蛋，一瓶用西西里的蒸馏器制作的苏格兰威士忌，这些全是日本制造。一份礼品包装的约克猪肉、暹罗火腿、新奥尔良橘子，其原产地在亚洲。格罗夫斯将军建议他把这些东西捐给地面上的那些无家可归者时，牧师第一次感到了惊讶。

“克诺莎现在有无家可归者吗？”

“我们现在不在克诺莎。”格罗夫斯将军说着，走到窗前按了一下地点更换钮。

他们又回到了纽约。向外看去，目光掠过公共汽车终点站前的一溜擦鞋人和烟熏火燎的食品车旁的小商贩，扫过终点站大楼，看到那两座单调的世界贸易中心大楼。到目前为止它们可能仍属于世界最高的商业大厦。

另外一次，他肯定那是在华盛顿的军事特别秘密工程办公大楼内，可是因为程序出了毛病，他发现自己到了汽车终点站大楼内。他们熄火停下实验室车时，是在地底下某层的停车处。通过他房间的窗口，终点站交通管制中心一览无遗。他把监视器屏幕内容调出来，看到抵达和出站的公共汽车、川流不息的人群、穿着像毒品贩子的秘密警察和穿着像警察的毒品贩子、妓女、吸毒者、离家出走者，以及紧急出口楼梯上一对对肮脏麻木的性交者和其他不堪入目的社交行为。如果他愿意的话，他甚至还能窥视到各个卫生间里人们在小便和擦身；再进一步，还可偷看马桶间里的人正注射麻醉剂、口淫和大便。他不想看。他有电视机，能清晰地接收322个频道，可是没有他的妻子跟他一起看，电视节目就变得十分乏味了。虽说他们俩一同看的时候节目也没什么意思，可是至少两个人可以把目光同时盯在同一个屏幕上，寻找出一些新鲜话题，好驱赶他们的困意。这便是老年。他不过才刚过七十二岁。

还有一次也是在纽约，他通过窗口看见大都会艺术博物馆里促大艺博文活附委会召开的会议正好散会。他敢肯定看见了约塞连，他正在一位打扮入时的妇人和一位比他俩个头都高的男人陪同下走出博物馆。他再一次想喊出声来。可是这一回他看见一个身背帆布旅行袋的红头发男人正狡猾地在他们后面盯梢，跟在他们后面的还有两个橘黄头发的男人，后面又出现了一个男人，他毫无疑问是跟踪前面所有的人的。牧师简直不敢相信自己的眼睛。他感觉自己又看见了什么，产生了像上一次看见树上那个人一样的幻觉。

“那是什么声音？我经常听见。”牧师终于开口向格罗夫斯将军问道。他们出了城继续前行。

“你指的是河，小溪，还是大河？”

“我总听见。一直都能听见。”

“我说不上来。”

“你不知道？”

“我的命令是告诉你我知道的东西。它不属于我的管辖范围。它在很深的地下。很神秘。我们通过声呐知道它是一条很窄、流动很缓慢的小水流，无动力小船像小划艇之类，定期在水面朝一个方向划去。还有音乐。经鉴定是歌剧《罗英格林》的前奏曲和第三幕的婚礼进行曲。”音乐的背后从地下更深的某处传来的是不太清晰的儿童痛苦的合唱声。音乐家还没有鉴定出来唱的是什么。向德国做了咨询，他们也正在为对一种先进的复杂音乐——也许是天才音乐——一无所知而懊恼。“我的记录上写着这条河是莱茵河。我就知道这些。”

“莱茵河？”牧师畏惧地说。

“不，是叫莱茵的那条河。我们现在不在德国。”

他们又回到了首都。

他没有理由怀疑将军，因为他和埃斯、布奇和斯拉格一同出席了所有与他的会面，这一点是很值得注意的。不过牧师心里也清楚，就连将军的友谊也不过是一个大战略计划里经过精心设计的一个小小手段而已。这项大战略计划就是那三个特工人员的秘密计划，而他对这三个人总是充满恐惧。他没有办法知道底细。他明白，甚至连“没有办法知道底细”都没有办法知道。

“我也时常有同样的感觉。”将军立即表示同意，从他的声音里听得出他的担忧。

“我也一样。”精神病医生承认说。

这位富有同情心的医生莫非也是一个圈套？

“你们没有权利对我这样做，”当他们两人单独在一起时牧师向格罗夫斯将军表示了不满，“我至少知道这一点。”

“恐怕你弄错了，”将军答道，“我想我们有权利对你做任何事，无论做什么你都不能阻拦。因此，对我们双方都是合法的和正常的。你是个预备役军人。他们只不过把你召回部队而已。”

“我已经退役了，”牧师带着几分胜利的喜悦回答道，“有证明书证明。”

“我想你已经没有证书了，牧师。我们的记录上没有。”

“哦，有，是有的，”牧师得意地说，“你能从我的信息自由档案里查到。我亲眼看到过。”

“牧师，等你再去看的时候就会发现它已经被抹掉了。你现在可不是一个清白的人。”

“我犯了什么罪？”

“犯了情报人员还不清楚的罪。你为什么不说你有罪呢？”

“我怎么跟你说呢，你又不告诉我犯的什么罪。”

“他们也不知道，怎么告诉你？首先，”将军启发他说，“关于重水，你自然而然地生产重水又不肯说出是怎么生产的。”

“我不知道是怎么生产的。”牧师表示不服。

“不相信你的不是我。这第二件事嘛，是跟一个叫约塞连的人的事。约翰·约塞连。我们发现了你的情况之后，你去纽约神秘地会见了他。这也是他们拘留你的原因之一。”

“没什么神秘的。发生了这件事之后我去看了看他。他正在住医院。”

“什么病？”

“什么病也没有。他没生病。”

“那还住院？想一想，牧师，你瞧这是怎么一回事。他住进医院的同时，一个得了喉癌的比利时侦探也住在那里。那个人来自布鲁塞尔，布鲁塞尔可是欧洲经济共同体的中心。这难道只是巧合？他得了喉癌却不死也没有好转，又是怎么回事？另外，还有那些传递给你朋友约塞连的信息密码。是通过一个女人每天分四五次传给他的。她假装喜欢跟他在电话里聊天。我还没遇上过这样的女人哩。你呢？他的肾正在恶化，她说，昨天才说的。为什么是他的肾而不是你的肾恶化？是你在排出重水呀。我真不知道应该怎么解释。我对这种事并不比对《罗英格林》第三幕的前奏曲知道得多，也不比对孩子们痛苦的合唱知道得多。我问的问题都是别人提出来的。有人甚至怀疑那个比利时人跟中央情报局有关系。也怀疑你是中央情报局的人。”

“我不是！我发誓我跟中央情报局从没打过交道！”

“你不必一定要说服我。那些信息是通过约塞连的住院护士传递出来的。”

“护士？”牧师大声说，“约塞连病了？”

“他壮得像头牛，阿尔伯特，比你和我都强壮多啦。”

“那他为什么有护士？”

“为的是满足性欲呗。他们十分放纵，在性交的方面发展很快，已经达到每周四到五次，”将军仔细地看了看腿上的曲线图以确保无误，“在他的办公室，在她的公寓，也在他的公寓，经常在厨房的地板上，还让水哗哗地流着，要么就在别的房间的空调机下面。从记录上看，他们的性接触正在锐减。蜜月已经结束。根据盖夫内报告，他不再送她长茎红玫瑰，谈论女式内衣也不多了。”

牧师听着这些隐私细节，不安地扭动着身体说："请别说了。"

"我不过是给你提供点情况，"将军把记录翻过一页，"下面是你和米洛·明德宾德先生秘密会见的事，这方面的事你好像感到说出来不大合适吧。"

"米洛·明德宾德？"牧师当时的反应仍然是表示怀疑，"我当然知道他。这些礼品袋就是他送来的。真不知道为什么。战争时期我跟他在一块待过，不过已经将近50年没见过他，也没说过话了。"

"是这样，牧师，是这样，"将军装出非常失望的样子，"米洛·明德宾德声明你归他所有，他对你拥有专利权，把你的重水注册了商标，商标是一个光环，只是一个光环。他已经把你交给了政府，让政府与他签订合同，购买他正在努力生产的军用飞机。我们从你这里提取重水，每一夸脱都能使他得到一大笔钱，每个星期他都得到很大很大的一笔钱。你感到很吃惊吧？"

"我以前从来没有听说过这类事！"

"阿尔伯特，他没有权利自己一个人那么干。"

"莱斯利，我敢说我已经懂了你的意思。"牧师差不多笑了，"你刚才是说人们有权利做我们无法制止他们做的事。"

"对啦，阿尔伯特。不过，实际上这个论点只有我们可以使用，而你不能。明天下午的每周例会时间咱们还可以重来一遍。"

在每周五的例会上，是将军本人首先得到了事态新发展的蛛丝马迹。

"谁放屁了？"

"哦，什么味儿？"

"我知道，"这周值班的化学物理专家说，"是氚。"

"氚？"

盖革计数器滴答滴答响着。牧师把眼皮低了下去。骇人听闻的嬗变。刚要结束，他的肠气里又发现了氚。

"这么一来事情可就难办了。"将军严肃地责备他说。每一样检测必须重新做一遍，新的检查有待开始。"马上检查那几伙人里的每一个人。"

那些受到严格控制的群体里的人放出的气除了通常的甲烷和硫化氢外没有其他任何成分。

“我真不想公布这条消息，”将军忧郁地说，“从现在起，牧师，你不准再放屁了。”

“不准对着墙撒尿。”

“够啦，埃斯。你不觉得离奇吗？”——将军在一周以后的一次无拘无束自由发言的讨论会上提出了一个带哲理性的问题。“一个上帝创造的人能在自己体内产生热核能量，为的是毁掉这个地球上的生命吗？”

“不，当然不。”

“为什么要那么做？”

“你神经不正常吧？”

“你怎么会这么想？”

“不是他还能是谁？”

“他们调戏祭台助手，是不是？”

“创造世界的力量难道不就是那个把它再毁掉的力量吗？”

“如果是另一个力量的话，”经过一番掂量之后，将军赞同地说，“那就更离奇了。”

第二十一章　刘

令我不能忍受的是感觉恶心。现在我能区别是真恶心和感觉恶心了。如果我不把它当作一回事，病就好了；如果我真把它当作病，那么缓解期便告结束，旧病准复发。接着我就会到处挠痒，夜间盗汗，高烧不退。我能在别人看出来之前觉察出自己是不是又瘦了，因为手指上的结婚戒指又松了。每天晚饭以前喜欢喝点酒，就是现在的人们拿来取笑的老人爱喝的卡斯特尔威士忌跟可乐混合的饮料，人称卡可。如果饮酒之后感觉脖子、肩膀和肚子疼痛不止，我就知道该给医生打电话了，同时心中盼着千万别再把我送进城里医院找蒂默，也别去他的医院让他的辐射治疗医生再折腾我一番。只要感觉不舒服我就告诉克莱尔，从不向她谎报病情让她担心。胃灼热是常有的事，原因是吃得太多。我最讨厌的恶心总是伴随别的病情而来，也随治疗而来，一向如此。一想起恶心，我就想起母亲和她的青苹果。在我的印象里青苹果味就是我恶心时感到的味道。小时候有一次我的耳朵脓肿，一位专家跟阿贝·莱文医生一同到家里来，用柳叶刀给我开了刀。我母亲告诉所有的人包括医生、专家、周围的人和我，说我一定又吃了她的青苹果，因为吃了青苹果耳朵才会脓肿。直到现在一想起这个老顽固我就不能不笑。她很可爱，直到最后神志不清的时候依然如此。她后来不会认人了，连泪水涟涟的老头子都认不出来，可是她记得我。“刘易，”她轻轻地呼唤我的名字，“乖孩子，刘易。到妈妈这儿来[1]。”

现在只要一恶心准生病。

萨米听我这么说可高兴啦。为了让他痛快，每一次他来这里看我或者我们进城看他，然后一起出去的时候，我总想着把这种感受再说一遍。我们隔一段时间就在傍晚进城一次，只想证明我们还有能力进城。除了萨米和一个女儿外，我们在纽约已没有熟人。跟克莱尔去剧院的时候我要特别使劲不让自己睡觉，努力装作对舞台上的内容感兴趣。有的时候她跟女儿林达或者单独一人去逛博物馆、美术馆，我就跟萨米坐在一起吃点喝点什么。萨米偶尔带来一位气质很好的妇女，不过看得出来他们的关系并不密切。温克勒每隔几周就从加利福尼亚打一次电话来，问问我们的情况，告诉我们加州的朋友中哪一位去世了，并且打听我们这里朋友的近况。他对我说他现在向各家兼营鞋业的大型连锁百货商店推销鞋子，真皮的，所得的现金流可以帮助度过销售巧克力蛋和复活节小兔子的淡季。他还用过剩的冷冻食品，主要是肉类，做些其他的买卖。这方面我不便知道得太多。萨米能从马维拉斯·马维斯商业公司获得可观的报酬。他独自一人住在高层公寓里，

1　此处原文为意第绪语。

好像没有可以使他享受生活乐趣的事可做。他仍不知该如何打发时光，只有一件事可干，就是为癌症患者解忧救济组织筹款。《时代》杂志社付他的养老金很高，他有能力储蓄一部分，所以生活不成问题。我给他出过各种主意，可他从不为之所动。

“去拉斯维加斯一段时间吧，逛逛妓院什么的。”

甚至克莱尔也同意我的建议。我现在仍然发疯似的爱着她。她做了隆胸手术，所以乳房仍和年轻时候的一样大。他也可以去百慕大或者加勒比地区度假，再带上一个漂亮的女秘书，把她像公主一样侍奉。要么去博卡拉顿找一个真想再嫁的中等年纪的漂亮寡妇，或者五十岁以上的离异女人。

“萨米，你真应该认真考虑再婚的事了。你不适合过独身生活。”

“我习惯了。”

“你老了，”克莱尔劝他说，“已经不能做饭了，不是吗？”

我们都忘记了在僵局时刻萨米在女人面前总是十分腼腆，而且不会挑选姑娘。我对他说等我的病好些的时候一定跟他一起出去，帮他好好地挑一位我们都喜欢的姑娘。

“我也去。”克莱尔说。她随时都愿意出去玩。“我能把她们像鸟儿一样从林子里呼叫出来，然后挑出最好的。”

“萨米，”我敦促他说，“别把屁股坐出茧子来，去世界各地旅行吧。咱们都不是小孩子了，能干点早就想干的事的时间不多了。难道你不想去澳大利亚看看那里的老朋友？”

萨米换到《时代》杂志的国际部后有机会到处走，所以哪里都有他的熟人。

连我自己也想等我长几斤肉以后到世界各地转一圈，因为克莱尔一直想出去旅游。近来我特别愿意看到人们心想事成。

也许是年纪大了，加上霍奇金淋巴瘤的缘故，一想到等我死了以后他们都能过得挺好，我的感觉就好得多，至少我刚死的时候如此。迈克尔也在他喜欢的地方当上注册公共会计师，他们都各得其所了。克莱尔的身段不减当年，应归功于她常去健康农场和隔一段时间就偷着去整容。除此以外，我在圣马丁海滨有份前景看好的财产，记在她的名下。在加利福尼亚也有一份财产，同样在她的名下，不过她不知道。我还有不止一个安全信托柜，我还没有教她如何使用里面储存的东西。真希望她的算术好一点，好在迈克尔可以在这方面帮她一把。住在亚利桑那的安迪也比较有商业意识。迈克尔好像对他的业务还比较熟悉。他从我这里学会了很多从商业学校学不到的东西。对于我的律师和身边工作人员我是信得过的，因为只要我还在，就能确保他们按我的意思办事，并且立即执行。但是我去了之后就没准了。他们会越来越懒。埃米尔·阿德勒也因年纪大了而懒散起来。他总是把你很快转给别的专科医生处理。孩子们都放弃了他，找到了他们各自的医生。我正教给克莱尔怎样对律师强硬起来，甚至比我还强硬，不要太依赖他们。

“不管什么时候，只要用得着就把他们召来。从现在起你替我处理这些事务。决不能让他们拒绝你。我们不欠他们什么。每次只要我们用他们，他们就肯定会索要报酬。”

家里人都不赌博，也不搞股票交易。只有安迪追求奢侈品，不过他的婚姻不错，娶了一个好品格的漂亮姑娘。他跟他岳父在经营亚利桑那的坦普尔和斯科茨代尔的两家生意兴隆的汽车经销店，他俩显然已经建立了良好的合作关系。但是他可经受不起离婚，虽说这可能是件好事，而她却经受得起。我曾拥有他的一些股份，现在已转让给他了。苏珊的孩子都离她不远，她嫁给了一个很有教养的木匠。我帮助他进了建筑行业，就目前来看他干得还不错。林达开始通过教书自己养活自己了，她还能有很长的假期和较充足的养老金。她很会吸引男人的注意力，可能会再结一次婚。我有的时候想，迈克尔应该更像我才好，他应该比我更大胆，性格更刚强，更敢于经常地大声说出自己的主张，可是好像他在这些方面不及我。克莱尔也这么认为。

“刘，又想说什么？”每当我开口时她就说，“你的主意真多，简直跟不上你。”

"我要是也这么想就没法儿高兴了。"

克莱尔一听我要谈房产的事就不肯合作,她拒绝听下去。

"反正早晚——"我对她说。

"那就晚点。换个话题吧。"

"我也不想说这事。好吧,换个话题。10万美元投资,利润8%,每年能得多少?"

"反正不够我买房产的!刘,看在上帝的分上,别说了好不好?喝点什么吧。我来调。"

她对蒂默的信任程度超过我对他的信任,甚至超过蒂默对自己的信任。丹尼斯·蒂默告诉我他换到了精神病病房接受治疗。不过他的门诊时间和在医院的工作时间没有变化。我认为他有点神经病。可能正如萨米说的俏皮话那样他也许知道他在干什么吧。当埃米尔在本地医院无法治疗我的病时,我便开始再往城里去找蒂默,通过注射再一次被"扫荡",每周至少一次。每回注射都带来我厌恶的恶心,"扫荡"是他们给我进行化疗的名称的谐音。蒂默说除了我,还没有人开过这个玩笑呢。

我对回到他那里去恨得要死,又厌烦又害怕。埃米尔说我必须去,我也知道是非去不可。到目前为止,我连蒂默本人也讨厌了,当然还没到要打断他脊梁骨的地步。他变得跟疾病一样让人厌恶。他的候诊室给人以阴沉压抑的感觉。有的时候克莱尔不跟我去,我就乘出租车公司的黑色或银灰色的轿车去,司机总是同一个人,叫弗兰克,来自威尼斯。就连往出租车站去都让我讨厌。从蒂默诊所出来,无论是出城回家还是上医院,必须经过路口拐角处的殡仪馆。我太不喜欢这个地方了。门口总有一个穿戴过分整齐讲究的招待员,还有一个背帆布背袋拄拐杖的人,他准是在那里工作,看样子像个走远路的人。他们瞅着每一辆慢行通过路口的汽车,他们也瞅我。

我现在更害怕进蒂默的医院了,可我从没显露出来。萨米的格伦达已去世,温克勒夫妇又去了加利福尼亚,所以克莱尔不得不住旅馆,有时候一个人住,有时候一个女儿陪着她。可是她不喜欢住旅馆,因为这对她来说太枯燥乏味了。最折磨我的是恶心。我知道这是什么感觉，而这种感觉更加重了恶心。我很累，因为年纪大了，我想，还因为生病，我想我真的已经……病入膏肓！我担心会有那么一天，我能走进医院却不能自己走出来。

谁都无须对我说我已经活得比他们预料的要长久。也没有人这样对我说。如果有人胆敢开口，我定会像过去康尼岛上的那个刘·拉宾诺维茨一样跳上去打断他的脊梁骨。蒂默认为我创了某种纪录，我说他才创纪录呢。上一次我去找他时，他让一名骨科医生用CT查看我的腿部，结果正常。他们开始考虑我的病是病毒引起的。这对我来说算是好事，可对蒂默来说是一样的，他反正还要照老办法给我治病。我则很高兴，因为这说明了我不会把某些东西遗传给孩子们。我有什么病，他们必定会有症候。我一恶心他们好像也恶心，我能从他们和我谈话时的表情上看出来。他们一感觉有点恶心不舒服或者起床时脖子发硬，马上就往医生那里跑。看来我不算世界上最不幸的人，不过现在我已经不在乎了。

我已经不再年轻。我必须牢记这一点。我经常忘记，因为每两次发作的间歇期，我就比我认识的人更能给自己找各种方式的娱乐。可是朋友们死的死病的病。马蒂·卡普死在新泽西的高尔夫球场上，斯坦利·利维死于心脏病，大卫·古德曼死的时候才三十八岁，贝蒂·艾布拉姆斯在洛杉矶死于癌症，马里奥·普佐做了心脏搭桥手术，凯西·李也做了同样的手术，乔伊·海勒得了奇怪的吉兰-巴雷综合征导致肌肉瘫痪，他不得不担心等他更老一些时肌肉究竟会麻痹到什么程度。我也开始接受刘·拉宾诺维茨的时间已经不多了的想法，深知已经到了连健康人都该得病和死亡的年龄。我也一样不会长生不老。在加勒比的马提尼克岛和瓜德罗普岛度假时，我重新捡起伴着我喜爱的干酪喝法国酒的习惯。克莱尔没有注意到我开始动用家里的好酒。家里酒窖的存酒快让我喝光了。我不能像过去那样赚取大量钱财了，这也许是又一个年迈的象征。无论我们去哪里，带的药瓶子一次比一次多，许多器官开始失灵，比如体内的肠道已经不那么通畅，各种严重的疾病迟早会接踵而至。我现在不是就得了一种嘛。

在过去我从来没有想过生命对我会是十分短暂的，就连在步兵团征战欧洲时也没有这种感受。我知道危险是存在的，而且能马上感到它。可是从来没有意识到危险会找到我头上。8月，一场大型战役结束后，我们换岗来到法国一座叫法莱塞的城市。我看见一堆一堆的德国人的尸体正在腐烂。那情景我一辈子都忘不了。出城以前又看见了几十个，有些是美国人。艾森豪威尔正在那里检阅胜利的场面，我看见他也是一副病态。在比利时与德国接壤的叫格劳斯豪的城里，那儿离另一座叫赫特根的小城不远，我站在汉默旁边不足两英尺远。他正跟我说德国人已经撤退，这个地方已经平静了。忽然一个狙击手朝他脑后开了一枪。他嘴里说着安全了，身体却倒在了我的怀里，接着躺倒在了雪地上。被杀的是他而不是我，我一点不感到吃惊，因为我认为我会平安无事，这是理所当然的。事实证明我是对的，甚至在俘虏营里我也很幸运，而且心中并不感到害怕。苦不堪言的火车之旅终于结束了，我们被迫列队登记。这时我看见一个身穿笔挺制服的干瘦冷面军官严峻地瞪着一个叫西格尔的犹太战俘，他那样子真让我厌恶，我情不自禁地决定给他点颜色看看。跟其他人一样，我身上又脏又臭，因腹泻而散发着难闻的气味，还累得要死，但我还是朝那个军官走去，装出一副腼腆的样子笑着问他：

"你是犹太人吗[1]？"

他目瞪口呆地盯着我，以为我疯了。我从来没有见过谁会惊讶成这个样子，现在想起他来还直想发笑哩。即使他是犹太人，恐怕在他的德国军队里也很少有人问他。

"你再说一遍。"他简直不相信自己的耳朵，严厉地命令道。我遵照他的命令又问了一遍。他摇了摇头咯咯地笑了，然后从手中的纸袋里抖出一块硬饼干给了我。

"不，恐怕不是。"他用英语笑着回答我。"为什么想知道我是不是犹

1　此处原文为德文。

太人?”

因为我是,我用德语说,还把写着J的身份识别牌显示给他看了看。我叫拉宾诺维茨,刘易斯·拉宾诺维茨。我继续说下去,还说了些别的,够他想一阵子的。“我能讲点德语。”

他冷笑了一声,好像根本不信我的话,然后离开我们走远了。

“嘿,伙计,你疯啦?”我后面一个有着卷曲赭色头发的高个子说。他叫冯内古特,后来写了很多书,他也不相信我。

等我排队到他们跟前时一切就都会明白了,我这样想。

我仍然不知道害怕。

自从拿到枪的一刻我就爱上了它,无须别人提醒我该如何保持枪的清洁。在老头子的旧货收购站摆弄过那么多破烂物品,现在终于捞到了一件像新机器一样的玩意儿,不但完好无损,还能派上大用场,我感觉自己像是一步登天了。无论使用哪一支枪我都得心应手。作为派驻海外部队的一名新兵和增派兵员,我拿到勃朗宁自动步枪时别提有多高兴了。后来我发现即使比我技术熟练得多的人也在回避它,我仍然感到高兴。后来我知道个中原因了。谁开火谁就会把敌人的火力引到自己这边来,这就是原因。所以不到万不得已最好一枪不发。这一点我学得和其他事情一样快。有一个士兵在毫无必要的情况下朝一个德国兵射击,暴露了我们的目标,结果招致大家的一顿痛打。我使起枪来很有把握,可是不记得真正开过几次枪。我先当下士,后来当上了小班长,多数情况下由我告诉其余十一个人该在什么地方隐蔽,该向哪些目标进攻。我们在法国领土上朝德国推进,事实上我们是看不见我们开枪要打的敌人的,直到他们被击毙,我们从已经僵硬的尸体旁边经过时才可能见到他们。那场景既神秘又恐怖。眼前是一片空旷地,我们凭着枪声做出判断,并朝那个方向开枪。大家龟缩在坦克和装甲车后面,一有炮弹飞来就赶紧趴下。可是在我们排里几乎没有谁亲眼见过与我们交手的对手,当他们停止进攻和炮击时,简直就像回到了康尼岛的射击场和投币游戏机旁。

情况并不总是这么乐观。我们又湿又冷又脏。士兵们老爱在炮火掩护下挤成一团，我不得不对他们大吼大叫让他们按要求分散开来，也让他们离我远点。我不想让任何人阻碍我朝光辉目标前进的道路。

我是作为补充兵员分到排里的，来到之后发现排里已经有很多补充人员，不过我们很快就明白为什么了。谁都活不长久。我遇到唯一一个从反攻日活下来的人叫布坎南，他是我的中士。我刚到排里的时候他精神已经不正常了，后来在一次战斗中，我们从格劳斯豪的掩体跑向马路对过的防御工事时他被机枪扫中，饮弹身亡，而赫特根的那片树林地带本该是没有敌人的。还有大卫·克雷格，大反攻那天他跟其他九人一起登上诺曼底。他摧毁了那辆虎式坦克之后不久因在吕那维尔城外被炮弹炸伤大腿住进了医院。

面对那辆坦克，布坎南接到命令后不知所措，转过身来看着我。看得出来这个可怜的人在发抖。我们没有能够打穿虎式坦克的武器。它已经把我们排给压住了。

我替他下达了命令。“谁有火箭筒？”我看看大家问道。“大卫呢？克雷格呢？你去。你顺着房子边从街上绕到它的侧面或者后面。”

“噢，妈的，刘！”战斗打到这份儿上，他已经受够了。

噢，妈的，我想。我对他说：“我跟你去。我扛炮弹。要弄明白朝哪儿发射最好。”火箭筒发射的火箭很难打穿虎式坦克的装甲板。

指令是正确的。从不超过100英尺的地方把一枚炮弹发射到坦克回转炮塔接口处，再设法把另一枚发射到履带里。我扛起四枚火箭弹，我们溜过一所所房子，来到村外，沿着一条淌着清水的狭沟向前走。到拐弯处发现坦克就在前边离我们30英尺处，横跨在那条沟上。这个60吨重的庞然大物就在我们前上方，一个德军士兵手拿望远镜从敞开盖的地方探出身来，他脸上那得意的微笑令我忍无可忍，下巴那根筋又绷紧了，怦怦直跳。我用食指压住嘴唇示意大家不要出声，其实他们都知道该怎么做。我悄悄塞进一枚炮弹点了火。克雷格过去在印第安那狩过猎，所以目标对得很准。只见炮弹炸开时，望远镜飞上了天，德国兵的脑袋一下子耷拉了，接着掉进坦克洞口不见了。坦克开始后退。火箭筒第二次发射击中了它的履带。轮子不转了。排里的其他人发起进攻路过坦克时一个劲地朝它里面扔手雷，不久那个大家伙便被大火吞没。

我和克雷格为此被推荐荣获铜星勋章，不过克雷格还没有拿到勋章就在吕那维尔城外因一棵大树被炮弹击中炸裂而大腿受伤。我也在拿到勋章之前成了俘虏。另一个小伙子被同一枚炮弹的弹片打中，脑袋开了花，当即毙命。他死的时候在我对面仅五码远的地方，我却安然无恙。那枚击中大树的炮弹夺走了我们十二人中八个人的性命。

除了俘虏了我的那些德国兵和那些看上去像刚刚招募来的新兵外，坦克车里的那一个是我见过的唯一一个没有死也没有当战俘的德国兵。

12月降了大雪，我们待在赫特根森林，知道回家过圣诞节是不可能的了。大卫·克雷格也许行，可是我们不行。

12月中旬，我们匆匆忙忙打好行装，准备由部队卡车送往南方阿登镇附近的森林地带增援那里的一个团。我们抵达那里并下了车，等候在一片开阔地的上尉走上前来迎接我们。队伍刚集合好准备听他讲话，就听他宣布说：

"伙计们，我们被包围了。"

队伍中一个叫布鲁克斯的成天嘻嘻哈哈的小伙子大喊起来："包围了？谁把我们包围了？我们刚到这里。如果被包围了，我们怎么能到达这里？"

后来证实了这是真事。德国人已经突进森林之中，这可不是嘻嘻哈哈的事。

第二天我们才知道，仅仅是听说而已，我们已经投降了，全部投降，包括整个团。

这怎么可能呢？我们有武器，有人，全副武装的人。但是有人背着大家把我们都出卖了。我们不得不把手中的武器堆在地上，束手就擒。这简直没有道理。

“上尉，我们设法回去行不行？”有人紧张地问道。

“等我转过身去就不再有指挥权了。”

“我们该往哪儿去？”

谁也回答不了这个问题。

我们十人挤上一辆轻型卡车，开车送我们来的两位司机又开车送我们上路了。我们在汽车调度场加油，那里死一般地寂静。大家拿出备用毛披肩围住脸和脖子，换上干袜子。我们有步枪、卡宾枪，还有手榴弹。我的衬衫内侧贴近内衣的地方有一个盒子，里面装着口粮、香烟、小包装雀巢咖啡、糖、火柴，还有我最信赖的点火工具齐波打火机，外加几支蜡烛。

我们没有走多远。

谁也不知道我们在向哪儿开，只知道我们正朝来时的路往回走，向左拐到一条宽些的路上。在一个十字路口，我心想我们正往西开回自己的阵地去，可是后来道路拐了弯，我们又向北去了。我们的车跟在别的车后面。雪越下越大。我们开始超过一些吉普车、军官乘坐的轿车以及因打滑而停滞的大卡车。接着又从被严重损坏的车旁开过去，只见有的车仍在冒烟，车窗全部震坏，从窗口可以看见里面的尸体。步枪声、迫击炮声、机关枪声、汽车喇叭声以及说不上来的各种声音交织在一起。后来我们的汽车摇摇晃晃地撞到一个路堤上，大家只好下车分成几个小组分别步行前进。

我蹚着泥浆走到路的一边，一会在斜坡上，一会又滑到另一边的掩体里，艰难地在又滑又难行的路上向前挣扎着。有两个人随我而来。过了片刻我们听见汽车声、狗叫声和用德语发布的命令声。我们分散开躲藏在地里，但他们没费什么力气就找到了我们。他们随着一阵猛烈的风雪来到我们面前，还没等我们辨认出他们来，枪口已经对准了我们。他们的白色军服与雪天背景混为一体，身上的每一件东西都是崭新的。而我们简直像一堆狗屎。这是那个叫冯内古特的伙计后来在火车站见我谈到那件事时用的词。克莱尔和孩子们对我说冯内古特在他写的书里也用了这个词。

他们把我们十二个人全部俘获，驱赶着我们，汇进了其他几百人当中。他们把我们轰上卡车，开过一条河——后来才知道是莱茵河——到了一个大火车终点站才把我们放下来。大家坐在车站内，情绪极其低落，后来一列长长的闷罐车进站后停了下来。德国官兵急匆匆地从车上下来又急匆匆拥上等在那里的卡车和军官专用轿车。我们看见整队的穿美国宪兵制服戴白钢盔的特遣部队，不明白到底发生了什么事。半年之后我们才知道这就是阿登战役。在这场战役中他们把我们打得一败涂地，溃不成军。

在闷罐车箱里，我们度过了难挨的三天三夜。大家睡觉只能站着、坐着或跪着。如能找到一方空地躺下睡一觉就算走运。我们没有手纸，用什么他们才不管呢。我们只好用钢盔。当手帕用光了时，人的尊严也就没有了。经过漫长的旅行，他们终于把我们送进了几乎是在欧洲尽头的大战俘营。这里有一个英国战俘营地，是从铁丝网的入口处标志上看出来的。还有一个俄国战俘营和一个欧洲战俘营，后来我认识的那个叫帅克的老伙计就是欧洲营的。现在又多了一个美国战俘营。有些英国人告诉我他们已经在战俘营里待了四年之久。我想我恐怕难以坚持那么长时间。不过我又想，如果他们可以，我也应该可以。

到达那里一周半以后，那个头一天跟我说过话的军官派人来指名道姓叫我去见他。他先用德语问我话。

“你说你懂德语？”

“是的，指挥官先生。”

“让我听听，”他用英语说，“只许讲德语。”

我告诉他我只会讲一点点德语。我知道讲得不好，不过听比说好些。

“你怎么会知道德语的呢？”

“这是我在学校学的。”

“你为什么学习德语？”

“在学校要学一门别的语言。”

“你们都选了德语课？”

“不，指挥官先生。”

“还有什么语？”

“几乎所有的人都学法语和西班牙语。”

“你的口音糟透了。”

“我知道。我没有机会练习。”

“你为什么选德语？”

我斗胆笑了笑对他说，我想总有一天我会有机会讲德语的。

“你想对了，你瞧，”他干笑一声说，“我跟你讲英语因为不想浪费时间。你喜欢这里吗，我是说这个营地？”

“不，指挥官先生。”

“为什么？”

我不知道枯燥一词怎么说，但是知道怎么说没事可干。“我在这儿没什么事情可做。这儿有那么多男人都没有工作。”

“我有个好主意。在德累斯顿有个当劳工的机会，离这儿不太远。你觉得怎么样？”

“我想我——”

“用德语。”

“是，指挥官先生。请原谅。”

“在德累斯顿你会很安全的，跟在这里一样安全。那里没有军事工业，没有驻军，不会挨轰炸。你会吃得好一些，还能整天忙着干活。我们打算送100人左右过去。这是得到许可的。怎么样？”

我点了点头说：“我很愿意走。”

“你当翻译挺合适的。那里的警卫没有文化。你到了那儿就会发现他们不是太老就是太年轻。你在那儿的工作也很好。你的活儿是做饭，主要是给孕妇的。这个工作适合你吧？”

“是的，我很喜欢，指挥官先生，如果允许的话。”

“允许，不过，”他停了一下，耸耸肩，为了让我知道这里有一个圈套，

“我们只让士兵去那里干活。日内瓦公约是这么规定的，不许我们派军官去，连军士都不行。可你是中士。就是他们志愿去也不行。”

“我可以做什么呢？”我问。“假如您知道我不能走的话，您是不会跟我说的。”既然他想不出什么办法，干吗把我叫来？

“指挥官先生。”他提醒我说。

“指挥官先生。”

他把按在桌上的一只手抬起来，把一片单刃刀片推到我面前。“如果你把中士肩章割下来，我们就能把你按普通士兵对待。你既不会有损失也不会有特权，无论在那里还是在这里，还是在你的家乡。走的时候把刀片留下，还有中士肩章，如果你想好了的话。”

德累斯顿几乎是我见过的最美丽的城市。当然我以前没见过多少真正称得上是城市的地方，只知道曼哈顿。然后是伦敦的几处地方，主要是酒吧间和我们睡觉的房子。有一条河穿过市中心。我一生都没有见过这么多教堂，它们的顶部都有塔尖穹顶和十字架，教堂散布在城市的各个角落。宽阔的广场上有一座歌剧院，在另一处地方有一尊大臀部骑马人的雕像。它的周围搭起了一排排收容难民的帐篷，由于俄国军队正从德国东部向西推进，这些人逃离了故乡拥进这座城市来避难。城市的一切照常运转。电车按时运行，孩子们每天去上学，人们去上班，主要是妇女和老年人。我们看见的唯一一位同龄人是个残疾人，他的断臂袖口用别针别住了。剧院照常演出歌剧。一个大金属广告牌在为燕尼泽香烟做广告。过了两三周我看见新张贴的海报说一个马戏团即将来该市演出。

我们被放进一座曾经是屠宰场的房子里，那时还有牛可供宰杀。下面是肉储藏室，是在坚硬的岩石上凿成的洞状地下室，每当警笛发出有飞机轰炸的警报时，我们便躲藏在这里边。飞机经常前来轰炸的是附近比我们这里更有军事价值的目标。白天来的是美国飞机，夜间来的是英属飞机。每当听见远处炸弹的爆炸声我们心里别提有多痛快啦。我们还时常看见飞机排列着整齐的队形从高空掠过。

警卫人员不是十五岁以下的孩子就是六十岁以上直喘大气的老人。只有一位冷峻的管理员，他们说他是乌克兰人，他每隔几天就到厂区和宿舍检查一遍，以确定我们这些人还在，我们的制服仍保存着。如果有人生了重病，他们就把他的制服拿走并整齐地叠好。俄国人正从东部逼近，他们，尤其是乌克兰人希望逃到我们这边来做美国人。工厂的妇女和女孩子们像奴隶一般地干活。她们多数是波兰人，有些年纪很大，就像我姨妈和奶奶，甚至像我妈妈，不过可比她们瘦多了。为了使她们振作起来我总跟她们开玩笑，跟她们调情。有一些人反过来跟我开玩笑，要么就向我投来渴求的目光。我于是想，噢，天哪，这不是有点那个意思吧。于是我用这跟警卫开玩笑，让他为我和一个小姐安排个地方，使我们可以享受一下。

"拉宾诺维茨，你疯啦，"冯内古特这家伙对我说过不止一次，"你只要跟德国女人干一次那种事，他们就会打死你。"

我很高兴他提醒了我。他们让我们在外边练习走步时他一定注意到我用眼睛瞟姑娘们了。

"咱们举办个舞会吧，"有一次我提了个倡议，"要是能说服他们给咱们放点音乐，我敢打赌我一定能在这里举办一场舞会。"

"我可不干。"帅克带着浓重的口音说。他再一次声明他只想当一个好兵。

冯内古特也摇摇头。

我决定自己试一试。每天夜里飞机都嗡嗡地飞过头顶，看守人员一天比一天忧虑。

"帝国元帅先生。"我跟年纪最大的看守说。

"我亲爱的拉宾诺维茨先生。"他回敬我一句。

"我想搞个狂欢节。我们可以听音乐，唱歌，跳舞。这样我们会更努力工作的。"

他们拿我开心。"这是禁止的。这是不允许的。"

"请问，你不愿意有这样的事情吗？"

“这是不允许的呀。”

他们不敢问任何人。接着，马戏团演出海报贴了出来，我打算真的试着去问一下能不能去看马戏。我想跟冯内古特和好兵帅克同去，可是他们不想参与。我看不出有什么不妥。

“为什么不去？笨蛋。咱们不是都想去看吗？那咱就一块去问问。咱们需要休息。就这么等下去咱们早晚得闷死在这儿。”

“我不去，”帅克用他一贯慢吞吞的语气说，“鄙人向你乞求，拉宾诺维茨，就连干我分内的事还总有麻烦呢。我所经历的太多太多，你连想都想不到。求求你放过我吧——”

“行啦，行啦，”我打断他说，“我自己去问。”

就在这天夜里，轰炸机炸到了我们这里。白天的时候美国飞机在离我们较远的地方做低空飞行，炸毁了该市不同地区的部分房屋，炸弹与炸弹之间相距很远，而且以民房为目标，使我们感到很奇怪，这种现象是不正常的。他们是想利用这些破碎瓦砾引着后来的那场大火，可是我们当时并不知道。晚上警报器再次鸣响时我们又像往常一样躲进屠宰场地下室肉储藏室内。这一回我们一直待在里面。警报始终没有解除。虽说有石头墙和水泥顶，我们仍然可以听见奇怪的十分强烈又沉闷的砰砰声，跟炸弹爆炸的声音一点也不一样。那是投掷燃烧弹的声音。过了一会儿，悬在头顶的电灯熄灭了，通风扇也停了。发电厂停了工。幸好风能从通风口吹进来，我们还能呼吸。外面又响起了非同一般的轰隆轰隆的声音，由远到近，由小到大，一直延续了几个小时。这声音很像一列火车伴随着强风猛地开进隧道，不同的是它像是始终在隧道里穿行，又像是过山车开足马力爬上最高处，只不过它的马力始终没有减弱。这轰鸣声原来是空气。整个城市都在燃烧。大火把数英里范围内的空气嘬了过来，力气之大比得上龙卷风。黎明时分声音终于小了下来。两名警卫想看看外面的情况，壮着胆子爬上台阶。他们回来的时候就像两个小鬼。

“到处都在燃烧。整个城市所有的东西都被毁了。”

“着火了,”我以同样嘶哑的声音翻译说,“整个城市都烧光了。”

我们当然想象不出那是什么情景。

天亮以后他们把我们带到外面的雨里。人都死了。街上的人被烧成黑色的桩子,又被四处升起又落下的烟灰覆盖成了褐色。房子被烧黑了,木料全部都烧光。躲在家中的人们死在了屋里或者地窖里。教堂没有了,歌剧院也坍塌在广场上。一辆电车爆炸后倾翻在路旁烧毁了。火车站只剩下黑乎乎的架子,顶部仍冒着浓烟。雨水夹着烟灰和尘埃一起降下来,使我想起在废品收购店时从胶皮管流出的脏水。那是干完一天活以后清洗时用的水。公园那一侧所有的树木像一支支火把燃烧着,那情景很像城市大游行。我又联想起康尼岛赛马码头上色彩斑斓的烟火。那时每星期二晚上我都去灯火辉煌的月光公园看烟花。我们住的屠宰场没了,周围所有的建筑物也都消失了。我们默默地站了一个小时,直到有人开着车前来告诉我们该怎么办。这些穿军装的人也跟我们一样茫然不知所措。他们花了一个小时才做出决定,让我们步行出城,到城外的山上集合。我们目光所及之处全是尸体,男人、女人、儿童、鹦鹉、猫、狗、金丝雀。我替他们难过,我替那些波兰劳工难过,我替德国人难过。

我也替我自己难过。我一文不值。有那么一会儿我差一点哭出声来。他们难道不在乎我们可能被囚禁在这里?直到现在我也不明白我们怎么会免遭一死。

我知道我无足轻重,没有我,这一切照样会发生,结局也是一样的。无论在什么场合我都是无关紧要的人,除了在自己的家里和个别朋友中间。所以从此以后选举时我根本不想参加投票。我投杜鲁门的票,因为他对以色列很友好,但是再没有投过别人的票。继罗斯福之后我还没有发现一位值得尊敬的人。我不想让两党内只会吹牛皮的龟孙们有一分钟的得意,不想让他们以为我喜欢看见他们为实现个人野心而取得的胜利。

“他们并不知道这些,刘。”很久以前萨米带着他惯有的受过高等教育、高人一等的微笑对我说。他企图引起我对阿德莱·史蒂文森的兴趣,后来又是约翰·肯尼迪。“他们怎么知道你不想让他们有一分钟的得意呢？”

“可是我知道，”我回答说，“我们是无足轻重的人，我们投的票也起不了什么作用。你认为再有多长时间你就该讨厌肯尼迪了？”

我想，用不了一个星期，不等肯尼迪宣誓就职的庆祝会结束。从那之后，也许从林登·约翰逊之后，萨米便再不参加投票了。

我不怎么关心世界大事，因为即使我关心也改变不了任何事情。我只关心我个人的事。我所听到的都是重要的事情。我记住了我学到的东西，后来证明都是真实的，但却毫无意义，因为我在军队里，记住记不住无足轻重。即使没有我这一切仍然会发生——灰烬、烟尘、死尸以及悲惨的结局。我跟希特勒毫无干系，跟以色列也毫无瓜葛。我不想受指责也没想受褒奖。使我感受到自己重要性的唯一地方是家，是跟克莱尔和孩子们在一起的时候。我把退伍时得到的铜星勋章、步兵战斗纪念章、部队嘉奖状、中士军阶标志全部搁置起来，把印有红色“1”字的第一师肩章也搁置了起来。我参加第一师之前，该师曾在战斗中出生入死。我离开它之后，它经历了更加艰苦的战斗历程。将来在什么地方有什么人也许会想要看看这些东西，也许是我的孙辈们。现在我有四个孙子。我爱家庭中的每一个成员。有谁胆敢威胁要伤害他们中的任何一个人的话，我想我定会让他死无葬身之地。

“你要打折他的脊梁骨？”萨米来看我时笑着问我。

“打折他的脊梁骨。”我也笑了，“甚至现在。”

甚至现在。

当那个被他们叫作新生物的东西又在身上某一部分出现，辐射治疗仪不但能扫描到它，而且可以将它烧掉时，我知道那又是一个肿瘤。它出现在被医生叫作膈膜而被我叫作肚子的部位时，我就感觉恶心。不但在它生长时，而且在治疗之后都有这种感觉。这时我就想，如果长期受这种罪，恐怕最终我会承受不住的，而这一想法令我无法忍受。只有跟萨米在一起时我才感觉“恶心的”，因为他总喜欢充当老师的角色，而我则说他自作聪明。

“刘，请告诉我，”他问我时温柔地笑起来，“你一生中一共打折过几根脊梁骨?”

“算不算我在汽车盖上打的那个抢钱包的人?”

“那不算打架,刘。况且你并没有打折他的脊梁骨。有多少?”

我想了一会儿。“一个也没有。一次都不需要。只需要说一说就够了。”

“你打过多少次架?”

“一生中?”我又使劲地想了一会儿。“只有一次,萨米,”我想起来了,这一回轮到我大笑起来,“是跟你。记得那一次你教我怎么拳击吗?”

第八部

第二十二章　莱茵河之旅：梅丽莎

约塞连抓住关键时刻在白天飞快地做了一次爱，日后他回想起来时，觉得自己就像《众神的黄昏》[1]中的主人公齐格弗里德[2]，而所干的事则可以比作莱茵河之旅：齐格弗里德黎明时刻在他高山顶上的堡垒里，约塞连则是中午时分在洛克菲勒中心他的M&M公司办公室里。然而他这次快活的旅行是一个月后因他幻想一次性缺血性发作住进医院而被大夫认定无病之后结束的，是在得到那50万美元和干了卖鞋的事之后结束的。

齐格弗里德有布伦希尔特[3]，凡人布伦希尔特，以及他们共享的岩洞。

约塞连有他的护士梅丽莎·麦金托什，更加是个凡人，还有桌面、铺地毯的地面、皮沙发椅和老式建筑的宽大窗台。这座建筑原来是时代-生活大厦，现在重新命名为M&M大厦。透过窗玻璃往下瞅，正好看见那个溜冰场。当年萨米和格伦达不知在那里溜过多少次冰，他们后来成了夫妇，直到

1　瓦格纳根据德国民间传说《尼伯龙根之歌》改编的歌剧《尼伯龙根的指环》中的第四部。

2　歌剧《尼伯龙根的指环》中的英雄人物。

3　歌剧《尼伯龙根的指环》中恭太王之妻。

死神把他们分开。

约塞连一边抚摩一边点头，承认办公室的门是没有锁好，因为他知道门是锁着的。他知道在高潮时刻到来，他俩正积极配合时会有人突然进来撞见他们，但他更知道不会也不可能有人进来。约塞连过一会儿将乘飞机去克诺莎，她打算陪他开车去机场作为他此次旅行的开端。除去卫生间所需的用品外，他还需要带上治疗失眠的安定剂，治疗背痛的泰诺或者阿迪维尔，以及治疗食道裂孔疝的马洛克斯。令他十分惊奇的是去威斯康星的克诺莎竟然有了直达的大型喷气式客机。

在他拉背包拉链时电话铃响了。

"盖夫内，你想干吗？"

"你不打算祝贺我吗？"盖夫内快活地说。他根本没把约塞连口气中明显的怨恨情绪放在心上。

"你又在听吗？"约塞连说着用眼睛偷偷地扫了一眼梅丽莎。

"听什么？"

"那你打电话干吗？"

"你一点都不肯夸奖我吗，约翰？"

"为了什么？我终于收到你的账单了。你要的不多。"

"我没做多少事。另外，谢谢你的音乐。放录音的时候你不知道我有多么高兴。在这阴云笼罩的日子里听听布鲁克纳[1]交响乐，还有《鲍里斯·戈东诺夫》[2]。"

"你喜欢《指环》吗？"

"主要是听《齐格弗里德》。我不常听《指环》。"

"我要是安排什么时候听《齐格弗里德》，一定让你知道。"约塞连挖苦地说。

"约约，太感激你了。不过这不是我要谈的内容。"

---

1 安东·布鲁克纳（1842—1896）：奥地利作曲家、管风琴演奏家。

2 俄罗斯作曲家穆索尔斯基（1839—1881）所作的四幕歌剧。

“盖夫内先生。”约塞连说。他停了一下，为的是让盖夫内明白他的意图。“你要谈什么？”

“我们又退回到盖夫内先生了，对吗，约翰？”

“我们还从没有超越过约翰呢，杰里。你想干什么吧？”

“表扬，”盖夫内说，“谁都喜欢在做了好事之后受到表扬，包括盖夫内先生。”

“为什么表扬你，盖夫内先生？”

盖夫内大笑起来。靠在皮沙发上休息的梅丽莎正用锉刀修指甲。约塞连生气地瞪了她一眼。

“为了我的礼物，”盖夫内说，“我已经预料到你就要去威斯康星见塔普曼太太。我不是说过你会在芝加哥转机去华盛顿见米洛和温特格林吗？你还没问我是怎么知道的呢。”

“我会去华盛顿？”约塞连十分惊讶。

“你会收到米洛的传真。小米洛会把电话打到机场提醒这件事。快看，传真过来了。这不，又让我猜中了。”

“你一直在听着，是吗？你这个混蛋。”

“听什么？”

“也许还看着呢。小米洛就在下面的厅里，他干吗要给我打电话？”

“他跟你儿子迈克尔去港务局公共汽车终点站了，好决定他是不是在那个地方举行婚礼。”

“跟马克森家的女孩儿？”

“他不得不说是。我还有个笑话，你听了一定高兴，约翰。”

“我快误飞机了。”

“你的时间很宽裕。飞机起飞时间将推迟至少一小时。”

约塞连大声笑了起来。“盖夫内你终于搞错了，”他幸灾乐祸地说，“我让秘书问了，飞机按时起飞。”

盖夫内也笑了。“约约，你没有秘书。飞机公司说谎。起飞时间推迟55

分钟。你是让护士打的电话。”

“我没有护士。”

“这让我从心眼里高兴。请告诉麦金托什小姐，肾功能又好了。她听见这一定很高兴。”

“什么肾？”

“噢，约塞连，真差劲。她打电话的时候你总是不好好听。那个比利时病号的肾呗。既然你打算去华盛顿，干吗不请梅丽莎——？”

“梅丽莎，盖夫内先生？”

“麦金托什小姐，约塞连先生。你为什么不请她跟你一块去？我敢打赌她一定会说她非常愿意去。她很可能从来没去过华盛顿。你跟米洛和努德尔斯·库克办你们的事，她可以参观国家美术馆和史密森学会航空航天博物馆。”

约塞连把话筒盖住。“梅丽莎，回来的时候我打算在华盛顿停留一下。你花点时间去那里跟我会合好吗？”

“我非常喜欢去，”梅丽莎回答说，“我还从来没去过呢。你忙你的，我可以去参观国家美术馆和史密森学会航空航天博物馆。”

“她怎么说？”杰里·盖夫内问道。

约塞连带有几分尊敬地说：“我想你已经知道她怎么说的了。你的确是个神秘人物，不是吗？我至今还不认识你。”

“可我已经回答了你的问题。”

“我必须再想出一些新的来。咱们什么时候能见见面？”

“你不记得了？在芝加哥，你要转乘的飞机误点的时候。”

“会误点吗？”

“一个多小时。受未预测到的艾奥瓦和堪萨斯暴风雪的影响。”

“你已经预测到了？”

“我又听又看，约翰。我就是靠干这个过日子的呀。现在试验一下我的笑话怎么样？”

“你一定说得对。你一直在听着，对不？也许还一直在看着呢。”

“听什么？”

“你以为我头脑就那么简单，盖夫内？你愿意听我的笑话吗？杰里，去你妈的。”

“这个笑话不错，约约，”盖夫内说，口气依然很和蔼，“虽然我从前也听过。”

约塞连在银灰色轿车里不断地回忆着歌剧《齐格弗里德》，剧中的英雄男高音的嘴唇沾了毒龙的血之后，开始听懂了鸟的语言。它们告诉他拿起财宝，杀死矮神，穿过火圈，快快跑上山去寻找那睡梦中的美丽的布伦希尔特。这个信息以鸟语传达给了这位从没见过女人的年轻人。他需要多看几眼体态优美的布伦希尔特，因为他会惊奇地发现这个人不是男人！

齐格弗里德有他的鸟，约塞连则有他的盖夫内。约塞连在汽车里给他打电话的时候，盖夫内向他汇报说牧师的肠气里有氚。

梅丽莎·麦金托什小姐没有听说过这种情况的肠胃，不过她答应向几位跟她要好的肠胃病专家打听一下。

约塞连拿不定主意是不是希望她去问。

他的头脑中闪出一个令他惭愧的问题，他感觉受到了极大的伤害却又难以启齿：问问她曾经与那些医生约会过没有，哪怕只约会过四五个。他为有这个想法而高兴得不得了，这说明他又恋爱了，至少他是这样认为的。对他来说，类似这样因吃醋而导致精神上的悲伤的情况实在不多见。就连当初他与弗朗西丝·比奇的恋情已经到了狂热地步时——他本人却基本上是个一夫一妻制的人——他也只是淡淡地想到，用当时时兴的词说，她与支持她成为演员的人们搞得正“火”，对此他并不介意。而目前在爱的影响下，他像得了欢快病一样感到无限快活。爱使他再次返老还童了。他扬扬得意，并不感到羞愧和害怕，除非被迈克尔和其他孩子们发现，因为这毕竟是追求无度欢娱的不文明的行径。

在汽车里她握着他的手压在他的大腿上，她的纤指顺着他后脑勺的曲线滑动着。

从一开始齐格弗里德就被阴险的矮神所控制，贪婪的矮神对龙的财宝垂涎三尺，他计划财宝一到手就立刻杀死齐格弗里德。

可是梅丽莎则中他的意。

她跟她的同屋安吉拉·穆尔，他现在管她叫穆尔科克，理直气壮地指责已婚男子偷偷地与女孩约会，可是她们不指责那些追求她们的已婚男子。约塞连的第二次离婚案终于有了结果，他为此感到高兴。他觉得最好不向她透露，就连对令人陶醉的女人也一样，对她的勾引一旦结束，便只剩下痴心的眷恋和性要求。对他这种年龄的人来说，心血来潮和盲目相思比斑蝥[1]的劲还大。他已经谋划好乘最后一趟班机从华盛顿返回，在半明半暗的室内充分利用仅有的50来分钟，趁她坐在宽大的窗台上的时机，巧妙地把她的内裤扒下来。当然除非她穿的是牛仔裤。

她的同屋及好朋友跟他做爱时总是不知羞耻地要求变换花样，她跟安吉拉不同，从不亲口提出任何要求。她说出的话显得那么纯朴。不过她并不是什么都不懂，她不需要他的指点和解释。事实上她还会玩两手他从来没有想过的花样。她坚决不肯讲她的性生活史，于是他便不再追究下去。

"谁是鲍里斯·戈东诺夫？"

"就是那天晚上你进来的时候我正在听的那个歌剧，后来你让我关掉，因为你想听倒霉的电视新闻。"

"等你回来，"她接下来问他，"咱们一块听《指环》行吗？"

不错，他想，通过欣赏瓦格纳的原作，他们又可以共同受益。

齐格弗里德完成了一次英雄的使命，把她抓住带回来后交给了另一个男人，自己却遭受着背叛、苦难与妒忌的折磨。善良的布伦希尔特一点也不高兴。她万万没有想到别人正企图谋害他，偷偷给他毒酒，结果使他忘记了她是谁。

1　昆虫，干粉入药，治疥癣和瘰疬。

然而约塞连能使梅丽莎快乐。

多年以来他不曾使女人得到过快乐。他现在也懂鸟语了。

他断定她完全可以放弃目前的工作去当私人护理，这样既能赚更多的钱，又有了更多的个人时间，假如——一个要付出代价的假如——她愿意放弃带工资的假期和养老金。梅丽莎听后感到他真是个仁慈的行家。但是为了使她将来的生活有保障，她必须下决心嫁人，不要管他漂亮不漂亮，哪怕他是个乡下人，是个粗笨的人，也不管他的魅力如何，只要他有养老金和退休金，而且在他死后可以遗赠给她就可以。梅丽莎听了就像得到他的亲吻和欢娱时一样欣喜若狂。

“你有养老金吗？”

“别提我。我说的是别的什么人。”

她觉得他的思想太伟大了。

他俩在医院邂逅。他没有料到对她那两颗老式的用银子填补的牙所做出的简单承诺的意义会远远超出他的预料。每当她笑的时候那两颗填补的上齿便露了出来，于是他向她保证说只要她好好关照他，只要他能活着出院，他就用陶瓷牙冠把她的银牙换下来。待这一件事办成后，他们的关系便远远超过了他给她从萨克斯第五大道商店、维多利亚的隐私商店和好莱坞的弗里德里克商店买来的长茎红玫瑰和女式内衣所带来的亲密了。她对他的感激之情是他见所未见闻所未闻的，就连弗朗西丝·比奇都没有这样表示过感激，别看她从帕特里克那里得到了那么多，本该知道如何表示感激的。

多少个不眠之夜，约翰·约塞连躺在床上因过于激动而战栗，跟他约会的这个女人说不定已经在一定程度上爱上了他。对于自己是不是真的想要得到他心中所期盼的东西，他实在没有把握。

自从上次淋浴时的一场震惊之后，他们之间纯真的爱情进展之顺利倒使他怀疑他们的爱情是不切实际的，是虚构出来的，而且是荒诞离奇的。他跟迈克尔谈话后的那个难忘的晚上在他公寓楼的底层大厅电影院里，他把手放在她的背后轻轻抚摸她的脖颈，后来又把另一只手插进她膝部内侧看看是一种什么感觉。这一次对于他的所为她竟然一点也不吃惊，只是很敷衍地表示拒绝，这倒使他大吃一惊。随着春天的到来她不再穿连裤袜。她把夹克折叠好，优雅地放在膝上遮住双腿。当他的手向上伸去触到她滑溜溜的丝袜，摸到衬裙波浪式的花边时，终于得到了他渴望已久的东西，心中感到极大的满足。但是她却说：

"咱们不一定要在这里干，"她说话的语气庄重得像个外科医生，言语中所表达的内容却再清楚不过，"咱们可以上楼去你的公寓。"

他发现自己很想把电影的后半部分看完。"这里就挺好。还可以把电影看完。"

她瞅了瞅左右说："在这里我觉得不舒服，还是上楼去好一些。"

他们始终也不知道那部电影是怎么结尾的。

"你不能就这么干，"进屋以后过了一会儿她对他说，"你是不是应该戴上什么东西？"

"我已经做了输精管结扎手术。你不吃避孕药吗？"

"我已经做了输卵管结扎手术。可是艾滋病怎么办？"

"你可以查看一下我的血液检测证明。就在墙上的镜框里。"

"你不想看看我的吗？"

"我想碰碰运气。"他把一只手放在她的嘴上，"看在上帝的分上，梅丽莎，别说这么多话好吗？"

她把弯着的腿抬高，他从中间向她压下去，接下来两人都知道该怎么做。

第二天早晨他回想起头一天晚上的经历。当他不得不相信事情终于结束了时，他对自己充满了信心，感觉他一生都没有这么精力旺盛，这么充满活力、如饥似渴，这么冲动和性感，这么温柔体贴和浪漫多情。

太棒了，最后一次完了之后，他洗澡的时候吹着口哨，然后播放节奏强烈的摇摆舞乐。这是《特里斯坦》中刺激性欲的爱情音乐。这一次做爱比他以前任何一次都更美妙销魂，然而他深知自己绝对、绝对不想再经历这么一次了！他猜想她明白接下来的便是低潮：他恐怕再也找不回那种想要跟她或别的女人做爱的强烈愿望、渴求、冲动和所需要的体力了！

他想起马克·吐温在他成功的作品中关于蜡烛和烛台的比喻。马克·吐温强调男人和女人的性欲望不是平等的，烛台时刻都在等待。

这时他听到了她打电话的声音。

“连这次一共五次！”她对安吉拉夸耀地说，脸上显出快乐的红润。“不，”她不耐烦地听了一会后接着说，“可是我的膝盖疼着哪！”

他将会主观地把自己的记录定在五又八分之三上，不过不久当听她说她浑身的骨头也都痛时，他便感觉好些了。

“他什么都知道，”她继续说，“他懂利率，知道小说，还有戏剧。安吉，我从来没有这么快活过。”

这句话使他踌躇了一下。他不知道自己是否还想听一个从来没有如此快活过的女人的表白，不过他的虚荣心确实得到了满足。

紧接着便是一场震惊。他关掉水龙头时，从洗澡间的门缝传进来男人油腔滑调的争论声。接着他听见一个女人用矫揉造作的声音表示赞同。听起来像是某种竞赛。他把浴巾缠在腰间，准备冲出去面对可能遇到的危险。情况比他预料的还要糟糕。

她已经打开电视机听新闻了！

没有战争，没有竞选，没有民族争端，没有大火，没有暴雨和地震，也没有飞机坠毁事件——什么新闻都没有，可她却还在听！

穿衣裳的时候他闻见了使人胃口大开的炒鸡蛋味、煎熏肉味和烤面包片味。这些年的独身生活是他一生中最孤独的日子。目前仍然是单身一人过日子。

这时他看见她正往她的鸡蛋上抹西红柿酱，他不得不把目光移向别处。他两眼盯住了电视屏幕。

“梅丽莎，亲爱的。”两个星期以后他才对她说。他要让她有个思想准备。他的一只手臂搭在她肩上，手指漫不经心地抚弄着她的脖子。“听我来告诉你将要发生什么事情。这跟你没有关系。我已经料到像我这样的男人迟早要发生变化，甚至是跟他特别喜欢的女人在一起。一个男人，大多数的时间都是一个人生活，他喜欢这样，喜欢胡思乱想。他并不愿意过与别人互相迁就的日子。由于长时间保持沉默和冥思苦想养成的习惯，对于别人跟他谈话便不以为然，对于女人所做的任何事情也都不那么关心，只要她别跟他谈起这些事而且别惹他生气就行。以前就是这样，现在对我来说仍然是这样。"

她专心地听着他讲。他每讲一点她都点一下头，也许有同感，也许只是世故地表示同意罢了。

"我的情况跟你的完全相同。"她以十分诚恳的态度回答说。她的眼睛异常明亮，嘴唇闪闪发光。"我不能忍受别人在我耳边说个没完，尤其是在我读书或看报的时候。也不能忍受有事没事给我打电话，而且要么无话可说，要么尽说些我早已知道的事情，要么重复来重复去，或者打断别人的话。"

"请原谅。"约塞连打断她说，因为她好像早已准备好要不停地说下去似的。他在厕所里磨蹭了一会儿，出来以后他说："我的确认为我太老了，而你还太年轻。"

"你不算太老。"

"我比看上去要老。"

"我也一样。我已经从医院的表格上知道了你的年龄。"

噢，妈的，他心里说。"我还需要告诉你我不会再有孩子，不养狗，也不会在东汉普顿或其他地方买度假别墅。"

他的公寓的门两侧各有一间带洗澡间的卧室，卧室内放得下一台电视机，他们不妨试一试，只是吃饭的时候聚在一起。又是电视。它开着，也有声音，可是她并没有听。她从来不知道什么时候会播出她感兴趣的节目。尽管爱看电视是女人的坏毛病，是他无法忍受的坏毛病，可是他相信值得跟这个女人交往下去。

"不，我不会告诉你她的名字。"约塞连对弗朗西丝·比奇说。他们刚参加完促进大都会艺术博物馆文化活动附属委员会吵吵嚷嚷的会议。会上帕特里克·比奇大声发言表示支持约塞连的匿名提案，即大都会艺术博物馆的财政问题只有靠削减艺术作品和把第五大道的房地产卖给开发商才能解决。“这个女人你不认识。”

“是你常说的那个泼辣好动的澳大利亚女人的朋友，就是叫穆尔的澳大利亚人，对吗？”

“穆尔科克。”

“什么？”

“她叫穆尔科克，帕特里克，不是穆尔。”

帕特里克不解地瞥他一眼。“我敢打赌你曾纠正过我说她叫穆尔。”

“没错，帕特里克。可是别跟他计较了。是不是你提到过的那个护士？一想到你把自己降到那么低去跟我的朋友结婚，我的心里就很不好过。”

“谁说要结婚？”约塞连反对她说。

“你呀，”弗朗西丝笑起来，“你就像那头爱忘事的大象。”

他真的会再结一次婚？

无须提醒疑心重重的约塞连单身生活的好处。他没有必要在电话里听别人叙说。只要打开他新买的带自动换片功能的激光唱机，他可以放全套的《罗英格林》和《鲍里斯·戈东诺夫》，或者《名歌手》，还有布鲁克纳的全套四部交响乐，在天堂般美妙的氛围里尽情欣赏，不必害怕随时有女人的声音插进来，“那是什么音乐？”“你真喜欢听？”“早晨听这种音乐不嫌太吵吗？”“你能不能把声音调低点儿，我想看电视新闻”或者“我正给我姐姐打电话呢”。他可以读报而不必担心有人会把他第二天还想读的内容给剪掉。

他想，他可以忍受再结一次婚，但是已经没有时间再离一次婚了。

第二十三章　克诺莎

约塞连在飞往西部去会见牧师妻子的途中受着各种莫名其妙念头的

困扰，心中沉甸甸的。这次拜访的唯一目的是对她表示同情与安慰，并且接受对他们二人来说都不体面的挫折。她到飞机场接他时，脸上不禁流露出无法掩饰的失望表情。

他们两人本都期望见到的人更年轻些。

他后来想起英雄齐格弗里德，他为猎艳而像古代船上的奴隶一样奋力划船，船上载的是布伦希尔特的马，不过没过多久他又与另一个女人勾搭上，并且很快就订了婚。

约塞连乘坐的是大型喷气客机的头等舱，心中全然没有这类疯狂的念头。

为了得到布伦希尔特，齐格弗里德不得不翻山越岭赴汤蹈火。

约塞连的梅丽莎会直飞华盛顿。

抵达目的地时他正为《纽约客》杂志构思一部模仿剧。他认为跟瓦格纳的英雄相比，他的经历可以说再好不过了。

他虽然进退维谷，可他的账上又多了50万美元，而且他还能活着应付困难。

齐格弗里德死了，布伦希尔特死了，连她的马也死了。瓦尔堂[1]塌了，众神走了；当这优美的爱情乐曲在成功的喝彩声中像美梦般逐渐减弱时，音乐家兴奋不已，因为它充分体现了艺术与艺术家精美绝伦的本质。

而约塞连还可以期待即将到来的再发生性爱的机会。他已得到医生同意。他一生都喜欢女人，而且在这一生的大部分时间里他同时爱着不止一个女人。

位于威斯康星密歇根湖边的这座小型港口城市距离大一点的密尔沃基市25英里，现在也有了能起降喷气式飞机的机场。它的经济正在起飞，这是该市的缔造者们无论如何也想象不到的。当地的社会学家把它的繁荣诙谐地归因于这里温和的气候条件。这里新成立了几家工业公司，联邦政府

---

1 北欧神话中奥丁神款待阵亡将士英灵的祠堂。

机构在一所早已废弃的工厂场地建起一所实验室，据说这是中央情报局的所在地。

约塞连在纽约候机室的时候已经细心地注意到，凡乘一等舱的乘客都比他年轻，精神状态都非常好。只有这些外出度假的科学家们才如此高兴。他们谈话的时候总是准备着笔，谈得最多的是——他听见后大吃一惊——氚和氘。关于这两种物质他知道得很少。他们还谈到锂化氘，他问了他们才知道这是锂和重水的化合物。不光如此，其重大意义在于，在氢弹的爆炸物质当中，它是最好的。

“这些事人人都知道吗？”约塞连对于人们公开谈论这事感到十分诧异。

噢，当然啦。这些东西就刊登在《核年鉴》及霍格顿写的《原子能手册》里。这两本书兴许正放在简装书架子上削价出售呢。

登机时他认出了商务舱里的几个姑娘，她们是跟他住在同一幢高层公寓里的妓女和性俱乐部的应召女郎，常在鸡尾酒酒吧和外面的自动售货机前招揽生意。她们与他一样同属一个楼里的房客。在经济舱他看见了一小群无家可归者，不知道他们通过什么办法弄到的机票和钱，离开了纽约市内那条难以维持生计的街区，转到威斯康星继续他们浪迹天涯的日子。他们特为这次神圣的旅行沐浴干净，很可能是在港务局公共汽车终点站大楼内的厕所里洗的。迈克尔曾为那些地方设计过招贴画，现在仍贴在那里，内容主要是严肃地警告人们不准在厕所和洗手间吸烟、游荡、洗澡、刮脸、洗衣、性交和口淫，还宣传酗酒对孕妇有害，鸡奸能传染艾滋病和肝炎。这些招贴画为迈克尔赢得了艺术奖。他们的背包里塞满了购物卡和纸袋子。他断定机舱后部坐着的那个长着变硬了的黑素瘤的黑人妇女，就是那次他跟麦克布莱德走下紧急出口楼梯时见到的女人，她当时只穿了一件粉色无袖衬衣，坐在台阶上擦洗身子。他四处张望想找到台阶上另一个浑身散发着腐臭味的独腿女人，但是没有找到。她差不多每天都要被流浪汉们奸污三四次。那个缝白衬衣口子的苍白女人也不在机上。

在飞机上约塞连似懂非懂地听物理学家们议论说，在科学的世界里，时间不断地倒退与前进，前进与倒退；物质的粒子在时间里来回穿梭而不发生任何变化。他为什么就不能呢？他还听他们说亚原子的粒子同时存在于它们可能存在的任何地方。他由此联想到在他这个非科学的人类世界里，可能发生的事必然会发生，而不曾发生过的事情是不可能发生的。能变化的事物必然变化，不变化的事物则不能变化。

原来凯琳·塔普曼太太是一位瘦小腼腆、心神不安的老太太。她目前的尴尬处境促成了这次会面，面对自己处境的很多方面她都不知所措。但是有一点他们都清楚：他后悔来到这里，她也认为不该叫他来。他们很快就无话可谈了，也想不出什么新的话题。他认出了她，他诚恳地说，是因为他还记得牧师一直带在身上的她那张相片。

她笑了。“我那时刚过三十岁。我也认出你来了，是从我们书房的照片上认出来的。”

约塞连没有想到牧师会保留他的照片。

“啊，有的。我给你看看。”塔普曼太太领他到了二层小楼的背面，“他常常对大家说在国外最危险的时刻你几乎救了他一命。”

“我想是他帮我忙，救了我。我决定拒绝继续飞行后是他支持了我。不知道他跟你谈起过多少往事。”

“我想他把什么事都告诉我了。”

“我自然会坚持下去的，不过是他使我感觉到了我是对的。他的钱夹里总装着你和孩子们放大了的照片。”

书房的整个一面墙上挂满了照片，这些照片的跨度将近70年，其中有的照片上牧师小时候手拿钓鱼竿咧着掉了牙的嘴开心地笑着，也有一些是塔普曼太太年轻时穿着参加晚会的连衣裙照的。他记忆中的那张照片也挂在墙上，三十岁的塔普曼太太跟三个年龄不大的孩子勇敢地面对镜头，显出一副悲怆的孤独感和被遗弃感，似乎隐隐约约地感到了她会丧失什么。另一面墙上挂着牧师在战时拍的那张照片。

约塞连停下来注视着一张旧得发黄的照片，一个瘦小的身影被镜头留在了画面上，那是牧师的父亲在第一次世界大战时照的，头上的钢盔对下面那张孩子脸来说太大了些。他手中很别扭地握着上了刺刀的步枪，皮带一侧挂着装有饭盒的帆布袋，另一侧挂着装有防毒面具的帆布盒。

“过去我们一直留着那个防毒面具作纪念，”塔普曼太太说，“孩子们还可以拿着它玩。后来就不知道哪里去了。在一次战役里他轻微地中了毒，在疗养院住了一段时间。由于他很会保养自己，所以活了很大岁数。他得了肝癌，就死在这间屋里。人们说他吸烟太多了。瞧，这就是他保存的你的那张。”

约塞连抑制住笑说：“我可不认为这是我的照片。”

“可他说是的，”她争辩说，那股子劲头是约塞连没有想到的，“他指给每一个人看。‘那是我的朋友约塞连，’他这么说，‘在艰难的日子里他常帮助我渡过难关。’他不但对每个人都这么说，还反反复复地对自己说。”

约塞连被她的真诚所感动。这张照片是被中队的公共关系官员作为日常工作拍下来的。飞行队员在出发前等着上飞机。照片上，他站在后边背景里，在集中精神准备拍照的人们跟B-25轰炸机中间。最前排是那天刚刚补充来的新兵，他们正毫无顾忌地坐在没装引信的千磅炸弹上面等待登机和起飞。约塞连看上去跟别的人一样精干和孩子气。他身上挎着降落伞背带，很随便地戴着军官大檐帽，刚好转过头来看他们。牧师把每个人的名字都写在了上面，约塞连的名字写得最大。又看见了这几位，他们是萨缪尔·辛格、威廉·奈特、霍华德·斯诺登。他们都是军士。

“其中一个年轻人后来被打死了，”塔普曼太太说，“我相信是这一位。萨缪尔·辛格。”

“不是，塔普曼太太。是霍华德·斯诺登。”

“你有把握吗？”

“那一次我恰巧跟他在同一架飞机上。”

“你们都显得那么年轻。在候机室等你的时候，我想你的样子一定跟这上面的一样。”

“我们曾经年轻过，塔普曼太太。”

“死得也太年轻啦。”

“我也这样想。”

“阿尔伯特在他的葬礼上讲了话。”

“我也在场。”

“他说他当时非常难过。他也不明白为什么。他几乎说不成话。你想他们会放了他让他回家吗？”塔普曼太太见约塞连耸了耸肩，“他没做什么错事呀。他现在的日子一定十分难挨。我也一样。街对面那个女人是寡妇，晚上我们常在一起玩桥牌。我料到早晚我得学着过寡妇的日子。可是我不明白为什么现在就让我当活寡妇呢？”

“他们对他的健康真的很关心。”

“约塞连先生，”她大不以为然地说，情绪突然变了，“我丈夫已经七十多岁了，假如他要生病，难道不能病在家里吗？”

“你说的一点没错。”

“不过我想他们知道他们在干什么。”

“我绝对绝对不能同意这一点。不过他们也怕他炸了呢。”

她没听懂他的意思。“阿尔伯特没有脾气。他从来不生气。”

该找的地方都找过，他们二人再也想不出任何新办法了。地方警察局把他列为失踪者，联邦政府的一个部门对他的情况一点也不了解，另一个部门给她送来现钱，还每隔半个月来问候一次，第三个部门坚持说他是被召回预备役去了。

“他们都不可信，不是吗？”他考虑说。

“为什么这样说？”她问道。

各种报纸、两位参议员、一位众议员和白宫对此均不表示关心。约塞连最近在信息自由法案局的牧师档案里亲眼看见他档案的变更情况：有关他的情况全部被删掉了，只剩下冠词a、an和the。他的社会保险号没有了，档案里只剩下一封字迹潦草的信，出自一位军人之手，日期是1944年8月。信的内容除了致敬语“亲爱的玛丽”外全部被墨水盖住了。信笺下方是保密检查员即塔普曼牧师的话：“苦苦地思念你。美军随军牧师阿·泰·塔普曼。”约塞连觉得这笔迹像他自己的，可是想不起来他曾写过这样的信。他没有对凯琳·塔普曼提起这件事，因为他不想她因牧师过去跟一个叫玛丽的女人有瓜葛而伤心。

依照联邦调查局所做的心理描述，牧师恰恰符合与女人私奔的那一类。他们凭经验推测，最大的可能是，那女人就是他教会里的风琴手。

塔普曼太太不相信，因为从来就没有过什么风琴手。再说自从他退役后就没有过自己的教会，也没有教区。

来的途中飞机经过密歇根湖上空时，约塞连在机上接到盖夫内的一个电话，他一直等到吃完晚饭才把电话中得到的最新消息告诉她。他们按她的要求早早就吃了饭，这样可以作为先到的顾客少付三块钱。对约塞连来说这可是件新鲜事。另外，作为老年人，他们还享受到了额外的优惠价格，而且无须出示身份证。这又是一件新鲜事。他看她要了甜食便也要了一份。

“我并不想让你害怕，塔普曼太太，”他们吃完以后他才说，“但是他们正在推测，可能是”——他很难把下面这个词说出口——“一个奇迹。”

“奇迹？怎么会让我害怕？”

“会让一些人害怕。”

“那就是该让人害怕的事呗。由谁来确定？”

“咱们永远不会知道。”

“可是他们一定知道他们在做些什么。”

“我可不愿想那么多。”

“他们有权扣留他，是吗？”

“不，他们没有那个权利。”

“那么我们为什么不想想办法呢？”

“我们没有那个权利。”

“我一点也不懂。”

“塔普曼太太，有权势的人有权做任何事情，而我们根本无法制止他们，这就是在部队的时候我跟阿尔伯特发现的那个圈套。眼前的事情正是这样。”

“就没有什么希望了，是吗？”

“咱们可以盼着他们把这件事当作奇迹的奇迹出现。那样他们就有可能会让他回来了。还存在一种可能性，他们把它叫作，”他又犹豫了一下，“一种自然进化演变形式。”

“因为生产重水？我的阿尔伯特？”

“关于奇迹理论的麻烦是它属于心理的一个侧面。通常是女人，在温和的气候条件下。一个女人，请原谅我，一个乳房特别丰满的女人。你丈夫不符合这个模式。”

“是这样？”她用冷峻威严的口气不客气地反驳说。“约塞连先生，”她继续说下去，尖尖的脸上带出准备吵架的神气，“我要告诉你一件事，这件事我们谁都没有告诉过，连孩子们也不知道。我丈夫曾亲眼看见过一桩奇迹，一个影像。是的，在部队的时候那个影像，就在那一刻，使他恢复了信仰，而当时他本来要向公众宣布他已经放弃了信仰，已经不能再坚持他的信仰了。所以他坚持了下来。”

他还以为他惹火了她呢。过了一会儿，他才从她好斗的劲头里缓过来。“他为什么不想告诉别人？”

“奇迹显现给他不是为了让他四处宣扬出名。”

“能让我知道吗？”

“是在皮亚诺萨的那次葬礼上，”她讲述给他听，“安葬咱们刚才提到的年轻的萨缪尔·辛格。”

“不是辛格，塔普曼太太，是斯诺登。”

“我敢肯定他说的是辛格。”

“谁都一样,不过抢救他的是我。请接着说。”

“好的。他正在主持辛格的葬礼仪式,后来不知道该说什么了。他就是这么描述的,然后他把头抬起来,眼睛望着天堂准备认罪并决定辞职,决定就在那个地方宣布放弃对上帝的信仰,对宗教的信仰,放弃对正义、道德和怜悯的信仰。周围的军官和士兵都在看着他。他正要宣布时,神迹为他而显现。那是一个影像,一个人的影像,在墓地的外边,他的表情十分沉重,他用悲伤的眼神瞧着葬礼,然后把目光聚集在我丈夫身上。”

“塔普曼太太。”约塞连长叹一口气说。他的心情相当压抑。“那个人就是我。”

“树上的那个人?”她嘲讽地挑起眉梢。在那以前他在真正的信徒脸上见过这种表情,不管信什么,只要是真信徒就行。可从来没有见过像她这样的自信。“这不可能,”她郑重地对他说,她的自信近乎蛮不讲理,“约塞连先生,那个影像可是没穿衣裳。”

约塞连通情达理地问道:“你丈夫从来没有告诉你那是怎么回事吗?”

“这能是怎么回事,约塞连先生?明摆着是天使嘛。”

“有翅膀?”

“你这是亵渎神灵。出现神迹时是不需要翅膀的。为什么是天使就一定有翅膀?约塞连先生,我想让我丈夫回来。对于别人的事我是不管的。”她哭了。

“塔普曼太太,你开阔了我的眼界。”约塞连同情地说道。他又恢复了原来的热忱。从他终生所持有的怀疑论里他悟出了这么个道理,即一种信念,哪怕是十分天真幼稚的信念,最终会比什么都不信更使人受益。“我会尽最大努力的。在华盛顿我还有最后一着。一个在白宫工作的人还欠着我的人情呢。”

“请你问问他吧。我要知道你一直还在为这件事努力呢。”

“我会求他的,好好哀求他。他每天至少能见到总统一次。”

“小普里克?”

她把他送到汽车旅店的时候时间还很早。

在酒吧间喝完三杯双料苏格兰威士忌之后他回到旅店，在停车场看见一辆从纽约来的红色丰田车停在那里，里面坐着的女人正在吃东西。她看见他在盯着她瞧，就打开前车灯把车开走了。他半醉地打着酒嗝笑了。他一定是把那当成她和她的丰田车了。

他躺在床上边嚼糖块和花生米，边喝从外边自动售货机上买来的可口可乐，毫无困意，难以入睡。想读那本有意思的小说可又懒得开始。他本来希望能好好地读一读，所以又一次把它带在了身边。这是托马斯·曼的简装短篇小说集，书名是《威尼斯之死——托马斯·曼短篇小说集》。近来连轻松的作品也变得格外沉重了。他最爱读的《纽约客》也失去了吸引力。花边新闻写的尽是些陌生人，奥斯卡金像奖似乎也只授予他不知道的电影和没有看过甚至没有听说过的演员们。

他很想念梅丽莎，但又很高兴自己一个人来这里。也可以说，他是以逃避的方式改变一下生活，使自己从中得到些乐趣。他很喜欢一个人待在这里，尽管他很想念梅丽莎。他找到了一个古典音乐台，惊讶地听到一个德国巴赫合唱队演唱美国音乐喜剧《旋转木马》的歌曲。他连忙去换台，结果把中指都碰疼了。他幸运地在第二个台收听到一组歌曲，先是儿童合唱的《波希米亚人》，接下来是童声合唱的《卡门》。随后由于远处的闪电的影响，电波受到越来越强的干扰，但他还是听到了砧琴[1]的演奏，并且辨认出演奏的是德国的《莱茵黄金》[2]。主人公正伴随着圣洁的众神来到地底下从侏儒手中偷取金子，用以偿付按合同为他们建造了新房子瓦尔堂的巨人们。但他们早已背弃了那份合同的条款。女神曾答应过使巨人们永葆青春，而这是要用钱来支付的。约塞连再次认为，在与众神做买卖时，最好是一手交钱

1 一种打击乐器。

2 德国和北欧神话中由莱茵河三少女守护的窖藏黄金，后来相继被尼伯龙根族人和齐格弗里德占有。

一手交货。

砧琴合奏被电波干扰声所掩盖，他从干扰声中隐约听出由粗俗野蛮的笑声构成的毫无意义的音乐喧嚣，那声调越来越高，接着又从嘡嘡咔咔的干扰声里听见模糊不清的恸哭声。那是孩子们用多声部唱出的非同寻常的呜咽，这来自天使的孤独可爱的呜咽声非常动听。他相信从前听过这歌声，但想不起来是什么节目了。他想起了托马斯·曼的一本小说，他曾经想为它写点什么，然而在迷迷糊糊之中他怀疑自己是否忘记了自己在什么地方，是否在做梦，梦见正在听他曾读过的莱弗库恩的《启示录》。在接着的几秒钟里嘈杂的广播讯号也渐渐消失，在这人类最初时期的寂寥中，唯余令人不安的嘡嘡声和压抑不住的电波干扰声。

那天夜里他的确做了支离破碎的梦，梦见他回到了纽约自己的高层公寓，在红色丰田车里吃甜食的那个女人又把车开回克诺莎他住的汽车旅店的停车场，并停在了同一个车位上。在克诺莎边界处，一个大腹便便、个头不高、蓄着胡子的中年男子正步履艰难地低着头走来走去，嘴唇喃喃地蠕动着。他是联邦调查局的探员，犹太人。一个身材瘦长头发橘黄的人，身穿泡泡纱西服，十分惹人注目地从一个角落与人无争地旁观着。他的两眼炯炯有神，手中拿着橘汁塑料杯，杯里有一根吸管。一个肤色较深、带有东方人气质的人机警地瞅着他们所有的人。这个人穿一件过分讲究的蓝色衬衫，浅黄色小紫格单排扣人字呢夹克，铁红色领带。阴影里还躲着一个诡秘可疑的人，他头戴一顶深色贝雷帽，嘴里叼着香烟，两手深深地插在沾满污泥的雨衣兜里。雨衣没有系扣子，暴露出他多毛的躯体，随时准备吸引淫荡的人窥视他那令人作呕的裤衩和腹股沟。梦将结束时，他从跟第二个妻子快速的交欢中得到了满足。也许是第一个妻子？也许两个都是？醒来时他想起了梅丽莎，感到很内疚。

当他出去吃早餐时，那辆纽约牌照的红色丰田车和吃东西的女人又在停车场待着呢。一眨眼工夫那辆汽车便加速开走了。他明白这一定是他的幻觉。她不可能在这里。

第二十四章 《启示录》

“怎么不可能？”杰里·盖夫内在芝加哥的飞机场对约塞连说，“米洛的轰炸机，牧师的重水，你的两次离婚，梅丽莎·麦金托什护士和比利时病人，还有跟那个有夫之妇的纵乐。你可是众人心中的宠儿呀。”

“仅仅一天工夫从纽约到克诺莎？她不可能开得那么快，你说呢？”

“有的时候人的行为是神秘莫测的，约翰。”

“她是在我的梦里出现的，杰里。还有你。”

“那你可不能怪我们啊。你的梦属于你自己的。你有把握不是在凭空想象？”

“我的梦？”

“是的。”

“凭着梦我才认出你来的。盖夫内，我知道我以前见过你。”

“我一直这么对你说的。”

“去年我住院的时候，有好几个人总扒着头往里看，你就是其中的一个，是不是？”

“不是看你，约翰。我是为调查而去的，有雇员打电话来说得了病。一个人得了葡萄球菌传染病，另一个吃了有沙门氏菌的食物而中毒，是因为——”

“那里食堂的鸡蛋三明治，对吗？”

约塞连抵达飞机场时，这里一片混乱，因为艾奥瓦和堪萨斯州遭到了不可预测的暴风雪袭击，许多航班都停飞了。他很快就注意到了一个人，他肤色黝黑，整洁潇洒，中等个头，带有一些东方人的气质。他手举一张飞机票向他招手。

“盖夫内先生？”他问道。

“不是弥赛亚。”盖夫内说着咯咯笑了。“我们找个地方坐一坐，喝杯咖啡。还有一个小时。”盖夫内已经替他预购了下一班飞往华盛顿的班机，还拿到了登机证。“你听了一定会很高兴，”他把消息透露给他时显得异常兴奋，“经过这一切之后，你就成阔佬啦。差不多50万美元，我想。为了你跟努德尔斯·库克的合作。”

“我没跟努德尔斯·库克合作。”

“米洛希望你去跟库克合作。我开始想，你这次旅行在一定意义上算得上是莱茵河之旅吧。”

“我也是这么想的。”

“这可不是巧合吧。不过结局更好些。”

盖夫内皮肤黝黑，衣着入时，举止文雅，是一位土耳其血统的英俊男子。他说他来自纽约布鲁克林区的本森赫斯特。他的皮肤光滑润泽，秃了的头顶亮闪闪的；乌黑的头发两鬓修剪得整整齐齐，眉毛也是乌黑的。眼睛不大，棕色的眼球，加上漂亮的高颧骨，更给他增添了东方人的魅力。他穿浅黄色小紫格单排扣人字呢夹克，棕色裤子，浅蓝色衬衫，打一条铁红色领带，实在是无可挑剔。

“在我的梦里，”约塞连说，“你也是这身打扮。昨天你在克诺莎吗？”

“没有，没有，约约。”

“可这身衣裳出现在我的梦里了。”

“那是不可能的，约约，因为我的衣裳是从来不连续穿几天的。”盖夫内继续说道。他看了一眼记事簿，舔了舔嘴唇，显然知道他说话的分量。“昨天我穿的是深颜色海力斯粗花呢，里子是橘黄色有图案的，深咖啡色裤子，带细竖条的浅粉色衬衫，打一条茶褐、深蓝和浅黄三色佩力斯涡旋花纹呢领带。你可能不懂这些，约翰，不过我相信整洁的魅力。不可轻视整洁的作用。我每天都为某种场合刻意穿戴一番，这样当这种场合到来时，我的衣着便恰恰是为它而准备的，明天嘛，让我看一下日历。如果往南走，就穿绿色燕麦纹爱尔兰亚麻服装，如果仍留在北方，就穿钉角质扣的双排扣蓝色运动夹克衫，灰裤子。裤料是法兰绒的。约翰，只有你明白。你梦见性生活了吗？”

“这不关你的事，杰里。”

“好像一换地方你就做这种梦。”

“这也不关你的事。”

“每当我一个人外出旅行，头一天晚上准梦见性生活。所以对于离家外出我一向不在意。”

“盖夫内先生，这可真不错。不过这不关我的事。”

“当我跟盖夫内太太一同外出时，就不必做这类梦了。很幸运，每换一个新地方她总是迫不及待地进行性生活。”

“这也挺不错嘛。不过我不听。也不想让你听我的。”

“你是该警惕性高一些。”

“所以我雇了你，妈的。我不但被你跟踪，还被一些我他妈的一点都不知道的人们跟踪。我希望这一切都快一点收场。我要重新得到隐私权。”

“那就别再管牧师的事。”

“我没有管什么牧师的事。”

“我知道这些，约约。可是他们并不知道。”

“我已经老了，不适合再叫约约了。”

“你的朋友都叫你约约。”

“说出是谁，笨蛋。”

“我会查出来的。不过，你找到我盖夫内可算是找对了人。我会告诉你他们监视你的方式，我可以教你如何躲过他们对你的监视，我还能让你知道他们用来阻挠像你这样已经学会如何阻挠他们监视的人的方法。”

“你这不是自相矛盾吗？”

“是的。不过此间我发现了四个跟踪你的人。他们的装化得很巧妙。快瞧，那位先生是一个联邦调查局探员，犹太人。他正准备登机回纽约，昨天他就在克诺莎。”

“我好像在什么地方见过他，不过不十分有把握。”

“可能是在梦里。在汽车旅店的停车场,他正在念晚祷词。你认出来了几个?”

“至少一个。”约塞连说。他们好像在共同策划一项反间谍活动。他的兴致一下子高起来。“甚至连看都不用看。一个长一脸雀斑、橘黄色头发、穿泡泡纱的高个子男人。都快到冬天了,他还穿着泡泡纱,是不是?我打赌他就在那儿,靠着墙,也许是柱子,正用纸杯喝汽水。”

“也许是朱莉叶斯橙汁。他希望被人发现。”

“被谁?”

“让我查一查。”

“别,让我来!”约塞连郑重地说,“我去跟那狗娘养的谈一谈,一次性解决。你在这儿看着。”

“我的踝部枪套里有一支枪。”

“你也有?”

“还有谁有?”

“麦克布莱德,我的一个朋友。”

“在港务局公共汽车终点站的那个?”

“你认识他?”

“我去过那里,”盖夫内说,“你不久也要去,因为婚礼已经定下来了。”

“是吗?”对约塞连来说这可是新消息。

盖夫内又高兴起来。“连米洛都还不知道呢,可是我知道了。你可以去订鱼子酱了。请让我告诉他。还要经有关部门的批准。你不认为这挺有趣吗?”

“我已经听说了。”

“别跟那个侦探说得太多,他可能是中央情报局的。”

约塞连很生自己的气,因为当他朝着猎物走去时心中竟然没有恼怒之意。

“喂,”那个人好奇地问,“你有什么事?”

约塞连粗暴地问道:“昨天在纽约的时候我是不是看见你在跟踪我?”

“不是。”

这谈话似乎就要结束了。

“你昨天是不是在纽约?”约塞连的口气已不像刚才那样果断。

“我在佛罗里达。”他的行为举止及神态像是一副永不改变的面具,“我有个兄弟在纽约。”

“他长得像你吗?”

“我们是孪生兄弟。”

“他是联邦局的特务?”

“我没有必要回答这个问题。”

“那你是不是?”

“我还不知道你是谁呢。”

“我叫约塞连。约翰·约塞连。”

“让我看看你的证明。”

“你俩都在跟踪我,对吧?”

“我们干吗要跟踪你?”

“我正要问你呢。”

“我没有必要告诉你。你连身份证明都没有。”

“我没有身份证明。”他回到原地气馁地对盖夫内说。

“我有身份证明,让我试一试。”

还不到一分钟,杰里·盖夫内就跟那个穿泡泡纱的男子像老朋友一样亲密无间地聊了起来。盖夫内拿出一个皮夹子,给他一张像名片一样的东西。这时一名警察和四五位穿普通衣服的人轻捷地朝他们走过去。那四五个人可能过去当过警察。盖夫内给了他们一人一张卡片,然后又给每个驻足围观的人一张,又走过去给食品摊上的两个黑人妇女一人一张。她们正在卖热狗、包装好的三明治、软椒盐卷和像朱莉叶斯橙汁的软饮料。盖夫内终于回来了,他对自己的表现很满意。他说话的语调温柔,这只有约塞连知道，因为他的举止还和过去一样安详平和。

“他不是在跟踪你，约翰。”他说。其实他们可能只谈了谈天气，因为从那些旁观人的情况就可以看出来。“他是在跟踪那些跟踪你的人。他想了解他们到底知道了你多少事。”

“谁？”约塞连问道，“哪些人？”

“他还没查出来呢，”盖夫内说，“可能是我吧。对别人来说这很有趣，可是你显然不愿意。约翰，他认为你可能是中央情报局的。”

“这是诽谤。希望你已经告诉他我不是。”

“我还不知道你不是呢。不过我什么也不会说，除非他成了我的客户。我只对他说了这些。”盖夫内把一张名片推过桌面。

“你也该有一张。”

约塞连皱起眉头扫了一眼名片，上面说送名片的人是盖夫内房地产公司的业主，办事处设在纽约市和纽约海滩、康涅狄格海滩、圣莫尼卡市靠海边的市区和南加利福尼亚的圣地亚哥。

“我好像不大懂。”约塞连说。

“这不过是个幌子，”盖夫内说，“一个骗术。”

“现在明白了。”约塞连咧嘴笑了一下，“这是你的侦探所的掩护，是吧？”

“你恰恰弄颠倒了。侦探所是我房地产公司的幌子。房地产才赚大钱呢。”

“我不敢肯定该不该信你的话。”

“看我像是在说着玩吗？”

“这可难说。”

“我是要引诱他去我的任何一间办公室。他会装作买房人，实际是想调查我到底是干什么的。”

“你能查出他为什么来？”

“我就能卖给他一所房子，约翰。这是我的真正经济来源。你也应该感兴趣。明年夏天我们在东汉普顿有房出租。一个季度，一年，或者短期都可以。你想买的话，我们在海滨还有高档次的房产。”

“盖夫内先生。”约塞连说。

“咱们又回到从前了吗？”

“我比从前更加不了解你了。你说我会有这么一次旅行，现在我有了。你预报有一场暴风雪，这场暴风雪真来了。”

“气象学并不难。”

“你好像知道地球表面发生的一切。你知道得太多，简直跟上帝一样了。”

“房地产赚钱多，”盖夫内回答他说，“从这儿我知道没有上帝。他要是做房地产也准会卖力气的。他倒是个不坏的上帝，不是吗？”

“我知道的上帝可不怎么样。”

“我的那个可能好些。我还知道不少地底下的事情。我去过港务局公共汽车终点站的地下室，你知道。”

“你听见狗叫了？”

“啊，当然听见了。”盖夫内说，“还看见了基尔罗伊的材料。我跟军事特别秘密工程办公大楼也有联系，电子联系。”他说着脸上又带出了惯有的微笑，近乎朱红色性感的薄嘴唇咧得特别大。他的笑里像是隐藏着令人费解且又未说出口的东西。“我甚至，”他不无骄傲地说下去，“还见到了迪尔尤先生。”

“迪尔尤先生？”约塞连应声问道，“哪位迪尔尤先生？”

“乔治·西·迪尔尤先生，”盖夫内解释说，“就是在康尼岛修建了老的赛马公园的那一个。”

“我想他死了吧。”

“是死了。”

“你在说笑话？”

“你觉得可笑吗？”

“只有一点点。”

“你不能说我没努力，”盖夫内说，“咱们走吧。回头看一看，如果你想看的话。那他们就会跟上来了。他们不知道该紧跟约塞连不放呢，还是来跟踪我。你的旅行会很顺利。把这一小段经历当作幕间休息时的小插曲吧，是克诺莎之行跟你与米洛和努德尔斯·库克的交易之间的小插曲。就像瓦格纳写的齐格弗里德的莱茵河之旅里的音乐，就像《众神的黄昏》里的葬礼曲，也像《莱茵黄金》里叮叮咚咚的砧琴声。”

“昨天晚上我听那段音乐了，就在克诺莎我住的房间里。”

“我知道。”

“我还得到了一些信息，可能对牧师有些帮助。他的妻子认为他有过一次奇迹。”

“已经老掉牙了，约翰，”盖夫内轻蔑地说，“在克诺莎的每一件事都已经被窃听过了。我倒有一件事可能还不算坏。你可以向米洛提鞋子的建议。”

“什么鞋？”

“军鞋。兴许是美国政府官方用的鞋。他搞香烟太晚了，但是军队随时都需要军鞋。还有女人的鞋。也许还有胸罩。请代我向你的未婚妻问好。”

“什么未婚妻？”约塞连惊奇地问他。

“麦金托什小姐呀？”盖夫内的黑眉毛几乎弯成了问号。

“麦金托什小姐不是我的未婚妻，”约塞连争辩说，“她不过是我的护士而已。”

盖夫内摇摇头做了一个笑的姿势。“你没有护士，约约，”他几乎是存心拿他开心地坚持说，“你跟我说过不止十遍。是不是让我查一查再数一遍？”

“盖夫内，穿上你的爱尔兰亚麻去北边吧，要么就穿上那运动夹克衫和法兰绒裤子去南方。别忘了带上那些跟踪你的人。”

“到时候就走。你喜欢德国音乐家，是吗？”

“还有谁？”约塞连回答，“除非你把意大利歌剧也算上。”

“肖邦呢？”

“你能从舒伯特的音乐里听到他，”约塞连说，“他们俩都离不了贝多芬。”

“不完全是这样。德国人自己怎么样？”盖夫内问他。

“他们不怎么喜欢自己人，你说呢？”约塞连回答说，“我想不起来有哪个民族对他们自己人报有如此强烈的敌意。”

“除了我们？”盖夫内提醒他说。

“盖夫内，你知道得太多了。”

“我一向喜欢学习新事物。”盖夫内说的时候带着克制的表情。“事实证明这对我的工作很有帮助。我问你，约翰，”他继续说，两眼意味深长地看着约塞连，“你听过一个叫艾德利安·莱弗库恩的德国音乐家的作品吗？”

约塞连既紧张又恐慌地看着盖夫内。“听过，是的，杰里，”他边回答边审视着眼前这个谦顺温和而又阴森费解的面孔，企图从上面找到揭开疑团的一丝希望，“我听过艾德利安·莱弗库恩。他创作过一出神剧，叫《启示录》。”

“我是通过一个叫《浮士德的悲怆》的大合唱知道他的。”

“我想还没有上演过吧。”

“噢，上演过。它里面有一段非常感人的儿童合唱，还有一段情节很凶残，是大人们用滑音发出的残忍的大笑。那笑声和悲切的童声使我想起那次大战时期纳粹士兵的照片。你们那场战争，把犹太儿童从犹太人贫民区赶向死亡的战争。”

“那是《启示录》，杰里。”

“你有把握？”

“绝对有把握。”

“我得查一查。别忘了你的鞋。”

“什么鞋？”

第二十五章　首都华盛顿

“一种他妈的鞋？”在约塞连的莱茵河之旅第二段旅程中温特格林讽刺

地说，“他妈的鞋子有什么了不起？”

“这不过是他妈的一种想法而已。”在作为M&M军事联合企业华盛顿办公室的旅馆套间里约塞连对他说。他认为自己和梅丽莎更愿意住进一个比这个新一点的旅馆，它自诩名声更大，服务更好。记得在医院时他的身体状况平稳了些，大脑损伤和瘫痪的危险业已过去时，他答应带她住能播放XXX级电影的高级旅馆，电影的语言是用联合国规定的所有语言配音的。一想起他当时的许诺，他的虚荣心便得到极大的满足。“你们说过想要一种民用产品。”

“可是鞋类？到目前为止已有他妈的50家制鞋公司给我们的倒霉脚丫子生产他妈的鞋。”

“但是没有一家得到了独家为美国政府官方生产鞋的特许权。”

“男式鞋还是女式鞋？”米洛考虑了一下说。

“都有。在冲突中女人也会被打死。”约塞连很后悔自己引起了这个话题，“不说它了。关于生意上的事我懂得太少。事到如今我仍然不明白你们怎么能七分钱买一个鸡蛋再以五分钱卖掉最终还能赚钱。”

“现在我们仍然可以。”温特格林吹牛说。

“鸡蛋容易坏，”米洛不无遗憾地沉思说，“还容易破。我倒宁愿做鞋的生意。尤金，干吧。”

“我倒宁愿做飞机生意。”温特格林咕哝着说。

“然后呢？假如说战争的危险不再有了呢？”

“我要试试。”

“我不喜欢搞飞机，”约塞连说。

“你又想离开我们了？”温特格林奚落他说，“你已经反对了好几年啦。”

听到他的嘲笑约塞连十分不快，不过没有理睬他。“你们的嘘——！能毁掉全世界，是吗？”

“你一直在偷偷注意着？”温特格林回答说。

“不，现在还不能，”米洛痛心地说，“我们曾经在会议上反复确认了这一点。”

“但是也许奇爱的能？”温特格林尖刻地说。

“这就是为什么，”米洛说，“我们想跟努德尔斯·库克见面。”

约塞连再一次摇摇头。“可是我不喜欢原子弹。我再也不会喜欢它了。”

“你愿意让谁得到这份合同呢？”温特格林争辩说，“他妈的奇爱？”

“我们没有炸弹，”米洛宽慰地说，“我们只有一个能载炸弹的飞机的计划。”

“而且飞机也不会飞。”

“我们保证，约塞连，甚至书面保证，我们的飞机不会飞，我们的导弹不会点火发射。一旦起飞，必然自行毁灭；一旦点火发射，必然在空中迷失。我们保证以上几点。这是公司的座右铭。”温特格林补充说。接着他又以挖苦的口吻说：“不过我要问你一个问题，约约先生。你希望看到哪个国家最强大，如果不是美国的话？这是他妈的一个难题，不是吗？”

“是个难题，一点不错。”约塞连不得不表示同意。

“如果我们不把他妈的战争物资卖给想买的人，我们那些友好的他妈的盟友和竞争者就会卖给他们。咱可一点办法也没有，全是因为你的理想，我们就把宝贵的时间丢了。说说看，你那么聪明，如果让你来管理这个国家，你他妈的怎么办？”

“我也不知道该怎么办。”约塞连坦白地说。他在争辩中被驳得没词了，心中十分恼火。这类情况过去可从来没有发生过。“但我知道要使自己保持清醒的头脑。”

“我们的头脑很清醒。”他们两人异口同声道。

“我不想有负罪感。”

“这是屁话，约塞连。”

“我也不想承担责任。”

“这更是屁话，”温特格林反驳说，“对于这一点你可是任何办法都没有。你必须负责。既然这个世界注定要炸个粉碎，谁负责又有他妈的什么关系？”

“至少我的双手是干净的。”

温特格林粗俗地大笑起来：“你的双手从手腕的部分炸掉了，还他妈的干净呢。谁还知道哪双手是你的呀。恐怕连你都找不着了。”

“去你他妈的，温特格林！”约塞连提高嗓门怒气冲冲地说。“带上你的清醒头脑见鬼去吧！”他恼怒地转过脸去，“但愿你已经死了，那我至少在死以前的日子里还能从你身上得到一些快乐。”

“约塞连，约塞连，”米洛责备他说，“理智一些嘛。你可是知道我这个人——我从来不说谎。”

“除非必要的时候。”温特格林补充说。

“我想他是知道的，尤金。我跟旁边这位一样道德高尚。你说是不是，尤金？”

“当然啦，明德宾德先生。”

“米洛，”约塞连问道，“你一生做没做过不诚实的事情？”

“唔，没有，”米洛立即回答道，“那么做可是太不诚实了。没有必要不诚实嘛。”

“所以，”温特格林说，“我们才要秘密会见努德尔斯·库克，让他秘密地告诉总统。我们明人不做暗事。”

“约塞连，”米洛说，“你跟我们在一起不觉得更安全些吗？我们的飞机不会起飞。我们有技术。请告诉努德尔斯·库克。”

“安排一次会面吧，别再瞎扯淡了。我们想去见他。”

“你们信不过我？”

“你说你不懂生意上的事。”

“你说你一沾生意的事就糊涂。”

“是的，但是让我他妈的糊涂的是，”约塞连说，他不得不让步，“你们这样的人怎么会这么明白。”

努德尔斯·库克一下子就明白了他们想做什么。

“我懂，我懂，”在听了约塞连的介绍之后他直率地对约塞连说，“你是不是认为我是个混蛋？”

“从来没有。”约塞连平静地说。那两位在一旁观察着他们谈话。“努德尔斯，当人们想起法国王太子的时候，他们并不会想起你。”

“言之成理，”努德尔斯笑起来，“不过我挺喜欢这里的工作。别问我为什么。”他接着说，他们所要的明明是不合理的，不适当的，站不住脚的和非法的。“先生们，在正常情况下我可以在他们最有声望的人中间游说，但是现在政府里的职业道德规范已经出台了。”

“那谁是道德规范部的负责人？”

“现在仍悬而未决，要等波特·洛夫乔伊出狱再说。”

“我有一个想法。”约塞连说。他自以为是个好主意。“他们允许你演讲，是吧？”

“我定期演讲。”

“因而可以拿到酬金？”

“没有酬金我是不干的。”

“努德尔斯，”约塞连说，“我相信这两位先生希望你做一次演讲。只对一位听众讲。单独跟总统谈话，建议政府买他们的飞机。你就此做一回成功的演讲好吗？”

“我可以就此做一回很成功的演讲。”

“作为回报，我们也给你报酬。”

“对，”米洛说，“我们给你酬金。”

“给多少？”努德尔斯问道。

“米洛？”约塞连转向了米洛，因为对于生意上的事他仍闹不清楚。

“4亿。”米洛说。

“听起来还算公平。”努德尔斯回答说。听他的口气这是天经地义的事，又好像说这根本不算新鲜事。就是这次会面的时候——约塞连后来在医院消磨时光的时候回忆起来觉得挺有意思——努德尔斯在别人都去参加一个会议的当儿让他看了看总统的娱乐厅。那些人参加的是一个紧急财政会议，讨论谁都急于撒手、谁也不想沾手的问题。盖夫内讲的关于反垄断机构已批准小米洛跟克里斯蒂娜·马克森结婚的笑话已经得到证实。盖夫内讲的到底不是笑话。

“至于你嘛，约塞连……”他们三人即将分手时米洛开口道。

“为了你的好主意……”温特格林也慷慨地说。

“所以我们需要他，尤金。你嘛，约塞连，为了表示感谢，我们打算给你50万。”

约塞连根本没有盼望他们给什么报酬，但由于他的脑子转得快，所以反应十分平静。“听起来还算公平。”他用失望的口气说。

米洛显得很尴尬。“比1%稍多一点。”他敏感地坚持说。

“也比1.5%的标准中间人佣金少了点，对不？”约塞连问，“不过听起来还算公平。”

“约塞连，”温特格林连哄带骗地说，“你都快七十岁了，日子过得又挺富裕。平心而论，再多个十万八万你真的在乎？说不定你死了以后原子弹一声响整个世界就完蛋了。”

约塞连认真想了想，诚恳地回答道：

“不在乎。不过你们俩也都不年轻呀。再多赚上几百万你们真的在乎？”

“在乎。”米洛语气坚定地回答。

“这就是咱们之间存在的巨大分歧。”

“好啦，就剩咱们两个人了，”努德尔斯说，“你是不是认为我是个混蛋？”

“不比我更混蛋。”约塞连说。

“你有没有搞错呀？”努德尔斯·库克大声说，“你怎么能跟我比！想一想我刚才答应了的事！”

“是我建议的。”

“是我接受的!”努德尔斯争辩说,“约塞连,这里还有九个顾问,他们混蛋的程度是你永远望尘莫及的。他们从来不接近我。”

“我服输了,”约塞连说,“就算你是个比我混得多的大混蛋吧,努德尔斯·库克。”

“我很高兴你跟我的看法一样。现在我要让你看一看娱乐厅。我玩电子游戏机玩得可熟练啦,比那几个人玩得都好。他很为我感到骄傲。”

国家最高元首的椭圆形办公室经过整修后只剩下极小的空间,留出的地方改装成了一间很大的娱乐厅。他们现在就来到了这里。在那间缩小了的办公室里如果想舒服一点的话,就只能进去四五个人。总统召集的会议越来越少,开得也越来越快,谋略策划得越来越简单,隐蔽手段的讨论瞬间便可完成。这样总统就有更宽裕的时间玩电子游戏机。在他看来游戏比生活本身更贴近生活。有一次他就是这么当众表白的。

作为一种行动上的补偿办法,旁边那间更庄严的房间经过扩建变得更宽敞,大得足能放下几把直背靠椅和几张游戏机桌,桌上摆满了各式各样的屏幕和控制器,墙围靠着许多与游戏机相连的各种装置,这些装置活像一圈机器人侍者。紧靠入口处是被命名为“作战部”的房间,里面装有许多单个游戏机,分别可以玩《拿破仑战争》《葛底斯堡战役》《布尔兰战役》《安提坦战役》《胜利在格林纳达》《胜利在越南》《胜利在巴拿马城》《胜利在珍珠港》《海湾战争再战》。在一张鼓舞人心的招贴画上,有一位长着苹果脸眉开眼笑的海军陆战队士兵,他下面写的是:

快上前来试一试。
人人都能显身手。
任何一方都能赢。

约塞连深为《印第安那波利斯高速公路》《一路炸过去》《击溃特遣队》

和《死亡笑声》这些名字所打动。在总统娱乐厅最显著的位置上有一台比别的都大得多的电视屏，还有一个半人高、架在台球桌上的卧式透明橱窗，里面有一个国家地形略图模型，醒目地涂着鲜艳的绿色、黑色、蓝色、棕红色和棕黄色。在这个花花绿绿的模型上有几套电动火车，铁轨在整个大陆上错综复杂地交织在一起，时而爬高，时而走低，甚至还钻到了地底下，十足一个迷宫。努德尔斯神秘兮兮地笑着按下电钮，里面的灯亮了，火车跑了起来。这时展示在约塞连面前的是一个崭新的微缩世界，既辽阔无际又复杂莫测，甚至在大陆的几个高原下面也有机关。它们从这边国界直通那边国界，北入加拿大直至阿拉斯加，东西则达两边的大洋。这个游戏的名字是：

挑 选

他从地图模型上首先看到位于半岛的佛罗里达州上标着“联邦柑橘仓库”的小巧木屋形标牌。许多在地下行驶的火车车厢装的是导弹，有的载着大炮和装甲车。他还看见一些标有红十字运送医药的车厢。他把目光移到离克诺莎不远的密歇根湖岸，发现那里有一个“联邦威斯康星乳酪仓库”。他还发现了加利福尼亚州的“柑橘水果仓库”，以及分布在全国范围的地下比萨饼屋和肉食冷藏库。在萨凡纳河上有一个核反应堆。他现在知道这是个反应堆。星状的华盛顿特区用蓝色大大地标示出来，有白宫、伯宁特里乡村俱乐部、军事特别秘密工程办公大楼、新建的国家军人公墓、最新的战争纪念碑，还有沃尔特里德医院。如果他的悟性好的话就会发现，他所看到的那些建筑的地底下都隐藏着一个完好的同样的建筑。出了首都可以看到许多与铁轨并行的箭头，指示着通往各个地铁终点站的方向，包括西弗吉尼亚的格林布赖尔乡村俱乐部、加利福尼亚的利弗莫尔实验室、亚特兰大疾病控制中心、纽约医院烧伤治疗中心，还有纽约市。令他大为吃惊的是在他住的高层公寓附近的港务局公共汽车终点站居然也被标出来了。

当他发现港务局公共汽车终点站跟军事特别秘密工程办公大楼在地方联络网上连为一体时，惊得目瞪口呆。网络穿过运河街下面的地下运河及华尔街界定墙蜿蜒延伸开去。在布鲁克林的位置康尼岛是用一个阳物状的铁红色小塔作为象征的。他认出来那是早已不存在的旧赛马公园内的跳伞塔。地下那个看似赛马公园的微缩景观里，画着一个留平头的脸，正咧着满口大牙滑稽地狞笑着。他至今还记得那张脸。

"我们这些玩意儿工作得挺好，"努德尔斯不无骄傲地对他说，"否则就不会标在地图上了。他弄这个模型就为了使它跟游戏上的一模一样。如果说有一个字是他的座右铭的话，那就是准备好。"

"三个字吧？"约塞连纠正他说。

"我原先也是这么认为的，"努德尔斯说，"不过现在我跟他的看法一致了。我的高尔夫球打得也满不错了。"

"正是这样才有那么多乡村俱乐部，对吗？"

"他把俱乐部全部装进游戏机了，所以它们一模一样。往上看佛蒙特，看见了吗？"约塞连看见一个"联邦本-杰里冰淇淋仓库"。"他刚刚从游戏机里发现的，所以他也想要一个。我们将要有一个"司令部[1]"，一旦需要的话，我们可能会在地下待上很长时间，所以他必须保证有冰淇淋和高尔夫。这可是机密，不过我们在伯宁特里地下已经修好了一个九洞的高尔夫球场，它跟这里地面上的那个完全相同。他现在正在下面熟悉场地，到时候他就可以轻易地打败其他人。"

"那些其他人是谁？"约塞连问。

"我们这些被挑选活下来的，"努德尔斯回答说，"我们要维持这个国家在地下正常运作，因为地上已经剩不下什么了。"

"我懂了。这一切将在什么时候发生？"

"在他打开匣子按下电钮的那一刹那。你没看见游戏机旁边那个部件

1　此处原文为意第绪语。

吗？那就是足球。”

“什么足球？”

“报界喜欢管它叫足球。只要有消息说敌人向我们大举进攻，或者我们想发动战争，这个部件就可以即刻把所有的飞机和所有的防御性和进攻性武器一股脑儿发射出去。这迟早会发生的。”

“这我知道。发生了又怎么样呢？”

“我们就转移到地下，小普里克跟我，直到余烬变凉，核辐射消散。还有另外那些被挑选活下来的人们。”

“由谁挑选？”

“全国两党挑选委员会。他们当然先挑选他们自己和他们最要好的朋友们。”

“谁在委员会里？”

“谁也不敢肯定。”

“我跟我的最要好的朋友们怎么办呢？”

“你们当然就被随随便便地处理了。”

“听起来怪公平哩。”约塞连说。

“很遗憾现在没时间玩游戏了，”努德尔斯说，“玩为争夺纯净水而战的游戏还真值得一看哩。想玩会儿吗？”

“我要去史密森学会航空航天博物馆见一位女士。”

“他从高尔夫球场回来后我还要给他上一堂历史课。这可不容易。”

“你一定学了很多东西吧？”约塞连开玩笑说。

“我俩都学会了很多东西。”努德尔斯不高兴地说，“好吧，约塞连，感恩节快到了，该谈谈火鸡[1]了。你得了多少？”

“得什么？”

“为安排我做演讲呗。你自然会得到一份。说说你的价是多少。”

1 双关语。在这里的意思是“打开天窗说亮话”。

“努德尔斯，”约塞连责怪说，“我可没指望得到任何好处。那应当算是回扣。我一分钱也不要。”

“听起来还算公平，”努德尔斯皮笑肉不笑地说，“你知道我是怎样一个大混蛋了吧。这是我欠你的又一笔。”

“我还真有一件事求你呢，”约塞连想起了那件事，他诚恳地请求道，“我想让牧师得到自由。”

话题一扯到这方面努德尔斯马上变得忧郁了。“我试过了。太复杂。他们不知道该拿他怎么办，甚至后悔发现他这个人。他们如果可以把他当作核废料一样安全地处理掉的话，我想他们准会那么做的。”

他们从牧师身上发现了氚以后想知道还能发现什么物质。钚是十分可怕的物质。更糟的是他们一直选择锂来治疗他的精神忧郁症，而锂与重水结合会构成生产氢弹的锂化氘，那将意味着大难临头。

第二十六章　约塞连

努德尔斯·库克要准备历史课，约塞连要去博物馆。一周以后约塞连在去港务局公共汽车终点站的路上想起了努德尔斯。当他经过旁边的热花生自动售货机时，他听见机器发出的细微蒸汽声，使他联想起《齐格弗里德》中“森林细语”那美妙的语句以及为魔戒进行的斗争。这个用偷来的金子做成的魔戒可以把无穷的力量带给拥有它的人，与此同时把苦难与毁灭也带给他。他推门走进终点站大楼时，脑海里仍在想着那位德国英雄，其实他是冰岛人，他来到龙的洞穴里，那时龙正躺在地上想着自己的心事。“让我睡觉。”龙吼道。这就是龙向苦闷潦倒的众神之王沃坦所致的谢意。这位众神之王在悲哀之中抱着毫无指望的希望和感激之情前来要回那个指环。他偷偷来到龙的面前对它说那个无畏的英雄就要来了。

年轻的齐格弗里德要面对他那条龙，约塞连则要面对神秘的地下室里那群野蛮的狗。麦克布莱德已经得到允许，可以下到最底层进行调查了。

回忆往事，约塞连无论如何也想不起来当时的情况了，直到后来在医院他反复思考被当作笑料的莱茵河之旅时，才知道他又要看见重影了。在那一天他带着与梅丽莎纠缠不清的关系，还有什么50万美元以及推销一种鞋的事，住进了医院。

统一后的德国充满了新纳粹分子的暴力行为。他想《纽约客》一定会抢着接受一位当代美国中产阶级不明血统的亚述人齐格弗里德所创作的莱茵河之旅，故事与当今德国必然格格不入。但是乱作一团的拜访者和医生们很快就不可避免地耗尽了他的时间和旺盛的创作锐气，使他无法实现继续完成他的严肃文学创作的梦想。

约塞连不得不称赞梅丽莎和安吉拉在他的亲朋好友面前泰然自若的表现。当他的孩子们或者弗朗西丝·比奇跟帕特里克·比奇在场时，她们总能不引起他们对她们的注意，悄然退到人群背后或者无声地退出屋去。经常会有人不知从什么地方冒出来，甚至机尾炮手老萨米·辛格跟他那位得了癌症的大块头朋友也会突然出现在他面前，还有那个从加州来的疯疯癫癫的朋友，鼓鼓脸，小眼睛。他来找约塞连，非让约塞连帮他认识米洛不可。还有在梦幻般的一闪念中出现的吓人的战争阵亡将士，他们是些包裹在石膏和绷带里，被称作雪白士兵的人。这些在回忆中神秘出现的景象随即变成扭曲了的幻觉。

凭着推断他设想，齐格弗里德快步走向布伦希尔特，把指环拿起，用一个吻把她唤醒。这是屠龙建造永存的瓦尔堂赚到的指环。他像巨人一样为永生的众神修建了那些房屋。齐格弗里德知道他们的曙光也即将到来。

然而，约塞连是乘出租车去的博物馆，他独自朝她摸索过去时心中想着的可不只是一个吻。电影院正在放映关于飞机的纪录影片，但是关于最初的飞行员故事的老片子忽明忽暗闪得很厉害，使他全然忘记了与她亲热。对他来说，林德伯格的飞机比任何宇宙飞行器都更令人惊叹不已。梅丽莎也对他充满崇敬之意。年仅二十四岁的林德伯格是靠潜望镜飞行的，因为他的视线被前面的副油箱挡住了。

晚饭以后他因长途旅行累得要死，另外他对他们那套做爱程序太熟悉了。她即使不高兴也没表现出来。她睡着得比他早，可是他不大相信她真的睡着了。

他独自躺在床上思考，不由自主地做出了一个决定，它一定会令她惊喜和满意。他今天刚到手50万美元，税金他已经付清，他准备把这笔积蓄的五分之一送给她。他想，对于一个靠劳动吃饭，净收入在6 000块钱以下的女人来说，一份价值10万美元的厚礼作为将来的备用资金，定会赢得她的欢心，就像换掉两颗银假牙，两天内收到八打玫瑰，带她去萨克斯第五大道商店、维多利亚的隐私商店和好莱坞的弗里德里克商店买镶花边的内衣一样使她陶醉。对于像她这样的人来说，10万块钱无疑是一个大数目。

她在飞机上穿的是短裙，但是他没有心情跟她调情。他谈得最多的是将在公共汽车终点站举行的婚礼。还没等他问她，她就表示她也想参加那个婚礼。而在他心里，他想的是他们需要分开几个晚上。

就约塞连而言，对梅丽莎的性饥饿、性冲动和随意进行性爱的欲望已经随着每次可能的做爱而减弱。他们彼此熟悉得太快了——这样的情形以前也发生过，而且每一次都是这样——他认为他们应该开始减少见面的次数了。在他们不打算上床或者没计划好吃什么的时候，往往没事可干。这种事以前也发生过，而且每一次都是这样。在无事可做的情况下思想很紧张，不如一个人待着更好些。他决不再带她去跳舞，他宁愿早点死也不愿去剧院了。给她一百张千元钞票就可以明智地作为朋友分手了。他还没有将这个完全为别人着想的动机向她表露。他以前就有空想的毛病。

接着他就病了。

他又跟莱茵河之旅对比了。

齐格弗里德出去打猎，背后给捅了一刀。

约塞连朝公共汽车终点站走去，被送进医院进行抢救。

他发现了病的先兆，有了一次性缺血性发作。在后来的十天里他跟他本想少见面的梅丽莎护士每天上午和大多数下午都待在一起。她晚上也几乎都守在他身边，一直到她离去睡觉，以便第二天还有精力向医生汇报工作情况，去工作间，确保医务人员对他的护理不会失误。到他出院的前一天她才发现她已经有了孩子。他不怀疑那孩子是他的。

第九部

第二十七章　港务局公共汽车终点站

狗吠声当然是录音。麦克布莱德快步跑下控制开关的台阶时响起了狗的骚动与攻击声，再往下走，声音就被关掉了，一切又恢复了寂静。凶狠进攻的是三条狗，一位官方听力学家说。也许就一条——约塞连申辩说——一条三头犬。

“迈克尔没来？”麦克布莱德问。

“琼不来？”

琼是港务局的律师，是麦克布莱德刚交上的女朋友。假如他们的婚礼也在终点站举行，约塞连猜想，那一定很有趣。他能描绘出那情景。在《罗英格林》的“婚礼进行曲”伴奏声中，婚礼在警察局里进行，他们从装在墙上的镣铐旁走过，进入一间由牢房临时装饰成的小教堂内，朝临时代用的圣坛前走去。麦克布莱德为产妇设计的牢房现在成了麦克马洪的休息室。为儿童准备的游戏机室也成了警官们的娱乐室，供他们休息时或不急于回家时使用。里面有棋盘、拼字游戏、黄色期刊、一台电视机和放像机，可以用来播放没收来的XXX级录像带。他们可以边吸着从他们根本看不起的毒贩子手中敲来的毒品边欣赏录像。麦克马洪不得不从另一个角度看待这个问题，麦克布莱德终于清醒过来了。

“你的朋友呢？”麦克布莱德不好意思地问道。

“她得上班，拉里。她还当她的护士呢。”

“你是不是，”麦克布莱德好奇地问道，“很妒忌那些男病人和大夫们？”

“一直是。”约塞连坦白地说。他想起像他一样大胆的冒险家们以及他用手指摸她内衣花边的动作。“关于这些特工人员，你都知道些什么情况？”

“他们就在楼梯下边。他们认为我是中央情报局的。我信不过他们。我猜那另一种声音也是假的吧。”

“什么声音？旋转木马？”

“什么旋转木马？我是说过山车的声音。”

“什么过山车？拉里，那是火车，不是过山车。咱们不等汤米了？”

“他说这事跟他没关系，因为不在他的职责范围内。他又歇着去了。”

约塞连在他估计能找到麦克马洪的地方找到了他。他正在后边一间牢房的床上休息，旁边的电视机开着。托马斯·麦克马洪副巡官差不多把他的办公地点和电话挪到这间禁闭室来了。他大部分时间都歇着，就连休息日也待在这里。那一年他妻子死于肺气肿，以后他常常在他找来的摇椅扶手上摆上个烟灰缸，边抽烟边向人诉说他的单身生活如何不好过。那把摇椅是从为癌症病人集资的旧货店找来的。他的眼睛本来不大，但在他那张瘦长脸上就显得大了些。近来他的体重减轻了许多，骨瘦如柴。一年多以前他拼命追赶一个在终点站另一侧杀人后企图逃跑的罪犯，落下了气喘的毛病，到现在还没有好。他现在不喜欢他的工作，可是又不能退休，因为对于一个死了老婆的人来说，把这份讨厌的工作干下去成了他唯一的乐趣。

“他们的人比我们还多，”一谈到那些罪犯，麦克马洪就心情沉重地唠叨不休，“况且有好多事是你们这些受过教育的聪明人从你们的宪法上根本找不到的。外边出什么事了？”他不耐烦地问道，接着把一份小报叠了起来。他喜欢读那些怪里怪气的新犯罪案件的报道，但已懒得处理它们了。

“地上有一个醉汉，椅子上有三个吸毒的人。两个棕色人一个白人。”

“看来我应该去瞅瞅。”麦克马洪直了一下腰站起来，有气无力地使劲喘着说。约塞连认定他将是另一个晚年抑郁症患者。“要知道，我们不能把抓住的每一个小偷都关起来，”他牢骚满腹地说，“我们缺少处理这些案件的人手，也没有足够的牢房关押他们。能定他们有罪的法庭也不够，况且能让他们服刑的监狱也缺得很。你们这些人光知道抱怨警察和法院，可是有很多事情你们根本不知道，就连《时代》杂志社的那个人也一样。他叫人给掏了腰包，结果招来那么大的麻烦。”麦克马洪停了一下又咯咯地笑起来。“我们不得不把他关起来，可是那些抢劫他的人看着可开心啦。”

麦克马洪说到这位退休的《时代》和《新闻周刊》广告部负责人时笑了。他说这个人是在给乞丐钱的时候钱包被偷的，落得身无分文。他虽然有社会保险号，可是不能证明就是他的。他见警察们谁也不去抓那些技术娴熟的扒手，气得火冒三丈。钱包早已出去了几里地，跟前一点物证也没有。“你们那蹩脚的法律说在证明一个人有罪之前他是无罪的，我们警察们可就受限制了。”麦克马洪接着说，“是从什么时候开始的，我们倒想要知道！这也是让他发疯的原因，我想。一边是小偷和骗子，一边是警察。而严酷的事实是他一点办法都没有。他没有身份证，他甚至没有办法证明他就是他自己。他开始发慌，不知所措，对我们大喊大叫，我们只好先用固定在墙上的手铐把他铐起来，直到他恢复理智闭上嘴巴。他看到了在禁闭室里等着他的是什么，在这里他无计可施，我们也一样，还有你。接下来他还是没有办法证明自己的身份。看吧，挺有意思的。我们打过电话的那些人全都不在家。他甚至都不能证明那个名字就是他的。”麦克马洪又咯咯笑起来，“最后他终于给了我们一个朋友的名字，那个人住在北边橘子谷的什么地方。我们发现他是一位第二次世界大战的大英雄哩。现在仍然是预备役部队的大人物。他告诉我们他还是建筑行业的大亨，是巡警慈善协会的主要捐助人。他的名字是伯尔库维茨还是拉宾诺维茨什么的，在电话里他说话的口气特硬，就像你头一次跟我们通话的时候那样，不过他说的全是事实，约塞连，不像你似的尽是些废话。那个叫辛格的人连回家的钱都没有了，我们的拉里给了他一张20美元的钞票让他找辆出租车。还记得吗？你猜怎么着，那家伙把钱又送回来了。是不，拉里？”

“他寄回来的。汤米，我认为你应该跟我们一起去。”

“我不想再发现任何新东西了。我不喜欢那帮人。我觉得他们是中央情报局的人。”

“他们还觉得你是中央情报局的人呢。”

“我要回你的产房去了，”麦克马洪觉得没有一点力气，“去歇一会儿，等你的怀孕女娃来说要把她想丢弃的孩子送给咱们，我再出来。到目前为止还没收到一个弃婴呢。”

“那是因为你不让我公布。光听说想往这儿送的就多得是。”

“要是公布了，他们就该把咱俩拘禁起来了。我说，拉里，替我办一件事——从那下边找点什么理由把他预订的婚礼取消吧。我这把年纪干不动那些事啦。”

“的确有些问题他们怎么也查不出原因来，”麦克布莱德向约塞连汇报说，“下面的一个电梯不动了，还没有查出毛病来呢。”

警察局前面那间屋子突然传来大声的争吵声。

“噢，妈的，”麦克马洪生气地说，“我算对这些家伙讨厌透了。我的警察们也让我讨厌。还有你那些怀孕的妈妈们。”

两个粗壮结实的年轻人本来是好朋友，因为分赃不均打得头破血流。这钱是从他们的一个要好的女朋友那里抢来的。她是个吸毒成瘾的黑人妓女，可她的皮肤很白，黄头发，不但有艾滋病、梅毒和肺病，而且还有淋病的迹象。

“联邦调查局那些家伙让人捉摸不透，”他们走出警察局时麦克布莱德向他吐露说，“他们对那些现象好像一点不觉得奇怪，就像是以前见过似的。”

他们斜穿过交通管制中心下面的中央大厅，约塞连忽然想起来自己的形象一定出现在那60部监视器中某一个的屏幕上，显示着他正与麦克布莱德一同走过这座封闭的大楼内。迈克尔也许正在上边跟小米洛一同观看呢。如果他现在挖鼻孔，一定会被看见。他猜想从另一个屏幕上监视到的也许是那个红头发，穿泡泡纱上衣，喝朱莉叶斯橙汁的男人和那个邋里邋遢，穿件脏兮兮雨衣，戴一顶蓝色贝雷帽的人。

“他们好像对什么都见怪不怪，”麦克布莱德嘟哝着说，“我们跟他们商量婚礼计划的时候，他们只想说他们要求受到邀请，还要请上他们的老婆。”

楼梯井空多了，地上还算干净，但是那股臭味仍然很刺鼻。从不洗澡的人身上散发的热气腾腾的腐臭味和排泄物的恶臭弥漫在空气中。

麦克布莱德走在前边，他蹑手蹑脚地绕过那个一条腿的女人。她又在被人奸污。离她不远是那个大块头棕皮肤，长着像黑素瘤一样色斑的女人，她又在那里脱掉灯笼裤和裙子，用几条湿毛巾使劲搓背和胳肢窝。约塞连知道，他仍然什么都不想跟她说，只想弄清一件事，她是不是与他同机去过克诺莎，其实这是完全不可能的，但是也完全有这种可能。

在最下面一段楼梯上坐着那个瘦骨嶙峋的金发女人。她还是穿一件破破烂烂的红色套头衫，正迷迷糊糊地缝补一件肮脏的开了线的白衬衫。在底层有人刚在角落里屙了泡屎。麦克布莱德什么也没说。他们转到楼梯后面朝那个靠着墙没有后壁的铁柜走去，铁柜里有一道隐蔽的门，门上写着：

紧急入口

请勿靠近

违者格杀勿论

“他们对这也不觉得新奇。”麦克布莱德有点恼怒地说。约塞连只用一个手指就把笨重的门打开了。他们再一次站到了靠近通道顶部的小楼梯平台上，下面便是很陡的楼梯。地下通衢里很空旷。

麦克布莱德快步踏上那些十分灵敏的台阶，又唤醒了沉睡中的狗。接着就又把它们打发回去了。它们服服帖帖地回到寂静的囚笼,并要在这个寓所里挨过永无尽头的光阴。他炫耀地朝约塞连做了一个鬼脸。

“扩音器在哪儿?”

“我还没找着呢。我们不准走得太远。我们只检查一下总统的安全保障。”

“哪来的水?”

“什么水?”

“噢,真笨,拉里。我的听力就够不灵的了。我听见了流水的声音,他妈的小溪的声音,潺潺的流水声。”

麦克布莱德无所表示地耸耸肩。“我查一查。今天我们要检查两头。恐怕连这是不是秘密都查不出来。这本身也是秘密。”

在靠近这倾斜的椭圆形楼梯底部约塞连瞥见了几个肩膀、裤脚和几只难看的旧皮鞋,一双乌黑色,一双浅赭色。约塞连一点也没有感到奇怪。他走到楼梯下边时那两个人正在等他。一个是身穿泡泡纱上衣的快活的瘦高个红头发男人,另一个是黝黑矮壮胡子拉碴的男人,他穿着脏兮兮的雨衣,头戴蓝色贝雷帽。这个人神态自信,用嘴唇夹着一支又软又弯的香烟,两只手深深地插在雨衣兜里。

他们是鲍勃和劳尔。鲍勃跟芝加哥那个侦探不一样,可是劳尔跟他家楼外边和克诺莎梦中的那个人一模一样。劳尔的嘴玩弄着那支弄湿了的香烟,似乎因为这里禁止吸烟而不悦。

“上星期你是不是在威斯康星?”约塞连禁不住装出一副和蔼可亲的样子问他道,“在叫作克诺莎那个地方的飞机场附近,在那个汽车旅店周围?”

那人冷漠地耸耸肩,看了麦克布莱德一眼。

“上星期我俩每天都在一块,”麦克布莱德替他回答说,“查验你带来的那个饮食服务公司的平面图。”

“我在芝加哥了。”那个叫鲍勃的红头发男人主动说。他把一片口香糖折一下放进口中,顺手把团皱的绿色包装纸扔到地上。

“我是不是在芝加哥见过你？”约塞连有点怀疑地看着他，心中确信他从来没有瞅过他一眼，“在那儿的飞机场？”

鲍勃和气地说：“你不知道吗？”

约塞连从前听见过这样的声音。“你知道？”

“当然啦，”那人说，“这是个玩笑，是吧？不过我不大明白。”

“约约，负责婚礼的那个人想在厅里安排六场舞会和六个音乐台，其中一个是在那五个不能用了的时候备用的，还不知道上哪儿去找这么些屋子呢。真弄不懂究竟是什么意思。”

“我也不懂。”劳尔说。他好像根本不关心。

“我去跟他说说。”约塞连说。

“还有，差不多3 500名来宾！那要预备350张圆桌。还有两吨鱼子酱。约约，那可是4 000磅啊！”

“我妻子想来，”鲍勃说，“我要在脚踝枪套里装上一支枪。不过我喜欢扮成普通客人。”

“我会想着这事的。”

“我也一样。”劳尔说着把烟扔了。

“我也一样想着，”约塞连说，“不过请告诉我这里发生什么事了。这是什么地方？”

“我们来这儿就是为了查明白，”鲍勃说，“咱跟警卫谈一谈。”

“约约，你等在这儿，我们去查一下。”

“约——约——，”劳尔窃笑一声，“我的上帝。”

三个人都朝左边的通道望去。约塞连看见里边的一把木质弯椅上坐着一个穿红色军装的士兵，他大腿上横着一支冲锋枪。第二个士兵在他后面靠墙的地方站着，也是全副武装，只是枪更大。另一边，在朦朦胧胧的黄光里，一个亮点在只有望远镜才能看到的远处地平线上消失了。而就在那里，他辨认出另外两个一动不动的士兵，跟这边这两个完全一样，很可能是这两个人的影像。

“那边的是什么?”约塞连指着通往“副地下室A—Z”的过道说。

“什么也还没查出来,”麦克布莱德说,“你去看看,不过别走太远。”

“另有一件事倒很有意思。”劳尔说。他脸上终于露出了微笑。他用力踏了几次脚。跳起来后用脚跟重重地着地。“发现什么了吗,朋友们?这下面没有一点声音,咱们弄不出一点声音来。”

他们拖着步子走、用力踏、使劲跳,约塞连也跟着他们一块动,都无法打破这沉静。鲍勃用指关节敲打楼梯扶杆时,砰砰的声音很正常地发了出来,可是他同样敲打地面时就又没有声音了。

“真的太离奇了,不是吗?”鲍勃笑着说,“就好像这里根本就没有咱们这些人似的。”

“你口袋里有什么?”约塞连突然问劳尔一句,“你从来不把手从兜里拿出来。就连在我的梦里和在我家楼对面的街上你也是这样子。”

“我的鸡巴和蛋。”劳尔立即说道。

麦克布莱德相当尴尬。“他的枪和徽章。”

“我的鸡巴和蛋。”劳尔再次开玩笑说,不过他自己并没有笑。

“我再问个问题,如果你们想参加婚礼,”约塞连说,“干吗要安排警卫——打算把人们关在里面还是挡在外头?”

三个人都惊讶地看着他。

“那不是我们安排的警卫。”鲍勃说。

“我们也正想查清楚哩。”麦克布莱德解释说。

“咱们走吧。”

他们一点脚步声也没有地离开了。

约塞连离开时也是一点声音都没有。

他们没有投下影子,这是约塞连注意到的另一件怪事。他自己也同样是无影人。他像个幽灵或者无声无息的梦游者,穿过毫无生气的通道来到白瓷砖天桥。向上去的台阶也是白的,还有那亮亮的陶瓷栏杆,几乎与纯白一色的背景融为一体。这些也都没有影子。通道里没有尘埃,空气中连从一粒微尘反射出来的光亮都没有。他感觉自己是在一个哪里也不是的地方。他想起那团口香糖包装纸和那支湿乎乎的香烟。他回头看看以证实自己的想法。他是对的。

哪儿都看不见鲍勃扔的那一小团绿纸了。未点燃的湿乎乎的香烟也不见了。突然间那张绿纸在他目光所及的地方从脚下的化合物表面冒了出来，又躺在了地上。接着它越缩越小并向后退去，猝然不见了。接着那支未点燃的香烟也出现了，而且也同样突然消失了。它们来无影去无踪。约塞连这时产生一种荒诞的想法：他只需用意念去想一件东西，就可以使它来到这非现实的面前——假如他冥思苦想身穿象牙色内裤半裸体的梅丽莎，她便会亲切地躺在他面前；他这样想了，她也果真出现了——如果他把思想转向别的东西，眼前的东西便会隐去。她消失了。后来他又隐约听见噗噗的音乐声，他肯定那是旋转木马的风琴乐队的伴奏声。麦克布莱德在附近哪里也不是的地方证实说听到了这声音。他很可能把它当成了过山车的声音。再往下约塞连就不敢肯定了，因为风琴欢快地用圆舞曲节拍演奏的是《众神的黄昏》高潮阶段齐格弗里德葬礼音乐，沉重而有力。那段高潮的表演之前有不足一个小时的音乐，表现的是布伦希尔特和她的马之死，瓦尔堂之毁灭以及经常郁郁寡欢气恼不休的众神高唱的死亡的哀歌。

约塞连上天桥后走进了拱廊，经过一块石碑时，见上面写着基尔罗伊曾到此地。他痛心地意识到永生的基尔罗伊已经死了，不是死在越南就是死在朝鲜。

“站住！”

这声命令在拱廊里回荡着。在旋转式钢栅门前边一点的另一把木质弯椅子上，坐着另一位全副武装的警卫。

这个警卫也穿着红色军装，戴着像赛马骑师戴的那种有帽舌的绿帽子。约塞连听见他的命令后向前走了一步，只感觉自己轻飘飘的，成了非物质的和偶然存在的东西。警卫很年轻，浅色头发剪成小平头。他目光聪慧，嘴唇细薄。约塞连离他很近，连他脸上的雀斑都看清了。这时他觉得这个警卫怎么看怎么像年轻的炮手亚瑟·施罗德。50年前他曾跟他一同飞赴海外参加过战斗。

“来人是谁?”

“约翰·约塞连少校,退役的。”约塞连说。

“我能帮你什么,少校?”

“我想进里面去。”

“你得交钱。”

“我是跟他们一块的。”

“那也要交钱。”

“多少钱?”

“五毛钱。”

约塞连给他两个两角五分的角子,得到了一张蓝色的圆票。票是用极易破碎的纸板做成的,上面还穿了根细白绳子。沿着票的边缘印着号码。卫兵边说边用手势比画着叫他把细绳套在脖子上,让票牌垂在胸前。士兵口袋边的上方印有亚·施罗德字样。

“那里有电梯,长官,如果您想直接下去的话。”

“下面有什么?”

“您应该知道,长官。”

“你叫施罗德?”

“是的,长官。亚瑟·施罗德。”

“真他妈的有意思。”约塞连仔细端详着那个警卫。警卫什么话也没说。“你在空军部队待过?”

“没有,长官。”

“你多大了,施罗德?”

“一百零七。”

“这是个吉祥数字。你在这个地方多少年了?”

“自打1900年起。”

“哦——。刚当兵的时候就十七岁吧?”

“是的,长官。我是在西班牙-美国战争时期服役的。”

“这些都是瞎话,是不是?”

“是的长官。都是瞎话。”

“谢谢你告诉我实话。”

“我总说实话,长官。”

“这又是个瞎话吧?”

“是的,长官,我总说瞎话。”

“这也不可能是真的,对不?你来自克里特岛?”

“不是,长官。我来自佐治亚州的阿森斯。我在纽约州的伊萨卡上的学。现在我家住伊利诺伊的迦太基[1]。”

“是这样?”

“是的,长官。我不会说瞎话。”

“你来自克里特岛,是吗?你了解克里特人似非而是的论点。他们会告诉你克里特人总说瞎话,是不是这么回事?不能相信他们,对不?我要进去。”

“您已经有票了。”那个警卫在票的中心打了一个洞,又在一个数字上打了一个。数字是为玩“飞将军”用的。

“我不能上那条道吗?”

“您已经上道了,长官,”叫施罗德的警卫提醒他说,“拱廊里有铝金属检波仪。别带毒品和爆炸物进去。提防着噪声和强光。”

约塞连推了一下旋转栅门走过一系列银光闪闪的检测仪。就在这时所有的灯闪了一下全灭了。紧接着灯又亮了起来,强烈的白炽灯光炫目刺眼,照得他几乎失去平衡。他发现自己进了一个由辉煌耀眼的哈哈镜筑起的拱廊。霎时间咆哮声大作,震耳欲聋,像是磁共振成像机发出的刺

1 原为古代北非奴隶制国家,在今突尼斯境内。

耳的轰鸣。他看到了拱廊两侧以及顶部全是稀奇古怪、亮晶晶的镜子，镜子里他的模样千奇百怪，他就好像在强光下被熔化成了水银，从不同角度看去，形状迥异。他被切割成了许多部分，各部分被扩大、拉长，像是为了做提取物的检查。他的形象急剧膨胀起来。从一面镜子里他看到的约塞连头和脖子又细又长，而躯干和四肢则又短又粗。旁边那面镜子中的他身体巨人般地粗大，而脸却缩小成一粒长着头发的葡萄，那张笑着的脸不但小得可怜，而且还被挤碎了。这意想不到的奇异景象使他喜出望外，他觉得自己都快乐出声了。没有两面镜子里的影像是相同的，而在每一面镜子里的影像也是在不停地变化着。他的本来面目、他的客观形象已不复存在。他甚至不知道自己究竟长得什么样子了。这时他脚下的地面开始移动起来。

地板前后移动着，他顺势调整着自己，这使他想起了当年乔治·西·迪尔尤在他那个老赛马公园里安装的令人开心的把戏。这个就跟那个一样。刺耳的噪声遁去了，但灯光依然灼热。最让他受不了的是右眼上方那炽热的白光，左眼上方那烈焰般的强烈光束同样灼热难当。然而他不知道光源在哪里。当他试图寻找时，它们随着他的目光挪动，后来又停在原处。脚下又开始移动，而且更加恶作剧。当右脚下面开始向前移动时，左脚下面则向后。如此往复，快得像心脏规则的跳动。对这一变化他尚能应付自如。白炽灯变成了紫蓝色，他身体的大部分便成为黑色。灯光转红，他和他的周围亦变得色彩斑斓。光亮恢复正常后他瞥见了自己，这可怖的一瞥几乎使他昏厥过去。他看见自己污秽肮脏，卑鄙堕落，全然似一个无家可归者。在又一面镜子里他肿胀得变了形，像一条叫人憎恶的肉虫子，躲在一个脆弱的褐色甲壳里。瞬间，他又变成了劳尔，成了鲍勃，成了一个邋遢懒散、又矮又胖的中年妇女，下巴短粗，脸庞俗陋，开着红色丰田车到处尾随他，然后他又恢复了他自认为的本来面貌。他匆忙往前走，想离开这里，但最终在面前这最后一面镜子前他遇到了挑战。镜子如同一堵巨大无比的玻璃墙挡住了他的去路。镜子里的他没有变，但是他肩上那颗脑袋却有一张年轻人的脸面。

它微笑着，显得单纯无畏、天真无邪并充满希望。他还不满三十岁，清秀标致，一副乐天派头，似乎比历来所有不可一世的圣贤都更万世流芳，但不会比这更强。他的头发乌黑发亮，又短又卷。此时他的生活正孕育着扬扬得意和富于冒险的锦绣前程。他将无往而不胜。

他毫不迟疑地借着向前走的势头朝着镜子跨了一大步，用自中年起就已经发福的身体向自己年轻时健壮的影像嘭的一声撞了过去。当他从另一面走出来时，成了一个年近七旬的白发老翁，展现在他眼前的是开阔平坦的半圆形游乐园。他听到了旋转木马的音乐，还听到了过山车的声音。

他听见远处一群男男女女坐平底船从高处沿水道向下冲进水池溅起水花时发出的尖叫与害怕的喊声。此时一个浑圆的魔桶，“快活桶”，在他面前沿顺时针方向转着。他手里那张蓝白两色票上的号码是1。这个不停转动着的圆柱形容器突起的边沿是紫红色的，就像冷饮部卖的糖果和甜果子露的颜色一样，圆桶的边框呈天蓝色，上面有许多白色的星星，中间夹杂着几颗黄色彗星，外加几个零零散散的杏黄色带着笑脸的弯月。他漫不经心地走了过去，顺着一条与圆桶旋转方向相反的路线到了另一头，听见已故作家杜鲁门·卡波特[1]和一个人在谈话。他听到那个人的名字停了下来。

“浮士德。”陌生人又说了一遍。

“浮士德博士?”约塞连急切地问道。

“不，是欧文·浮士德。”那人说道。他也写小说。“写过一些不错的评论，但一本畅销书也没有。这位是威廉·萨罗扬。我敢说你从没听说过他。”

“当然听说过，”约塞连不高兴地说，“我看过《生活中的一刻》，读过《秋千架上的大胆青年》和《四万亚述人》。我可记得那一篇。”

“这些书都没有再版过，”萨罗扬痛心地说，“图书馆里也找不到了。”

---

1 杜鲁门·卡波特(1924—1985)：美国小说家、剧作家。

"我从前也想学你写，"约塞连承认说，"但是不成功。"

"你缺少我那样的想象力。"

"人们都想像我一样写作。"欧内斯特·海明威说。他们二人都留着八字胡。"但是也不大成功。想打架吗？"

"我从来就不想打架。"

"他们也想像他那样写。"欧内斯特·海明威指着威廉·福克纳说，后者正坐在拥挤不堪的酒徒中间，缄口不语。他也留着八字胡。留这种胡须的还有尤金·奥尼尔、田纳西·威廉姆斯和詹姆斯·乔伊斯。他们坐得离那些患有老年性性格失常症、思想压抑、精神崩溃的人不远，他们中的亨利·詹姆斯与约瑟夫·康拉德正默默地坐着，眼睛盯着查尔斯·狄更斯渐渐汇入人数众多的自杀区。在那里杰齐·科辛斯基[1]与弗吉尼亚·沃尔夫正坐在亚瑟·凯斯特勒[2]和西尔维亚·普拉斯旁边聊天。在一束棕黄色阳光下，他发现了古斯塔夫·阿斯琴巴赫。他坐在一片紫色沙滩上的躺椅里，腿上摆放着一本与约塞连自己拥有的简装本同一版本的《威尼斯之死——托马斯·曼短篇小说集》。阿斯琴巴赫向他点头打了个招呼。

约塞连在心里说了声"滚你妈的蛋！"作为回应，还在他匆匆走过"神鞭"、"法国圆号"和"旋涡"等游乐设施时想象着做了个下流的意大利手势表示拒绝。这时他发觉卡夫卡在偷偷地看着他。卡夫卡在一扇关着的窗户下边阴凉的休息处猛烈地咳嗽着。窗户在一条有顶棚的小巷上边，而马赛尔·普鲁斯特就在窗户里看着卡夫卡。小巷的名称是"荒芜巷"。他又来到一座用铁架筑成的山前，有轨道通往高处。他看见了"龙峡谷"这个名字。

"真他妈的乱弹琴！"站在哪儿也不是的麦克布莱德欢欣鼓舞地说，"这儿有架过山车！"

接着他来到了旋转木马那里。木马华丽精巧，转动时上面的镜子闪闪

1 杰齐·科辛斯基（1933—1991）：美国波兰裔作家。

2 亚瑟·凯斯特勒（1905—1983）：英国匈牙利裔小说家。

发光。主转动台和里檐都装着椭圆的玻璃镜，镜子与镜子之间是白色仿古墙板，板上是油画。汽笛风琴奏着轻快的华尔兹，还真是齐格弗里德葬礼曲哩。在一条由几只天鹅拖着的艳丽凤尾船上，大模大样地站着一个上了年纪的德国官员。他戴着圆顶头盔，胸前挂满了无所不包的勋章，样子矜持高贵，完全够得上一个国王或皇帝。

约塞连先看见那条划艇，然后才看见水渠。木划艇上可以笔直地坐两三个或四个人。船在人工渠里行驶不用动力，它渐渐驶入了视野。人工渠很窄，仅够一条船行驶。他知道这是“爱情隧道”。入口处有个身穿红上衣，头戴绿轻便帽的警卫兼看守，手里拿着大哥大和剪票钳。他长着橘黄色头发，乳白色皮肤，背着一个绿色帆布包。渠边的装饰广告牌上画着淡紫色和姜黄色图画，引诱人们注意在“爱情隧道”里的那个不同凡响的蜡像博物馆，馆里展出被处死了的布鲁诺·豪普特曼，就是那个林德伯格婴儿绑架案的嫌疑犯，还有一丝不挂躺在床上的玛丽莲·梦露。蜡像虽死犹活，极其逼真。这个与众不同的蜡像博物馆名叫“死亡岛”。坐在平底船的头排座位上，从烟雾弥漫的一个洞口出来后继续前进，便来到另一个伸手不见五指的入口。在这里他看见了亚伯拉罕·林肯。他戴一顶高筒大礼帽，纹丝不动地坐在看不见脸的死亡天使身旁。他俩好像手拉着手。与他坐在同一条凳子上的是受了伤的炮手霍华德·斯诺登。紧挨着他们后边一排坐着市长费奥莱罗·亨利·拉加迪亚和富兰克林·德拉诺·罗斯福总统。市长那顶帽子的帽檐极宽，还朝上卷着，活像牛仔们戴的帽子。罗斯福惹人注目地戴着顶部沾满油的霍姆堡毡帽，炫耀地玩弄着一个烟嘴。两人都咧着大嘴笑个不停，和当年报纸头版照片上的样子毫无二致。在拉加迪亚和罗斯福后面他看到的是他的母亲和父亲，然后是山姆叔叔和爱达婶婶，迈克斯伯伯和哈纳大娘，再就是他的兄弟李，因此他知道他也要死了。他猛地意识到一夜之间他的老相识都老了，不是正在变老，也不是尚在中年，而是老了！他那个时代的文娱明星们已经失去光彩，当年名声大噪的小说家们对今天的一代人来说已微不足道。美国无线电公司、《时代》杂志，甚至IBM和通用电器公司也不那么宏大了，西部联合电话电报公司则干脆寿终正寝。众神亦更加老迈，是再一次进行大改组的时候了。所有的人都必须离开，他们最后一次谈话时蒂默这样说道，同时他又用不动声色的表情强调说："所有的人！"

约塞连飞快地经过"死亡岛"上与真人一般大小的蜡像，从"爱情隧道"里出来。当他走过一条带洛可可风格的栏杆的小桥时，他发觉自己回到了意大利的那不勒斯，时间是1945年。在队列里他正排在沉着冷静的老兵帅克和那个把名字克劳西莫改成约瑟夫·凯的年轻人后面，正等着上蒸汽船回家，等候的地点是已经消失了的老赛马公园那边冲浪街上那个已经消失了的汤普逊观光火车站外边。

"还在这儿哪？"

"你怎么样啊？"

"我也回这儿来了。你怎么样啊？"

"我是帅克。"

"我知道。那个好兵？"

"我不知道什么是好。"

"我还以为我是最老的呢。"约塞连说。

"我更老。"

"我知道。我是约塞连。"

"我知道。你有一次逃到瑞典去了，是吗？"

"我没跑那么远，甚至连罗马都没到。"

"你没逃到那儿去？坐一条黄色小筏子？"

"那种事只在电影里才有。你叫什么？"

"约瑟夫·凯。我从前告诉过你，你干吗还要问？"

"我老把名字记混。你干吗要问？"

"因为有人说我的瞎话。"

"也许就为这个咱们才老在这里排队。"帅克说。

"你为什么不回捷克斯洛伐克？"

“我能去美国，”帅克说，“为什么要回捷克斯洛伐克？你为什么不去那儿？”

“你到了美国干什么？”

“养狗。什么好就干什么。在美国人们都长生不老，是吗？”

“未必。”约塞连说。

“我会喜欢在美国住吗？”

“如果你会赚钱，同时你觉得自己很富的话。”

“那里的人们友好吗？”

“如果你会赚钱，同时人家觉得你很富的话。”

“那条船在他妈哪儿呢？”凯一肚子牢骚，“咱们不能没完没了地等啊。”

“能，你能。”帅克说。

“船来啦！”凯大声嚷道。

他们听到了在老掉牙的轨道上滚动的老掉牙的车轮声，这时一列涂成红色和浅黄色的过山车车厢来到了汤普逊观光火车站减速道末端。可是列车并没有像他们盼望的那样停下来，而是一直开了过去，一圈又一圈地转个不停。凯灰心地摇摇头，约塞连则留心看着车上的人。他又一次认出了前排的亚伯拉罕·林肯，还看见拉加迪亚和罗斯福，他的母亲、父亲，他的叔叔、伯伯和婶子、大娘，还有他的兄弟。在他眼里他们都由一个变成了两个，“死亡岛”也成了两个，连炮手斯诺登也不例外。他同时见他们两次。

他慌忙掉转身，踉踉跄跄地往回走，匆忙逃离。他吓得魂不附体，连忙向那个自称一百零七岁的士兵施罗德求救，但是只看见在鲍勃和劳尔旁边有两个麦克布莱德，而鲍勃和劳尔也是成双成对的。麦克布莱德心想约塞连怎么这么怪里怪气的，走路跌跌撞撞，左摇右晃的，还老伸着手来回晃动以保持平衡。

“是呀，我是感到挺奇怪的，”约塞连承认说，“让我抓住你的胳膊。”

“你看见的是几个手指头？”

“两个。”

“现在几个？”
“十个。”
“现在呢？”
“二十个。”
“你又看重影了。”
“我又开始把什么都看成两个了。”
“需要帮忙吗？”
“要。”
“喂，伙计们，帮他一把。要他们帮忙吗？”
“要。”

第二十八章　医　院

“切。”脑外科大夫说。他正处在他的莱茵河之旅的最后阶段。
“你来切。”他的学生说。
“不切。”约塞连说。
“看看谁又来干涉了。”
“继续进行吗？”
“为什么不？”
“我从来没干过这个。”
“这是我的女朋友常说的话。锤子呢？”
“不要锤子。”约塞连说。
“咱们需要集中精神的时候他就一直这么说下去吗？”
“把锤子给我。”
“把锤子放下。”帕特里克·比奇指示说。
“你能看见几个手指头？”利昂·舒马赫问道。
“一个。”

“现在几个?”丹尼斯·蒂默问。

“还是一个,一样。”

“他是在闹着玩儿呢,先生们。”前舞台女演员弗朗西丝·罗菲尔说。她生下来时叫弗朗西丝·罗森鲍姆,长大成熟后成了弗朗西丝·比奇。她的相貌与年龄相称。“你们没看出来吗?”

“我们使他好多了!”

“给我点吃的。”约塞连说。

“大夫,我建议把药量减半,”梅丽莎·麦金托什指示说,“三唑仑让他睡不着觉,阿普唑仑弄得他神经紧张,氟西汀又使他没精打采。”

“她非常了解你,不是吗?”约塞连吃了点东西后利昂·舒马赫咯咯笑着问。

“我们常见面。”

“她那个闲不住的金发女朋友是谁?”

“她叫安吉拉·穆尔科克。”

“哈哈,我猜着就是她。她什么时候来?”

“下班以后,吃饭以前,可能和搞建筑的男朋友一块来。我的孩子们也可能来。现在我已经脱离危险了。他们会来跟我告别。”

“你那个儿子呢?”利昂·舒马赫问他。

“在华尔街的那个吗?”

“他只想知道你到底什么时候死,既然你不会死,他就不想再来这儿浪费时间了。我跟他说了你不会死。”

“我可是对他说按自然规律你是会死的。”丹尼斯·蒂默说。他穿着浴袍和睡衣,他当病号比当医生还显得精神呢。他老婆感到很尴尬,对朋友们说他这是在做试验。“他还想跟我打赌呢,问我赌多少。”

“你还坚持认为这是自然规律吗?”约塞连不同意他的话。

“咱们死的事?”

“我死的事。”

蒂默将目光移开。“我想这是自然规律。”

“你的呢?”

“我想也是自然规律。我相信生命。”

“你没听懂我的话。”

“任何生存着的东西都是靠其他生存着的东西活着的,约塞连。你和我占用的太多了。我们必须还回去。”

“在去克诺莎的飞机上我遇到一位粒子物理学家,他说所有有生命的东西都是由无生命的东西构成的。”

“我也知道那种理论。”

“不让你发笑吗? 不让你哭吗? 不让你莫名其妙吗?”

“太初有道,”蒂默说,“道就是基因[1]。现在道就是夸克。我是生物学家,不是物理学家,我不谈‘夸克’。它属于那个看不见的没有生命的世界。我只管基因。”

“那么有生命的基因和无生命的夸克到底有什么区别呢?”

“基因不是活的东西,夸克不是死的东西。”

“我也不能谈夸克,一说夸克我就想笑。”

“夸克。”

“夸克。”

“呱,呱。”

“你赢了,”约塞连说,“可是咱们和它总有区别吧?”

“每个活细胞里的东西都是死的。可是心脏会跳,舌头会说话。这咱们都知道。”

“那么微生物呢? 蘑菇呢?”

“它们没有灵魂吧?”那个年轻的实习大夫猜着说。

“哪有什么灵魂,”指导他实习的那个外科大夫说,“都是人们脑子里想

---

1 《圣经·约翰福音》第一章里的原话是:“太初有道,道与上帝同在,道就是上帝。”

出来的。”

“应该有人把这话告诉红衣主教。”

“红衣主教知道。”

“一个思想,甚至这个思想,也仅仅是分子之间的电流活动而已。”

“可是思想有好有坏,”利昂·舒马赫连忙插嘴说,“所以咱们还是该干什么干什么吧。你有没有跟一个叫理查德·尼克松的人一块在海军里待过?他说他认识你。”

“没有。”

“他想来调查你。”

“我没在海军里待过。请让他走开。”

“你有没有在爵士乐队里吹过中音萨克斯管?”

“没有。”

“你有没有和全身雪白的士兵在军队里待过?”

“两次。怎么?”

“他就住在下一层楼。他想来看看你。”

“如果他能对你说所有那些事,那就不是同一个人。”

“你有没有和一个叫拉宾诺维茨的人在军队里待过?”丹尼斯·蒂默问,“刘易斯·拉宾诺维茨。”

约塞连摇了摇头。“我不记得有。”

“这么说是我记错了。那么有没有一个叫萨米·辛格的人呢,他的朋友?他说他是康尼岛上的人,说你可能还记得他在那场战争里的事。”

“萨姆·辛格?”约塞连坐了起来,“当然记得,是个尾舱炮手,个子不高,又矮又瘦,黑头发,自来卷。”

蒂默笑了笑。“他都快七十岁了。”

“他也病了吗?”

“他的朋友是我正照看的病人。”

“告诉他有空来。”

“嗨呀，上尉。”辛格握着约塞连伸出的手说。约塞连打量着一个乐意来看他的人。这个人是小个头，慈善的面孔上安着两只微微突出的淡褐色眼睛。辛格高兴得咯咯直笑。“再次看见你真高兴。我一直想着你，不知道你的情况怎么样。大夫说你挺好的。”

“你有点发福了，萨姆，”约塞连兴致勃勃地说，“也有皱纹了。没准还长高了点儿呢。你从前可瘦着哪。你的头发都这么灰白了，还稀了不少。我的也一样。跟我说说你吧，萨姆，过去这50年你都干什么了？有什么新鲜事吗？”

“叫我萨米吧。”

“叫我约约吧。”

“我挺好的，我想。老婆死了，卵巢癌。我多少有点挣扎着过日子。”

“我离婚了，两次。我也在挣扎着过日子。我想我还必须再结婚。我过不了单身生活。孩子们呢？”

“一个女儿在亚特兰大，”萨米·辛格说，“另一个在休斯顿。孙子孙女们也在那儿。上大学了。我不想全依靠他们。我有个空房间，他们来看我的时候可以住。我在《时代》杂志干了很多年，但不是记者。”辛格格外加上了这一点。“我干得不错，日子过得挺好。可是后来他们让我退了休，补充了些新鲜血液，好让杂志办得更有生气。”

“现在《时代》实际上黄了吧，”约塞连说，“我在洛克菲勒中心的老时代–生活大楼里工作。能看到下面的溜冰场。你工作的地点是那个大楼吗？”

“就是，”辛格怀旧心切地说，“我记得那个溜冰场。我还没少在那里玩呢。”

“现在是新M&M大楼了，是M&M联合企业的。还记得老米洛吗？”

“当然记得啦，”萨米·辛格笑着说，“他让咱们吃得不错，那个米洛·明德宾德。”

“没错。比我在那以前的生活水平高多啦。”

“我也一样。后来听说那次轰炸咱们中队的就是他。”

“那也是他干的好事。那是资本主义的又一个矛盾。真有意思呀，辛格。上次我住院的时候，随军牧师不知道从哪儿冒出来看我了。”

“什么牧师？”

“咱们的牧师。塔普曼牧师。”

“我知道那个牧师，不怎么爱说话，对不对？那次在拉斯培西亚[1]上空两架飞机相碰后差不多撞成了无数碎片。一架上的多布斯跟另一架上的赫普尔和奈特雷死了，其他的人也全死了。还记得他们的名字吗？”

“我都记得。你记得奥尔吗？他跟我住一个帐篷。”

“记得。人们说他在阿维尼翁水上迫降以后，按照事先安排，乘上一个筏子到瑞典去了，就在咱们回家以前。”

“有一次我去肯塔基，在那儿见过他，”约塞连说，“他在一个超级市场里打杂。见面的时候已经没有什么可说的了。”

“我们第一次去阿维尼翁执行任务，飞机在水上迫降，我在飞机上。他把一切都安排得很好。记得那时候吗？我和那个炮手奈特军士上了一个筏子。”

“我记得比尔·奈特。他把那件事详细地对我说过。”

“就是那一时刻咱们所有的救生背心都充不上气，原来米洛把二氧化碳充气筒弄到你们军官俱乐部做冰淇淋汽水了，只留下了张便条。这就是那个时候的米洛。”辛格咯咯地笑了。

“你们那些人每个星期天都能喝到汽水，是吗？”

“是的。你说过后来第二次去阿维尼翁执行任务的时候，发现急救箱里的吗啡也让他偷走了，是真的吗？”

“那也是他干的好事，也是只留了张便条。”

“他那个时候就贩毒吗？”

---

1 意大利西部港口城市。

“我无从知道。不过他肯定在贩鸡蛋,新鲜鸡蛋。记得吗?”

“我当然记得那些鸡蛋。我仍然不能相信鸡蛋会有那么好吃。我现在也常吃。”

“我也开始吃了,”约塞连下定决心说,“你把我说服了,萨米·辛格。现在还担心胆固醇已经没有意义了,不是吗?”

“那你一定记得斯诺登,霍华德·斯诺登。去阿维尼翁执行任务那一次。”

“萨姆,我怎么能忘记呢。看见他痛苦成那个样子真想把急救箱里所有的吗啡都用上。真他妈的米洛。我没少咒他。现在我和他一起工作。”

“我当时真的经常昏过去吗?”

“我看你是有那么点儿。”

“现在想起来挺有意思的。你浑身上下都是血。后来不光是血,还有别的脏东西。斯诺登不停地呻吟着。他很冷,是吧?”

“是的,他说他冷。快要死了。我身上什么都有,萨米,后来还加上我自己吐的东西。”

“后来你把衣裳全脱了,好几天什么都不穿。”

“我一见军装就恶心。”

“开追悼会的时候我见你待在一棵树上,一丝不挂。”

“我穿着胶鞋呢。”

“我还看见米洛也爬上了你那棵树,手上拿着蘸了巧克力的棉花。我们那时候都挺尊敬你的,约塞连。我现在也一样,你知道吗?”

“为什么,萨米?”约塞连问道,他有点迟疑了,“我不过是个冒充的亚述人。”

辛格明白。“啊,那不是原因。参军以后就不再那么想了。我在军队里和几个非犹太教的人交了朋友,你是其中的一个,就在那次在南卡罗来纳一个家伙打我以后。参加《时代》工作那些年里也不那么想。那些年我跟基督教徒在一起,还跟几个酒鬼朋友混在一起,真有不少乐趣哩。”

“咱们都被同化了。这是这个国家的又一件好事。只有咱们像他们那样，他们才可能让咱们进来。”

“我是在那儿遇见我老婆的。你听说了吧，约塞连？”

“约约。”

萨米摇摇头。“我结婚以后从来没有欺骗过我老婆，也从来没想过要背着她。这件事谁听了都觉得奇怪。别的女孩子也觉得奇怪。可她不那么认为。他们可能会以为我是个同性恋。她第一个丈夫正相反，是个讨女人喜欢的人。我一直都想成为他那样的人。我遇见她以后她就喜欢上了我。”

“你想她吧。”

“我想她。”

“我挺怀念婚姻生活。我一个人过不惯。”

“我也过不惯。我不怎么会做饭。”

“我也不会做饭。”

萨米·辛格思考了一会儿。“不。我想我尊敬你首先是因为你是长官。当时我的想法跟小孩子的一样，认为当官的比别的人都高明，要不我们也都当官了。你无论做什么总是心里有数，只有那次咱们迷失了方向，你要带我们横渡大西洋例外。即便你做傻事，也比许多其他人做的事有意义。一丝不挂地站在队列里领奖章。看见你那样子我们都乐坏了。”

“我不是在炫耀自己，萨姆。那时我总是胆战心惊的。我经常在早上醒来的时候使劲地想我是在哪儿，然后就想弄明白我在那儿是他妈干什么的。我现在也常有这种时候呢。”

“谁信啊，”辛格咧嘴笑着说，“你好像总能跟女人睡觉，我们都干不成了，可你还成。”

“没有像你想的那么严重，”约塞连大笑，“有的时候只是摸摸而已。”

“可是，约塞连，当你说你不再飞了的时候，我们都为你祝福。咱们都已经飞满了70次。咱们是在一条船上啊。”

“你为什么不站出来跟我一齐出去呢？”

“我们没有那个勇气。他们把你抓起来不久就把我们送回来了，所以对我们来说是件好事。我也说过不飞了，可到了那个时候，他们说让我考虑考虑。后来他们把你怎么样了？”

“也把我送回家了。他们威胁说要杀了我，要送我进监狱，要毁了我。他们把我提升成少校，然后把我送了回来。他们不想让我再声张。”

“我们大多数人都佩服你。你现在就对你做的事心里有数。”

“谁说的？我对什么事都心里没数了。”

“得了吧，约约。就在我们那层楼，人们说你跟一个护士有好事。”

约塞连几乎要因自豪而脸红了：“这事传了那么远？”

“我们甚至还从我朋友的大夫那儿听说过，”辛格兴致勃勃地接着说，“还是在皮亚诺萨的时候你就和一个护士好，不是吗？”

“时间不长。我就像一个可怜的危险人物一样被她甩了。麻烦的是你要是想使女孩子对你倾心，你就得老让她恋着你。可爱情根本不是那么回事儿。”

“这一点我也知道，”辛格说，“可是那一天你和她还有其他几个人正穿着游泳衣在海滩上待着，基德·桑普森让一架飞机撞死了。你还记得基德·桑普森吧？”

“唔，妈的，记得，”约塞连说，“你以为我们会忘记基德·桑普森吗？我也忘不了麦克沃特，是他开着飞机把基德切成两半的。麦克沃特是我最喜欢的飞行员。”

“我也喜欢他。那次我们去弗拉拉执行任务，他是咱们的驾驶员，我们不得不第二次飞回去轰炸。那一次克拉夫特死了，投弹手平卡德也死了。”

“那次去弗拉拉你跟我同在一架飞机上吗？”

“肯定在。有一次饿鬼乔忘了拉紧急降落制动闸放下起落架，也让我赶上了。后来他们给了他一枚奖章。”

“为了那次去弗拉拉他们也给了我一枚奖章。”

“真难相信那些事是真的。”

“我明白那种感觉，”约塞连说，“很难相信我自己会经历那么多事。”

“我明白那种感觉。说起斯诺登来也怪有意思的，”辛格犹疑地说，“我那时不大了解他。”

“我从来没有注意过他。”

“可是现在我觉得他是我最好的朋友之一。”

“我也有同感。”

“我还想到，”萨米还是离不开这个话题，“那是我经历过的事情中最好的一件，我简直不想把它忘了。忘了就太不道德了。那件事成了我一生中的一段重要经历，一个惊心动魄的话题，使我永远记住那是一场真正的战争。我的孩子和孙子们对那么久远的事压根儿不感兴趣。”

“把你那个朋友带来，我对他说那都是真的。他来这儿做什么？”

“做体检。”

“让蒂默给他做？”约塞连说着直摇头。

“他们早就认识了，”辛格说，“老相识了。”

“哦。”约塞连说。他这带有讽刺意味的狐疑口气使辛格觉得他不相信自己的话。“啊，萨米，以后咱们怎么办？我好像挺认得方向，但从来不会导航。我认识不少女人，可能会再结婚。”

“我也认识几个，不过大部分是过去的老朋友。”

“除非你感到非结婚不可，否则别结婚。除非你需要。你对这种事把握不好。”

“我没准儿会多去几个地方走走。”辛格说。“朋友们劝我到世界各地转转。在《时代》工作的时候我认识了不少人。我在澳大利亚有个好朋友，他很久以前得了一种叫吉兰-巴雷综合征的病。他的年纪也不小了，走路要用拐杖，行动不方便。我想再见见他。还有一个在英国，退休了。另一个在香港。”

“我想我要是你就去，总算是有点事可做。在这儿的那位呢？蒂默的病人？”

“他恐怕很快就要回家了。他是德累斯顿的战俘，和科特·冯内古特在一起。还有一个叫帅克的。能想象得到吗？”

“我曾经在那不勒斯排队的时候和一个叫帅克的站在一起，还遇见一个叫约瑟夫·凯的。我是从冯内古特的小说里才知道德累斯顿的，从前不知道那个地方。叫你那个朋友上来。我想听他说说冯内古特的情况。”

“他不知道他。”

“告诉他随时都可以来，我要过了周末才出去。啊，萨米，打个赌怎么样？你说咱们出院以后还会再见面吗？”

这个问题使辛格感到有些意外。“约塞连，这可得由你来决定。我有时间。”

“你说几次吧，你要是愿意给个数的话，我就用你的。也许值得试一试呢。我很想和你再谈谈威廉·萨罗扬。你过去曾经试着模仿他写短篇小说。”

“你也试过，后来呢？”

“停了，有阵子没写了。”

“我也放弃了。试过《纽约客》吗？”

“每次都不成。”

“我也一样。”

“萨米对我说你救过他的命。”那个身穿浴袍和睡衣的大骨架子人说。他神采奕奕轻松自如地自我介绍说是拉宾诺维茨。他说话声音沙哑，语气连贯。“你是怎么救他的？”

“叫他给你详细说说吧。你那时候正在德累斯顿，对吗？”

“他会把详细情况告诉你的。”拉宾诺维茨的目光又一次落到了安吉拉身上，“这位年轻的女士，你好像是我在哪儿见过的一个人，可又想不起来在哪儿了。她也很令人倾倒。咱们见过面吗？我从前看上去可年轻哩。”

“我不知道，没把握。这是我的朋友安东尼。”

“你好，安东尼。好好听我说，安东尼，我可不是在说着玩儿。今天晚上你可要好好待她，你要是待她不好我会知道的，那我就要送花给她，你可就要坐冷板凳了。这样行吗，亲爱的？晚安，亲爱的。你会高兴的。安东尼，叫我刘。去好好玩玩吧。”

“我会的，刘。”安东尼说。

“我已经退休了，做房地产，跟女婿一块盖房子。你呢？”

“我也已经退休了。”约塞连说。

“你和米洛·明德宾德在一起工作吧。”

“业余时间。”

“我有个朋友想见他。我会带他来的。我来这儿是因为体重的麻烦。因为心脏有点毛病，所以要减轻点体重，可有时候一下子又减得太多了。我来查一查原因。”

“让丹尼斯·蒂默查？”

“我很早就认识蒂默了。那位漂亮的金发女士气质不俗。我肯定从前见过她。”

“我想你记得。”

“所以说我知道她。”

“是霍奇金淋巴瘤。”丹尼斯·蒂默说出了真情。

“妈的，”约塞连说，“他还想瞒着我呢。”

“他不想让任何人知道，包括我在内，可我已经认识他快30年了。他真能创纪录。”

“他一直都这样吗？喜欢哗众取宠。”

“你也是跟谁都卖弄。你想让这儿所有的人都围着你转。他是公开的，而你做得狡猾。”

“你太刁钻，知道得太多了。”

在约塞连眼里，拉宾诺维茨是个直脾气的人，大个头，掉了很多肉。头顶已经秃了，长着渐渐变灰的金黄色八字胡须。他对安吉拉带有一种过分的关注，一种不可抗拒的对女性的自信心，不但在气势上压倒了安吉拉，还减弱了她的自信心。约塞连见她上身前倾，护住胸脯。她把手放在腿上，把裙子往下拉了拉，双腿紧紧并拢向回收去。约塞连乐坏了。她面对着的是一种虽不喜欢却又无法抵挡的令人难以承受的亲昵。

“他连意大利人都不是。”约塞连带着责难的口气说。

“你不是意大利人，可我并不在意。问题是我的确在什么地方见过他。”

“啊哈，穆尔小姐，我想我知道了。”当拉宾诺维茨慢慢溜达进来又看见她时，他探索地笑着说，“你使我想起了一个美丽动人品性贤惠的娇小女子，那是在布鲁克林，离羊头湾不远。她正跟和我有业务关系的建筑商在一起。他是意大利人，我想他叫本尼·萨尔莫尼。你从前喜欢跳舞。”

“是吗？”安吉拉回答说。她看着他，涂了眼影的眼皮半眯着。“我曾经认识一个叫萨尔莫尼的建筑商，不知道是不是同一个人。”

“你是不是有过一个同屋，是个护士？”

“我们现在还在一起住。”安吉拉回答道。她显得轻浮了些。“就是刚才在这儿值班的那个，我的朋友梅丽莎。”

“就是又好看性情又好的那位吗？”

“她在这儿照顾咱们这位朋友。要不他怎么会在这儿呢。她和老年人睡觉，让他们都得中风。”

“我希望你别对别人说这种事，”拉宾诺维茨离开以后，约塞连有点不满意地对她说，“你要毁掉她的前途的。这可不是什么中风。你还会毁掉我的前途。”

“我也希望，”安吉拉说，“你别再对别人说我的名字是穆尔科克。”

他们二人都审视着对方。“我对谁说啦？”

“迈克尔。那位舒马赫医生。”安吉拉为了收到更好的效果，故意停了一下卖关子。又说：“帕特里克。”

“帕特里克？”约塞连惊讶地说。他思忖着如何回应，最后还是提了个问题。“哪个帕特里克？帕特里克·比奇吗？”

“帕特里克·比奇。”

“嗨,扯淡,”他很吃惊,“你在和帕特里克交往?”

“是他打电话给我的。”

“没准会跟他上床呢。你可能不喜欢那么干。”

“已经干过了。我不在乎。”

“他的前列腺没麻烦吗?”

“眼下没有,所以他没来医院。你过去和他的老婆很近乎。你想她会知道吗?”

“弗朗西丝·比奇什么都知道,安吉拉。”

“我可不是头一个。”

“她已经知道了。她会猜。”

“你和那个护士之间真有其事,对吗?”弗朗西丝猜测说,“从这酸臭的空气里我差不多闻到了做爱的气味。”

“我表现出来了吗?”

“没有,亲爱的,是她。她对你的关怀远远超过了她应该做的。大家来看你的时候她对你过于殷勤了。劝她一下,叫她别太紧张。”

“那会使她更紧张。”

“还有你那下流的强迫心理行为,我从来就受不了。无论哪个女人,只要她转身,你就看她的屁股,对所有的女人都一样,对她的就更感到得意。是一种占有的得意。你也看我的,是吗?”

“我知道我经常那样,可并不得意。你看上去还是那么美。”

“你要是不记得我从前的样子的话,就不会这么说了。”

“我还有个坏毛病,你会觉得更糟糕的。”

“我敢说我猜得出来,因为我也有。”

“说给我听听。”

“你是不是已经到了那么一个可悲的阶段,不用很认真地看一个人的脸,就能想象出他老了以后是啥模样?”

“我不明白你是怎么知道的。”

"因为咱们太相像了。"

"我只对女人这样,它可以让我失去兴趣。"

"我对每一张已经显出踪迹的脸都那样推测。这么做是有害的,是一种病态。这个女人将来难看不了。"

"她叫梅丽莎。"

"得让她知道相信我不会错,尽管我有钱,时髦,从前还因为是个演员而名声不好。我很高兴你们不是为了钱结婚。"

"谁想结婚啦?"

"我跟帕特里克结婚的时候,不只是为了钱。我想我会赞成的,虽说我并不喜欢她的女朋友。帕特里克又和女人睡觉了,他可能也会离开我。你还能告诉我些什么?"

"没什么可说的。"

"我也不想知道。现在不想知道。如果他认为我在怀疑他,我会感到内疚的。我不喜欢打扰别人的幸福,尤其是他的。真希望我也多些这种事,可你知道我的年龄。咱们的朋友奥利维亚可能是个例外。她不常来家里看我,可常往家里送大堆的花。每张卡上她都签上奥利维亚·马克森,听起来像英国的什么头衔。你知道有成千上万个叫奥利维亚的。我挺喜欢你那个饮食服务公司的。"

"那是米洛·明德宾德的。"

"两吨鱼子酱也太诱人啦。"

"一吨本来也就够了,多准备些保险。在公共汽车终点站举行的这个婚礼大概是我活着的时候能看见的最稀罕的事了。"

"这可是我所看见的唯一的稀罕事儿。哦,约翰,约翰尼,让我知道你得了病是你对我做的一件十分可怕的事。"弗朗西丝·比奇说。"听说你病了,我终于第一次觉得自己老了。你会康复的,可我永远不再年轻。有人来了。请进。你是叫梅丽莎吗?"

"是的。有人来看望他了。"

“我的名字是拉宾诺维茨，夫人，刘易斯·拉宾诺维茨，但朋友们都叫我刘。这儿还有一个人，马尔文·温克勒先生，专程从加利福尼亚来向你表示敬意的。咱们那位可爱的安吉拉在哪儿？马尔文，这位是约塞连先生。他就是要帮你忙的那个人。温克勒为了他的一种崭新的产品想见见米洛·明德宾德。我对他说咱们会安排见面的。”

“什么产品？”

“刘，我想和他单独谈谈。”

“说吧，温克勒。”

“朝下看，看看我的脚。”温克勒中等体型，腰围很粗，“注意到什么？”

“我看什么呀？”

“我的鞋。”

“鞋怎么了？”

“最新最优产品。”

约塞连看着他琢磨了一会儿。“不是在开玩笑吧？”

“我不拿买卖开玩笑。”温克勒回答说，每个字都说得那么艰难，似乎是声声痛苦的叹息。他的声音又粗又低，几乎听不见，“我研究它多年了。战后我卖军队的剩余胶卷，后来卖烤制食品，我的蜂蜜面包圈驰名纽约、康涅狄格和新泽西。我的每种产品都是最优的。我现在仍然生产复活节巧克力兔子。”

“买卖做大过吗？”

“我总掌握不好时机。我还在食品服务行业干过，向人们提供星期日早饭，送货上门，那样人们可以多睡会儿。我的公司叫绿野农庄，在康尼岛上，我是唯一的业主。”

“我是你的顾客，可你从来没给我送过。”

“那样划不来。”

“温克勒，我会安排你们见面的，我不能拒绝。可是你必须跟我谈谈具体情况。”

“我一个字也不会说的。”

“我们一直在考虑鞋的事，”米洛承认说，“把它卖给政府。”

“那么你当然愿意要我的。我的是最新最优产品。”

“到底什么是最新最优？”

“没有比我的更好的了，明德宾德先生，政府也找不出适当的理由去选择别家的鞋。再看看我脚上的鞋。看出它的灵活性没有？你刚穿上它的时候看着很新，等时间一长你穿得合脚了，它也显得旧了。等它没了光泽你可以擦亮它，也可以不去管它让它乌着，还能破着穿，如果那是你的风格的话。你能让它颜色深一点，也能让它浅一点，甚至改变颜色。”

“可是它能作什么用？”

“它合脚，保持袜子干燥和清洁。它保护脚跟不被划破，走路的时候不会因为硌伤而疼痛。你能穿着它走路，跑步，还能穿着它坐着谈话，就像我现在这般跟你聊天一样。”

“它的颜色还会变。你说它怎么能变色呢？”

“你只要把这种神奇的塑料插进鞋后跟的槽里，把它拿给做鞋的人，让他把鞋染成你想要的颜色就行了。”

“听着挺神的。”

“它就是这么神。”

“你也能为女人生产鞋吗？”

“鞋就是鞋，明德宾德先生。”

“有一件事我忘了，温克勒先生。你的鞋的作用有哪些是我的鞋所没有的？”

“它能为咱们俩挣大钱，明德宾德先生。我的鞋是最新最优产品。往下瞧，注意它的区别。”

“我刚看见。你很富吗？”

“我总掌握不好时机。不过请相信我，明德宾德先生，我可不是没有经验。您是在跟发明并且仍在生产最新最优复活节巧克力兔子的人做生意。”

“你的有什么不同之处？”

“我的是巧克力做的。能包装、船运、展示，而且最大的长处是能吃，跟糖一样。”

“别的复活节兔子不是也一样吗？”

“但是我的最新最优。我们把这印在所有的包装上。公众不想要次品复活节巧克力兔子，我们政府也不想要次品鞋。”

“懂了，懂了，”米洛说着脸色豁然开朗，“你对巧克力很内行？”

“懂得太多了。”

“那就说说看。试试这个。”

“行啊，”温克勒说着拿起那块夹心糖琢磨着它的可食性。“这是什么？”

“裹着巧克力的棉花。你觉得怎么样？”

温克勒的脸上始终挂着笑容。他娴熟地从舌头上揭起一块黏糊糊的东西，像是碰到了一件稀有易碎又令人厌恶的物体。“我还从来没有尝过比这更好吃的巧克力棉花呢。这是最新最优产品。”

“不幸的是我没有办法把它处理掉。”

“我看不出有多难。你一共有多少？”

“仓库里全堆满了。你有什么好主意？”

“我最擅长干这个了。你把我的鞋带给你在华盛顿的政府采购员，我就给你想个办法。”

“一言为定。”

“然后再考虑下一步：把巧克力从棉花上弄下来。把棉花织成精纺布用来做衬衫和床单。不破不立。你们把东西合到一起，我们把东西拆开变小，这样我们才能壮大起来。你把巧克力卖给我，我出个好价，你就用这钱买我的鞋。”

“你现在有多少鞋？”

“目前只有我脚上这一双，另一双在我家的壁橱里。一旦拿到合同，一旦预支到钱让我支付所有的开支，就能生产出几百万双。我喜欢得到预付款，明德宾德先生。我只通过这种方式做买卖。”

“公平合理，”米洛·明德宾德说，“我也那样做买卖。不幸的是现在在华盛顿有个道德部。不过我们的律师一出狱就去负责那里的工作。与此同时，我们有私人采购员。你会得到合同的，温克勒先生，交易就是交易嘛。”

“谢谢你，明德宾德先生。复活节能送一只兔子给你吗？我可以把你列入我们的免费馈赠名单。”

“行，请给我送一千打来。”

“向谁要钱？”

“会有人付款的。咱们都明白没有白吃的午餐。”

“那就谢谢你的午餐了，明德宾德先生。我是带着好消息走的。”

“我是带着好消息来的，”安吉拉满面春风，像股旋风一样疯疯癫癫地进了病房，“可是梅丽莎怕你生气。”

“她找到新朋友了。”

“没有，还没呢。”

“她又回到那个老朋友那儿去了？”

“没有机会，太晚了。”

“那为什么？”

“她的月经呗。她觉得她怀孕了。”

梅丽莎坚决不让步，她想要这孩子，因为他们俩不管是谁，能有孩子的时间都所剩无几了。

“可这怎么可能呢，”约塞连在他莱茵河之旅结束之时抱怨着说，“你说你已经结扎了输卵管。”

“你说你已经把输精管切除了。”

“我那么说只是为了开玩笑。”

“我怎么知道。我也是开个玩笑。”

“阿门。阿门。对不起，”温克勒实在受不了了，“咱们还有买卖没谈完呢,约塞连。太感谢你了,你想要多少钱?”

“什么钱?”

“帮我们见面的钱。我欠你的。说你想要多少吧。”

“我一点也不要。”

“公平合理。”

第二十九章　迪尔尤先生

乔治·西·迪尔尤先生过世已经近80年了,现在正安安稳稳地隐居在自己来世的天地里,一方面打量着自己的财富,一方面看着时间流逝,因为时间没有流逝。他在坎肩上挂了块带金链子和凸牙状绿色鸡血石垂饰的金表,而这一切只是为了装饰,因为他从不给表上弦。

事件与事件之间是有间隔的,但无谓去测量它们。他那两部过山车,他的“龙峡谷”、“龙卷风”以及“赛马”,由于地心引力和摩擦力是永恒的,人们坐在上面从头到尾根本感觉不到明显的差别。坐船通过“爱情隧道”也是一样。他当然可以改变一下旋转木马旋转的时间,也可以加大或缩小“神鞭”、“大毛毛虫”、“旋涡”和“法国圆号”转动的圆圈。这么做并不会增加投入。在这里什么都不会白白浪费掉。铁不会锈蚀,油漆不会剥落。到处都干干净净,没有尘埃,没有垃圾。他那件大领衬衫永远保持清洁。他那幢黄色的房子还和他50年前建成并获得四邻夸奖时一样富丽堂皇。木制件既不变形也不腐烂,窗户不发紧,玻璃也不破,下水道一滴水也不漏。船也不裂缝。这并非是说时间静止了,而是根本不存在时间。迪尔尤先生在这永恒与长久的稳定中欣喜若狂。在这里人们永不变老,还不断有新人到来,他们的数目从不减少。这是一个特许权获得者的梦想之地。

他回到家里,凡是在尘世间他想有的这儿都有。通过他和莱斯利·格罗夫斯将军之间令人愉快的友谊,他总能赶上外界的变化。格罗夫斯定期乘坐他的私人火车专线造访,除聊天以外,还高兴地充分利用这里提供的娱乐设施。格罗夫斯将军给他带来报纸和新闻杂志，迪尔尤只粗略翻阅一下那些稀奇古怪的故事，以完成他的阅读任务。那些报纸和杂志读后便会和其他废品一样消失在空气中。同样准时来访的是盖夫内先生。他是位完全不同类型的朋友，一个私人侦探。他每隔三个月准定期从上边来了解他所能了解到的一切新近发生的事。迪尔尤并不把一切都透露给他。盖夫内先生的衣着与文明举止无可挑剔，迪尔尤先生盼望他能永远从上面下来。有时格罗夫斯将军会带来一位客人，他认为这个人有助于让迪尔尤事先了解情况。迪尔尤先生有的是男人和女人，并不急需牧师。当他听说格罗夫斯将军谈到的那个随军牧师拒绝被介绍给他时，他并未产生被冷落了的感觉。在那两个火车车厢里有个稍大的房间，是格罗夫斯将军豪华的起居室，在那里面迪尔尤先生可以用一种单一的方式自娱。他可以朝任何一个窗口看风景，一旦他熟悉了操纵系统，就可以看到世界上的任何一个地方。通常他只愿意看纽约市，主要是布鲁克林那些他能想到的地点，如他常去散步的地方和他的墓地，康尼岛上的游乐场所和布鲁克林日落公园里的碧林公墓。1914年他临时埋葬在这里，而现在他可以心满意足、安安心心地在这里歇息了。

他那所房子的原址仍旧是一片空地，成了来访者的停车场。现在人们有汽车了。当年他那片闪光的游乐场名闻四海兴旺发达，它现在的作用小多了，名声也远不如从前。普天之下已经没有任何新鲜事物能使他羡慕。他光芒四射的年华业已逝去。在一个时代的末期，他目睹了它日渐衰退及腐败。过去他总爱说，如果巴黎代表法国的话，夏季的康尼岛就代表世界，可是现在他不想再这么说了，为此他庆幸自己及时退出了这个时代。

在格罗夫斯将军的火车厢里，他可以调配窗口景致的颜色使之产生变化，可以看到太阳变成黑色，还可以看到月亮呈现血红。对他来说现代大城市的轮廓缺乏美感，不堪入目。他发现那些拔地而起的高楼大厦，那些巨大无比的商业中心，并不属于任何个人，这使他又茫然又反感。人们购买股票，可是也许从来没有见过它是什么样子的，再者说，这些股票与所有权或控制权又毫不相干。就他本人而言，依照他的责任与道德行为准绳，他从来只把资金和精力投入到完全属于他自己的事业上。他拥有的只是能看得见摸得着的东西，而他期望的则是对这些东西进行充分的利用，以满足大众的要求，使大家得到快乐。

他现在比一贫如洗的洛克菲勒先生及独裁专制的摩根先生强多了。他们把财产遗赠给了别人，相信那把普天下治理得井井有条的老天爷是富于同情心的，因此他们只有吃后悔药了。

迪尔尤先生本来可以开导开导他们，事实上他的确一直在开导他们。

迪尔尤先生手边总有一枚亮晶晶的一角硬币，随时准备送给洛克菲勒先生，因为这儿虽然没有了一天两天的概念，他还是几乎每天都来向他讨要，以期将他过去为收买公众的欢心而撒出去的硬币，那闪闪发亮的钢镚儿，再一枚一枚地收敛回来。这只能是一种补偿，因为他现在明白了那种收买公众的做法实在是没有必要。

那位长着一双慧眼，暴烈脾气永久不变的摩根先生，确信一定是出了什么差错使他成了魔鬼作祟的牺牲品，而这结局本不该降临到他身上。他像上了弦的钟表一样——当然，这里并没有上了弦的钟表——不停地要求告诉他为他平反、为他正名的文书是否已从上面送了下来。每当人们对他说文书尚未送到时，他总是气得要命，暴跳如雷，倔强地抱怨说他受不了如此这般的对待。他从没怀疑自己是属于天堂的人，可他不仅下到了地狱，还来到了撒旦面前。

"上帝就不会犯错误吗？"迪尔尤先生终于被迫问了这么个问题。

虽然这里已经没有星期的概念，摩根先生还是花了整整一个星期才想出了答案。

"如果上帝也做点事的话，他就会犯错误。"

摩根先生还对他自己一支没有点燃的雪茄公开表示出不耐烦，因为迪尔尤先生不允许任何人再抽烟。摩根先生有一副牌。他不跟别人玩。这里虽然没有钟头的概念，他还是一连几个钟头独自一人在旋转木马的凤尾船里玩单人牌。这令人眼花缭乱的旋转木马原本是为德国皇帝威廉二世创制的。木马中有一辆比别的都艳丽的战车，它那给主人带来滚滚财源的车轮虽然转来转去却哪儿也去不了，但装饰得富贵华丽，一派皇家风范。皇帝坐在上边时，演奏的必定是瓦格纳的作品。

有两个二战中的空军士兵受到迪尔尤先生格外热情的欢迎，一个叫基德·桑普森，另一个是麦克沃特——海员与士兵来康尼岛度假是经常的事，他们深受赛马公园的欢迎。迪尔尤先生每见到一位从老康尼岛新来的人就高兴一次，就像他见到新来的大个子刘易斯·拉宾诺维茨一样。刘从时间档案里找到了来的路，还认出了乔治·西·迪尔尤的名字。

迪尔尤先生很喜欢跟像他们一样秉性敦厚的人在一起，他还时常和他们一道乘坐“龙卷风”和“龙峡谷”飞速下滑。有时为了消遣一下，也为了坚持观察，他乘坐平底船巡游，回到他的“爱情隧道”，平底船从画着坐在电椅上那个绑架林德伯格的凶手和死在床上的玛丽莲·梦露的诱人广告牌下漂入黑暗，然后来到“死亡岛”上他那个蜡像博物馆，从而以漂流到过去的方式寻找他的未来。他站在亚伯拉罕·林肯与死亡天使旁边时并没有深恶痛绝的感觉，一点也没有，但在这里他可能会发觉站在自己面前的是那位名叫费奥莱罗·亨利·拉加迪亚的纽约市市长和多年以前的总统富兰克林·德拉诺·罗斯福，他们死在过去，却将在未来与他共存。他们与绑架林德伯格的凶手和玛丽莲·梦露一样是在他死后来到这里的。迪尔尤先生尚不肯说目前在白宫里的那个人是又一个小普里克，但这只是因为他和魔鬼都不说脏话。

迪尔尤先生有很大的发展空间。他脚下就是一个冰冻的湖和一片滚烫的沙漠，几块稀泥草坪，一条流淌着沸腾血液的河，还有一条流淌着沸腾沥青的河。此外，还有一片黑乎乎的森林。只要他能想出如何使用它，就可以拥有它。林木长着黑色的叶子，林子里有几头豹子、一头狮子、一条三头狗和一匹雌狼。这些动物从未被关进过笼子，因此它们也决不让在此修建动物园。然而他的想象能力已远不如过去那样丰富；他很害怕，怕自己正在逐渐衰老。他从前靠象征性的标志获得过胜利，他还习惯于幻想。可是他的赛马公园里的旋转木马并非真的赛马，公园也并非真的公园。他的天赋是善于将一系列矫饰有机地组合在一起，他的产品便是愉快本身。他的“龙卷风”不是龙卷风，他的“龙峡谷”亦非峡谷。没有人相信这些都是真的，他也不敢想象如果面对真的龙卷风、真的峡谷和一条真正的龙他会做何处理。他对自己能否从这滚烫的沙漠、熊熊的火焰或者淌着沸血的河流里找到可供狂欢的资源毫无信心。

他以他的耐心与执着终于重建了他的房子，他仍然为此感到自豪。这花了他30年的光景，但是由于这里根本就没有时间，所以他有的是时间。

房子是用黄色的木料建造的，一共三层，还有个三角形阁楼。他死后不久最下面那一层便消失了，成了一栋两层楼的房子，可是似乎没有人对此评头论足。有时路过这所房子的邻居们倒是会说刻着字的最底下那块石阶正在下陷，事实也正是如此。战争打起来以后，石头上的名字几乎只能看见一半了。战争期间，青年人参军了，家庭迁移了，迪尔尤先生再次探察了他行动的机会。战后不久，他那房子的旧址成了一块空地，紧接着又成了停车场，而人们对此并不感到惊奇。又过了不久，他的赛马公园消失了，迪尔尤影院也关闭了，他的名字在康尼岛上已不复存在。他已被人们彻底遗忘。

现在他安安全全地待在家里。要什么有什么，成了摩根家和洛克菲勒家羡慕与妒忌的对象。他那些令人着迷的哈哈魔镜从来没有使他和他的收票员改变过形状。

尽管这里没有天的概念，也没有活可干，但他还是在干完一天的活下班前回到自己的办公室。他见了洛克菲勒先生，给了他一枚一角硬币，把他撵走了。看看现在这个穷小子，想想当年带有椭圆形溜冰场的洛克菲勒中心的幢幢综合商业大厦，他无论如何也没法把二者联系到一起。在他的卷盖式办公桌上有摩根先生留的一张口气傲慢的便条，说他还要回来，再次就迪尔尤先生新的不许吸烟的政策跟他开诚布公地谈一谈。迪尔尤先生并不想那么快就和他见面，于是便从衣帽架的钩子上摘下高筒礼帽。他将西服领上的花瓣拍松了些，其实它们总是那么新鲜，而且永不凋谢。就这样，他精神抖擞地迈开大步离开办公室回家去了，一路上小声哼着旋转木马转动时的齐格弗里德葬礼曲。

当他轻盈地走上有三级台阶的门廊时，在最高的一级台阶上他略微地趔趄了一下，这种事可从未发生过。在厨房窗户下洗碗池上边的架子上，他还发现了点奇怪的现象：那个沃特福德玻璃瓶里的白色百合花虽鲜艳如故，但神秘的是花瓶里的水面倾斜了。他连忙拿来一个木匠用的水平仪放到窗台上，结果使他倒抽一口冷气。房子斜了。他不知所措地倒退了两步，双眉锁得紧紧的。门廊上那块写着他名字的牌子一看就是斜的，根本没有必要用水平仪去量。过道也是斜的。右边向下倾斜了。他的名字TIL YOU底线向下斜得连最后两个字母椭圆形的底部都不见了。他简直惊得呆若木鸡。他的房子神不知鬼不觉地又开始下陷了。他全然不明白这到底是为什么。

第十部

第三十章　萨　米

她不明白父亲为什么从她小的时候就不喜欢她，及至她长大成人并结了婚，他都没有把她当作家人对待过。他对她的妹妹弟弟要好些，但也好不到哪儿去。

三个孩子中她是老大。妈妈对她倒是个安慰，可是这丝毫不能改变家里那种高高在上的夫权家长制占统治地位的气氛。他们是威斯康星州的路德教教友，住得离首府不远。这个地方到了冬季昼短夜长，寒风刺骨。“他一向就是这样的，”母亲袒护他说，“我们是在教会和学校里认识的。”他们同岁，结婚的时候还都未破童贞。“我们两家人互相选中了我们，当年都是那么办的。我想他从来就没有真正高兴过。”

他经营着一爿店铺，零售农用商品，这是他从前辈那里继承下来的，经他的手又扩大了许多。在店里他和伙计们与供货人相处得轻松自如，但在家里他做不到。那些人也都喜欢他。与外人相处时他感到自在得多。妈妈坚持认为他并不是对她个人有什么不满，因为她打小就是个好孩子。然而在她父亲也被肺癌夺去生命时，他们发现他在遗嘱里没有给她留下任何财产，尽管他在遗嘱里吩咐说留给三个孩子的财产总数相当于留给她弟弟和妹妹的总和，还嘱她为财产托管人全权处理一切事物。她对此一点也不感到惊讶。

“还能指望别的什么呢？”谈起这件事时格伦达说，“别以为这事已经不再让我伤心了。”

这位信奉路德教的父亲在年轻时对音乐、跳舞以及任何她母亲求之若渴的节日狂欢活动一概不感兴趣——她喜欢化装晚会，还为鬼节亲自制作面具呢——但却在绘画方面显示出了与生俱来的天资，并对建筑物的结构与精美的房屋设计表现出异乎寻常的好奇。可是生活在那种艰苦的农村环境里，家庭生活比他后来的还要拮据和紧张，加之在比他更加严厉的父亲管束下，他的这些天赋完完全全被忽视了，从未有人考虑过送他去上大学或在艺术领域深造。对才华的压抑很可能塑造了他这种阴郁的品性，而他无法发泄的怨恨正是他性格植根的土壤。到了后来她知道了他这方面的情况，从而才不时地对他表示出怜爱。他虽然花钱谨慎，从不大手大脚，却很早就让三个孩子知道他愿意让他们接受高等教育的强烈愿望，并且如果他们很好地利用他们的机会，他会非常高兴和满意。然而只有格伦达利用了父亲的这一慷慨赠予。他对另外两个孩子十分失望，并且耿耿于怀，好像是受到了令人难堪的回绝，他们存心使他丢脸似的。他对她小学的成绩很满意，却极少给她口头上的表扬，即使赞扬几句，也夹杂着责难的情绪，使她根本高兴不起来。如果她的代数或几何考了全班最高分90分，那么当她把卷子带回家时，他就会极不情愿地赞扬几句，然后诘问为什么十道题里有一道她答不上来。如果得A-，他就要追问些细节，她要是得A，他还会因为她没有得A+而闷闷不乐。他的严肃并无恶意。她在讲述这些故事时带着幽默的宽容。

她在这样的环境中长大竟然有无忧无虑的心境，有自信心，有能力和主见，这的确使人感到有点不可思议，而她的这些品质正是我所需要的。

上中学时，在她母亲，尤其是在她妹妹的鼓励下，她竞争到了啦啦队长的职位。可是由于她天生腼腆，也不那么合群，所以从来没有全身心地投入过令别的女孩子十分欣赏并为之欢欣雀跃的社交生活，也从来没有加入学校体育队或成为一个吵吵闹闹的追随者。学校有不少社团组织和公众集会，她也很少问津。她比同年龄的女生们要矮一英寸，长着酒窝、褐色的眼睛和深棕色头发。年轻时她虽然瘦，胸部却很惹人注目。她很少与人约会，原因是约会时她感到不自在，其实这里面也有来自他父亲的种种原因。每当她在没有大人陪伴下外出他就恼火，似乎她只要自己出去就是犯了不体面的罪过。另外，当她周末晚上从外面回来，就会听出他的话外音，好像他自己受了侮辱似的，尽管他力图不那样说话。他以毕生的经验可怕地预言，早早成为一朵“墙头花”等于生来就要走向一个凄惨的陷阱，好像他在不情愿地承认自己曾经是这么一个人，曾经在年轻时错用了自己的机会。墙头花是他常挂在嘴边的词，另一个是品质。他的一个无情的结论是，一个人必须追求更多的东西。格伦达和她弟弟妹妹都从来不记得他什么时候拥抱过他们。

在性方面她显得很迟钝。一次她跟一个比她大点的足球队员坐在车的前边，她的短衬裤都给脱了下来她还不知道是怎么回事，给吓了一大跳。她把他的生殖器拉了出来，但不肯去亲它。这是她第一次见到精液。关于这种事她从学校的女同学的悄悄话里听到过一些，她们什么都知道。后来我问及这些时，她仍显得不好意思。对在她身上过去发生过的事打听多了就变得兴味索然，而我自己的难处是我的过去既淫秽又痛苦。继那个足球队员之后，她在约会时便提高了警惕，不让自己被年纪大些且既有经验又有主意的男孩子单独带到别处。但在大学遇到理查德后就不同了。她喜欢爱抚，这么一来性欲自然会被勾起来，但她不愿意被人强迫和粗暴对待。据我所知，在她整个青少年时期的大部分年月里，在纯洁品行与宗教行为准则的压制下，她那强烈的性冲动与浪漫的性渴求不但未能得到满足而且受着压抑。

大学一年级，她有幸与从纽约来的两个犹太姑娘和一个来自加利福尼亚托彭加大峡谷的金发女生交上了朋友，后者是一个音乐系的学生。她们的学识与生活经验，她们高声的言谈和斩钉截铁般的自信心，她们那取之不尽的幽默感和大胆的毫不掩饰的外向型性格，使她万分惊讶与着迷，她认为她们都是机敏过人的女孩。她们都很愿意在学业上帮助她。她们肆无忌惮随口就来的性用语是当时大学里的时髦，而她对此始终不能泰然处之。虽然如此，她在智慧和聪颖方面绝不亚于她们，同时她也和她们一样以坦诚与忠实对待友谊。二年级时她们四个人已经在合租的房子里和睦愉快地生活了。从那以后她们一直保持着联系。在她临终前的那个月，她们三个人还来看望了她。她们三人从家里得到的钱比她的多，而且一点也不吝啬。

理查德是和她睡觉的头一个男人，双方都挺满意，因为他圆满自豪地按需要完成了任务，而且完成得很好。他长她两岁，已经是三年级的学生了。那时他已经至少和另外三个人同床一次了，但当时没有人把那当回事。他们俩在芝加哥见面的机会更多了，因为他已经在那里谋到了一份工作，她夏天去那里打工时，他就能通过各种互相联系的社会圈子把她介绍给其他的人。他在哈特福德[1]大保险公司的一家区域性分公司工作，由于工作出色，很快便被公认为一个杰出的雇员，不仅有非凡的品质，而且不论办什么事都志在必得。两人都喜欢在工作一天之后晚上一起出去喝酒，有时中午也喝，在一起的日子通常过得很愉快。她知道他还有别的女朋友，但她并不在乎。她像在大学时一样，也与别的人约会，还不止一次与她办公室里的一些她知道已婚的人外出。

毕业后不久她便搬到了纽约，在那里加入了另一家公司，并得到一次非同寻常的升职机会，使她不仅有了份《时代》杂志调研员的激动人心的工作，而且还有了自己的一套居室。这么一来，他们不久便决定试婚了。

她喜欢生活有所变化，而他则喜欢一成不变。他对她母亲依然殷勤，甚至做过了头。他还让她父亲笑口常开，而她却开始对他这种一贯的过分

1 康涅狄格州首府。

热情和大献殷勤感到不耐烦，甚至还认为有点卑鄙。他时常去外地，在不出远门的日子里经常很晚才回家。他们的第三个孩子露丝一问世就患有结膜炎，这是受了毛滴虫感染的结果。这时她已掌握了足够的医学知识与医学研究技术，知道毛滴虫是一种性病；同时她也对他有了足够的了解，知道这种病来自何处。于是有一天她根本没有和他打招呼就找到她的妇科大夫做了输卵管结扎手术，事后才对他说她不想再要他的孩子了。因为露丝还太小，他们两年后才分手。由于她太重道德原则，因而没有向他要法定赡养费，不久她便发现她失算了，因为他总赖着不按他当时同意的决定给孩子生活费，而且即便给，钱数也不够。后来等他有了新女朋友时，干脆一点都不给了。

他们一说话就吵架，我介入他们之间后他们两人倒都愿意让我代表一方与另一方谈话。她在西头大街有一套租金受政府管制的公寓，有几个大房间，为了帮助她照顾家庭，她妈妈便从家乡来到东部和她住在一起，这样她就能够回到报酬颇丰的职位工作——《时代》杂志和《新闻周刊》杂志的广告商务部。我就是在这里遇到她的。她面对一个矮隔墙坐着，在两个人都没有什么重要的事要做时，我就靠在上面跟她聊天。她比她的上司还精明认真，比他更有责任心。但在当时这对妇女来说并没有什么帮助，因为妇女反正不能当任何出版部门的编辑和撰稿人，也不能担任任何部门的领导。倘若没有我，她的那点收入根本不够花，她很可能就要带着三个孩子离开纽约市了。内奥米和露丝将不会有时间和资金完成大学学业。同样，曼哈顿的私立学校就不会有基金资助；或者说到了后来，尽管有了完善无比的《时代》杂志社合作医疗计划，迈克尔也根本承担不起昂贵的个人心理治疗，虽然治疗并没起什么作用。

我的确想念她，也从不掩饰我对她的怀念，约塞连从我们在医院里的交谈中看出了这一点。

我十分想念她，连目前我花时间与之交往的这几位妇女——我的那位有几个钱、在佛罗里达有套漂亮别墅的寡妇朋友和另外两位我在工作中认识的妇女，这两位连她们个人的事都处理不了；我们都上了年纪了——也知道我会继续想念她，还知道我现在不过是打发时间而已。我的生活过得很有趣，打桥牌、上老年大学、订票去林肯中心和希伯来青年协会听音乐、短途旅行、老朋友到城里来时去看望他们，或者通过信件解答有关癌症的问题。其实我只是在打发时间。与约塞连不同，我不企盼生活中会再有什么新事和好事发生，而且自从刘最终“让他自己”死去——这是克莱尔的话——之后，我的生活乐趣就更少了。他们家的人都很刚强，在他的葬礼上他们没有哭，只有他的一个哥哥和一个妹妹流了泪。从葬礼回来后克莱尔给我讲了他生前最后几天的情况，还告诉我他临终前说的话，是关于我的事和我周游世界的事。听完她的话，我回到家哭了。

我盼望着按我开始安排的计划出去旅行，当然是到处看看景致，但主要的是看望一下我在澳大利亚、新加坡以及英国的朋友们，当然还有在加利福尼亚的，那里还有马尔文和他的妻子，一个外甥和他一家，还有几个当年在康尼岛的老相识。我已经决定按计划先在亚特兰大和休斯顿作短暂停留，看看内奥米和露丝，以及她们的丈夫，还有我的孙子孙女们。这两个姑娘早就把我当作亲生父亲了。理查德对我合法收养他们没有表示异议。从一开始我就能从心理上感到与他们相处就如同跟我的亲生儿女一样，对于我没有生养自己的后代，我一点也不后悔。与亲生儿女的亲密程度也不过如此吧。就像我从大多数家庭里所观察到的一样，我们只能在一起漫无目的地玩玩，而且时间不长就都烦了。理查德对此从不嫉妒，因为我们很快就混熟了，而且只要有可能，他总用各种家庭生活作托词体面地离开。在后来的两三年内他又结过几次婚，最后一个妻子给他生了个孩子。

我还盼望着知道一些那个怪异的公共汽车终点站婚礼的情况，就是约塞连跟其他人说的那个“世纪末的婚礼”。我从心里瞧不起它，只觉得它很滑稽，可约塞连说将邀请我出席。

“有一次我在那个车站被抢了。”我告诉他说。

“我儿子在那儿被抓起来过。”

“我也一样。”我对他说。

“因为被抢？”

“因为我吵了一通，歇斯底里地吵，因为我发现警察们都在袖手旁观。”

“他被铐在墙上了。”

“我也一样，”我告诉他说，“我仍然不想再去那个地方。”

“连婚礼也不想参加？像这样的婚礼？还订了4 000磅最好的非洲鳇鱼鱼子酱？”

我不想参加。去了就得随波逐流，尽管埃丝特，就是和我时常见面的寡妇，“死”也要去，哪怕在那儿傻待着，瞪着眼瞧一瞧别人也行。

我遇到格伦达时她的不检点生活已经结束。我偶尔会产生一种受骗的感觉，因为在她正当妙龄放荡不羁时我未能享受她的性快活，也未能与她的同屋及其他女性朋友一同欢娱过，而那些得到过她的人，在她后来回忆的时候并不都让她感到惬意。每想到那些参与到那四个姑娘的生活圈里的人们时我心里便会产生酸溜溜的痛楚感。

我也有过美好的性放荡时期，在纽约大学和格林威治村时曾跟女学生们以及到公司以后跟女孩子们交往过，还通过公司职员认识了其他的女孩子，在宾夕法尼亚教书的那两年，每学期至少有一两次纵欢。虽然如此，在我们婚后的一段时间里我发觉自己背地里仍然对她整个充满性爱的过去存有妒忌之心。我表现得喜怒无常、傲慢无理、妒火中烧。我讨厌所有的男性和年轻人，我怨恨所有那些曾与她发生过性关系的男人，尤其痛恨那些在我想象里能使她飘然若仙达到高潮的人们。男人们对她的所作所为对她似乎没有多大关系，但对我来说关系就大了。而在那些我多少了解点的无赖当中，或者在我杜撰的那些无赖当中，我不得不把她的丈夫理查德算作其中之一。在他那些下流的表演里，我把他看作一个所向披靡的骑士，一个无法抵抗的对手。后来我才把他鄙夷为一个无聊空虚、头脑简单、心胸狭窄的东西。格伦达后来也认为他让人讨厌，惹人恼火。然而，即使这样，我仍旧无法摆脱早先的看法。而她对他和他的同类所怀有的深深的爱竟然持续了那么长时间，这无论对她还是对我都是不可忍受的痛苦。

我始终不明白一个长着黑素瘤的人怎么能够不但保住工作，还不断增加工资，又总交上新朋友，甚至娶过几个老婆。可是理查德都做到了。我一直认为刘会告诉我这是为什么，不过我不想让刘猜出我对自己的认识，即我始终没有成熟，不懂得男人应如何与女性交往，甚至包括格伦达在内。

我们见过的理查德的第一位新女友是他的肿瘤专家诊室护士。她十分机敏，对他的身体状况也了如指掌。然而她不久还是和他同居了，她甚至在他房间里替他接电话，好像那是她的家一样。他的下一个女朋友是这个护士的挚友。她风格高尚地把他让给了她。她知道他得的是恶性肿瘤，但还是嫁给了他。这次婚姻破裂之后，找他的姑娘纷至沓来，最终他选择并娶了那位家境很好，又聪明又苗条的女人。她是洛杉矶一家大公司成就卓著的律师，婚后他打点行装迁往洛杉矶，并在那里找到一份更好的工作。他们还盖了一所房子，从而远远地躲开了这里亲人对他的一切索求。这些仅是他想尽办法让我们知道的他的成功之事，是些吸引人的事。他一直坚持使用他的探亲权，每次来的时候总要说这些事。他来不是为了就赡养费讨价还价，就是为了解决迈克尔的麻烦，因为随着迈克尔年龄的增长麻烦也愈加明显了。理查德去西部之后我们才听说了"精神分裂症"这个可怕的词，并且从《时代》杂志图书馆和资料档案室查出来这种病的临界症状可能是什么样的。我对理查德的敬畏引起格伦达的反感。

"天哪，他是推销员，还是爱炫耀的人，"每当她听我用妒忌的口吻谈及他时就不满地申辩道，"如果他和一百个女人鬼混，他肯定能发现几个认为有他总比没有他强的女人，或者认为跟他在一起总比接着吸毒强的女人。他很会说话，我们都知道他这一点。"

我们了解他具有一种与生俱来的魅力，尽管这对我们已不起什么作用。她情绪不好时我就设法排解她的忧闷，我们有早晨讨论报纸的习惯，于是便讨论入主白宫的人：他既怯懦又自负，好以自我为中心，虚伪，不尊重事实。这样的人你还能指望他有什么别的行为表现？我说不上来目前这个小普里克是不是比他前两任小普里克更加普里克，不过他肯定够普里克的，看看他的心腹努德尔斯·库克就知道了。另外，他还重用了一个满头银发、贪得无厌的寄生虫西·波特·洛夫乔伊，让他作他的道德监督人。洛夫乔伊是在一次总统就职大赦中从监狱释放出来的犯人。

我总能绞尽脑汁与理查德进行周旋。他不得不承认我也是个很讨人喜欢和老于世故的人。我从不让他觉得他得胜了。

"安排一次午餐。"我主动提出来。那时我跟格伦达刚开始在晚会上相互寻找对方聊天并相互叙说个人情况。"让我替你跟他说。"

"跟谁？"她问我。

"跟他。"我几乎是与她同时脱口而出。

"噢，天啊！"她嚷了起来，低落的情绪消失了。"你真够迂腐的，知道吗。辛格，你是一个有头脑的好人，可是也迂腐得可以！"

这是我第一次听到迂腐这个词从人们口中说出来。我曾经不让自己觉得想与某个女人交往，哪怕我已经被她迷恋得神魂颠倒了一段时间。可是就在那时，我相信就是在那一刻，我有意识地埋葬了这一念头。我原来惧怕的不是承担的责任，而是怕落入圈套。不过无论是谁，只要她会用迂腐这个词，能说她前夫"口是心非""自我陶醉"，而且把我们两人共同的上司描绘成"隐士"，我觉得我就会跟她有共同语言，甚至愿意与她共同生活，哪怕她已经有三个孩子和一个前夫，甚至年长我一岁，还信基督教。康尼岛的朋友们都知道萨米·辛格终于要结婚时都认为我疯了。她，一个有三个孩子的非犹太人，比我大一岁，又没钱！

格伦达还有一个特点我从来没对任何人说过，直到她去世以后我才在一次跟刘饮酒时告诉了他。那一次我喝的是加冰块的苏格兰威士忌，他仍喝他的卡斯特尔酒加可乐。她喝酒以后或者外出玩得高兴时就变得十分多情大胆，常常搞点花招来取乐，结婚以后则更甚。她动起情来没完没了，我虽然吃惊，却被刺激得愈加振奋，直到她筋疲力尽慢慢停下来。曾经不止一次，在参加晚会之后跟我们不十分熟悉的朋友坐同一辆车回家，她在汽车后座上就开始亲我，摸我，甚至抓我，越来越不像话，全靠我一个人尽力继续跟前面的一对夫妇谈话。我胡乱地瞎编些笑话，以掩饰我的笑声。我不得不大声地断断续续说话，因为她会突然冒出几句毫不相干的话来，或者回答人家的问题，然后又转向我，更加冲动地朝我煽情。当她有把握我的性冲动来了之后，她就要想办法使之持续，至于胡乱说些什么就无关紧要了。她很清楚我喝醉的时候性冲动十分强烈，高潮开始得慢，但是延续的时间很长，现在依然如此。刘对克莱尔说我在回忆这些事时眼睛里噙满泪水，这是上一次刘死后不久我跟克莱尔在一家餐馆共进午餐时她告诉我的。她正准备飞往以色列，打算在那里的海滨为她自己买一幢度假别墅，孩子们愿意的话也可以去住。

格伦达和我谁也没有向谁求婚，这是我们的婚姻能够顺理成章地订下来的原因之一。有一天下午她带我到下面的洛克菲勒中心溜冰场去滑冰。小时候我曾穿着旱冰鞋在街上玩过我们自己的那种冰球，跑起来飕飕的，所以很快就掌握了滑冰的动作，这使她认准了我说不会滑冰是为了骗她。春天我租了一辆汽车，带上她和孩子们去康尼岛玩，他们还从来没有去过。我带着他们玩遍了赛马公园。他们都在快乐桶里滚了一番，又对着哈哈镜变了形的影像开怀大笑大叫，然后我带着他们上大街去看游乐园创始人迪尔尤的两层楼建筑。我指给他们看凿刻在最底层石头台阶侧面的名字。石阶正继续下沉，几乎全部埋进了土里。我告诉他们这幢房子正在下沉，它已经比过去沉下了一个台阶的深度，他们对我的话表示怀疑。一周以后我又租了一辆更大的车，回来的时候把她妈妈也接了回来。我们在羊头湾一家叫兰迪的海鲜大餐馆吃的周日正餐。分手时格伦达和我接了吻，一连吻了两次，第二次吻得如此深情，我们知道爱情已经降临。我对她母亲有一种强烈的略带伤感的爱。我想起了自己的母亲。我住在城里，格伦达住在城外。一天晚上我们下班后参加了一个姑娘的生日鸡尾酒会，酒会拖拖拉拉成了一个长长的晚宴。我们共有12个人，晚会后又去了格林威治村的一家有爵士乐和舞会的俱乐部。出来以后她说她不想走那么远路回家了，我对她说她可以去我住的地方睡觉。她答应了。我有一张大床和一张长沙发。

"我们不需要做任何事，"到家后我一再保证说，"我说话算数。"

"不对，我们要做，"她以坚定的口吻笑着说，"别跟我来这套怕羞的小孩子把戏。我领教过你的本事。"

从此以后我们几乎没有一次不是先避开别人的窥视单独相处一会儿再外出的。我们去看电影、看话剧，周末时外出度假。有一次她想带女儿们去看《国王与我》。

我说："你的意思是国王和我，是吗？"

她怔了一下，当她知道我是开玩笑时便喊了起来。"啊，天哪！"她大声嚷道。她用令人难以置信的赞扬口气说："你真是个书呆子，是不是！连骗人都带着迂腐味儿。不过我宁肯嫁给书呆子也不愿嫁个普里克。我尤其喜欢能让我高兴的书呆子。萨姆，是时候了。搬到我那里去吧。实际上你已经在那里住了。我那里房间很多。不用担心孩子们，你跟他们在一起比理查德跟他们在一起的时间还多。你带他们去康尼岛，看国王和我；你跟迈克尔的关系比我们任何人跟他的关系都好。内奥米和露丝都很敬重你，虽说内奥米的个头已经挺高的了。你跟我妈处得也不错，我每次来月经的时候和她的关系还不如你呢。别争啦，搬过来试一段时间吧。你不一定非跟我结婚不可嘛。"

"你知道这不是真的。你知道这是在骗人。"

"不必马上结婚。"

我说不准自己是不是愿意每天都见到她。

"现在每天上班你都看见我。每个周末我们也都在一起。"

"要知道那和这情况不一样。"

"还有，我要是辞掉工作靠你养活，你在办公室待的时间会比现在多。见我的时间可就少多了。"

作为家庭主妇她远不如我母亲能干，就做饭来说也只算得上马马虎虎。她母亲做的好得多，可是她没有学会。我明确地告诉她我不想考虑她的建议。

随着越来越多的周末约会，我开始把多余的衣服放在她的房间里，这样万一时间太晚了在她那里过夜就方便些。一旦开始在她家留宿，就逐渐习惯了，跟她同床也就越来越自然。她也有衣服放在我这里，还留下一个化妆包，里面还放着一个避孕套。她家的人对于我在他们家睡觉已经不觉得奇怪，只有迈克尔偶尔显得充满好奇。他常口中念念有词，说些谁也听不懂的怪话，不过时间不长便过去了。有的时候他正说着什么，会忽然对自己正说的话题失去兴趣，可能才说了半句话就换了话题。他们都认为他这样做是他开玩笑的一种方式，他也假装是这样，但是我把这情况看得很认真，觉得问题恐怕要严重得多。

他们全家为我们幽会提供方便：天晚了的时候我们把会客室的门一关，就成了供我们享用的专用场所。后来次数减少了，也不常去舞会了，因为我们在迈克尔身上遇到的麻烦越来越使她痛苦和压抑。这时我们已经把他当成废物排斥在生活之外了。她很严肃地谈着他的事，接着在我怀里悄悄地哭泣，直到我们用亲吻来相互安慰。即使在这种情况下，她也会感到我的已经硬起来，我们便会怀有另一种心情做爱，一种焦虑与相互关心夹杂着体贴与安抚的复杂心情。我先花一定时间揣摩她的反应，然后再让自己痛快地发泄，而她有时可能没有自己的高潮，但是只要我满足了，她就会十分高兴。她还感谢我使她多少摆脱了迈克尔在我们心中造成的负担。现在迈克尔的问题对我与对她的压力是同样地重。至今我仍然坚信，在我一生中还从没遇见过什么人比她更不自私，比她更善良，比她更不以自己为中心。她从不强迫命令别人，从不给别人添麻烦，在这方面没有什么人比得上她。我还相信，作为我当初的女朋友和后来的妻子，没有任何一个女人会比她做得更好，婚后的生活一直是这个样子，就连迈克尔精神失常以后乃至他最终不可避免地自杀以后我们也没有改变。后来她越来越频繁地感觉肠胃不适，经过检查医生诊断她患了卵巢癌，直到此时我们的蜜月才算结束。

那些年是我一生中最幸福的时期，我是说最幸福，因为那时期我从来未有过哪怕一分钟的懊悔。甚至连参加第二次世界大战的经历也无法与之相比。只有约塞连懂得我这话的意思。

正如蒂默所断定的，她30天之内就死了。她越来越弱，病情很快加重，尽管像蒂默大夫保证的那样，疼得并不厉害。后来我去医院见他时仍对他充满感激之情。听说他仍在照料刘，但是已经要求到精神病病房接受治疗了，我知道后惊得哑口无言。近来他渐渐形成了一种他特有的"生物神学"的病态，给他造成无情的压力，没有帮助就无法解脱。他坚持白天工作，晚上独自一人睡在医院里。他妻子本可以去陪伴他，但是她不愿意。

蒂默专心致志、勤勤恳恳、郁郁寡欢，然而岁月并没有放过他。约塞连说他是对癌作战中的伤员。他把行将灭亡的社会比作活的癌细胞，认为它们的情况是一致的。在他看来，癌无处不在。他能把从一个细胞里看到的扩大成在整个器官里能看到的；从一个人身上看到的扩展成在一群人里能看到的。他有着一个令人不解的信念，这个信念如同他很在行的恶性肿瘤一样，正在健康茁壮地成长，他认为，他所见到的社会上种种邪恶与不端行为正在各个地方无法阻止地成倍增长着，而这对我们的生活方式来说就如同他所了解的动物与植物体内的恶性致命细胞无限增殖一样，是正常的，也是不可避免的。

他喜欢用悲观的悖论开玩笑，把细胞看作文明社会与世界的微缩景观。

"关于癌细胞有两种情况，你也许想知道。它们在实验室里永远存活。还有，它们缺乏自我控制能力。"

"哦——，"约塞连说，"告诉我，蒂默，癌细胞也跟健康细胞活得一样长吗？""癌细胞是健康细胞，"他给了我们这么一个答复，听起来让人不舒服，"如果把能量、生长、运动及增殖当作标准的话。"

"它活得跟正常细胞一样长？"

"癌细胞也是正常细胞，"他的回答令人沮丧，"事情就是这样。从生物学角度看，你为什么盼着它的行为不同呢？它们可以永远存活——"

“永远?”

“在实验室里,不是在我们人身上。它们的繁殖能力是不可阻挡的。这难道不算健康吗?它们会转移、定居并且扩展。在有生命的世界里,你为什么希望不能有某些细胞比别的细胞更具有进攻性?”

“哦——”

“生物体通常做的事是它不得不做的。它不知道为什么,也不需要问为什么。别无选择。跟我们不一样,它也不追究原因。”

“你研究的都是大问题。”我模棱两可地对他说。

“我希望他别再研究了。”他妻子说。

“这是我的乐趣,”他说,脸上掠过了一种可以算作微笑的表情,“放射治疗、手术治疗、化学治疗都是我的工作。不过不是这些工作使我感到压抑,是压抑本身使我压抑。”

“我希望他能回家去。”蒂默夫人说。

他荣幸地受到了精神病科同僚的重视:他们认为他精神不正常,可是又觉得这样说不中肯。

与约塞连的重逢勾起许多战争时期宝贵的回忆,包括那些极其危险的和令人作呕的可怕事件,比如受重伤的斯诺登在寒冷中死去,约塞连呕吐了自己一身;我自己一次次昏过去,每次醒过来都看见一些别的我实在不忍心看的情况:约塞连把血淋淋的肉塞进斯诺登大腿上的伤口里,他手忙脚乱地剪绷带,恶心得直干呕;他用斯诺登的白色降落伞布当毯子给他盖上保暖,结果那却成了他的裹尸布;那一次跟奥尔一起落到了海里;还有丢失二氧化碳气瓶的事,瓶子里的气被米洛用来做冰淇淋汽水了,军官们每天都能吃到而士兵只有星期天才能喝着。经计算,结果是那些二氧化碳要么够用来给救生衣充气,要么够做冰淇淋汽水,两者都用则不够。经过投票表决,赞成做汽水,因为享受汽水的人比需要救生衣的人多得多。那一回我跟饿鬼乔降落时飞机撞坏了。但他们因他终于把飞机开了回来并无缘无故地把它撞坏而授予他一枚勋章。约塞连也因为掉转头来第二次飞过弗拉拉大桥而得了一枚勋章。当时驾机的麦克沃特直喊:“啊,天哪,真要命。”第一次去的时候约塞连发现瞄准器的十字准线偏移了目标,便没把炸弹投下去。我们是唯一一架有机会朝目标再次投掷炸弹的飞机,所以敌人的火力全部都集中到了我们身上。

桥没炸掉。“我想咱们应该再去一趟,你们说呢?”我听见麦克沃特在对讲机里说。

“我想应该。”约塞连回答。

“那咱就回去?”麦克沃特说。

“行啊。”

“啊,天哪,真要命。”麦克沃特喊道。

我们返回击中了那座桥,同时还看见克拉夫特在与我们并列飞行时被打死了。他在国内时是我们的副驾驶员。后来基德·桑普森也死了,不过他是在海滩上被麦克沃特的飞机拦腰斩断而死的。当时他正在水中的浮台上跳啊蹦啊,正高兴呢。“啊,天哪,真要命。”麦克沃特对控制塔喊了一声,接着慢慢地环绕上空飞行了一圈,然后朝山头撞去。当然,想得最多的还是豪伊·斯诺登。他离我仅有几码之遥,流血过多,冷得要命,在血窝里突然喊起来:

“我好疼啊!”

只见他在疼痛中挣扎。在此之前我从不相信有什么疼痛。我眼看着他死去。从那以后每次执行任务前我都祈祷上帝,尽管我不信仰上帝,也不相信祷告。

家里人对那场战争,我参加过的战争,没有多大的兴趣,只有迈克尔喜欢听,不过他的注意力转瞬即逝。对姑娘们来说,那不过是瞎编的故事,或是旅行见闻而已。迈克尔会用心听一两分钟,接着便会把话题转到他感兴趣的内容上去。作为尾舱炮手,我得面朝后跪着或者坐在一个像自行车座一样的墩子上,迈克尔急忙插嘴说他知道是什么样子,因为他有一辆带座的自行车,他喜欢骑上它去海滩看海浪和那些游泳的人们,还问我脸朝后坐着时还能一直朝前边看吗？迈克尔，这不是开玩笑，姑娘们责备他说。他笑一笑，似乎在表明他是开了个玩笑。不，我说，我只能一直往后看，可是头舱的炮塔炮手像比尔·奈特可以把他的炮转到各个方向。“噢，我也行，”迈克尔说，“我也会转。我会转陀螺，我打赌。我们每年同一个时间都把游泳衣收起来开始转陀螺，你知道是怎么回事吗？”姑娘们都把手一甩显得无可奈何，格伦达也一样。迈克尔好像并不经常显示出幽默的本性，尽管在遭到攻击时会很礼貌地装出滑稽的样子。我们管他叫夏洛克·福尔摩斯，因为他的注意力总集中在别人从不介意的细节和声音上，还夸张地把它们表演出来。他对谚语的理解十分困难，我从来没想过会有这种事情。他能明白亡羊补牢，可是不懂得除了补羊圈和养羊以外，怎么还能用在别的什么地方。有一次格伦达在别的事情上劝说他时用了“三思而后行”，他显得像傻了一样，因为他根本没有“思”过要“行”。他跟他妈妈小时候一样对谁都十分顺从。让他洗碗他就洗碗，同学们让他吸毒他就吸毒。我们让他别吸他就不吸。当别人鼓动他时他又吸上了。他没有好朋友，可是他巴望着有。到他十五岁时我们知道了他不可能完成大学学业。私下里我们为他设想了不少工作，使他不被卷入人际关系中：森林守护员、夜间看守、灯塔守护员。这些都是我们的哭笑不得的玩笑的一部分，是十分勉强的想法。等他到了十九岁时，我们真不知道该拿他怎么办了。迈克尔替我们做出了决定。一天格伦达端着一筐刚从洗衣机里取出来的衣服从后院过来时，首先发现了他。我们在烈火岛租的房子后院有一棵又矮又粗的苏格兰松树，他把自己吊在了那棵树上。

我们保存的迈克尔的那些照片能让人心碎。我把照片放进柜子里时格伦达什么也没说。那个柜子里存放着我的空军勋章、炮手臂章、军士肩章和条杠。我跟斯诺登和比尔·奈特坐在一排炮弹上，约塞连从后面瞅我们的那张照片也在里面。另一张是我父亲在第一次世界大战时戴着头盔和防毒面具照的。

过了不久，一向身体健康的格伦达开始感觉不适，但症状不典型，无法证实究竟是什么病。我们曾怀疑她的病是赖特综合征，是爱泼斯坦-巴尔病毒感染，是血液中化学成分起伏不定，是莱姆关节炎，是慢性疲劳综合征和四肢麻痹等等，直到最后消化系统出了问题，病状十分明显时才确诊。刘建议我们找肿瘤专家，至少咨询一下。我通过刘认识了正给他看霍奇金淋巴瘤的蒂默。蒂默看过病历后没有表示不同意。最初长在卵巢里的东西已经不是主要症结。已被查出长在别的部位的东西情况更糟糕。

“这要看，”他第一次跟我们谈话时，婉转地劝道，“不同肿瘤的生理状况。不幸的是，卵巢上的肿瘤直到扩散之后才暴露出来。我觉得我们——”

“我还有一年吗？”格伦达唐突地插口问道。

“一年？”蒂默像是被吓了一跳似的结巴着说。

“我的意思是顺利的话还有一年，大夫。你能答应我一年的时间吗？”

“我不能答应你。”蒂默那遗憾与忧伤的表情很说明问题。

格伦达问的时候装作若无其事和充满自信的样子，但是医生的回答着实让她大吃一惊。“你能答应我六个月吗？”她的声音弱了下来，“顺利的话六个月？”

“不，我不能答应。”

她强迫自己笑了一下。“三个月？”

“这不取决于我。”

“我不想向你要更短的时间。”

“我能保证一个月，还不是都很顺利。不过不会太痛苦的。走着瞧吧。”

“萨姆，”格伦达发出一声长叹，“把姑娘们叫回来吧。我想我们必须赶紧开始做准备。”

30天后她果然死在了医院里，在实验性地使用一种新药时死于心脏冠状动脉梗死，我始终对志愿试用新药一事表示怀疑，关于这一情况没有任何人对我提起过。约塞连太了解蒂默了，他说这种可能性是有的。

约塞连大腹便便，高大粗壮，头发灰白，完全不是我想象中的样子。我也变得让他认不出了。在他的印象里我该是律师或者教授。我可万没想到他会跟米洛·明德宾德合作；他对我在《时代》杂志社的促销工作也不赞赏。然而有一点我们看法一致，即由于命运的安排和自然的选择，我们都苟活了下来，而且日子都过得比较宽裕，实在令人欣慰。

我俩都在学校教过书，后来为了追求高工资和更有朝气的工作环境我们都转行到广告与公共关系行业；我们都曾渴望写小说，想借此把自己提升成有名的、富有的杰出人物和出类拔萃的剧作家或者电影剧本作家。这些似乎都是情理之中的事。

"现在我们喜欢上了舒适的生活，还美其名曰有安全感，"他说，语气里多少带些忏悔，"随着年龄的增长，萨缪尔，咱们可是面临着成为咱们年轻时瞧不起的那类人的危险啊。在你以前的想象里我现在会是什么样子？"

"一个空军上尉，仍旧二十几岁，有一点古怪，干什么事都心中有数。"

"正在失业？"他笑起来。"我们别无选择，不是吗？"

"有一次在罗马我走进屋的时候，"我回忆着当年的故事，"就是那次休假时我跟斯诺登同住的屋子，看见你正趴在那个胖乎乎的女佣身上。她是有求必应，随叫随到的，还老穿条黄绿色内裤。"

"我记得她。我记得她们所有的人。她是个好姑娘。你是不是也抽空想过她现在会变成什么样子了？我挺容易就想出来了，因为我从来没停止过猜想人们将来的样子。我从来没错过，虽说我不会往回猜。要是让猜一位现在见到的女人年轻时的样子，那我可想象不出来。我发现预料未来比推测过去容易得多。你是不是也这样想？我又说得太多了吧？"

"你的最后一句话听起来很像蒂默说的。"

我也觉得他讲话常带着当年的约塞连的味道，他听了特别高兴。

我能意识到约塞连和刘不大合得来，他们都想知道在我眼里对方怎么样。医院的谈话间只容得下一个客人，而对像刘这样身高6英尺体重却降到不足150磅的人来说，很难像那些外向的人一样以胜利者的姿态和别人谈话。他与约塞连谈话时老练圆滑地采取了低姿态，还用这种姿态对待约塞连那位沉着的客人帕特里克·比奇和社会名流奥利维亚·马克森，尽管她的两吨鱼子酱的故事荒唐可笑，她的高雅不为人爱。他甚至用这种态度对待那位生气勃勃的金发女郎和那位貌美的护士。

我们时常在晚上聚在精神病住院部蒂默的房间里谈论卫生、民主、新达尔文主义以及生命的永恒。周围那些用了很多药物的病人把我们的高谈阔论当作耳边风，在我们为了结论争论不休时他们麻木地瞪着我们，好像一群垂着下巴矗立一旁无动于衷的牛，那场景也和我们的争论一样怪气。约塞连的问题仍旧是生与死。他已经活得比他预计的长久这一事实并不能给他什么宽慰。从基因学角度讲也许自各种生物的最早期开始，基因就通过脱氧核糖核酸一直传到现在，又传给了他的孩子们，并将在他死后永永远远地存活下去。

“基因学角度可不是我想说的意思，丹尼斯，你知道。请往我的身体里放一个可以使那些促使我老化的基因失去作用的基因。我想永远保持我目前的状态。”

蒂默把细胞看成社会是因为他深深地痴迷于在实验室获得的知识，认为转移了的癌细胞是原发恶性细胞在遗传方面的进步。这些细胞更加强健，更加灵活，更具有破坏性，因此，他不得不把它们看作进化与发展。他怀疑为了病人的利益而进行的医疗干预是对大自然的犯罪。他认为凡有生命的地方，生物都在进行同步协调的发展，而人类却用非法手段破坏了生物生命的平衡。总而言之，他不得不问，人类到底有什么可高贵的？为什么人类才是必不可少的？

“我们对自己的进化一筹莫展，所做的一切都在使自己退化。我知道这个看法很独特，可是我不能不考虑这种可能性。我是新达尔文主义者，是搞科学的人。”

“我是个废人。”刘说。他早就在医院待腻了。“这就是我的起源。”

“不，刘，你是起源于一个精子，是至今也不知道你是谁的一串脱氧核糖核酸。”

“睾丸！”刘对他们说。

“没错，”蒂默说，“我们都曾经是那个样子。”

“对呀，丹尼斯。假如你愿意那么想的话。”刘说。他对这类推理也早就腻透了。第二天他就出院回家等着去了。

约塞连和我对这件事的看法也跟蒂默的不一致。

我还没听约塞连讲他的电影剧本呢。对于他关于狄更斯家族的话剧的设想我只是报之一笑，而关于托马斯·曼的喜剧的构思以及他小说中一位音乐家浮士德式的争论，我什么表示都没有，这可有点激怒了他。

我不喜欢约塞连的一点是，在朋友圈子里他不光有点沾沾自喜，而且总觉得自己是个人物。

我不喜欢自己的一点是，我感觉自己仍然愿意承认他比别人高一等。使我吃惊的是来看他的人中有公共汽车终点站那个叫麦克布莱德的人，他还带来一位相貌怡人眼睛明亮的妇人，说是他的未婚妻。一个叫盖夫内的人顺道来看他。他来到他病床前责备地摇着头。他亮出了他的观点，他认为早期浮士德与上帝之间的或者是与魔鬼之间的争论是：第一个男人或许是个女人。

“我将赋予你智慧，”创世的主说，“和足够的学问，以毁灭世上的一切，你必须使用它。”

“使用了！”我们的祖先说。这就是我们的《创世记》。

“你觉得它怎么样？”盖夫内问。

“让我想一想，”蒂默说，“说不定这是解开我一元化理论的钥匙呢。”

“回家吧。”他妻子说。

“你疯啦？”他喊叫起来。“不完成我是不回家的。”

麦克布莱德就是我在港务局公共汽车终点站被抓放出来后给我车钱的人。不可思议的是他跟约塞连相处得那么好，并且共同研究将在汽车终点站举行的婚礼。到那一天总统可能会坐着地铁光临，红衣主教也会是几位主持婚礼的大主教之一。

“如果有机会，”我狡猾地对约塞连谈了我的设想，“你问问红衣主教耶稣的基因是谁的。”

“蒂默也正想知道呢。”

我想趁着世界还存在的时候实现我的世界之旅。在夏威夷有一位妇女过去曾和我是同事，她还是我一位朋友的前妻。我替《时代》的广告专栏当推销员做幻灯片的时候，常从他那里买艺术品。她嫁给另一个人已经很长时间了。我很想见见这两位熟人。约塞连劝我去澳大利亚的时候千万别错过新西兰，尤其是在南岛可以看见高山和冰川。我甚至还可以试着穿上防水裤钓鳟鱼哩。这样的事我从来没干过。跟我在同一间办公室的一位十分要好的朋友住在悉尼，他跟他的妻子有一幢面朝海湾的房子。还有一个锻炼身体用的游泳池。为了锻炼他上半身的肌肉，他从二十九岁就开始坚持游泳。为了去墨西哥参加销售会议他打了抗毒预防针，结果得了吉兰-巴雷综合征，导致双腿瘫痪。他们带强制性地对我说，我在他们那里至少要住上两个星期。在悉尼和墨尔本都有约塞连认识的女士，她们都没结过婚。他将打电话把我介绍给她们。他建议我去见她们之前先送上一打红玫瑰。他说红玫瑰魅力无穷。从那里我再去新加坡，一个曾给我当过助理的姑娘跟她丈夫住在那里。她丈夫现在是一家美国公司的律师。然后去香港，因为香港也有熟人。我将从香港直飞意大利的罗马。我要争取找到维亚威尼托大街那栋房子，我们曾包租了顶上整整两层楼。我想这一次我会比上一次去玩得高兴。上一次匆匆忙忙去罗马为了赶着参加一个贸易会议，不过不会像第一次去罗马时那么痛快。那一次是战争时期，对一个年轻的士兵来说，不但意大利饭使人大开胃口，而且令人激动和充满神秘色彩的性欲发泄像是永不知疲倦，并且总有新鲜感。我将从罗马去英国，那里也有两位过去的同事。不去巴黎是件憾事，可是在法国已经没有熟人了。如果一个人去到那里我将不知道该干些什么。经过七八周的旅行，我将再回到我的高层建筑里。但是我的屋子里已经没有了那个人，那个比任何人都更重要的人。

我选择的全是安全的国家和中立的航空公司。但是仍有可能被恐怖主义分子劫持，埃丝特开玩笑说，然后还会被枪杀，因为我持有美国护照，又有犹太人血统。埃丝特可能嫁给我，如果我肯开口求婚的话，条件是她能保住守寡时的全部财产。她太爱管闲事，而且固执己见。我们很难合得来。

约塞连的日子比我的好得多，因为他仍能干些大事。温克勒也是这么说的。当时温克勒正在医院汇报他跟米洛·明德宾德签订的“最新最优鞋”合同——我想起小时候他刚开始“最新式三明治早餐送餐到家”的生意时就想笑，我替他撰写的广告宣传册，标题是“星期天睡个懒觉！”——这时那位华丽的金发女郎急急火火地冲进病房，给约塞连带来一条恰似晴天霹雳的消息。年近七旬的约塞连面对的尴尬情景是他肯不肯再做一次父亲，愿不愿再结一次婚。

“扯淡！”从温克勒口中只迸出这么一句话。

怀了孕的女人是那位深色头发的护士。人人都知道他们关系暧昧已经有很长时间了。如果她想要孩子，她希望这孩子是他的。他们现在若不要这孩子，两个人便都老得不能再要孩子了。

“她想过没有，”约塞连告诫说，“等他叫我去替他领护照的时候，我就已经八十四岁了？”

“她不在乎这些。”

“她想让我娶她？”

“当然啦，我也想哩。”

“听着，还有你，温克勒！——不准再提这件事，”约塞连命令道，“我不想让人都知道这件事。”

“我会跟谁说呀？”温克勒反问道。事实上他马上就告诉了我。“我知道要是我我该怎么办。”他说。他一贯喜欢用他商人自负与自夸的举止来影响别人。

“你该怎么办？”

“我也不知道该怎么办。”他说着我们两人都笑起来。

在医院巧遇约塞连，我目睹了他所面临的一切。他有热情活泼的金发女郎做朋友，怀孕的护士想让他娶她为妻，帕特里克·比奇跟妻子不断来探视，比奇与金发女郎关系微妙，同时约塞连跟比奇的老婆又勾勾搭搭，加上麦克布莱德与未婚妻定期造访，他们共同商谈公共汽车终点站和将在那里举行的不可思议的婚礼，还有那已经订购的两吨鱼子酱等——所有这一切丰富内容使我怅然若失。我已经错过了许多许多，既然我不会再拥有这一切，我的心情就绝非幸福二字可以形容得了的。

第三十一章　克莱尔

当那东西又长到了他的腹部，他决定放弃治疗静等那一天的来临。他想不出比恶心更糟糕的事情了。他说他能承受脱发的痛苦，甚至可以强颜欢笑，但是超越这些便不好办了。他对周围许多事情感到厌烦。肿瘤引起恶心，偏偏又新发现了被他们称作淋巴组织的癌。他再也不想抗争了。他忍受着各种各样的痛苦，但是他说恶心已经压倒了一切。我立即有一种感觉，他这一次的复发情况有所不同。我们刚回到家他就开始教我算术，而且说什么也不肯打住。

“8%和10%，哪一个多？”

“多什么？”我顶他说。“10%呗。你指望我怎么回答？”

“啊？那么，一磅羽毛和一磅铅，哪一个更重？”

“我不是傻子，要知道。你不要一切都从头开始。”

“一磅报纸和一磅铜，哪一种更值钱？”

这个老掉牙的故事让我们开心地笑了。

“这我也已经知道了。”

“真的，大胸脯宝贝？咱再试试看是不是这么回事。12分邮票里有几张3分一张的？”

“刘！”

“好，好，还有，80美元的10%和100美元的8%，哪一个多？”

“我给你弄点吃的吧。”

“这一回他们相等。你算出来了吧？”

“刘，饶了我吧。下一个就该是7×8了。56，对不对，刘？”

“太棒啦！ 7×8比6×9多还是少？算呀，宝贝。试一试，算出来了吗？”

“看在上帝的分上，刘，问我一些我知道的！你的煎蛋卷要稀点的还是煎熟一些？煎鸡蛋要不要翻面？”

他并不饿，但是奶酪的香味总能使他高兴起来。他也许吃不多，但是脸上会出现光彩。通过这种方式可以让他放我一把。他好像认为如果我记不住他的乘法口诀，我就掌管不了他留给我的钱，恐怕一分钱也留不住。他不再玩拼词游戏，也不再玩牌和卡西诺[1]，看电影录像时看不完就没了兴趣，看着看着便睡着了。他特喜欢接到来信；读萨米的来信时他从中得到极大的乐趣，所以我坚持让他给朋友们写信。他不希望有人来看望他。他们使他感到疲倦，因为他不得不应酬他们。他深知反过来他也使他们感到厌倦。其他的事就是我们认为需要时就请埃米尔到家里给他治疗，除非大夫外出打高尔夫去了。他是我们的家庭医生，他不肯为任何人放弃打高尔夫球的机会，甚至他家里人生病他也照样去打。我还真让刘去打了一次，不过他打也打烦了。此时我们开始讨厌蒂默大夫，我想蒂默也不愿意再管我们了。他用的那些乱七八糟的东西纯粹是敷衍了事。他对病人已经失去耐心；他对刘已经表露了这个意思。他认为我们开始把刘的病久治不愈归咎于他。既然蒂默不肯改进治疗，我们决定回到我们家附近的这所医院。必要时刘就住进去，什么时候他想回家就回来住。他在自己的家里自然觉得自由自在，可是他又不想在家里终止生命。我明白这是为什么。他不想把那份痛苦留给我。所以每当他感觉到时候了，他便又住进医院去。医院的护士们，不论是年轻的或者是结了婚的，都仍为他的魅力神魂颠倒。跟她们在一起他总有心气开玩笑；跟她们在一起他也总能找到令人开怀的话题。没有人会相信这一点——可他会相信，因为我为这事生气的时候就明确地让他知

1　二至四个人玩的简单纸牌游戏。

道过——不过我时常感到骄傲,因为有那么多妇女认为他如此令人倾倒,虽然当俱乐部的一些妻子们公开地奔他而来,他跟她们周旋使她们更对他着迷时,我的心情总难以平静,心想这何时才是个了结。于是我就去商店买回最昂贵的衣服,然后举行盛大的晚会,把她们都邀请来,好让她们看看我仍是这所房子的女主人。度假时最让我开心的是跟几对我们愿意交往的夫妇在一起随便聊天,开玩笑什么的。可是这一次情况的确有所不同,算术课搞得我头昏脑涨。他也挺生气,因为我学得不像他期望的那么快——只要看他的脸色便知道他的火暴脾气上来了。这时候他腮帮子上的青筋一跳一跳的就像定时炸弹,而这时我就会发火。

"我看他快要死了,妈。"我女儿林达对我说。那是我实在无法忍受的时候,当时儿子迈克尔也在场,他同意她的看法。"所以才没完没了地算算术,还交代那些银行的事情。"

我还没有往那方面想过,虽然我像读一本书那样了解他。哦,不,我对他们说,刘不会放弃跟病魔抗争的。事实上他已经放弃了,而且也不否认。

"你想不想知道林达怎么想的?"我试探地问道,"她说她认为你已经下了决心准备等死。我对她说她疯了,没有人会做出这样的决定,正常人决不会,你更不会。如果有人那么做的话,那也绝不会是你。"

"噢,宝贝,她才是我的好女儿。"他颇觉欣慰地说。有那么一会儿他看起来很高兴。事实上他是在笑。"克莱尔,我已经抗争不动了。"他紧接着说。我敢说他当时差一点哭出来。"有什么用?"他碧蓝的眼睛变得多么苍白啊,我记得那一刻它们显得湿蒙蒙的。他不让自己哭出来,至少不让我看见他哭,不过现在我敢说他哭过,至少哭过几回。在没人看见的时候,恐怕哭得不是一回半回,而是经常哭。他是这样对我说的:"到目前为止已经活了很多年了,不是吗,克莱尔?我也快七十岁了,对不?连蒂默都认为这已经很不错了。恶心了这么长时候我已经受不了了。总觉得累。萨米爱听我说"恶心的",不说"恶心"。可是他怎么了解这其中的滋味?事情不都像多年前我抓住那个偷钱包的贼把他举起来摔到汽车盖上那样。要是现在,我能把他怎么样？我不能看自己这副皮包骨的样子。所以我总去住院，我不忍心让你跟孩子们看见我这副样子。”

“刘，别说了。”

“克莱尔，听好了。保险箱里要经常存放大量的现钱以备急用。在两个保险箱里你会发现有很多钱。我去了之后他们会把保险箱子封起来。现在你就租两个，要以你的名义租，把它们放在不同的地方，挪些钱进去。你了解我办事总是预先安排好。给孩子们一串钥匙，这样他们就可以掌握了，不过不到必要时千万别告诉他们东西在哪儿。让他们通过咱们的律师去查，对律师也不能什么都说。千万别相信律师。这就是为什么我总是雇两个律师。当他们之间相互信赖了，我就把他们辞掉。在一个岛上有一大片海滩地，我从来没有告诉你，是在你的名下，在加利福尼亚也有一大片很好的地产，你也不十分清楚。不久以后你卖掉这一块来支付遗产税。那个合伙人你可以相信。关于孩子们的事，你拿不准的可以听听萨米·辛格的主意。你应该相信他。还有马尔文·温克勒。但是这栋公寓尽量别出手。不要去想像咱们常说的那样当什么房东。从洗衣店收上来的零钱——光这笔收入就可以维持它的运转了。”

“这些我都知道，刘，我常看你是怎么做的。”

“好。告诉我下面这些，你要是真聪明的话。克莱尔，假如你有100万投资到3年期免税公债，利息是6%，你能净收入多少？”

“按年算？”

“真是我的宝贝儿。你终于有了点头脑。”

“还有做了假牙冠的牙跟这张还能应付门面的小脸。”

“是呀，可你为什么就学不会算术呢？”

“每年6万块钱，不用上税。”

“对呀，你真是我的心肝。聚敛财富的魅力就在这里。倘若洛克菲勒或者别的什么人把1亿美元投在同样的公债上，他将得到——”

“60万？那可是一大笔钱啊！”

“不，比那还多！什么也不干光吃利息就是600万，还不用交税，你跟我这辈子也别想做得到。这金融是不是挺有意思？再来，假如你没有免税的100万而有90万，仍然以6%的利息投——”

“哎呀，刘，看在上帝的分上，让我歇歇吧！”

“想一想。把它算出来。”

“又是6×9，对不？”

“对呀，没错，这是唯一的区别。6×9，你能拿到多少钱？”

“孩子们会知道。”

“忘掉他们！我不希望你非靠着孩子们不可，也不希望他们非靠着你不可。人是会变的，会不理智。瞧瞧蒂默。再瞧瞧格伦达和她姐姐。在她母亲死后为那间农庄上的房子吵的那些架，操的那些心。你还记得我父亲借给我1万块钱以后怎么着了，还有，我妈妈没等人老脑子就变成什么样了。”

他父亲曾借给我们1万美元经营二手木材生意，后来发展成了我们自己的木材厂。他借给我们的全部是现钱，我们谁也不知道在他定下借款条件和签署借款合同以前，那钱是从哪儿来的，又放在什么地方。一切都很正式、合法，所以一旦他先出事，钱会到明妮手里，然后才到其他人手里。合同必须签，利息也必须有。这位老先生，老莫里斯，一生没有惧怕过任何人，老来却害怕贫穷，他那时已经八十多岁了。

天啊，想起废品收购店的事怎么就像昨天的事一样。那个院子非常小，只有卡车库那么宽，面积也只有我跟萨米·辛格在城里去吃过午饭的小餐馆那么大。卡车只能停在外边，因为院子里和后院经常堆满各种废旧物品。成堆的金属物品按类分成青铜、铁、红铜，一个可以称大捆报纸的大秤，还有大量尘埃和污浊空气。干净点的报纸是康尼岛上看门人从各家的地下室里弄出来的。他们把报纸保存好以卖个好价钱。这些好报纸打在捆的外边，捆里头是什么就不去管它了。一天工作结束后他们所有的人——刘、他父亲、兄弟们、姐夫，还有斯莫基·罗宾和那个黑人小伙子——他们用胶皮管流出来的冷水使劲擦身子，剔手指甲，用的是一把便宜的大刷子和碱性肥皂。我则早早打扮好了，等他一起出去玩。

唯一让他害怕的是老鼠，不光是老鼠本身，他只要一想到老鼠就害怕，就连在国外打仗的时候和后来到俘虏营里也是一样。不过他说，德累斯顿的屠宰场倒很干净。

所有那些事，所有那些人和所有那些工作，对我来说都陌生得很，就像以色列人对我一样陌生，如果我真的在以色列买房并且住下去的话。刘对于我去以色列的主意挺感兴趣，虽说我没带他去任何地方——我几乎不能带他去国外的任何地方，他不懂他们的语言，他们也不知道他是谁。我觉得以色列是我能够找到并能让我居住和休息的最远的地方。对我来说那里充满了古代的传说，人们的精神面貌好，生活中具有某种希望与意义。我想我会适应那里的生活，而且活得会很惬意，或许能在追忆往事的同时经历些新鲜事物。我很想得到这种快乐。

我从小受的是犹太式的教育，但是我在纽约州北部的小家庭生活却完全不是那样。我父亲原先是簿记员，后来成了出版商，跟马尔文的父亲一样。他嗜赌，但是经常穿西服、衬衫，打领带。他非常喜欢巴拿马帽，对当时流行的黑白两色皮鞋爱得着迷。我还记得那是一种带大网眼式样的鞋。刘家是个大家庭，整天乱哄哄的。这个朴实勤劳、说话带有意第绪语和布鲁克林地方口音的家庭既让我困惑又让我喜欢。康尼岛上那一群性格开朗、吵吵嚷嚷、油嘴滑舌的小伙子们也很吸引我。我表哥也住在康尼岛，我是在表哥带我去的男女初次见面会上认识刘的。我本来应该与别人见面的，可是等他对我献够殷勤并且表示愿意继续与我交往下去时，其他男孩子们，无论是什么地方的，便永远失去了机会。我们恰恰都符合对方心目中的标准。我估计我会再结婚的，不管他是否喜欢我这个想法，我想我会这么做的，尽管我俩没有讨论过这件事。结婚时我们很年轻。我这一生都是在婚姻家庭中度过的，对于单身生活我真不知道能不能习惯呢。可是我上哪儿才能找到填补他空缺的人呢。

“你别打我的主意，”萨米听完我一股脑儿倒出的这些话后说。

“这还用你对我说。”我抢白了他一句。我有个毛病，说出的话听起来很粗暴，可并不是我的本意。“萨姆，别生气，不过我是决不会跟你同床的。”

“我也不会跟你。”萨姆说着，脸上呈现出他惯有的温柔笑容。看到他的感情没有受到什么伤害我很得安慰。“他可不是个容易取代的人啊。”

“我还不知道吗？他过去可是常常羡慕你呀，非常羡慕你的城市生活。或许是嫉妒他想象中的你的生活状况。你跟格伦达结了婚以后，他的头脑里仍旧想着你每天晚上喝酒，和办公室那些漂亮姑娘勾搭以及通过做广告和很多姑娘见面的情景。”

萨姆听了高兴起来。“我从来没有干过那些事，”他既有点骄傲又有点害羞地说，“跟格伦达结婚以后一次也没有。格伦达还活着的时候我就不想要了。嘿，克莱尔，格伦达跟我在一个办公室工作有好几年，这你是知道的，我怎么可能背着她干那种事呢？你知道上哪儿去找你要找的人吗，克莱尔？你或许还没有意识到你的标准是很高的。”

我一点主意也没有。我仍拥有意大利佛罗伦萨市郊艺术学校的大部分股份，那是刘送给我的生日礼物。有几个女人过生日的时候能收到像这样的厚礼呢？然而总体来说我不信任意大利男人，艺术家们在我心中不过是艺术家而已。我虽然也信不过以色列的男子，但是他们至少说话直截了当，明确告诉你他们想要你的身体，要过一夜或是半小时，还告诉你他们喜欢你的钱。到目前为止，我比康尼岛的男子寿命都长，他们都已经走了。我不得不隐瞒自己的年龄，可是究竟能瞒多久呢？

“萨姆，记得麦克唐纳街上的废旧物品收购店吗？”

那个收购店他记得很清楚，但是对那家里的人只记得一点点，因为他们家对外人不热情，互相之间也不是很亲密。莫里斯买下并拥有的公寓楼里常常住着至少两户人家，楼里的单元都不大。他们时常互相看不上眼——他姐夫费尔总是自行其是，惹得大家都讨厌他，他甚至投票支持共和党的杜威、艾森豪威尔、尼克松这号人——但是在外人面前他们则互相保护，非常团结，包括姐夫啦，嫂子啦，也包括我。结婚以前我不时地上他家吃顿饭，甚至天晚了就在他某个妹妹的房间里睡觉。要是有人伤害了我的感情，或者说话对我失礼，哪怕是我错了，老天爷就会想办法惩罚他。萨米和马尔文除外，虽然他们也常拿话激我。以后又有两个机灵鬼，他们也拿我的大胸脯跟刘开玩笑。我不爱听他说他们只是拿我寻开心叫我大乳房，其实他始终没闹明白，他们那样说是不是像狡猾的萨米·辛格声言的那样是在恭维我。老爷子挺喜欢我，处处护着我，因为我父亲已经去世，他把我当成孤儿看待。“刘易，听我说，听好了。”他告诫刘说。我在场的时候他也这么说。“要么跟她结婚，要么跟她分手。”他不想让刘上我家睡觉，我妈妈在家也不行。“他妈妈也许看不见，可是我能看见。”

刘还真听话。结婚前他的确照着他爹的话做了，结婚以后我们简直是迫不及待，以后几乎就没有停止过，就连住医院时也照样进行。刘是个行为放荡爱调情的人，但是在家里却又是个严守礼节的人。他绝对看不惯也不肯原谅女儿们穿比基尼和超短裙，对她们中学时代谈恋爱十分不以为然。对此我持相同观点。我也不爱听脏话。女孩说粗话比男孩说听起来更刺耳，可是她们好像不觉得那是脏话。不过我没跟她们说过，因为我不想让她们觉得我是跟他们的父亲一样的老古板，只知道给她们讲大道理。正因如此，当他住在福特迪克斯医院时我才冲他发了脾气。他欺负那个可怜的德国人，我们叫他德国佬赫尔曼。他不停地给他下命令，我看不惯，想制止他。为了让他别再欺负他，我不得不对他说，他要是再不停止我就脱光衣服骑到他刚做过疝气手术的身上，任凭德国佬赫尔曼在一旁立正并且看着我们。他终于放了赫尔曼，既没了幽默也没了笑声。他已经让赫尔曼立正背诵家史半小时之久了。他一见德国人气就不打一处来，我敢说每次我都得求他住手才行。可那一次我是用那种办法叫他停止的，因为只有刘见过我脱衣服，再没有第二个小伙子见过。那个时候我仍是处女之身。1945年，他从战俘营回来并且做了疝气手术不久，我们就结婚了。在此之前的三年中我不断地给他寄去用犹太烹饪法做的意大利香肠、芝麻糖罐头以及别的他喜欢吃的食品。这些东西易于保存，我甚至还寄去唇膏和尼龙丝袜，他用来送给在国外遇见的可怜的姑娘们。我那时候连懂得嫉妒的聪明都没有。不管怎样，寄去的包裹大部分他都没收到，等他被关进战俘营便一件也收不到了。

上帝啊，看看他们是怎么在废旧物品收购店里干活的吧，简直忙得四脚朝天。他们用的细钢丝有时会绷断，相当危险。老爷子力大无穷，一个人顶三个人干。他以为他的儿子和女婿也跟他一样有力气，所以购买新式打捆机的事一拖再拖。他们用爪型钳和普通钳子来拧钢丝绳，也用切管机来切割他们好不容易弄到手的钢管，但是所有的活还都以手工操作为主。有时还要用膀子的力气。可要知道那时的刘不过是个孩子。他赤裸着上半身，右手拿着钩子，朝我挤一下眼鼓鼓劲。这个时候我也许正帮他整理报纸，也许正等他干完活好出去玩。那钩子一使劲插进纸捆里，激出一股尘埃，他的胳膊一拉，膝一弯，这捆报纸翻个个儿便扔到了另一个捆上，这时上下两个捆都颤抖起来，很容易使我们联系到做爱的样子。

莫里斯认识钱的价值，所以不想浪费一分钱。当他借给我们那开业必需的1万美元时，他先到我们想租用的房子视察了一遍。那是一家被查封的生产老鼠夹子的工厂，里面满是老鼠，每月租金不少于70美元。在我们的预算之内。他把钱借给了我们——我们知道他会的——但利息为10%，当时银行的利息才4%。然而当银行不肯贷款给我们的时候他肯拿自己的钱冒险，他甚至肯把用来防老的钱也拿出来供家里人需要的时候使用。夏洛克[1]的高利贷比他的利息还低呢，我们跟他开玩笑说，可老爷子没有一天不为他的养老钱担忧。他中风以后刚刚好转可以下床了，便让人开车带他去废旧物品收购店干些力所能及的活。

刘排行第六，也是八个孩子中的第二个男孩，在我刚认识他时已经开始拿主意做决定了。战争结束以后莫里斯曾期望他继续干他那份活，也许将来由他接过来照管这个家的每一个成员。我当时傻得很，一心希望他继

1 莎士比亚喜剧《威尼斯商人》中的犹太裔放高利贷者。

续留在部队,不过这是绝对不可能的事。他当中士的工资有几千美元,大部分存在银行里——当战俘时他们照付他工资——加上他寄回家的赌博的钱。他父亲为了留住他答应给他涨工钱——从战前的每周30美元涨到每周65美元。刘尽量使自己笑得温和慈祥些。

"听着,莫里斯,听好了,我会更卖力干活的。我替你做一年工,不要你的一分钱,可是一年后得由我来决定我的工资。到那时我再决定我去什么地方干,什么时候干和怎么干。"

"说定了!"他的牙床一缩,笑了。那个时候上了年纪的人都安假牙。

为了跟看房人或者卖废品的人讨价还价,刘的口袋里自然得经常装满现钱。有些时候你能把一只锅炉完好无损地从公寓里搬出来,设法把它修一修,然后按照部件完好的二手锅炉价卖给另一位买主。物资紧缺提供了大量的这类机会,包括所有的家庭设施,像厨房洗碗池、水管子、暖气片、厕所抽水马桶等。别的收购废品的人没有我们转弯快。看房人——刘在跟他们谈生意时总是称他们先生、经理或者负责人什么的——当然喜欢个人多拿些钱啦。这样的生意太多了,使我们产生了到城外物资特缺的地方经营旧建筑材料的计划。我认为这个主意是我先想出来的。时机到了,我们必须抓住它。我们最需要的是幽默感和自我意识,而那个时候我俩这两点都不缺。

回顾往事我不由得笑出声来。我们都挺无知的,可有些事情我知道得比他多。我知道高脚杯是什么,刘压根儿就没听说过。当我跟他提到我想要高脚杯时,他答应等我们有了自己的房子我一定会得到那东西。高脚酒杯最终来自一个叫罗基的年轻人。他是刘不知在什么地方结交的一个意大利小商贩,属于"您要点什么吗?"那一类商人。他穿着过分讲究,就连到我们废品收购店来时也穿得非常时髦,头发抹着润发油。我们的第一辆车就是从他那买的二手货。罗基:"你们要点什么?"刘:"一辆汽车。"罗基:"什么牌子的?"刘:"雪佛兰。蓝色。水蓝色。她喜欢。"罗基:"什么时候要?"刘:"今年3月。"3月份车来了。那是1947年,车是1945年生产的。高脚酒杯也一样是他带来的。我还记得罗基瞅我时那不好意思的目光和抓头皮的样子。他用手指把浓浓的鬈发潇洒地向后推一推，凭这一点我猜得出他也根本没有听说过高脚酒杯，但从别的方面你无论如何看不出他不知道。那个时候能有几个人听说过呢？然而第二个星期他就把酒杯带来了——每一个都用一张棕色卫生巾包着——一共两箱，上面标着伍尔沃思[1]。不收钱。罗基赠的结婚礼品。真棒！至今我还保留着几只呢。差不多50年啦，哎呀！还有一次罗基意外地从不知什么地方冒了出来，原来他就是刘在加利福尼亚的土地合股人，刘让我信赖的就是他。这些年来他们一直都有联系，刘从来没有讲过他一句坏话。

"为什么你从来不告诉我？"我问他。

"他坐过牢。"刘说。

现在人跟人之间的友谊还有那么深的吗？刘的胃口很大，总是贪得无厌。他总觉得他周围是一个陌生的世界，总想使自己成为它的一部分，从没有忘记过想成为这个世界中的一员的愿望并且拥有它。他本来也能读大学，而且可以学得跟别人一样好，因为他学东西很快，但是他不愿意花那个时间。他的母亲挺喜欢我——他们所有的人都喜欢我——我是唯一一个把礼品用彩纸和丝带包装起来的送礼人。我会陪她坐上半天，虽然我们谈话不多。她只会讲意第绪语，可我一点也不懂。不久医生说她得了脑动脉硬化症，也许是老年性痴呆，几乎不认人了。现在的人们如果不得癌症就会得老年性痴呆症。格伦达得了。刘也得了。

"我父亲也是得的这种病，"萨姆说，"别忘了还有中风。"

"我没忘。我妈妈就得了中风。"

"我妈妈也是，最终还是得了。"萨姆说。

虽然听不懂，我还是陪刘的母亲坐着。我的对策是多说"是"，每隔一会儿说声"不"。要是她摇摇头，或者嘴里嘟哝什么，我就知道我回答得不

1 美国一家著名商店名。

对。如果还不行，仍然没有办法沟通时，我就笑一笑，说声“可能吧”。

刘学东西非常快。他跟大石油公司共同开发带仪表的油加热器计划时发现，有些人你永远不能与之共事，有些地方你永远别想沾边，于是我们很快就撤回我们自己的范围固守阵地了。他也从来没想加入犹太人高尔夫球俱乐部，尽管俱乐部里有很多朋友，他要想加入是不成问题的。他常邀请他们到我们家做客，可以从中得到更多的快乐。我们接受新事物都挺快，我们的钱刚够买两辆汽车时我们就买了两辆。当外国车比国产车时髦而且更好的时候，我们就买了两辆外国车。

刘不穿人造纤维的衣服，决不穿人造的任何东西。棉布衬衫是定做的，但棉花不能是来自埃及的。自从埃以交战以来埃及成了使他受刺激的因素。在人们还不知道约翰·肯尼迪穿的西服是在叫作西尔斯的店里定做的时候，刘就一直在那里定做衣服。而最重要的事情是：修剪指甲，修剪指甲！他从来没有厌烦过。我敢肯定这是他在废品收购店和战俘营里干脏活时养成的习惯。在最后阶段，特别是他连电视也不能看了的时候，我们就是靠这打发时光的。我还给他修剪脚指甲，这时他往后一躺，朝着我笑。这是我们结婚以后经常做的一件事；这是我们的秘密。在医院里我对护理员说，要想让他高兴就给他剪指甲，她们照我的话做了，护士们也照着做了。

“他是笑着死去的，要知道。”我告诉萨姆。

“真的？”

“是真的。至少他们是这么对我说的。”我故意这么说，萨米惊奇地瞪着我，“他笑的是你。”

“为什么？”

“你的信，”我说着轻轻地笑了，“我很高兴你寄来了那封关于旅行的长信。”

“是你让我写的。”

我很高兴我这么做了。信一到我就给他读了一部分，我俩笑个没完。然后他自己又接着读。后来他又住院了。他知道这将是最后一次，把信也带去了，并且大声朗读给护士们听。夜里他再让护士大声读给他听。那儿的护士都喜欢他，我肯定她们是真心的，不像纽约的医院里那些脾气又大又势利眼的护士们。他时常问问她们各自的情况，还夸她们好看，不论是结了婚的还是年龄大的。他知道怎么逗她们高兴，在她们遇到麻烦时也知道该说些什么宽慰话。“玛丽，告诉你丈夫当心点，等我病好点你就会在下班以后甚至休息日跟我出去约会，你丈夫从现在起就该学会给自己做饭吃啦。恐怕还得学会做早餐呢，因为有的时候他早晨醒来会发现你不在家。”“阿格妮丝，我看咱俩该这么干，明天，我是这么安排的。明天5点钟开着你的本田车来接我，咱们去山里的汽车旅店喝酒，一块儿吃饭。可要把东西带够了，万一你想在外边过夜呢。”“阿格妮丝，你别笑，”我也会附和着说，因为我就坐在旁边呢，“他是认真的。我可见过他那么干。他总能成功。所以我才跟了他。”萨姆的信让我们见识了美好而丰富的旅行。

“新西兰、澳大利亚、新加坡……”我赞叹地说。“还有夏威夷、斐济、巴厘，再加上塔希堤岛。这些地方你都去过了？”

“绝大部分。除了斐济、巴厘和塔希堤。那是专为你们两人加上去的。”

“噢，还真管用。他一想到你到的那些地方高兴极了。‘可怜的萨米，’这是最后一夜当护士给他大声读信的时候他说的原话。他在那个夜里死了。他们第二天早晨才打电话告诉我。他最后的话是这么说的，萨姆，‘在他最需要我的时候我却住进了医院。可怜的家伙不得不在没有我们陪伴的情况下一个人去环游世界，可他至今还没有学会怎么找姑娘呢。’”

第十一部

第三十二章　结婚典礼

4 000磅极品鱼子酱由机器自动地分成1/8盎司一份，再涂到52万份开胃薄饼上面。涂好后，便由1 200个侍者连同盛在细长酒杯里的香槟一一送到3 500位客人手里。他们都是里贾娜和米洛·明德宾德、奥利维亚和克里斯托弗·马克森的亲密朋友。同样的薄饼和香槟酒也送到了新娘新郎的一小拨朋友们手里。多准备出来的一些是预先考虑到了新闻界人士，部分仍旧用不完的就给有关工作人员留下了，其余的当晚由冷藏车运到远郊的收容所以及新泽西州，因为公共汽车终点站前所有的无家可归者和长期滞留者为了当天白天和晚上的活动全部被转移到了那里。叫花子、妓女和毒贩子们都被强行拖走了，代替他们的是经过训练的演员。他们的表演惟妙惟肖，简直比那些真的乞丐、妓女和毒贩子们还逼真，而且让人容易忍受。

鱼子酱运到米洛·明德宾德联合企业商业饮食服务部的车间时，是装在涂有由设计师专门设计的颜色的80个铁罐里的，每罐50磅。所有的罐子都照了相，准备登到影响巨大、样式新颖的期刊上。这些杂志不仅品位高雅，而且还专门报道像明德宾德-马克森两家的婚礼这样上层社会的重大社会活动。

从M&M公司商业杀人部派来的带着黑领带的神枪手被秘密安置在走廊的帘子后面和公共汽车终点站各个楼厅拱廊的帘子后面。他们主要的任务是监视另外一些神枪手，看他们有没有违法行动。后者来自市警察部门以及几个负责总统和第一夫人及其他政府官员安全的联邦机构。

随着鱼子酱和香槟送上来的还有茶叶三明治、冻虾、蛤蜊、牡蛎、蔬菜沙拉和不是很辣的咖喱汁以及肥鹅肝。

不得有粗俗行为，奥利维亚从一开始就特别强调这一点。

在这方面，那位在控制台的电脑上模拟这次婚礼的年轻人解除了她的顾虑。电脑模拟婚礼在正式婚礼举行之前举行，是在港务局公共汽车终点站交通管制中心的监视器上进行的，供演示和预审的模拟设备一应俱全。那年轻人把画面转换到了60个显示器中的一个上面。

在这个屏幕上，这个尚未进行的婚礼结束后，新闻媒介联合团的负责人正在回答尚未被提出的问题。

“没有什么粗俗的事发生，”他在参加婚礼前就有把握地说，“我参加婚礼了，棒极了。”

看完按程序设定的婚礼过程后，奥利维亚当时一颗悬着的心总算踏实下来了。演示完毕后她捏了约塞连一把，显示出她已恢复了原来的信心，并在熄灭刚吸完的烟头的同时摸索着找另一支。奥利维亚·马克森是个体型娇小、肤色较深的女人，有皱纹，爱笑，瘦得时髦。她一切都好，唯独无法高兴起来，因为弗朗西丝的丈夫得了严重中风，这么一来弗朗西丝就不能在各种活动中与她积极配合。同样使她无法高兴起来的是她不得不在更大程度上愈加依赖约翰·约塞连的帮助，尽管她并不想那样做，更何况她对他从来就没有完全放心过。弗朗西丝主要待在家里照顾帕特里克，并且谢绝了一切不重要的来访。

终点站大楼南翼一层与二层中间是那间透明的控制台工作间，里面的设备是盖夫内房地产公司的财产，在那里工作的那个乐天的年轻计算机专家目前只为约塞连、盖夫内和奥利维亚·马克森讲解。他是盖夫内的雇员。他自我介绍说叫沃伦·哈克。盖夫内的紫红色领带打的是温莎结，今天穿的是精纺毛料上衣，肩部经过裁缝特别处理做成了方形。

克里斯托弗·马克森没有到场，因为他妻子说他来也没有什么用处。米洛看腻了重复演示的即将进行的婚礼，转悠到了外边的楼厅上。就在他上一层楼厅的栏杆处靠着几个有异性装扮癖的人，他们用极端邪恶的目光看着下边的人，米洛知道他也是他们正看的人之一。与这些人离得如此之近使他感到一百个不自在，于是便顺着自动扶梯下到了一层，并在那里等约塞连一同到终点站里各处走走。今天终点站特许对他们所有的人开放，他家里的人也说他应该在里面参观一下。他从飞机得到的那笔收入已经有了把握，于是他就开始考虑建摩天大楼了。他喜爱他的M&M大楼，但是还想多有几个。这时他被一件费解的事搞得心神不定：他在楼上的一个显示屏上看见自己穿着燕尾服打着白领带，正在发表简短讲话呢，而他却连讲稿都没有见到。讲完话，他就和那个黑头发女人奥利维亚·马克森跳舞。他与她只是第一次见面，可他还没学会跳舞呢，何况到时候他在什么地方连他自己都说不好。这可真叫他哭笑不得。

下楼之前，他把约塞连叫到一边对他一个人说："他妈的鱼子酱，"他心不在焉地说，"究竟出了什么问题？"

"不是钱的问题，"约塞连告诉他，"是他妈的鱼的问题。现在他们觉得已经捕够了。"

"感谢上帝。"奥利维亚再次听到这一消息后说。

在大都会艺术博物馆的社会生活档案里，有各种赶上或超过标准和记录的先例，而明德宾德-马克森婚礼肯定将大大超过所有的先例。即使在这个国家经济萧条的时期，美钞也俯拾即是；即便在贫穷的圈子里，也还有浪费的余地。

虽然现在是春天，负责美化的花商们还是在五个宴会厅里摆放了80棵圣诞树，树周围放着上千盆白水仙。南翼一层与二层有两个楼段辟有舞厅与乐台，北翼一层有一个。从下午开始，聚光灯就打开了，不仅照亮了第八大道和第九大道的入口处，还照亮了较为僻静的小街道的入口处。整整两个街区的外墙都被照亮了，在里面看平板毛玻璃窗户，真像是阳光照在彩色玻璃窗上一样五彩斑斓。透过玻璃看看外边行驶的汽车，你准会惊呼这多像真实世界里的汽车呀。同样会使你觉得像在真实世界里的是那不时轻轻飘过的气味，一种由柴油烟气、女士们身上散发的香水味和放在中央通风设备里向外喷散出的空气清洁剂混合的气味。所有与M&M商业饮食服务公司签订合同的其他饮食服务公司、花商及工作人员都按要求与M&M军事工程联合企业的商业杀人部门签了保密协定，同时这种保密协定的秘密性质已被广泛宣传。

北翼的最低层与南翼被一条街道隔开，在婚礼仪式里新娘必须穿过这条街。今天北翼底层已被布置成了教堂和少数经过挑选的客人的宴会场所。为了这一变动，人们将通向下边一层的所有楼梯全部拆去，挪走了一个服务亭，还搬走了大量巨大的彩色活动球雕塑，它们原来占据了大量空间。这些楼梯、服务亭和雕塑被临时堆放在大都会艺术博物馆的一个临时搭建的棚子下面展览，通常这里是博物馆的大厅。这些展品引来了为数可观的参观者。艺术评论家们还就此发表了严肃得体的文章。博物馆大厅已经因这次活动临时改成了公共汽车终点站，租金高达1 000万美元。将楼梯拆卸，把雕塑搬走不仅仅为了安放一排排核桃木长凳，还为了安置一个从大都会博物馆租来的丹德神庙，后者更为引人注目。为了能将这个神庙放到公共汽车终点站来为晚上的婚礼增辉，他们经过了心平气和的劝导和施压，外加又一份1 000万美元的租金。那些正在交通管制中心观看婚礼预演的人将在终点站北翼观看真正的婚礼。那里还留出了些空间，专为参加典礼的最重要人物和白宫来的两位贵客准备了一张小一点的贵宾席，另外还有六张圆桌，每桌可坐十位与典礼紧密相关的人，在神庙的柱子前边还有一个长方形桌子，是为名人显贵准备的。神庙内的圣坛被盛开的鲜花和通明的枝型吊灯所簇拥。

1 122 000朵淡黄色郁金香已经放在了入口处，作为入场礼物及纪念品。无数个代表不同时代的枝型吊灯挂满了五个宴会厅。无数个琳琅满目、巧夺天工的灯饰都镶在缠绕着酒椰纤维的弯弯的柳枝里，80棵圣诞树的枝叶上装饰的小灯泡闪烁迷离。桌布上想象丰富的图案令人眼花缭乱。数不清的蜡烛烛光摇曳。古董鸟笼里喂着活蹦乱跳的小鸟。罕见的书籍及各个历史时期的银器比比皆是。2 100个马来西亚花盆里长着旺盛的夏令翠菊，这些花覆盖了所有到终点站内主要大厅的入口处。另外还有陶罐内上千个忽明忽暗的灯如同成百万支蜡烛发出恍惚不定的光亮。港务局公共汽车终点站南翼一层的一半装点成了一个小凡尔赛宫。所有宴会区四周共安放着104个大玻璃橱窗，里面有真人塑造的形形色色的人物，再现经常在这个终点站寄宿的妓女、拉皮条者、毒贩子、离家出走的儿童、叫花子、瘾君子和弃儿的形象。主人为了使晚会的气氛和周围环境更具新奇感，更有特色，花钱让里面日进斗金的商店通宵营业，而许多客人也乐意抽时间在里面购物。61对一模一样的双生女被请来，为了凑够这个数目，主人派人找遍了全世界。这些双生女都打扮成美人鱼，安置在50多个人工水池和喷泉里。此外还有38对一模一样的双生子扮成信息发布员和挥舞旗帜的人，他们还负责风趣幽默地回答各种问题。

港务局公共汽车终点站婚礼接待员一律身穿红夹克衫在各个地点解答问题和指示方向。终点站内的空运中心依旧办公，为的是能将到场的这些来往匆匆的客人及时送到这个城市的三个机场去。他们参加完这个奢靡的明德宾德–马克森晚会后还要直接赶到摩洛哥和威尼斯参加同样奢靡的晚会去，要赶到萨尔茨堡[1]或者拜罗伊特[2]的音乐狂欢节去狂欢，要赶到切尔西[3]看花展，或是赶到英国看温布尔顿网球赛。

经验丰富、头脑复杂的人才物色专家们通过严格的面试，保证了受雇

1　奥地利北部城市。

2　德国东南部城市。

3　伦敦西南部一住宅区，为艺术家、作家聚居地。

到此扮演各种人物的演员的质量。塑造男妓和妓女形象的人必须是知书达理修养很高的模特儿和家庭出身好的戏子，必须有名牌大学的学位。塑造其他穷困潦倒者形象的演员的先决条件是他们必须是长期居住在这里的居民。他们塑造人物形象时以恶作剧的态度全身心地投入，完全达到了高雅艺术的境界，赢得了各种各样观众的欢心。宴会接近尾声时，正像那些在电视屏幕前的人看见的那样，这些演出人员穿着戏装带着所扮演的角色掺和到了客人们中间，这一创举又为整体的欢闹气氛增色不少。

另有一些男女演员和男女模特则装扮成名画或电影里的人物。他们在几个长廊里来回走动，模仿着各种他们各自所扮演的人物的姿势。一共有好几个玛丽莲·梦露，有两个马龙·白兰度演的斯坦利·克沃尔斯基，一两个汉弗莱·保嘉特，一对临死的丹顿，至少有两个蒙娜·丽莎，人人都能认出她来。侍者们一律穿有飘逸感的白衬衫和不同时代的绣花束腰外衣。场外的赛马赌博厅、二楼的阿比饭店和楼下的林狄酒吧饭店都重新装修一番，看上去像17世纪佛来芒人的客栈，里面摆设的小古玩和那个时期的手工艺品与昔日客找十分和谐。在这些活人画中有一个人在抽烟，是纸烟，不是烟斗，并机警地观察着这一切。他是瘦高个儿，白皮肤，红眼睛，黄头发，身穿巴伐利亚吊带花饰皮裤，手拿登山杖，还挎一个绿色登山帆布背包。约塞连隐隐约约觉得在什么地方见过这个人，但不敢肯定他是一个在这里工作的人还是一个这种扮相的装饰品。那里有好几个很像伦勃朗自画像的伦勃朗，还有一个简·爱弗利尔。没有耶稣。

饭后，客人们可自由活动，或跳舞，或闲步走过希腊、罗马古董展，到扎罗面包房买扎罗面包，也可以买范尼农庄糖果，或是买纽约州的六合彩。要么就朝得拉戈修鞋店里瞥一眼，或是到特罗皮亚果汁店去，里面堆放的橙子呈金字塔形，还带着法国督政府时期的风格，有垂彩、圆花饰和流苏。很多人还从未见过堆成金字塔状的橙子呢。处于中心位置的餐桌装饰着弹簧树枝和镀金木兰花叶。支撑交通管制中心的那几根柱子在聚光灯的强烈照耀下显得宏大壮丽，柱子周围潺潺流淌的泉水翻着白色水花，许多面吊在空中的三角旗和公司的帆状旗帜在风中上下抖动噼啪作响。有一个大厅可通向外边的长途汽车站，那里的车向西开通往威斯康星的克诺莎，向北则可通到北极。这个大厅是按希腊文艺复兴时代的风格装饰的，还摆放着意大利的挂毯，日本的灯笼，中世纪的盔甲以及从一个法国别墅弄来的雕花核桃木墙裙。这个大厅对过是另一个离站的大厅。这个厅的家具是摄政王时期的风格，有填得过满的印度花布垫子和红木制品。这些物品都放在一扇中世纪法院的锻铁大门内。从大都会艺术博物馆租来的还有一个名为查尔斯·恩格尔哈德法庭的建筑，它整个被粉红和金黄的强烈灯光所笼罩，其特色是这里有5万朵法国玫瑰和几乎同等数目的黄金浸涂的木兰叶。法庭里面是专为今天晚上准备的舞池，地板上的漆是手工涂的，由绿、黄、红、黑彩色方格组成。

来自外事事务局的47位高级外交礼仪官员为客人的座位安排给予了帮助，因为这是个敏感问题，他们要保证所有3 500位来宾都能坐在应该坐的地方，尽管有些人未必满意。虽然最终在这3 500人中仍有不少人未能得到满意的位置，有些人不高兴，而当他们看到有的人比他们明显失望得多时，心里也就得到了些许抚慰。

除了北翼丹德神庙面朝外的那张特别预备的不大的贵宾席外，其他任何地方都没有贵宾席。这张首席自然是为总统和第一夫人特备的。努德尔斯·库克作为首席行政官员已经就座，只等总统光临了。

第一夫人已经到来，正忙于从名流那里收集亲笔签名。

"不知道总统在哪儿，"奥利维亚·马克森边张望边不安地说，"他来了就好了。"

有一些人知道，他要从华盛顿的军事特别秘密工程办公大楼的地下秘密通道终点站坐特别快车，到港务局公共汽车终点站来。他理所当然地是最后到达的一位，届时他将满脸堆笑地向大家招手，与很少的几个人握握手，然后就把新娘交给新郎，几乎是同时也就作为小米洛的傧相站在他的旁边。这在结婚仪式方面将又开创一个先河，设定了崭新的标准，连有数百年传统的皇族恐怕也会效仿。

除了那张贵宾桌外，所有的桌子一律是圆的，免得有些人的位置比别人的显得更重要些；至于椅子，显而易见，均按民主方式一律平等。北翼外边其余的那344张圆桌每张上都有一位社会名流与一位千万富翁，或者是一位嫁给了千万富翁的女人。这些千万富翁们并不都那么高兴，因为他们都想与总统一道进餐，如果办不到，就与被邀请的那八个亿万富翁中的某一个共同进餐，因为这些人很了解他们所具有的比喻意义上的重要性：神明、胜利灵感与点缀。有几个亿万富翁在曼哈顿的旅店里包了一个星期的房间，主要是为了和朋友们开私人晚会。

红衣大主教提出了要求，要总统皈依天主教，如果总统不愿意的话，州长和市长也成。他还要求一个市级主要报纸的老板、八个亿万富翁中的至少两个，以及一个获得诺贝尔奖的物理学家皈依。约塞连把丹尼斯·蒂默算作一个，好教他一些生物生存的事实。约塞连还把一个报纸出版商和一个沮丧的千万富翁推荐给了他。这个千万富翁一直渴望得到成为亿万富翁的诀窍。他把他们几个安排到能清楚地看见新郎的一张桌子上，在南翼靠第九大道的位置，这里离警察局不远。他们那张桌子还挨着拉里·麦克布莱德和他的新婚妻子坐的那张，迈克尔·约塞连和他的前女友玛琳也在这儿就座。这个位置恰在警察局外边那间林格利体育用品商店和乔-安果仁店中间。麦克马洪也来了，但他没有穿宴会服，穿的是副巡官的工作服。他是在值勤时从他那间斗室里出来向麦克布莱德和他的新婚妻子致意的。

麦克布莱德很有可能得到总统的嘉奖，因为他在组织安排这次典礼方面展示了高超的本领。他为米洛·明德宾德夫妇和马克森夫妇找到了可放下供3 500人吃饭的350张桌子的地方。这些人都是米洛·明德宾德夫妇最亲近的朋友，马克森夫妇没有亲近的朋友，也不想有。他还弄来了丹德神庙以及在五间金碧辉煌的大厅里展示的具有历史意义的各种建筑，还布置了舞厅和乐队演奏的场所。除此以外，他还负责协调各个部门所安排的活动，并做到有条不紊，而在这方面他过去并没有经验。

前提是需要为新娘进入教堂留出一条顺畅的通道，这是全部活动的关键。她要从南翼的第九大道一侧一直走到第八大道一侧的沃尔格林杂货店，然后队伍拐向出城方向通过出口穿越有天棚的四十一街，进入北翼的教堂与宴会厅，一直来到设在丹德神庙里的圣坛前。博物馆里的四个中空式展厅——丹德神庙、布鲁曼塞尔庭院、恩格尔哈德法庭、著名的大都会艺术博物馆主厅——本是用来举行晚会和其他社交及宣传活动的场所，现在为了这一个晚上，一概被重新安放在公共汽车终点站内，从而在一定程度上使凡到场的客人均能把这一值得纪念的欢庆活动与历史上辉煌灿烂的宴席相提并论。

麦克布莱德的安排还能使所有的客人都有可能看到，至少是部分地看到新娘和她的随从队伍。她们从第九大道那一端的地铁口自动扶梯上下来，在堂皇壮丽的气氛下向第八大道行进，最终进入北翼。在这一长长的路程里均有非同一般的音乐伴奏，从而使这一时刻更具有特殊的意义。约塞连听到第一首熟悉的乐曲时愕然了。

这一结婚大典的前奏曲竟是歌剧《名歌手》的前奏曲。

约塞连耳边响着这种喧闹震耳、喜气洋洋的和弦，看见新娘从自动扶梯升上来进入视野，如同从地平线上升起来一样。这首曲子不仅长度足够伴新娘走完全程，而且它的旋律对烘托这轻快活跃的气氛也恰到好处。捧鲜花和托戒指的女孩们为这渐渐加快并不断变化的音乐速度所振奋，等到最后差两分零六秒走不到头而加了一段《门徒之舞》时，她们才恢复常态。补加这一段音乐使新娘的队伍可以拐进通道抵达通向北翼的入口处。在这里新娘完成了在外面的行程，穿过马路进入北翼。此时播放的音乐是瓦格纳同一歌剧里的《获奖曲》。这首由一个礼仪交响乐队演奏的曲子末尾停留在轻柔的颤音上，而这时新娘已进入教堂并最终停住了脚步。伴随新郎站在那里等候的是红衣主教、一个犹太教改革派的拉比、六位不同信仰的高级教士以及他们的主要助手们。在各种背诵仪式进行过程中，乐声渐渐低下来，汇入《爱之夜》二重唱，唱的是《特里斯坦》的副歌。红衣主教努力无视这首歌的神圣与淫荡，那位拉比则努力忘记这个曲子出自瓦格纳。在仪式的这一部分，这对幸运的新人一共被八位神职人员和努德尔斯·库克九次宣告成了丈夫与妻子。努德尔斯·库克还站在那里恭候迟迟不到的总统呢。去跳舞之前，当新人从圣坛上转过身来贞洁地亲吻时，猛然响起了《众神的黄昏》里的曲子。这段经过挑选的乐曲是剧终曲，名字叫《通过爱情赎罪》，曲调既深沉又高亢，但是它没等哈克宣布就奏响了。

"你知道这个曲子吗？"哈克问道。

"知道。"约塞连既惊奇又赞赏，并情不自禁地按曲子吹起了口哨。静静的小提琴和昏昏入睡的铜管乐器由高到低把乐曲带到了无比神圣的终了。"我还想过推荐这首曲子呢。"

"他真的想过推荐这首曲子吗？"年轻人一边按下一个按钮将屏幕上的影像停下来，一边问盖夫内。

"没有，我没想推荐，"还没等盖夫内回答约塞连就收回了刚才的话，"不过我觉得这首曲子太好了，宁静、甜蜜、优美、性感。当然啦，在掀起高潮时也就结束了。"他似乎在电视监视器上看到了又一出《众神的黄昏》，预感到终结的时刻即将到来。所有他在屏幕上看到的人的终结时刻都即将到来，包括他自己和他看着正与他跳舞的弗朗西丝·比奇，可能还有梅丽莎、麦克布莱德和他的新婚妻子；对新娘和小米洛来说，终结的时刻也即将到来。当他看到这一切时，早已忘却了先前的狂欢。然而他没有向任何人提及他思想中这一狡猾、恶毒与复仇般的预感。"你的客人会喜欢的，奥利维亚。他们会哼着《众神的黄昏》到舞池去。"

"不，先生，"那个优越感很强的年轻人自鸣得意地说，"不，先——生——。因为他们散场的时候我们要播放更好听的。你就等着听吧。"

盖夫内点点头。"我还以为你说你已经放过了呢。"

"那是一首童声合唱，"这位电脑技术员说，"当瓦格纳的乐曲慢慢消失以后，我们会介绍一首大部分人都没有听过的童声合唱，让它的声音渐渐大起来。天使一般的声音。而正当唱到最动人的时候，我们突然换上喜剧，一组配乐的笑声，用它来为晚上剩下的时间制造新的气氛。这是一首男人开怀大笑的曲子，它压住并且淹没了童声合唱。这时咱们也就结束了。这两首曲子都是由一个叫艾德利安·莱弗库恩的德国人写的。你知道他吗？”

“听说过。”约塞连小心谨慎地说。他的感觉很怪，好像自己再次踉踉跄跄地回到了时间的长河里。“他在写小说方面有点名气。”他没好气地说。

“我还不知道呢，”年轻人哈克说，“那么说你知道他有多伟大了。这两首合唱都是他那部《浮士德的悲怆》里的，不过咱们没有必要对人们说这个。”

“对，”约塞连马上说，“因为它们不是。它们是他那部清唱剧《启示录》里的。”

电脑神童抬起头来对约塞连惋惜地笑了笑。“盖夫内先生？”

“他错了，哈克，”杰里·盖夫内说着，向约塞连耸了耸肩膀，礼貌地表示歉意，“约约，你总是犯这个错误。不是《启示录》里的，是《浮士德的悲怆》里的。”

“真该死，盖夫内，你又错了。我肯定知道。15年来我一直想根据它写本小说呢。”

“这可太怪了，约约。不过，没有经过严肃的思考，写出来的也不会是严肃的小说。”

“别叫我约约，盖夫内。咱们又吵起来了。我研究过了。”

“你把托马斯·曼和莱弗库恩的故事混到一起了，不是吗？还把那个古斯塔夫·阿斯琴巴赫跟莱弗库恩混在一起，把他们当成同时代人。你就把这叫搞研究？”

“古斯塔夫·阿斯琴巴赫是谁？”哈克问。

“一个死在了威尼斯的人，沃伦。”

“先生们，我马上就给你们解决问题，就用电脑。只等万分之三秒。哈哈，过来看看。瞧，约塞连先生，《浮士德的悲怆》。你错了。”

“你的电脑错了。”

“约约，”盖夫内说，“这可是原件，不可能错。还是看看婚礼吧，看进行得怎么样了。”

在最大的那个显示屏上，太阳变黑了，月亮成了血红色，江河和港口里的船都翻了。

“沃伦，别闹了。”盖夫内不高兴地说。

“我没闹，杰里，我发誓。我一直在删除它，可它还是不停地出现。好啦。”

约塞连发现莱弗库恩的音乐顺利地演奏完了。在《众神的黄昏》一曲终了，和谐的旋律渐渐隐去时，一首柔和的童声合唱如丝如烟地飘进了他的耳朵，可他怎么也想不起是否听见过。歌声刚开始时犹如轻拂的微风，继而音量增大进入歌曲的核心部分，听后使人隐约感到了那撕心裂肺、撼人魂魄的预兆，催人落泪。而当这甜美、忧伤和痛苦的预兆使人几乎无法再忍受的时候，一股声音在没有任何警告的情况下闯了进来，它那陌生、不成曲调的男人嗓门僵硬强直，发出粗野的大笑。笑，笑，除了笑还是笑。这种笑声在听众中引起了莫名其妙的放松感和越来越强烈的欢乐感。人们自己很快便也笑起来，融入那从四面八方扩音器里播出的刺耳、怪诞、野蛮的笑声中，好像狂欢节上戏耍喧闹的人们声音的大杂烩。节日般晚会的狂欢气氛就要高兴欢快地开始了；外加食品、饮料、音乐以及巧夺天工的展示和美妙绝伦的演出。

约塞连在屏幕上看见自己也在大笑，不禁为之一惊，连忙冲自己皱了皱眉头表示不满。这时奥利维亚·马克森也和他一起在终点站这个交通管制中心，而且就站在他身边。当她看见自己和他在北翼的教堂里大笑的时候，她说这是天意。出现在两个屏幕上身处两地的约塞连现在都显得懊悔万分。两处的他都紧绷着脸，一副乖张、不肯就范的神气。他目不转睛地注视着将来，迷蒙中发现自己穿着燕尾服打着白领带：这辈子他可从来没有穿过燕尾服，也不曾打过白领带，而这却是北楼男士们指定的服装。不一会儿他就跟弗朗西丝·比奇跳起了慢二步舞，并依次跟梅丽莎、新娘和奥利维亚跳了。当约塞连在这些画面里看见自己等待婚礼的时候那副寡言、默从和通融的样子时，他想起经常使他自己不愉快的事——他并非真的不喜欢米洛·明德宾德，也从来没有不喜欢过他；再就是他发觉克里斯托弗·马克森挺容易交往，并不自私；还发觉奥利维亚·马克森只是在表达强烈意见时叫人心烦，其实人还是挺好的，尽管她墨守成规不善变化。他有个模模糊糊的信念，即他理应感到羞愧，同时他还有另一个难以理解的信念，即他应该为他不感到羞愧而更加感到羞愧。

他和梅丽莎及弗朗西丝坐在同一张桌子旁，离明德宾德夫妇和马克森夫妇很近，可以互相谈话，离努德尔斯·库克和第一夫人也很近，大家都在等候总统的到来。约塞连旁边那张桌子为努德尔斯保留的椅子空着。安吉拉十分想来，但这儿没有她，因为弗朗西丝·比奇不让她来。

"我并不想让我自己有那种想法，"她向他承认说，"可我没有办法。老天知道我对我自己也那样，还不止一次。我对帕特里克也那样。"

他对弗朗西丝有一种特殊的友好感，人家或许会把这称之为爱情。可他与她跳舞时，感觉到的只有骨头、肋条、胳膊肘、肩胛骨，没有一点肉的刺激，抱着她没有丝毫舒服感。与身怀六甲的梅丽莎以同样不熟练的步伐跳舞时，她的困境、她的固执及优柔寡断使他马上感到焦虑和不安，继而使他感到几乎是无休止的狂怒，可是当他第一次碰到她那件墨绿色礼服下面的肚子时，又欲火中烧想把她马上带到一间卧室里去。约塞连偷偷看了看她的肚子，想弄清楚它是大了还是她已经采取了正确措施，使它又恢复到了正常的大小。盖夫内很感兴趣地看着他，似乎又在探索他的思想。弗朗西丝在这个婚礼上则窥探到了他对她态度的变化，并忧郁地反复思考着她生活中的可悲状况。

"咱们年轻的时候总对自己不满意，老了以后还是总对自己不满意，那些不这样的人都是些叫人厌恶和自命不凡的人。"

"你编给她听的这套话挺好嘛。"约塞连摆出一副好斗的姿态向哈克挑战。

“我也喜欢这一套话，是从盖夫内先生那儿学的，挺真实的。”

“应该真实，”约塞连怒视着盖夫内，“她和我已经进行过这样的交谈了。”

“我知道。”盖夫内说。

“我猜就是这么回事儿，你这个混蛋，”约塞连并没有真生气，“对不起，奥利维亚，我们都这么说话。盖夫内，你还在监视我，为什么？”

“没有办法，约塞连，这是我的工作，你知道。我不制造信息，我只收集信息。我好像什么都知道，但是这并不是我的错。”

“帕特里克·比奇病情会怎么样？他并没有好转。”

“啊，天哪。”奥利维亚说着打了个冷战。

“依我看，”盖夫内回答说，“他快死了。”

“在婚礼以前？”

“以后，马克森太太。但是，约约，我还要说你的情况呢。我要说每个人。”

“也说你自己吗？”

“当然啦，为什么不？”

“你不是上帝？”

“我在经营房地产。上帝没有死吗？我像是死了吗？顺便说一句，约塞连，我也在考虑写一本书呢。”

“关于房地产的？”

“不，是小说。没准儿你能帮我的忙呢。故事从上帝创造世界的第六天开始。我一会儿告诉你。”

“一会儿我就忙了。”

“你总会有时间的。两点钟之前你是不会见你的未婚妻的。”

“你又要结婚了吗？”奥利维亚高兴地说。

“不，”约塞连说，“还没有未婚妻呢。”

“对，他是要结婚了。”盖夫内说。

“别听他的。”

“他不知道他要干什么，可是我知道。接着放这个婚礼，沃伦。”

“他还没来呢，”哈克十分不解地报告说，“谁都不知道是为什么。”

除了总统尚未到场外，到目前为止还没有发生什么麻烦。

麦克布莱德恪尽职守，不知疲倦地到停车场去查看，与公共汽车部门协调总统车队到来的时间及公共汽车到达和开出的时间，将许多进出的汽车安排到三层与四层的坡道和进出口。头顶上的车房一共有1 080个车位，可供预计中的近1 775辆豪华车中的大部分停放。来的车大部分是黑色，小部分是银灰色。别的车辆则一律被引到街对面的停车场。人行道上尽是一排排烤肉串儿和卖花生的摊位，还有一个接一个的擦鞋摊。这些上了年纪、皮肤全黑或半黑的快活的擦鞋匠们就在他们摊位旁的遮阳伞下睡觉，度过一个个宜人的夜晚。他们利用终点站的洗脸池和厕所，根本无视迈克尔·约塞连制作的永久性艺术品对他们的特别要求：“不准吸烟、游荡、刮脸、洗澡、洗衣物、乞讨、拉客、口淫和性交”。许多穿过这条街进入一条大约一个街区长的金属与毛玻璃顶棚通道的人，都觉得这破破烂烂的街景很有趣，还以为那些人是专门为他们观赏而安置在那儿的呢。

摄影师占据了具有历史意义的街道的所有入口处，好像要将这栋大楼包围起来。记者中间有不少是从外国来的。为了此次采访，一共发出了7 203张记者通行证。对一个美国人的婚礼来说这是创纪录的。应邀的宾客里有46家国外出版社的老板。

为这次盛大事件发出的请柬一律用硬挺的方信封，因为请柬是白金做的。在全部3 500名被邀请人的名单上面，只有萨米·辛格没有出席，他十分客气地说因为事先已经决定了要去澳大利亚。约塞连对萨米·辛格的印象比以前更好。暗探劳尔和长着胡萝卜脑袋的鲍勃以警卫与客人双重身份在场。他们的妻子自然也来了。约塞连在安排座位时，特意将这二人流放到了远处的桌子上，还将他们二人分开，可是现在婚礼马上就要开始，他发现这两个人不知怎么地正坐在北翼贵宾区的他那张桌子旁，他们既能监视他，又不会错过包括他们在内的划时代的场面。还有杰里·盖夫内，他并没有受到邀请，可是他也和老婆坐到这张桌子上来了！这真使他震惊和恼怒。肯定在什么地方有人没让他知道就改变了他的决定。

正像预计的那样，豪华轿车在早于预期的时间蜂拥而至。下午6点钟便有许多人赶在更多比他们更重要的人的汽车到来之前先到了，这样就有机会让人给拍照。另一些来得很早的人，包括第一夫人在内，是急着到达先把一切都看看。

这可是时装杂志编辑们捞取材料的大好时机。

奥利维亚很早就宣布了对女士们有利的声明："没有什么服装会被认为过分华丽。"引领当代时装潮流的设计师向她们提供了即将面市的服装信息，她们表示十分感激。其结果是晚会成了顶尖摩登时装设计的盛大展示台，在照片上则更显得光彩夺目。女士们个个信心百倍，她们既是观赏者，又是被观赏者。约有两千位妇女向人展示了她们各具风采的时装，竟没有一个人的衣服款式是过时的。

她们所着的服饰从常礼服到晚礼服，一应俱全。有些人欣喜地进来时，衣裙如彩虹般绚丽：镶有金线的无衬里亚麻时装缀有印度珍珠编织的流苏花边，还有无数小小的金属圆片，颜色以淡色调为主，从象牙白到桃红到淡蓝绿；以豹斑图案为主的服装主要是雪纺绸裙子，或是带单摆的蝉翼纱连衣裙和真丝上衣。不少穿长晚礼服的女士发现，有不少女士也穿着长晚礼服，尤其是那种带精美刺绣、浅色、挺括的长晚礼服，她们兴奋不已。短裙也多为五光十色的雪纺绸。上衣多为桃红色、橘黄色和淡黄绿色缎子制成，装饰的是假钻石而不是钉头饰物。有些人那全黑的颇具特色的罩裙前面露着膝盖，后面拖到地板。另一些胆识超人的女士则有先见之明，为自己那身淡色调针织的性感紧身晚装颇感自豪。

香槟、鱼子酱和鸡尾酒之后，远在新娘和小米洛出现之前，公共汽车终点站各翼的灯光渐渐暗了下来，给人一种神圣的感觉。这时人们在离自己最近的五个舞台之一前就座，聆听一个像密多利一样年轻的小提琴手演奏。

五个台子上的演奏者打扮得一模一样，她们都在演奏帕格尼尼[1]的随想曲。谁也分不清哪个是真密多利，再说猜对了也没有奖。在一个跟电影院里的银幕一样大的闭路电视屏上出现了克里斯托弗·马克森夫妇，他们和真人一样，只是比平常大了些。他们坐在北翼主厅远处右手边的头一排，忽然，她周围和别处的客人都注意到，有一束光直接向下照在了奥利维亚身上。她这时正紧合双手，脸上露出镇静的欢喜。这时在交通管制中心的人们已经可以从屏幕里的报摊上看到即将出版的《美国新闻与世界报导》关于她的报道了，上面称她为"新社会之女王"。管理中心的人们还从屏幕上看到在专为他们开放的终点站里报亭上的《时代》周刊和《新闻周刊》上面印着尚未写出来的"奥利维亚·马克森是社会新秩序下的公主，公共汽车终点站是她的皇宫"。

这场将两家亿万富翁结合在一起的婚礼堪称梦幻典范。为使它更超凡脱俗，人们还举行了时髦的"白+白"烛光仪式。新娘队伍里的几十个女士和小女孩穿的服装全部由阿诺德·司卡西设计。新娘自己穿的是米白塔夫绸连衣裙，身上绣着精美的金花，裙裾长达27英尺。她的薄纱面罩固定在钻石珍珠头饰上。首席女傧相是位前世界小姐，在此之前新娘没有见过她。她还有20位赭色头发的和40位淡黄色头发的女傧相。她们都比她高，也比她壮，所有的人也一律穿绣金米白连衣裙。从两家和朋友家找来的120个不满12岁的孩子，分别担任捧花女和托戒娃。新郎的母亲，里贾娜·明德宾德穿一身经设计师专门制作的薄斜纹呢衣裳，使她觉得很不自在；奥利维亚穿的是桃红色缎子衣服，长长的褶边饰以成千上万颗小珍珠。她白皙的脖子上戴着凸圆形绿宝石项链，炫目耀眼。这身打扮配上她那双又黑又大的眼睛和向上翘起的鼻子，真是精妙无双。

新娘的队伍在地铁底层的场地悄悄集合起来，那里原是灰狗长途汽车公司一揽子旅行快车的停车场。文静的新娘和她的全部随从，包括世界小

1　尼科罗·帕格尼尼（1782—1840）：意大利小提琴家、作曲家。

姐、60名非凡的女傧相、120个捧鲜花和持戒指的孩子都在这里沐浴梳妆，并请女时装师和化妆师为她们做参加盛典的准备工作。时间一到，她们就在两个自动扶梯前长长的队列中各就其位，当信号音乐在计算精确到几分之一秒的时刻响起，她们就登上向上运行的自动扶梯，被送到上边等候她们已久的客人面前。陪伴她们乘自动扶梯上到南翼一层的是瓦格纳的乐曲，音调欢快、响亮、傲慢。新娘挽着她继叔克里斯托弗·马克森的手臂出现了。他们向前跨了一步，迎接他们的是彬彬有礼地向他们致敬的掌声。鼓掌的是那些最先看见他们的人们，他们的桌子就在警察局外面，紧挨着林格利体育用品商店和乔-安果仁店。

在《名歌手》的前奏曲和《门徒之舞》的乐曲声中，新娘与克里斯托弗·马克森——他们的出现使人们松了一口气——带领着181个其他人分寸不差地从南翼中心下来，前往沃尔格林杂货店，然后转向通往大街的出口——大街上的汽车和行人均已绕道行驶，连公共汽车也不例外——又在交响乐曲《获奖曲》多情的旋律里来到北翼，最后到达小礼拜堂和丹德神庙。

典礼仪式完毕，响起了莱弗库恩哀怨的童声合唱和鬼哭狼嚎般的笑声。这些曲子是从《启示录》里——的确是《启示录》，可盖夫内却硬说不是，真是荒唐——选出来的。所有改装成宴会厅的区域均充满了轻柔的音乐声。在人们寻找自己的位置准备进第一次大餐时，响起了很久以前相当庄重的老舞曲——第二次大餐准备让他们惊讶得两眼发直！明德宾德夫妇和马克森夫妇的3 500个亲朋好友一道菜一道菜地吃着，有清蒸鲑鱼加香槟花色肉冻、小牛肉羊肉鸡肉什锦、牛肝菌面粒团和鲜嫩的青菜。吃得得意时在每道菜之间他们还随着民谣情歌不停地扭动身体，不停地点头弯腰。为这顿主餐准备的酒有两种，一种是1986年酿科顿·查里曼拉托尔酒，一种是1978年酿路易斯·罗德拉·克里斯托香槟。

每组音乐的时间为20分钟，中间有10分钟的休息，休息时五个区都有精彩的音乐演出。音乐家们还不断地交换场地为不同的听众演奏。他们一个一个地更换地方，乘自动扶梯或上或下，边走动边演奏，一个音符也不错，错了别人也听不出来，只有他们自己知道。侍者们手拿盘子跟在他们后面跑上跑下，用屁股和肩膀打着拍子。勤杂工们像风的精灵一样无声无息地清理着桌子，把残羹剩饭快速送到在斜道上等着的垃圾车，装满以后就从为它们专门保留的冷冻车之间的停车处开走。冷冻车则以最快的速度把新运来的食品卸下。有几个舞蹈老手情绪高昂，跟着演奏人员乘自动扶梯上上下下，边唱他们自己的曲子边跳他们自己的舞，并把他们跳的舞称作“赫利加利舞”。没多久所有的乐队在换地方的时候也都奏起了“赫利加利”。卫星在重播典礼的这一部分录像时，把节奏加快了，为的是取得无声电影里人们急速活动的效果，而米洛·明德宾德因为穿着燕尾服，留着八字胡须，脸上带着苦笑，许多不知道他的人还以为他是查理·卓别林呢。

吃罢清蒸鲑鱼和香槟花色肉冻、小牛肉羊肉鸡肉什锦、牛肝菌面粒团和鲜嫩青菜，在上咖啡和甜食之前，每张桌子上都很快送来了三盘芒果橘子冻糕，每个糕的形状都是埃及的斯芬克斯[1]，不同的是其中一个的脸是米洛·明德宾德的，另一个的是克里斯托弗·马克森的，还叼着雪茄呢。第三个斯芬克斯——人人都错误地匆忙去猜是总统——也是一张人的脸，但不知道是谁的，后来才知道是一个叫莫蒂默·萨克勒的。知道莫蒂默·萨克勒的人已寥寥无几，而这一诡计成了今天晚上一个有滋有味的笑料。突然间，一位妇女的声音从有线广播系统里传了出来：

“由于三路公共汽车过于拥挤，所有开出和到达的车辆都将晚点。”

人们听了笑得前仰后合，并报之以热烈的掌声。

客人们尚未从这个笑话里缓过劲来，便惊喜地发现另一次大餐已经开始送第一道菜了。这是第二次正餐，或曰晚餐，也可算是惊喜餐。各道菜依次是龙虾、雏鸡清汤、鹌鹑、清蒸梨加棉花糖。广播里那位不知姓名、欢呼叫嚷的节目主持人把这顿饭叫作“免费餐”，也就是说马克森夫妇没有花钱，钱

1　埃及人面狮身像。

是新郎的父母亲里贾娜和米洛·明德宾德掏的腰包，为的是表达他们对新儿媳的爱，为了他们和她的继叔继婶克里斯托弗和奥利维亚·马克森之间永恒的友谊，也为了对不辞劳苦前来赴会的每一位来宾的感激之情。吃过清蒸梨加棉花糖后，就快该米洛做简短讲话了，而刚才在交通管制中心的人们在屏幕上看他讲话时他还没有写讲稿呢。于是他生硬地背诵着对妻子的致敬词："我有一位了不起的老婆，我们十分相爱。我从来没对着麦克风说过这些，可只有这么一个办法把这说出来。呀——呼——"

他对着另外三部摄像机和三个扩音器又背了三遍，每次说到呀——呼——的时候都感到困难。克里斯托弗·马克森比他更能击中要害。

"我妈妈常说："他对米洛说着，那张圆脸满脸堆笑，"'别对人家说你爱他们，而是要表现出来。'我就是这样对我老婆说'我爱你'的，她今天晚上为国家的经济做了这么多事。每个在谈论衰退的人都——得啦，不说了。"

在南翼外面一张较远的桌子上，纽约市市长在雷鸣般的掌声中站起来讲话。他说奥利维亚和克里斯托弗·马克森刚刚向公共汽车终点站捐赠了1 000万美元建一个厨房，供将来这类活动使用；他们还向大都会艺术博物馆捐赠了1 000万美元，感谢他们如此慷慨的合作，为晚会提供了丹德神庙、布鲁曼塞尔庭院和大厅。

奥利维亚·马克森猛地站起来说道："我说的呢——原来是这样！我从来没见过我丈夫向一个单位捐赠的时候这么激动过。"

结婚蛋糕送上来了。为了这个蛋糕，三十九街和第九大道那个街区的"杯糕咖啡店"的大批糕点大师和徒弟们苦干了数月之久。当它由一个起重机吊着运来，放下，把布掀开时，观众中立即迸发出满带宗教狂热的尖叫声，此时的掌声是一般性敷衍的掌声所不能比拟的。放蛋糕的地方在南翼一个大乐队演奏区，就在一家叫奥博佩恩的商店前边。这里原先是一家银行，房顶很高。这个蛋糕可以说是一块糕点里程碑，是一个奇迹。它用了大量的掼奶油、棉花糖和无数的糖衣，带冰淇淋和酒味巧克力夹心的糕饼一层摞一层，直插空中。其用料量之大超出人们的想象。整块蛋糕高44英尺，重达1 500磅，耗资1 107 000美元。

人人都为不能将这块蛋糕保存在大都会博物馆而惋惜。

新娘自己无法切它，因为她个子不够高。

为了与这一盛大事件相匹配，特邀的体操队员和杂技团的演艺人员从上而下地把蛋糕切开了。他们都穿紧身裤和粉红色紧身上衣，是林林·布罗斯–巴纳姆与贝利杂技团的成员，当时正在几个街区外的麦迪逊广场花园演出。蛋糕切好后分别放在3 500个碟子里，每个碟子都用带糖豆的树枝状棉花糖作为点缀。全部瓷器都是斯波德瓷，为了节省时间，用后便扔进垃圾箱，因为快速出出进进的食品车与公共汽车的时间在不会撞车的情况下安排得十分紧凑，3 500名客人吃不完那个大蛋糕，剩下的800磅被切成大方块并赶在掼奶油和冰淇淋融化和变质前迅速送到被转移出去的人们那里，到那些被上帝遗忘了的人们的住所去，使他们也能饱餐一顿。

终点站共有465个标有号码的车辆出入口，所有的豪华小轿车、送货车和垃圾车与40家汽车公司的每日2 000车次以及20万乘客运载量相协调，对所有车辆进出的时间计算可谓精确至极。为了引导站内的游客尽快离开，有专车免费将他们送出站。进站的人们直接被引向他们要去的人行道、地铁、出租车和本地公共汽车。这些人也都像是高明的哑剧里被来回挪动的物件一样，在时间上被精确地计算过。

总统迟到本是意料之中的，因为这样他就不必与所有的3 500人挨个儿打趣聊天，可是他居然晚得连婚礼仪式乃至两个大餐都误了，这可是意料之外的事。在毫无准备也没有排练的情况下，努德尔斯·库克很不情愿地站起来当了新郎的伴郎，还把新娘从克里斯托弗·马克森手里接过来交给了小米洛。他虽然完成了这些任务，但看上去却没有总统的派头。

在交通管制中心，约塞连在屏幕上可以清楚地看见自己穿着燕尾服打着白领带，瞅着努德尔斯·库克越来越不安地朝他坐的桌子抬头看，还不时地低头看手表。约塞连也在两个不同的日子里，不同的地方，不同的钟点，同时困惑不解地来回转圈。在这两处地方他都能听见第一夫人向努德尔斯·库克抱怨说从来就搞不清楚总统心里在想什么。他终于明白了努德尔斯的意思。他独自站起来走了。

南翼的主售票厅里陈列着雕塑家乔治·西格尔的杰作，是三个真人般大、象征公共汽车乘客的形象，两男一女正朝一个门走去。他知道这三尊雕像在夜深人静时被三个以固执、冷酷和迟钝著称的武装特工人员移走后取而代之。他们携带着暗藏的步话机如三尊雕像般纹丝不动地站在那里，整日收听从华盛顿传来的信息，以确定总统所在的位置，并估计这位最尊贵的客人到达的时间。

约塞连独自溜到这三个雕像般的人身边悄悄地说：

“他他妈的在哪儿呢？”

“我他妈的怎么会知道？”那个人呛了他一下，连嘴皮子都没动一动，“问她。”

“那个狗杂种连办公室都不出。”女的说。她也连嘴皮子都没动一动。

没有任何信息可以解释他迟到的原因。

与此同时，宴会仍在进行着。要协调各种设备的使用，要安排给养分配以及调动各路人马，这和政治与军事入侵阿拉伯海湾的整个过程一模一样，而且更少出现很显眼的差错。从华盛顿来的老练的军事后勤学专家被委派到米洛·明德宾德的商业饮食服务公司计划委员会，与麦克布莱德及业务负责人一道工作。

行动计划是在M&M公司操作室里做出的，并在那里的厨房和店铺里实施，外加大都会艺术博物馆里的食品间。附近许许多多有食品储藏室的商店和厨房专用设备都被征用，以备后用。由于港务局公共汽车终点站的设计者们没有预计到它会被用作饮宴的场所，因而没有把厨房包括在内，这么一来，就必须取得邻近大量个体食品供应单位的协助了。

婚礼举行的当天，约塞连看见宴席主要操办人要在日出以前几个小时开始工作。他也的确看见他们在日出以前几个小时就开始工作了。各楼层均已由便衣武装人员封锁，不再向公众开放。

上午7时半，1 500名工人已经到达分配给自己的岗位，并进入工作状态。

8时整，由M&M公司筹建的一支工程师队伍已将一条流水线安装完毕，开始制造餐前开胃薄饼和其他小三明治。流水线还负责将熏过的鲑鱼去头尾切成片。这里的工作持续到4 800份喝茶时吃的三明治全部做好并分发出去才结束。

8时15分，60名厨师、70名电工、300名花匠和400位侍者和酒保被分派到位，以增援上述两地先前到达的人员。

8时30分，工作人员开始清洗那50蒲式尔牡蛎和50蒲式尔蛤蜊，煮熟2 000磅虾，并将55加仑各种酱和汁调制好。

上午9时，桌、椅等设备运到终点站，电工与管道工已到工地开始拉电线安管道。在M&M公司和大都会艺术博物馆里切菜的人正以超纪录的速度切做蔬菜沙拉的各种蔬菜：1 000捆芹菜，1 500磅胡萝卜，1 001头菜花，100磅小西葫芦和200磅红辣椒。

10时，印有"新婚"字样的115 000个红、白、黑色气球已经以胜利者的姿态在主要入口处、次要入口处、各条通道和公共汽车斜道处上下飘舞了。

正午，电工已经将特制的枝形大吊灯安装完毕。

下午1时，移动式厕所已经运到并摆放在不碍事的预定位置上。这样的移动厕所一共有3 500多个，每个客人合一个还多。每个厕所里都有当前季节的花卉彩绘。厕所的第一道门上分别画着女式服装和男式服装，分别供女宾和男宾使用。客人们都被提醒千万不要用别人用过的厕所。当他们知道后，先是打个寒战，继而感激万分。每组厕所一经使用便立即在人们不注意的情况下由装卸工、卡车司机和卫生工程师们从后边出口拖了出去，再装到停在哈德孙河上等着的驳船上，船趁着退潮开到海里并将脏物倾倒在那里。恐怕过了一两天以后才会有人知道这件事。这种具有远见的个人小天地是这一上流社会狂欢大会上的又一热点。不少客人再三地偷偷溜进去，仅仅是为了尝试一下新鲜感，获得新经验，如同在一个无菌游乐园里再次爬上一种设备尽情消遣。人们重复得最多的话是:"别人怎么就想不到这种办法呢?"

下午刚开始,2时45分过10分钟,预订的5吨冰运到。钟敲3点,200名侍者组成的第一小分队开了进来,当他们到各处工作把路腾开后,又是200名侍者,待他们各就各位后第三个200人的侍者小分队就又到了,这时他们一齐开始摆放桌椅。与此同时,另外600名备用侍者已开始向酒、水和香槟酒里放冰块儿,并在一层和二层主厅,还有宽绰的第三层共计120个酒吧柜台处增加服务岗位。这些场所按计划在晚上较晚的时候播放高声音乐伴人们狂舞。

4时整,音乐家们在乐台和舞池里准备就绪。

5时整,50座甜食自助餐棚已神不知鬼不觉地搭好,1 200余名保安人员已经在终点站的制高点站好了位置,他们分别来自纽约市、联邦政府和M&M公司商业杀人部。外面,好几卡车国民卫队小分队的战士在警戒,以防反对者引起骚乱,发出与这一庆典的欢乐气氛不协调的声音。

人们把结婚蛋糕吊起、放下、切开后,接下来是更多的贺词与舞蹈。每个高潮结尾,人们便在大都会艺术博物馆的大厅里聚集,这里有更多的桌子,上面堆着棉花糖做的甜食。

在这里,当人们还没有来得及聚成一个个更亲近、更小范围和搞阴谋的小群体时,已有人向明德宾德夫妇和马克森夫妇祝了酒,并做了简短讲话。有一个在华尔街从事套利冒险生意的人说,贪婪是件好事。另外一个人鼓吹浪费无罪,既然有人浪费,为何不赞美它呢?还有一位高声叫道低级趣味并不低级,人们对他们的妙语报以欢呼。

"这种事情,"一个无家可归者的代言人哇啦哇啦地喊着说,"使人感到作为纽约的无家可归者还是充满自豪的。"后来才知道他原来是个冒牌的无家可归者的代言人,事实上是一家公共关系公司的发言人。

乐曲《通过爱情赎罪》深情地响起,宣告当日的活动正式结束。演奏这首乐曲的不仅是当晚所有的五个乐队、小提琴手和她的四个假身,还有婚礼刚开始时的交响乐录音。人们不知害羞地手挽着手喧闹地哼唱着它，好像是没有歌词的《地久天长》的最新替代品，也好像是另一首永恒的为大众所喜爱的歌曲《等到重逢时》。

一些到处乱闯、不安分、爱热闹的人决心玩个通宵，他们要么在二楼打保龄球，要么整夜跳舞，或把公共汽车终点站内能玩的地方都玩个遍，整夜开放的辅助餐厅专为他们提供第三次大餐。所有的电视屏幕上都映出了菜谱：

自选菜谱

什锦海果烩

新鲜烤肉

奶油土豆馅饼

布雷斯干酪沙拉

甜食与点心

浓咖啡

正当约塞连还在兴致勃勃地欣赏“自选菜谱”时，他吃惊地发现自己正穿着燕尾服，打着白领带，站在米洛·明德宾德和克里斯托弗·马克森中间，面对摄像机为联网电视发表谈话呢。他说：

“这个婚礼就是人生中最精彩的事件。我认为我们所有在座的人都难得再见到这样的宏大场面了。”

“瞎扯淡。”他本人说。他真希望他这一精练的讽刺能引起大家的注意。

毫无疑问，明德宾德夫妇和马克森夫妇今晚的活动大大促进了港务局公共汽车终点站的发展，使它成为本世纪结束和新世纪到来之时的一个举行大型招待会的场所。每位离去的客人都收到一份色彩斑斓的小册子，由港务局公共汽车终点站和大都会艺术博物馆联合印制，因为它们现在已经有了许多共同的利益。世界上任何人，只要花上36 000美元，就可以租用到它们中的任何一个场地。

预计客人们将在凌晨1点钟离开，他们到时果真离开了。作为纪念品和出门礼品赠送的1 122 000枝橙黄色郁金香很快便一枝不剩。有一伙较年轻、精力较充沛的人仍旧在楼上玩保龄球，吃东西，有的则随着通宵激光唱片操作人员播放的音乐狂欢乱舞。末了，那些实在不愿意离开的人就睡在搬进售票区的又牢固又干净的临时小隔间里，或是睡在紧急出口的楼梯井里，因为所有的楼梯井和过渡平台都铺上了从未用过的全新的垫子。他们一觉醒来，果汁间向他们提供新鲜的橙汁，咖啡店则供应烤甜饼和鸡蛋。所有的楼梯井都经过彻底清理和冲刷，闻到的不是消毒剂的味儿，而是须后水和名牌香水的味道。在楼梯井那里，有一个受雇的一条腿女人拄着拐棍四处走动，口中念念有词，说自己被奸污了。可这位是个次等女演员，有张好看的脸蛋，她化了妆，一条线条美丽的腿穿着连裤袜。还有一个大块头、亲切和蔼、像妈妈一样的黑女人，身上长着黑痣，像是会引起癌的那种痣，她正用浑厚的女低音哼着圣歌。

凌晨4时30分，通过华盛顿的柯萨洛罗公司转包的28家轻型卡车公司与M&M联合企业商业饮食服务部一同将剩余的垃圾全部清理了出去。早上6时，当第一个天天乘公共汽车的乘客出现时，一切均已恢复正常，只是没有了职业乞丐和无家可归者，这些人要俟一切都办妥后才能从强制的流放中心返回来。

"你可真狡猾。"盖夫内称赞约塞连的简短讲话时说。

"我简直不相信我说了那样的话。"约塞连后悔地说。

"你不是还没说吗，唔？"盖夫内想知道。这时他们在监视器上看到终点站里还没聚集好的人群渐渐变稀，那些苍白的身影懒洋洋地往回退去，退回到他们还没有从那里来的地方。"马克森太太好像挺满意的。"

"那么她丈夫也会满意的。我喜欢所有瓦格纳的乐曲。你认为演奏《众神的黄昏》的剧终曲对这种场合是一种变通的选择吗？我还真想笑呢。”

“是的。难道你更喜欢来段安魂曲不成?”盖夫内的黑眼睛闪着光亮。

“又变黑了,这个混账太阳,”哈克轻轻地边笑边说,“我好像没法把它删掉。”

“它不会变黑的。”约塞连冲了他一句。他再次被那个年轻人激怒了。“如果太阳变黑,天也就会变黑,那你也就看不见太阳变黑了。”

“是吗?”年轻人暗自发笑,“过来看看。”

约塞连看了一眼,见控制中心的屏幕上太阳的确变黑了,天却是蓝的。月亮又变红了,港口和附近海域的船都翻了。拖轮、油轮、货轮、商用渔船、各式各样的游船又都翻成了底朝天。

“是低频干扰,”哈克说,“我们说这是低频干扰。我必须接着干。”

“我看见了另一个低频干扰。”约塞连说。

“你是说总统吗?”

“他一直没露面,不是吗?我可是没看见他。”

“我们没有办法把他从办公室里弄出来。这儿——瞧。”约塞连认出了华盛顿椭圆形办公室的前厅。“他本该往外走,坐车去军事特别秘密工程办公大楼,然后坐超级火车来这儿,可他一直朝里边走。又去他的娱乐室了。”

“你必须重新编制你的程序。”

哈克又暗自发笑了。他显然十分失望,便让盖夫内去回答这个问题。

“我们不能重新编制程序,约约。这就是程序本身。你应该把总统重新编制一下。”

“我?”

“事实上他现在就在那儿,”哈克说,“他到那个娱乐室干他妈什么去了?”

“问约塞连吧,”盖夫内说,“他到过那儿。”

“他有一个电脑游戏,”约塞连说,“叫《挑选》。”

第十二部

第三十三章　幕间曲

米洛很快就失去了兴趣，跑出去办事去了。警报拉响的时候他离开了终点站，所以未能跟约塞连一块安全地转移到地下。

“明德宾德先生在哪儿？”麦克布莱德问。约塞连这时正一个人走过来，站到了他跟盖夫内站的平台上。

“去洛克菲勒中心再多买几栋摩天大楼来，”约塞连奚落地说，“要么就盖他自己的。那些大楼他都想要。”早晚有一天，约塞连跟他们一块顺着锻铁楼梯往下走的时候心里想，那些不安分的大狗会真的出现在这里，到那时那将会是一个多么令人震惊的骗局呀！他们已经找到了所有的电梯，麦克布莱德欣喜地告诉他。迈克尔跟他的女朋友玛琳等得不耐烦就跟鲍勃和罗尔先下去了。麦克布莱德还想让约塞连看些别的东西。

“往下能下到多深？”约塞连幽默地问。

麦克布莱德不安地哧哧笑了，诡诈地扭过头来回答说：“7英里！”

“7英里？”

他的惊叹声把盖夫内逗笑了。

“这些是一部分电梯，”麦克布莱德继续说，“向上走，每分钟1英里，向下走，每小时100英里。他们还有自动扶梯，一直通到最底下。他们说他们向下走了42英里！”

“盖夫内？”约塞连问道，盖夫内慢慢地点了点头。“盖夫内，米洛很不高兴，”约塞连风趣地说道，“我想你知道原因。”

“米洛经常不高兴。”

“他老是害怕。”

“今天还怕什么？合同都已经签好了。”

“他怕他要的钱不够多，怕他为‘嘘——’争取的钱没有奇爱为他的飞机争取的多。其实他们的飞机根本不会飞。”

他在楼梯上突然停住了，于是两人撞在一起，让约塞连吃惊的是盖夫内一边保持身体平衡一边对他说话。

“不会飞？你为什么这么说？”

“它们能飞？”

盖夫内放松了下来。“能，约约。我偶尔认为有些事情你知道的比我多。它们已经正常飞行了。”

“不可能。不会的。他们是这么答应我的。”

“他们会食言呀。”

“他们向我保证过。”

“他们不遵守保证呗。”

“我有他们的保证书。”

“没有用处。”

“我有他们的书面保证书。”

“把它放进你的信息自由档案里吧。”

“我不懂。难道他们击败了奇爱？”

盖夫内不出声地笑了。“约塞连，我的好朋友，他们就是奇爱。当然，他们合并了。除了名字和公司不同，他们难道不是一回事吗？他们已经制造飞机多年了。”

“你为什么不早说?”

“跟谁说?从来没有人问我呀。”

“你可以告诉我嘛。”

“你也没问过。有些事不跟人说能使我常常处于有利地位。有的时候知识就是力量。有的人说终战武器对我的生意有利,有的则说不是那么回事。所以今天我才到这下面来,要亲自了解一下。”

“什么生意?”

“当然是房地产啦。”

“房地产?”约塞连嘲笑地说。

“你不肯信我说的话,”盖夫内说着笑了,“可是你又要知道事实。”

“事实可以使我们不受偏见的束缚,对吧?”

“不错,”盖夫内回答说,“是这么回事。历来如此。”他指一指麦克布莱德。“咱们走吧,约约。他要让你看另一个事实。熟悉这个音乐吗?”

约塞连几乎肯定他从扩音系统里又听到了莱弗库恩作品的片段,那是还从没有写出来的作品。它那圆润的交响乐乐曲节奏流畅,连贯,颤音、滑音处理自如,怡人的音乐声渐缓,当你凝神聆听,全然没有使用使人心烦意乱的颤音来达到的吓人的高潮。

“盖夫内,关于莱弗库恩你可弄错了。这是从《启示录》里选的。”

“我现在知道了。查过资料后我知道弄错了。你不知道我这么说有多尴尬。但是我打赌我知道下一步你想问什么。”

“发现了什么迹象没有?”约塞连随便地问了一句。

“当然,”盖夫内说,“在这个地方投不下影子,脚底下也踩不出声音来。你注意了什么吗?”盖夫内问他。他们追上了麦克布莱德。麦克布莱德问:“你注意到了?”他指的并不是拱门里边电梯旁椅子上的士兵。

他指的是基尔罗伊。

基尔罗伊死了。

这几个字已经从匾牌上抹掉了。

基尔罗伊死了,麦克布莱德说出了事实。“我觉得应该告诉你。”

“我有种预感,”约塞连说,“我这个年龄的人听了一定都很难过。在越南?”

“哦,不,不,”麦克布莱德惊奇地说,“是癌。前列腺、骨头、肺,还有脑子里。他们把这看作自然死亡。”

“自然死亡。”约塞连悲伤地重复说。

“情况还可能更糟呢,”盖夫内同情地说,“至少约塞连还活着。”

“约塞连还活着?”约塞连重复说。

“约塞连当然还活着,”麦克布莱德说,“也许咱可以把约塞连的名字写在墙上替换一下。”

“行啊,替换多长时间?”约塞连说。这时警报响了。

麦克布莱德吓了一跳。“嘿,这究竟是怎么回事?”他看上去很惊慌,“这不是警报吗?”

盖夫内点点头。“我想是的。”

“你们在这里等着,”麦克布莱德已经朝警卫跑过去,“我去问一问。”

“盖夫内?”约塞连问道。他吓得直哆嗦。

“我在这下面对情况不了解,”盖夫内镇定地说,“也许打仗了,挑选的时刻到了。”

“我们该不该离开这个鬼地方?快逃出去吧。”

“别傻啦,约塞连。这儿安全得多。”

第十三部

第三十四章　终场

警报响了，机械装置上各钟颜色的灯一闪一闪的。总统终于使一些东西动了起来，他对自己的成就十分满意，身子往后一靠，笑了。后来他才明白过来他还不知道怎么让已经动起来的东西停止呢。他按了一个键又一个键，却都无济于事。他正想喊人来帮忙，帮忙的人就来了：有努德尔斯·库克，有来自国务院的魁梧男子，他的名字总不能一下子就叫上来，有他在国家安全委员会的助手，还有瘦子斯肯尼和刚从空军提升到参谋长联席会议的将军。

“发生了什么事？”宾厄姆将军惊呼道，因惊吓而涨红的脸上带着惶惑。

“成啦，”总统笑容满面地说，“看见没有？跟游戏上的一模一样。”

“谁在向我们进攻？”

“什么时候开始的？”

“有人进攻我们吗？”总统问道。

“您把我们所有的导弹都发射出去了！”

“您把飞机都派出去了！”

“是我吗？哪儿的？”

“所有地方的！您不停地按那个红色键。”

“这个？我不知道呀。”

“千万别再碰它！”

“我怎么会知道呢？把它们都召回来。说我很抱歉。我不是故意这么干的。”

“导弹可召不回来了。”

“可以把轰炸机叫回来。”

“轰炸机也不能叫回来！万一有人报复怎么办？那就必须先把它们压制住。”

“我不知道呀。”

“必须再派出我们的反击机，以防他们受到我们第一次攻击后进行反击。”

“来吧，阁下。得快点走。”

“去哪儿？”

“地底下。去防空洞。挑选——您不记得啦？”

“记得。按这个键之前我正玩它呢。”

“该死，阁下！你到底笑什么？”

“这可不是他妈的好玩儿的事！”

“我怎么会知道呢？”

“咱们走！我们属于该活下去的。”

“我能把老婆带上吗？还有我的孩子？”

“那你也待在这儿算啦。”

他们像一群乌合之众朝着等在那里的圆柱形潜逃电梯跑去，蜂拥着挤进那个不大的空间。胖子被拼命往电梯里挤的洛夫乔伊绊了一下，倒在了电梯里。洛夫乔伊则像只发了疯的猴子，张牙舞爪地紧紧抓住他的后背。

她把跟她眼睛颜色相匹配的淡蓝色卷发器从她的黑发上取下来，涂上唇膏和别的化妆品，像是准备去参加晚会——她有充足的理由使自己看上去达到最佳状态——她究竟是按照预约去找产科医生保留胎儿呢，还是去找妇科医生采取步骤中止妊娠，梅丽莎·麦金托什护士决心在跟约翰·约塞连共进午餐的时候再下一次决心。她对外面正发生的恐怖事件一点也不知晓。

她理解他不愿意这么快再结婚的原因。她从手边的一磅装巧克力糖盒里拿出一块吃了。这糖是比利时病人和他妻子出院前送给她的礼物，他住院近两年，终于活了下来。比利时夫妇已坐上回欧洲的飞机，她感到松了一口气，因为她无论做什么都太投入，他们走了之后她便可以静下心来解决自己的难题。

约塞连可以拿出一百个理由来反对再做一个孩子的父亲。

他们没有达成一致。争论的时候他的脑子比她的快，表达能力比她的强，在她看来，他更滑头。她承认，也跟同屋的安吉拉说过，她想问题时总是越想越糊涂，而且盘算不远。

然而她并不认为那是缺点。

她具备约塞连并不具备的素质，比如自信。她相信车到山前必有路，尤其对她这样的好人。甚至连安吉拉都有自己的办法。自从彼得患了中风，她便厌倦了色情的东西，也烦了工作；她开始发胖，担心艾滋病，不断地谈论渴望回澳大利亚，因为那里有她的朋友，有她的家，她最爱的姨妈现住在老年人疗养院，她非常想去看望她。如果连安吉拉都不得不开始考虑使用避孕套的问题了，那么她最好尽早放弃单纯对性的追求，嫁人算了。

多年来约塞连干这种事太多了，这一次他又差一点巧妙地把她诓了——她庆幸自己成功地挫败了他——就在两天前的晚上。

“我可不吃那一套，”她把背挺直了满不在乎地说，“没有你我们照样生活，如果必要的话。”

“别，别，”他几乎充满恶意地说，“没准你比我先死呢。”

她拒绝再谈下去。脑海里出现的女婴跟着一个七十多岁的老爸在一起生活的情景使她心烦意乱,脑子里像一团乱麻一样理不出头绪。

她知道她是对的。

她一点也不怀疑,虽然她坚持没有他或者他们不再像夫妇一样在一起,她们也能生活,他仍会提供适当的经济资助。她凭直觉断定在这方面她可以信赖他。他已经不再像当初那样频频与她发生激情高涨的性关系,这是事实。他再也不拿去商店给她买花边内衣开玩笑,至今也没带她去过巴黎、佛罗伦萨和慕尼黑买过任何东西,连玫瑰花也只是在她过生日的时候才送。可是她对性爱的热情也在减退,对此她有些悔恨与担心,有时她不得不努力提醒自己,应该使自己更淫荡些,以达到像他们刚开始时在二人之间产生的那种满意的性交流。安吉拉问她的时候她老实地承认说,约塞连对她过去的性生活已不再妒忌,甚至连兴趣也没有了。他几乎不想带她去看电影了。他既不生气也不心怀不满地对她说,到目前为止他还没有发现哪一个跟他持续交往过一个时期的女人,对做爱的要求与他自己的一样频繁。她追忆自己过去的男朋友,想弄清他说的是否属实。而且他也不再像过去那样卖力气取悦她了,甚至在他失败了的时候也不再忧心忡忡。

她对这方面的事也不再关心了。

梅丽莎·麦金托什确信自己是对的,同时她想不出她的要求有什么不对。她是个"心里想什么就说什么"的女人,这是她用来表示她顽固坚持直观想法的词语。而现在她在心里想的是假如她耐住性子,假如她固守阵地不轻易让步,他就会像往常一样最终满足她所有的要求。就孩子问题的争论,他有很充足的理由,而她只有一个,而且很微弱,可是这一个也就足够了:她想要这个孩子。

直到离开前环顾自己的小屋时,她还没有想过他或许根本不会到饭店去跟她做进一步的讨论。但她马上打消了这个让她不安的念头,因为她不愿意从现在起就开始考虑他的缺席意味着什么。

为了给自己增添几分魅力,她穿上了高跟鞋,快步走了出去,鞋跟发出诱人的哒哒声。

走出公寓后，她到路口去找计程车。她哒哒哒地从街上走过时，又跟往常一样看见路上停着爱迪生联合公司的修理车，一些人正剖开沥青路面进行修整工作。这些照明公司的人们总是待在那儿，好像自打有地球开始他们就在那里了。她全神贯注地思考着即将发生的对抗的细节，根本没有注意到天空比平常同一时刻黑了很多。

经过长时间的治疗后那个比利时病人终于出院了，他将乘飞机回去继续他在欧洲经济共同体重要职位上的工作。他诙谐地自称是“欧洲的病人”。他的健康状况良好，热情洋溢，只是体重减轻了些，没了声带，少了一叶肺和一个肾，比以前虚弱了很多。出院后，他继续接受门诊治疗。在这两周里他接受劝告不再喝烈性酒，还限制了饮葡萄酒和啤酒的量。他的脖颈留了一个小圆口子，永久性地植入一个用来吸气和插管的塑料东西——要是想出洋相的话，他可以通过这个开口说话——他从这里吸烟，然后满足地发出呼哧呼哧的喘气声。医生绝对禁止他吸烟，但是他根本不把医生的话放在心上。他那活泼爱玩的妻子对他能活着回家欣喜万分，她甚至设法帮助他吸烟。她技术娴熟地收拢双唇，深深地吸一口手中的香烟，然后卖弄地用一支纤细的管子对准插在手术开口处的塑料管，准确地把烟吐进去。如果在家里他们就会互相拥抱、亲吻、胳肢，并且试着做爱。他们惊异而兴奋地发现他们现在干得越来越成功，这是不久前谁也没有想到的。为了掩盖脖子上的那个人造器官，他通常穿一件高领衬衫，再打一个大蝴蝶结，或是带一条很宽的蝉形领带，再带一条围巾或是彩色围脖。他发现自己对圆点花纹产生了一种偏爱。这位欧洲的病人心中一直隐藏着一个秘密，只告诉过他的妻子。他坚信，无论他，他的同事，或者由专家构成的任何组织怎样努力设法修正经济政策，也无法使欧洲乃至整个西方世界的经济从修正中受益。人类指挥人间事物的能力极其有限。历史会按照它自身的规律向前发展，而不是循着创造历史的人为其设定的轨迹前进。

离开医院之前他们在他的小房间里举行了一个小规模的庆祝会，并且送给每位护士和医务人员一瓶香槟酒、一盒一磅装“范尼农家巧克力”和一包香烟。他们还想赠送现金，每人一张100美元钞票，但是医院对于用现金作礼物的做法不是很欢迎便作罢了。

比利时病人和妻子乘飞机通常都订头等舱，不过他们也很喜欢在旅途中去二等舱享受一下相互间更加贴近和亲密的快乐，这样在吸烟的时候可以不必顾及有伤风雅，胳膊和腿均可叠压在一起，同时还可以在毛毯的遮掩下互相抚摸，通过玩弄对方的生殖器和手淫相互得到快感。

这一次飞越大西洋，他们正在头等舱的座位上心满意足地看电影，那是一部喜剧片。就在这一刻，突然响起了警报声，他们不知道出了什么事。电影银幕黑了，灯却亮起来，发出刺眼的光。窗户上的窗板提了上去，他们看见窗外出现了数不清的绞缠着的白色蒸汽团。可他们根本没把那当成一回事。这些蒸汽团跟在看不见的、飞行速度超过飞机的某种物体后边，有高有低，随后蒸汽团逐渐消散。向东飞行进入黄昏，所以天空变黑并没有使他们惊讶。身后的太阳颜色变得跟铅一样。随着电影放映机出毛病，机内的通话系统也有了问题。耳机里听不到任何音乐或其他娱乐节目。空中小姐手拿麦克风向大家解释这是怎么回事，可是她的声音却传不出来，乘客们在一片起哄声中要求就近的乘务人员回答他们的提问，当她们低下头来回答时，只见她们张嘴，就是听不见说什么。

丹尼斯·蒂默没有听见警报。红衣主教，虽说他早先接到过关于灾难的几种设想的通知，也没有被告知此事。很多人被召去了，然而这两位，一位搞科学的人和一位掌握灵魂的人，却未在其中。没有为公众提供掩蔽所，因为已经不可能在敌人的进攻中把公众掩蔽起来，况且如果提前发出警告，就会在公众当中散布恐惧与绝望，而这种警告中说的核攻击万一最终并没有发生，那么这样做就不符合政治原则了。

警报拉响后，只有少数享有特权的幸运者应召聚集起来，允许进入地下。他们这些具备特殊能力的人被视为永久在地下延续我们的生活方式必不可少的人。军事特别秘密工程办公大楼具有奉献精神的男女警察找到他们后，快速将其带到伪装的抗热电梯入口处。这些警察们一直忙个不停，没有工夫考虑任何别的问题，直到最后时刻才知道他们也被当成牺牲品排斥在外了。

“这里是哈罗德·奇爱。你一定很高兴听到我和我主要的助手们已经安全地到达了地下。我们将继续为您提供良好的通讯与咨询服务，还提供最高质量的夸夸其谈的讲话。”这声音清晰地从广播系统传了出来，“总统还在后边，由我负责，因为我比任何人知道得都多。我们的导弹已经发射出去，一旦我们有可能查出发射导弹攻击的目标是什么，我保证我们就会成功地击中目标。我们还不知道遭到我们进攻的国家会不会有哪一个向我们发起反攻。为了减少这种可能性，我们已将所有的反击机送上了天空。我们马上就打破收音机的沉寂，让你们听到声音。同时我向你们担保，我们没有漏掉任何一件事情。我们有一个完整无缺的集体，已经开始在上面，或许我该说在下面，在地下42英里的地方工作。我们将继续顺利地和民主地履行职责，只要大家严格按照我说的去做。在军事上我们是安全的。一旦核战爆发，这里有需要从这场核反击战中生存下来的全体人员。我们有政治领袖、职业官僚、医务人员、知识分子、工程师和其他技术人员。我们还能再期望什么呢？所有通往隐蔽所的入口都已经被军事特别秘密工程办公大楼的特种部队封死。有幸到达这里的人们，如果有谁开始觉得不满意或者想离开这里，可以得到允许。这是一个自由的国家。但是未经许可，不准新来的人进来，而且苟活下来的人也不准进来，除非我决定让他们进来。我们已经准备好一个信仰坚定，头脑理智的人所需要的一切物品，只要你们按照我说的去做，就可以舒舒服服地待在这里，而且几乎不受时间限制。我们有一大批各式各样的娱乐设施，我们把每一件事都想到了。为使大家了解详情，我们请新任参谋长联席会议主席向大家报告我们目前的最新军事形势。”

“我的美国同胞们，”伯纳德·宾厄姆将军说，“坦白地说，关于这场战争为什么发生，我知道的并不比你们多。但我的确知道，我们的理由是充分的，我们的事业是正义的，而且我们的军事行动会像以往一样取得彻底胜利。我们的反导弹导弹部队正密切关注着，也可能正在同敌人暴风雨般袭来的导弹攻击作战中取得了令人难以置信的胜利。在目前阶段我们最强有力的武器是重型轰炸机。我们有几百架这样的飞机用于首轮攻击，我们就要给他们下达起飞信号，这纯粹是一种预防措施。你们将能听到我跟空军地面指挥所司令的谈话。现在开始。喂，喂，这是宾厄姆，宾厄姆，比格曼[1]·伯尼·宾厄姆，在华盛顿本–杰里食品公司供应站地下指挥部呼叫。回答，回答，司令，请回答。"

"司令部。"

"谢谢，怀特海德司令员。你现在在哪里？"

"在这个国家地理中心上空移动战略指挥岗位上离地面52 000英尺。"

"好。命令你的部队接着干。争分夺秒。然后变换你的位置。"

"我们的位置已经变了，向你报告的时候就正在变。"

"因而你的位置再也不确定了？"

"它原先就不确定。"

"好。报告发现敌人导弹或者飞机的全部情况。你们返回以后我们会让你们挤进来。"

"好吧，长官。我们从什么地方回来？"

"呃——可能没有地方能回来。我想我们没有考虑到这一点。也许可以在你们毁掉的领土上着陆。按照计划前进。"

"坚决照办，宾厄姆将军？"

"绝对照办，怀特海德司令员。"

"司令部。"

"本–杰里食品公司。奇爱博士？"

"做得很好。"

1　"宾厄姆"的英文是"Bingam"，"比格曼"的英文是"Bigman"，有"大人物"的意思。

“肯定吗，奇爱博士？”

“绝对，宾厄姆将军。我们什么都没有漏掉。可我现在必须向诸位道歉，因为我们的确忘了一件事。”他继续说下去，成心把话说得含含糊糊，使得道歉听起来既轻松又谦逊，“我们忽略了带女人下来。噢。是的——我能想象你们这些身强力壮的男人用手抱头和假装很不快活和痛苦的样子。但是想一想她们可能会引起的争吵和烦恼吧。其实用不着我以官方名义建议，医务主任提醒我说，禁欲已经被证明是更文雅的性行为。其他代替女人的办法是手淫、口淫和鸡奸。我们建议大家使用避孕套，你们可以从杂货店和超级市场买到，那里有的是。为了维持一定的人口，我们最终还是要让女人下来的，如果还有幸存者的话。至于神职人员，我相信咱们的信仰都在几大信仰之内，在分别找到他们以前，我们这里有一个没有信仰的人，他已经做好准备为满足各种不同信仰的人的精神需要而工作。说到这一切的结局，我请求大家不必担心。我们没有忽略任何细节。我们进行过第一次攻击后，我们的秘密自卫反击飞机就做好了第二次空袭准备，以摧毁一切经过第一次攻击后还残存的武器，防止它们过来攻击我们。唯一值得你们害怕的是害怕本身。我们几乎绝对肯定我们几乎没有什么可担心的了，那是因为我们有新式老型号的老式新型号隐形轰炸机，也就是我们自己的奇爱B型和明德宾德嘘——！型飞机。不会有报纸了。一切消息都将来自官方，没有必要相信它们。消息将只传达给最少数的人。司令部。”

“嘘——！吗？”约塞连惊呆了。

“我对你说过它们行嘛。”

“盖夫内，下一步会怎么样？”

“我的信息来路断了。”

乘电梯以每小时100英里的速度向下来到7英里以下的地方用了将近5分钟。往下还有42英里到底，将要用去20分钟多一点。他俩在自动扶梯上决定接着谈。

"你能估计一下吗？到头来会怎样？"

盖夫内有答案。"会和开始的时候一样，这是物理学家们说的。这就是我想我可能会写的那本小说的内容。从创造亚当和夏娃的故事发生以后开始。有两个故事，你知道。"

"我知道。"约塞连说。

"你要是知道有多少人不知道的话，你会感到吃惊的。我的故事从创造天地的第六天末了开始。"

"那后来朝哪儿发展？"

"朝回发展。"盖夫内喊叫着说。他透露了小说的创作思路，就仿佛小说已经大获全胜了似的。"朝回发展，到第五天，就像电影往回倒片一样。在我的小说里，上帝把夏娃又变成了一条肋骨，然后把那条肋骨又放回了亚当身体里，就像第二个故事里讲的那样。他干脆按自己的形象把亚当和夏娃变没了，就像他们从来就没有被造过一样。就是第一个故事里说的情况。上帝就那么把他们变没了，还包括他第六天造的牛，还有其他走兽和爬行动物。在我的第二天，上帝的第五天，鸟和鱼也都叫上帝拿走了。接下来，太阳和月亮没了，天空里其他的光也都没了。第三天，果树和蔬菜也不见了，水都流回去了，那块叫作地球的干旱土地也消失了。这是第三天。接着的一天，上帝把天穹，也就是放在大片的水中间的天空也要回去了。回到第一天，我的第六天，连光也没了，无法分清白昼和黑夜。世界又成空洞无形的了。我们又回到了什么都没有的开始的地方。然后我从《新约圣经》里偷了非常聪明的一笔。'太初有道，道与上帝同在。'记得吗？现在，当然啦，咱们把道拿走了，没有了道，也就没有了上帝。你觉得如何？"

约塞连尖刻地挖苦说："孩子们会喜欢的。"

"能拍出部好电影吧？作为续篇，一切再从头开始，历经二三十亿年，世界被以同样的方法造了出来，包括最细小的细节。"

"盖夫内，我可等不了那么久。我在上面有个怀孕的女朋友，不久就要给我生个孩子，如果我让她生的话。咱们再多走几英里吧，我信不过那种电梯。”约塞连向下走的时候，突然间又不相信自己的眼睛了，原来是戴错了眼镜。可是当他换了副眼镜，还是不相信自己的眼睛。他看见一个人正向上朝他走来。

警报拉响后，1970年因心脏病去世的莱斯利·格罗夫斯决计要逃命。他来到了炽热的地心。他知道这里像阴间一样热，但没有热核爆炸的温度高，而且如果牧师能不断地成功生产出核物质氚和锂化氘的混合物，那么到了一定数量，产生的热比这还要多。

“不准打他！不准拽他！不准碰他！”他执行任务般地向全国大声发布着命令，也作为对牧师的最后关怀，“别让他太热了！他会爆炸的！”

当人们见将军都逃离了时，所有的科学家、技术人员、工程师和房屋维修人员也都四散而逃了，只有在所有入口处站岗的武装人员例外。除此以外，只剩下了牧师一个人。

* * *

火车猛地颤了一下，停了。牧师见洛克菲勒中心闪闪发亮的溜冰场在往下坠，落到了画面以外，周围的摩天大楼也开始在荧屏上摇晃，等到最终停止晃动时，全变得歪歪斜斜的，极不稳定。牧师曾经在画面上见过约塞连和一个可能是他儿子的年轻人坐在一辆银灰色高级小轿车后排从街上开过去，车轮留下的辙印如同鲜血一般。这时还有一个阴险、精瘦的人手拄一根拐杖，身背一个绿色旅行包，不怀好意地看着他们父子二人。从那以后他常把画面调到大都会艺术博物馆等约塞连出现，但再也没有见过他。当他调回港务局公共汽车终点站并以渴求的目光盯着那些楼房时，并没有打算在这儿找到他。这是他第一次回到纽约后到达的地方。返回克诺莎家中已经越来越使他痛苦不堪。一个星期中有三个晚上他看着妻子缓慢地走到街那边去找一个寡妇，然后开车到长老会教堂去玩桥牌。打桥牌的人多是失去了配偶的男女。他悲伤地看着他们，因为他已不再是她生活的一部分了。

火车停了下来，溜冰场从画面掉下去之后，他听到外边传来一阵脚步声和喧嚷声。他猜想准是出了什么差错，便等着什么人来对他说该怎么做。将近十分钟没有人来找他。格罗夫斯将军是个直言不讳的人。

"不，我要出去。"他下了决心。

"那儿可能正打仗呢。"

"我要回家。"

"阿尔伯特，你疯了。别发疯好吗？"

"我是疯啦，快炸啦！"

"这也很好嘛！我会尽力为你提供方便的。"这是牧师最后一次听到他的指示了。将军说完便匆匆而去。

牧师小心翼翼、犹疑不决地从火车上走了下来。他身上有从将军那里要来的现金，他也重获了他的社会保险号。这是他最后一次从火车上走出来。在远处他看见一排崭新的自动扶梯。除了身穿红作战夹克绿裤子和咖啡色战斗皮靴的警卫外，只有他自己一人。他们都带着武器，守卫在所有的入口处和自动扶梯的上端与下端。他可以自由上去，自由离开。

"你回来的时候可能会遇到麻烦，先生。"

他一踏上自动扶梯就走了起来，急于到他要去的地方。他越走越快。到了顶上，又按指示箭头进了一个透明的圆柱形电梯。他按了一下最上面的那个钮，电梯便以极快的速度上升，使他几乎喘不过气来，五脏六腑都不得安宁。通过直上直下电梯透明的外壳，他看见自己经过了一个高尔夫球场，然后是一个游乐园，里面有过山车和大转轮，服务员都穿着特种部队士兵的红衣服。经过马路的时候，又看见不少军车和平民的小轿车。他还经过一列火车，见车上面是移动式导弹，另一列火车是运给养的冷冻车厢，上面印着"威斯康星奶酪及本-杰里冰淇淋"。20分钟后电梯停了，他出来以后又发现了两部崭新的自动扶梯。从自动扶梯上下来，他又上了一部电梯，再次按了最顶上的按钮。接着他乘上另一部电梯，他觉得往上走了有好几英里，可是并不感到疲劳。他一直朝上前方看，突然间他和约塞连迎了个照面，他无论如何也不敢相信。约塞连正从另一部电梯下来急促地朝他走过来。他们二人对视着，他俩同时认出了对方。

“你在这儿干吗？”二人一同惊叫道。

“我？你在这儿干吗？”二人又一同反问道。

然后二人便乘自动扶梯朝相反的方向而去。

“牧师，别出去！”约塞连向后用手做成喇叭状朝他喊叫说，“外面危险。战争。下来吧！”

“操你妈！”牧师大叫，连他自己都感到莫名其妙，这种话是从哪儿冒出来的。

他这一声骂激励了自己，觉得精神大大地解放了，感觉格外好。末了他从最后一部电梯上风风火火地下来，看见自己正面对一条大道，上面挤满了车辆和行人。大道那边有一个陡立的锻铁楼梯，每段梯子都不长，过渡平台呈螺旋形，梯子顶部平台的出口是一扇大金属门。牧师登上梯子，全然不顾身后那突然响起的野狗的狂吠声。顶部有一个警卫。金属门上写着：

紧急入口

严禁通行

此门在使用期间务必锁好闩牢

警卫并没有阻拦他，相反，他尽职尽责地打开锁拔开闩，大门打开了。门里有两个警卫，门外也有两个警卫把守，他们也不干涉他。走过一个金属柜橱便来到一条过道，头顶上是斜着向上的楼梯。这时，就在他面前，他看见了一个通向大街的出口。他的心猛地跳动起来。他就要见到光明了，他自言自语地说。角落里有一堆屎，他心不在焉地朝它瞅了一眼，推开门出去，进入了昏暗的白天。

他来到了公共汽车终点站，公共汽车从下层旁边一条街道开出。有一辆的发动机已经响了，是开往威斯康星州的克诺莎的。车上连他一共三个乘客。一旦在座位上放松地坐下，他便放心地喘了一口气，接着就是擤鼻涕清嗓子。每当车停下来让人们吃饭，他总要试着打电话，直到他和她通上话。站台在建筑物下面，所以他对昏暗的光线并没有在意。然而当他们开过地下通道来到大街上时，天色并没有更明亮些。从窗户向外边天上看去，太阳是灰色的，四周一圈黑环。对此他也不觉得不正常。在威斯康星的一些天气不好的日子里，也曾见过被浓云遮蔽的太阳，和现在一样昏暗无光。但他没有注意今天天上没有云彩。

《纽约时报》每天都要召开编辑会议，决定这一期头版版面的安排。他们和电视新闻广播员一样，都预言将发生未被预测到的日食。

弗朗西丝·比奇目前的全部精力都花在照顾体弱多病的丈夫身上，努力使他不受罪，对《纽约时报》或者别的什么报纸说些什么从不屑一顾，只有时装消息例外。她对自己在晚年深深爱上约塞连并不感到惊讶，但她知道他们之间缺少情爱。当她不看书把眼镜摘下来时，满怀善意和悔恨地笑了笑，并对此得出了结论：太多的争吵，太多的演戏。双方都从来没有真正地需要过对方。他们之间最大的错误是他们之间从来没有出过任何错误。

在飞往以色列的伊尔-爱尔航空公司的班机上，克莱尔·拉宾诺维茨对所有同机的乘客都没有好感。她这次是要到特拉维夫郊外海滨亲自看看那幢夏天的别墅。她已经以有意购买的方式交了订金。不论是在头等舱的休息厅还是在入口处的等候区，她都不和任何一个人交换目光，可是出于强烈的好奇，也为了消磨时间，她常到那些地方转悠。在她看来，机上所有的男人，不论年岁多大，也不论是否和家里人一起旅行，没有谁能赶上她要求的标准，而她对自己的标准是很自豪的，没有一个男人能与她的刘媲美。萨米·辛格，他眼下或许正在加利福尼亚，或许在去夏威夷和澳大利亚的途中，曾预言她会有这种想法的，而且她把萨米的话看成对她的赞扬。当她向别人，向孩子或者向萨米说到刘的时候，她从不把刘说成她的。可当她想起他时，他依旧是她的刘。每当想到她无论如何也无法再造过去时，她十分不情愿，可是渐渐地她开始战胜自己那不情愿的思想了。她把机上所有的人都理所当然地当成了犹太人，甚至包括那些像她一样长得像美国人，对神持怀疑态度的人。

天色破晓时飞机飞过地中海上空，这时并没有任何预示灾难的讯号，只有一则简单的消息说下面有一艘油轮和一艘客轮相撞了。她的情绪不好，也不在乎人家是否看得出来。她内心深处感到失望的另一个原因是，她本期望去以色列能有返乡的感觉，可是她并没有找到这种感觉。

警报响过不久，乔治·西·迪尔尤先生感到他的世界颤了一下。他发现他的赛马公园里的电没了，摇钱树木马和正在高雅地转动着的平台停了下来，皇帝还在上面坐着呢。他还稀奇地发现他那两位二战时期的飞行员也没了，好像是被召回了部队。他那位康尼岛上的老相识拉宾诺维茨先生正在远处凝视着那些机械设备，好像在分析是什么机械故障，他是否能想法修理好。迪尔尤先生皱了皱眉头，回办公室去了。他用袖子掸了掸高筒礼帽，把它挂到了衣帽架上。怒气消了，可低落的情绪又恢复了。

他本来约好要见他的上级领导，见明亮之星[1]，也许要见撒旦本人，要求他们对他那所房子的古怪现象做出解释，现在看来他不得不再次推迟这次约见了。毫无疑问，房子在逐渐下沉，他没有允许它下沉，可也无法控制它不下沉。仔细测量一下便知道它的下沉将导致倾覆。此刻他正坐在卷盖式书桌前看他的房子，它突然就在他的眼前沉了下去，还没有等他弄明白是怎么回事，整个地板已经不见了。三层楼成了两层楼。而就在他注视这一切时，头顶上落下越来越多的灰尘，继而落下大块大块的泥土、石头，然后是

1　早期基督教教父著作中对堕落以前的撒旦的称呼。

瓦砾和碎片。还有他根本没有想到的新东西随着清脆的响声也从外面落了进来。他看见扯断了的电线吊在那里，看见导线和卷成了卷的金属与管道。他还认出了一大块冷冻设备的底盘，上面是密密麻麻的管子，滴着水，外壳上的冰霜在融化。

他消沉的情绪烟消云散了。

他看见一位身着红外衣的日本人穿着冰鞋躲在地板上的一个角落里，为的是要保住他值钱的生命。

这就是洛克菲勒中心的溜冰场！

他怎么能不发笑呢。他看见洛克菲勒先生面如土色，体如筛糠，慌忙逃窜而去。摩根先生则一丝不挂蜷缩在地上，耷拉着脑袋，眼泪汪汪地开始祈祷了。那位皇帝也没有穿衣服。

迪尔尤不得不发笑。天底下果真就没有什么新事物了吗？他可是发现了新事物，学到了他过去做梦都认为是不可能的事情：连地狱也不是永恒的。

约塞连简直不能相信自己的耳朵，牧师从哪儿学会了说“操你妈！”的，而且还说得那么顺溜？等约塞连到了底下时，牧师已经到了顶上，从视野里消失了。盖夫内对他说他们最好回去坐电梯到下面找麦克布莱德和其他人，这时听到了奇爱的声音，奇爱宣布说他们什么都不必担心，只是缺少一个裁缝。

“这是咱们忘记的又一件事。司令部里的人有的衣帽不整。我们有电熨斗可没人会用，有布有针线还有缝纫机，可还得有人会缝纫。听见我说什么了吗？谁会做衣服请进来。”

“司令部，我会洗衣服，也会烫。我手下掌管武器的官员是裁缝的儿子。”

“赶快回来跟我们在一起。”

“好的，先生。我们怎么去那儿呢？”

“咱们把这事也忘了。”

“盖夫内,”约塞连说,“咱们要在这儿待多久?”这时他们还要走十多英里。

“我的前途可能就在这里了,”盖夫内回答说,“等咱们下到了底下,有时间的话我带你去看点东西。它占地一公顷半,在佛蒙特下面的一个湖上,离一个地下高尔夫球场和本-杰里领地的滑雪场不远。你没准儿打算买呢。”

“现在?你以为我有计划现在买?”

“人必须向前看,这是好人盖夫内老先生说的。这可是靠近水边的财产哪,约约。过不了几个月你的钱就会多三倍。你必须去看一看。”

“我没有时间。我已经约好去吃午饭了。”

“你的约会可能会取消的。”

“我可能想保留它。”

“要是打起仗来什么计划都会取消。”

“连那个婚礼也会取消吗?”

“炸弹来了也举行?我们不再需要婚礼了,因为已经录在带子上了。”

“真会有炸弹落下来吗?”

盖夫内耸了一下肩膀。电梯降到头停了下来,他们便上了长长的自动扶梯往下面去。这时他们发现,连麦克布莱德也说不清会不会有炸弹落下来。那对形影不离的特工人员也不知道,他们甚至连他们下一步该做什么也一无所知。

奇爱再讲话时有了答案。“没有,仍没有见往这儿来的炸弹。真把咱们搞糊涂了,可是咱们在这儿的人什么也甭害怕。世界上只有一支空军有能够穿透这么厚的地层然后再爆炸的炸弹,但它们都属于咱们。咱们什么都准备好了,只缺理发师。不知道会不会有人反攻过来,在等待的时候,咱们需要理发师,哪怕一个也好。哪一位是理发师,听到广播后请立即回答。只要你们遵守我的制度,所有的设备可以正常工作两三个星期。如果有哪一位估计按我的制度行事会有麻烦，请按我的制度今天就离开这里。等我们检查过所有的飞机上都没有裁缝和理发师后，宾厄姆将军就会马上把我们所有的B型飞机和嘘——！式飞机派出去进行第二次攻击。”

劳尔满脸怒容地说：“臭狗屎。”又高又瘦、满头黄发和一脸雀斑的鲍勃看上去远不如往常高兴。他们都替家里人担心。

麦克布莱德也担心。“假如外边有战争，我可不怎么想待在这下边。”

迈克尔确实想在玛琳同意的情况下待在这里，约塞连并不责怪他。

奇爱又说，他们需要一个鞋匠。

“臭狗屎，”劳尔说，“这个人一肚子臭狗屎。”

“是的，我们没有忽视任何一个细节，可还是忘了这件事。”奇爱接着说，还不自主地暗自傻笑了两声，“我们有满满几库房的领导鞋业新潮流的好皮鞋，可早晚会需要修理和擦油。除此以外我们什么都考虑到了。如果你们按我说的做，大家可以在这儿永远待下去。”

他们就待在火车站站台边，约塞连觉得他肯定从前见过下边这种窄轨。隧道缩窄了，只能走小火车，像坐着玩的火车那么大。

“又来了一列，”麦克布莱德喊了一声，“看看这次有什么。”

当他紧忙走近去看时，一个鲜红的小火车头已经驶近了，速度不太快，车头上的信号钟不停地响着。火车头用的是电力，可还是在上面装了个紫红色烟囱，设计得很像是铿亮的红铜。信号钟的钟锤柄上拴了一根布条，一个咧着嘴笑的中年工程师操纵着那口钟。他着一件红工作服，肩章上印着由军事特别秘密工程办公大楼几个字组成的圆形图案。小火车徐徐开过去时，人们见它拖着一串无盖车厢，车厢很窄，一排只能坐两个人。约塞连再一次无法相信自己的眼睛。麦克布莱德极度兴奋地指着第一节车厢头排座坐着的两个人。

“嘿，我认识那些人！他们是谁？”

“是费奥莱罗·亨利·拉加迪亚和富兰克林·德拉诺·罗斯福。”约塞连回答他说，但对坐在他们后边座位上与他哥哥在一起的两对上了年纪的夫妇却只字未提。

在第二节车厢里他认出了约翰·肯尼迪和他身旁的妻子。他们就坐在得克萨斯前州长夫妇后边。这对夫妇当时和他坐在同一辆夺命车里。

在那些永垂不朽者后面的车厢里，努德尔斯·库克孤零零地坐在一排座位上，六神无主，形容枯槁，半死不活。约塞连认识他后边的两个政府官员，新闻里报道过，一胖一瘦。他们都坐在这列三节车厢列车的最后一节里。在那一胖一瘦两个官员身后的最后一排座位上并排坐着西·波特·洛夫乔伊和米洛·明德宾德。洛夫乔伊边谈话边用指头数数。两个人都还活着，米洛还在笑呢。

"我原以为米洛被甩在后边了呢。"约塞连说。

盖夫内使劲说了声："不可能的事。"

就在此刻，约塞连决定要赴约与梅丽莎见面了。他无意与奇爱等人留在下面。盖夫内大吃一惊，还以为他疯了呢。这可不是玩牌。

"哎呀，不行，不行，约约，"盖夫内连忙摇着头说，"你不能出去，现在出去是犯傻。你不能出去。"

"盖夫内，我这就走。你又错了。"

"可是你走不远，去的时间也不会长。"

"那咱就走着瞧吧，我倒要试试。"

"你可要小心，外面危险。"

"危险是在这儿。有人想一块儿走吗？"

麦克布莱德仿佛正在等他说这句话似的，一蹦就来到他身边要和他一同出去。"没有我你一辈子也找不着路。"他在约塞连旁边坦白地说，"琼自己一个人在外面，我不放心。"

盖夫内宁可等等，多了解些情况。"我所知道的是现在不要冒险。"

迈克尔也不想冒险，约塞连对他这一决定也不责难。

鲍勃和劳尔因为了解得太多，也不想做不必要的冒险，他们在这下面也可以为家人担心嘛。

当迈克尔眼看着约塞连离开他，乘自动扶梯到上面坐电梯去与已有身孕的女朋友吃午饭时，他对他父亲的爱情生活既骄傲又难为情。他心中忐忑不安，怀有一种孤凄感，觉得他们二人中有一个人会死去，也许两个人都会死。

约塞连三步并作两步，急匆匆上了自动扶梯，以最快的速度往外面赶，想尽早回去。他有一种死而复生了的乐观情绪，对梅丽莎更是如此；他有一种固有的——也是虚无缥缈的——信念，认为任何事物都不会伤害他，任何坏事都不会来找他这么一个正直的人。他心里明白这纯粹是胡说八道，可他也还知道，从骨子里知道，他将和她一样平安无事。他们三人——他，梅丽莎和新生的婴儿，都将平安无事，并将再度辉煌，从此以后过着幸福美满的生活。

"司令部。"

"什么意思？"导航员基德·桑普森问。他正坐在隐形无声亚超音速攻击型轰炸机的后舱里。

"你爸爸是鞋匠吗？"飞行员麦克沃特回答说，"你是理发师的儿子吗？"

"我也不会裁缝。"

"那咱们只好接着飞了。这是咱们的又一次飞行任务。"

"去哪儿？"

"我忘了。可是惯性会带咱们去的。咱们的惯性导航系统总能把咱们带去的。"

"麦克沃特？"

"桑普森？"

"咱们俩在一块儿多长时间了？两年？三年？"

"约莫有50年了。桑普森，你知道我后悔什么吗？我后悔咱俩从来没有好好谈过话。"

"咱们从来就没有什么可谈的，不是吗？"

“下面是什么？导弹吗？”

“让我看看雷达。”在他们下面有一架飞机，几乎和他们的飞机成直角飞过，机上的引擎拉出四条白烟，像是用粉笔画出的记号。“是民航班机，麦克沃特。是一架去澳大利亚的客机。”

“如果那些乘客知道咱们又飞去执行任务，不知道他们会怎么想……天上的鬼魂飞行员？”

“麦克沃特？”

“桑普森？”

“咱们非去不可吗？”

“我看是的，你说呢？”

“是吗？”

“是的。”

“是的。我看是非去不可。”

“啊，是嘛。倒霉。”

萨姆·辛格不抱幻想。与约塞连不同，他不希望有什么浪漫，也不想与什么人堕入情网。他顺从命运的安排，过上了艰难的独身生活，对此他本毫无选择的余地。但是生活对他无情的剥夺并没有将他摧毁。他曾经和格伦达商量过这一前景，尽管她当时已处于临终阶段，可是她对他将来孤独的年月比他自己还担忧。

他会朋友，读更多的书，看电视新闻。他可以在纽约活动，看话剧，看电影，偶尔还去看歌剧，经常从收音机调频台听古典乐曲，几乎每个星期都花一两个晚上和邻居们玩桥牌。他们也大多和他一样，性情温和，很好相处。每次听到古斯塔夫·马勒[1]的第五交响乐他都感到震惊与敬畏。他仍然在癌症病人机构当志愿人员。他还有几个女性朋友。喝酒并不比过去多，也

1　古斯塔夫·马勒（1860—1911）：奥地利作曲家、指挥家。

很快学会了一个人吃饭，主要是在家吃外卖食品。午饭和晚饭他常在附近的咖啡屋和小餐馆里吃，都是普通饭食。他一个人坐一张桌子，还读些书、杂志，或者当天的第二份报纸。间或还和剩下的几个康尼岛上的朋友玩皮纳克尔[1]，他仍然玩得不好。随便哪个晚上，他想出去就出去。

到目前为止，他对环球旅行很满意，并对自己的好生活以及自己的满足感深为惊讶。这一次出门他也觉得不错。在亚特兰大和休斯顿，他与女儿女婿们、孙子孙女们在一起，至少使他充分享受到了有他们做伴的欢乐，而他们都还没有对他表示不耐烦。他肯定是觉得自己老了。每天晚上他都充满歉意地向他们告别，住到附近旅馆里去。他坚持要住旅馆。在洛杉矶他与温克勒夫妇仍保持着过去的友谊与和谐，但是三个人都已感到了厌倦。他还不时地见见外甥一家，那几个孩子不仅聪慧超人，而且美丽漂亮，使他感到由衷的快慰。然而他发现，在他与他所有的年轻一代亲人之间，相隔的可远远不只是一条代沟。

这次离开纽约，他庆幸带了录放机和磁带，还带了几本有实质内容的书，可以使他全身心地投入。

在夏威夷时，他白天去晒太阳，并重读了《米德尔马契》[2]。由于知道故事如何进展，他更加欣赏它了。在夏威夷的两个晚上，他分别与老朋友的妻子和她现在的丈夫以及现在独居的女士吃了晚饭。后者是他在《时代》杂志的同事，格伦达也认识她。假如她那天晚上请他与她一同过夜的话，他肯定会同意的，可她似乎不知道这种事。刘和约塞连会比他处理得巧妙得多。

他迫切期望在澳大利亚与老朋友，还有《时代》的老同事为期两周的会面。在悉尼他毫不迟疑地住在了他们家里。他和格伦达从前到过那里一次。那个拄两根金属拐杖的朋友和他的妻子最后一次去纽约是老早以前的事了。那时他们屋外靠港口的一边有个窄小的游泳池，他总要在早饭前

1　扑克的一种玩法。

2　美国作家乔治·艾略特（1819—1880）的小说。

游上30或60个来回——萨米记不清了——饭后再游30或60个来回，以保持躯体健壮，这样他就能继续用拐杖到处活动，也可以继续开用手操纵的汽车。他40年前因病下身麻痹以后，一直开这种车。从臀部往上他的肌肉与举重运动员一样发达。他们有五个长大成人的孩子，萨米也很想见见他们。有一个在塔斯马尼亚务农，他们计划飞到那里待两天。另一个经营牧场，还有一个在堪培拉大学的实验室里搞基因。五个人都结了婚，没有一个离婚的。

萨姆深夜乘了一架澳大利亚航空公司的班机离开夏威夷，预计第二天早饭后抵达悉尼。他读书、喝水、吃饭、睡觉，然后醒来。破晓时迎来的黎明昏昏沉沉，太阳仿佛迟迟升不上来。飞机下边的云层久久不散，即使有点光亮，也深深埋在了地平线下。天色依旧昏暗。他那一边的天空呈藏青色，一轮黄色的圆月低垂天际，犹如一面没有表情的钟；另一边则呈灰黑色，近似木炭。上方高处，他看见条条雪白的拖烟与他的飞机的航线交叉而过。由那些飞机组成的鬼影似的队形高速朝东飞去。他猜测他们是清晨军事演习的一部分。无线电系统哑了以后，机组人员显得有些慌乱，但导航系统在照常工作，因而没有引起惊恐。早些时候有一则模糊的新闻，说下面什么地方有一艘油轮与一艘货轮相撞了。

萨姆·辛格很快便又听起了古斯塔夫·马勒的第五交响乐磁带。再一次听时他发现了更多值得欣赏的新内容。这一精彩绝伦的交响曲具有无限的奥秘，使人得到多层次的满足。其不可言喻的甜美、萦绕心头的壮丽、难以忘怀的奥妙以及无穷的才华和力量，无不强烈地震撼着人们的灵魂。他迫不及待地想听那段使全曲快速走向胜利终点的欢快尾声，为的是马上返回来从头开始，在那令人心驰神往的旋律中再陶醉一回，再次享受那美妙音符带给他的温暖与舒适。尽管他知道乐曲是怎样开始的，并事先有所准备，但每次听到头一乐章开始那凄楚而又甜美的曲调轻盈缓慢地化入预先知道的号角声中时，他依然会被深深地迷住。它是如此凄楚，如此甜美，而又如此具有犹太人的特点。随后的那一小段美妙的慢板简直达到了登峰造极的境界。近年以来他越加钟爱表现英雄的悲歌。而现在他最害怕的事是独自一人在公寓里可怖地腐烂掉。他一边听着音乐一边向后靠了靠,手中的书是托马斯·曼那八个短篇小说的简装本。黄色的月亮变成了橘黄色,转瞬之间又变红了,红得犹如一轮落日。

鸣　谢

如果说我认为呈上此书时最[illegible]上说明性文字，我则愿意将此书献给我的妻子维尔莉，当然，还有我女儿[illegible]和儿子泰德。我亦愿将其献给马文和伊芙林夫妇，以及玛里恩·伯克曼[illegible]已故丈夫卢——不光是为他们给予我的鼓励、支持与合作，还因为他们[illegible]起便是我的朋友，我对他们满怀感激之情。

迈克尔·科达为我的作品做了大量繁杂[illegible]辑工作，他对此书的领会透彻，所提意见坦率、中肯，他的工作出类拔萃。

此书中的一部分十分滑稽地与“但丁”的名[illegible]合，这是我客居意大利科莫湖畔洛克菲勒基金会贝拉奇奥研究与会议中[illegible]完成的。在那期间我所得到的方便无尽，享受到的快乐无穷。我们，维[illegible]和我，对给予我们盛情接待、提供工作方便、向我们伸出热情与友谊之手[illegible]所有同事，表示衷心的、永不忘怀的感谢。